U0525721

鲁迅六讲（二集）

郜元宝 著

2020年·北京
商务印书馆

图书在版编目(CIP)数据

鲁迅六讲:二集 / 郜元宝著. —北京:商务印书馆,2020
ISBN 978-7-100-18164-8

Ⅰ. ①鲁… Ⅱ. ①郜… Ⅲ. ①鲁迅(1881-1936)-思想评论 ②鲁迅著作研究 Ⅳ. ①I210.96 ②I210.97

中国版本图书馆CIP数据核字(2020)第037904号

权利保留,侵权必究。

鲁迅六讲
(二集)
郜元宝 著

商 务 印 书 馆 出 版
(北京王府井大街36号 邮政编码100710)
商 务 印 书 馆 发 行
山东韵杰文化科技有限公司印刷
ISBN 978-7-100-18164-8

2020年6月第1版　　开本640×960　1/16
2020年6月第1次印刷　印张 25.75
定价:78.00元

自 序

拙著《鲁迅六讲》2000年由上海三联书店印行。2007年北京大学出版社推出"增订本",篇幅扩充一倍。

此后十多年偶有续作,部分结集为《郜元宝讲鲁迅》(安徽教育出版社,2010年)、《反抗"被描写"——郜元宝鲁迅研究自选集》(漓江出版社,2014年)。前者多为讲稿,论文仅两篇。后者付梓前突遭压缩,名为"自选",实同"他选"。

感谢商务印书馆,允许我将《六讲》增订本以后的文章,择其性质相近者结为"六讲"的"二集",也就是续编。限于篇幅,几篇思想综论和十多篇小说细读的文章未能收入。以后再出单独的小册子吧。

《二集》围绕鲁迅及其与"现当代文学"之关系,或"考"或"论",几乎是清一色的"死学问"。鲁迅文章多少天马行空,而我的"研究"竟如此沉闷,真是无法可想。

别的意思,三年前一篇"笔谈"说了不少,正好移作"代后记",省去重复的话。

还会有"三集""四集"N集乎?

不多想了,且先把这"二集"送到读者手中吧。

2019年8月11日

祭鲁迅文

公元 2018 年 10 月 19 日,海内外各界人士齐集上海虹口,谨具鲜花时羞之奠,公祭鲁迅先生,敢告于先生之灵曰——

先生以公元 1881 年 9 月 25 日生于浙江绍兴。稽山鉴水,古称沃衍,先生之诞,天命有所寄焉?汝南周姓,远绍姬氏,先生之降,天命有所托焉?不幸家道中落,由小康堕入困顿。险阻艰难,实多罹之。

然君子弘毅,不馁不弃。幼承义方,根本厥美。负笈金陵,始接新知。又赴东瀛,为学日进。弃医从文,知首在立人;挣天拒俗,端赖摩罗诗力。于是造作大文,以涵养神思为指归。又翻译小说,务求信达;域外文术新宗,自是始入华土。

至先生之归也,故园黯淡,风雨如磐,八表同昏,万家墨面。先生乃自蛰伏,仅以小吏仆仆于故乡及京师道中。然血荐轩辕,蒙耻救民,未曾一日或忘。

公元 1917 年,改良与革命之声起于文苑,先生欣然应和。下笔锦绣,《呐喊》《彷徨》;扬手文飞,《热风》《华盖》。龙潜十载,一怒冲天。中国之读者,由此出梦寐而思振作,如脱秋肃而入于春温也。

伟哉先生之文,其所起者,岂止八代之衰?壮哉先生之德,其所济者,实为天下之溺。

然旧邦新命,变故特多。进化退化,与时俱演。"五四"诸贤,或高升庙堂,一阔脸变。或隐身书斋,各各敛其灵光。唯先生破关之后,再无退志;旗纛既张,呼啸向前。厦门寂寞,乃作《奔月》《铸剑》;粤海波高，竟谈魏晋风度。岂"而已而已"，实不得已也。

及至卜居沪滨，稍得宁静，喘息未定，即谋恢弘文术，创造孔多。故事新编，寻根讨源，并续小说之故辙。木刻笺谱，融通中西，以备图史之旧制。杂文古已有之，然必至先生，方成大国；而国民根性，如禹铸九鼎，无所遁形矣。

时方阽危，国事蜩螗，深渊大泽，龙亡虎逝，鳅鳝狐媚，变怪杂出。先生韬光里巷，坐拥皋比，小楼自有春秋；两间一卒，宗旨抱定，荷戟已非独战。冒强权之矢石，为民请愿；斥友邦之惊诧，辨明皂白。又以明达，见世事无所凝滞，非古之牢骚孤愤者可比也。

幸得先生，砥柱中流，荆棘塞途，生路未失。青年赖以有慈父之教，老成亦心折其议论之公允。人谁不爱先生？中国文坛，由是不再寂寞。

先生以1936年10月19日病殁。达人洒落，存亡岂足萦怀。厄于中寿，临终并无遗恨。其情思志趣悉见于著作文章，历万世而同祀，共三光而永光。真爱先生者，自得矜式；缪托知己者，难饰其伪。

呜呼！沪人何幸，先生最后十载，流寓歇浦，文章有赫，峙于中天，为我国家民族所共仰。既逝乃葬虹口，俾四方同好辐辏麇集，永怀敬悼。

今来公祭，敢不深自思维，追想往圣，激励后昆，勠力当下，眷念方来！

2018年10月2日作于日本大阪

目 录

自 序　　1
祭鲁迅文　　3

世界而非东亚的鲁迅
　　——鲁迅与法兰西文化谈片　　1
鲁迅看取意大利文化的眼光　　49
青年鲁迅的科学思想　　73
"末人"时代忆"超人"
　　——再说鲁迅与尼采　　86
"中国在昔，本尚物质"略解　　114
鲁迅为何没多写小说？　　124
"创作"与"议论"
　　——反思新文化运动的一个角度　　161
鲁迅怎样描写暴力　　182
"二周"杂文异同论　　191
"与其防破绽，不如忘破绽"
　　——围绕《狂人日记》的一段学术史回顾　　209

破《野草》之"特异" **234**

二十年来话《风筝》 **259**

彼裘绂于何有,嗟大恋之所存
　　——《坟》的编集出版及其他 **267**

鲁博藏"周氏兄弟"中文剪报校改考释 **297**

关于《ⅡDEC·》的若干史实考辨
　　——从《三闲集》一条注释谈起 **337**

在文字游戏停止的地方 **359**

鲁迅与当代中国语言问题 **372**

打通鲁迅研究的内外篇(代后记) **394**

世界而非东亚的鲁迅
——鲁迅与法兰西文化谈片

鲁迅1906年左右"弃医从文",确立"文艺"为毕生志业,此后30年可谓始终不渝。鲁迅不仅是中国现代文艺卓越的建设者,也是中国现代文艺与世界各国文艺传统、文艺潮流的沟通者,直到晚年他还坚持认为,"人类最好是彼此不隔膜,相关心。然而最平正的道路,却只有用文艺来沟通"[1]——这种确信清楚地显示在鲁迅与日本、俄苏、德、英、美、意大利等众多国家及东北欧诸弱小民族的文化广泛而深入的精神互动上,而他和法国文化的关系也不例外。[2]

---

[1]《且介亭杂文末编·〈呐喊〉捷克译本序言》,《鲁迅全集》第六卷,人民文学出版社2005年版,第544页。本书如无例外,所据《鲁迅全集》皆为2005年新版,以下只注卷数及页码,不再注明版次。

[2] 易木(王吉鹏)、姜英东《近十年鲁迅与外国文化比较研究综述》(《社会科学辑刊》2000年第1期)说,"近十年鲁迅与法国文化的比较研究,较之鲁迅与英国文化的比较研究,明显薄弱",该文举出张挺《波特莱尔及其〈恶之花〉与鲁迅及其〈野草〉之比较观》、李铁军《惨白与忧郁:在废弛的地狱边沿——〈野草〉与〈巴黎的忧郁〉比较研究》、黄乔生《鲁迅、波德莱尔及世纪病》和马为民《罗曼·罗兰与〈阿Q正传〉及其他》四篇文章。李春林《鲁迅与外国文学比较研究二十年》(《上海鲁迅研究》2005年第S1期)"将从1981至2001年的鲁迅与外国文学比较研究分成发展期与深化期",认为在"发展期","鲁迅与法国文学的比较研究较之与英国的比较研究为丰。所涉及到的作家有雨果、法朗士、莫泊桑等,而以与波德莱尔的比较研究最具深度。最有代表性的论文当系吴小美、封新成的《"北京的苦闷"与"巴黎的忧郁"——鲁迅与波特莱尔散文诗的比较研究》。尤应指出的是,鲁迅与存在主义文学及荒诞派戏剧的关系,也被纳入研究者的视野",到了"深化期"反而寂寞了。两篇综述的作者王吉鹏、李春林先生分别编写的巨著《鲁迅世界性的探寻——鲁迅与外国文化比较研究》(辽宁人民出版社1999年版)和《鲁迅与外国文学

(转下页)

鲁迅接触法国文化,重点是"文艺"(艺术的内容或许超过文学),但也兼顾科学、政治、思想学术三方面。正是在这种相对立体的知识背景中,鲁迅为中国"拿来"法国"文艺",也积极向法国"送去"中国"文艺"。

鲁迅不通法文[1],但他对法国文化的兴趣绝不亚于众所周知的他对日本、俄苏、德国以及东北欧诸弱小民族文化的偏好。鲁迅在中法文化交流史上几乎是出人意料地留下了一笔丰厚的遗产。他坚持文学立场,又跳到文学之外,竭力开拓人类交往的多元模式,这种文化巨人的气魄尤其引人深思。

一 关心法国科技及其背后的"深因""助力"

青年鲁迅颇受当时盛行的民族主义和爱国主义思潮激励,最初接触法国科技时,尚未通达到像后来杂文那样感谢"中法战争"刺激中国人向西方学习[2],而是惊惧于包括法国科学家在内的西方列强对中国矿藏

(接上页)

研究》(吉林人民出版社2003年版)具体介绍和引述相关研究论著大致不出综述文章的范围(后者增加了《鲁迅与巴尔扎克》《鲁迅与菲利普》和《鲁迅与贝克特》三篇)。21世纪以来,包括鲁迅在内的中法文化和文学关系的研究有加速拓展之势,钱林森《法国作家与中国》(福建教育出版社1995年版)、王家平《鲁迅域外百年传播史:1909—2008》(北京大学出版社2009年版)、钱林森《法国汉学家论中国文学》(外语教学与研究出版社2009年版)、钱林森《中外文学交流史·中国—法国卷》(山东教育出版社2015年版)、张英伦《敖隐渔传奇》(上海文艺出版社2015年版)以及宗先鸿《卢梭与中国近现代文学》(东北师范大学博士学位论文,2006年)、林骁《西方天主教神职人员对中国现代文学史的贡献》(厦门大学硕士学位论文,2011年)、梁海军《鲁迅在法语世界的传播与研究(1926—2016)》(湖南师范大学博士学位论文,2016年)、张璐《30年代海派作家对法国文化的接受》(沈阳师范大学硕士学位论文,2016年)的内容都相当厚重。这些著作大多数虽然并不专门研究鲁迅与法国,但毕竟展开了鲁迅与法国文化暨文学更加宽广而清晰的背景与线索。此外李允经、陈漱渝、张杰、王锡荣、郑克鲁、钱林森、乐融、梁海军、袁荻涌、乔丽华、张泽乾、刘海清、张静等学者的相关论著也不下20余部(篇)。此类信息目前网上都比较容易获得,恕不一一罗列,只在行文中作为与本人论述有关的参考文献随时注出。

1 朱正:《鲁迅懂得法文吗?》,《鲁迅回忆录正误》,浙江人民出版社1999年版,第243页。
2 比如《〈准风月谈〉后记》说:"从宋代到清朝末年,很久长的时间中,专以代圣贤立言的'制艺'文章,选拔及登用人才。到同法国打了败仗,才知这方法的错误,于是派遣留学生到西洋,设立武器制造局,作为改正的手段。"

资源的觊觎。1903年10月《中国地质略论》第二节"外人之地质调查者"指出,继德国、匈牙利、俄国的探险家和地质考察者遍历中国山川,查访各地矿藏之后,"复有法国里昂商业会议所之探捡队十人,探捡南部之广西,河南(河内),云南,四川(雅州,松潘)等。调查精密,于广西、四川尤详。是诸地者,非连接于俄法之殖民地者欤?其能勿惧!"[1] 尽管如此,青年鲁迅仍以巨大的热情介绍和称道法国科学技术的进步。

首先值得大书特书的,当然是几乎于撰述《中国地质略论》的同时,鲁迅首次发表了向汉语世界介绍法国科学家勃克雷(A. H. Becquerel,通译柏克勒尔)发现铀、古篱(通译居里)夫妇发现镭的科学论文《说钼》[2]。这和居里夫妇从矿渣中成功提取0.1克镭盐并初步测定镭原子量仅一年之隔,虽说主要得力于日本报章的介绍,但鲁迅本人作为青年"科学者"对科学前沿发展的敏锐把握也由此可见一斑。

1907年科学论文《人之历史》继续介绍法国科学家业绩。在这篇论文中,鲁迅特别关心作为达尔文进化论思想之直接先导的发生在法国科学家寇伟(通译居维叶)、圣契黎(通译圣希雷尔)和兰麻克(通译拉马克)三人之间的论战。"寇伟(G. Cuvier),法国人,勤学博识,于学术有伟绩,尤所致力者,为动物比较解剖及化石之研究,著《化石骨胳论》,为今日古生物学所由昉。"然而"其说逞肊,无实可征,而当时力乃至伟,崇信者满学界,惟圣契黎(E. Geoffroy St. Hilaire)与抗于巴黎学士会院,而寇伟博识,据垒极坚,圣契黎动物进化之说,复不具足。于是千八百三十年七月三十日之讨论,圣契黎遂败"。此后德国的瞿提(通译歌德)、康德、倭堪(L. Oken,通译奥青)皆"不能奋其伟力,以撼种族不变说之基础耳"。直到法国科学家拉马克才扭转局面,"兰麻克(Jean de Lamarck)者,法之大科学家也,千八百二年所著《生体论》,

---

[1] 《集外集拾遗补编·中国地质略论》,《鲁迅全集》第八卷,第8页。
[2] 原刊《浙江潮》第8期,收入《集外集》,《鲁迅全集》第七卷,第21—26页。

已言及种族之不恒,与形态之转变;而精力所注,尤在《动物哲学》一书","兰麻克亦如圣契黎然,力驳寇伟,而不为世所知。盖当是时,生物学之研究方殷,比较解剖及生理之学亦盛,且细胞说初成,更近于个体发生学者一步,于是萃人心于一隅,遂蔑有致意于物种由来之故者。而一般人士,又笃守旧说,得新见无所动其心,故兰麻克之论既出,应者寂然,即寇伟之《动物学年报》中,亦不为一记,则说之孤立无和,可以知矣。迨千八百五十八年而达尔文暨华累斯(A. R. Wallace)[通译华莱士]之'天择论'现,越一年而达尔文《物种由来》成,举世震动,盖生物学界之光明,扫群疑于一说之下者也"。中国知识界当时关于进化论思想,只知道达尔文以及达尔文之后的赫胥黎与斯宾塞,对这以前欧洲进化论思想的演进不甚了了,鲁迅关于上述法国三大科学家的介绍算是填补了这一空白。

《人之历史》最后还报告:"近者法有学人,能以质力之变,转非官品为植物,又有以毒鸠金属杀之,易其导电传热之性者。故有生无生二界,且日益近接,终不能分,无生物之转有生,是成不易之真理,十九世纪末学术之足惊怖,有如是也。"[1] 19世纪末法国科学家们在古生物学、进化论、物理学等领域取得的成绩令年轻的中国"科学者"鲁迅感到了"惊怖"。

1907年另一篇《科学史教篇》首先高度评价"法朗西"的"解剖之学大盛",继而着重介绍了特嘉尔(通译笛卡尔)在数学哲学两个领域的造诣,认为笛卡尔"以数学名,近世哲学之基,亦赖以立。尝屹然扇尊疑之大潮,信真理之有在,于是专心一志,求基础于意识,觅方术于数理。其言有曰,治几何者,能以至简之名理,会解定理之繁多。吾因悟凡人智以内事,亦咸得以如是法解。若不以不真者为真,而履当履之道,

---

1 日本学者中岛长文考证《人之历史》主要依据日本学者冈上梁、高桥正熊合译的海克尔《宇宙之谜》(东京,1906年)、石川代松《进化新论》(东京,1892年第1版、1897年第2版)以及鲁迅曾听过讲课的丘浅次郎《进化论讲话》,但陈福康指出,有些地方或许别有所本,如"法有学人"究竟指谁,尚不能确定,也不见于上述三书。参见陈福康:《〈人之历史〉的再认识——兼评中岛长文先生对鲁迅此文的研究》,《东北师大学报(哲学社会科学版)》1984年第4期。

则事之不成物之不解者,将无有矣。故其哲理,盖全本外籀而成,扩而用之,即以驭科学,所谓由因入果,非自果导因,为其著《哲学要义》中所自述,亦特嘉尔方术之本根,思理之枢机也"。这段文字论述笛卡尔思想主干及其对欧洲哲学思想的影响,相当准确。此外他还介绍了法国科学家巴斯加耳(B. Pascal,通译帕斯卡)"测大气之量"的方法,拉布拉(S. de Laplace,通译拉普拉斯)的"星学"(即天体力学)。

《科学史教篇》比《人之历史》更进一步,并不满足于简单胪列西方科学发展,更欲从西方科学史中引出有益于中国人的"教训"。其所谓"教训",主要认为西方科学并非单独演进,乃与西方各民族"神思"(idea)的发扬密切相关,后者即西方科学发达之"非科学""超科学"的"深因"与"助力"。鲁迅引英国物理学家丁达尔(J. Tyndall,通译丁铎尔)和法国天文学家阿罗戈(F. Arago,通译阿拉果)之说,认为1792年法国之所以能够战胜外敌,主要依靠科学研究与爱国心的结合:"法国尔时,实生二物,曰:科学与爱国。其至有力者,为孟者(G. Monge)〔通译蒙日,数学家〕与加尔诺(Carnot)〔通译卡尔诺,数学家〕,与有力者,为孚勒克洛〔A. F. de Fourcroy,化学家〕,穆勒惠〔G. de Morveau,化学家〕暨巴列克黎〔C. L. de Berthollet,化学家〕之徒。"法国科学史上这一实例有力地帮助青年鲁迅阐释他以"神思"为核心的独特的科学观。[1]

1909年从日本归国后,鲁迅以"科学者"身份与法国科学的关系最值得一提的是曾与浙江两级师范学堂的同事、生物教员张柳如一道,根据法国学者恩格勒分类法对植物进行严格的分类和定名。[2] 但除此之外,鲁迅较少正面谈论法国科学技术。杂文中偶尔提到,多半则是留心于和科技有关的其他问题,而并非单独谈论法国的科技。

---

[1] 关于鲁迅早期科学思想和早期文言论文中"神思"一词之释义,笔者从1999年《鲁迅著作所见"心"字通诠》到后续的几篇文章一直坚持上述说法,但学界也有不同意见,因此自然仍有进一步探索商榷的余地。有关《科学史教篇》与鲁迅所据"蓝本"的关系,可参见宋声泉:《〈科学史教篇〉蓝本考略》,《中国现代文学研究丛刊》2019年第1期。

[2] 周建人口述、周晔整理:《鲁迅故家的败落》,福建教育出版社2017年版,第222页。

比如 1925 年所作杂文《春末闲谈》说，中国古代对一种名叫"果蠃"的细腰蜂缺乏科学研究，看到"果蠃"背负青虫，以为它喜欢青虫，并由此发生许多拟人化想象，但"法国的昆虫学大家发勃耳（Fabre）[通译法布尔]仔细观察之后，给幼蜂做食料的事可就证实了。而且，这细腰蜂不但是普通的凶手，还是一种很残忍的凶手，又是一个学识技术都极高明的解剖学家。她知道青虫的神经构造和作用，用了神奇的毒针，向那运动神经球上只一螫，它便麻痹为不死不活状态，这才在它身上生下蜂卵，封入窠中。青虫因为不死不活，所以不动，但也因为不活不死，所以不烂，直到她的子女孵化出来的时候，这食料还和被捕当日一样的新鲜"。鲁迅将新旧各种的"礼教吃人"比作细腰蜂巧妙而残忍地捕食青虫，这和他在另外场合将不明不白做了牺牲而让迫害者可以鉴赏"较灵的苦痛"的青年称为"醉虾"[1]，有异曲同工之妙。

尽管鲁迅对法布尔也不无微词，但总体上还是深表钦敬："他的著作还有两种缺点：一是嗤笑解剖学家，二是用人类道德于昆虫界。但倘无解剖，就不能有他那样精到的观察，因为观察的基础，也还是解剖学；农学者根据对于人类的利害，分昆虫为益虫和害虫，是有理可说的，但凭了当时的人类的道德和法律，定昆虫为善虫或坏虫，却是多余了。有些严正的科学者，对于法布耳的有微词，实也并非无故。但倘若对这两点先加警戒，那么，他的大著作《昆虫记》十卷，读起来也还是一部很有趣，也很有益的书。"[2] 鲁迅介绍法布尔昆虫研究不可谓不精细，但立足点已并非科学普及，而是引用某种科学知识来剖析中国社会的思想文化问题。尽管如此，他对法布尔学术研究的方法与成绩的复杂性以及科学界对法布尔的评价还是相当留意的，并非仅凭一知半解，拿来就用。

鲁迅对另一个法国科学家和思想家帕斯卡亦复如此，既盛赞其学术

---

[1]《而已集·答有恒先生》，《鲁迅全集》第三卷，第 474 页。
[2]《且介亭杂文二集·名人和名言》，《鲁迅全集》第六卷，第 375 页。

贡献，也指出其人在诗学上拘泥于科学，几乎成了用科学抹杀诗意的代表："在科学方面发扬了伟大的天才的巴士凯尔，于诗美也一点不懂，曾以几何学者的口吻断结说：'诗者，非有少许稳定者也。'凡是科学底的人们，这样的很不少，因为他们精细地研钻着一点有限的视野，便决不能和博大的诗人的感得全人间世，而同时又领会天国之极乐和地狱之大苦恼的精神相通。"[1]

鲁迅在留日时代后期介绍法国科学技术，既着眼科技本身，更欲探索科技发展背后民族"神思"的"深因"与"助力"，这个思考的路径也贯穿于他后来关于法国科学和科学家不多的谈论中，上述对法布尔、帕斯卡的论说便是两个著例。

二 反思"法朗西大革命"，关心法国当代政治

科技之外，鲁迅还关心法国的历史政治，以及和历史政治相关联的人文社会科学。法国大革命和20世纪法国政治是他关注的两大焦点。

青年鲁迅对"法国革命"的论述，至今聚讼纷纭：

> 革命于是见于英，继起于美，复次则大起于法朗西，扫荡门第，平一尊卑，政治之权，主以百姓，平等自由之念，社会民主之思，弥漫于人心。流风至今，则凡社会政治经济上一切权利，义必悉公诸众人，而风俗习惯道德宗教趣味好尚言语暨其他为作，俱欲去上下贤不肖之闲，以大归乎无差别。[2]

> 盖自法朗西大革命以来，平等自由，为凡事首，继而普通教育及国民教育，无不基是以遍施。久浴文化，则渐悟人类之尊

---

[1] 《集外集拾遗·诗歌之敌》，《鲁迅全集》第七卷，第246页。
[2] 《坟·文化偏至论》，《鲁迅全集》第一卷，第49页。

严;既知自我,则顿识个性之价值;加以往之习惯坠地,崇信荡摇,则其自觉之精神,自一转而之极端之主我。且社会民主之倾向,势亦大张,凡个人者,即社会之一分子,夷隆实陷,是为指归,使天下人人归于一致,社会之内,荡无高卑。此其为理想诚美矣,顾于个人殊特之性,视之蔑如,既不加之别分,且欲致之灭绝。更举黮暗,则流弊所至,将使文化之纯粹者,精神益趋于固陋,颓波日逝,纤屑靡存焉。[1]

"法郎西大革命"追求的"平等自由之念,社会民主之思"作为理想诚然美好,根据它自身的逻辑,理应更重视"人类之尊严",理应更珍惜"个性之价值",但实际结果却"吊诡殊恒"。首先,出现了"极端之主我",以至于使"个人"一词备受诟病,"苟被其谥,与民贼同"。其次,民主和平等的思想"使天下人人归于一致,社会之内,荡无高卑",对这种"无差别"境界的追求很容易"于个人殊特之性,视之蔑如",由此催生的议会民主制更有可能导致"以众虐独",即以抽象的"众数"宰制活生生的"个人",个性和个人权利在民主社会不仅得不到伸张,反而将受到空前的蔑视,"精神益趋于固陋",人类文化由此将出现"颓波",陷入"黮暗"。

鲁迅如此剖析"法郎西大革命"的正反两面,绝非否定或贬低其所张扬的"平等自由""社会民主""人类之尊严""个性之价值"等理想,而是冷静地指出法国大革命所希冀的诸正面价值在具体展开过程中出现的"吊诡殊恒"现象。鲁迅对法国大革命的这种剖析不仅在 1907 年属于空谷足音,时至今日,也依然过于"超前",其中未能充分展开的对西方民主政体的评说更是给鲁迅早期思想研究带来极大的挑战,也引起了极大的混乱,甚至影响到学术界对鲁迅后来政治立场的认识。但与此同时,

---

[1]《坟·文化偏至论》,《鲁迅全集》第一卷,第 51—52 页。

人们似乎又一直谨慎地回避着鲁迅当年对法国大革命之后西方乃至西方主导的现代世界文化大势的"超前"预判。尤其在现代化追求断而复续、续而复断的当下中国语境中,鲁迅的似乎不甚和谐的声音明显被大多数启蒙知识分子有意无意地淡化乃至压抑了。这种复杂的思想纠葛或许已经溢出鲁迅研究之外,但我们又不能不说,中国思想界今天的种种困境实际上仍处在鲁迅当年的预判之中。

20世纪30年代,鲁迅先后加入"自由运动大同盟"和"中国民权保障同盟",向国民党政府争取起码的"自由"和"民权",未始不是对早年"超前"地苛求"法国革命"的一种纠偏与补救。尽管如此,他并没有抛弃早年对"法郎西大革命"的基本看法,虽然不再有政治理论方面的具体阐述,但实践上对"民主政体"的冷淡,仍与早年观点一脉相承。

三 "国民性批判"的法国思想资源

鲁迅在1925年与许广平通信中正式提出要优先进行"改革国民性"的主张[1],这个思想当然酝酿已久,而在"五四"时期的探索,就曾得到来自法国思想学术界的有力支援。

1919年《随感录三十八》谓:"民族根性造成之后,无论好坏,改变都不容易。法国 G. Le Bon 著《民族进化的心理》中,说及此事道(原文已忘,今但举其大意)——'我们一举一动,虽似自主,其实多受死鬼的牵制。将我们一代的人,和先前几百代的鬼比较起来,数目上就万不能敌了。'"鲁迅引 Le Bon(通译勒朋)的话说明个体思想受群体制约之大,而此群体思想制约主要乃是无数代祖先长期形成的思想惯性,

---

[1] 《两地书·八》:"最初的革命是排满,容易做到的,其次的改革是要国民改革自己的坏根性,于是就不肯了。所以此后最要紧的是改革国民性,否则,无论是专制,是共和,是什么什么,招牌虽换,货色照旧,全不行的。"《鲁迅全集》第十一卷,第31—32页。

"死人拖住活人"的悲剧就这样造成了。这是"五四"前后"周氏兄弟"共同的想法,而这则《随感录》很可能出自周作人之手,被误编入《热风》。不管此一事实将来会得到怎样的澄清,其中可以看出鲁迅当时的真实想法,殆也毋庸置疑。该文引勒朋之语,结论并不悲观:"国民性"或国民"坏根性"虽然来自个体"万不能敌"的无数代"死鬼",但也并非完全没有"改革"的希望:

> 祖先的势力虽大,但如从现代起,立意改变:扫除了昏乱的心思,和助成昏乱的物事(儒道两派的文书),再用了对症的药,即使不能立刻奏效,也可把那病毒略略羼淡。如此几代之后待我们成了祖先的时候,就可以分得昏乱祖先的若干势力,那时便有转机,Le Bon 所说的事,也不足怕了。

"改革国民性"是鲁迅中心思想之一,他在阅读外国思想家和学者的论著时自然敏感于相关论述,但凡一言可采,便很珍视,却未必顾及那论著的全体。比如他一直记得《耶稣传》作者卢南(Ernest Renan,通译勒南)的话,"年纪一大,性情就会苛刻起来",认为许多老年人和以老年为本位而阻碍青年发展的迟暮文化的变态即由此而来,所以他时时用这话提醒自己:"我愿意竭力防止这弱点,因为我又明白地知道:世界绝不和我同死,希望是在于将来的。"[1]

四　拿破仑与阿尔及利亚问题

谈法国文化,势必要涉及拿破仑。青年鲁迅颇认同拜伦、莱蒙托夫的观点,深恶法国人对拿破仑的弃绝与迫害,并将此归入庸众疾视天才

---

[1]《三闲集·鲁迅译著书目》,《鲁迅全集》第四卷,第189页。

的典型事例。[1] 这是他那时受尼采影响而必有的结论。20年代以后，英雄和超人崇拜的思想淡化了，鲁迅就不再为受屈的天才申冤，而强调天才固然可贵，但"可以使天才生长的民众"更重要：

> 天才并不是自生自长在深林荒野里的怪物，是由可以使天才生长的民众产生，长育出来的，所以没有这种民众，就没有天才。有一回拿破仑过 Alps 山，说，"我比 Alps 山还要高！"这何等英伟，然而不要忘记他后面跟着许多兵；倘没有兵，那只有被山那面的敌人捉住或者赶回，他的举动，言语，都离了英雄的界线，要归入疯子一类了。所以我想，在要求天才的产生之前，应该先要求可以使天才生长的民众。——譬如想有乔木，想看好花，一定要有好土；没有土，便没有花木了；所以土实在较花木还重要。花木非有土不可，正同拿破仑非有好兵不可一样。[2]

鲁迅后来关于法国历史政治和学术思想的谈论逐渐稀少，只是看到论敌不恰当地援引法国历史政治来谈论中国现实时，才不得已而据实加以辩驳。

1931 年《"民族主义文学"的任务和运命》指出，被国民党政府扶持的"民族主义文学"的症结之一就是混淆敌我，比如黄震遐《陇海线上》竟流露这样的"心绪"："每天晚上站在那闪烁的群星之下，手里执着马枪，耳中听着虫鸣，四周飞动着无数的蚊子，那样都使人想到法国'客

---

[1] 《摩罗诗力说》："来尔孟多夫之于拿坡仑，亦稍与裴伦异趣。裴伦初尝责拿破仑对于革命思想之谬，及既败，乃有愤于野犬之食死狮而崇之。来尔孟多夫则专责法人，谓自陷其雄士。"又说"密克威支至崇拿坡仑，谓其实造裴伦，而裴伦之生活暨其光耀，则觉普式庚于俄国，故拿坡仑亦间接起普式庚。拿破仑使命，盖在解放国民，因及世界，而其一生，则为最高之诗"。这两段文字虽转述他人对拿破仑的评说，但可推见青年鲁迅自己有关拿破仑的认识。参见《鲁迅全集》第一卷，第93、95—96页。
[2] 《坟·未有天才之前》，《鲁迅全集》第一卷，第174—175页。

军'在菲洲沙漠里与阿剌伯人争斗流血的生活。"鲁迅根据他对法国控制北非殖民地的基本事实的了解,揭露某些"民族主义文学"作品的悖谬:

> 原来中国军阀的混战,从"青年军人",从"民族主义文学者"看来,是并非驱同国人民互相残杀,却是外国人在打别一外国人,两个国度,两个民族,在战地上一到夜里,自己就飘飘然觉得皮色变白,鼻梁加高,成为腊丁民族的战士,站在野蛮的菲洲了。那就无怪乎看得周围的老百姓都是敌人,要一个一个的打死。法国人对于菲洲的阿剌伯人,就民族主义而论,原是不必爱惜的。仅仅这一节,大一点,则说明了中国军阀为什么做了帝国主义的爪牙,来毒害屠杀中国的人民,那是因为他们自己以为是"法国的客军"的缘故;小一点,就说明中国的"民族主义文学家"根本上只同外国主子休戚相关,为什么倒称"民族主义",来朦混读者,那是因为他们自己觉得有时好像腊丁民族,条顿民族了的缘故。[1]

鲁迅批评"民族主义文学"究竟有哪些得与失?鲁迅对法国和阿尔及利亚的关系究竟了解多少?所谓"法国人对于菲洲的阿剌伯人,就民族主义而论,原是不必爱惜的",是讽刺性的反话还是另有所指?鲁迅早期翻译雨果随笔《哀尘》的开头,有雨果对法国殖民阿尔及利亚的态度,而鲁迅的译者附记为何对此未置可否?这些问题都需要继续探索。

但有一点可以肯定,鲁迅不赞成对法国政治不加分析,简单地为我所用,不管对方是右翼还是左翼。比如,1936年"两个口号论争"过程中,有人用1935年6月在巴黎举行的"保卫文化大会"来比附中国国内正在建立的抗日统一战线,鲁迅就觉得不妥。他认为把中国统一战线等

---

[1] 《二心集·"民族主义文学"的任务和运命》,《鲁迅全集》第四卷,第321—322页。

同于法国"人民阵线","这又是作者忘记了国度,因为我们的抗日人民统一战线是比法国的人民阵线还要广泛得多"[1]。

五 谈法国文学并不专业,但时有善言

1. 拉封丹、小仲马、雨果、凡尔纳:人道主义与科学热

1934年上海苦夏,鲁迅听着窗外流行的靡靡之音和各地水灾旱灾报道,"忽然记得了法国诗人拉芳丁的有名的寓言《知了和蚂蚁》:也是这样的火一般的太阳的夏天,蚂蚁在地面上辛辛苦苦地作工,知了却在枝头高吟,一面还笑蚂蚁俗。然而秋风来了,凉森森的一天比一天凉,这时知了无衣无食,变了小瘪三,却给早有准备的蚂蚁教训了一顿"。接下来鲁迅说,等到秋凉,"知了"那样的"劳心者"其实倒不会无衣无食,恓惶的只能是"蚂蚁"之类的"劳力者",孟子早就说过,"劳心者治人,劳力者治于人;治于人者食人,治人者食于人",拉芳丁(Jean de la Fontaine,通译拉封丹)寓言并不适用于中国,"中国人非读中国古书不可",不必在乎拉封丹。

这当然是反话。将《知了和蚂蚁》和《孟子》对立,是为了肯定前者而否定后者,并通过这种肯定与否定来批判现实的不公。

但鲁迅说《知了和蚂蚁》"是我在小学校'受教育'的时候,先生讲给我听的"[2],晚年"忽然记得",拿来做杂文的材料。这个"小学校",不知道是三味书屋,或南京水师学堂,或陆师学堂附属矿路学堂,抑或并无什么"小学校"的"先生"教他拉封丹寓言,只是为了写杂文而临时虚构的故事?这都只能存疑备考。

但南京读书时,鲁迅确实已经开始接触法国文学。辛丑(1901)购得冷红生(林琴南)翻译的亚历山大·小仲马《巴黎茶花女遗事》,同

---

[1]《且介亭杂文末编·答徐懋庸并关于抗日统一战线问题》,《鲁迅全集》第六卷,第550—551页。
[2]《花边文学·知了世界》,《鲁迅全集》第五卷,第539—540页。

时读到陈冷血翻译的雨果短篇小说和苏曼殊、陈独秀在《国民日日新闻》上译登的《惨世界》。[1]1903年6月刚到东京留学不久，便在《浙江潮》杂志第5期发表了由日文转译的嚣俄（通译雨果）散文集《随见录》之一《哀尘》，原题《芳梯的来历》，实为《悲惨世界》所叙芳汀之事的素材。鲁迅所撰"译者附记"对《哀尘》推崇备至，还顺便介绍了雨果《水夫传》（即《海上劳工》）、《诺铁耳谭》（即《巴黎圣母院》）和《哀史》（即《悲惨世界》）。

陈梦熊先生20世纪60年代初在《文学评论》上首次介绍他所发现的这篇鲁迅佚文，特别强调鲁迅介绍外国文学当始于《哀尘》，而"根据法文原著（法文版《雨果全集》第十四卷）略加核对，还可发现鲁迅虽据日译本转译，但除一处可能出于日译本的误译外，几乎是逐字逐句的直译"。戈宝权先生随后撰文完全赞同陈梦熊这个说法。[2]陈、戈二人之见至今仍为定谳。陈梦熊先生还注意到鲁迅后期杂文提到雨果时仍用早年熟悉的旧译名"嚣俄"[3]，而将《芳梯的来历》改为《哀尘》，则因为篇中所述乃《哀史》之一部分，"芳梯者，《哀史》中之一人"也。

和《哀尘》有关的一个问题，是应该如何理解雨果在这篇随笔的开头写他自己明确支持法国在阿尔及利亚施行殖民统治的态度。鲁迅所撰"译者附记"对此未加评说，但上文提到1931年鲁迅《"民族主义文学"的任务和运命》一文同样涉及这个问题，态度也颇隐晦，故若能澄清雨

---

1 周作人：《关于鲁迅之二》，《瓜豆集》，河北教育出版社2002年版，第162页。
2 熊融（陈梦熊）：《关于〈哀尘〉、〈造人术〉的说明》，《文学评论》1963年第3期；戈宝权：《关于鲁迅最早的两篇译文——〈哀尘〉、〈造人术〉》，《文学评论》1963年第4期。
3 当指收入《准风月谈》的《诗和豫言》(1933)及《"中国文坛的悲观"》(1933)两篇杂文。鲁迅后来提及雨果并不止这两处。1925年10月底作杂文《从胡须说到牙齿》，论到对"中医"的憎恶，突然插入一句"假使我有Victor Hugo先生的文才，也许因此可以写出一部《Les Misérables》的续集"。有论者对比这句话和《哀尘》附记"使嚣俄而生斯世也，则剖南山之竹会有穷时，而《哀史》辍书其在何时欤，其在何时欤"，推定与《从胡须说到牙齿》写于同时的《祝福》包含着鲁迅早年翻译《哀尘》的记忆，并进而讨论《祝福》与《哀尘》乃至《悲惨世界》的关系，殆亦不为无见。参见葛聪敏：《〈哀尘〉、〈悲惨世界〉和〈祝福〉》，《北京师范学院学报（社会科学版）》1990年第5期。

果当时的立场或鲁迅翻译《哀尘》时对法国与阿尔及利亚问题的认识，应当不无裨益。

1903年夏鲁迅回国探亲，特地致信在日本的同学伍习之，托其购买雨果中篇小说《怀旧》(述非洲黑人起义事)。1905年又以一个月官费的半数买了八厚册美国出版的《雨果选集》英文本。周作人推测这可能是鲁迅得了"外快"，比如"给游历官当通事，或者是《月界旅行》得了稿费"。周作人还回忆说："自从《新小说》上讲起嚣俄（雨果的旧译名），登载过他渴睡似的相片以后，大家便非常佩服他。"鲁迅对雨果的兴趣后来虽不及俄苏作家[1]，当时大概也属于这"非常佩服"者之列吧[2]。

1903年8—9月间，鲁迅根据日译本转译了儒勒·凡尔纳（Jules Verne）的科学小说《月界旅行》（著者误为"美国培伦"），10月在东京进化社出版。稍后再译儒勒·凡尔纳《地底旅行》（著者误为"英国威男"），载《浙江潮》第10期（后于1906年3月由上海普及书店及南京启新书局同时出售）。这都可见鲁迅初到日本时对法国文学的热心。小仲马、雨果的人道主义与《破恶声论》赞赏的托尔斯泰同属一系，对凡尔纳、拉封丹的关心则与清末士人普遍的科学热情契合。

2. 从卢骚到卢梭：早期思想中反抗与忏悔的两面

1908年归国之前所作长文《破恶声论》显示了鲁迅早期思想的成熟，其中谈到中国士人凡有发言，不论高下对错，首须发抒"心声""内曜"，否则便是"扰攘"。"扰攘"看似热闹，其实却是"寂寞"。中国文学需要不"羞白心于人前"的真诚的作者来打破"诈伪"所导致的"扰攘"与"寂寞"，发出"心声"和"内曜"，"若其本无有物，徒附丽是宗，辄岸

---

1 比如1935年初《叶紫作〈丰收〉序》就说："但我自己，却与其看薄凯阿[通译薄伽丘]，雨果的书，宁可看契诃夫，高尔基的书，因为它更新，和我们的世界更接近。"《鲁迅全集》第六卷，第227—228页。
2 周作人：《旧日记里的鲁迅》，《鲁迅小说里的人物》附录，河北教育出版社2002年版，第305—306页。

然曰善国善天下，则吾愿先闻其白心"。但中国过去并无此种文学，故应"别求新声于异邦"，而学习的榜样，除了《摩罗诗力说》介绍的"挣天拒俗""反抗挑战"的诗人，《破恶声论》又隆重推出"奥古斯丁也，托尔斯泰也，约翰卢骚［通译卢梭］也，伟哉其自忏之书，心声之洋溢者也"。

《破恶声论》并非"自忏"之说见于鲁迅著作之始。《摩罗诗力说》结尾说，"众皆曰维新，此即自白其历来罪恶之声也，犹云改悔焉尔。顾既维新矣，而希望亦与偕始，吾人所待，则有介绍新文化之士人"，其中所谓"改悔"，所谓"自白其历来罪恶"，也是"自忏"，可见鲁迅早期设想的"新文化"既包括"摩罗诗人"的"挣天拒俗""反抗挑战"，又希冀民族文化集体的"改悔"与国民个体的"自忏"。《破恶声论》正是在这个脉络中提及卢梭等人的"自忏之书"。至于更早出现卢梭之名的则是《文化偏至论》，该文指出"卢骚"影响了"罗曼暨尚古一派"的息孚支培黎（Shaftesbury，通译沙弗斯伯利），使后者知道在理性之外，"尚容情感之要求，特必与情操相统一调和，始合其理想之人格"，《破恶声论》则更进一步，专从"自忏"的角度再次提到卢梭。

鲁迅后来很少正面论及卢梭《忏悔录》，但托尔斯泰的"改悔"和卢梭的"自忏"与"摩罗诗人"的"恶魔"精神高度融合，确实是成熟时期鲁迅精神的主干。在鲁迅后来的认识中，卢梭身上除了注重"情感"和躬行"自忏"之外，也有"摩罗诗人"的精神，"卢梭，斯谛纳尔，尼采，托尔斯泰，伊孛生［通译易卜生］等辈，若用勃兰兑斯的话来说，乃是'轨道破坏者'。其实他们不单是破坏，而且是扫除，是大呼猛进，将碍脚的旧轨道不论整条或碎片，一扫而空"，而"卢梭他们似的疯子决不产生"则是中国文化最大的悲哀之一。[1] 在这样的论述中，卢梭和鲁迅早年推崇的与"摩罗诗人"息息相通的19世纪末"新神思宗徒"不仅汇为一流，而且成为他们的代表，一起被称为"卢梭他们似的疯子"。

---

1 《坟·再论雷峰塔的倒掉》，《鲁迅全集》第一卷，第202页。

1927—1930年间鲁迅连续写了《拟豫言》《卢梭与胃口》《头》《"硬译"与"文学的阶级性"》等多篇杂文，与梁实秋从白璧德新人文主义理论出发对卢梭的批评反复论难。这固然与鲁迅在那一阶段逐渐明朗的阶级论立场有关，但1907—1925年鲁迅对卢梭长期抱有的认识应该也起了关键作用。没有这些前期认识，阶级论和唯物论者鲁迅也不会对新人文主义者的卢梭论述做出那么快速的反应。[1]

3. 莫泊桑、须华勃、波特莱尔、腓立普、阿波利纳尔、科克多等作品的零星翻译

鲁迅1906年前后"弃医从文"，由仙台回到东京之后正式"提倡文艺运动"，他和周作人所做的第一件事就是翻译外国文学，当时的兴趣"一是偏重斯拉夫系统，一是偏重被压迫民族"，至于法国文学方面，"那时日本大谈自然主义，这也觉得是很有意思的事，但是所买的法国著作大约也只是茀罗贝尔［通译福楼拜］，莫泊三［通译莫泊桑］，左拉诸大师的二三卷，与诗人波特莱耳［通译波德莱尔］，威耳伦的一二小册子而已"[2]。

1909年"会稽周氏兄弟纂译"的《域外小说集》仅收"法国摩波商一篇"《月夜》，须华勃"拟曲"五篇。书后"著者事略"附摩波商（Guy de Maupassant，通译莫泊桑）和须华勃（Marcel Schwob，通译施沃布）的简介。《域外小说集》第二册书后"新译豫告"还有计划翻译的"法国摩波商《人生》"。

比起俄国、日本、德国和欧洲各弱小民族文学，法国文学并非鲁迅特别用功所在。这固然因他不通法语，也和他对法国国民性及其文学特

---

[1] 参见咸立强：《鲁迅与美国左翼作家厄普顿·辛克莱》，《鲁迅研究月刊》2018年第1期，第24—33页。该文重点探讨鲁迅在汉语世界译介辛克莱的过程中所起的作用，但也旁及鲁迅与梁实秋之间有关卢梭的争论。
[2] 周作人：《关于鲁迅之二》，《瓜豆集》，第165—166页。

质的总体认识（想象）有关。鲁迅究竟不是从外国文学专业研究的角度关心法国文学，他只是想透过法国文学来一探法国政治与国民性的问题。

比如《"滑稽"例解》说："研究世界文学的人告诉我们：法人善于机锋，俄人善于讽刺，英美人善于幽默。这大概是真确的，就都为社会状态所制限。"与他性之所近者显然是"善于讽刺"的"俄人"，而"善于幽默""善于机锋"的法、英、美三国国民性及其文学在他心目中只能退居其次。鲁迅对法、英、美三国国民性及其文学特质的认识未必正确，但这确实影响了他对现代欧美三大国文学的接受。他对幽默而近于讽刺的英国文学评价相对又略高于美法两国。不知这是否受到厨川白村的影响。鲁迅在《〈出了象牙之塔〉后记》所译的厨川氏《走向十字街头》序言就说："在我所亲近的英文学中，无论是雪莱，裴伦［通译拜伦］，是斯温班［A. C. Swinburne，通译斯温勃恩］，或是梅垒迪斯［G. Meredith，通译梅瑞狄斯］，哈兑［通译哈代］，都是带着社会改造的理想的文明批评家；不单是住在象牙之塔里的。这一点，和法国文学之类不相同。"

尽管如此，鲁迅仍然对法国文学保持相当的兴趣。1918年8月31日日记说："上午得丸善信并《法国文学》一册。"1924年翻译的厨川白村《苦闷的象征》，鲁迅顺带翻译后来又请朋友帮助重译了《苦闷的象征》中所附的莫泊桑小说《项链》与波德莱尔散文诗《窗户》。1928年9—10月初到上海，又翻译了查理-路易-菲力普（Charles-Louis Philippe）的短篇《食人人种的话》与《捕狮》。同年11—12月译出法国"立方未来主义"诗人阿波利奈尔（Guillaume Apollinaire）的讽刺短诗《跳蚤》，以及法国当代多才多艺的先锋派诗人、小说家、传记作者、编舞者、电影人让·科克多（Jean Cocteau）的散文与木刻版画集《〈雄鸡和食馔〉抄》。他和郁达夫合办的《奔流》杂志1929年第2卷第1期和第2期还连载了林语堂翻译的英国学者道登（E. Dowden）"关于法国的文学批评的简明扼要的论文"，鲁迅在"编校后记"中提到林语堂译文时说，他"相信于读者会有许多用处"。

4. 借法朗士、德哥派拉和纪德说自己的话

鲁迅具体分析法国作家的作品，除上述雨果、拉封丹之外，还有巴比塞（H. Barbusse）、培尔纳（J. J. Bernard）、法朗士（A. France）、德哥派拉（Maurice Dekobra）、纪德、马尔罗（A. Malraux）等。

1934年《看书琐记（二）》说："就在同时代，同国度里，说话也会彼此说不通的。巴比塞有一篇很有意思的短篇小说，叫作《本国话和外国话》，记的是法国的一个阔人家里招待了欧战中出死入生的三个兵，小姐出来招呼了，但无话可说，勉勉强强的说了几句，他们也无话可答，倒只觉坐在阔房间里，小心得骨头疼。"这是借巴比塞小说阐明"文学的阶级性"。鲁迅藏书中有巴比塞《地狱》和《被枪决而活下来的人》两本小说。《本国话和外国话》，鲁迅根据的很可能是《社会月报》第1卷第5期夏衍的译本。[1]

1934年1月17日致黎烈文信，谈到黎译法国作家 J. J. 培尔纳的三幕剧《妒误》："译文如瓶泻水，快甚；剧情亦殊紧张，使读者非终卷不可，法国文人似尤长于写家庭夫妇间之纠葛也。"这可能因为黎氏主持《申报·自由谈》，编辑发表了鲁迅的大量杂文，又属私人通信，不必过于看重。但1936年2月1日致黎烈文信极口称道"法朗士之作，精博锋利"，则又另当别论。

法国大作家中，雨果之外，鲁迅偶尔也提及伏尔泰、巴尔扎克、福楼拜（藏有日文版《福楼拜全集》）、左拉、罗曼·罗兰，但都是泛泛而谈，唯独对法朗士情有独钟。1927年11月14日致江绍原信中就说："前回在《语丝》上所谈之《达旒丝》，实是一部好书，倘译成中文，当有读者，且不至于白读也。"1927年11月20日又致江绍原说："即以在《语丝》发表过议论的 Thais 而论，我以为实在是一部好书。但我的注意并不在飨宴

---

[1] 参见陈漱渝：《鲁迅与中法文学交流》，《江苏行政学院学报》2004年第2期。

的情形，而在这位修士的内心的苦痛。非法朗士，真是作不出来。"

鲁迅高看法朗士，主要是喜欢法朗士的长篇小说《泰绮思》，藏书中就有《泰绮思》的两种英文译本。[1] 但对这部小说正式做出较详细的分析则要到1935年4月14日所作的《"京派"和"海派"》：

> 法朗士做过一本《泰绮思》——他说有一个高僧在沙漠中修行，忽然想到亚历山大府的名妓泰绮思，是一个贻害世道人心的人物，他要感化她出家，救她本身，救被惑的青年们，也给自己积无量功德。事情还算顺手，泰绮思竟出家了，他恨恨的毁坏了她在俗时候的衣饰。但是，奇怪得很，这位高僧回到自己的独房里继续修行时，却再也静不下来了，见妖怪，见裸体的女人。他急遁，远行，然而仍然没有效。他自己是知道因为其实爱上了泰绮思，所以神魂颠倒了的，但一群愚民，却还是硬要当他圣僧，到处跟着他祈求，礼拜，拜得他"哑子吃黄连"——有苦说不出。他终于决计自白，跑回泰绮思那里去，叫道"我爱你！"然而泰绮思这时已经离死期不远，自说看见了天国，不久就断气了。不过京海之争的目前的结局，却和这一本书的不同，上海的泰绮思并没有死，她也张开两条臂膊，叫道"来！"于是——团圆了。

鲁迅用《泰绮思》中的高僧比喻"京派"，又以其中的妓女比喻起初被"京派"奚落的"海派"，最后分析"京海合流"的结局为何不同于法朗士小说的情节发展。这种论述方式对于我们理解法朗士的小说《泰绮思》帮助不大，却颇能揭示20世纪30年代中国文坛一度闹得沸沸扬扬的"京派"与"海派"各自的特点以及相互关系。

鲁迅在世时，法国作家访问中国的不多，德哥派拉是比较重要的一个。

---

[1] 参见陈漱渝：《鲁迅与中法文学交流》，《江苏行政学院学报》2004年第2期。

德哥派拉原名 Maurice Tessier，Dekobra 是 1908 年遇一占卜者用两条眼镜蛇（"deux cobras"）爬行轨迹为其占卜而起的笔名。大学读语文专业，尚未毕业便留学德国，在柏林当外教，后赴英，在伦敦当记者，并翻译了笛福、杰克·伦敦、马克·吐温的书。回法国后开始记者生涯，参加"一战"（当英文翻译）。1925 年出版《睡着的圣母》(*La Madone des Sleepings*) 之后，成为著名的富豪作家，应邀赴全球各地演讲。"二战"期间移民美国。

在两次世界大战的 30 年间，他游遍世界，从最近的欧洲到遥远的美国，包括土耳其、巴基斯坦、中国（驻留上海两年）、印度、尼泊尔、日本，从旅游当中汲取灵感，写出富有世界主义和异国情调的著作，主要为旅行记、侦探和冒险小说、自传，创造了一个新的文体即"虚拟纪实体"（fiction documentaire），以混合虚构和个人经历为特征，风格趋于繁复、华丽、做作、媚俗，在文学史上被称为自成一格的"德哥派拉体"（dekobrisme）。

他的成名作是《心跳缓慢》(*Mon cœur au ralenti*)。真正畅销的则是以十月革命为背景的侦探小说《睡着的圣母》（被译成 30 种语言），而《上海蜜月》(*Lune de miel à Shanghai*)、《穿毛衣的孔子》(*Confucius en pull-over*)、《美丽苦刑夫人》(*Madame Joli-Supplice*)、《波音圣母》(*La Madone des boeing*) 等的情节皆在中国展开，有些还取材于德哥派拉的经历。《澳门，赌徒的地狱》(*Macao，enfer du jeu*) 以 20 世纪 30 年代中日战争期间澳门的黑社会、赌场、军火贩运为题材，具有格外浓重的异国情调。

但德哥派拉并非简单的畅销书作家，他很早就批评金钱、标准化、斯大林主义。他的作品大多数以奥地利、印度、中国为背景，擅长营造异国情调，用各种手段（假身份、打扮、误解）制造悬念，但也触及许多准确的历史细节。德哥派拉作品众多，新书出版，往往举办特殊活动如海报宣传、书店半夜营业等前所未有的形式，致使他成为当时最流行最时尚也最富有的作家之一。不少小说被改编成电影剧本。他现在几乎全被遗忘，其实很有特色。

1933年12月28日鲁迅致王志之信说："德哥派拉君之事，我未注意，此君盖法国礼拜六派，油头滑脑，其到中国来，大概确是搜集小说材料。我们只要看电影上，已大用菲洲，北极，南美，南洋……之土人作为材料，则'小说家'之来看支那土人，做书卖钱，原无足怪。阔人恭迎，维恐或后，则电影上亦有酋长飨宴等事迹也。"

1934年1月8日所作《未来的光荣》再次谈到德哥派拉：

> 文学在西欧，其碰壁和电影也并不两样；有些所谓文学家也者，也得找寻些奇特的（grotesque），色情的（erotic）东西，去给他们的主顾满足，因此就有探险式的旅行，目的倒并不在地主的打拱或请酒。然而倘遇呆问，则以笑话了之，他其实也知道不了这些，他也不必知道。德哥派拉不过是这些人们中的一人。但中国人，在这类文学家的作品里，是要和各种所谓"土人"一同登场的，只要看报上所载的德哥派拉先生的路由单就知道——中国，南洋，南美。英，德之类太平常了。

这里首先是对"法国礼拜六派"德哥派拉提出了犀利的批评，顺便也给欢迎或议论德哥派拉或欣赏德哥派拉式电影的中国人画了一幅肖像——鲁迅把德哥派拉访华时"阔人恭迎，维恐或后"的场面比作"电影上亦有酋长飨宴等事迹也"，由此警告欣赏德哥派拉式小说或电影的中国观众与读者：

> 我们要觉悟着被描写，还要觉悟着被描写的光荣还要多起来，还要觉悟着将来会有人以有这样的事为有趣。

鲁迅论及并关注安德烈·纪德，源于他对"第三种人"戴望舒所论纪德形象的怀疑："戴先生看出了法国革命作家们的隐衷，觉得在这危急时，和'第三种人'携手，也许是'精明的策略'。但我以为单靠'策略'，是没有用的，有真切的见解，才有精明的行为，只要看纪德的讲演，就知道他并不超然于政治之外，决不能贸贸然称之为'第三种人'，加以欢迎，是不必别具隐衷的。"[1]

为了说明纪德如何容易被人误解，最好的办法是让纪德现身说法，所以鲁迅特地翻译了纪德短文《描写自己》和日本学者石川涌《说述自己的纪德》[2]，在"译者附记"中鲁迅特别交代：

> 纪德在中国，已经是一个较为熟识的名字了，但他的著作和关于他的评传，我看得极少极少。每一个世界的文艺家，要中国现在的读者来看他的许多著作和大部的评传，我以为这是一种不看事实的要求。所以，作者的可靠的自叙和比较明白的画家和漫画家所作的肖像，是帮助读者想知道一个作家的大略的利器。
>
> 《描写自己》即由这一种意义上，译出来试试的。[3]

联系1934年年初撰写的《未来的光荣》所谓"被描写"的危机，鲁迅在八九个月之后又针对性地提出"描写自己"的可贵，寥寥数语，启人深思，甚至足可以作为后人观察鲁迅思想的基点之一。[4]

---

1 《南腔北调集·又论"第三种人"》，《鲁迅全集》第四卷，第549页。
2 据万晓《鲁迅收藏的纪德著作简介》，鲁迅所藏纪德作品的日文版有《安德烈·纪德全集》，《现代法兰西文艺丛书》中的《窄门》《背德者》，还有《新粮》《田园交响曲》《一粒麦的死》《文学评论》《思索与随想》《文化拥护》；中文版有穆木天译《窄门》，丽尼译《田园交响乐》，推荐徐懋庸翻译的《随笔三则》《陀思妥也夫斯基论》，以及邢桐华翻译的《文化拥护》。参见《鲁迅藏书研究》，中国文联出版公司1991年版，第212—213页。
3 《〈描写自己〉和〈说述自己的纪德〉译者附记》，《鲁迅全集》第十卷，第498页。
4 郜元宝：《反抗"被描写"——解说鲁迅的一个基点》，《鲁迅研究月刊》2000年第1期。

5. 看重法国作家的公开言行

鲁迅毕竟不通法文，无法太多地议论法国作家的具体作品。为了避免对法国作家做笼统评价，鲁迅更多察看他们的言行，从中发现中国作家值得学习之处。这也是扬长避短之法。

比如 1925 年《忽然想到》之十说："今天，我们已经看见各国无党派智识阶级劳动者所组织的国际工人后援会，大表同情于中国的《致中国国民宣言》了。列名的人，英国就有培那特萧（Bernard Shaw）[通译萧伯纳]，中国的留心世界文学的人大抵知道他的名字；法国则巴尔布斯（Henri Barbusse）[通译巴比塞]，中国也曾译过他的作品。他的母亲却是英国人；或者说，因此他也富有实行的质素，法国作家所常有的享乐的气息，在他的作品中是丝毫也没有的。"

1926 年《我还不能"带住"》又说："我正因为生在东方，而且生在中国，所以'中庸''稳妥'的余毒，还沦肌浃髓，比起法国的勃罗亚 [L. Bloy]——他简直称大报的记者为'蛆虫'——来，真是'小巫见大巫'，使我自惭究竟不及白人之毒辣勇猛。"

《祝中俄文字之交》又说："在现在，英国的萧，法国的罗兰，也都成为苏联的朋友了。这，也是当我们中国和苏联在历来不断的'文字之交'的途中，扩大而与世界结成真的'文字之交'的开始。这是我们应该祝贺的。"

《又论"第三种人"》有言："法国的文艺家，这样的仗义执言的举动是常有的：较远，则如左拉为德来孚斯打不平，法朗士当左拉改葬时候的讲演；较近，则有罗曼罗兰的反对战争。但这回更使我感到真切的欢欣，因为问题是当前的问题，而我也正是憎恶法西斯谛的一个。"

在肯定法国作家仗义执言的同时，鲁迅对他们所仗之"义"与所发之"言"也有具体分析。《关于知识阶级》就说："英国罗素（Russel）法国罗曼罗兰（R. Rolland）反对欧战，大家以为他们了不起，其实幸而他们的话没有实行,否则,德国早已打进英国和法国了;因为德国如不能同时实行非战,是没有办法的。俄国托尔斯泰(Tolstoi)的无抵抗主义之所以不能实行,也是这个原因。"

另外鲁迅也曾抛开具体作品,分析过某些法国作家前后期思想变化和值得注意的创作倾向。1927年《非革命的激进革命论者》说:"法国的波特莱尔,谁都知道是颓废的诗人,然而他欢迎革命,待到革命要妨害他的颓废生活的时候,他才憎恶革命了。所以革命前夜的纸张上的革命家,而且是极彻底,极激烈的革命家,临革命时,便能够撕掉他先前的假面,——不自觉的假面。"

1929年《关于小说题材的通信》又说:"小资产阶级如果其实并非与无产阶级一气,则其憎恶或讽刺同阶级,从无产者看来,恰如较有聪明才力的公子憎恨家里的没出息子弟一样,是一家子里面的事,无须管得,更说不到损益。例如法国的戈兼,痛恨资产阶级,而他本身还是一个道道地地资产阶级的作家。倘写下层人物(我以为他们是不会'在现时代大潮流冲击圈外'的)罢,所谓客观其实是楼上的冷眼,所谓同情也不过空虚的布施,于无产者并无补助。而且后来也很难言。例如也是法国人的波特莱尔,当巴黎公社初起时,他还很感激赞助,待到势力一大,觉得于自己的生活将要有害,就变成反动了。"

鲁迅站在阶级论立场对小资产阶级作家波特莱尔(通译波德莱尔)和戈兼(T. Gautier,通译戈蒂叶)看待革命的双重态度做出上述冷静分析,目的是提醒高喊革命的中国小资产阶级作家要意识到自身的阶级属性,用鲁迅的话说:"这种史例,是也应该献给一碰小钉子,一有小地位(或小款子),便东窜东京,西走巴黎的成仿吾那样'革命文学家'的。"他另外还提醒中国青年作家要正确认识自己所受的包括波德莱尔在内的西方现代作家那种"'世纪末'的果汁"[1]。

---

1 《且介亭杂文二集·〈中国新文学大系〉小说二集序》,《鲁迅全集》第六卷,第251页。

6. 商榷中国文学家的法国文学观

鲁迅接触法国文学的情况大抵如上（关于罗曼·罗曼，下文再叙）。总起来说，鲁迅关注法国文学，一是高度评价许多法国作家伸张社会正义的公开言行，二是从思想艺术上表达他对某些法国作家作品的景仰，三是联系中国作家类似处境，具体分析一些法国作家的思想转变与创作倾向。

无论从哪个方面谈论法国作家和法国文学，鲁迅都是为了从法国文学中找到有助于推动中国新文学发展的经验教训，以为他山之石，因此和中国国内一些文学家围绕法国文学进行商榷，也是鲁迅偶尔论及法国文学的题中应有之义。

从文笔生涯开始，鲁迅就敏感于中国文人谈论外国名流时往往不能秉持公心，所以经常忍不住要提出自己的异议，这其中就包括法国作家。1926年所作《无花的蔷薇》说："待到伟大的人物成为化石，人们都称他伟人时，他已经变了傀儡了。有一流人之所谓伟大与渺小，是指他可给自己利用的效果的大小而言。法国罗曼罗兰先生今年满六十岁了。晨报社为此征文，徐志摩先生于介绍之余，发感慨道：'……但如其有人拿一些时行的口号，什么打倒帝国主义等等，或是分裂与猜忌的现象，去报告罗兰先生说这是新中国，我再也不能预料他的感想了。'（《晨副》一二九九）他住得远，我们一时无从质证，莫非从'诗哲'的眼光看来，罗兰先生的意思，是以为新中国应该欢迎帝国主义的么？"

同样，《"硬译"与"文学的阶级性"》批驳梁实秋《文学是有阶级性的吗？》将卢梭《论政治经济学》中的一句"财产是文明社会的真正基础"曲解为"资本是文明社会的真正基础"，也属于纠正中国国内文人有关法国作家的议论，以正读者大众的视听。

1934年署名"白道"的杂文《奇怪（三）》，先引《世界文坛了望台》的话，"法国的龚果尔奖金，去年出人意外地（白注：可恨！）颁给了一部以中国作题材的小说《人的命运》，它的作者是安得烈马尔路"，"或者由于立场的关系，这书在文字上总是受着赞美，而在内容上却一致的被一般报纸评论攻击，好像惋惜像马尔路这样才干的作家，何必也将文艺当作了宣传的工具"，接着鲁迅指出：

> 这样一"了望"，"好像"法国的为龚果尔奖金审查文学作品的人的"立场"，乃是赞成"将文艺当作了宣传工具"的了。

这当然是鲁迅杂文典型的正话反说。鲁迅认为一切文艺难免都要成为某种宣传，关键在于宣传什么，怎样宣传。那些一味回避这个事实的文艺论者们在文艺与宣传的问题上往往陷入自相矛盾的窘境，这里讨论的法国作家马尔路（通译马尔罗）《人的命运》获龚古尔奖，不过是鲁迅类似论述的其中一例。

六 木刻版画、书籍插画与漫画的"拿来"

比起文学来，鲁迅更倾心于法国的艺术。艺术，对鲁迅来说尤其是绘画、木刻版画与漫画，超越语言文字障碍，更容易直观把握，在文化交流上往往胜过文学，"因为图画是人类共通的语言，很难由第三者从中作梗的"[1]。

在文学家鲁迅的生涯中，美术的地位十分突出，从东京时代"提倡文艺运动"到生命的最后，鲁迅对美术的兴趣丝毫不亚于他对文学的兴趣。他不仅收集整理和研究中国美术史材料，如汉石画像、各个时期的木刻艺术作品，直至编辑《北平笺谱》，在杂文和小说中大量采撷美术史方面的材料，而且始终以极其浓厚的兴趣关注世界美术史和各国的美术

---

[1]《集外集·〈奔流〉编校后记》，《鲁迅全集》第七卷，第168—169页。

作品，不仅竭力搜求、珍藏，并以杂文中谈论，直接出版，用作书籍杂志的封面、插图等各种形式努力加以介绍。

鲁迅一生编辑出版书刊无数，这里仅以晚年一手扶植的《译文》为例，说明其文学活动与美术的不解之缘。比如1934年9月《译文》创刊号"前记"就说："文字之外多加图画。也有和文字有关系的，意在助趣；也有和文字没有关系的，那就算是我们贡献给读者的一点小意思。扶植的图画总比扶植的文字多保留一点原味。"《译文》和当时上海其他创作或翻译刊物一个显著的不同就在于每期必有大量插画。鲁迅对《译文》插画质量要求极高，"插图如与文字不妨无关，目前还容易办，倘必相关，就成问题。但《译文》中插图的模胡，是书店和印局应负责任的，我看这是印得急促和胡乱的缘故，要是认真的印，即使更精细的图画，也决不至于如此"[1]。

有时介绍外国作家作品，初衷竟然不是文学本身，而是和这作品有关的插画。1935年9月15日为单行本的契诃夫《坏孩子和别的奇闻》所作"译者附记"就说："这回的翻译的主意，与其说为了文章，倒不如说是因为插画；德译本的出版，好像也是为了插画的。"这并非孤例，论到自己的另一些译作时鲁迅也说过："我向来没有研究儿童文学，曾有一两本童话，那是为了插画，买来玩玩的，《表》即其一。"[2]

"实际上，鲁迅所收藏的外国书刊，其中多半是关于美术的。"[3] 他也很早就关注法国"美术"，并开始收藏有关作品和论著。他对法国"美术"的推介、评论与研究，多以他个人收藏和亲手触摸亲眼欣赏为基础，不做架空之谈。

1913年《拟播布美术书》提到区分"美术"为眼、目、心三大种类的"法人跋多"（C. Batteux）。1924年译《出了象牙之塔》，知道厨川氏

---

1 1935年1月27日致黎烈文信，《鲁迅全集》第十三卷，第361—362页。
2 1936年3月11日致杨晋豪信，《鲁迅全集》第十四卷，第44页。
3 王锡荣：《鲁迅现代版画收藏小史》，《中国美术报》第98期。

对漫画及法国漫画家陀密埃（Honoré Daumier，通译杜米埃）、福兰（J. L. Forain）和卢惠尔（Andre Rouveyre）之推崇。这期间他还购置收藏了《现代法兰西文艺丛书》，进一步扩大了看取法国艺术的视野。

鲁迅本人系统介绍法国"美术"，始于1927年底到上海不久即开始的一项工作——翻译日本学者板垣鹰穗"从法国革命后直讲到现在"的《近代美术史潮论》。[1]因为不满当时中国对西洋美术"零星的介绍"，希望"最好是有一些统系"，恰逢板垣此书出版，鲁迅认为它能"自立统系"[2]，所以就热切地向上海北新书局老板李小峰推荐，并自告奋勇承担译事。

但《近代美术史潮论》囿于以法德为中心的西洋近代油画，鲁迅却志不在此，而在"刚健质朴"的木刻版画以及在单幅的版画基础上衍生而出的书籍插图与连环漫画，所以他一面靠着板垣指引，更多则借助德、日、英文的美术类论著所提供的线索，比如1927年到上海后在上海本地书局和展览会购买，拜托在日本、德国、法国、苏联的朋友代购的日文版《阿尔斯美术丛书》《世界美术大全》，德文版《创造》版画集刊、《漫画大观》，英文版《当代木刻》（Woodcut of Today）、《文人》（The Bookman）、《画室》（The Studio）、《小动物》（The Smaller Beasts），以及《表现主义的雕刻》《现代欧洲的艺术》《欧美广告图案集》《表现派图案集》等[3]，由此先后介绍了陀莱（Gustave Doré）、陀密埃、杜菲（R. Dufy）、哈曼·普耳（Herman Paul）、拉图（Alfred Latour）、凯亥勒（Émile Charles Carlègle）和高更（Paul Gauguin）等法国艺术家大量木刻版画（书籍插画居多）。其中鲁迅尤其倾心于陀莱的书籍插图、陀密

---

[1] 1927年12月6日致李小峰信，《鲁迅全集》第十二卷，第93页。
[2] 《集外集拾遗补编·致〈近代美术史潮论〉的读者诸君》，《鲁迅全集》第八卷，第309—310页。
[3] 鲁迅除了在上海的展览会和书店（如"经营英、德、法三国原版西书及各种杂志刊物"的汉堡嘉夫人的"瀛寰图书公司"）大肆收购版画书刊之外，还让国外的朋友帮助他广泛收集各国版画。德国版画请留学德国的学生徐诗荃（梵澄）寻购，珂勒惠支版画则通过史沫特莱向画家本人购买，日本浮世绘通过内山完造、山本初枝夫人、增田涉等搜集，苏联版画通过在苏联教书的曹靖华和寓居苏联的德籍美术评论家埃丁格尔用中国宣纸交换，法国版画则先后由留学法国的孙福熙、季志仁和陈学昭等购置。

埃的政治讽刺漫画。另外他还收藏了阿尔贝·格莱兹（Albert Gleizes）、费尔南·莱热（Joseph Fernand Henri Leger）和雅各斯·维隆（Jacques Viuon）的少量作品。

值得大书特书的是，鲁迅还收藏了康斯坦·勒布莱东（Constant Le Breton，又译作勒勃勒董）为波德莱尔《散文小诗》所作的146幅木刻插图，几乎占湖南美术出版社2014年2月出版的《鲁迅藏外国版画全集·欧美版画卷》总数的五分之二[1]，该书集印了鲁迅收藏而未刊的400余幅欧美名家版画，多数为精美的原拓。

购买，收藏，目的是为了研究和介绍。起初从事这方面工作最积极的是鲁迅和他所赞助的柔石、崔真吾、王方仁等青年文艺家艰苦经营的朝花社（1928年底至1930年初）。1929年鲁迅亲自撰写的《艺苑朝华》广告显示了他们介绍出版世界木刻版画的宏大计划：

> 虽然材力很小，但要绍介些国外的艺术作品到中国来，也选印中国先前被人忘却的还能复生的图案之类。有时是重提旧时而今日可以利用的遗产，有时是发掘现在中国时行艺术家的在外国的祖坟，有时是引入世界上的灿烂的新作。每期十二辑，每辑十二图，陆续出版。每辑实洋四角，预定一期实洋四元四角。目录如下：1.《近代木刻选集》（1）；2.《蕗谷虹儿画选》；3.《近代木刻选集》（2）；4.《比亚兹莱画选》。以上四辑已出版。5.《新俄艺术图录》；6.《法国插画选集》；7.《英国插画选集》；8.《俄国插画选集》；9.《近代木刻选集》（3）；10.《希腊瓶画选集》；11.《近代木刻选集》（4）；12.《罗丹雕刻选集》。朝花社出版。

《近代木刻选集》（1）"都是从英国的《The Bookman》，《The Studio》，

---

[1] 参见李允经：《总序》，《鲁迅藏外国版画全集·欧美版画卷》，湖南美术出版社2014年版。

《The Woodcut of Today》(Edited by G. Holme)中选取的",一共 12 幅,其中有法国版画家哈曼·普耳两幅画作,鲁迅摘录原编者的解说称:"已很可窥见他后来的作风。前一幅是 Rabelais 著书中的插画,正当大雨时;后一幅是装饰 André Marty 的诗集《La Doctrine des preux》(《勇士的教义》)的,那诗的大意是——看残废的身体和面部的机轮,染毒的疮疤红了面容,少有勇气与丑陋的人们,传闻以千辛万苦获得了好的名声。"鲁迅还从《当代木刻》中选出法国画家拉图的两种小品,放在《近代木刻选集》(1)的封面和首页。

《近代木刻选集》(2)编法与(1)大致相同,"大都是从英国的《The Woodcut of Today》,《The Studio》,《The Smaller Beasts》中选取的"。所选 12 幅中有原籍瑞士、后入法国籍的凯亥勒裸体版画《"泰绮思"插图》,这应该和鲁迅推崇小说《泰绮思》有关。鲁迅摘录原编者解说称:"木刻于他(按指凯亥勒)是种直接的表现的媒介物,如绘画,蚀铜之于他人。他配列光和影,指明颜色的浓淡;他的作品颤动着生命。他没有什么美学理论,他以为凡是有趣味的东西能使生命美丽。"

朝花社实际只出版了《近代木刻选集》(1)(2)、《蕗谷虹儿画选》、《比尔兹莱画选》四辑,因为经营不善,不得已于 1930 年 1 月解散,但鲁迅仍于 1930 年 2 月 26 日将第五辑《新俄艺术图录》编完,改由光华书局出版(更名为《新俄画选》)。由于技术条件限制,鲁迅认为朝花社前四辑画册的印刷效果"不佳","从欧洲人看来,恐怕可笑。我想,还是另想法子,将来再看"[1],但光华书店无论印刷技术还是经营方式都令鲁迅更加失望,因此英法俄三国"插画选集"和《近代木刻选集》(3)(4)及《希腊瓶画选集》《罗丹雕刻选集》皆未能编完。

尽管如此,鲁迅并不气馁,几乎以一己之力继续这方面的未竟之业。

---

[1] 1929 年 7 月 8 日致李霁野信,《鲁迅全集》第十二卷,第 194 页。

其中法国木刻版画、书籍插画和漫画的介绍与印行就一直没有停止过。

印行《艺苑朝华》的同时,鲁迅还在自己编辑的文学杂志上竭力介绍外国的木刻版画。比如1928年《奔流》编校后记就说:"《跳蚤》的木刻者R. Dufy有时写作Dufuy,是法国有名的画家,也擅长装饰;而这《禽虫吟》的一套木刻尤有名。集的开首就有一篇诗赞美他的木刻的线的崇高和强有力;L. Pichon在《法国新的书籍图饰》中也说,'G. Apollinaire所著《Le Bestiaire au Cortége d'Orphée》的大的木刻,是令人极意称赞的。是美好的画因的丛画,作成各种殊别动物的相沿的表象。由它的体的分布和线的玄妙,以成最佳的装饰的全形。'这书是千九百十一年,法国De Planch出版;日本有堀口大学译本,名《动物诗集》,第一书房(东京)出版的,封余的译文,即从这本转译。"

"封余"是鲁迅由郭沫若给他的封号"封建余孽"转化而来的笔名。1928年根据日文转译阿波利奈尔《禽虫吟》之《跳蚤》以后仍不满足,第二年又买到该书法文原版。据1929年10月14日日记:"十四日雨。晚收季志仁从法国寄来之《Le Bestiaire》一本,价八十佛郎。""Le Bestiaire ou Cortège d'Orphée"是阿波利奈尔30首诗歌的合集,配有杜菲的木刻插图,1911年出版。

鲁迅"于法文一字不识",却高价购买阿波利奈尔诗集,一定程度上也是看重杜菲木刻版画的插图。多年之后创刊的《译文》第1卷第6期(1935年2月16日出版)上,因为有黎烈文所译阿波利奈尔《动物寓言诗四首》,便特地配发了鲁迅提供的杜菲(译作R. 杜费)四幅木刻插画《猫》《蚤虱》《乌贼》《孔雀》。

杜菲之外,鲁迅感兴趣的还有居斯塔夫·陀莱。1932年10月25日作《"连环图画"辩护》说:

> 书籍的插画,原意是在装饰书籍,增加读者的兴趣的,但那力量,能补助文字之所不及,所以也是一种宣传画。这种画的幅

数极多的时候，即能只靠图像，悟到文字的内容，和文字一分开，也就成了独立的连环图画。最显著的例子是法国的陀莱（Gustave Doré），他是插图版画的名家，最有名的是《神曲》，《失乐园》，《吉诃德先生》，还有《十字军记》的插画，德国都有单印本（前二种在日本也有印本），只靠略解，即可以知道本书的梗概。然而有谁说陀莱不是艺术家呢？

陀莱插图版但丁名著《神曲》，鲁迅藏有日文版和德文版，他对《神曲》的理解很可能带有陀莱的影响。《"连环图画"辩护》提到陀莱另外三本名著插图集《失乐园》《吉诃德先生》和《十字军记》，鲁迅也都藏有德文版（《失乐园》另有日文版），而且皆为比较接近木刻原作的铜版翻造。[1]

木刻版画之外，鲁迅还留意法国漫画。1935年2月28日作《漫谈"漫画"》说：

> 漫画是 Karikatur 的译名，那"漫"，并不是中国旧日的文人学士之所为"漫题""漫书"的"漫"。……因为真实，所以也有力。但这种漫画，在中国是很难生存的。……漫画虽然是暴露，讥刺，甚而至于是攻击的，但因为读者多是上等的雅人，所以漫画家的笔锋的所向，往往只在那些无拳无勇的无告者，用他们的可笑，衬出雅人们的完全和高尚来，以分得一枝雪茄的生意。像西班牙的戈雅（Franciscode Goya）和法国的陀密埃（Honoré Daumier）那样的漫画家，到底还是不可多得的。

鲁迅最初可能是1924年翻译厨川白村《出了象牙之塔》时，得知厨

---

[1] 黄乔生主编：《鲁迅藏书·世界文学名著插图本》四种（《神曲》《堂吉诃德》《失乐园》《十字军东征》），大象出版社1999—2001年版。参见黄乔生：《编后记》，《鲁迅研究月刊》2001年第9期。

川氏对 19 世纪英国和欧洲的漫画以及法国的政治讽刺画家陀密埃推崇备至：

> 漫画这东西的发源，则虽在古代埃及的艺术上，也留传着两三种戏画的残片，所以该和山岳一样地古老的罢。
>
> 在文艺复兴期以后欧洲各国的艺术上，讽诫讥笑的漫画趣味，恶魔趣味，遂至成了那重要的一部分了。
>
> 从十八世纪至十九世纪，政治底讽刺画愈有势力了。为研究当时的历史的人们计，与其一句史家的严正的如椽之笔，倒是由这些漫画家的作品，更能知道时代的真相之故，因而有着永久的生命的作品也不少。
>
> 法兰西方面，有如前世纪的陀密埃（Honore Daumier）的作品，则以痛快而深刻刺骨的滑稽画，驰名于全欧。他有这样的力，即用了他那得意的戏画，痛烈地对付了国王路易腓力（Louis Philippe），因此得罪，而成了囹圄之人。

不知是否因为厨川白村的指引，鲁迅到上海后不久即大肆购置陀密埃的漫画。据 1930 年 10 月 28 日日记，他托商务印书馆直接从德国购得 "Maler Daumier（Nachtrag）" 一册。同年 11 月 20 日又购得 "Der Maler Daumier"。这都是德国人富克斯（E. Fuchs）编辑的陀密埃大型画册，1930 年慕尼黑阿尔伯特·朗根出版社出版，前者收陀密埃作品 140 幅，插图 108 幅，两书价值 85 元 5 角，相当昂贵。1931 年 3 月 11 日，鲁迅又买到德文画册《陀密埃与政治》（Daumier und die Politik），同年 6 月 23 日和 7 月 6 日还购置了德文版《陀密埃画帖》（Daumier Mappe）上下两巨册。[1]

---

[1] 参见李允经：《"不可多得的"漫画家戈雅、杜米埃》，《鲁迅研究月刊》2004 年第 8 期。

《出了象牙之塔》还高度肯定了法国当代漫画家福兰和卢惠尔，但目前尚未见鲁迅藏有这两位法国重要漫画家的作品。

鲁迅 1933 年策划出版的《文艺连丛》收有法国印象派画家高更散文和版画的合集《诺阿诺阿》，并亲自撰文介绍广告：

> 《Noa Noa》，法国戈庚作，罗怃译。作者是法国画界的猛将，他厌恶了所谓文明社会，逃到野蛮岛泰息谛去，生活了好几年。这书就是那时的记录，里面写着所谓"文明人"的没落，和纯真的野蛮人被这没落的"文明人"所毒害的情形，并及岛上的人情风俗，神话等。译者是一个无名的人，但译笔却并不在有名的人物之下。有木刻插画十二幅。现已付印。[1]

1912 年 7 月 11 日日记记有从绍兴"收小包一，内 P. Gauguin：《Noa Noa》"，"夜读皋庚所著书，以为甚美；此外典籍之涉及印象宗者，亦渴欲见之"。可见鲁迅 1912 年就读到高更《诺阿诺阿》（可能是德文本），但 1923 年"兄弟失和"，1926 年只身南下，该书很可能失掉（或被周作人"没收"）。30 年代鲁迅又四处托人购买该书日文和德文版[2]，计划亲手翻译（《文艺连丛》广告中"罗怃"即鲁迅笔名），但因为仅得到法文版，最后只好作罢。[3]

鲁迅谈论法国木刻版画，往往与苏俄同类作品比较，这固然由于

1　《集外集拾遗·〈文艺连丛〉——的开头和现在》，《鲁迅全集》第七卷，第 484 页。

2　1933 年 10 月 30 日致山本初枝夫人："我找的书是法国人 Paul Gauguin 所著《Noa Noa》，系记他的 Tahiti 岛之行，《岩波文库》中也有日译本，颇有趣。我想读的却是德译本，增田君曾代我从丸善到旧书店都寻遍了，终于没找到。于是他寄来法文本一岫，我却看不懂。我想东京现在未必有，并且也不那么急需，所以不必拜托贵友。"增田涉给鲁迅购买的"法文本一岫"，很可能就是 1933 年 10 月 28 日日记所载"从丸善书店购来法文原本《P.Gauguin 版画集》一部二本，价四十元，为限定版之二一六"。

3　参见陈江：《鲁迅与法国画家保罗·戈庚》，《鲁迅研究资料》(10)，天津人民出版社 1982 年版，第 244—249 页。

"苏联的难以单独展览,就须请人作陪,这回的法国插画就是陪客"[1],但也是因为俄法两国艺术思潮实际存在的关联。《〈新俄画选〉小引》就说:

> 但在十九世纪末,俄国的绘画是还在西欧美术的影响之下的,一味追随,很少独创,然而握美术界的霸权,是为学院派(Academismus)。至九十年代,"移动展览会派"出现了,对于学院派的古典主义,力加掊击,斥模仿,崇独立,终至收美术于自己的掌中,以鼓吹其见解和理想。然而排外则易倾于慕古,慕古必不免于退婴,所以后来,艺术遂见衰落,而祖述法国色彩画家绥珊的一派(Cezannist)兴。同时,西南欧的立体派和未来派,也传入而且盛行于俄国。
>
> 十月革命时,是左派(立体派及未来派)全盛的时代,因为在破坏旧制——革命这一点上,和社会革命者是相同的,但问所向的目的,这两派却并无答案。尤其致命的是虽属新奇,而为民众所不解,所以当破坏之后,渐入建设,要求有益于劳农大众的平民易解的美术时,这两派就不得不被排斥了。

毕生弄笔、深知文字奥秘的鲁迅竟如此重视绘画,足见他对绘画艺术的体会之深。很难说鲁迅倾注于文学和绘画两方面的精力究竟孰多孰少,但可以肯定在观念上,他对文学和以绘画为主的一切视觉造型艺术(书籍装帧、雕刻、摄影、电影等)几乎是同等看待的。鲁迅在说明五代以降中国木刻艺术和文学之关系时,提到中国古人"左图右史"的信念,

---

[1] 1933年12月6日致吴渤信,《鲁迅全集》第12卷,第513页。鲁迅提到的这次俄法书籍插画的展览会,得到内山完造的协助,具体时间地点是1933年12月2—3日,在老靶子路40号(今武进路183号)海伦路路口的日本基督教青年会,共展出书籍插画40幅,法国30幅,全为复制品,苏联10幅,皆木刻原拓;参见周国伟、柳尚彭:《寻访鲁迅在上海的足迹》,上海书店出版社2003年版,第107页。

就不啻夫子自道——

> 镂像于木，印之素纸，以行远而及众，盖实始于中国。法人伯希和氏从敦煌千佛洞所得佛像印本，论者谓当刊于五代之末，而宋初施以采色，其先于日耳曼最初木刻者，尚几四百年。宋人刻本，则由今所见医书佛典，时有图形；或以辨物，或以起信，图史之体具矣。降至明代，为用愈宏，小说传奇，每作出相，或拙如画沙，或细于擘髮，亦有画谱，累次套印，文彩绚烂，夺人目睛，是为木刻之盛世。清尚朴学，兼斥纷华，而此道于是凌替。光绪初，吴友如据点石斋，为小说作绣像，以西法印行，全像之书，颇复腾踊，然绣梓遂愈少，仅在新年花纸与日用信笺中，保其残喘而已。[1]

可见对鲁迅而言，他终生为之奋斗不息的现代中国文艺是不能偏于文字载籍的，而应该有力地辅之以绘画（尤其是木刻版画）等视觉艺术，如此方能"文彩绚烂，夺人目睛"，也才可以说是"图史之体具矣"。

有趣的是，鲁迅略述中国木刻艺术发展史，竟只有一个外国人即"法人伯希和氏"（Paul Pelliot）的名字赫然在列。

七　补叙鲁迅与罗曼·罗兰

说到鲁迅与闻或介入的将包括他个人在内的中国文艺译介到法国的事，"鲁研界"过去比较注意的是敬隐渔翻译《阿Q正传》（连载于1926年5月15日—6月15日法国共产党主办的《欧洲》杂志），以及罗曼·罗兰看了敬隐渔译本后托敬氏转交鲁迅的一封信。

---

[1]《集外集拾遗·〈北平笺谱〉序》，《鲁迅全集》第七卷，第427页。

鲁迅本人在1933年12月19日给友人姚克的信中说:"罗兰的评语,我想将永远找不到。据译者敬隐渔说,那是一封信,他便寄给创造社——他久在法国,不知道这社是很讨厌我的——请他们发表,而从此就永无下落。这事已经太久,无可查考,我以为索性不必搜寻了。"[1]20世纪80年代初法国学者米谢尔·洛瓦论及此事时还说,"我们找不到提及罗曼·罗兰参加的事情"[2]——这话容易引起误解,好像在法国已不存在罗曼·罗兰介入敬隐渔翻译《阿Q正传》之事的任何材料。

20世纪80年代以后,通过中法两国学者不断发掘,终于找到了罗曼·罗兰1926年1月12日向《欧罗巴》月刊负责人巴扎拉热特(L. Bazalgette)隆重推荐经过他本人润色的敬隐渔《阿Q正传》法文译稿的信,其中肯定《阿Q正传》的话与敬隐渔给鲁迅的信中转述的话高度吻合,但内容更加丰富,此外关于"创造社"是否收到或扣押敬隐渔信,以及敬隐渔本人生平事迹,也找到许多可靠史料,基本澄清了其中的原委曲折。[3]

上述敬隐渔1926年1月26日致鲁迅的信,说罗曼·罗兰那年正值六十大寿,希望鲁迅"把中国所有关于罗曼罗兰的(日报,杂志,象

---

[1] 罗曼·罗兰给鲁迅的信,部分内容见于敬隐渔1926年1月24日从法国里昂写给鲁迅的信:"阿Q传是高超的艺术底作品,其根据是在读第二次比第一次更觉得好,这可怜的阿Q底惨象遂留在记忆里了。"此信原件现藏北京鲁迅博物馆,全文收入周海婴编、北京鲁迅博物馆注释:《鲁迅、许广平所藏书信选》,湖南文艺出版社1987年,第80—81页。

[2] 米谢尔·洛瓦:《鲁迅在法国》,叶冀彤译,《鲁迅研究资料》(8),天津人民出版社1981年版,第309页。

[3] 参见张英伦:《敬隐渔传奇》,上海文艺出版社2015年版;王锡荣:《"罗曼·罗兰致鲁迅信"哪里去了?》,《鲁迅生平疑案》,上海人民出版社2016年版,第79—101页。罗曼·罗兰致巴扎拉热特信最初由罗兰夫人于1981年12月17日亲自将复印件同时寄给罗大纲和戈宝权(参见戈宝权:《难忘的法国之行》,《百家春秋》2000年第1期),罗大冈在1982年2月24日《人民日报》发表的《罗曼·罗兰评〈阿Q正传〉》中全文引用了此信(参见张英伦:《敬隐渔:把鲁迅推向世界》,《鲁迅研究月刊》,2015年第5期)。《人民日报》常驻巴黎记者马为民1986年秋又获见该信复印件于巴黎第八大学教授米歇尔·露阿夫人处,原来1984年罗曼·罗兰夫人去世前决定将罗曼·罗兰和她本人的全部手稿赠送给法国国家图书馆,同时送给露阿夫人一套复印件,该信就是这批手稿复印件中的一份。《鲁迅研究资料》(8)刊载《鲁迅在法国》一文的作者米谢尔·洛瓦就是露阿夫人,她写这篇文章时尚未得到罗兰夫人馈赠,不知后来有没有纠正自己几年前的说法。

板——无论赞成或反对他的）种种稿件寄给我，并请你和你的朋友们精印一本罗曼罗兰的专书"，寄给他本人。鲁迅1926年2月20日日记说，"得李小峰信，附敬隐渔自里昂来函"，27日日记便记道，"寄敬隐渔信并《莽原》四本"，紧接着在1926年4月25日出版的《莽原》第7、8期合刊上就赫然有"罗曼罗兰专号"，有"罗曼罗兰的照相"、张定璜《读〈超战篇〉同〈先驱〉》，鲁迅自己翻译的日本中泽临川、生田长江作《罗兰的真勇主义》，"罗曼罗兰的画像"，赵少侯（柔石）《罗曼罗兰评传》(附"罗曼罗兰著作年表")，"罗曼罗兰的手迹——一九〇九年七月的一封信"，常惠翻译的罗曼·罗兰《致蒿普特曼书》及《告诬我者书》，金满成翻译的罗曼·罗兰《混乱之上》。译者和编者清一色是鲁迅的学生，专号显然是在鲁迅一手策划下完成的。

事隔十年，在鲁迅一手扶植下创刊的《译文》杂志停刊半年之后复刊的第1卷第2期（1936年4月16日出版）上，又出现了"罗曼罗兰七十诞辰纪念"专号，这或者可以视为十年前《莽原》的继续。另外《译文》所选外国作家虽然说国别繁多，诚如冯至所说，"《译文》中发表的鲁迅的译品这样种类繁多，风格各异，显示出一个与过去不同的特点，不受译者某一时期思想状况的局限，好象是他一生翻译工作的综合或缩影"，但其中法国作家几乎仅次于俄苏作家，占据第二位，不能不引人瞩目。

1926年7月1日，鲁迅收到敬隐渔寄来的5月15日出版的法文《欧罗巴》5月号，其中刊有《阿Q正传》前半部分（后半部分刊于该杂志的6月号）。7月16日鲁迅"访小峰，在其寓午饭，并买小说等三十三种，共泉十五元，托其寄给敬隐渔"，27日又"寄敬隐渔信"，估计是说明托李小峰寄书等情况。1929年巴黎Rieder（里埃代）出版社出版了敬隐渔编译的《中国现代小说选编》[1]，包括有《阿Q正传》《孔乙己》《故乡》

---

1 米谢尔·洛瓦：《鲁迅在法国》，叶冀彤译，《鲁迅研究资料》(8)，第309页。

和茅盾、郁达夫、冰心、许地山、陈炜谟等人作品九篇[1],这个篇目很可能是敬隐渔在鲁迅所寄书刊的基础上拟定的。

前文介绍鲁迅与法国文学,跳过了鲁迅和罗曼·罗兰的关系,以及鲁迅晚年一手扶植的《译文》杂志对法国文学的高度重视,这里略加补叙。

八　主动向法国"送去"中国"文艺"

1933年12月19日,鲁迅在给另一个年轻朋友吴勃的信中提到一件也许比中法文学交往更加重要的事:

> 某女士系法国期刊《Vu》的记者,听说她已在上海,但我未见,大约她找我不到,我也无法找她。倘使终于遇不到,我可以将木刻直接寄到那边去的。

这里说的是法共党员、法国革命文艺家协会负责人、《人道报》主编保罗·伐杨-古久列(Paul Vaillant-Couturier)第一任妻子意达·特勒娅(美国人,《Vu》即《观察》杂志记者,中文也译作旖达·谭丽德)与鲁迅的一段交往。

1933年8月,古久列携"谭女士"来上海参加"世界反帝反战大同盟远东会议",鲁迅与茅盾等人曾于8月18日发表宣言,欢迎此次会议的国际代表。9月5日晚鲁迅会见了伐杨-古久列,当天鲁迅日记记道"晚见Paul Vaillant-Couturier,以德译本《Hans-ohne-Brot》乞其签名"[2]。

---

[1] 王锡荣:《鲁迅生平疑案》,第81页。
[2] 伐杨·古久列小说《没有面包的汉斯》德译本。古久列在上面的题字是"请接收我最热烈的祝愿。1933年9月5日"。该书现藏北京鲁迅博物馆。参见叶淑穗:《鲁迅藏书概况》,《鲁迅藏书研究》,第7页。

鲁迅在给姚克的另一封信说"谭女士我曾见过一回",大概就在此次与古久列的会面期间。

古久列夫妇后来又去北京,在京期间旖达·谭丽德通过埃德加·斯诺夫妇见到胡蛮、梁以俅等中国左翼美术家,后者都是1930年夏在上海成立的中国左翼美术家联盟(简称"美联")的盟员,古久列夫妇则是"美联"成立不久便报道过的"法国普洛艺术家同盟"(又译作"法国革命作家与艺术家协会")的成员,双方约定在欧洲举办中国左翼美术家作品展览会,北方委托胡蛮等征集作品,南方则请鲁迅总其事。"谭女士"再回上海后未能见到鲁迅,但计划中的介绍中国当代木刻版画去法国展览之事在鲁迅这一面仍紧锣密鼓进行着。1934年1月5日致姚克信说:"谭女士终于没有看到,恐怕她已经走了,木刻我收集了五十余幅,拟直接寄到巴黎去,现将目录寄上,烦先生即为译成英文,并向S君问明谭女士在法国的通寄[信]地址,一并寄下,我就可以寄去。"此信附有鲁迅收集并计划在巴黎展出的中国青年木刻版画的一份目录。1934年1月17日日记又说"以中国新作五十八幅寄谭女士",此数目少于实际展出的作品数(78幅),大概鲁迅后来又陆续收集到另外20幅作品[1],或其余20幅由"美联"北方盟员提供。

鲁迅1934年1月6日致苏联木刻家希仁斯基(L. Khizhinsky)等的信说:"近来我们搜集到五十多幅初学版画创作的青年的作品,应法国《观察》杂志的记者绮达·谭丽德(《人道报》主编的夫人)之请,即将寄往巴黎展览,她答应在展览之后即转寄苏联。我想,今年夏天以前你们便可看到。务请你们对这些幼稚的作品提出批评。中国的青年艺术家极需要你们的指导和批评。你们能否借这机会写些文章或写些'致中国友人书'之类?至所盼望!"同样的"盼望",估计当时也向法国方面提出过。

---

[1] 此节参考了荣太之:《鲁迅筹备的中国左翼美术家作品在巴黎的展出》,《鲁迅研究资料》(7),天津人民出版社1980年版,第149—154页。

1958年法国友人沃尔姆（Pierre Vorms），即30年代的巴黎"比叶-皮埃尔·沃尔姆美术馆"馆长访华期间，携来1934年巴黎中国木刻展览的说明书《革命的中国之新艺术》一册，连同封面共十页，除封面九个汉字，其余全是法文。第二页是法国"革命文艺家协会"署名文章（1980年12月《鲁迅研究资料》发表该文时，根据内容加了标题《给中国同志们完全的支持》），第三、第四页是安德烈·维奥利（Andrée Viollis）文章《苦难而战斗的中国》（标题也是《鲁迅研究资料》编者所加）。第五页是用法文翻译的《中国左翼美术家联盟宣言》，接下来是78份展品的目录，注明包括"绘画、木刻、素描"。最后是"认捐表"，说明目的是"为了使革命的中国之新艺术展览会能够移至欧洲其他城市展出"。

这样细心周到的布置安排，倘若不是出于鲁迅的规划，至少也和鲁迅的愿望合拍。展览于1934年3月14日—3月29日在巴黎第八区博埃蒂街30号"比叶-皮埃尔·沃尔姆美术馆"成功举行，时任馆长沃尔姆1958年10月访问中国时携来的《革命的中国之新艺术》说明书、法国革命作家与艺术家协会负责人伐杨-古久列当时致中国同志的信、沃尔姆1958年12月27日离开中国前在北京写给鲁迅博物馆的信都证实了此事。[1]

这不能不说是中法文艺交流史上光辉的一页。"中国的左翼美术运动是在国际国内左翼文艺运动的潮流中发展起来的"，"这次展览，既是中国左翼美术界走向世界的第一步，也让世界第一次看到了来自中国的革命艺术家的作品"。[2]

根据沃尔姆的回忆，展览最初由伐杨-古久列负责的法国革命作家与艺术家协会向他提出，而他听了协会的提议后，马上欣然同意。

---

[1] 上述说明书中文版、古久列等人的来信和沃尔姆致北京鲁迅博物馆信，俱见《鲁迅研究资料》(7)，第155—167页。
[2] 乔丽华：《"美联"与左翼美术运动》，上海人民出版社2016年版，第133—134页。

沃尔姆后来对展览效果描述如下：

展览会十分成功，一是观众踊跃，二是巴黎各种倾向报刊大部分都表明了对来自中国反对国民党统治的各人民阶层的作品所怀有的兴趣。安德烈·维奥利的序言在《人道报》上部分转载，在亨利·巴比塞创办的周刊《世界报》上全文转载。与此同时，《巴黎午报》的专栏作家写道："这些中国人，这些乱世的画家们，他们都是劳动者，并不以卖画为生，这是自不待言的。他们在时间和环境允许的时候，有时甚至内战的炮火震撼了他们的陋室，而在两次机枪扫射的间隙，他们才作画。他们所画的是真实的写照，是街上活生生的形象，然而，几乎都是悲惨的。他们大刀阔斧地——即使他们的艺术粗糙了一些，但却极有表现力——描绘了苦难的人民，罢工，行进中的农民，革命，工人，苦力，白色恐怖……"在《艺术》上是这样写的："只要仔细看一看，就可以从这些年轻的中国人身上发现许多曾经激励过早期艺术家（指文艺复兴以前的艺术家——译注）的情感。没有虚荣心，这一点显然是不容忽视的。那种为了'事业'，而默默无闻地工作的愿望，同这些在自己的作品上连名都不签的艺术家们的这种意愿是并不相左的，正是这种意愿推动着他们去创作悦取上帝的形象……"在《艺术与装饰》上，署名勒内·夏旺斯的文章写道："主题并无多大变化，无非是贱民的贫困、骚乱的场面、凶暴的镇压等等。至于表现手法，在那里来说是崭新的，因为它全然是反传统的，是西方风格的，它并没有教给我们任何新的东西，尽管有几幅木刻的刀法很有力，我们还是要承认这一点。"如果说，贝尔纳·尚皮尼厄尔在《法国信使报》上写下了这样的话："使人担忧的是，这些中国革命者所要做的，却正与他们的宣传意图背道而驰。他们要和旧中国的政治传统与艺术传统决裂。我们不知道，在中国，政治是否获得了胜利,然而,我们却觉得,艺术似乎在那里消失了。"那么,《当代人物》的专栏作家却宣称:"比利埃·沃姆斯画廊向我们展示出一批中国革命青年艺术家的感人至深的作品。现代中国贫困不堪、苦难深重的生活,正是在这些作品中,以朴实无华而又雄辩服人的技巧被表达了出来。"

这次展览,《艺术与艺术家》、《小巴黎人》、《强硬派》和《巴黎周报》、《喜剧》等报刊都作了报道和评论,唯独在《辩论报》上撰文的保罗·菲埃朗别具慧眼,尽管在他面前陈列的作品并没有怎样打动他,但他却是从某些画作上发现一种很久以后才向我们显示其后果影响深远的第一个巴黎艺术评论家。他这样写道:"不管人们是如何的兼容并蓄,如何的勉为其难,要想从《革命的中国之新艺术》展览会上那些夸饰的作品中得到乐趣,那可太难了。那些粗率得可怜的作品,一味地模仿麦绥莱勒,一味地追求粗野的、庸俗的效果。此外,比利埃·沃姆斯画廊介绍给我们的这些无名之辈,全无中国人的气味,他们既没有使绘画发生革命,也没有使木刻发生革命。"

然而,只要对那些来自中国的木刻稍作审视,我们确实吃惊地看到一个明显的事实:同麦绥莱勒的某些作品有着渊源关系——不仅在取材上,甚至在技巧上。鉴于我掌管比利埃画廊以来便同这位版画家兼画家建立了牢固的友谊——那时我已成为他的法国私人出版者。而他则是受我们这个画廊保护和推崇的主要艺术家之一——,我便迫不及待地把那些在我看来成为疑案的版画给他送去。某些相似之处使我们感到困惑。

1958年,沃尔姆和比利时著名画家、木刻画家麦绥莱勒(Màsereel)带着这种共同的"困惑",受邀来到北京,在辗转于北京和上海、武汉的巡回展览与访问的过程中,他们两个人24年前的"困惑"才得以消除。

原来，被那位法国艺术评论家"保罗·菲埃朗"发现的 30 年代中国年轻木刻家们与麦绥莱勒之所以"有些相似"，还是与那次展览的第一策展人鲁迅有关，是鲁迅第一个在中国全面而深刻地介绍了麦绥莱勒的木刻作品，也是鲁迅在介绍麦绥莱勒的同时即警告中国的年轻艺术家们不要盲目模仿！[1]

鲁迅在 1934 年 4 月 5 日给来自广东的青年木刻家张慧的信中说："木刻为近来新兴之艺术，比之油画，更易着手而便于流传。良友公司所出木刻四种，作者的手腕，是很好的，但我以为学之恐有害，因其作刀法简略，而黑白分明，非基础极好者，不能到此境界，偶一不慎，即流于粗陋也。惟作为参考，则当然无所不可。而开手之际，似以取法于工细平稳者为佳耳。"鲁迅提到的"良友公司所出木刻四种"，就是指麦绥莱勒的《一个人的受难》《光明的追求》《我的忏悔》《没有字的故事》。学麦绥莱勒而"流于粗陋"，鲁迅预见在前，而巴黎的艺术评论家们发现在后，这也算是一种跨越时空的对话吧？

沃尔姆还回忆说：

> 根据我的倡议，并且得到革命作家与艺术家协会委员会的完全赞同，在比利埃·皮埃尔·沃姆斯画廊展出后的全部展品，又于 1934 年 4 月 14 日至 5 月 29 日期间，在里昂凯德蓬迪宫举办的"东南沙龙"里展出。[2]

里昂的展览结束后，"丹麦人本·罗森基尔德·尼森尔"写信与沃尔姆商定，这些作品将于哥本哈根的丹斯克艺术博物馆大厅展出，可惜由于法国革命作家与艺术家协会秘书临时通知沃尔姆对这批来自中国的画作另有安排，哥本哈根的展出最终未能实现。

---

1 2　皮埃尔·沃姆斯：《鲁迅与麦绥莱勒》，薇君译，《世界美术》1981 年第 3 期，原文载巴黎《中国木刻五十年展览》目录。

鲁迅生前只是听说寄去的作品被展出，却完全不知道上述细节。

2014年6月，上海鲁迅纪念馆在巴黎库尔芒迪什市举办"重返与再现——鲁迅1934年组织的中国新兴版画重返巴黎回顾展"，得到巴黎市政府和法国八家媒体大力支持，也算是令人感到欣慰的"后话"吧。[1]

九　世界而非东亚的鲁迅

这篇文章已经拖得太长，但临了还有一点"余论"。

标题是"鲁迅与法兰西文化"而非"鲁迅与法兰西文学"，至此已无需多作解释。鲁迅与法国的关系不限于单一的文学。

此外，我还不禁想起数年前在中国鲁迅研究界像旋风一样刮过一阵子的竹内好20世纪40年代的鲁迅论。

竹内好强调鲁迅的"文学家的立场"，认为鲁迅"有一个根本的态度，就是他有一种除被称为文学家以外无可称呼的根本态度"，"文学家鲁迅是无限地产生启蒙者鲁迅的终极的场所"，"从来没有人像鲁迅那样深切地使我想到文学家的意义"[2]。这样强调"文学"之于鲁迅的优先地位和终极意义，如果我们完全站在与现代西方的现代性相对的现代东亚政治召唤与思想启蒙的立场，或许觉得竹内好很能够自圆其说。但是，会不会因此就容易将"文学"封闭起来，使"文学"变成整体文化中一个排他的自我封闭的特殊而神秘的部门？

对鲁迅来说，果真有作为根本"立场"和"态度"的"文学"吗？从鲁迅接触法国文化的方式看，在"文学"之外还有"文艺""美术"，在"文学""文艺""美术"之上还有整体的"文化"。这一事实首先固然驳斥了当年林语堂所谓"其在文学，今日绍介波兰诗人，明日绍介捷克文豪，而对于已经闻名之英美法德文人，反厌为陈腐，不欲深察，求一

---

[1] 参见乐融：《中法文学艺术交流中的鲁迅》，《上海鲁迅研究》2014年第3期。
[2] 竹内好：《鲁迅》，李心峰译，浙江文艺出版社1986年版。

究竟。……此种流风，其弊在浮"[1]，其次似乎也预先取消了竹内好赋予鲁迅的文学那种似乎可以凌驾于其他文化门类之上的绝对优先的地位。

在鲁迅竭力开拓的跨国文化交流的多元模式中，文学难道果真还是"无限地产生启蒙者鲁迅的终极的场所"吗？如果答案仍然是肯定的，那么"文学"作为"终极的场所"无疑也显出了它的更加复杂而多元的文艺和文化的背景。换言之，究竟何为"鲁迅的文学"，首先就需要在世界文学和文化的知识谱系中加以重新定义。

因此，当我们再说"从来没有人像鲁迅那样深切地使我想到文学家的意义"时，除了必须跳出狭隘的"文学"而进入鲁迅从一开始就自觉献身的"文艺运动"之外[2]，我们可能在继续关注竹内好所强调的东亚以及俄苏和东北欧弱小民族语境的同时，还必须更多地留意鲁迅和文艺复兴以来法国、意大利等现代欧洲主流文化圈的关系。

就拿鲁迅对"域外小说"的兴趣来说，所谓"一是偏重斯拉夫系统，一是偏重被压迫民族"[3]，毕竟只是 1936 年底在北京的周作人根据他自己对留日生活的记忆所下的一个判断。如果仅仅针对《域外小说集》而言，无疑合乎实际，也契合该书在日本读者群中所引起的初步反应："清朝留学生通常喜欢阅读俄国革命的乌托邦作品，另外还有德国、波兰等国家的作品，而不是特别喜好专门阅读法国作品。"[4] 然而无论 1936 年周作人对《域外小说集》的论断，还是 1909 年日本东京"政教社"所办《日本和日本人》杂志对《域外小说集》的上述介绍，都不能涵盖鲁迅在这以

---

1 林语堂：《今文八弊》，《人间世》第 28 期。
2 《〈呐喊〉自序》强调当时在东京提倡的是"文艺运动"而非单一的"文学运动"，长期以来"鲁研界"对此一强调的深意注意得不够，董炳月《"文章为美术之一"——鲁迅早年的美术观与相关问题》(《文学评论》2015 年第 4 期) 可能是深入阐述这个问题的第一篇论文（全文见《鲁迅与城市文化——2015 年国际学术研讨会论文集》，中国文联出版社 2016 年版）。东京留学，回国十年沉默，"文学革命""革命文学"论争和上海十年这四个时期文学家鲁迅和文艺美术家鲁迅之关系的整体考察，或许将是日后鲁迅研究的一个重要课题。
3 周作人：《关于鲁迅之二》，《瓜豆集》，第 165 页。
4 赵龙江：《〈域外小说集〉和它的早期日文广告》，《鲁迅研究月刊》2005 年第 2 期。

后所展开的更加宽阔的"别求新声于异邦"的道路。事实上,就在编译《域外小说集》之前,鲁迅就已经培养了"专门阅读法国作品"的"喜好",而且他所阅读的"法国作品",还不断地从文学拓展开去,渐次涉及法国的历史、政治、思想学术、科技、美术等各个方面。这一点,不仅《日本和日本人》的编者没有注意到,即使当时和鲁迅差不多是一个人的周作人也疏忽了。

鲁迅不仅是中国的,也不仅是东亚的,更是世界的。

2018 年 5 月 18 日初稿
2018 年 8 月 24 日修改
2019 年 3 月 14 日改定

鲁迅看取意大利文化的眼光

鲁迅接触域外文明，学界过去关注较多的是日本、德国、俄国、北欧、东欧和"巴尔干诸小国"[1]，往往忽略鲁迅与其他国家和地区的关系，比如鲁迅和意大利的关系就缺乏系统的梳理。其实主张"拿来主义"的鲁迅毕生"拿来"的范围几乎覆盖世界文明所有成熟形态（他还经常提到非洲等"蛮地"），文艺复兴以后的意大利以及和意大利现代文化关系密切的古代希腊和罗马文明也在他的视野之内。[2]

---

1 鲁迅在《我怎么做起小说来》中，对自己留日时期翻译介绍外国小说的兴趣交代得比较全面："特别是被压迫的民族中的作者的作品。""因为所求的作品是叫喊和反抗，势必至于倾向了东欧，因此所看的俄国、波兰以及巴尔干诸小国作家的东西就特别多。也曾热心的搜求印度，埃及的作品，但是得不到。记得当时最爱看的作者，是俄国的果戈理（N.Gogol）和波兰的显克微支（H.Sienkiewitz）。日本的，是夏目漱石和森鸥外。"后来不仅介绍翻译外国小说的范围扩大，关心外国文化的深度和广度也不断增加。

2 据易木、姜英东《近十年鲁迅与外国文化比较研究综述》（《社会科学辑刊》2000年第1期），"鲁迅与意大利文化的比较研究一直成果较少，2000年之前仅《鲁迅研究月刊》1991年第4期姚锡佩《鲁迅探求的意大利文学新源》一文，以及中秋谈鲁迅与但丁的《梦幻与现实——鲁迅、但丁地狱意象比较》（《齐齐哈尔师范学院学报（哲学社会科学版）》1992年第3期）。其实，宏观上谈鲁迅与意大利的论著确实寥若晨星，但2000年前谈"鲁迅与但丁"的大有人在，如杨嘉《鲁迅——中国的但丁》（《学术研究》1981年第5期）、马翰如《我们为什么走不进天堂——〈神曲·地狱篇〉的东拉西扯》（《读书》1990年第10期）、袁荻涌《鲁迅与但丁》（《大庆高等专科学校学报》1994年第2期）、葛涛《有意味的形式——论〈故事新编〉与〈神曲·天堂篇〉》（《中国农业大学学报（社会科学版）》1999年第3期）。易木、姜英东文发表之后，又有高晓娜《试析但丁精神和鲁迅精神之异同》（《唐都学刊》2003年第2期）、王吉鹏与李红艳《鲁迅〈野草〉与但丁〈神曲〉之比较》（《辽宁师范大学学报（社会科学版）》2004年第5期）、葛涛《和而不同——论鲁迅与但丁》（《鲁迅：跨文化对话——纪念鲁迅逝世七十周年国际学术讨论会论文集》，大象出版社2006年版）、许静与李平《但丁〈神曲〉与鲁迅作品在创作动机上的比

（转下页）

许多中国现代作家去意大利，都是短期"壮游"（Grand tour），如盛成（1922）、徐志摩（1925）、王独清（1926）、朱自清（1932）、李健吾（1933）等。更早还有晚清郭嵩焘（1879）和康有为（1904）。这些作家（以上括号内年份皆为他们游历意大利的时间）途中或回国之后都留下纪游作品。[1] 鲁迅未曾旅行意大利，但他通过持续、广泛而深入的阅读，自始至终关注意大利，大量论文、杂文和翻译作品的序跋论及意大利社会、历史和文化，鲁迅的短篇小说创作、文学观念和语言思想、现代木刻艺术的提倡、宗教意识——都深受意大利影响，并在接受影响的过程中强烈凸显其看待域外文明的独特眼光。研究鲁迅与意大利文化这一个案，可以切实感受到现代中国文化巨人在建设本土文化时一刻也不放松地学习、审视、借鉴世界文化的恢宏气度。

一　鲁迅毕生关心意大利文化

先说三个小例子，略见鲁迅热衷于了解意大利文化之一斑。

第一例，是鲁迅的日本学生增田涉问鲁迅，张天翼小说《稀松的恋爱故事》中"瘟西"一词"不知指什么？"鲁迅给予详细答复："文艺复兴时期的画家，Leonardo da Vinci。张天翼常常乱写西洋人名，其实这

（接上页）

较》（《科技信息》2008年第31期）、谭桂林《鬼而人、理而情的生命狂欢——论鲁迅文学创作中的"鬼魂"叙事》（《扬州大学学报（人文社会科学版）》2014年第2期）。此外鲁迅在意大利的翻译、传播与研究也颇有学者论及，如张杰《意大利的鲁迅著作翻译和研究》（《鲁迅研究月刊》1987年第8期），安娜·贝雅蒂（Anna Bujatti）《鲁迅在意大利》（收入周令飞主编：《鲁迅社会影响调查报告》，北京大学中文系徐钺译，人民日报出版社2011年版）。概而言之，中国学者关注鲁迅与但丁的较多，而很少整体上触及鲁迅与意大利文化的关系。

1　中国近现代作家旅行意大利比较概略的梳理，可参看瑞士汉学家冯铁（Raoul David Findeisen）：《徐志摩康桥之梦——论一首威尼斯诗之源》《两位飞行家：邓南遮与徐志摩》《在拿波里的胡同里：民国时期意大利游记掇拾》，《在拿波里的胡同里——中国现代文学论集》，南京大学出版社2011年版。

不是好习惯。"[1] 能够做出这个回答，前提固然是熟悉张天翼小说和张氏"乱写西洋人名"的习惯，但也必须对"西洋人名"有超出一般水平的了解，这样才能透过张天翼的"乱写"知道"西洋人名"究竟是谁。其次，这个回答可能并非借助词典之类工具书做出，因为鲁迅很熟悉列奥纳多·达·芬奇，在杂文中几乎随手拈来："Leonardo da Vinci 非常敏感，但为要研究人的临死时的恐怖苦闷的表情，却去看杀头。"[2] 虽然只涉及一个细节，却非常贴切——鲁迅想说的是，只有像达·芬奇这样"敏感"而又勇毅，中国文学家才能不辜负同胞的流血，"敢于直面惨淡的人生，敢于正视淋漓的鲜血"[3]，懂得"死尸的沉重"[4]，这才不至于和"死尸"一同沦灭。鲁迅小说和杂文不惮于描写各种暴力场面，虽痛心疾首，但态度与手法始终异常冷静乃至冷酷。这种"阴冷"的风格主要得自俄国作家安德烈耶夫的启迪[5]，但鲁迅显然也从达·芬奇那里获得了灵感和印证。

第二个例子，也是增田涉问鲁迅，郁达夫小说《二诗人》中"郎不噜苏"和"福禄对儿"是不是两个外国人名。鲁迅告诉增田涉："'郎不噜苏'即 Lombroso，意大利学者。'福禄对儿'即 Voltaive［伏尔泰］。"[6] 中国读者熟悉伏尔泰，而"意大利学者""Lombroso"一般还是颇为陌生的，但鲁迅也并非查了什么工具书才这样答复增田涉，因为这位"意大利学者"说来还与鲁迅关系匪浅，详见下文。

第三个例子是鲁迅在 1934 年 10 月发表的《〈描写自己〉和〈说述自

---

[1] 伊藤漱平、中岛利郎编：《鲁迅增田涉师弟答问集》，杨国华译，朱雯校，华东师范大学出版社 1989 年版，第 69 页。
[2] 《华盖集·忽然想到（十一）》，《鲁迅全集》第三卷，第 100 页。
[3] 《华盖集续编·记念刘和珍君》，《鲁迅全集》第三卷，第 290 页。
[4] 《华盖集续编·"死地"》，《鲁迅全集》第三卷，第 283 页。
[5] 尽管鲁迅在《中国新文学大系小说二集序》中只提到，"《药》的收束，也分明的留着安特莱夫（L.Andreev）式的阴冷"，但研究者普遍认为安特莱夫（通译安德烈耶夫）的"阴冷"对鲁迅的影响并不限于《药》。
[6] 伊藤漱平、中岛利郎编：《鲁迅增田涉师弟答问集》，杨国华译，朱雯校，第 54 页。

己的纪德〉译者附记》中特别告诉读者:"文中的稻子豆,是 Ceratonia siliqua 的译名,这植物生在意大利,中国没有。"

鲁迅关心和熟悉意大利文化,当然不止上述三例。对意大利各时代文化的研究几乎贯穿了他生命的始终。

从目前材料看,鲁迅最早谈到意大利是 1907 年撰写的《科学史教篇》:"法朗西意大利诸国学校,则解剖之学大盛;科学协会亦始立,意之林舍亚克特美(Accademia dei Lincei)即科学研究之渊薮也。"该文重要性在于很快就从意大利的科学进一步讲到包括意大利在内的欧洲各国的社会思想,尤其是启蒙时代世俗化和宗教改革进程中欧洲各国反对身处意大利的教皇,殃及池鱼,连意大利人也受到仇视:"教皇以其权力,制御全欧,使列国靡然受圈,如同社会,疆域之判,等于一区;益以桎亡人心,思想之自由几绝","虽然,民如大波,受沮益浩,则于是始思脱宗教之系缚,英德二国,不平者多,法皇宫庭,实为怨府,又以居于意也,乃并意大利人而疾之"。

同年撰写的《摩罗诗力说》直接地谈到意大利文化:"意太利分崩矣,然实一统也,彼生但丁(Dante Alighieri),彼有意语","迨兵刃炮火,无不腐蚀,而但丁之声依然"。意大利统一的基础是新的意大利语,尤其是为新的意大利语成立做出卓越贡献的诗人但丁——这虽然引自卡莱尔《英雄和英雄崇拜》,却正是鲁迅当时的"确信",所谓"盖人文之留遗后世者,最有力者莫如心声"。他还举果戈理为例:"俄之无声,激响在焉。俄如孺子,而非暗人;俄如伏流,而非古井。十九世纪前叶,果有鄂戈理(N. Gogol)者起,以不可见之泪痕悲色,振其邦人。"相比果戈理,更能启发中国文学界的却是但丁,因为但丁不仅创造了伟大的文学,还更新了"意语",正是但丁的文学和被但丁所更新的"意语"共同保证了分崩离析的意大利终得统一。"五四"前后,胡适也曾借但丁之事阐述"文学改良"的理念,最终提出"文学的国语、国语的文学"的主张，这比鲁迅晚了十多年。[1]

据姚锡佩考察，留日时期鲁迅陆续购置了 G. 维尔加（Giovanni Verga）《西里西亚乡村故事》、E. 卡斯特罗诺沃（Enrico Castelnuovo）《泰洛基娜的发辫，基欧万尼诺的腿》、S. 法里那（Salvatore Farina）《皮克布伯，滨海浴场的暴君》、P. 伦勃罗梭（Paola Marzola Lombroso）《珂达克，意大利生活速写》、阿尔贝塔·V. 普特卡莫尔（Alberta von Puttkamer）《邓南遮》这五本意大利作家著作的德译本。最重要的则是鲁迅当时还购置了但丁《〈新生〉和但丁抒情诗总集》的德译本，这使我们相信他在《摩罗诗力说》中对但丁的介绍并非人云亦云。诚如他后来所回忆的，那时候但丁作品给他震撼极大，与尼采、拜伦、雪莱、安德烈耶夫、显克微支诸人同等。但丁并不属于他心目中的"摩罗诗人"序列，但作为马克思所谓中世纪最后一个诗人和近代第一个诗人，但丁针对教皇和君主的双重反叛思想，尤其他对自己的灵魂世界无畏的探索精神，无疑也启迪了 19 世纪末的"轨道破坏者"们，称道"摩罗诗人"的青年鲁迅热爱但丁也就理所当然，正如他也极口称道并不属于"摩罗诗人"序列的奥古斯丁、卢梭和托尔斯泰三人的"自忏之书"。青年鲁迅在留日后期"提倡文艺运动"的举措之一就是和二三同志创办文学刊物《新生》，这本刊物的命名，即源于但丁的《〈新生〉和但丁抒情诗总集》。周作人所谓鲁迅留日时期文学活动的《新生》甲编（论文）和《新生》乙编（翻译小

---

[1] 胡适《建设的文学革命论》(1918) 有言："我这几年来研究欧洲各国国语的历史——没有一种不是文学家造成的。"他所举第一个例子就是意大利，"五百年前，欧洲各国但有方言，没有'国语'。欧洲最早的国语是意大利文。那时欧洲各国的人多用拉丁文著书通信。到了十四世纪的初年意大利的大文学家但丁（Dante）极力主张用意大利话来代拉丁文。他说拉丁文是已死了的文字，不如用本国俗语的优美。所以他自己的杰作《喜剧》，全用脱斯堪尼（Tuscany）（意大利北部的一邦）的俗语。这部《喜剧》，风行一时，人都称他做《神圣喜剧》。那《神圣喜剧》的白话后来都成了意大利的标准国语"。胡适此文强调，"意大利国语成立的历史，最可供我们中国人的研究。为什么呢？因为欧洲西部北部的新国，如英吉利法兰西德意志，他们的方言和拉丁文相差太远了，所以他们渐渐的用国语著作文学，还不算稀奇。只有意大利是当年罗马帝国的京畿近地，在拉丁文的故乡；各处的方言又和拉丁文最近。在意大利提倡用白话文代拉丁文，真正和在中国提倡用白话代汉文，有同样的困难"。

说)¹,毫无疑问都统辖于对但丁的高度认同了。

1909年回国,直到定居上海,鲁迅继续购买有关意大利文学的著作。1926年购置日本学者所翻译的英人跋忒莱尔《但丁传》(很快就在杂文中用赞赏的口吻提到这本传记²)。1927年购置了L. 皮兰德娄(Luigi Pirandello)《六个登场人物》、薄伽丘《十日谈》、G. 莱奥帕尔迪(Giacomo Leopardi)《道德小品集》的日译本。1928年还购置了法人陀莱(Paul Gustave Louis Christophe Doré)《但丁神曲画集》日译本(另有购置时间不详的德译本)。

鲁迅不同时期所购置的从文艺复兴前期直到20世纪这些意大利作家对鲁迅有怎样的影响?这个问题有待深入梳理。正如孙郁先生所言,鲁迅在文章中常常有意隐藏他读了哪些书,这种"暗功夫"使他并不像周作人那样,以"关于一本书"的书评形式直接告诉读者对自己所读之书的看法。³

鲁迅对意大利的兴趣从未间断,直到生命终点。1935年《陀思妥夫斯基的事——为日本三笠书房〈陀思妥夫斯基全集〉普及本作》谈陀思妥耶夫斯基,似乎顺带谈到但丁:"回想起来,在年青时候,读了伟大的文学者的作品,虽然敬服那作者,然而总不能爱的,一共有两个人。一个是但丁,那《神曲》的《炼狱》里,就有我所爱的异端在;有些鬼魂还在把很重的石头,推上峻峭的岩壁去。这是极吃力的工作,但一松手,可就立刻压烂了自己。不知怎地,自己也好像很是疲乏了。于是我就在这地方停住,没有能够走到天国去。"第二年《写于深夜》又说:"我先

---

1 周作人:《知堂回想录(下)》,河北教育出版社2002年版,第254、264页。
2 《马上支日记之二》:"凡物总是以希为贵。假如在欧美留学,毕业论文最好是讲李太白,杨朱,张三;研究萧伯纳,威尔士就不大妥当,何况但丁之类。《但丁传》的作者跋忒莱尔(A.J.Butler)就说关于但丁的文献实在看不完。待到回了中国,可就可以讲讲萧伯纳,威尔士,甚而至于莎士比亚了。"
3 孙郁:《鲁迅的暗功夫》,《文艺争鸣》2015年第5期,收入孙郁:《民国文学十五讲》,陕西人民出版社2015年版。

前读但丁的《神曲》,到《地狱》篇,就惊异于这作者设想的残酷,但到现在,阅历加多,才知道他还是仁厚的了:他还没有想出一个现在已极平常的惨苦到谁也看不见的地狱来。"晚年鲁迅这样谈但丁,一方面固然因为日本《陀思妥夫斯基全集》普及本和中国社会现实的刺激,另一方面——或许更主要的——正如有学者指出的,乃是和鲁迅正在力疾翻译的果戈理《死魂灵》有关。[1]

果戈理《死魂灵》和但丁《神曲》的关系,鲁迅学生、青年翻译家韦素园早就指出过,"他一生最大的杰作是《死灵》,前后历有十七年之久,终于尚未完成。他想在三部《死灵》中,画出三个俄罗斯来,犹如但丁的《神曲》:地狱,净土,天堂。一幅死的王国底阴森可怕的图画,第一部《死灵》完成了;第二部,在他死前不久,为一己的内心懊恼,深夜时候,唤醒小儿,同到书斋,却将那待付印的誊清的稿本烧去了,现在只剩一些残篇;第三部当然是更谈不到了。他想写出快乐的,健全的,一些纯洁无疵的'活的灵魂',显现给现时过着愁苦的,病态的,阴森到万分的生活的兄弟们(也就是第一部《死灵》中的人物),然而却写不出,——这虽说为他不曾禀赋这种天才,可是数百年来农奴制度形成的十九世纪俄罗斯背景,却至少也是主要原因"[2]。不知道韦素园是否参考过《死魂灵》第一部译完之后鲁迅于1936年10月接着译出的俄国学者内斯妥尔·珂德略来夫斯基(N. Kotrialevsky)的《死魂灵序》原文,但二人的说法如出一辙:"果戈理是把自己想做一个从黑暗进向光明的但丁第二的。有一种思想,很深的掌握而且震撼着诗人的灵魂,是仗着感悟和悔恨,将他的主角拔出孽障,纵使不入圣贤之域,也使他成为高贵的和道德的人。这思想,是要在诗的第二部和第三部上表现出来的,然而果戈理没有做好布置和草案,失败了,到底是把先前所写下来的一切,

---

[1] 此处及以下讨论鲁迅、果戈理和但丁三者关系,借鉴了葛涛:《和而不同——论鲁迅和但丁》,《纪念鲁迅逝世七十周年国际学术讨论会论文集》。
[2] 韦素园:《〈外套〉的序》,《莽原》半月刊1926年第16期。

都抛在火里面。所以完成的诗的圆满的形式，留给我们的，就只有诗篇的第一部：俄国人的堕落的历史，他的邪恶，他的空虚，他的无聊和庸俗的故事。"鲁迅对韦素园和珂德略来夫斯基的论述无疑是熟悉而且首肯的，所以在翻译《死魂灵》第二部残稿时就说："其实，只要第一部也就足够，以后的两部——《炼狱》和《天堂》已不是作者的力量所能达到了。果然，第二部完成后，他竟连自己也不相信了自己，在临终前烧掉，世上就只剩了残存的五章，描写出来的人物，积极者偏远逊于没落者：在讽刺作家果戈理，真是无可奈何的事。"又说："其实，这一部书，单是第一部就已经足够的，果戈理的运命所限，就在讽刺他本身所属的一流人物。所以他描写没落人物，依然栩栩如生，一到创造他之所谓好人，就没有生气。"[1]

了解鲁迅晚年公开谈论但丁的两篇文章《陀思妥夫斯基的事》和《写于深夜》所依托的陀思妥耶夫斯基和果戈理的背景，有助于揣摩鲁迅对但丁的真实想法。《陀思妥夫斯基的事》所谓"不知怎地，自己也好像很是疲乏了。于是我就在这地方停住，没有能够走到天国去"，乃是引未出场的果戈理为同调来侧面谈论但丁，《写于深夜》则完全借但丁（以及同样未出场的果戈理）来愤恨地针砭当时中国的社会现实，并非鲁迅晚年对但丁的定论。当人们说鲁迅是"中国的但丁"[2]，并且具体比较鲁迅《野草》《故事新编》等作品与但丁《神曲》的异同时[3]，应该记住鲁迅曾经特意强调过，他没有陀思妥耶夫斯基式的"伟大的忍从"，所以未能穿过但丁的地狱和炼狱而直达天国；他只能像"无可奈何"的果戈理那样，

---

[1] 《译文序跋集·〈死魂灵〉第二部第二章译者附记》，《鲁迅全集》第十卷，第455页。
[2] 杨嘉：《鲁迅——中国的但丁》，《学术研究》1981年第5期。
[3] 比较鲁迅地狱和鬼魂叙事跟但丁的关系，有中秋《梦幻与现实——鲁迅、但丁地狱意象比较》，马翰如《我们为什么走不进天堂——〈神曲·地狱篇〉的东拉西扯》，袁获涌《鲁迅与但丁》，高晓娜《试析但丁精神和鲁迅精神之异同》，王吉鹏、李红艳《鲁迅〈野草〉与但丁〈神曲〉比较》，谭桂林《鬼而人、理而情的生命狂欢——论鲁迅文学创作中的"鬼魂"叙事》。葛涛《有意味的形式——论〈故事新编〉与〈神曲·天堂篇〉》和《和而不同——论鲁迅与但丁》出色地指出了《故事新编》结构与《神曲》的高度相似性。

半途而废，留在但丁式的地狱里，以完成专门针对本国污秽现实的"讽刺作家"的应尽使命。

二 鲁迅关心外国现代文艺家与意大利的文化因缘

如前所述，鲁迅一生没有到过意大利。他本人很遗憾地说，"我没有游历意大利的幸福，所走进的自然只是纸上的教皇宫"[1]。鲁迅也并无有关意大利文化的专门论述和研究。但这并不妨碍鲁迅站在现代中国文化建设的立场，以独特的问题意识来吸取意大利文化的经验教训。

从上引《科学史教篇》《摩罗诗力说》和晚年两篇杂文可知，鲁迅关心意大利近代科学、启蒙思想、文学在祖国统一过程中所起的作用以及文学中的宗教精神与现实批判意识。除此以外，还有许多其他内容。其中一个重要的问题是，鲁迅发现他所关心的许多西方和俄国现代作家、艺术家、批评家都和意大利有某种因缘。既然对他们感兴趣，自然就会留心这些人的意大利文化的背景。

比如拜伦，《摩罗诗力说》有言："[拜伦]已而终去英伦，千八百十六年十月，抵意太利。自此，裴伦之作乃益雄。裴伦在异域所为文，有《哈洛尔特游草》之续，《堂祥》（Don Juan）之诗，及三传奇称最伟，无不张撒但而抗天帝，言人所不能言。""裴伦之所督励，力直及于后日，起马志尼［G. Mazzini］，起加富尔［C. B, di Cavour］，于是意之独立成。故马志尼曰，意太利实大有赖于裴伦。彼，起吾国者也！盖诚言已。"拜伦"张撒但而抗天帝"的"摩罗"精神到了意大利之后更加发扬，作品也"益雄"，以至于拜伦的精神直接助成了意大利的独立。意大利文化哺育了拜伦而受此哺育的拜伦也回馈了意大利。

《摩罗诗力说》这样讲述雪莱的文学生涯："修黎生三十年而死，其

---

[1]《南腔北调集·"连环图画"辩护》，《鲁迅全集》第四卷，第457—458页。

三十年悉奇迹也,而亦即无韵之诗。时既艰危,性复狷介,世不彼爱,而彼亦不爱世,人不容彼,而彼亦不容人,客意太利之南方,终以壮龄而夭死,谓一生即悲剧之实现,盖非夸也。""至其杰作,尤在剧诗;尤伟者二,一曰《解放之普洛美迢斯》(Prometheus Unbound),一曰《玷希》(The Cenci)。""《玷希》之篇,事出意太利,记女子玷希之父,酷虐无道,毒虐无所弗至,玷希终杀之,与其后母兄弟,同戮于市。论者或谓之不伦","社会以谓不足读,伶人以谓不可为;修黎抗伪俗弊习以成诗,而诗亦即受伪俗弊习之夭阏,此十九稘上叶精神界之战士,所为多抱正义而骈殒者也"。拜伦为意大利独立而牺牲,雪莱也客死于意大利南方,其剧诗《玷希》还直接取材于意大利故事,因此介绍拜伦、雪莱而不旁及意大利,乃势所不能。沉醉于拜伦、雪莱的青年鲁迅必有一栩栩如生之意大利形象萦回脑际。我们也因此可想而知鲁迅对意大利的憧憬,以及他因为不能去意大利而产生的遗憾。

1929年8月16日,鲁迅"于上海的风雨,啼哭,歌声中"重录他在年初写下的卢那察尔斯基(Lunacharski)文艺评论集《文艺与批评》之"译者附记",其中论到他为什么要从日文重译卢那察尔斯基的《托尔斯泰之死与少年欧罗巴》:"托尔斯泰去世时,中国人似乎并不怎样觉得,现在倒回上去,从这篇里,可以看见那时欧洲文学界有名的人们——法国的Anatole France,德国的Gerhart Hauptmann,意大利的Giovanni Papini,还有青年作者D'Ancelis——的意见。"鲁迅称和自己同龄的乔万尼·帕皮尼(1881—1956)和青年作家丹契理斯为"欧洲文学界有名的人们",与法朗士、霍普特曼齐名,对他们应该并非全无了解,可惜在现有材料中暂时还找不到鲁迅关于这两位意大利作家更详细的谈论。

鲁迅对同时代意大利作家的了解往往借助卢那察尔斯基的文艺评论,卢那察尔斯基本人的意大利文化渊源也进入鲁迅眼帘。1930年6月所作卢那察尔斯基《浮士德与城》的"译者后记",鲁迅摘录了英国摩格那思(L. A. Magnus)和沃尔特(K. Walter)所译《卢那察尔斯基剧本三种》

之译者导言:"Lunacharski 族本是半贵族的大地主系统,曾经出过很多的智识者。他在 Kiew 受中学教育,然后到 Zurich 大学去——从这时候起,他的光阴多费于瑞士,法兰西,意大利——他极通晓法兰西和意大利;他爱博学的中世纪底本乡;许多他的梦想便安放在中世纪上。"借助第二手材料,鲁迅如此介绍卢那察尔斯基与欧洲(主要是法兰西和意大利)以及中世纪文化的深厚因缘,一般中国读者和左翼文化界人士可能会感到陌生,但又不得不着重指出,否则就不是真实而完整的卢那察尔斯基了。

不回避甚至强调卢那察尔斯基的包括意大利和法国在内的欧洲文化背景,还有另一层意思,即在鲁迅看来,社会主义也并非不可以学习"帝国主义"的文化,并非不可以"为帝国主义作家作选集"。"倘在十年以前,是决定不会的,这不但为物力所限,也为了要保护革命的婴儿,不能将滋养的,无益的,有害的食品都漫无区别的乱放在他前面。现在却可以了,婴儿已经长大,而且强壮,聪明起来,即使将鸦片或吗啡给他看,也没有什么大危险","我曾经见过苏联的 Academia 新译新印的阿剌伯的《一千一夜》,意大利的《十日谈》,还有西班牙的《吉诃德先生》,英国的《鲁滨孙漂流记》;在报章上,则记载过在为托尔斯泰印选集,为歌德编全集——更完全的全集。倍尔德兰〔L. Bertrand,通译路易·贝特朗〕不但是加特力教的宣传者,而且是王朝主义的代言人,但比起十九世纪初德意志布尔乔亚的文豪歌德来,那作品也不至于更加有害","凡作者,和读者因缘愈远的,那作品就于读者愈无害。古典的,反动的,观念形态已经很不相同的作品,大抵即不能打动新的青年的心(但自然也要有正确的指示),倒反可以从中学学描写的本领,作者的努力"。基于上述理由,鲁迅断然宣布:"我是主张青年也可以看看'帝国主义者'的作品的,这就是古语的所谓'知己知彼'。"[1]

1936 年《〈凯绥·珂勒惠支版画选集〉序目》也注意到德国现代著

---

[1] 《准风月谈·关于翻译(上)》,《鲁迅全集》第五卷,第 313 页。

名版画家珂勒惠支（Kaethe Kollwitz）与意大利的因缘，但鲁迅在这里强调的是珂勒惠支和卢那察尔斯基对待意大利文化的不同态度："［珂勒惠支］受 Villa Romana 奖金，得游学于意大利。这时她和一个女友由佛罗棱萨步行而入罗马，然而这旅行，据她自己说，对于她的艺术似乎并无大影响。"

鲁迅注意到他所感兴趣的现代西方艺术家们的意大利文化背景，但并不一律着眼于这些艺术家们在积极和肯定的意义上对意大利文化的吸取，也留意到他们中间一些人虽然到过意大利，虽然学习过意大利文化，最终却并没有怎样深刻地受到意大利文化的限制和影响，而是勇敢地探索出自己的艺术道路。珂勒惠支是这样的，墨西哥壁画艺术家理惠拉（通译里维拉）也是如此。

鲁迅在《理惠拉壁画〈贫人之夜〉说明》中介绍理惠拉受到欧洲绘画的多重影响，其中也有意大利因素："理惠拉（Diego Rivera）以一八八六年生于墨西哥，然而是久在西欧学画的人。他二十岁后，即往来于法兰西，西班牙和意大利，很受了印象派，立体派，以及文艺复兴前期的壁画家的影响。此后回国，感于农工的运动，遂宣言'与民众同在'，成了有名的生地壁画家。生地壁画（Fresco）者，乘灰粉未干之际，即须挥毫傅彩，是颇不容易的。""理惠拉以为壁画最能尽社会的责任。因为这和宝藏在公侯邸宅内的绘画不同，是在公共建筑的壁上，属于大众的。因此也可知倘还在倾向沙龙（Salon）绘画，正是现代艺术中的最坏的倾向。"[1] 和介绍珂勒惠支一样，鲁迅强调理惠拉虽然"久在西欧

1　鲁迅这篇短文最初发表于 1931 年 10 月 20 日《北斗》月刊第 1 卷第 2 期，原题《贫人之夜》，未署名，故长期不知出于鲁迅之手，直到丁景唐在 1957 年 12 月 23 日《文汇报》发表《鲁迅论里维拉的壁画》，才为世人所知，但影响不大。丁氏更全面的介绍文章《鲁迅和里维拉》刊于《山东师范大学学报（人文社会科学版）》1978 年第 3 期，终于在学术界造成普遍影响，而鲁迅这则简短的"说明"编入《鲁迅全集·集外集拾遗补编》已是 1981 年了。鲁迅在中国第一个介绍里维拉，里维拉后来在中国影响很大，北京、上海两地于 1956、2006、2012 年先后三

（转下页）

学画","很受了印象派,立体派,以及文艺复兴前期的壁画家的影响",但他的"生地壁画"有独特之处,即"属于大众","尽社会的责任",并非供在"公侯邸宅"或贵族的"沙龙"。

可见鲁迅判断现代新兴艺术,并不单纯地看它们是否继承或发挥了包括意大利在内的欧洲古典传统和现代流行艺术的那些"倾向",这在30年代的中国文艺界是比较具有先锋意识和创新精神的,因为中国当时的一般舆论不是崇拜"静穆"的古典,就是张扬夸张变形的"现代",而对西方新兴艺术中那些"刚健质朴"的创造[1]几乎不屑一顾。

三 受意大利艺术"启发"而在中国提倡现代木刻版画和漫画

因为看到欧洲和意大利文艺复兴时期的油画在中国被印刷成册,篇幅大大缩小,效果大打折扣,由此引发鲁迅对中国青年艺术家学习西洋油画的质疑,转而提倡现代木刻版画[2],甚至完全赞同"好的插画,比一张大油画之力为大"[3]的说法。这与其说是受到"外国版画"作为一种先锋艺术的"启发"[4],不如说是有感于中国青年艺术家面临的实际条件,具

(接上页)
次展出里维拉的作品,但推其源头,不能不回到鲁迅。30年代初鲁迅就论及里维拉与意大利壁画的关系,也可谓得风气之先。2015年山东画报出版社还出版了王观泉专著《鲁迅和里维拉》。以上参考《中华读书报》2016年8月10日第20版鲁迅研究界前辈叶淑穗先生为王观泉书所作书评《里维拉在中国》)。

1 鲁迅在《为了忘却的记念》中说,他和柔石等人设立"朝花社","输入外国的版画,因为我们都以为应该来扶植一点刚健质朴的文艺"。
2 鲁迅《论翻印木刻》说:"而翻印木刻画,也较易近真,有益于观者。我常常想,最不幸的是在中国的青年艺术学徒们,学外国文学可看原书,学西洋画却总看不到原画。自然,翻板是有的,但是,将一大幅壁画缩成明信片那么大,怎能看出真相?大小是很有关系的,假使我们将象缩小如猪,老虎缩小如鼠,怎么还会令人觉得原先那种气魄呢。木刻却小品居多,所以翻刻起来,还不至于大相远。"
3 1934年4月12日致姚克信,《鲁迅全集》第十三卷,第75页。
4 参看唐小兵:《现代木刻运动——中国先锋艺术的缘起》,孟磊等人译,中国美术学院出版社2000年版。

体来说，就是受到意大利和欧洲油画传统的刺激，退而求其次，不得已而做出的抉择。

唯其如此，鲁迅很少正面谈论意大利油画，反而在意大利油画的伟大传统的缝隙中发掘一些新兴艺术形式和艺术家。比如《〈近代木刻选集〉附记》就谈到意大利艺术家迪绥尔多黎（Benvenuto Maria Disertori），称他是"多才的艺术家"，"善于刻石，蚀铜，但木刻更为他的特色。《La Musadel Loreto》(按意为"月桂树中的缪斯")是一幅具有律动的图象，那印象之自然，就如本来在木上所创生的一般"。鲁迅在中国提倡现代木刻版画，注意吸取意大利当代木刻艺术家的经验，尽管木刻并非意大利绘画的正宗。

鲁迅对于跟创作的木刻版画紧密相关的"连环图画"的提倡，也与意大利有关。《"连环图画"的辩护》说："但若走进意大利的教皇宫——我没有游历意大利的幸福，所走进的自然只是纸上的教皇宫——去，就能看见凡有伟大的壁画，几乎都是《旧约》，《耶稣传》，《圣者传》的连环图画，艺术史家截取其中的一段，印在书上，题之曰《亚当的创造》，《最后之晚餐》，读者就不觉得这是下等，这在宣传了，然而那原画，却明明是宣传的连环图画。"

前举1928年购置陀莱《但丁神曲画集》日译本，并收藏购置日期不详的该书德译本，也是因为鲁迅非常欣赏陀莱的书籍插画，认为这不仅是现代意义上创作的木刻版画，而且稍微变换一下，也就是"连环图画"，尽力于此的版画与连环画家往往就是高明的艺术家："书籍的插画，原意是在装饰书籍，增加读者的兴趣的，但那力量，能补助文字之所不及，所以也是一种宣传画。这种画的幅数极多的时候，即能只靠图像，悟到文字的内容，和文字一分开，也就成了独立的连环图画。最显著的例子是法国的陀莱（Gustave Doré），他是插图版画的名家，最有名的是《神曲》，《失乐园》，《吉诃德先生》，还有《十字军记》的插画，德国都有单印本（前二种在日本也有印本），只靠略解，即可以知道本书的梗概。然而有谁说陀莱不是艺术家呢？"因为要更直观更深刻地领悟但丁，鲁迅购置了陀莱的《但丁神曲画集》，后者又让鲁迅切实感受到木刻与连环图画的艺术魅力。

这就看出鲁迅"拿来主义"的独特眼光。他并没有号召当时的中国青年艺术家们克服条件的限制，竭力继承和发扬欧洲和意大利油画的伟大传统，而是认为面对贫穷的民众，自己也一样贫穷的中国青年艺术家们不妨绕过难学的油画，一方面留意文艺复兴时期意大利油画与"连环图画"的相似之处，另一方面注意学习油画的故乡意大利在现代开出的另一个支流——现代新兴木刻版画，此外还可以借助现代西方创作的木刻版画，更深入地理解意大利经典作家但丁的作品。

四　对文艺复兴和意大利现代文艺思潮坚持己见

现代中国文艺界和学术界谈论意大利文化，无非围绕两个时段，一是文艺复兴，包括文艺复兴时期所发掘的古希腊罗马的艺术，二是和"五四"新文化几乎同步的意大利现代文艺思潮。对这两个问题，鲁迅都坚持己见，甚至异调独弹。

首先，新派知识分子普遍认为，"五四"新文化运动是中国的文艺复兴，可以比附意大利文艺复兴。1935年蔡元培给《中国新文学大系》所作总序最能代表这个观点。[1] 胡适等人在许多不同场合也有类似说法。

但鲁迅并不赞同这个"共识"。他在1927年刚到上海的一次讲演中说，"中国现在也是如此，这现象，革新的人称之为'反动'。我在文艺史上，却找到一个好名辞，就是Renaissance，在意大利文艺复兴的意义，是把古时好的东西复活，将现存的坏的东西压倒，因为那时候思想

1　蔡元培《〈中国新文学大系〉总序》一开始就说："欧洲近代文化，都从复兴时代演出，而这时代所复兴的，为希腊罗马的文化，是人人所公认的。我国周季文化，可与希腊罗马比拟，也经过一种烦琐哲学时期，与欧洲中古时代相埒，非有一种复兴运动，不能振废起衰；五四运动的新文化运动，就是复兴的开始。"

太专制腐败了,在古时代确实有些比较好的;因此后来得到了社会上的信仰。现在中国顽固派的复古,把孔子礼教都拉出来了,但是他们拉出来的是好的么?如果是不好的,就是反动,倒退,以后恐怕是倒退的时代了"[1]。鲁迅也谈"文艺复兴",他的文学史和艺术史研究以及文学创作无不与"旧形式的采用"的精神相合,也无不是为了振起民族的精神,他的"拿来主义"也并非仅限于向域外拿来,但他更愿意将这个工作看作是"现今想要参与世界上的事业"[2]的"住在中国的人类"[3]所开展的充分世界化的中国现代文明的全新创造,而不是动辄强调"特别国情"[4]、盲目推崇并试图复兴"特别而且好"的国粹和旧文化[5]。"老调子已经唱完"[6],一切都应该是崭新的。所以鲁迅并没有简单地拿"五四"新文化运动去比附意大利的文艺复兴,他认为这二者之间有本质的区别。意大利的文艺复兴"是把古时好的东西复活",但中国的"五四"新文化运动至少第一步是要坚决地和太多不好的传统决裂。如果看不到这一点,盲目学习意大利文艺复兴,那么新文化运动很快就会与"顽固派的复古"合流,从"五四"的狂飙突进折回"倒退的时代"。

鲁迅不赞同新派知识分子争相夸说的"中国文艺复兴",主要是担心"复古主义"借此好听的名头大行其道,而他本人毕生所努力的方向,他的"显示灵魂的深"的小说,"社会批评"和"文明批评"的杂文,探索中国精神源头的《故事新编》,体会中国精神关键转折期的《魏晋风度及文章与药及酒之关系》以及晚年的狮子吼《中国人失掉自信力了吗?》,倒恰恰是替中国文化寻求一条切实的复兴之路。但他只是"自做工夫"[7],

---

[1] 《集外集拾遗补编·关于知识阶级——十月二十五日在上海劳动大学讲》,《鲁迅全集》第八卷,第227—228页。
[2] 《而已集·当陶元庆君的绘画展览时》,《鲁迅全集》第三卷,第574页。
[3] 《译文序跋集·〈一个青年的梦〉后记》,《鲁迅全集》第十卷,第206页。
[4] 《集外集拾遗·老调子已经唱完》,《鲁迅全集》第七卷,第322页。
[5] 《热风·随感录三十五》,《鲁迅全集》第一卷,第321页。
[6] 《集外集拾遗·老调子已经唱完》,《鲁迅全集》第七卷,第321页。
[7] 《且介亭杂文末编·"立此存照"(三)》,《鲁迅全集》第六卷,第649页。

并不仰仗"Renaissance"这个"好名辞"。

和简单比附意大利文艺复兴有关的一个问题，就是 30 年代一些中国学者和文艺家们为意大利文艺复兴时期所发掘的古代希腊和罗马的艺术确立了诸如"静穆"之类的艺术的"最高境界"，悬为"极境"，并且喜欢将古代中国文艺的理想（比如陶渊明诗歌创作与人格）拿来比附这个"极境"。对此鲁迅尤其不能同意。他在《"题未定"草（六至九）》中比较充分地发表了这方面的见解：

> 古希腊人，也许把和平静穆看作诗的极境的罢，这一点我毫无知识。但以现存的希腊诗歌而论，荷马的史诗，是雄大而活泼的，沙孚的恋歌，是明白而热烈的，都不静穆。
>
> 鼎在周朝，恰如碗之在现代，我们的碗，无整年不洗之理，所以鼎在当时，一定是干干净净，金光灿烂的，换了术语来说，就是它并不"静穆"，倒有些"热烈"。这一种俗气至今未脱，变化了我衡量古美术的眼光，例如希腊雕刻罢，我总以为它现在之见得"只剩一味醇朴"者，原因之一，是在曾埋土中，或久经风雨，失去了锋棱和光泽的缘故，雕造的当时，一定是崭新，雪白，而且发闪的，所以我们现在所见的希腊之美，其实并不准是当时希腊人之所谓美，我们应该悬想它是一件新东西。

这里虽然有复杂的文化政治背景，比如希慕"静穆"的朱光潜等和主张"热烈"的鲁迅实际上是站在不同政治立场，但这毕竟又涉及"衡量古美术"的眼光，毕竟关系到如何看待意大利文艺复兴时期所发现的古希腊和罗马的艺术的起源和特征的问题。

此外，对一些中国读者自以为熟悉和了解的意大利古今艺术家，鲁迅也尽可能以自己的眼光，对流俗意见做出一些矫正。

从 20 世纪 20 年代开始，意大利诗人和戏剧家邓南遮的名字就在中国不胫而走，最早引进邓南遮的可能是徐志摩[1]，此后无论在内地还是在殖民地香港，人们都经常谈到邓南遮。鲁迅虽然在留日时期就买过普特卡莫尔所著《邓南遮》，但迟至广州时代才开始公开谈论邓南遮，一开始是为邓南遮打抱不平："这是一九二七年六月九日香港的《循环日报》的社论。硬拉 D'Annunzio 入籍而骂之，真是无妄之灾。然而硬将外人名字译成中国式的人们，亦与有罪焉。我们在中国谈什么文艺呢？呜呼邓南遮！"[2] 但稍后发表的《革命文学》就称邓南遮为"帝国主义者"了，而对于竟然要求革命文学效法邓南遮感到非常诧异："最近，广州的日报上还有一篇文章指示我们，叫我们应该以四位革命文学家为师法：意大利的唐南遮，德国的霍普德曼，西班牙的伊本纳兹，中国的吴稚晖。两位帝国主义者，一位本国政府的叛徒，一位国民党救护的发起者，都应该作为革命文学的师法，于是革命文学便莫名其妙了，因为这实在是至难之业。" 1930 年"左联"成立之后，鲁迅的政治意识更加自觉，甚至直接将墨索里尼所欣赏的邓南遮和国民党政府实际上比较优待的"新月派"相提并论，"并且在现在，不带点广义的社会主义的思想的作家或艺术家，就是说工农大众应该做奴隶，应该被虐杀，被剥削的这样的作家或艺术家，是差不多没有了，除非墨索里尼，但墨索里尼并没有写过文艺作品。（当然，这样的作家，也还不能说完全没有，例如中国的新月派诸文学家，以及所说的墨索里尼所宠爱的邓南遮便是。）"[3]

从 20 年代初徐志摩（同时还有宋春舫、洪深、茅盾、郑振铎等）热心介绍和崇拜具有尼采超人哲学和激烈反传统的"未来派"思想的邓南遮，到同样迷恋过尼采的鲁迅在 20 年代末 30 年代初对邓南遮的拒绝，可以很清楚地看出鲁迅与"新月派"以及其他左翼知识分子之间的分歧。

1　参见冯铁：《两位飞行家：邓南遮与徐志摩》，《在拿波里的胡同里——中国现代文学论集》。
2　1927 年 6 月 30 日致李霁野信，《鲁迅全集》第十二卷，第 43 页。
3　《二心集·对于左翼作家联盟的意见》，《鲁迅全集》第四卷，第 238 页。

和邓南遮密切相关的 20 世纪初意大利昙花一现的"未来主义"及其在法国("立体主义")和俄国的后继者们(马雅可夫斯基等)几乎在第一时间被"五四"新文化运动的提倡者们介绍到中国。[1] 新文学家们(章锡琛、茅盾、宋春舫、"狂飙社"成员等)主要欣赏意大利"未来主义"激烈否定传统的立场——"未来主义"首创者意大利诗人马里内蒂(Filippo Tommaso Marnetti)甚至扬言要摧毁所有美术馆博物馆——以及尼采、柏格森式的激烈思想与怪异的风格。在中国一部分得风气之先的人士热心介绍意大利"未来主义"时,鲁迅的态度比较冷静,他不仅不怎么看好意大利"未来派"和法国"立方派",也不欣赏它们在中国的响应者:"二十世纪才是十九年初头,好像还没有新派兴起。立方派(Cubism)未来派(Futurism)的主张,虽然新奇,却尚未能确立基础;而且在中国,又怕未必能够理解。"[2] 1928 年"革命文学"论争前后,鲁迅批评中国新兴文艺提倡者们只顾搬弄新名词而不肯了解其实际内涵的空疏作风,又多次提到"未来主义",虽然并非专门针对"未来主义"而发。[3] 进入 30 年代,掌握唯物史观更加成熟的鲁迅对意大利、欧洲和俄国的"未来主义"艺术运动的批评也更加具体了。"十月革命时,是左

---

[1] 参见陈思和《试论"五四"新文学运动的先锋性》(《复旦学报(社会科学版)》2005 年第 6 期)之第一节"'五四'新文学作家对西方先锋文学运动的关注",其中专门有一小节介绍"五四"作家与"未来主义"的关系。
[2] 《热风·随感录五十三》,《鲁迅全集》第一卷,第 357 页。
[3] 比如 1928 年杂文《扁》说:"中国文艺界上可怕的现象,是在尽先输入名词,而并不绍介这名词的函义。于是各以意为之。看见作品上多讲自己,便称之为表现主义;多讲别人,是写实主义;见女郎小腿肚作诗,是浪漫主义;见女郎小腿肚不准作诗,是古典主义;天上掉下一颗头,头上站着一头牛,爱呀,海中央的青霹雳呀……是未来主义……等。还要由此生出议论来。这个主义好,那个主义坏……等等。"讽刺徐志摩的《〈音乐〉》一文的滑稽模仿更加起劲:"……慈悲而残忍的金苍蝇,展开馥郁的安琪儿的黄翅,唵,颉利,弥缚谛弥谛,从荆芥萝卜汀瑭淜洋的彤海里起来。Br-rrrtatatatahital 无终始的金刚石天堂的娇臬鬼茱萸,蘸着半分之一的北斗的蓝血,将翠绿的忏悔写在腐烂的鹦哥伯伯的狗肺上!""婀娜涟漪的天狼的香而秽恶的光明的利镞,射中了塌鼻阿牛的妖艳光滑蓬松而冰冷的秃头,一匹黯黮欢愉的瘦螳螂飞去了。"1929 年《〈现代新兴文学的诸问题〉小引》又说:"新潮之进中国,往往只有几个名词,主张者以为可以咒死敌人,敌对者也以为将被咒死,喧嚷一年半载,终于火灭烟消。如什么罗曼主义,自然主义,表现主义,未来主义……仿佛都已过去了,其实又何尝出现。"

派（立体派及未来派）全盛的时代，因为在破坏旧制——革命这一点上，和社会革命者是相同的，但问所向的目的，这两派却并无答案。尤其致命的是虽属新奇，而为民众所不解，所以当破坏之后，渐入建设，要求有益于劳农大众的平民易解的美术时，这两派就不得不被排斥了。"[1]鲁迅既肯定俄法两国的"未来主义"文艺家们站在左翼立场对旧制度的破坏，又指出他们一味追求新奇，脱离民众，并且缺乏明确的建设目标，认为他们的"被排斥"是并不奇怪也不可惜的。1932年《今春的两种感想》还严厉地批评"未来主义"的"看不懂"："以前欧洲有所谓未来派艺术。未来派的艺术是看不懂的东西。但看不懂也并非一定是看者知识太浅，实在是它根本上就看不懂。"鲁迅对包括"未来主义"在内的一切故意让读者看不懂的艺术实践始终持否定态度[2]，他自己的创作和翻译虽然渴慕"天马行空似的大精神"[3]，却尽量以让人懂为标准，他一再说"不生造除自己之外，谁也不懂的形容词之类"[4]，"希望总有人会懂，只有自己懂得或连自己也不懂的生造出来的字句，是不大用的"[5]。特别是翻译，因为是将外国文译成中文，"应该时常加些新的字眼，新的语法在里面，但自然不宜太多，以偶尔遇见，而想一想，或问一问就能懂得为度"[6]，这设想不可谓不周全。让读者"懂"为什么如此重要呢？这不仅关系到作者是否诚实，是否言之有物，更关系到他坚持的"启蒙"理想能否落到实处。尽管如此，他也并非完全抹杀"未来派"，仍然看到"未来派"艺术家们

---

1 《集外集拾遗·〈新俄画选〉小引》，《鲁迅全集》第七卷，第361—362页。
2 直到1934年鲁迅还在致姚克信中说："'达达派'是装鬼脸，未来派也只是想以'奇'惊人，虽然新，但我们只看看Mayakovsky的失败（他也画过许多画），便是前车之鉴。"1935年又在杂文《寻开心》中说："我有时候想到，忠厚老实的读者或研究者，遇见有两种人的文章，他是会吃冤枉苦头的。一种，是古里古怪的诗和尼采式的短句，以及几年前的所谓未来派的作品。这些大概是用怪字面，生句子，没意思的硬连起来的，还加上好几行很长的点线。作者本来就是乱写，自己也不知道什么意思。"
3 《译文序跋集·〈苦闷的象征〉引言》，《鲁迅全集》第十卷，第257页。
4 《二心集·答北斗杂志社问——创作要怎样才会好？》，《鲁迅全集》第四卷，第373页。
5 《南腔北调集·我怎么做起小说来》，《鲁迅全集》第四卷，第526—527页。
6 《二心集·关于翻译的通信》，《鲁迅全集》第四卷，第392页。

认真的精神,"看不懂如未来派的文学,虽然看不懂,作者却是拼命的,很认真的在那里讲。但是中国就找不出这样例子"。

总之,鲁迅虽然很仰慕意大利"文艺复兴",却反对借"文艺复兴"之名在中国进行文化"复古"。正如他虽然很同情发源于意大利而发达于欧洲和苏联的"未来派",却反对模仿"未来派"过于激烈的方式来粗暴地抛弃传统,更不喜欢"未来派"及其在中国的浅薄的模仿者们故意让人看不懂的创作(比如有"中国的未来派"之称的"狂飙社"主将高长虹的怪异的诗作)。鲁迅认为"新的艺术,没有一种是无根无蒂,突然发生的,总承受着先前的遗产"[1],"未来派"一味蔑弃传统的做法当然行不通,而"伟大也要有人懂"[2],"未来派"务求新奇怪异的风格也注定不能行远。

五　Cesare Lombroso:鲁迅批判地借鉴意大利文化之一例

鲁迅在《我怎么做起小说来》中说,他开始创作现代白话文的短篇小说时,"大约所仰仗的全在先前所看过的百来篇外国作品和一点医学上的知识,此外的准备,一点也没有",这"一点医学上的知识"包括《狂人日记》对狂人的观察和描写及创作《不周山》时所运用的弗洛伊德学说。弗洛伊德学说论者甚多,但学者历来苦于不能指明鲁迅那样精细地观察和描写精神病人的各种表现,除了生活经历之外,究竟还有什么现代医学上的根据。周作人1948年7月《〈呐喊〉索隐》说鲁迅"涉猎义大利伦敦罗左的书知道一点狂人的事情"[3],是至今唯一可信的重要线索。

原来《狂人日记》观察和描写精神病人所依据的现代医学理论,有

1　1934年4月9日致魏猛克信,《鲁迅全集》第十三卷,第70页。
2　《且介亭杂文二集·叶紫作〈丰收〉序》,《鲁迅全集》第六卷,第228页。
3　陈子善、张铁荣编:《周作人集外文》下集(1926—1948),海南国际新闻出版中心1995年版,第666页。其中"伦敦罗左",可能是编辑过程中导致的"伦勃罗左"之误。

一部分来自鲁迅和郁达夫留日时期都有过接触的意大利都灵大学法医学和公共卫生学教授、佩索罗（Pesaro）精神病院监督、实证主义犯罪学意大利学派创始人切萨雷·伦勃罗梭（Cesare Lombroso），他通常也被称作现代犯罪学之父。伦勃罗梭运用骨相学、蜕变理论、精神病理学和社会达尔文主义概念，通过对疯人院的精神病人和罪犯的长期观察，建立起自己的人类学犯罪学理论，强调犯罪是遗传性的，可以通过先天的生理缺陷，诸如前额扁平、双耳过大、脸部和颅骨不对称、下颚前突、臂展超长以及其他生理畸变看出某些人天生的犯罪倾向，还可以判断犯罪行为是一般蛮性遗留还是隔代遗传即返祖现象。为了研究犯罪行为，他同时还广泛研究精神病的各个领域，并把精神病和犯罪、精神病和文学创作联系起来加以考察。伦勃罗梭理论在西方并未获得广泛认可，但也有一定的影响，他的第一部著作是1864年担任帕维亚大学精神病学教授时在同名论文基础上扩充而成的《天才与精神错乱》。1876年担任都灵大学法医学和公共卫生学教授时，在米兰出版了《犯罪人：人类学、法理学和精神病学的思考》，简称 *L'uomo delinquente*（《犯罪人论》），当时只是252页的小册子，1878年第二版增至740页，后来又于1885、1889年推出第三、第四版，直至1896年推出第五版第一、第二卷，1897年第五版第三卷，伦勃罗梭这部巨著才告完成。1899年《犯罪人论》第五版第三卷译成法文，书名叫作《犯罪，原因与矫治》，1902年译成德文，1910年又有英文版（这是《犯罪人论》唯一的英译本，全书并无完整英译）。鲁迅留日时期通过德文还是日文翻译介绍接触伦勃罗梭学说，目前尚不清楚。1929年商务印书馆出版了刘麟生所译《朗伯罗梭氏犯罪学》，实为《犯罪人论》第五版第三卷的中译本。同年上海民智出版社还推出国民政府立法院编译处出版的《伦勃罗梭犯罪人论》，扉页写着"琴娜女士著，徐天一重译"，版权页则有"原著者日本水野鍊太郎"。这可能是水野鍊太郎用日文翻译的伦勃罗梭女儿吉娜·伦勃罗梭·费雷罗（Gina Lombroso Ferrero）的英文著作《犯罪人：根据切萨雷·伦勃罗梭的分类》，再由徐天一"重译"[1]。水野鍊太郎日译本何时问世，鲁迅是否接触过，尚不得而知。

《狂人日记》所描写的"迫害狂"的妄想症具体如何受伦勃罗梭影响，周作人语焉不详，笔者从黄风《犯罪人论》第三版中译本也理不出头绪。但可以肯定，鲁迅后来对伦勃罗梭也有批评。1926年所作《诗歌之敌》就说："在科学方面发扬了伟大的天才的巴士凯尔，于诗美也一点不懂，曾以几何学者的口吻断结说：'诗者，非有少许稳定者也。'凡是科学底的人们，这样的很不少，因为他们精细地研钻着一点有限的视野，便决不能和博大的诗人的感得全人间世，而同时又领会天国之极乐和地狱之大苦恼的精神相通。近来的科学者虽然对于文艺稍稍加以重视了，但如意大利的伦勃罗梭一流总想在大艺术中发见疯狂，奥国的佛罗特一流专一用解剖刀来分割文艺，冷静到入了迷，至于不觉得自己的过度的穿凿附会者，也还是属于这一类。"1935年在《陀思妥夫斯基的事》一文中又提到伦勃罗梭："医学者往往用病态来解释陀思妥夫斯基的作品。这伦勃罗梭式的说明，在现今的大多数的国度里，恐怕实在也非常便利，能得一般人们的赞许的。但是，即使他是神经病者，也是俄国专制时代的神经病者，倘若谁身受了和他相类的重压，那么，愈身受，也就会愈懂得他那夹着夸张的真实，热到发冷的热情，快要破裂的忍从，于是爱他起来的罢。"

鲁迅后来并不欣赏伦勃罗梭对艺术天才和精神病的关系的研究。或许正因为如此，在谈到《狂人日记》外来影响时，他才故意不提伦勃罗梭，而只强调果戈理和尼采?

鲁迅将伦勃罗梭和巴士凯尔（通译帕斯卡）、弗洛伊德放在一起，批评他们看待文艺过于偏执的方法。尽管如此，鲁迅还是吸取了伦勃罗梭

---

[1] 参见吴宗宪：《再论龙波罗梭及其犯罪学研究（代序）》，龙勃罗梭：《犯罪人论》，黄风译，北京大学出版社2011年版，第4—6页，第29页。该译本此前由中国法制出版社于2000年8月推出第一版，2005年1月推出第二版。

关于"狂人"的某些研究（尽管详情还需进一步研究）。这不奇怪，正如鲁迅也批评了弗洛伊德，但并不妨碍他参考弗洛伊德的核心理论来创作小说《补天》和《肥皂》等，而根据鲁迅对中国现代新诗人的批评可以想见，在他看来，帕斯卡的名言"诗者，非有少许稳定者也"又何尝全无道理呢？

《狂人日记》所受外来影响，过去研究界根据鲁迅本人提示，知道主要有果戈理同名小说和尼采思想的启迪。[1] 现在看来，果戈理和尼采之外，至少还应该考虑到"意大利学者"伦勃罗梭的影响。

     2016 年 10 月属稿于意大利拿波里东方大学
     2017 年 10 月 17 日修改于法国巴黎高师

---

[1] 鲁迅《〈中国新文学大系〉小说二集序》有言："从一九一八年五月起，《狂人日记》、《孔乙己》、《药》等，陆续的出现了，算是显示了'文学革命'的实绩，又因那时的认为'表现的深切和格式的特别'，颇激动了一部分青年读者的心。然而这激动，却是向来怠慢了介绍欧洲大陆文学的缘故。一八三四年顷，俄国的果戈理（N. Gogol）就已经写了《狂人日记》；一八八三年顷，尼采（Fr. Nietzsche）也早借了苏鲁支（Zarathustra）的嘴，说过'你们已经走了从虫豸到人的路，在你们里面还有许多份是虫豸。你们做过猴子，到了现在，人还尤其猴子，无论比那一个猴子'的。"

青年鲁迅的科学思想

本文以《科学史教篇》为核心,参考同时期《文化偏至论》《摩罗诗力说》《破恶声论》诸篇,从《科学史教篇》所求之"教训",《科学史教篇》整体论述结构,早期论文常用的"本根""本柢""神思"的意义等方面,探讨青年鲁迅科学观的具体内容,以及这种独特的科学观如何直接推导出青年鲁迅同样独特的文学论述,试图由此厘清青年鲁迅"弃医(科学)从文"背后完整的理论推演。

一 何为《科学史教篇》所求之"教训"?

1907年完成的《科学史教篇》(以下简称《教篇》)虽然是一篇专门讨论科学问题的文章,却在文学家鲁迅思想发展中占有重要地位。该文名义上讲西方科学简史,实则力图探求西方科学的"本根""本柢",或曰西方科学之所以发达的"超科学""非科学"的"深因"与"助力",从中引出中国"科学者"应该汲取的"教训"。而这"教训",关乎西方科学文化"本根""本柢",它既然联系着"超科学""非科学"的"神思一端",就必然与"艺文"有关。因此《教篇》标志着"科学者"鲁迅的退场和"文学者"鲁迅的出场。

西方科学发达的"深因""助力"既"深无底极",就并非一般科学理论所能解释,因为它超出了一般科学理论的范围,呈现为"非科学""超科学"的人类心智活动——鲁迅统称之为"神思"。所谓"神思"，乃是人类更高级形态的精神文化创造，不仅决定着科学的兴衰，也是一切文明的"始基"。

因此，这篇表面上专门讨论科学问题的论文实际上是要打破当时国人对西方科学的片面了解和盲目崇拜，从西方科学发展所提供的"教训"中看到科学繁荣所显示的西方各民族精神发达的轨迹。所以这篇论文的结论是，与其羡慕西方表面上的科学繁荣，倒不如从根本上了解那造成西方科学繁荣的民族精神的特点。套用30年后历史小说《出关》中老子的说法，则科学乃西方文明之"陈迹"，《教篇》要追问"那里是弄出迹来的东西呢？"

这才是鲁迅写《教篇》时真正关心的问题。因此恰恰是这篇专门讨论科学问题的论文，标志着鲁迅短暂的科学时代的结束和文学生涯的开始。

15年后，鲁迅在《〈呐喊〉自序》里将这个思想转折追忆为弃医从文，乃是文学方式的"概乎言之"。医学属于科学的一门，解决人的身体方面问题，但鲁迅在1906年左右已经认识到当时国人所理解的科学也只能解决中国社会物质层面的问题，和医学功能相似，《〈呐喊〉自序》用医学来隐括科学，也就顺理成章了。鲁迅在1906年左右所放弃的不仅是医学一门，也是仅仅关注中国人物质问题的片面的科学。不放弃这样的片面的科学，文学的本质与重要性就无法显明。

所以第一步是要清理当时中国人的科学观。当时中国舆论界普遍喜欢谈论"科学"，然而对"科学"的渊源、界限和功能都有相当的误解，基本上表现为一种肤浅的实用主义科学观。鲁迅的目的正是要纠正人们对"科学"的这种肤浅认识，让人们看到，除表面意义之外，"科学"本身还有我们必须认真对待的"本根""本柢"。看不到"本根""本柢"，就无法理解西方科学发展的"深因""助力"，也就容易将西方科学理解为无本之木、无源之水。果如此，则中国人所谈论的"科学"，将永远和

"科学"在西方的实际情况了无干系；表面上已经接触到西方文明的中国，实际上还将永远和西方文明走在不同的道路上，所谓"有源者日长，逐末者仍立拨耳"。

从《教篇》着眼，参照同一时期的《文化偏至论》《摩罗诗力说》《破恶声论》诸文，可以知道鲁迅所寻求的科学乃至整个文明的"本柢""本根"就是"心"，而最重要的是"心"的"神思"之功。他认为这方面突出的代表，在近代西方当属19世纪初叶"神思一派"（谢林、黑格尔等）以及19世纪末叶继起的"神思新宗"（尼采等）所主张的"主观意力"。[1]

早期鲁迅以中国传统"心学"术语翻译"神思一派"及"神思新宗"的概念和主张。[2] 他相信"心"的力量带来了西方科学和文明的发达，现代中国人倘若紧紧抓住自己的"心"这个"本柢""本根"，发挥其力量，便也有可能取得西方科学和西方文明已经取得的成就。相反，离开"心"这个"本根""本柢"，误认当时舆论界所谈的"科学"为"本根""本柢"，就很容易舍本逐末。鲁迅认为西方科学之所以不断发达，就因为西方人在发展科学的同时能够坚守"心"（"神明""灵府""初""所宅""自性""精神""内部之生活"等皆"心"的展开式指称）的"本根""本柢"，可惜当时中国之情形，却是只知科学的可贵，而不知科学的所以可贵，不知科学发展须依赖"超科学"或"非科学"的"深因""助力"，把科学理解为无本之木、无源之水，与作为"神圣之光"的西方科学的"精神"失之交臂，这样一来，现代中国就只能和现代西方走在完全不同的发展科学的道路上。

《教篇》所求之"教训"在此。《教篇》并非单纯讲"科学"或"科学史"，鲁迅的主要目的是在揭示隐藏于科学研究、科学发现的"科学者"的"精神""神思"，亦即"科学者"的"心"。

1　本文引文，如无特别注释，皆出自《坟·科学史教篇》。
2　参见郜元宝：《鲁迅六讲》（增订本），北京大学出版社2007年版，第4—6页。

二　从《教篇》整体论述结构看鲁迅当时的科学观

《教篇》一开始高度赞扬西方近代科学，认为西方社会各方面的成就"实则多缘科学之进步"。但他马上指出"观其所发之强，斯足测所蕴之厚，知科学盛大，决不缘于一朝"，"第相科学历来发达之绳迹，则勤劬艰苦之影在焉，谓之教训"。

值得注意的是，鲁迅"相科学历来发达之绳迹"的角度很特别。他不是以"科学者"的身份叙述西方各科学内部发展的线索，而是站在科学之外，研究包括"科学者"在内的一般社会精神和人心状态对科学的决定性影响。

因此，在简述西方各历史阶段科学兴衰时，鲁迅常荡开一笔，探讨"科学发见"的"超科学之力"或"非科学的理想之感动"，如阑喀（L. von Lange，通译兰克）所说的"不为真者，不为可知者"却能让人类得到"至真之知识"的"理想"，以及赫胥黎所说的作为科学发见之所"本"、可以名之曰"真理发见者"的"圣觉"。

这是《教篇》整体论述结构的特点。这种探讨问题的方式不得不越出纯粹"科学史"范围而进到思想史、精神史和心灵史层面，不得不触及人类发展科学的同时，在"精神""道德""灵感""心灵""性灵""理想""圣觉""神思"的领域出现的更深的问题，及其与科学进步的关联。论文不叫《科学史》而称《科学史教篇》，原因在此。

这样读《教篇》，我们就同时遇到两个论述层次，一是表面上对西方科学史的简述，二是揭示潜藏在西方科学史背后的精神史及其与科学发展的关联。

鲁迅之所以将这两层论述合并在一起，就是要指出当时中国舆论界所谈之"科学"只是"苴叶"，而"科学"背后的"精神""道德""心灵""理想""圣觉""神思""艺文""神话""古教"之类才是"本柢""本根"。

把握《教篇》这种整体论述结构，对理解《教篇》的科学观很有必要。

比如，讲古希腊罗马科学时，鲁迅承认"希腊罗马科学之盛，殊不逊于艺文"，但与此同时，他又提醒人们注意，希腊罗马的"思想之伟妙，亦足以铄今"。这就是把"科学"和"思想"放在一起来打量。鲁迅看到"尔时智者"在"直解宇宙之原质"时，"其说无当，固不俟言"，但仍然认为，古代希腊和罗马人的那些浅陋的科学假设所表现出来的"精神"之可贵："然其精神，则毅然起叩古人所未知，研索天然，不肯止于肤廓，方诸近世，直无优劣之可言。"日本学者伊藤虎丸从这一节文字看出，鲁迅所关心的是"作为精神和伦理问题的科学"，是"在那个时代思索的意义及其精神方式上"高度评价古希腊罗马的科学。伊藤虎丸认为，鲁迅"从'科学者的精神'这一侧面来把握科学的视点则极为明确"[1]。

鲁迅接着还说，"世有哂神话为迷信，斥古教为谫陋者，胥自迷之徒耳，足悯谏也"。关于"神话""古教"的价值，《文化偏至论》《摩罗诗力说》《破恶声论》均有不同篇幅的发挥，《教篇》提到这个问题，只是承继上文，肯定在科学上"其说无当"的古希腊罗马"尔时智者"的"精神"之论述脉络，批评那些哂神话、斥古教者的"自迷"。"自迷"什么？就是"自迷"科学万能却不知道科学的更深的根柢之所在吧。

在介绍古希腊罗马的科学时，鲁迅密切关注"思想""精神""神话""古教"这些被当时中国人理解为"科学"的对立面的人类精神活动形式。正是从古希腊罗马精神活动的这个角度出发，鲁迅才提到与"科学"不同的"神思一端"，认为"神思一端，虽古之胜今，非无前例，而

---

[1] 参见伊藤虎丸：《鲁迅与日本人——亚洲的近代与"个"的思想》，李冬木译，河北教育出版社2000年版，第68—69页。

学则构思验实，必与时代之进而俱升，古所未知，今无可愧，且亦无庸讳也"。就是说，古希腊罗马的科学与后来相比有许多不足，那是可以理解的，重要的是应该看到古希腊罗马在"科学"之外的"神思一端"实有"古之胜今"的地方。

检验一时代的文明程度，不仅要看其"科学发见"的成果与今天相比如何，还要看与之相对的"神思一端"的成就如何。这样"评一时代历史"，"则所论始云不妄"。

这种论述结构已足以提醒我们注意鲁迅考察科学史的独特角度了，而鲁迅当时的科学观也正是从这个独特的考察问题的角度显示出来。

古希腊罗马之后的阿拉伯世界，鲁迅认为基本上是"科学隐，幻术兴"。但他同样也强调，不能仅仅着眼于科学而抹杀其整体的文化成就，因为阿拉伯世界在科学以外的其他贡献也值得注意，"至所致力，固有足以惊叹"。至于中世纪"景教诸国"，"宗教暴起，压抑科学，事或足以震惊，而社会精神，乃于此不无洗涤，熏染陶冶，亦胎嘉葩。……此其成果，以偿沮遏科学之失，绰然有余裕也"。中世纪宗教虽然以令人"震惊"的方式"压制""沮遏"了科学，但宗教在这方面所造成的损失，完全可以用它在"洗涤"社会精神方面所发挥的正面作用来补偿。叙述科学的发展，却说出这番在今天看来多少有些"反动"的话，说明鲁迅绝非片面地向国人鼓吹西方科学的重要性，而是在西方人文历史的整体演进中把握科学，强调科学和人类其他精神活动的有机联系。

读《教篇》，不能被人云亦云的"科学"一词遮住眼睛，而忽视鲁迅在此之外的思考。正是基于他的不为单纯科学所限制的思考，鲁迅才谈到"知识的事业"与"道德力"之不可分割的关系：

> 故有人谓知识的事业，当与道德力分者，此其说为不真，使诚脱是力之鞭策而惟知识之依，则所营为，特可悯者耳。

不仅道德与科学不可分,"科学发见"的"深因"还有远比道德伟大的内容,"盖科学之发见,常受超科学之力,易语以释之,亦可曰非科学的理想之感动"。关于这一点,鲁迅又引赫胥黎之说,谓发见本于圣觉,无关乎人之能力——

> 如是圣觉,即名曰真理发见者。有此觉而中才亦成宏功,如无此觉,则虽天纵之才,事亦终于不集。

有关科学发现所赖"超科学之力"或"非科学的理想之感动",《文化偏至论》曾以欧洲宗教改革为例,认为路德之后,教皇权力削弱,人心复苏,"加以束缚弛落,思索自由,社会蔑不有新色,则有尔后超形气学上之发见,与形气学上之发明。以是胚胎,又作新事:发隐地也,善机械也,展学艺而拓贸迁也,非去羁勒而纵人心,不有此也"。这就讲得很明白,"人心"的自由与否,直接制约着科学的发展。

谈到法国"千七百九十二年之变"时科学所扮演的重要角色,鲁迅引英国物理学家丁达尔(J. Tyndall,通译丁铎尔)的话说,"法国尔时,实生二物,曰科学与爱国"。表面上"振作其国人者""震怖其外敌者"是"科学",但法国科学为何恰恰在国家危难时勃兴并且迅速运用于实战而发挥了如此神效呢?这主要因为科学家们受高度爱国心驱使,在"武人抚剑而视太空,政治家饮泪而悲来日"的普遍绝望中挺身而出,"无不尽其心力,竭其智能"。最明显的例子就是孟者(G. Monge,通译蒙日)教国人制造紧缺的火药:"氏禀天才,加以知识,爱国出于至诚,乃睥睨阓室曰,吾能集其土为之!"鲁迅由此得出结论:"大业之成,此其枢纽。""枢纽"者,爱国心对于科学发明的巨大激励也。伊藤虎丸说,鲁迅是以这个"热情洋溢的故事结束了他讲述的科学史"。

正是在"大业之成,此其枢纽"下面,鲁迅进一步发挥他对科学的认识,说出一番总结的话来:

> 故科学者,神圣之光,照世界者也,可以遏末流而生感动。时泰,则为人性之光;时危,则由其灵感,生整理者如加尔诺,生强者强于拿坡仑之战将云。今试总观前例,本根之要,洞然可知。盖末虽亦能灿烂于一时,而所宅不坚,顷刻可以蕉萃,储能于初,始长久耳。

理解这段话,必须细寻文脉。打头的名词确实是"科学",但真正的主语并非"科学",而是"神圣",科学不过是"神圣之光",因是"神圣之光",才有偌大力量,足以照亮世界的黑暗。这正是鲁迅透过"科学"看到"本根"的东西。如果科学不是"神圣之光",没有"本根"的东西蕴于其内,单纯的科学本身怎么可以"照世界""遏末流而生感动""为人性之光""生整理者如加尔诺,生强者强于拿坡仑之战将"呢?

从鲁迅对西方科学和西方精神的双重论述,我们可以看出《教篇》的论述结构和思想主旨。也只有这样,才能看清究竟何为"苾叶",何为"本柢",究竟应该如何理解鲁迅所谓"进步有序,曼衍有源",以及他为什么说"著者于此,亦非谓人必以科学为先务"。

三 何谓"本根""本柢"?

相对于技术、实业、军事等"实利",科学或可以说是"本""本根""本柢"。

但如果把科学的"构思验实"与"知识的事业"拿来与"人心""理想""圣觉""神思"之类范畴放在一起,着眼于文明发展所依赖的人类整体的"精神"能力,那么科学本身还可以说是"深无底极"的"本""本根""本柢""所宅""初"吗?

在举国上下竞相标榜科学的时候,鲁迅担心大家"惟枝叶之求,而无一二士寻其本","盖使举世惟知识之崇,人生必大归于枯寂,如是既久,则美上之感情离,明敏之思想失,所谓科学,亦同趣于无有矣"。这就要求国人透过"科学",看到西方文明发展的真正的"本根""本柢"。

伊藤虎丸认为,《教篇》和《破恶声论》的有关论述一样,都是"针对缺乏'科学者的精神','奉科学为圭臬之辈'而发"。鲁迅所要竭力阐明的并非孤立演进、孤立存在、与其他人文部门不发生任何关系的片面的"科学"。在鲁迅这里,科学乃是"作为'伦理'的科学。即'科学者的精神'",所以他才"用看似'陈腐'的'谦虚'、'诚实'或'圣觉'、'理想'这样的词把科学作为伦理问题和人的主体性精神态度问题来把握的"。[1] 这个解读值得我们重视。

在鲁迅早期著作中,"本""本柢""本根""初""所宅"同是中国传统"心学"惯用术语,是鲁迅对来自西方的"精神""神思""理想""心灵""性灵""圣觉""灵明"诸概念的灵活翻译。《破恶声论》一开头描述当时中国思想界状况说,"本根剥丧,神气旁皇",这里的"本根"倘若指的是"科学",中国向无西方意义上的科学,至少鲁迅不认为中国过去有这样的科学,则原本没有,何来"剥丧"?因此这里的"本根",乃是指鲁迅这一时期所作诸文反复使用的"主观内面生活""自心""神思""精神"之类,包括《教篇》最后所列举的"美上之感情""明敏之思想"等。人类在这些方面的可能性不仅"深无底极",具体内容更不可穷尽,有待我们对自身的不断发现。只有这样的"本根"才能和"神气"对举。《破恶声论》论中国古代原始宗教,就提到"文化本根""始基"诸概念:"顾吾中国,则夙以普崇万物为文化本根,敬天礼地,实与法式,发育张大,整然不紊。覆载为之首,而次乃于万汇,凡一切睿知义理与邦国家族之制,无不据是为始基焉。"这里的"文化本根""始基"并非科学,决然可知。

---

[1] 参见伊藤虎丸《鲁迅与日本人——亚洲的近代与"个"的思想》第二章第三节"'科学者'鲁迅"。

四 何为"神思"?

《教篇》第二段描述了古希腊罗马"思想""精神""神话""古教"这些精神活动之重要领域后,用总结性的口气提到与"科学"不同的"神思一端"。这里的"神思"作为"思想""精神""神话""古教"的总名,是人类在科学以外的全部精神活动,和第五段所说的常给科学以"感动"的"超科学"或"非科学"的"力"相通。

鲁迅在并不完整地列举古希腊罗马的"神思"之前,已提到"艺文",并把"艺文"与"科学"对举,将"艺文"与"思想""精神""神话""古教"一道划进"神思"范畴,顺理成章,因为他那时已经坚信"艺文"(广义的"诗歌")作为"心声""内曜",就是人类一切精神活动最直接最有效的表达。

"艺文"虽为"神思"的高级形态,反过来"神思"却并不能等同于"艺文",因为"神思"大于"艺文"。将"神思"仅仅理解为"艺文",或文艺创作过程中的"想象力"与"形象思维",这是"神思"的狭义用法。在鲁迅早期几篇文言论文中,"神思"有广狭两义。广义的"神思"乃是包括"艺文"在内的所有人类"非科学"或"超科学"的"精神""理想",而狭义的"神思"就是"艺文"。《教篇》的关键,不是我们今天所通行的作为"艺文"的狭义的"神思",而是广义的"神思"。

伊藤虎丸有关"盖神思一端"一段话的解释,也很值得参考:

> 这也许是对科学的理所当然的而且是初步的理解。但这种理解却不仅是把科学"精神"把握为"诚实"和"谦虚"的所谓实证之德,而且也和把科学同"理想"、"圣觉"、"神思"即思想结合起来予以把握的对科学的理解密切相关。这种把近代科学(或近代文学的现实主义)作为受神思思想所支配的"假说"来理解的方式,在

今天,甚至连我们也不会认为是理所当然的而且是初步的了。科学是理性的,文学艺术是感性的,道德是既定的外在约束,这种理解方式,不是还很普遍吗?[1]

伊藤虎丸不仅如此宽泛地理解"神思=思想",而且认为鲁迅是把科学受"神思"所支配的事实当作一种"理所当然的而且是初步的理解"。

不妨将语境稍稍放大一点,看看鲁迅在和《教篇》同时的其他几篇文言论文中,怎样使用"神思"一词。

《教篇》及《文化偏至论》《破恶声论》《摩罗诗力说》诸文的"神思",和"然其根柢,乃远在十九世纪初叶神思一派"的"神思新宗"的"神思"同义。鲁迅把"神思新宗"所倚重的"主观意力"看作"二十世纪之新精神",并将表达此新精神的"摩罗诗"看作是中国文学必须认真借鉴的最理想的诗歌。在这个上下文语境中,"神思"的含义甚广,包括纯粹理论学术在内人类一切自由的心灵创造,具体的文学艺术当然也包含在内。鲁迅认为文学须根基于这样的"神思"。由此,他不仅拓展了《文心雕龙》作为具体创作方法和创作过程中心理活动之特征的"神思",也从根本上赋予"诗歌"(广义的文学)以自己的理解,使之上升为竹内好所说的一种"根本态度"或"文学主义"。如果离开鲁迅的特殊语境,直接说"神思"就是文学,就是文学创作方法即"想象力"与"形象思维",这就抹杀了广义的"神思",只剩下狭义的"神思"了。

正如鲁迅对"心"字有许多互相联系的具体用法,他对"神思"的理解也有整体概念中的不同侧重。

大致说来,《教篇》将"神思一端"与科学相对,界定广义的"神思"概念,即人类在科学以外的一切"非科学"或"超科学"的心智活动。《文化偏至论》则着重介绍19世纪末叶以尼采、克尔凯郭尔、易卜

---

[1] 伊藤虎丸:《鲁迅与日本人——亚洲的近代与"个"的思想》,第71页。

生、施蒂纳、叔本华等为代表的欧洲一股新的崇尚人的"主观意力"的思潮流派,即"神思新宗"或"神思宗之至新者"。《摩罗诗力说》则集中探讨诗歌(广义的文学、"文章")的"涵养神思"的"不用之用"。《破恶声论》已经完成的部分,主要以"古民之神思"所展露的"厥心纯白",来批评和对照"志士英雄""浇季士夫"的"性如沉圻""精神窒塞""昧人生有趣神秘之事"以至"躯壳虽存,灵觉且失"。这些侧重不同领域、不同方面的探讨,并不妨碍"神思"作为一个概念的整体性。

目前通行的《鲁迅全集》将"神思"一词解释为"理想或想象",并没有错。"神思"既与"神思新宗"有关,当然可以理解为"神思新宗""神思宗之至新者""新神思宗徒"所倚重的人的"主观内面"的"理想""意力",而照《摩罗诗力说》的观点,作为"心声""内曜"的"诗"(广义的文学)最能发挥此一"理想"和"意力",故同时解释为"想象"也不显多余。但是,如果仅仅将"神思"理解为当代中国文艺理论所谓文艺创作中的"想象力"与"形象思维",则拾其小而遗其大,不能抓住鲁迅使用"神思"一词的真正所指了。

"理想(idea)"一词,在当时爱好西方哲学的中国学者圈中并不陌生。章太炎发表于1906年《民报》第九号的《建立宗教论》就提到,"言哲学创宗教者,无不建立一物以为本体。其所有之实相虽异,其所举之形式是同"。章太炎接着举例说明所谓"本体",包括佛家的"真如""涅槃","而柏拉图所谓伊跌耶者,亦往往近其区域"。"伊跌耶",就是柏拉图的"idea"。周作人在1908年为《河南》杂志撰写的讨论文艺问题的长文《论文章之意义暨其使命因及中国近时文论之失》中提到"文章中有不可缺者三状",首先就是"具神思",而"文章使命在发扬神思,趣人生以进于高尚也"。何谓"神思"?周作人特地加括号注明是"ideal"[1]。

---

[1] 陈子善、张铁荣编:《周作人集外文》上集(1904—1925),海南国际新闻出版中心1995年版,第43页。

周作人早期讨论文艺问题的这篇长文,以及另一篇《哀弦篇》,应该都与鲁迅反复讨论过,因为这两篇文章的大致思路和所使用的材料,与鲁迅同一时期的几篇论文都有高度重合。一些具体概念和词语,也是兄弟二人共同使用的,比如"精神""性灵""灵明""灵府""心声""天阏""新宗""华土""扰攘""寂寞""萧条""艺文""曼衍"等等。"神思"就是"周氏兄弟"当时所共同使用的这些高频率出现的概念之一。鲁迅早期文言论文中的"神思"包含理想(idea)之意,而非一般的"想象力"与"形象思维",这是又一条有力的旁证。

2003 年初稿
2015 年 6 月 16 日修改 [1]

---

[1] 拙文 2003 年完成初稿,当时是以回答哈尔滨师范大学中文系邹进先生的商榷的形式,发表于《鲁迅研究月刊》2003 年第 11 期,后收入 2007 年出版的《鲁迅六讲》(增订本)。2015 年又稍加修改,作为在德国杜塞尔多夫召开的以"鲁迅与西方科学"为主题的国际鲁迅研究会年会的论文。包括本人在内,前此绝大多数学者谈《科学史教篇》,虽也怀疑鲁迅或有所本,但毕竟没有证据,而鲁迅文章又极畅达,所以都姑且视为鲁迅的独立研究所得。拙文动辄说"鲁迅认为",也是这个缘故。最近宋声泉先生在《中国现代文学研究丛刊》2019 年第 1 期发表了他的《〈科学史教篇〉蓝本考略》,中国的"鲁研界"始知鲁迅所本者,乃日本物理学家木村骏吉 1890 年出版的《科学之原理》一书,而木村本人的材料又源于他对"Whewell、Painter、Huxley、Tydall、Ueberweg"等科学家原著的"连缀"。拙文在宋君的发现之前四年完成,只能一仍其旧,继续维持"鲁迅认为"的说法。不过宋君认为,"尽管《科学史教篇》有五分之四以上是据蓝本译出,但鲁迅改译为作的努力十分显豁"。《科学史教篇》的布局谋篇也由日文蓝本而来,但鲁迅以文章之法对原作的讲义体例做了新的统合。宋君所见,对过去谈《教篇》而动辄写出"鲁迅认为"的我辈,既有巨大冲击,亦有莫大安慰。宋君另根据木村蓝本纠正了"现有对《科学史教篇》词句的诸多误解,如"玄念""不假之性""圣觉""整理者如加尔诺"等,但并未涉及曾在邹进先生和我之间引起争议的"本根"与"神思"二词。期待宋君的研究更进一步,对这些问题也有所澄清。——2019 年 4 月 17 日追记

"末人"时代忆"超人"

——再说鲁迅与尼采

"尼采在中国"和"尼采与中国"是两个相关话题,前者研究尼采在中国实际发生影响的历史,类似比较文学的"影响研究"(这里当然不限于文学),后者包含(又超出)前者,既研究尼采在中国发生的实际影响,更从世界历史和文化角度研究尼采在理论上可能和中国发生的对话,后一项内容类似比较文学的"平行研究",当然这里也不限于文学。

本文无关尼采和鲁迅在理论上可能发生的对话,而是探讨鲁迅如何接触、介绍、翻译、理解尼采,以及在此过程中尼采如何影响鲁迅的思想和创作,属于"尼采在中国"总题下的一个具体问题,侧重点在鲁迅,故曰"鲁迅与尼采",而非"尼采与鲁迅"。

一 相遇之初:留日时期的鲁迅与尼采

鲁迅留日时期(1902—1909)开始接触尼采,这一阶段史实的考辨,日本学者成绩最大。

继20世纪50—60年代日本"鲁迅研究会"领军人物尾上兼英最早提出"鲁迅与尼采"这个话题之后[1],伊藤虎丸70年代的《鲁迅与日本

---

[1] 尾上兼英:《鲁迅与尼采》,《日本中国学会报》,1961年第十三集;参见李冬木:《留学生周树人周边的"尼采"及其周边》,张钊贻主编:《尼采与华文文学论文集》,新加坡八方文化创作室2013年版,第91页。

人——亚洲的近代与"个"的思想》一书专注于留日时期鲁迅遭遇尼采的材料发掘，结论是那时鲁迅笔下的尼采可以"原封不动"见于1902年登张竹风《尼采与二诗人》一文之主干部分"论弗里德希·尼采"[1]，登张竹风及其东京大学的同学高山樗牛是明治时期反省日本全面欧化的代表人物，他们借尼采思想猛烈批判19世纪从西方横移到日本的物质主义、国家主义、科学主义、实利主义、民主主义，这都深深影响了鲁迅，在鲁迅1907—1908年间撰写的长篇文言论文《科学史教篇》《文化偏至论》《摩罗诗力说》《破恶声论》中看得很清楚。

北冈正子以其《〈摩罗诗力说〉材源考》闻名于国际鲁迅研究界[2]，1992年她发表了《在独逸语专修学校学习的鲁迅》一文，系统调查鲁迅在日本学习德语的情况，研究鲁迅是以怎样的语言工具获得早期四篇重要文言论文的西方文化"材源"。鲁迅1904年9月进仙台医学专门学校时始习德语，这时他在日本已三年零六个月，"尼采热"余波尚在，但根据北冈正子的调查，鲁迅去仙台之前只能通过日语和日本文人的渠道认识尼采。1906年3月鲁迅离开仙台回东京，"弃医从文"，至此学了两年不到的德语（不算他在南京初步的德语学习）。1906年6月鲁迅入"独逸语学会"所设"独逸语专修学校"再修德语，仅挂名于该校而维持基本出勤率，但两个学期的德语成绩均为60分，并不算低。这个水平至1907—1909年编译《域外小说集》时有了突飞猛进的提高，许寿裳《亡友鲁迅印象记》回忆，他当时将鲁迅翻译的俄国作家安特莱夫（L. Andreev）《默》和《谩》以及迦尔洵（Vesvolod Garshin）《四日》与鲁迅所据的德文原本对校，发现译文"字字忠实，丝毫不苟，无任意增删之弊，实为译界开辟一个新时代的纪念碑"。结合北冈正子的调查可以

---

[1] 伊藤虎丸：《鲁迅与日本人——亚洲的近代与"个"的思想》，李冬木译，河北教育出版社2000年版，第186—187页。
[2] 北冈正子该书20世纪70年代初以系列文章形式陆续在日本发表，何乃英的中译本由北京师范大学出版社于1983年6月出版。

推断，鲁迅在日本前三年半通过日语接触尼采，后四年半则可以直接去"啃"周作人初到东京时目击的鲁迅案头常备的《查拉图斯特拉如是说》的德语原本了。[1]

华裔澳籍学者张钊贻90年代中期详尽梳理1903年鲁迅到日本后刚刚落幕的东京大学师生围绕"美的生活"展开的争论以及在此前后日本"尼采热"的细节，探明尼采进入日本的渠道，证明留学初期鲁迅的尼采乃高山樗牛、登张竹风和勃兰兑斯版的尼采，坐实了伊藤虎丸、北冈正子的研究，并提出"鲁迅：中国'温和'的尼采"的观点，影响甚巨。[2]

2013年11月华裔日籍学者李冬木提出论文《留学生周树人周边的"尼采"及其周边》，在伊藤虎丸、北冈正子、张钊贻基础上更进一步，描述留日时期鲁迅所能接触和可以证实一定接触过的各种渠道的尼采影响。在登张竹风、高山樗牛之外，李冬木补充了上述三家忽略的桑木严翼小册子《尼采氏伦理学一斑》对《查拉图斯特拉如是说》第二部《文化之域》的概述与鲁迅《文化偏至论》一段完全重合这一细节。李文还强调东京大学师生围绕高山樗牛《美的生活》展开论争的焦点乃是被高山樗牛、登张竹风及其反对者们一同误解的富于伦理学色彩的"尼采的极端个人主义"。当时甲午战争胜利不久，日本举国欲狂，由此滋生的国家主义和物质主义占了上风，所以这场论争以尼采学说的提倡者高山樗牛和登张竹风的失败而告终，但在青少年读者中间，那落败的反国家主义、反物质主义、"极端个人主义"的尼采反而获得普遍同情。青年鲁迅所倾向的正是"美的生活"论争结束后在青年读者中弥漫的尼采式反国家主义的个人主义、反物质主义的精神至上意志至上的思想。[3]

日本学者以及张钊贻、李冬木两位华裔学者在研究鲁迅接触尼采的

---

[1] 参见李冬木：《留学生周树人周边的"尼采"及其周边》，张钊贻主编：《尼采与华文文学论文集》。
[2] 张钊贻：《鲁迅：中国"温和"的尼采》，北京大学出版社2011年版。
[3] 李冬木：《留学生周树人周边的"尼采"及其周边》，张钊贻主编：《尼采与华文文学论文集》。

日本语境方面成绩卓著，但他们都甚少顾及鲁迅与此同时所依靠的中国文化正反两面的"材源"。比如，鲁迅指出近代西方"文化偏至"，借助以尼采为中心的推崇"主观意力"的"十九世纪末之神思新宗"来倡导"立人"，鼓吹"掊物质而张灵明，任个人而排众数"，在此思想构造中，鲁迅对《诗经》、屈原和老庄以降中国文化中物质与灵明、众数与个人的此消彼长（主要是前者压制后者）也深有感触，他撰写早期四篇文言论文的冲动，并非要参与在他抵达日本时已经结束的"美的生活"论争，而是借助这场论争所产生的并非日本思想界主流的思想余波来摆脱当时在日本的中国知识界"本根剥丧、神气旁皇"的困境，因此这四篇文言论文的主要语境并非日本，而是中国；鲁迅依托的"材源"表面上是日本知识界的"西学"，骨子里却还是中国的，包括"要在不撄人心"的老庄思想，"许自繇于鞭策羁縻之下"的"无邪"的"诗教"，"反抗挑战，则终其篇未能见，感动后世，为力非强"的屈原以下令他失望的整部中国诗歌史，以及萌芽于《周易》、老庄，阐扬于孔孟，至"陆王"而达于极盛的其学生徐梵澄后来所谓"心学一系"，而其笔锋所指的现实对话者，则是"躯壳虽存，灵觉且失"的"浇季士夫"，是一片"扰攘"而实乃"寂寞为政，天地闭矣"的故国文明史"卷末"的"秋肃"之景：这些历史积郁和现实刺激才是青年鲁迅企图"振臂一呼而应者云集"的内在冲动，是四篇文言论文与"异邦新声"至少同样重要的"材源"。这些"材源"尾随青年鲁迅回到国内，继续刺激他，令他"不能已于言"，终于在沉默十年之后再次"开口"，且"一发而不可收"，以至于死。

《摩罗诗力说》有言，"今且置古事不道，别求新声于异邦，而其因则动于怀古"，这里"古事"不仅是古代中国的文哲思想，也包括无异于古人的"浇季士夫"（包括"国粹派"和"维新派"）的精神状态。这样的"怀古"促使鲁迅"别求新声于异邦"，但"异邦新声"的刺激反过来使他更加不能忘怀"古事"。消极方面，他认为西方近代重"物质"和"众数"的"文化偏至"很容易在古代中国找到知音，前者是"交通传来之新疫",后者是"本体自发之偏枯","二患交伐,而中国之沉沦遂以益速矣"。积极方面,他那时虽然还未对"师心使气"的魏晋名士公开表达其敬仰,没有系统梳理历代狂狷之士的反抗挑战,但他以"心学"术语对译"神思新宗"[1],希望由此鼓荡"恃意力以辟生路"的"二十世纪之新精神",说明他所谓"外之既不后于世界之思潮,内之仍弗失固有之血脉",殆非虚语。

中国传统消极方面的刺激和积极方面的继承,是留日时期鲁迅接触以尼采为首的"神思新宗"的"期待视野",也是他归国以后直到晚年仍与尼采周旋到底的来自中国文化和中国社会内部的动因。对日本和海外学者不时披露鲁迅在日本获得的西学"材源"羡慕不已是很自然的事,但如果忽略鲁迅当时和日后所依仗的对中国"古事"不断深入的领会,岂不可惜?

二 中国人眼里的"鲁迅与尼采"

中国学者注意到鲁迅与尼采的关系,远早于日本学者。鲁迅一接触尼采,即受到许寿裳、周作人的关注。1925年11月《热风》出版,这本主要收集鲁迅1918—1924年在《新青年》杂志上所作"随感录"和部分早期白话杂文的短论集,即为鲁迅赢得了"中国的尼采"的称号(徐志摩语,详下)。1941年孙伏园披露20年代北京时期刘半农赠鲁迅联语"托尼学说,魏晋文章"[2],可与徐志摩之言互为佐证。30年代以后,谈"鲁迅与尼采"者逐渐增多,80年代达到高潮,乐黛云、陆耀东、赵家璧、钱碧湘、徐梵澄等可为代表。中国学者限于材料和日文隔阂,不

---

1 有关鲁迅以"心学"术语对译"神思新宗",参见郜元宝:《鲁迅著作所见"心"字通诠》,《鲁迅研究月刊》2000年第7期;《鲁迅六讲》(增订本),北京大学出版社2007年版。
2 孙伏园:《鲁迅先生逝世五周年杂感二则》,原载1941年10月21日《新华日报》(重庆),收入郜元宝编:《尼采在中国》,上海三联书店2001年版,第297页。

能深耕于日本学者所专攻的园地，也囿于左翼如瞿秋白（1933）、王元化（1939）所谓鲁迅思想前后期发展与转变的流行框架，普遍聚焦于前期鲁迅所受尼采影响而渲染后期鲁迅（1930年以后）与尼采的决裂（李长之、徐梵澄是少数例外）。这个倾向至今尚被沿袭，而90年代以后重评尼采之声再起，包括鲁迅在内的中国现代文化人所受尼采影响的负面意义也不断被人论及。1

但不管怎样，中国学者的工作不可小视。因缺乏实证材料做"影响研究"，"平行研究"或更见发达，虽多凿空之谈，也不乏卓见，如闵抗生等代表的《野草》与尼采著作的详细对读。可惜这种研究限于现代文学和鲁迅研究界，德语文学和哲学界专家较少参与。汉语语境中"鲁迅与尼采"的研究空间其实很大，今后可资利用的资源，一是继续研究鲁迅所依托的整个中国传统思想文化背景（尤其诗骚传统、老庄哲学、魏晋风度、陆王心学）如何介入鲁迅对尼采的汲取，而不能满足于陈鼓应（1987）、张世英（1989）等绕开鲁迅谈论"庄子与尼采"之类纯粹的"平行研究"；二是在鲁迅直接谈论尼采的文字之外，深入探讨鲁迅文学创作中的尼采影响；三是将鲁迅纳入1902年以来中国学者和作家持续不断的"尼采热"加以综合考察，看看除"日本影响"之外，中国现代思想文化界的尼采观如何影响"鲁迅的尼采"。比如留日时期雨尘子2、梁启超、王国维、章太炎、谢无量、吴稚晖以及"五四"前后陈独秀、蔡元培、胡适、周作人、沈雁冰、傅斯年等人的尼采观如何与鲁迅发生"共

1　如尼采《论道德的谱系——一篇论战檄文》的中文译者谢地坤在该书"译后记"中反复表达自己"作为一名从事欧洲近代理性主义哲学的研究者"对于尼采著作的"不舒服""很不舒服"乃至"格格不入"，译者不仅不能适应尼采的表述方式，而且根本上不能认同《论道德的谱系》一书对基督教、基督教会和犹太人的批判。谢地坤仅仅是新世纪批判尼采的少数个案，但已足以和80年代"尼采热"中对尼采的盲目推崇形成鲜明对照。
2　据修斌《梁启超的尼采认知及其"功利的启蒙"》(《中国海洋大学学报（社会科学版）》2008年第1期，第68页），中国知识界最早提到尼采（当时译为"尼这"）的，乃"雨尘子"《论世界经济竞争大势》，该文刊于1902年7月《新民丛报》第11期，早梁启超也在该报发表的《进化论革命者颉德之学说》三个月。

振"、"五四"以及稍后的"创造社""狂飙社"成员笔下的尼采如何促使鲁迅结合其身受的尼采式的"寂寞"而反省自己心目中的尼采,从而塑造了既与尼采有关又有别于尼采的鲁迅式的"狂人"系列,尤其是与此同时更自觉地展现了鲁迅所理解的"末人"世界的景观。

上述研究以往做得不够,原因是我们习惯于轻视中国学者和作家对尼采的理解。殊不知鲁迅早年从日本人的尼采观中汲取的思想也未必符合尼采原意,回国以后驱使他继续和尼采周旋的动因既非日本学术界,更非西方尼采研究界[1],而恰恰是中国学者作家谈论尼采时发出的不太悦耳的声音刺激了鲁迅,叫他不时回到尼采,由此反省他本人心目中的尼采形象。

三 "尼采在中国":为何是鲁迅?

斯洛伐克科学院高利克教授(Marián Gálik)可能是最早关注"尼采在中国"的外国学者,他"渴望知道为什么中国人在 1920 年代上半期,常常在并不明白尼采学说的情况下'拥抱'他的学说(虽然也并不总是这样)",抱着这个渴望,1971 年他发表了《尼采在中国(1918—1925)》[2],研究鲁迅、茅盾、郭沫若以及李石岑所编 1920 年 8 月 25 日《民铎》杂志第 2 卷第 1 期"尼采专刊"的尼采观。高利克的"渴望"代表了许多汉学家的心理(当然适应面不限于他当时研究的"1920 年代上半期"),也值得中国学者深思。直到今日,除了个别西学造诣精深的学

---

[1] 1925 年鲁迅从东亚公司购得《查拉图斯特拉如是说》的日文译本,又托羽太重九买来日文本《查拉图斯特拉的解释和批评》(《日记书账》,《鲁迅全集》第十四卷,人民文学出版社 1981 年版,第 579—580 页),但在文章中并无针对性的回应。鲁迅没有周作人的希腊文根柢,更无从远探尼采与古希腊思想的关系。所有这些都会限制鲁迅在纯学术领域对尼采的研读。
[2] 汉堡《东亚自然和人类文化学协会简报》(Nachrichten der Gesellschaft fur Natur und Volkerkunde Ostasiens),第 5—47 页,参见高利克:《我的〈尼采在中国〉四十年(1971—2011)》,张钊贻主编:《尼采与华文文学论文集》,第 3—17 页。

者，绝大多数中国学者和作家仍然"在并不明白尼采学说的情况下'拥抱'他的学说"。这"并不明白"是否就取消了他们谈论尼采的资格呢？应该不是，否则连"鲁迅与尼采"的题目也不能成立了。但"并不明白"毕竟属实，中国作家和学者应该因此懂得更加留意自己谈论尼采的范围和方式。

1902年开始到鲁迅逝世为止，中国新派知识分子几乎无人不谈尼采。梁启超、章太炎、王国维、蔡元培、吴稚晖、李石岑、胡适、范寿康、贺麟、朱光潜这些关心和研究西方哲学的人士不必说，谢无量、陈独秀、傅斯年、茅盾、郭沫若、瞿秋白、郑振铎、梁宗岱、冯至、林同济、陈铨、徐梵澄这些研究西方文学语言学并从事新文学运动的学者作家的热情有过之而无不及。他们借尼采谈论宗教、哲学、历史、政治、社会教育、国民性改造、文学、语言、青年和老年、战争、伦理学、道德论、优生学、东西文化——几乎囊括了近代以来中国学术文化界各种问题。像叶圣陶那样温和的作家也会在长篇小说《倪焕之》中大谈尼采"一切价值的重新估定"，后来粹然而为学者的刘文典教授年轻时还是激烈的尼采信徒[1]，就连太虚法师也借"超人"阐扬佛法[2]。

说到这里，我要借机表达歉意和遗憾。拙编《尼采在中国》(2001)收集鲁迅逝世以前材料，遗漏甚多，章太炎、吴稚晖、刘文典、太虚、周作人等重要人物均付阙如。又限于论著，作家的片言只语无从顾及，遑论他们（包括鲁迅）作品的"暗引"，而这些"暗引"比公开直白的谈论更能显示他们对尼采的实际理解。希望以后能弥补这个遗憾，比如扩编《尼采在中国》的论著资料集，同时编一本海内外学者研究尼采与中

---

1 刘叔雅：《欧洲战争与青年之觉悟》，《新青年》1916年第2卷第2号。
2 《太虚杂藏酬对·致吴稚晖先生书》，《太虚大师全书影印版》第二十九卷，第216页；《论藏支论·自由史观》，《太虚大师全书影印版》第二十五卷，第220页，宗教文化出版社2004年版。参见谭桂林：《尼采影响：鲁迅国民信仰建构思想的特征与深度》，张钊贻主编：《尼采与华文文学论文集》。

国现当代作家的论文集，使二者互相对照，见出完整的尼采旅行中国的轨迹。

回到高利克问题：中国人为何要热情"拥抱"尼采？对此，中国学者的反省和研究已经做得不错了。总括起来，包括鲁迅在内，现代中国知识分子所以拥抱尼采，共同点都是想借尼采的超人哲学来富国强民，摆脱"古国胜民"千百年来顾影自怜、叹老嗟贫、萎靡苶弱的积弊，争取思想自由，个性解放，"布衣麻鞋，径行独往"（章太炎），"人既发扬踔厉矣，则邦国亦以兴起"，"不和众嚣，独具我见"（鲁迅），争做少年（梁启超、钱玄同），强身健体（章太炎、鲁迅），"更不伤春，更不悲秋"（胡适），摆脱悲观，乐观向上，"高呼猛进"（鲁迅），乃至强而又强，凌弱拒强（"战国策派"）。这种实用主义的尼采观不可避免会误解尼采，比如普遍将同样被误解的达尔文进化论与尼采结合起来，鲁迅就不由分说地认为尼采"刺取达尔文进化之学说，掊击景教，别说超人"（其实是鲁迅自己调和了达尔文进化论、尼采超人学说乃至人道主义思想）。新文化运动发动以后，尼采"重估一切价值"的激烈反传统精神更成了同样"激烈反传统"的"新思潮"的灵魂（胡适），不管新文化运动者所反的传统与尼采所反的传统相去多么遥远。

总之高利克的问题如今已不难回答，现在需要思考的更重要的问题乃是：近现代以来中国人和尼采的接触既如此广泛，为何谈论"尼采在中国"总绕不开鲁迅，甚至总集中在作家鲁迅身上，以至于"尼采在中国"总是浓缩为、转换为、令饱学之士不无沮丧地狭窄化为"鲁迅与尼采"这个水平永远难以提高的文学性话题？

这个现象令人沮丧，但又不容回避。回避"鲁迅与尼采"，"尼采在中国"的题目就很容易架空，成为"尼采与中国"的"平行研究"，或囿于哲学讨论，难以扩展到整个现代中国思想文化领域。

讨厌的文学，讨厌的鲁迅，总跟精深的学术过不去！

我好像听到学者们愤怒的叹息了。

四 "中国的尼采"?

"尼采在中国"这题目绕不过鲁迅,跟他被称为"中国的尼采"有关。鲁迅是中国强国强民之梦的首席代表,这位"骨头最硬"(毛泽东)的中国人如何看待尼采,如何被视为"中国的尼采",当然饶有趣味。

首先,谁说鲁迅是"中国的尼采"?最早书面材料出于徐志摩之手,在以副刊编辑身份发表周作人陈西滢相互骂战的"一束通信"之前所加的按语中,徐志摩说"鲁迅先生的作品,说来不大敬得很,我拜读过很少,就只《呐喊》集里三两篇小说,以及新近因为有人尊他是中国的尼采他的《热风》集里的几页"[1]。那时"兄弟失和"已经三年,但在《语丝》上与"正人君子"交战,周氏兄弟仍保持高度默契,所以明显偏袒陈西滢而贬抑周作人的徐志摩忍不住要在他的按语里带出他和陈西滢另一个共同敌人鲁迅。"一束通信"以及徐志摩有关"中国的尼采"的一段按语,中心点只有一个,就是周氏兄弟在文章中暗示陈西滢曾当众扬言"现在的女学生都可以叫局",陈则矢口否认,大呼冤枉,并一再追问周氏兄弟,他何时何地说过这话?何人可以公开对证?这和尼采的"超人"毫无关系,倒颇有徐志摩所谓很"乏"的东方文人情调(或许跟尼采的"末人"有关?)。但想到尼采及其学说并不能排除女人的麻烦,我们也就不必深怪陈、徐、"二周"这场论战的诡异了。"中国的尼采"竟然在这场诡异论争中冉冉升起,也很有意思。要做"超人",首先就得接受"末人"的死缠烂打。

徐志摩这段话的语法有些混乱,他所谓尊鲁迅为"中国的尼采"的"有人"是谁,"中国的尼采"仅仅针对《热风》,还是包括此时已出版的《呐喊》《彷徨》以及1924年开始陆续发表的《野草》和收在《华盖集》

---

[1] 徐志摩:《关于下面一束通信告读者们》,《晨报副刊》1926年1月30日。

中的文章？这都未作交代。1941年孙伏园著文纪念鲁迅，说北京时期刘半农赠给鲁迅"托尼学说，魏晋文章"一副联语。鲁迅1926年8月与许广平同车离京，刘半农赠联语当在此之前，和徐志摩散布"中国的尼采"的说法同时。刘半农是否就是"中国的尼采"这顶桂冠的发明者？难说。因他论鲁迅所取参照除尼采还有托尔斯泰和"魏晋文章"。但刘半农即使不是发明者，也代表了许多人意见，孙伏园透露："当时的朋友都认为这联语很恰当。"

1918年鲁迅开始在《新青年》"随感录"专栏发表"社会批判"和"文明批判"的短文，1925年《热风》出版，绝大部分"随感录"收录其中，到1926年8月鲁迅离京之前，和鲁迅公众形象有关的，不仅是《热风》所收尼采短篇散行格言式的"随感录"，还有影响巨大的白话小说、更具尼采风的《野草》，以及《坟》与《华盖集》中的论文，和逐渐发展为"执滞于小事情"的高度论战性的大量杂文。《坟》还收录几篇早期文言论文以及没有收在《坟》里但写于同一时期的《破恶声论》，这都与尼采有关，但这一时期鲁迅的思想和文学渊源又并不限于尼采。"中国的尼采"只能就其中与尼采相关的方面而言，才具有合理性。

那么鲁迅本人对这个说法的态度如何？孙伏园说"鲁迅先生自己也不加反对"。这很含糊，容易误导读者，似乎鲁迅也笑纳了，其实不然。鲁迅回应徐志摩那段按语时，对"中国的尼采"的说法就未置一词。[1] 但以"中国的尼采"自命的大有人在，比如鲁迅扶植的"莽原社""狂飙社"成员高长虹、向培良等，他们喜欢写一些"拟尼采样的彼此都不能解的格言式的文章"[2]，向培良还以《永久的轮回》为题做过文章[3]。直到1935年，鲁迅还对新文学家们爱写让读者"吃冤枉的苦头"的"古里古

---

1 《华盖集续编·无花的蔷薇》，《鲁迅全集》第三卷，第274页。
2 《且介亭杂文二集·〈中国新文学大系〉小说二集序》，《鲁迅全集》第六卷，第260页。
3 向培良：《十五年代》，上海"支那"书店1930年版。

怪的诗和尼采式的短句"[1]耿耿于怀。高长虹、向培良，包括后来成为鲁迅弟子、连鲁迅也说"此公颇有点尼采气"[2]的徐梵澄都鄙视群众，高自位置，讨厌怜悯，放浪不羁，忽而爱人，忽而憎人，甚至连鲁迅也为他们所驱使，鲁迅小说《孤独者》描写的像螃蟹一样大大咧咧躺在魏连殳客厅椅子上的不可一世而又怨天尤人的几个青年，很可以做这些自居为"中国的尼采"的鲁迅学生的写照。但鲁迅本人从来不曾自命为"中国的尼采"，也没有与谁争夺过翻译、介绍、阐释和运用尼采的权威头衔。这是老师和学生的区别（徐梵澄就说过鲁迅以古奥译笔翻译《察罗堵斯德罗绪言》是"华文第一译"[3]）。

这当然并非说鲁迅没有受过尼采影响，更非说鲁迅刻意掩盖他所受的尼采影响。恰恰相反，对曾经受过尼采影响，鲁迅毫不忌讳。早期大赞尼采是"个人主义之至雄杰者"，"五四"前后经常引用尼采，还借用勃兰兑斯的话赞扬尼采是"轨道破坏者"[4]，1929年底承认自己投稿《语丝》乃因为"那时还有一点读过《Zarathustra》的余波"[5]，1930年以后还想继续翻译《查拉图斯特拉如是说》，因翻译《死魂灵》，无暇他顾，就鼓励徐梵澄翻译，亲自为梵澄译本充当校对，多方奔走，安排出版，并继续在杂文中引用尼采，尤其警告国人不要将青年造成"末人"[6]。鲁迅受尼采影响，几十年一贯，从未中断。

有一种流行说法认为鲁迅后来（20年代末至30年代）完全抛弃了尼采[7]，其证据很有意思，不妨稍作辨析。

比如《三闲集·怎么写——夜记之一》（1927）："尼采爱看血写的

---

1 《且介亭杂文二集·"寻开心"》，《鲁迅全集》第六卷，第279页。
2 1934年12月25日致赵家璧信，《鲁迅全集》第十三卷，第311页。
3 徐梵澄：《〈苏鲁支语录〉重版缀言》，尼采：《苏鲁支语录》，商务印书馆1992年版，第1页。
4 《坟·再论雷峰塔的倒掉》，《鲁迅全集》第一卷，第202页。
5 《三闲集·我和〈语丝〉的始终》，《鲁迅全集》第四卷，第172页。
6 《准风月谈·由聋而哑》，《鲁迅全集》第五卷，第295页。
7 乐黛云：《尼采与中国现代文学》，原载《北京大学学报》1980年第3期，钱碧湘：《鲁迅与尼采哲学》，原载《中国社会科学》1982年第2期，均收入郜元宝编：《尼采在中国》。

书。但我想，血写的文章，怕未必有罢。文章是墨写的，血写的倒不过是血迹。它比文章固然更惊心动魄，更直截分明，然而容易变色，容易消磨。这一点，就要任凭文学逞能，恰如冢中的白骨，往古来今，总要以它的永久来傲视少女颊上的轻红的。"有人根据这段话就认为鲁迅超越了尼采。但这只是随手引用尼采一句话，并非对尼采的总体判断。尼采原意也并非说喜欢看用笔沾了血写的文章，乃是说喜欢看"心血"凝成的文字，而这恰恰也是鲁迅的文学观。用血比喻真情实感，比喻文章家的至性至情，比喻生命，是鲁迅的惯技，从"我以我血荐轩辕"就开始了，后来也有"从喷泉里出来的都是水，从血管里出来的都是血"[1]，爱看青年的诗里有"血的蒸气"[2]诸如此类的说法。《怎么写》这段话稍稍改篡尼采原意，惋惜乃至反对青年人看轻生命、动辄示威游行而中了嗜血者的圈套，或者讽刺"革命文学者"的夸大其词，是标准的鲁迅式的愤激与幽默，也是文学上允许的一种修辞法，并无讽刺尼采、抛弃尼采、宣布与尼采决裂的意思。还有一些说法，更是随意生发，涉笔成趣，与尼采了无干系："中国是农业国，而麦子却要向美国定购，独有出卖小孩，只要几百钱一斤，而古文明国中的文艺家当然只好卖血，尼采说过：'我爱血写的书'呀。"[3]尼采爱读心血之书的话，王国维《人间词话》（1908—1909）早就引用过[4]，影响巨大，鲁迅借用大家熟知的这个说法来表达自己的意思，也甚为方便。

不理解这点，则"尼采式的超人，虽然太觉渺茫，但就世界有人种的事实看来，却可以确信总有尤为高尚尤近圆满的人类出现。到那时候，类人猿上面，怕要添出'类猿人'这一名词"[5]，岂不也可以看作鲁迅在"热风"时期就抛弃尼采的证据了吗？同样的意思一年前在《狂人

---

1 《而已集·革命文学》，《鲁迅全集》第三卷，第568页。
2 《热风·随感录四十》，《鲁迅全集》第一卷，第338页。
3 《南腔北调集·祝〈涛声〉》，《鲁迅全集》第四卷，第575页。
4 王国维《人间词话》："尼采谓一切文学余爱以血书者。后主之词，真所谓以血书者也。"
5 《热风·随感录四十一》(1919)，《鲁迅全集》第一卷，第341页。

日记》中还借"狂人"之口大张旗鼓地宣讲过，一年后难道就自我否认了吗？其实"太觉渺茫"云云，理解为鲁迅暗引别人的话就顺了，紧接一个"但"字，便还是为尼采辩护。即使鲁迅对"超人"真的"太觉渺茫"，也并不等于他否定"超人"，只不过以眼前人类素质看，等到"超人"降临还为时太早，因此他不免"太觉渺茫"罢了。

　　反复掂量上引几段话的弦外之音，无非想说明我们对鲁迅与尼采关系的误解，往往并非误解尼采或鲁迅什么深刻思想，而是不能体会文学修辞的微妙所致。理解"鲁迅与尼采"，高深之学理、冷僻之考据固然重要，但正如鲁迅所言，"伟大也要有人懂"[1]，如果连鲁迅的说话方式都不能了然，如何推测他的真实想法？在这点上，具有正常语感的普通读者大可不必在尼采专家或鲁迅专家面前过于自卑，倒是专家学者们亟须改善语感，避免白昼见鬼式的深文周纳。懂中文的至少要看懂鲁迅的大白话，懂德文的至少不能被"尼采的话：上帝死了"（海德格尔）吓得直哆嗦；那可能也是一句大白话，说得婉转，带点文学性而已。倘能读懂德文，体会其语境，则尼采借查拉图斯特拉之口说出的这句话或许也不必大费周章，越说越不明白了吧。

　　《拿来主义》（1934）一段话也常常被拿来当作鲁迅抛弃尼采讽刺尼采的有力证据："当然，能够只是送出去，也不算坏事情，一者见得丰富，二者见得大度。尼采就自诩过他是太阳，光热无穷，只是给予，不想取得。然而尼采究竟不是太阳，他发了疯。"这也是鲁迅拿尼采说事的一种修辞法，意在讽刺热心"送去"的爱面子夸大狂的阿Q主义，并不在乎是否紧扣尼采原意。

　　再比如《〈中国新文学大系〉小说二集序》（1935）有言："尼采教人们准备'超人'的出现，倘不出现，那准备便是空虚。但尼采却自有其下场之法的：发狂和死。否则，就不免于空虚，或者反抗这空虚，即使在

1　《且介亭杂文二集·叶紫作〈丰收〉序》，《鲁迅全集》第六卷，第228页。

孤独中毫无'末人'的希求温暖之心，也不过蔑视权威，收缩而为虚无主义者。"这里说的是"狂飙社"青年作家受尼采影响，也掺和了鲁迅本人的经验："超人"不出现，也不希望从"末人"那里得到温暖，甘愿承受没有"超人"而又拒绝"末人"所导致的虚空和孤独，还要反抗这空虚和孤独，蔑视虚假的权威，即使被人目为"虚无主义者"，像尼采一样"发狂和死"，也是"种瓜得瓜，种豆得豆"，不必怨谁。鲁迅说这番话，对于"狂飙社"的青年作家满含同情。正如《拿来主义》不会讽刺尼采"发了疯"，这里也不会讽刺尼采的"发狂和死"。相反鲁迅十分同情尼采这个"下场之法"，他随时也准备落到这个下场，给许广平的信中就担心说自己会发狂或死[1]，甚至说文学创作不同于做学问，基本特征就是"发狂变死"[2]。

懂得鲁迅的修辞法和上下文语境，上引几段话，包括《〈中国新文学大系〉小说二集序》称尼采、王尔德、波德莱尔、安特莱夫为"'世纪末'的果汁"，都不足以作为鲁迅抛弃尼采的证据。尼采伴随了鲁迅一生，对此不必有什么疑义。

既这样，为何鲁迅又不肯以"中国的尼采"自命？

五　不做追求"超人"的"末人"

这主要和鲁迅对包括尼采在内的一切外来影响的基本态度有关。

鲁迅生前不仅被别人戴过"中国的尼采"的桂冠（他从未首肯过），还被称为"中国的高尔基"（对此他也公开或私下断然拒绝过）。一个中国人，不管称别人或自称"中国的某某（外人）"，鲁迅皆"深恶而痛绝之"。这个典型的现代中国怪现象，鲁迅从留日时期就意识到并保持高度

---

[1]《两地书·二九》，《鲁迅全集》第十一卷，第90页。
[2]《华盖集续编的续编·厦门通信（二）》，《鲁迅全集》第三卷，第391页。

警惕，新文化运动以后更反复予以批判。1929年5月22日在燕京大学讲演中，鲁迅就讽刺过一个中国人挽着一个外国人的丑态："梁实秋有一个白璧德，徐志摩有一个泰戈尔，胡适之有一个杜威，——是的，徐志摩还有一个曼殊斐尔，他到她坟上哭过，——创造社有革命文学，时行的文学。"[1] 不知道他说这番话时，台下是否有人嘀咕："您先生有一个尼采啊！"但鲁迅不是"中国的尼采"，也不是别的"中国的某某"。他只是"中国的鲁迅"。这是康有为、章太炎、梁启超、王国维、严复诸老辈平等对待外人和西学的态度，而为鲁迅发扬光大。可惜这精神在鲁迅之后逐渐式微，于是"西学""外人"乃为中国许多巧人的"济私助焰之具"[2]，变得很可怕了。

其次，则要说到鲁迅受尼采影响的具体方式。鲁迅像尼采一样坚持独立思考，也像尼采一样"忠实地"，对鲁迅来说，就是忠于他身处的中国文化和现实语境，这就不必（也不允许）他亦步亦趋追随尼采。相反，中国文化和现实的语境倒经常迫使他不断跳出尼采的语境，将因此不得不有所误解和变形的尼采纳入正在讨论的切迫的中国问题。

许多学者都注意到，鲁迅一生引用尼采，基本不超过《查拉图斯特拉如是说》。我想补充一句，鲁迅一生引用尼采最多也仅限于他本人先后两次翻译的该书《序言》部分。[3] 但恰恰是鲁迅为其所译《序言》撰写的"译后记"逐节解释大意，反而暴露了他对尼采的诸多误读。[4] 其他引用也是如此，上文已举过一些例子。再比如《摩罗诗力说》篇首引"尼佉"的话："求古源尽者将求方来之泉，将求新源。嗟我昆弟，新生之作，新

---

[1] 《三闲集·现今的新文化的概观》，《鲁迅全集》第四卷，第137页。
[2] 《花边文学·偶感》："每一新制度，新学术，新名词，传入中国，便如落在墨色酱缸，立刻乌黑一团，化为济私助焰之具，科学，亦不过其一而已。"
[3] 徐梵澄80年代中期为其所译《苏鲁支语录》撰写的"重版缀语"说，鲁迅第二次用白话翻译，"止于《序言》的前九节"。徐氏记忆有误，查《新潮》第2卷第5号，鲁迅完整译出了这十节《序言》。
[4] 钱碧湘：《鲁迅与尼采哲学》清楚指出这一点，收入郜元宝编：《尼采在中国》，第553页。

泉之涌于渊深,其非远矣。"这出自《查拉图斯特拉如是说》卷三《新旧标榜》第二十五节,梵澄译文是:"有谁追溯老底渊源如果变聪明了,看哪,他终于要寻求将来的水源,新底渊源。——兄弟们哟,不久将要兴起新底民族,新底泉水将下注于新底溪谷。"对照高寒的译文:"在古代的种族中生长起来的智人,看哪,最后他寻求着新的种族了。哦,我的弟兄们哟,不久新的种族兴起来,新的泉水奔注到深渊。""新生"是鲁迅当时极重视的概念,他和许寿裳、周作人等拟办而竟流产的文学杂志就叫《新生》,但这概念除了可能得自但丁的诗集之名,竟然也有可能来自鲁迅对尼采"新底民族""新的种族"的误译!无法考证这种误译是鲁迅所为,还是他参考日译本的改作,总之早年接触尼采,类似的误译很多(比如上面提到《文化偏至论》参考桑木严翼《文化之域》的译文)。20年代鲁迅德文水平已经不低,但大段引用《查拉图斯特拉如是说》时还是难免误用,比如:

真的,人是一个浊流。应该是海了,能容这浊流使他干净。
咄,我教你们超人:这便是海,在他这里,能容下你们的大侮蔑。

鲁迅注明这出自"《札拉图如是说》的《序言》第三节",显然是他的译文,但此处"大侮蔑"乃是误用。"海"指"超人","超人"出现,人类将经验"大侮蔑之时",将对自己成为"超人"之前所看重的"幸福""理性""道德""正义""同情"投去"大侮蔑"。尼采关于"大侮蔑"的解释紧接在鲁迅上面两节引文之后,看鲁迅译文,他应该理解尼采本意,但到了《热风》时代还是信手拈来,以"容下你们的大侮蔑"来指"几粒石子,任他们暗地里掷来;几滴秽水,任他们从背后泼来就是了"[1]。

---

[1] 以上两段鲁迅译文和鲁迅杂文原文均见《热风·随感录四十一》。鲁迅此处译文与发表在《新潮》杂志上的有所不同,显然他没有照抄自己在《新潮》上的译文,而是临时重译,据此或可推测,鲁迅写《随感录》时,《查拉图斯特拉如是说》德文原本是经常放在手边的。

从纯学术眼光看，这当然离开尼采甚远，但精神上或许因此而更接近尼采。这种接近是"精神界战士"立足各自语境的心灵默契，而非学理上文字上亦步亦趋，不是吃牛羊肉之后真的"'类乎'牛羊"[1]。

说到鲁迅和尼采的心灵契合，一些文字和行事的细节更可玩味。

尼采35岁离开大学，鲁迅45岁从大学和教育部脱身。他们都深知大学堕落，甘愿在大学之外自由发言，像鲁迅自居"学匪"，不惜与所属阶级宣战，落落寡合。他们两人主要都依靠自学，如17、18世纪许多自我造就的启蒙主义大师。

两人都体弱而心壮，并且因为心壮，就真的自以为十分健康有力。病中的尼采宣称自己比谁都健康，比谁都懂得如何争取健康（当然也是一种思想隐喻），鲁迅临死前还"倚枕"回击论敌，并且扬言："自然，我所使用的仍是一枝笔，所做的事仍是写文章，译书，等到这枝笔没有用了，我可自己相信，用起别的武器来，决不会在徐懋庸等辈之下！"[2] 颇有点他自己经常嘲弄的老年陆游的"豪语"了。

尼采说他从不攻击个人，只是将个人当作放大镜去攻击那些隐秘的罪恶。鲁迅也自认并无私人怨敌。竹内好说鲁迅的攻击私人，实际上是攻击那些表现在私人身上的普遍的国民劣根性。尼采居于精神贵族地位而怀疑群众，鲁迅虽然经常提醒自己是破落户子弟，但也深知自己的"坏脾气"，就是"一天比一天的看不起人"[3]。

尼采说人是要被超过而走向"超人"的一座桥梁，鲁迅说"在进化的链条上，一切都是中间物"[4]，"不满是向上的车轮，能够载着不自满的人类，向人道前进"[5]。

---

1 《且介亭杂文·论"旧形式的采用"》，《鲁迅全集》第六卷，第24页。
2 《且介亭杂文末编·答徐懋庸并关于抗日统一战线问题》，《鲁迅全集》第六卷，第549页。
3 《呐喊·一件小事》，《鲁迅全集》第一卷，第481页。
4 《写在〈坟〉后面》，《鲁迅全集》第一卷，第302页。
5 《热风·随感录六十一·不满》，《鲁迅全集》第一卷，第376页。

尼采用鞭子抽打庸众，促其猛醒，还借查拉图斯特拉之口说，到女人那里去不要忘记带鞭子，鲁迅也说"不是很大的鞭子打在背上，中国自己是不肯动弹的"[1]。狂妄到近乎做戏并因此在中国安享名利的德国汉学家顾彬写过文章《你去中国人那里吗？别忘了带鞭子！尼采在中国可能是这样，但从来没这样》[2]，似乎颇得尼采和鲁迅的真传，但鲁迅对外国人加于中国的鞭子既欢迎却又不免感到屈辱，他更喜欢自己嘴里长出"毒牙"来"自啮己身"，"抉心自食，欲知本味"[3]。

尼采蔑视人类，更爱他的动物（鹰和蛇），鲁迅也喜欢鹰隼和赤练蛇，甚至爱被人唾弃的恶鬼："是的，你是人，我且去寻野兽和恶鬼。"[4]

尼采叫人忘记自己，欢迎别人的怀疑，"我要唤起对我最深的猜疑"，"一个大师的天职是要让他的学生防备自己"，鲁迅也早就叫青年学生不要去寻"乌烟瘴气的鸟导师"[5]，临死还不忘让后人"忘记我，管自己生活。——倘不，那就真是糊涂虫"[6]。

海德格尔认为尼采属望"超人"，却并不完全抛弃成为"超人"之前的过去，他举尼采死后出版的一段话为例："查拉图斯特拉不想'丢失'人类的过去，只想将一切投入熔炉。"[7] 鲁迅殷切期待"新人"出现，寄希望于"孩子"和"青年"，但对于像自己一样来自"旧营垒"的"中落之胄"、过渡性人物也给予同情，理解他们不得不"时时上征，时时反顾"

---

[1]《坟·娜拉走后怎样》，《鲁迅全集》第一卷，第 171 页。
[2] 笔者未见顾彬此文，据高利克《我的〈尼采在中国〉四十年（1971—2011）》，该文是顾彬在 1998 年 9 月 26—29 日在瑞士召开的关于尼采和东亚的国际研讨会上的发言，"Du Gehst zu Chinesen? Vergiss die Peitsche Nicht. Was Nietzsche in China Hatte Sein Konnen, Aber Niemals War"，Minima sinica, 2003:2, pp.1-18. 顾文未以英文发表。参见张钊贻主编：《尼采与华文文学论文集》，第 10 页。
[3]《野草·墓碣文》，《鲁迅全集》第二卷，第 207 页。
[4]《野草·失掉的好地狱》；关于鲁迅作品中的"鬼"和"动物"，参见九尾常喜《"人"与"鬼"的纠葛》（人民文学出版社 2006 年版）以及靳新来《"人"与"兽"的纠葛》（上海三联书店 2010 年版）两书。
[5]《华盖集·导师》，《鲁迅全集》第三卷，第 59 页。
[6]《且介亭杂文附集·死》，《鲁迅全集》第六卷，第 635 页。
[7] 海德格尔：《尼采的扎拉图斯特拉是谁？》，部元宝译，刘小枫主编：《尼采在西方》，上海三联书店 2002 年版，第 8 页。

的两难境地。[1] 他对那些欢迎革命但又留恋过去、惧怕将来的俄苏文学家的认识也是如此。

刘小枫强调必须留心尼采委婉曲折、欲说还休的说话方式[2]，鲁迅也一样，他固然喜欢直接爽快、一击而中的泼辣文风，但也经常感叹自己不能把内心的黑暗全部说出来。两人不欲明言的思想相去甚远，但不能明言的困境和被迫锻炼"微言大义"的艺术，如出一辙。

1935年底，鲁迅在《且介亭杂文》序言里抨击那些貌似公正、貌似为伟大的文学着想而藐视杂文、攻击杂文的人，就借尼采的话，说这些人的文章"虽然披了文艺的法衣，里面却包藏着'死之说教者'，和生存不能两立"。所谓"生存"，是鲁迅对自己的杂文的定位，即争取生存的意思，用李长之的话讲，鲁迅杂文思想的重点就是"人首先必须活着"。鲁迅乐意用尼采的话来帮助自己表明其杂文的基本立场。这说明直到晚年，鲁迅对尼采还是不能忘怀，尽管他并不在意尼采的话和他自己的论题之间有着怎样巨大的语境差异。

当然并非总是契合。鲁迅留日后期那四篇文言论文，因崇尚精神，不免鄙弃肉体和物质，后来发现尼采非常尊崇肉体和人在地上的权益，于是在《野草·影的告别》中我们就看到鲁迅用了易被误解的曲笔，描写精神之影如《〈查拉图斯特拉如是说〉序言》所说的那样，"傲然的看着肉体"，对肉体"说些出世的希望"。鲁迅除了借尼采之言反省早年对肉体的蔑视，借尼采所谓若不"忠于地"就是"亵渎地"的"下毒者"来刻画他在中国见到的"现在的屠杀者"，依然保留了精神之影倘若不乐意就哪儿也不去的"傲然"。

这里毋宁就并存着对尼采的理解和误解。

尼采虽然叫学生防备自己，但更多场合则扮演"教你们超人"的预言家和导师，甚至模仿耶稣的口气说"我实实在在告诉你们"。鲁迅就没

---

[1] 《坟·摩罗诗力说》，《鲁迅全集》第一卷，第67页。
[2] 刘小枫：《尼采的微言大义》，郜元宝编：《尼采在中国》，第883—929页。

这么狂傲,他真的不愿当"导师",真的认为自己的文字有毒,令青年人看了更痛苦。[1] 鲁迅与尼采的契合也包含着反对:鲁迅比尼采对未来更乐观,即使明知空虚,也要"硬唱凯歌"[2]。尼采叫人不要太在意苍蝇,不要堕落为"蝇拂"(梵澄译),但鲁迅一生论战,大鬼小鬼,苍蝇老虎,来者不拒,甚至还以专打苍蝇为荣,对"有苍蝇扰他,竟至拔剑追赶——近于发疯"的魏晋名士特有会心[3],这不仅因为他比尼采更憎恶苍蝇,也因为他有比尼采更加激烈的厌世情绪。"憎恶""呕吐"两词,鲁迅的应用频率可能超过尼采,并波及他的学生,向培良、高长虹诸人就动辄要对社会献上"憎恶"和"呕吐"。

尽管有不胜枚举的契合和并非完全契合的对话,尼采仍不过是鲁迅"别求新声于异邦"时所求的之一而非唯一的"新声"。和尼采一起作为"神思新宗"代表人物进入鲁迅眼帘的还有叔本华、施蒂纳、易卜生、克尔凯郭尔。与此同时,更激动青年鲁迅心灵的还有那么多令他神往不已以至于——为他们撰写文学传记的"摩罗诗人"!鲁迅不像高山樗牛、登张竹风或更早的桑木严翼那样,独沽一味,仅仅抓住尼采不放,而是采集众花以酿己蜜。在鲁迅这里,包括尼采在内的所有"神思新宗"成员,以及所有"摩罗诗人",系统思想和创作历程不免都显得残破不全,但却成就了鲁迅早年四篇文言论文颇见体系的思想建构以及后来思想发展的有序脉络。鲁迅一生没有离开尼采,并不等于尼采思想笼罩了鲁迅一生;这就好像尼采终身没有根除叔本华的影响,但尼采的学术资源、人生态度和思想方向早已不是叔本华所可范围的了。

总之,鲁迅没有被尼采压扁,成为追求"超人"的"末人"。

中国睁眼看世界以后,自以为有世界思想界权威撑腰而在中国"呵斥八极"、不可一世的"末人"实在太多了,鲁迅不是这样。

---

[1] 这方面典型的例子莫过于《而已集·答有恒先生》的"醉虾"说。
[2] 《两地书·二》,《鲁迅全集》第十一卷,第16页。
[3] 《而已集·魏晋风度及文章与药及酒之关系》,《鲁迅全集》第三卷,第532页。

熟悉中国数千年文学史的读者会承认，20世纪中国文坛出现鲁迅，实在是石破天惊的一个意外。但鲁迅本人是否尼采属望的"超人"？谁也不能回答，因为"超人"究竟长什么样，尼采自己都说不清楚。有一点可以肯定，鲁迅晚年虽然很不情愿说到"超人"的"渺茫"，但他笔下始终并未出现尼采式的"超人"，至多塑造了为等待"超人"降生而成为牺牲品的"狂人"系列形象。相比之下，鲁迅小说和杂文塑造更多更成功的乃是中国式的"末人"或"乏人"，他对"超人"的属望之殷远比不上对"末人"世界的憎恶。鲁迅无时无处不感到自己在"末人"海洋里挣扎，甚至栗然自惧，一不小心，连自己也会暗暗庆幸"暂时做稳了奴隶"[1]，成了"末人"而不自知。

在"末人"时代回忆一度有过的"超人"的渺茫理想，这是鲁迅和尼采之关系的主要内容，也是我们讨论鲁迅与尼采时共同的心境罢，尤其在无数"末人"纷纷做了神气十足的"当代英雄"的现在。

六 结语：回到文学、语言和文体

留日后期撰写的四篇长文显示了鲁迅在历史、科学、哲学、宗教和文学多方面的惊人储备和杰出才华，在同时期中国文人中极其罕见。这四篇文言论文的价值至今被估计不足，主要因为其文学性使得对文学有偏见的学者们往往掉头他顾。然而不正视鲁迅的文学，想将鲁迅纳入思想史、宗教史、哲学史、文化史研究领域，恐怕很难。抛开鲁迅的文学，得到的就不再是真实的鲁迅。

鲁迅从留日时期直到晚年都不是在哲学上接触尼采，而主要立足于文学。鲁迅虽然在解释《〈查拉图斯特拉如是说〉序言》各节大意时提到过"永恒轮回"，但他从未在哲学的意义上讨论这个概念，至于"权力意志"，更是从未语及。因此谈论"鲁迅与尼采"，也不得不正视鲁迅的文

---

[1]《坟·灯下漫笔》，《鲁迅全集》第一卷，第225页。

学，甚至只能通过鲁迅的文学来看他和尼采的关系，尽管这样一来必然会流于琐碎，好在文学是并不拒绝琐碎的。

留日后期四篇文言论文，较之《〈呐喊〉自序》(1922)和《藤野先生》(1926)的追忆，更真实地记录了"弃医从文"的过程。代替"幻灯事件"和"漏题事件"富有戏剧性的描写，我们从四篇文言论文中看到一段鲁迅一生罕见的精彩的"沉思"。鲁迅用这四篇文言论文不仅结束了短暂的科学时代，也一次性摆正了哲学和理论思维在其一生事业中的位置。简单地说，就是将文学置于"学说"之上，用文学包容哲学和理论思维。这样的文学就像为热带人语冰，"直语其事实法则"，不进行抽象概念的推衍和体系构造，却可以达到概念和体系难以达到的"灵府朗然，与人生即会"的境界：

> 盖世界大文，无不能启人生之閟机，而直语其事实法则，为科学所不能言者。所谓閟机，即人生之诚理是已。此为诚理，微妙幽玄，不能假口于学子。

文学的"职与用"在于"涵养吾人之神思"，特点在于"实利离尽，究理弗存"。"实利离尽"好理解，"究理弗存"似乎就绝对了：文学难道可以告别"究理"("终极真理")而单单用"直语其事实法则"的方式揭示"人生之诚理"？鲁迅的答案是肯定的：

> 我自己知道，不特并非创作者，并且也不是真理的发见者。凡有所说所写，只是就平日见闻的事理里面，取了一点心以为然的道理；至于终极究竟的事，却不能知。[1]

---

[1]《坟·我们现在怎样做父亲》，《鲁迅全集》第一卷，第135页。

这样的创作谈在《鲁迅全集》中比比皆是。鲁迅的文学是"乐则大笑,悲则大叫,愤则大骂"[1],"如果先挂起一个题目,做起文章来,那又何异于做八股,在文学中并无价值,更说不到能否感动人了"[2]。鲁迅充分尊重作者的实际生活经验,不要求作者写超出实际生活经验之外的"真理"。文学家首先要忠实于自己,"我辈评论事情,总须先评论了自己,不要冒充,才能像一篇说话,对得起自己和别人"[3]。"从水管里出来的是水,从血管里出来的总是血。""中国如果还会有文艺,当然先要以这样直说自己所本有的内容的著作,来打退骗局以后的空虚。"[4] 这些关于文艺的主张,正是海德格尔替尼采总结出来的关于文艺的五点论述中核心的三条[5]:

1. 艺术必须从艺术家方面来把握;
2. 艺术是对虚无主义最卓绝的反抗;
3. 艺术比"真理"更重要。

因为不相信"人生之诚理"可以"假口于学子",坚信哲学和道德之类必定和政治一样乃是"诗歌之敌",所以鲁迅在现代中国学术繁荣的气氛中坚持做"学匪",在学术语言之外为文学赢得远超学术的荣光,他的杂文更创造出文学其表、思想其里的独特话语方式,如胡风所说,"思想本身的那些概念词句几乎无影无踪"[6],竹内好也认为鲁迅尽管"一方面翻译了大量的文学理论,一方面却又终生与抽象思维无缘","他在气质上,也和借概念来思考缘分甚浅"[7]。尽管如此,鲁迅作品的深刻和明晰绝不亚于"五四"以来擅长拨弄抽象概念和理论体系的任何长篇大论。

---

1 《〈华盖集〉题记》,《鲁迅全集》第三卷,第4页。
3 《而已集·革命时代的文学》,《鲁迅全集》第三卷,第437页。
3 《坟·我们现在怎样做父亲》,《鲁迅全集》第一卷,第135页。
4 《三闲集·叶永蓁作〈小小十年〉小引》,《鲁迅全集》第四卷,第151页。
5 海德格尔:《尼采对艺术的五点论述》,《尼采》卷一,中译文见部元宝编:《海德格尔语要》,广西师范大学出版社2000年版,第123页;据David Farrell Krell英译本(Harper & Row Press, 1979)。
6 《关于鲁迅精神的二三基点》,《胡风评论集》(中),人民文学出版社1984年版,第10页。
7 竹内好:《鲁迅》,李冬木译,《近代的超克》,生活·读书·新知三联书店2005年版。

鲁迅和尼采在表述方式上契合更多，但遭遇并不相同。不管视尼采为哲人还是诗人或诗化哲学家，哲学和文学在尼采那里高度融合总是不争的事实。鲁迅又何尝不是？但比较起来，尼采更偏向于哲人，虽颇多文学笔法，颇以雄健文体自负而不甚顾及逻辑推导，但处处关心哲学史基本命题，所以表面上很不哲学的尼采最终还是更多在哲学上被谈论。鲁迅则不同，迄今为止很少被"中国现代哲学史"或"中国现代思想史"之类论著触及[1]，基本还是更多现身于文学史。这绝不是说鲁迅没思想，或其思想不具哲学深度。相反，论思想深度，没有哪个现代中国哲学家能与之抗衡。但这就奇怪了：中国现代最具思想深度的鲁迅恰恰最难进入思想史或哲学史论者的法眼！这是鲁迅的问题还是思想史、哲学史论者的问题？很难说清楚。鲁迅谈中国思想，很少利用哲学史或思想史材料，更多从文学史、社会史、文化史角度切入。他所处理的不是哲学史、思想史那些大家熟悉的概念、体系、范畴之辨，而是流露于文学史、社会史和文化史的国人心态或"国民性"，并且这种往往体现为历史钩沉的对于一般问题的关注最终服务于鲁迅对当下现实的回应，具有短兵相接的激烈论战色彩。比如，《且介亭杂文》首篇《关于中国的两三件事》谈"火""王道"和"监狱"，《摩罗诗力说》《魏晋风度及文章与药及酒之关系》《故事新编》以及其他大量杂文关注先秦思想家孔孟、老庄、墨子之流和魏晋玄学。鲁迅的关注与思想史、哲学史那些公认的问题和话语擦肩而过，但他毕竟深刻触及了中国思想和哲学所以发生的那些关键个体及其所处的社会文化环境，属于陈寅恪所谓哲学史研究者不能缺乏的对哲学问题背后社会文化环境以及个体的"了解之同情"[2]。是否因为这

---

[1] 李泽厚《中国现代思想史论》不仅大谈鲁迅，还专章讨论以鲁迅为核心的20世纪中国文学，乃是极少数的例外。尽管如此，李泽厚还是严格地分了思想史和哲学史，他后来谈论现代中国哲学，或者一般意义上的"中国哲学的出场"，就基本不提鲁迅了。
[2] 陈寅恪：《冯友兰〈中国哲学史〉上册审查报告》，《金明馆丛稿二编》，读书·生活·新知三联书店2001年版，第279页。

种"了解之同情"最后没有归结为哲学话语,更未像尼采那样提出"超人""永恒轮回""权力意志"之类新的哲学命题,就没有哲学深度呢?需要回答这个问题的不是鲁迅——他早就在《摩罗诗力说》中做出了明白回答,所以后来不再关心——倒是中国现代哲学史、思想史研究界需要面对这个问题。

受到以尼采为中心的"神思新宗"启发,鲁迅倡导"立人",而"第一要著"却是文学。鲁迅通过文学而非哲学走向尼采。对尼采,他更多从文学悟入。"自然,人类最好是彼此不隔膜,相关心。然而最平正的道路,却只有用文艺来沟通,可惜走这条道路的人又少得很。"[1] 人类之间"只有用文艺来沟通",这可说是鲁迅的"晚年定论"。

谈到文学,很容易想到诗歌、小说、戏剧、散文,其实对鲁迅来说,文学更是超越所有具体的文学体裁之上、浸透着思想感情的语言文字和说话方式,换言之,就是一定的语言风格和"文体"。关于尼采的语言风格和"文体",林同济(1939)、冯至(1939)、徐梵澄(1986)多有论述,笔者不通德文,复述他们的意见也纯属多余。我想指出的是,他们关于尼采语言风格和文体的谈论基本也适用于鲁迅。鲁迅在《查拉图斯特拉如是说》译者后记里承认尼采思想矛盾甚多,也不好理解,但他盛赞尼采"文章既大好","读之有金石声"。这似乎有绕过思想直取文辞的"买椟还珠"嫌疑,但文学家敏感文辞的神妙也不必奇怪。中国古代许多作家已沦为"帮忙文人"和"帮闲文人",鲁迅仍十分喜爱,因为他们"究竟有文采"[2]!

在鲁迅眼里,对一个文学家来说,有无"文采",甚至是最重要的。

徐梵澄说尼采"生平对德国的一切,几乎皆不满意,多贬词,独于其语文,特加认可"。鲁迅也是这样,他对故国一切几乎皆不满意,但从

---

[1]《且介亭杂文末编·〈呐喊〉捷克译本序言》,《鲁迅全集》第六卷,第544页。
[2]《且介亭杂文二集·从帮忙到扯淡》,《鲁迅全集》第六卷,第356页。

《破恶声论》开始，就独赞其文言，为之辩护不息。"五四"以后陷入矛盾，但自己为文，犹追求深雄壮美，其"Stylist"的位置无人取代。古典语文教授尼采"明通好几种语文"（梵澄语），鲁迅除了通晓德、日、俄和有限的英文之外，对母语的知识、感情和运用能力更为一时之选。已经有太多的论者赞美鲁迅的炼字、炼句、对偶和声调之美了。蔡元培甚至说鲁迅的天才就在于"用字之正确"[1]。尼采喜欢正言若反，鲁迅则"全近讽刺"[2]。尼采喜欢论战，鲁迅则所有文字都是论战性的。对私人，尼采只公开攻击过瓦格纳，鲁迅笔锋所向，也包括"无主名的暗杀团"，但更多还是写给具体个人的绝交书。尼采喜欢隐喻思维，鲁迅则崇尚"白描"，力求画出论敌和论敌的思想的图画，故毛泽东推崇鲁迅"简直是一个高等的画家"，而绘画也是一种隐喻。明白开示，反而意力稍减。鲁迅虽不像尼采那么自我膨胀，若论"语不惊人誓不休"，则尼采显然要瞠乎其后。能够在"讲怪话"方面与鲁迅匹敌的只有同样喜欢到处写绝交书的嵇康。

国人奢言鲁迅思想，而舍其文辞，这就容易隔膜其情感，不能与先贤心心相印。甚或因不懂而攻击其文辞，则其思想情感又何处附丽？鲁迅之后的文坛非无思想无主义，或竟可说太有思想太有主义了，但"末人"接踵，情文两失，又何怪耶！"末人"之文非无思想，无理论，无情感，但体不胜衣，气不举辞，主要还是"文人无文"所致。此文学有不能为哲学所鄙弃甚或高于哲学者也。

文学，语言，文体，使鲁迅更接近尼采，又恰恰因此而使鲁迅成为鲁迅，终于不为尼采所蔽。

尼采的"铁锥"或者早已碰碎，他"铁锥布道"时散发的文辞魅力兴许比思想的生命更长久。不通德文的中国读者看再好的尼采的汉译，

1　蔡元培：《鲁迅全集序》(1938)，《蔡元培全集》第7卷，中华书局1986年版，第215页。
2　郁达夫：《〈中国新文学大系〉散文二集导言》，郁达夫编选：《中国新文学大系》散文二集，上海文艺出版社2003年版，第217页。

也无法像读鲁迅那样家常亲切。一切"汉译西方名著"之难懂，总归无法消除。"究竟甚么国土的人，必看甚么国土的文，方觉有趣。像他们希腊、梨俱的诗，不知较我家的屈原、杜工部优劣如何？但由我们看去，自然本种的文辞，方为优美。"[1]

要之，尼采使我们想到"超人"的渺茫，"末人"的胜利，想到从尼采影响中自己有以树立的鲁迅，想到鲁迅对汉语言文字创造性的妙用，斯亦足矣。

2014 年 9 月 25 日

---

[1] 章太炎：《东京留学生欢迎会演讲录》，《民报》1906 年 7 月 25 日第六号。

"中国在昔,本尚物质"略解

鲁迅《文化偏至论》结语说——

> 夫中国在昔,本尚物质而疾天才矣,先王之泽日以殄绝,逮蒙外力,乃退然不可自存。

许多人读到这里,恐怕都会有些疑惑。

"疾天才"之说尚可理解。所谓"天妒英才",自古创造文化的天才人物皆命途多舛。孔子叹冉伯牛之病曰,"斯人也,而有斯疾也",其中包含多少愤激和无奈!孟子说,"天将降大任于斯人也,必先苦其心志,劳其筋骨,饿其体肤,空乏其身",这话倒过来讲也很正确,就是可以担当"大任"的"斯人"往往都要吃苦头。庄子甚至鼓吹最好处于"材与不材之间",方可免斧斤之祸。司马迁《报任少安书》开列过一份长长的名单:"盖文王拘而演《周易》;仲尼厄而作《春秋》;屈原放逐,乃赋《离骚》;左丘失明,厥有《国语》;孙子膑脚,《兵法》修列;不韦迁蜀,世传《吕览》;韩非囚秦,《说难》《孤愤》;《诗》三百篇,此皆圣贤发愤之所为作也。"三国时魏人李康作《运命论》有言:"木秀于林,风必摧之;堆出于岸,流必湍之;行高于人,众必非之。"鲁迅自己在《摩罗诗力说》中也引用刘勰的话说:"中国汉晋以来,凡负文名者,多受谤毁,刘彦和为之辩曰,人禀五才,修短殊用,自非上哲,难以求备,然将相以位隆特达,文士以职卑多诮,此江河所以腾涌,涓流所以寸析者。

东方恶习,尽此数言。""天才"自古为社会或天命所疾视,这在中国,基本上是说得通的。

但若说"中国在昔,本尚物质",似乎比较突兀。难道"三千年来古国古""精神文明冠于全球"的传统中国,自古就像《文化偏至论》描述的 19 世纪末西方那样,"人惟客观之物质世界是趋,而主观之内面精神,乃舍置不之一省。重其外,放其内,取其质,遗其神,林林众生,物欲来蔽,社会憔悴,进步以停,于是一切诈伪罪恶,蔑弗乘之而萌,使性灵之光,愈益就于黯淡"?此言是否过于绝对?根据何在?

今特撰此文,尝试对鲁迅所谓"中国在昔,本尚物质"略加诠解,而着眼点多在中国古代之商业思想。

著者本不擅此道,其在上古至秦汉,主要参考王孝通先生《中国商业史》(商务印书馆 1936 年版);在历代诗文涉及商人者,主要参考邵毅平先生《中国文学中的商人世界》(复旦大学出版社 2005 年版);在明清两代思想与士风之演进方面,学术界研究成果可资参考者就更多了。因此全文基本可算是一篇阅读札记,这对中国商业思想史研究者而言,当然只是罗列一些常识,而对现当代文学专业的爱好者来说或许仍不失为一种参考,故不避稗贩之嫌,斗胆将阅读上述著作的零星札记连缀成文,其中几乎所有商业思想史材料皆出自上述著作,为行文方便,就不必煞有介事,一一加以注释。若引述失当,理解发挥有误,则责任在我,与上述三家无关。

一

中国古来号称"以农立国",不同于爱琴海沿岸文明之"商贸立国"。但"以农立国"思想制度确立于西汉,先秦并不明显。相反,略读王孝通先生所著《中国商业史》,可知我们上古倒是重商,也是善商的。

《周易·系辞》说"庖牺氏没,神农氏作,列廛于国,日中为市,致天下之民，聚天下之货，交易而退，各得其所"。神农不仅是农神和药王，还经常在部落间举办"世博会"。那时农商不分，更不对立。《淮南子》说，"尧之治天下也……水处者渔，山处者木，谷处者牧，陆处者农，地宜其事，事宜其械，械宜其用……得以所有，易其所无，以所工易所拙"，尧之时，分工和交易已颇盛行。相传虞舜穷时，买于物贱之傅墟，贩于物贵之顿丘。《尚书》"禹贡"篇分天下为九州，冀州为首，"任土作贡"，其时商业乃黄帝以来第一高峰。

商克夏，有赖"商战"。《管子》说伊尹以亳之游女纺织，夏桀有女乐三万，文秀衣裳悉仰于商，得商一匹绢绣，须输百钟之粟，宁不亡国？《史记》说商契之孙相土发明马车，王亥发明牛车。《管子》说相土王亥服牛驯马，四处交易。后世称善于经营的商部落为"商人"，交换物为"商品"，商人之职为"商业"，商丘则为"三商之源""华商之都"。

周初经商之人多为殷商之后。《诗·氓》"氓之蚩蚩，抱布贸丝"，或谓"氓"即亡国的殷遗民沦为流民。布为"钱币"，殷遗民始以货币换取实物。《庄子·逍遥游》说"宋人资章甫而适诸越，越人断发文身，无所用之"。宋亦商后裔，杨联陞认为这个故事和"拔苗助长""守株待兔"都是周人讥笑失去身份后被迫做生意的商遗民。孔子先世由宋适鲁，亦殷人之后。

《逸周书》记文王立遗嘱给武王说："山以遂其财，工匠以为其器，百物以平其利，商贾以通其货，工不失其务，农不失其时，是为和德。"文王重商而劝农工，不使偏废。

《史记》叙苏秦周游列国，大困而归，兄弟嫂妹妻妾交口讥之："周人之俗治产业，力工商，逐什二以为务。今子释本而事口舌，困，不亦宜乎！"这是周人喜商甚至以商为"本"的证据。《史记·游侠列传》说"周人以商贾为资"。《汉书》批评说，"周人之失，巧伪趋利，贵财贱义，高富下贫，喜为商贾，不好仕宦"。周人喜商起初可能是殷遗民传统，但很快扩大开来，成为普遍风气。《史记·货殖列传》说邹鲁之地"犹有周公遗风,俗好儒,备于礼,故其民龊龊(谨小慎微)。颇有桑麻之业,无林泽之饶。地小人众,俭啬,畏罪远邪。及其衰,好贾趋利,甚于周人"。爱好诗书礼乐的邹鲁之地的君子们一旦穷起来,也"好贾趋利",甚至后来居上,超过周人。

二

春秋战国普遍"喜商",但物极必反,"重农抑商"思想也被刺激起来。这是由生产力水平所决定的,非此不能将人民固定于土地,取得稳定的兵源和储备粮。《管子》说"民事农则田垦,田垦则粟多,粟多则国富。国富者兵强,兵强者战胜,战胜者地广。是以先王知众民、强兵、广地、富国之必生于粟也,故禁末作,止奇巧,而利农事"。大家都离开土地,专营"末作""奇巧",不能"粟多",也不易征兵。魏国李悝、秦国商鞅也有类似思想,他们像管仲辅佐齐桓那样,也令魏、秦两国富民而强兵。

但一个"抑"字,透露了相反的信息。倘若商业不活跃,何必"抑"?司马迁说"夫用贫求富,农不如工,工不如商"。商人兼间谍顿弱告诉秦王,商人"有其实而无其名",农人"有其名而无其实"。汉代晁错说得更透彻:"今法律贱商人,商人已富贵矣;尊农夫,农夫已贫贱矣。"唯其如此,才刺激治国理政者拉开架势,虚构一个"先王"之道来"抑"商。

汉以前,"抑商"并不明显。管仲"重农",却又说"士、农、工、商四民者,国之石民也"。商居"四民"之末,仍不失"石民"资格。"石"者,柱石也。管仲早年窘迫,和鲍叔一起做过小生意,他懂得商人甘苦,也深知商业不可废。儒学集大成者荀子也承认:"工贾不耕田而足菽粟,此货物流衍之征也。"先秦尽管出现"重农抑商"之说,但"货殖家"一直活跃。春秋有齐管仲,越计然、范蠡,鲁猗顿、子贡,郑国有诈退秦师的爱国商人弦高;战国时期则有被后世推为"治生之祖"的魏之白圭和由卫入秦的吕不韦。

春秋战国时期,"抑商"政策并不广行。周人喜商已如前述,秦时商人地位更高。司马迁记载,从事畜牧业的"倮",开矿炼丹的寡妇"清",皆能"礼抗万乘,名显天下"。秦收韩、魏、燕、赵,大商人大间谍顿弱的离间计,厥功甚伟。这哪里是"重农抑商"?

商业发达甚至催生了针对军队后勤的"军市"。《齐策》记苏秦说齐湣王,"士闻战则输私财而富军市",商人趁机发国难财。《商君书》说"使军市无得私输粮者,则奸谋无所于伏"。《汉书·杨胡朱梅云传》讲的就是下级军官伙同战友斩杀监军御史,因为该御史"穿北军垒垣以为贾区",公然在军事管制区为商人设立交易场所。故事发在汉代,但冰冻三尺非一日之寒,"军市"猖獗也久矣。

三

贱商令真正施行于汉初。司马迁说"天下已平,高祖乃令贾人不得衣丝乘车,重租税以困辱之。孝惠高后时为天下初定,复弛商贾之律,然市井之子孙亦不得仕宦为吏"。汉初贱商,上承先秦诸子之说,也因商人自取其辱。《史记·留侯世家》说:"沛公欲以兵二万人击秦峣下军,良说曰:'秦兵尚强,未可轻。臣闻其将屠者子,贾竖易动以利。愿沛公且留壁……令郦食其持重宝啖秦将。'秦将果畔。"商人唯利是图,反复无常,自然引起以诈术取胜的汉初统治者的警惕。

皇家不喜商人,谋臣策士遂制造理论来呼应。董仲舒说:"夫仁人者,正其谊不谋其利,明其道不计其功。是以仲尼之门,五尺之童羞称五伯,为其先诈力而后仁谊也。"武帝连连称"善"。

"正其谊不谋其利,明其道不计其功"被后世儒生挂在嘴边,成了安身立命之本,但这并不意味着整个国家都只讲"道""谊"而不要"功""利",乃是要以"义利之辩"将财富收归国有,遏制民间自发的商业行为。

《汉书·食货志》说桑弘羊本"洛阳贾人之子，以心计，年十三侍中"，后"以赀为郎"（花钱买官），历仕武帝、昭帝两朝。他在武帝支持下推行盐铁官营、均输、酒榷等政策，大幅度增加财政收入，扩充攻击匈奴的军费，但也激起民怨。始元六年（前81年）昭帝集"贤良文学"六十余人，辩论武帝时各项政策。来自藩国的"贤良文学"指责盐铁官营和均输、平准等政策"与民争利"，弘羊则"舌战群儒"。会后废止酒和部分地区铁器专卖，但官营政策并未废除。宣帝时桓宽将会议记录整理成《盐铁论》10卷60篇，皆"大夫"（桑弘羊）与"贤良文学"的辩论。双方引经据典，表面上局限于"义利之辩"，实则是国家之利与民间之利争持，是专制国家与自由贸易的交锋。结果国进民退，国家控制商业，这个模式至今也未大变。

官家既明法限制商人，社会风气自然轻贱商人，这在汉以后直至明清文学中有明显反映。邵毅平先生《中国文学中的商人世界》收集这方面的材料不少，值得参考。

比如鲍照《观圃人艺植诗》就说："善贾笑蚕渔，巧宦贱农牧。远养遍关市，深利穷海陆。"刘禹锡《贾客词》也说，"五方之贾，以财相雄，而盐贾尤炽。或曰：'贾雄则农伤'"。白居易《盐商妇》甚至专门攻击盐商："盐商妇，多金帛，不事田农与蚕绩——本是扬州小家女，嫁得西江大商客……婿作盐商十五年，不属州县属天子。每年盐利入官时，少入官家多入私。"元稹《估客乐》仇商情绪也很激烈："估客无住着，有利身即行。出门求伙伴，入户辞父兄。父兄相教示，求利莫求名。求名有所避，求利无不营。"至于《琵琶行》"商人重利轻离别，前月浮梁买茶去"，更是家喻户晓的关于商人的口碑。

但历代为商贾说话的大有人在。《史记·货殖列传序》说："天下熙熙，皆为利来；天下攘攘，皆为利往。夫千乘之王，万家之侯，百室之君，尚犹患贫，而况匹夫编户之民乎！"司马迁外甥杨恽在著名的《报孙会宗书》中声称他被剥夺官职之后，"籴贱贩贵，逐什一之利，此贾竖之事，污辱之处,恽亲行之",好像自轻自贱,但又说"董生不云乎:'明明求仁义,常恐不能化民者,卿大夫之意也;明明求财利,尚恐困乏者,庶人之事也。'故道不同,不相为谋"。可见他是讲反话。南朝何承天《巫山高篇》说"凄凄商旅之客,怀苦情",唐刘驾《反贾客乐》说"无言贾客乐,贾客多无墓。行舟触风浪,尽入鱼腹去"。刘驾还有《贾客词》:"贾客灯下起,犹言发已迟。高山有疾路,暗行终不疑。寇盗伏其路,猛兽来相追。金玉四散去,空囊委路歧。扬州有大宅,白骨无地归。"这和《喻世明言·杨八老越国奇逢》开头所引"古风"一样,皆极言经商之苦:"人生最苦为行商,抛妻弃子离家乡。餐风宿水多劳役,披星戴月时奔忙。"《二刻》之《赠芝麻识破假形,撷草药巧谐真偶》有言:"经商亦是善业,不是贱流。"《红楼梦》四十八回薛蟠告诉薛夫人:"如今要成人立事,学习着做买卖。"宝钗也说:"哥哥果然要经历正事,正是好的了。"《醒世恒言·卖油郎独占花魁》更说:"何况我做生意的,清清白白之人。"李贽一改"悯农"传统,对商人报以深厚同情:"且商贾亦何可鄙之有?挟数万之资,经风涛之险,受辱于关吏,忍诟于市易,辛勤万状,所挟者重,所得者末。"郑板桥《潍县竹枝词四十首》写盐商困苦:"行盐原是靠商人,其奈商人又赤贫。私卖怕官官卖绝,海边饿灶化冤磷。"

  宋、元、明、清商人受到各界同情,见于诗文小说,也有思想界呼应。陈亮说:"古者官民一家也,农商一事也……商藉农而立,农赖商而行,求以相辅,而非求以相病。"王阳明说:"古者四民异业而同道,其尽心焉一也。士以修治,农以具养,工以利器,商以通货,各就其资之所近、力之所及者而业焉,以求尽其心,其归要在于有益于生人之道。"李梦阳《明故王文显墓志铭》记"文显尝训诸子曰:夫商与士异术而同心。故善商者处财货之场,而修高明之行,是故虽利而不污。善士者引先王之经,而绝货利之径,是故必名而有成。故利以义制,名以清修,各守其业"。王世贞《清溪蒋次公墓志铭》借乡民之口公然鼓吹"贾故自足耳,何儒为"。清沈垚更明目张胆褒商人贬儒生:"睦姻任恤之风往往难见于士大夫，而转见于商贾，何也？则以天下之势偏重在商，凡豪杰有智略之人多出焉。"在沈垚看来，商贾比儒生更优秀。

四

明清两代，"弃儒就贾"现象很普遍。《丰南志》说："士而成功也十之一，贾而成功也十之九。"《明史》记载政府不断增广生员名额，仍不能满足社会需要，其中靠读书仕进者更是凤毛麟角，结果就如文征明《三学上陆冢宰书》所说，落魄书生遍地皆是："白首青衫，羁穷潦倒，退无营业，进靡阶梯，老死牖下，志业两负，岂不诚可痛念哉！"看来《范进中举》绝非小说家徒托空言。《型世言》说："一个秀才与贡生何等烦难？……有了一百三十两，便衣巾拜客，就是生员；身子还在那厢经商，有了六百，门前便高钉贡元匾额，扯上两面大旗。"商人子弟凭金钱轻易成名，宜乎"弃儒就贾"之风大行。

商人地位提升，挑战传统伦理观念，"义利之辩"首当其冲。《论语·里仁》云："君子喻于义，小人喻于利。"此后孟子、董仲舒、朱熹皆恪守"义利"对立的伦理观，司马迁、陈亮是为数不多的几个例外。16世纪以后，"义利"观逐渐变化。明韩邦奇《国子生西河赵子墓表》云："生民之业无问崇卑，无必清浊，介在义利之间耳。庠序之中，诵习之际，宁无义利之分耶？市廛之上，货殖之际，宁无义利之分耶？……一介不以与人，一介不以取人，是货殖之际，义在其中矣。利义之别，亦心而已矣。"顾宪成给同乡商人倪理作《墓志铭》说："以义诎利，以利诎义，离而相倾，抗为两敌。以义主利，以利佐义，合而相成，通为一脉。人睹其离，翁睹其合。"这是由"义利离"转向"义利合"，标志着中国思想史的一大转折。

其次是俭奢观念。历代奢靡之风不绝，舆论却"崇俭斥奢"。《尚书·大禹谟》说"克勤于邦，克俭于家"，"崇俭斥奢"，其源甚古。唐朝诗人秦韬玉《贫女》说："蓬门未识绮罗香，拟托良媒益自伤。谁爱风流高格调，共怜时世俭梳妆。"李商隐《读史》"历览前贤国与家，成由勤俭破由奢"，更从政治兴废角度概括俭奢的是非善恶。

但 16 世纪有人开始肯定奢靡。陆楫说："论治者类欲禁奢，以为财节则民可与富也。噫！先正有言，天地生财，止有此数。彼有所损，则此有所益，吾未见奢之足以贫天下也。自一人言之，一人俭则一人或可免于贫；自一家言之，一家俭则一家或可免于贫。至于统论天下之势则不然……彼以粱肉奢，则耕者庖者分其利；彼以纨绮奢，则鬻者织者分其利。正孟子所谓'通功易事、羡补不足'者也。"乾隆南巡有诗云："三月烟花古所云，扬州自昔管弦纷。还淳拟欲申明禁，虑碍翻殃谋食群。"乾隆也无法制止商业繁盛带来的奢靡之风。

商人为何竞相奢靡？李梦阳一语道出天机："商贾之家……蓄声乐姬妾珍物，援结诸豪贵，藉其荫庇。"江浙一带被骂为"徽狗"的徽商为争商机，自奉甚薄，却必须在官府撒钱。谢肇淛《五杂俎》说："新安人衣食亦甚菲啬，薄糜盐齑，欣然一饱矣，惟娶妾、宿妓、争讼，则挥金如土。"

奢靡之风折射商人和官府的矛盾。商业愈发达，官商矛盾愈激烈。《二刻》的《进香客莽看金刚经，出狱僧巧完法会分》写官府把持粮食买卖，导致市场混乱，一遇荒年，官府越热心"禁粜、闭籴、平价"，结果"越弄得市上无米，米价转高"。《金瓶梅》四十八回写蔡太师奏请"七件事"，其中"盐法""结粜俵籴之法"与此类似，有言官上书痛陈其"损下益上"，并说"天下之财贵于通流，取民膏以聚京师，恐非太平之治"。这都反映了商人对政府干预的不满。

五

商业并非西洋专利或近代"舶来品"，实我国人文化基因之一。中国自始乃重商善商民族，中有顿挫，晚近复兴，走了一个"之"字形道路。

这对后人应有多重启发。

上古重商善商，但汉以后重农抑商也很严重，即使明清两代商业发达，也并未获得独立发展空间，而始终在官府控制和官员干扰下步履维艰，并由此生出"官商结合"的怪胎，商人以财富交通官员谋取商机，官员利用职权谋取私利，结果商界官场一同腐败。优化商业伦理绝非商人单方面事，而是整个社会道德法制建设的问题。

"重商善商"，相对于一味"重农抑商"，固是好事，但发展到极端，就是崇尚物质而轻视精神文化。孟子所谓"上下交征利，而国危矣"，并非空穴来风。鲁迅《文化偏至论》(1907)早就指出："夫中国在昔，本尚物质而疾天才矣，先王之泽日以殄绝，逮蒙外力，乃退然不可自存。"国人自古喜欢物质，不爱天才人物及其创造性思想，所以综合国力衰弱，一遇外力打击，就土崩瓦解。

为何《论语》首篇是"学而"？因为大家都不爱读书，圣人缺啥补啥。孔子一生提出许多良法美意，最引以为自豪的还是他的好学："十室之邑必有忠信如丘者焉，不如丘之好学也。"好学才是孔门真精神。"好学"和"重商"是中华民族两大文化基因，不可偏废。最近几十年过分抬高商企地位，未免"偏至"。倘若思想、理论、价值观、创新意识和工匠精神都严重匮乏，或一片混乱，则物质上的富有并不等于强大，也并非全民族最高的福祉。这点有识之士多有呼吁，不必赘述。

2016年12月19日初稿
2019年4月17日修改

鲁迅为何没多写小说?

一 问题的真伪

鲁迅一生出版过三本短篇小说集,《呐喊》(1923)14篇,《彷徨》(1926)11篇,《故事新编》(1936)8篇。加上1913年发表的文言小说《怀旧》,总计34篇。

"五四"新文学至今一百年,鲁迅短篇小说总量并不少,而且在新文学发轫之初,势头很猛,"一发而不可收"[1],"算是显示了'文学革命'的实绩"[2],一举奠定了"中国现代白话短篇小说之父"的地位,所以广大读者很自然地就期待他能够写出更多的精品力作。

然而1925年11月6日完成《离婚》(收入《彷徨》)之后,鲁迅再没写过一篇取材现实的小说,更没有给后人留下一部长篇。倘若没有《不周山》之后13年(1922—1935)陆续写出历史小说《故事新编》7篇,鲁迅果真就与小说"离婚"了。

期待落空的读者不禁要问:鲁迅现实题材的短篇小说创作为何在1925年底戛然而止?除了一些私人通信,鲁迅本人很少公开回答这个问题,因此九十多年来,各种猜测和议论层出不穷,莫衷一是。

但也有人认为这是一个不能成立的伪问题。鲁迅小说数量不多,不值得大惊小怪。对鲁迅本人来说,也没什么遗憾可言。"鲁迅当然不属于

---

[1] 《〈呐喊〉自序》,《鲁迅全集》第一卷,第441页。
[2] 《且介亭杂文二集·〈中国新文学大系〉小说二集序》,《鲁迅全集》第六卷,第246页。

创作数量少的作家，他的全部创作，种类多、数量大、质量高，这早已为世人所公认。但如仅就小说创作而言，则应该说是不多的"，"然而他的小说在反映社会生活、塑造典型人物、创造艺术表现形式等方面的成就却是很高的，是举世罕见的"。"人们衡量一个作家成就的大小，也主要不是看他创作的数量而是质量。高尔基在《苏联的文学》中指出：'艺术的价值不是用量而是用质来测度的。'"总之衡量鲁迅创作（包括小说）的成就，应该重质不重量。[1]

鲁迅在他的小说已经取得巨大成就之后，确实不必非要继续写下去，以增加其小说的"数量"不可。鲁迅之与小说，不像胡适之与新诗，"但开风气不为师"。《呐喊》《彷徨》在内容和形式两方面都成功开启了中国现代白话小说的新纪元，其文学史地位毋庸置疑。纠缠于鲁迅后来没有多写小说（或"中断""放弃"了现实题材的小说创作），纯属庸人自扰。

这种说法并不算错，但它只解决了问题的一半，而回避了问题的另一半。在世界文学史上，仅就小说而言，质与量并非水火不容，鱼与熊掌不可得兼。许多小说艺术大师如司汤达、巴尔扎克、福楼拜、托尔斯泰、陀思妥耶夫斯基，不仅小说的质量上乘，数量也十分惊人。和鲁迅更具可比性的短篇小说大师莫泊桑、契诃夫也是如此，为何鲁迅就是一个例外呢？

况且鲁迅小说创作的势头本来很好，按他自己的说法，创作《呐喊》时是"一发而不可收"，创作《彷徨》时，"战斗的意气却冷得不少"，但毕竟技术"比先前好一些，思路也似乎较无拘束"，为何就戛然而止了呢？难道因为一出手写出质量极高的作品，便"得胜头回"，抛开小说，安心去做别的事了？

看来这也并非单纯的量的问题。

---

[1] 杨占升：《重在质量，贵在独创》，《鲁迅研究百题》，湖南人民出版社1981年版，第132—133页。

二 小说之失，杂文弥补

第二种说法认为，因着客观环境的变化，鲁迅被迫（也是明智地）放下小说创作，选择其他文学样式，及时开辟新的创作领域，在散文诗《野草》、回忆性散文《朝花夕拾》，尤其杂文创作上取得了巨大成就。鲁迅失之于小说的，已经在小说之外得到弥补，不必为他中断小说创作而遗憾。

持这种观点的代表人物是瞿秋白。某种意义上鲁迅本人也赞同瞿说。瞿秋白《〈鲁迅杂感选集〉序言》开头两段把这个问题讲得十分清楚——

> 革命的作家总是公开地表示他们和社会斗争的联系；他们不但在自己的作品里表现一定的思想，而且时常用一个公民的资格出来对社会说话，为着自己的理想而战斗，暴露那些假清高的绅士艺术家的虚伪。高尔基在小说戏剧之外，写了很多的公开书信和"社会论文"（Publicist article），尤其在最近几年——社会的政治斗争十分紧张的时期。也有人笑他做不成艺术家了，因为"他只会写这些社会论文"。但是，谁都知道这些讥笑高尔基的，是些什么样的蚊子和苍蝇！
>
> 鲁迅在最近十五年来，断断续续的写过许多论文和杂感，尤其是杂感来得多。于是有人给他起了一个绰号，叫做"杂感专家"。"专"在"杂"里者，显然含有鄙视的意思。可是，正因为一些蚊子苍蝇讨厌他的杂感，这种文体就证明了自己的战斗的意义。鲁迅的杂感其实是一种"社会论文"——战斗的"阜利通"（feuilleton）。谁要是想一想这将近二十年的情形，他就可以懂得这种文体发生的原因。急遽的剧烈的社会斗争，使作家不能够从容的把他的思想和情感熔铸到创作里去，表现在具体的形象和典型里；同时，残酷的

强暴的压力,又不允许作家的言论采取通常的形式。作家的幽默才能,就帮助他用艺术的形式来表现他的政治立场,他的深刻的对于社会的观察,他的热烈的对于民众的同情。不但这样,这里反映着"五四"以来中国的思想斗争的历史。杂感这种文体,将要因为鲁迅而变成文艺性的论文(阜利通——feuilleton)的代名词。自然,这不能够代替创作,然而它的特点是更直接的更迅速的反应社会上的日常事变。

在瞿秋白看来,"绅士艺术家"的虚伪在于,他们的作品也有倾向性,却掩盖起来,化装得似乎绝对公允。其实在阶级社会,并不存在绝对的公允。"革命的作家"不但要在作品中表达一定的思想倾向,还并不满于只是完成作家的使命,"时常用一个公民的资格出来对社会说话"。这就决定了"革命的作家"(如高尔基)不仅创作"小说戏剧",也写了许多公开的书信和"社会论文"。瞿秋白认为这绝不会像某些"假清高的绅士艺术家"所说,高尔基因此就"做不成艺术家了"。

瞿秋白没说高尔基的"公开书信和'社会论文'"是否具有一定的艺术性。紧接着谈到鲁迅,他的看法就十分清楚了。他说鲁迅在"最近十五年来"(从1918年算起)创作了"许多论文和杂感,尤其是杂感来得多",跟高尔基的情况相似,但鲁迅还将"杂感"这种"战斗的'阜利通'"提升为"文艺的'阜利通'"。这种类似法语专栏小品文的"阜利通"虽不能代替"创作","然而它的特点是更直接的更迅速的反应社会上的日常事变"。

瞿秋白所谓"创作",专指"五四"以来确立起来的现代文学四大体裁——小说、戏剧、诗歌和文艺性散文。对鲁迅来说,主要就是"小说"。这就可见瞿秋白的审慎,他并没有因为突出"杂感",便忽略鲁迅小说的文学史意义。尽管如此,他认为鲁迅"杂感"——后来被鲁迅本人定名为"杂文"——仍然不可替代,它不仅是"战斗的'阜利通'",

还是"文艺的'阜利通'",能够"更直接的更迅速的反应社会上的日常事变",而这后一点就并非所有纯文艺的小说、诗歌、戏剧和文艺性散文所能办到。

瞿秋白对杂文的这一认识,有力地呼应和支持了鲁迅从《热风》《华盖集》以来孤独的探索。这以后,鲁迅对杂文的表述就更加自信,也更加清晰了:

> 况且现在是多么切迫的时候,作者的任务,是在对于有害的事物,立刻给以反响或抗争,是感应的神经,是攻守的手足。潜心于他的鸿篇巨制,为未来的文化设想,固然是很好的,但为现在抗争,却也正是为现在和未来的战斗的作者,因为失掉了现在,也就没有了未来。[1]

鲁迅不是不知道、更不是想否认"鸿篇巨制"(指长篇小说)的可贵,但他认为杂文固然不能代替"鸿篇巨制","鸿篇巨制"也不能代替杂文,二者各司其职。"鸿篇巨制"主要是"为未来的文化设想",杂文则能够更有力地解决当下紧迫的问题。特定历史条件下,杂文可能显得更可贵,而即使"为未来的文化设想",杂文也有其存在的价值,这不仅"因为失掉了现在,也就没有了未来",而且即使在未来,也还是会有文艺性的杂文存在的理由。

三 抬高小说,贬低杂文

瞿秋白、鲁迅在20世纪30年代如此肯定杂文的价值,部分地也是回应了从20年代中期"现代评论派"陈西滢等人开始的故意推崇鲁迅小

---

[1]《〈且介亭杂文〉序言》,《鲁迅全集》第六卷,第3页。

说而轻视其杂文的观点。

陈西滢攻击鲁迅杂文，不仅从内容入手，说鲁迅"常常的无故骂人"，"一下笔就想构陷人家的罪状"，"常常'散布谣言'和'捏造事实'"[1]，还通过对比鲁迅的小说和杂文，故意肯定前者而贬低后者："我不能因为我不尊敬鲁迅先生的人格，就不说他的小说好，我也不能因为佩服他的小说，就称赞他其余的文章。我觉得他的杂感，除了《热风》中两三篇外，实在没有一读的价值。"[2] 陈西滢这个看法在当时北京知识界相当流行。鲁迅逝世后，胡适在貌似公允地回答苏雪林对鲁迅的攻击时也说过，"凡论一人，总须持平。爱而知其恶，恶而知其美，方是持平。鲁迅自有他的长处。如他的早年文学作品，如他的小说史研究，皆是上乘工作"。胡适所谓鲁迅"早年文学作品"，主要指鲁迅小说，或者也包含《热风》式的"泛论一般"的"随感录"——胡适曾在一封劝说鲁迅停止骂战的通信中肯定过《热风》的部分内容。[3] 至于杂文，则绝口不提，只说"鲁迅猖狂攻击我们，其实何损于我们一丝一毫？"[4] 这其实也是另一种方式的抬高小说，贬低杂文。

有趣的是鲁迅死后，陈西滢本人倒是继续肯定鲁迅的小说，甚至大发热心，开始研究鲁迅的小说，他那篇批评施蛰存论《明天》的文章[5]，可说是40年代鲁迅小说文本细读的典范之作。但对于过去被他竭力贬低的鲁迅杂文，则仍然保持沉默。

另一个"京派"批评家叶公超则出人意料，不太看重鲁迅小说，而高度评价其杂文。叶公超认为"鲁迅根本上是一个浪漫气质的人"，不同于英国讽刺小说家斯威夫特，"我们的鲁迅是抒情的，狂放的，整个自己

---

[1] 陈西滢：《致志摩——闲话的闲话引出来的几封信》1926年1月28日，《晨报副刊》1926年1月30日。
[2] 陈西滢：《闲话》，《现代评论》（周刊）1926年4月17日。
[3] 参见郜元宝：《横竖是水，可以相通——胡适的交游之道》，《书屋》1997年第1期。
[4] 《胡适来往书信选》中册，中华书局香港分局1983年版，第339页。
[5] 陈西滢：《〈明天〉解说的商榷》，《国文月刊》（桂林）1941年第1卷第5期。

放在稿纸上的,斯威夫特是理智的,冷静的,总有正面的文章留在手边的"。而"一个浪漫气质的文人被逼到讽刺的路上去实在是很不幸的一件事",鲁迅的小说因此太多操纵人物如傀儡的做戏和杂耍,太多的讽刺之作不及少量抒情的短篇。

比较起来,叶公超更喜欢鲁迅杂文,"鲁迅最成功的还是他的杂感文"。当然叶公超对鲁迅杂文也分别对待,他不爱看"专一攻击一种对象"的杂文,而喜欢"借着一个题目来发挥"的如《魏晋风度及文章与药及酒之关系》《病后杂谈》等。这跟鲁迅自己的观点正好相反。鲁迅说《热风》时代的杂文还是"泛论一般",从《华盖集》开始,就"偏有执滞于小事情的脾气"了,而这样的杂文才更加具有针对性。

尽管有这种分歧(其实叶公超看好的《魏晋风度及文章与药及酒之关系》《病后杂谈》等也有"执滞于小事情"的辛辣讽刺),叶公超对鲁迅杂文的总体认识还是值得注意的:

> 在杂感文里,他的讽刺可以不受形式的约束,所以尽可以自由地变化,夹杂着别的成分,同时也可以充分地利用他那锋利的文字。他的情感的真挚,性情的倔强,知识的广博都在他的杂感中表现得最明显。
>
> 我们一面可以看出他的心境的苦闷与空虚,一面却不能不感觉他的正面的热情。他的思想里时而闪烁着伟大的希望,时而凝固着韧性的反抗狂,在梦与怒之间是他文字最美满的境界。[1]

叶公超如此谈论鲁迅杂文,当然不能被左翼文学家所赞同,但作为不同阵营的作者能这样理解鲁迅,已属不易。叶氏抬高杂文贬低小说的观点,可谓独具只眼。

---

[1] 叶公超:《鲁迅》,《晨报》(北京)1937年1月25日。

通常也被归入"京派"的青年批评家李长之在总结鲁迅文学成就时，对小说和杂文就不再妄分轩轾。李长之不仅平等地看待鲁迅的小说和杂文，还较早在小说和杂文之间建起一座相互阐释的桥梁。

但 30 年代在南方（尤其上海），类似陈西滢起初故意推崇鲁迅小说而贬低鲁迅杂文的观点与来自官方的"围剿"竟然不谋而合。《中央日报》一篇文章就说，"杂感文章，短短千言，自然可以一挥而就"，"一星期后也许人们就要忘记"，所以作者奉劝鲁迅还是学学莎士比亚、托尔斯泰，"去发奋多写几部比《阿 Q 正传》更伟大的作品"。甚至被鲁迅斥为"还不到一知半解程度的大学生"林希隽《杂文与杂文家》也说，杂文"比之旁的文学作品如小说，戏曲，各部门，实简易得多"，"如果碰着文学之社会效果之全般问题，则决不能与小说戏曲并日而语的"。他也像《中央日报》的文章一样责问中国作家："俄国为什么能够有《和平与战争》这类伟大的作品产生？——而我们的作家呢，岂就永远写写杂文而引为莫大的满足吗？"[1]

那么三四十年代的上海文坛本身又如何呢？虽然以鲁迅为首的杂文作者成就突出，社会影响巨大，也赢得了广大读者的喜爱，然而一说起纯文学创作，文学界的习惯意识还是轻视甚至无视杂文，而独尊小说——特别是长篇小说。

比如，"创造社"老将郑伯奇 1934 年 3 月在《春光》月刊创刊号发表了《伟大的作品底要求》，立即引起关注。该刊第三期专门辟出"附辑"，集中刊发了郁达夫、祝秀侠、夏征农、杜衡、王独清、徐懋庸、高荒（胡风）、艾思齐等人以《中国目前为什么没有伟大的作品产生》为总题的 15 篇"讨论"，其中只有署名吴穆的第八篇在单独列举了《阿 Q 正传》或许可算伟大作品之后，立即攻击一些老作家不肯再埋头吃苦，而只想出几本随笔沽名钓誉，可说是不定名地批评鲁迅杂文，此外并没有

---

[1] 汤逸中：《围绕杂文的斗争》，《鲁迅研究百题》，第 443—444 页。

人把伟大作品不能产生的原因归结为以鲁迅为代表的杂文的流行。但是，在政治倾向上左中右都有的这 15 位论者几乎一致认为"伟大的作品"就是小说。他们翻来覆去谈论的"五四"以来的好作品就是《阿Q正传》《倪焕之》《子夜》等。标榜"文艺自由主义"的杜衡倒是提醒大家，创刊号郑伯奇文章和编辑部约稿都只是追问"为什么没有伟大的作品产生"，而忘了给"什么才是伟大的作品"下一个定义。杜衡本人也没有给出定义，他只是质疑郑伯奇列举的"五四"以来比较成功的那些小说是否真的具有"伟大的作品"的候选资格，可见他本人属意的也是小说，只不过他对于何为"伟大的作品（小说）"有不肯明说的标准而已。只有专门写杂文、一度为鲁迅所欣赏的徐懋庸敏锐地指出，这个专栏"题中所谓作品，大概是指小说"。徐懋庸认为"伟大的作品"不能只是小说，应该追问"整个的文坛之所以产生不出伟大的一切作品（诗歌、散文也在内）之故"。徐懋庸的意见只占十五分之一，声音极其微弱。当时绝大多数人心目中"伟大的作品"就是（长篇）小说，很少会有想到杂文的。

　　针对这种流行一时的观点，鲁迅本人态度十分鲜明："况且现在是多么切迫的时候，作者的任务，是在对于有害的事物，立刻给以反响或抗争，是感应的神经，是攻守的手足。潜心于他的鸿篇巨制，为未来的文化设想，固然是很好的，但为现在抗争，却也正是为现在和未来的战斗的作者，因为失掉了现在，也就没有了未来"[1]，杂文"和现在切贴，而且生动，泼辣，有益，而且能够移人情"，所以"杂文这东西，我却恐怕要侵入高尚的文学楼台去的"[2]，"'中国的大众的灵魂'，现在是反映在我的杂文里了"[3]。这就把瞿秋白《〈鲁迅杂感选集〉序言》的观点又往前推进了一步。

---

1 《〈且介亭杂文〉序言》，《鲁迅全集》第六卷，第 3 页。
2 《且介亭杂文二集·徐懋庸作〈打杂集〉序》，《鲁迅全集》第六卷，第 300 页。
3 《〈准风月谈〉后记》，《鲁迅全集》第五卷，第 423 页。

经过瞿秋白、鲁迅和众多左翼作家的不懈努力,抬高鲁迅小说而贬低鲁迅杂文的观点慢慢收敛,尤其在鲁迅逝世后所产生的强大道德冲击力的作用下,几乎销声匿迹。偶尔沉渣泛起,也不会引起太多的注意。鲁迅整体创作(包括杂文)的文学史地位确立之后,对他中断现实题材小说创作这件事,在广大读者的意识里,也渐渐变得无关宏旨了。

但80年代以后,随着文学观念急剧变化,尤其因为在整个"新时期文学"波澜壮阔的发展进程中,杂文的衰微与小说的勃兴形成剧烈反差,鲁迅小说创作中断的问题,这才又在学术界和文学界被重新提起。

四 文体转换的心理波动

瞿秋白《〈鲁迅杂感选〉序言》开头两段和上引鲁迅《〈且介亭杂文〉序言》一段话,都强调时代对小说和杂文的不同选择,以及鲁迅创作道路如何积极顺应了这一选择。无论瞿秋白还是鲁迅都没有具体说明,在"中断"取材现实的小说创作而专事杂文写作这一重大调整与转变过程中,鲁迅内心深处可曾发生过什么波动。这应该不是一念之间的决定,很可能有一个深思熟虑乃至痛苦煎熬的过程。有鉴于此,后来的论者就更多尝试从主客观两方面入手,探索跟这一文体转换密切相关的鲁迅主观心理上的波动,自然也会涉及小说和杂文孰轻孰重、孰优孰劣的老问题。

最初在80年代初旧事重提的是澳大利亚青年学者梅贝尔·李(Mabel Lee),她的《论鲁迅小说创作的中断》[1]一文认为,启蒙革命者鲁迅也是为祖国利益甘愿牺牲的战士。只要有利于社会进步这个最高的政治,鲁迅随时都会牺牲自己的利益。作为对文学有独到见解和近乎痴迷

---

[1] 收入乐黛云主编:《国外鲁迅研究论集》,牛抗生译,北京大学出版社1981年版,第383—417页。

的执着的天才作家，许多时候鲁迅所牺牲的不是别的，正是他心爱的文学。小说创作的"中断"就是他在文学上做出牺牲的最高表现。但这种牺牲并非后来才完成，早在 1918 年鲁迅加入新文学阵营之初，鲁迅就已经因为宣传启蒙思想而牺牲小说了——

> 既然是呐喊，则当然须听将令的了，所以我往往不恤用了曲笔，在《药》的瑜儿的坟上平空添上一个花环，在《明天》里也不叙单四嫂子竟没有做到看见儿子的梦，因为那时的主将是不主张消极的。至于自己，却也并不愿将自以为苦的寂寞，再来传染给也如我那年青时候似的正做着好梦的青年。这样说来，我的小说和艺术的距离之远，也就可想而知了。[1]

梅贝尔据此认为，"即使在他早期的创作中，他也没有完全按照他所理解的文学的真谛去写作，他是作了让步的"[2]。

所谓"他所理解的文学的真谛"，就是从 1907 年《摩罗诗力说》开始树立的听从作者内心、旨在移人情性、并不关心实用目的、"实利离尽，究理弗存"的文学观。这种文学观一旦遇到实际政治斗争的需要，往往就不得不放弃。

到了 1932 年底写《〈自选集〉自序》时，鲁迅对"创作"不得不"中断"的事实有了更清楚的认识，"可以勉强称为创作的，在我至今只有这五种"，即《呐喊》《彷徨》《野草》《朝花夕拾》和当时正在写作而尚未完成的《故事新编》，"此后就一无所作，'空空如也'"。梅贝尔认为这就是鲁迅对"创作的中断"最清醒最诚实的表白。

但这个"中断"实际完成的时间并非 1932 年底，而是 1927—1928

---

1 《〈呐喊〉自序》，《鲁迅全集》第一卷，第 441—442 页。
2 乐黛云主编：《国外鲁迅研究论集（1960—1981）》，第 390 页。

年"革命文学"论争前后。那时候鲁迅已经认识到对"革命"（最大的政治）而言，"文学是无用的"，所以他不得不放弃文学（主要是小说），投身于针对实际问题的战斗性杂文的写作。

梅贝尔进一步认为，鲁迅虽然知道这是为了政治而必须牺牲文学，但热爱乃至酷爱文学的他又情不自禁地感到深深的遗憾乃至焦虑。《〈呐喊〉自序》是这种遗憾和焦虑的最初宣泄，此后在《革命时代的文学》《文艺与政治的歧途》《怎么写》《野草》和厨川白村《苦闷的象征》《出了象牙之塔》的翻译以及《坟》的编辑等一连串著译活动中，鲁迅还不断宣泄因为将要、正在或已经"中断"其"创作"而产生的遗憾与焦虑。

为证明这一点，梅贝尔对鲁迅诸多有争议的文学性表达逐一进行了大胆解读。比如她认为《野草》至少有八篇"都讲的是这个主题"。《秋夜》的两棵枣树，"一株是他用来为社会尽责任的笔，一株是他用来满足他文学创作的愿望的笔。那奇怪而高，非常之蓝的天空，便是作家的文学创作自身。在这个秋夜里，两株枣树的枝丫挺然刺向天空，要把天空悄悄刺穿，给天空以致命的一击"，"鲁迅的文学创作势必得死去，并且要思想家和诗人鲁迅的笔来结束他的文学创作的生命。思想家鲁迅须用他的笔完成作为一个知识分子对社会所负的责任"[1]。也就是说，鲁迅恰恰是用文学这支笔来结束其文学创作的生命，这种行为必然产生痛彻心扉的体验，《野草》正是对这种不得不"中断"其"创作"的痛苦体验的忠实记录。《〈野草〉题辞》所谓"地火在地下运行，奔突；熔岩一旦喷出，将烧尽一切野草，以及乔木，于是并且无可朽腐。但我坦然，欣然。我将大笑，我将歌唱"，以及《死火》的要么烧尽要么冻灭，都意味着既然"他所属意的文学"与革命政治不相容，就"宁肯让它像'野草'一样在革命的熔岩吞噬它之前，带着它全部的纯洁和美好的极致死去"，或者像

---

[1] 乐黛云主编：《国外鲁迅研究论集（1960—1981）》，第392页。

"死火"一样,"不如烧完"。

再比如 1926 年底《写在〈坟〉后面》与 1928 年底《怎么写——夜记之一》反复提到的"淡淡的哀愁",也是鲁迅"放弃文学创作的悲哀和悔恨的象征"[1]。

梅贝尔的作品分析有许多奇思妙想,但她在政治与文学之间预设的非此即彼的对立关系,暴露了她对"政治"与"文学"这一对概念在鲁迅那里极其灵活的运用缺乏必要的意识。既然承认鲁迅是一个手腕高超的文学家,那就应该意识到,鲁迅在使用包括"文学""创作""艺术""小说""革命""政治"这些他与大家所共享的概念时,总会暗暗挑战乃至改写这些概念,在这些概念之上顽强地打出自己的思想探索的烙印。

且不说民国时期复杂的政治环境所显示的"革命""政治"两词在鲁迅著作中具有如何丰富多变的内涵,就看"文学""艺术""创作""小说"这些词汇的内涵在鲁迅的具体运用中的变化多端,已足以令人眼花缭乱。

鲁迅确实说过,在革命过程中"文学是无用的"。但这里所谓"无用",只是针对"革命"的功利目的而言,鲁迅并未因此否定了他自己在《摩罗诗力说》中所确立的"文章不用之用""涵养人之神思,即文章之职与用也"的文学观念,否则鲁迅从此就会真的改行,去从事和文学完全无关的别的工作了,而事实证明并非如此。直到 1936 年 7 月 21 日,鲁迅还写下那句类似晚年定论的话:"人类最好是彼此不隔膜,相关心。然而最平正的道路,却只有用文艺来沟通。"[2]

所谓他的"创作"勉强算起来只有五种,"此后就一无所作,'空空如也'",毋宁是鲁迅在文学创作道路上不断探索新方向、改写"创作"概念的一种策略性和修辞性表达,跟周作人的"文学店关门"不可同日

---

1 乐黛云主编:《国外鲁迅研究论集(1960—1981)》,第 410 页。
2 《且介亭杂文末编·〈呐喊〉捷克译本序言》,《鲁迅全集》第六卷,第 544 页。

而语。鲁迅喜欢用先抑后扬的方式肯定杂文的文学性，他虽然未能继续在小说创作上做出更大成绩，但小说之后的杂文仍然是他的文学创作生命的延续，而且他自认为杂文的成就一点也不在小说之下。

把鲁迅在某些体裁领域的"中断"扩大到所有的"创作"（包括小说），是梅贝尔所犯的一个根本错误。鲁迅在《〈野草〉英文译本序》中确实说过，"后来，我不再作这样的东西了。日在变化的时代，已不许这样的文章，甚而至于这样的感想存在"。确实可以说，鲁迅在《一觉》之后就"中断"（"放弃"）了《野草》的写作。对《野草》的"中断"，鲁迅自己说"这也许倒是好的罢"。但是，对于小说上的"空空如也"，他并不甘心。事实上他也没有以任何形式宣布要放弃小说。1926年《彷徨》编集之际，鲁迅丝毫没有打算"中断""放弃"小说的意思，"路漫漫其修远兮，吾将上下而求索"，不是他自己夸下的"大口"吗？这意思无非是说，他在《彷徨》之后还要在小说创作这条"修远"之路上做出更多"求索"！

《野草》的"中断"不等于"小说创作的中断"。不能因为鲁迅后来没有写出类似《呐喊》《彷徨》那样取材现实的小说，就说他主观上"中断"（"放弃"）了小说创作。正如我们虽然没有看到《汉文学史纲要》的续编，却不能因此断言鲁迅"中断"（"放弃"）了撰写《中国文学史》的愿望，因为鲁迅在通信中多次谈到想回北京住两年，借助那里的图书馆来完成《中国文学史》的写作。鲁迅私下里也以各种方式表示过自己并不是不想写小说，只不过由于种种缘故，暂时还不能写而已。众所周知，他跟许寿裳、郁达夫、山本初枝等人多次谈到长篇小说《杨贵妃》的计划，跟秘密来上海治疗腿伤的陈赓讨论过以红军长征为题材创作长篇小说的可能性，跟冯雪峰谈过以四代知识分子的生命历程创作那种可以让作者"自由说话"的长篇小说的计划。每一个计划都不是随便谈谈，而是做了精心准备和深入思考。尽管这些计划最终都未能完成，《杨贵妃》和"长征"小说的计划是知难而退，描写四代知识分子的长篇小说计划则纯粹因为天不假年而胎死腹中。

因为资料占有不足,梅贝尔的大胆假设缺乏小心求证,大框架上也并未超出 20 年代以来抬高小说贬低杂文的老调,但她毕竟在 80 年代初的文学史语境中重新提出"鲁迅小说创作的中断"这个话题,这就很自然地刺激了中国学者的神经。至少有三位中国学者发表了这方面的认真思考,依次是金宏达《也论鲁迅小说创作的中断》、张晓夫《鲁迅创作重心从小说转到杂文的根本原因》、陈越《对鲁迅现代题材小说创作中断原因的思考》。三篇各有精彩,但也都有局限。

五 "不能"与"不为"

金宏达指出,"对于鲁迅小说创作的中断这一命题应加以必要的界定。笼统地说鲁迅中断了小说创作,是不符合实际的"[1]。他列举长达 13 年的《故事新编》的创作,《杨贵妃》、长征以及描写四代知识分子的长篇计划,说明鲁迅主观上从未放弃小说,"一直都有创作的渴望和要求的"。至于说鲁迅"放弃"了文学就更加荒谬,除非有人能证明几乎与《彷徨》同时的《野草》、稍后的《朝花夕拾》和整个后期杂文都不是"创作"。

主观上从未放弃,客观上不得不"中断",这才是问题所在。"在鲁迅后期,现代题材小说创作的中断,是一个客观存在的现象,只有把问题放在这样一个确定的范围内加以讨论,才有意义。"[2] 这个意见无疑是正确的。

金宏达随后研究鲁迅在不同时期的通信,对"中断"提出"非不为也,是不能也"的解释。比如鲁迅 1933 年 3 月 22 日所作《英译本〈短篇小说选集〉自序》最后说,"现在的人民更加困苦,我的意思也和以前有些不同,又看见了新的文学的潮流,在这景况中,写新的不能,写

---

1 2 金宏达:《也论鲁迅小说创作的中断》,《济宁师专学报》1984 年第 4 期,第 32 页。

旧的又不愿。中国的古书里有一个比喻，说：邯郸的步法是天下闻名的，有人去学，竟没有学好，但又已经忘却了自己原先的步法，于是只好爬回去了。我正爬着。但我想再学下去，站起来"，金宏达据此认为，鲁迅在《彷徨》之后对小说创作要求更高了，但由于思想的发展和客观形势的变迁，他虽然想写出更好的小说，却迟迟不敢轻易下笔，一直在苦苦摸索着新的写法。可惜天不假年，一些渐趋成熟的构思因为过早逝世而不得不中止了。

这个判断基本符合事实。但鲁迅何以从1925年底《彷徨》结集到1936年10月19日逝世，对小说的新写法足足摸索了11年之久？金宏达将原因归结为鲁迅的思想发展、生活环境与生活状况，就不能令人信服了。

关于思想发展令鲁迅迟迟不能着手新的小说创作，金宏达受《英译本〈短篇小说选集〉自序》所谓"我的意思也和以前有些不同"的启发，认为鲁迅思想的剧烈变迁延长了他探索小说新路的时间，而这主要是因为"接受马克思主义文艺理论和作为一个作家掌握新的创作方法和原则不是可以同步完成的，后者往往需要更多一些时间"。换言之，小说创作方法的更新赶不上思想发展的速度，所以一直写不出小说，并非不想写。

关于生活环境、生活状况拉长了鲁迅探索小说新路的时间，金宏达主要引用鲁迅在私人通信中对厦门、广州和上海生活的抱怨，证明鲁迅在这三个地方的客观生活环境和主观生活状况都不利于他从容探索小说的新路。

张晓夫对此提出质疑。他认为如果1925年之后鲁迅的思想变迁与生活环境、生活状况干扰了他的小说创作，那这种干扰何以只对现实题材的小说创作有效，对《故事新编》和杂文就无效呢？难道《故事新编》和杂文比现实题材的短篇小说更容易写吗？对《故事新编》张晓夫没说什么，他着重指出"鲁迅的杂文不是一挥而就，一篇几百字的短文往往要查阅好几种参考书，用了许多心力才练成精粹的一击，所耗费的时间和心血有时不比构思一篇小说省检"[1]。这一说法极有眼光，但其实也是大家一直太怠慢了鲁迅本人《做"杂文"也不易》等文章的缘故。

金宏达为了证明生活环境与生活状况严重干扰了鲁迅的小说创作而引用的鲁迅书信本身就自相矛盾。鲁迅说他在厦门"失了生活"[2]，"文字是一点也写不出"[3]；又说到广州一个多月"竟如活在旋涡中，忙乱不堪，不但看书，连想想的工夫也没有"[4]；初到上海，"我本很想静下来，专做译著的事，但很不容易。闹惯了，周围不许你静下。所以极容易卷入旋涡中。等许多朋友都见过了，周围清静一些之后，再看情形，倘可以用功，我仍想读书和作文章"[5]。但安定下来后，又抱怨"新作小说则不能，这并非没有工夫，却是没有本领，多年和社会隔绝了，自己不在旋涡的中心，所感觉到的总不免肤泛，写出来也不会好的"[6]。"活在旋涡中""极容易卷入旋涡中"和"失了生活""不在旋涡的中心"这两种明显矛盾的说法，张晓夫并未扭住不放，是很明智的，因为此"旋涡"也许并非彼"旋涡"，但他引出鲁迅另一处关于"旋涡"的说法就非常可贵："我的意见，以为一个艺术家，只要表现他所经验的就好了，当然，书斋外面是应该走出去的，倘不在什么旋涡中，那么，只表现些所见的平常的社会状态也好。日本的浮世绘，何尝有什么大题目，但它的艺术价值却在的。"[7]许多人将鲁迅的"不能"写小说归结为"多年和社会隔绝""不在旋涡中心"，这一段给李桦的信虽然谈的是木刻，却显然并不仅限于木刻，因此足以驳倒上述流行甚久的谬见。

毋庸置疑，小说家要有丰富的生活积累。又岂止小说家如此，诗人、

1　张晓夫：《鲁迅创作重心从小说转到杂文的根本原因》，《鲁迅研究》第十三卷，中国社会科学出版社1988年版，第163页。
2　1926年10月4日致许寿裳信，《鲁迅全集》第十一卷，第563页。
3　1926年10月29日致李霁野信，《鲁迅全集》第十一卷，第595页。
4　1927年3月15日致韦丛芜信，《鲁迅全集》第十二卷，第23页。
5　1927年10月21日致廖立峨信，《鲁迅全集》第十二卷，第82页。
6　1933年11月5日致姚克信，《鲁迅全集》第十二卷，第478页。
7　1935年2月4日致李桦信，《鲁迅全集》第十三卷，第372页。

散文家、戏剧家谁不怕"巧妇难为无米之炊"？但不能简单理解"生活积累"。新文学家鲁迅最初在北京教育部上班，在几个大学兼课，后来短期在厦门大学、中山大学教书，直至最后十年寓居上海，基本上是一个书斋里知识分子，看书做学问的时间远远超过闯荡社会的时间。有人因此说鲁迅的小说主要以回忆为材料。回忆的材料写光了，又不能踏进新的更广大的社会生活，每天只好依靠读书看报来了解社会。这种书斋生活适合写杂文，搞翻译，却不适合写小说。

另一种说法认为，鲁迅作为小说家的才能其实有限，只够他写《呐喊》《彷徨》。这两部小说集完成后，他的小说才能也就耗尽了。他自己不是说过，"创作既因为我缺少伟大的才能，至今没有做过一部长篇"[1]吗？鲁迅的"才能"不能支撑他继续写短篇小说，当然就更别指望他去写"长篇"。事实上他既没有写"长篇"，也没有写出更多的短篇，这不就说明他缺乏持续创作小说的才能，偶一为之就江郎才尽了吗？鲁迅在世时就有过这个说法，90年代和新世纪，作家王朔、哈金等也提出过类似的说法。

但"江郎才尽"说，"缺生活"说，都站不住脚。首先，完成《离婚》的两年之后，鲁迅接连完成了历史小说《奔月》《铸剑》。《非攻》写于1934年8月，《故事新编》其他四篇甚至是在1935年11月底至12月一气呵成。这显然是鲁迅又一小说创作的高峰期。且不说在同一个时期他还完成了多少重要的翻译，撰写了多少精彩的杂文，即以小说论，所谓"江郎才尽"也是无稽之谈。鲁迅未能写出计划中的长篇小说，主要原因正如他在悲悼韦素园的时候所说，是"宏才远志，厄于短年"[2]。

其次，像鲁迅这样深思善感之人，来自回忆的材料不是太少，而是多到压得他喘不过气来。他一直希望能够辣身一摇，摆脱回忆的纠缠，

---

[1]《三闲集·鲁迅译著书目》，《鲁迅全集》第四卷，第188页。
[2]《且介亭杂文·韦素园墓记》，《鲁迅全集》第六卷，第64页。

哪有回忆一下子就写尽了的道理。《杂忆》《我的第一个师傅》《女吊》《我的种痘》《关于太炎先生的二三事》是对早年生活的回忆，《忆刘半农君》《记念刘和珍君》《为了忘却的记念》《忆韦素园君》是对近期生活的回忆。其他遍布杂文的零星回忆更多。记忆的发酵远没有"写完"，鲁迅只是将可以写成小说的材料写成杂文罢了。

此外正如鲁迅弟子胡风所说，"到处有生活"。书斋知识分子不缺生活，更不缺小说的材料。何况鲁迅在北京、厦门、广州和上海四地虽然以书斋生活为主，但也绝没有和广阔的社会生活隔绝，相反倒是一直陷在各种社会矛盾的旋涡中。他的日常交游之广泛远远不是一般书斋知识分子所能望其项背的。

鲁迅确实说过，"学术文章要参考书，小说也须能往各处走动，考察，但现在我所处的境遇，都不能"[1]，然而对他来说，当下观察也未必适合马上写入小说。《一件小事》《端午节》《兔和猫》《鸭的喜剧》《幸福的家庭》《示众》《高老夫子》《弟兄》《伤逝》皆以近事写小说，成就都不算太高。另一方面鲁迅也告诫过青年作家："一，留心各样的事情，多看看，不看到一点就写。二，写不出的时候不硬写。""宁可将可作小说的材料缩成 Sketch，决不将 Sketch 材料拉成小说"[2]，"选材要严，开掘要深，不可将一点琐屑的没有意思的事故，便填成一篇，以创作丰富自乐"[3]。这都是认为当下切近的观察和经历需要经过长时间的沉淀，如果直接写入小说，效果未必理想。

既然思想发展和生活变迁都不曾直接导致鲁迅小说创作的"中断"，那么"根本原因"何在？

张晓夫主张这应该归结到鲁迅"启蒙主义思想制约下的文艺观"，"鲁迅的创作根源于启蒙主义思想，随着现实斗争的需要，他自觉地转换

---

[1] 1933 年 8 月 1 日致胡今虚信，《鲁迅全集》第十二卷，第 428 页。
[2] 《二心集·答北斗杂志社问》，《鲁迅全集》第四卷，第 373 页。
[3] 《二心集·关于小说题材的通信》，《鲁迅全集》第四卷，第 377 页。

文体，以发挥更切实的战斗作用。由小说而杂文是合乎中国思想革命进程的产物，也是他思想发展的产物，在艺术上也是一个杰出的创造"。

张晓夫的观点跟瞿秋白和梅贝尔有部分重合，但区别也很明显。第一，他认为瞿秋白的"从小说到杂文"说过于强调客观社会情势对鲁迅的裹挟，除了提到"幽默才能"，基本没有触及鲁迅本人积极主动的选择。这也许冤枉了瞿秋白，《〈鲁迅杂感选集〉序言》主要讲"杂感"，被引用频率极高的所谓"急遽的剧烈的社会斗争，使作家不能够把他的思想和情感熔铸到创作里去，表现在具体的形象和典型里"，其中"创作""具体的形象和典型"云云可以看作是谈小说的，但瞿秋白并非毫不顾及作家积极主动的选择。审时度势及时转换文体，不也是一种积极主动的抉择吗？问题是瞿秋白为何认为"急遽的剧烈的社会斗争"就一定不利于小说创作而适合写杂文？鲁迅后来更多从小说和杂文不同的社会效果出发，较少从客观情势究竟适合写小说还是写杂文的角度着眼，来解释他何以暂时不写小说而多作杂文，就更加符合实际。但张晓夫在批评瞿秋白时，并未注意这一点。

第二，张晓夫认为梅贝尔"从小说到杂文"说虽处处顾及作家主体的抉择，但由于"对鲁迅杂文的认识不足"，就再次暴露了"奚落贬低鲁迅杂文的资产阶级学者的无知与偏见"，"不仅不了解这种新型文体的思想意义和艺术价值，甚至也不了解自己的列祖列宗。许多先进的思想家都把文艺作为宣传自己思想的工具，不泥守成规，削思想之足去适形式之履"。为此张晓夫列举了莱辛《汉堡剧评》为欧里庇得斯既不完全像小说也不完全像戏剧的"杂种"式戏剧的辩护，马克·吐温放弃小说创作而撰写大量政论与时评，18世纪末俄国民主主义作家拉吉舍夫（Radishev）在历时五年完成的小说《从彼得堡到莫斯科旅行记》中先后采取小说、论文和演说等多种文体，说明这些天才作家为了自然地表达思想的需要，都曾经灵活选择不同的文体，浑然不顾文体学上的清规戒律或文学批评对不同文体厚此薄彼的僵化态度。他认为鲁迅就是这样做的。在20世纪80年代末，能够展开世界文学视野来观照鲁迅从小说到杂文的文体转换，实属难得。[1]

　　陈越既不简单认同梅贝尔"非不能也，是不为也"说（这其实是金宏达对梅贝尔观点的概括），也不简单认同金宏达"非不为也，是不能也"说。他认为鲁迅小说的"中断"既有"不为"也有"不能"，这都源于作家"主体意识的复杂性"。具体地说，就是"思想家""革命家"与"文学家"在不同阶段的关系转换。《呐喊》是"思想家"鲁迅与"文学家"鲁迅配合默契的产物，《呐喊》时期鲁迅的小说写得最顺手。《彷徨》时期，"思想家"鲁迅已经有所发展而"文学家"鲁迅的操作模式正趋于稳定，这种矛盾就导致鲁迅小说创作的危机。此后鲁迅旧的思想进一步被轰毁，新的思想进一步趋于成熟，这就"促使'文学家'向'革命家'转化，'思想家'和'革命家'得到了和谐的统一"，而"作为革命家"的鲁迅当然会"中断了小说等创作而致力于杂文写作及其他许多实际工作"[2]。陈越努力探索作家文体转换与"主体意识的复杂性"的关系，提醒我们注意"不为"和"不能"的多层内涵，这固然可贵，但他将"主体意识的复杂性"归结为鲁迅本人也未必认可的"文学家""思想家""革命家"三种身份意识此消彼长，则多少显得有些架空和牵强。

六　小说是鲁迅前期创作的"重心"？

　　如何看待小说与杂文各自的文学性、文学史意义、社会效果是一件事，判断鲁迅创作重心究竟是否以及如何以1925年为界，从小说转到杂文，则是另一件事。这涉及中国现代文学整体推进的不同阶段对小说和

1　张晓夫：《鲁迅创作重心从小说转到杂文的根本原因》，《鲁迅研究》第十三卷，第162、168—170页。
2　陈越：《对鲁迅现代题材小说创作中断原因的思考》，《鲁迅研究》第十四卷，中国社会科学出版社1989年版，第144—156页。

杂文两种不同文体的选择，并非简单的孰高孰低的问题。

30年代的瞿秋白和80年代上述四位有代表性的中外学者都一致认为，鲁迅的文学事业经历了一个"从小说到杂文"的转变过程。张晓夫注意到"鲁迅的杂文先于小说创作"[1]，但他只是一笔带过，并未从根本上质疑"从小说到杂文"的论述模式，甚至还进一步丰富和完善了这个模式，即强调鲁迅的创作历程并非先小说而后杂文这样泾渭分明的转换，而是"创作重心从小说转到杂文"。换言之，在以小说为"重心"的前期鲁迅也写杂文，在以杂文为"重心"的后期鲁迅也完成了《故事新编》的创作，还有胎死腹中的其他小说创作的计划。

张晓夫注意到，鲁迅前后期一直在调整自己对小说和杂文这两种文体之艺术特征和社会效应的认识。一方面鲁迅对杂文越来越自觉、越来越自信。顺着鲁迅这个思路，张晓夫再次高度评价鲁迅后期杂文，"不仅充满深刻的哲理，而且有着生动的形象，诱人的艺术魅力，给人以美的享受。它终于使有着二千年历史的杂文获得了独立的文学形式的地位，在艺术上也是一个创造。即使格调也有种种"[2]，这在80年代散文（包括杂文）不振而小说俨然一超独霸的文学氛围中，是难能可贵的。

张晓夫还认为，至少在1927年写《答有恒先生》时，鲁迅已经开始纠正他早期"对小说社会作用的过高估计"[3]。历来论者大多注意到鲁迅对杂文的认识有不断发展的过程，从而论证鲁迅从小说转换到杂文的必然性与合理性，或者相反（从陈西滢到梅贝尔），据此论证鲁迅因放弃或中断小说创作而专写杂文所造成的牺牲，所产生的遗憾、焦虑与苦痛。与此同时，却很少论及鲁迅究竟如何看待小说。梅贝尔干脆将鲁迅心目中的一般文学代替了小说，从鲁迅一度说过的"文学是无用的"直接推出"小说是无用的"，这就遮蔽了鲁迅前后期对小说的认识的发展过程。但

---

1 张晓夫：《鲁迅创作重心从小说转到杂文的根本原因》，《鲁迅研究》第十三卷，第162页。
2 同上，第168页。
3 同上，第166页。

这一点张晓夫也只是概乎言之，未能展开。

这里有三个彼此连带的问题：1.鲁迅前后期创作果真各有其"重心"吗？ 2.鲁迅最初究竟是怎么写起小说来的？最初为何写小说，跟后来"中断"小说创作（其实仍然在继续探索新的小说写法）密切相关。3.鲁迅对小说的认识有没有发生前后期的变化？

"重心"说是"从小说到杂文"论述模式所依据的前提，但这其实并不成立。鲁迅在创作《呐喊》《彷徨》的时期（1918—1925）并没有以小说为全部文学活动的"重心"。一定要说这个时期创作的体量，恰恰不是小说而是杂文的比重更大。这一时期小说集两部，共26篇（包括《不周山》），杂文集却有3部（《坟》《热风》《华盖集》），100多篇（不算收入《坟》的早期文言论文）。此外还有《野草》大部分，少量的白话诗，以及大量文学翻译与文学论著，不妨逐年罗列如下——

1918年：小说2篇（《狂人日记》《孔乙己》）；新诗5首。论文1篇（《我之节烈观》），随感录6则，杂文2篇，古籍古物序跋题记4则（共计杂文13篇）。翻译1篇（《察罗堵斯德罗绪言》1—3）。

1919年：小说3篇（《药》《明天》《一件小事》）。随感录25则，杂文14篇，论文1篇（《我们现在怎样做父亲》）（共计杂文40篇）。翻译剧本1部（《一个青年的梦》）。

1920年：小说2篇（《风波》《头发的故事》）。译文序跋3篇，译作3事（重译尼采《察罗堵斯德罗绪言》，阿尔志跋绥夫《工人绥惠略夫》《幸福》）。

1921年：小说2篇。翻译小说童话22则。比例1∶11。是年译文猛增。

1922年：小说6篇。译文7篇，译文序跋6篇。周氏兄弟三人合作的《现代小说译丛》第1辑。

1923年：小说0篇。译文10篇，著作《中国小说史略》1部。二周合作《现代日本小说集》。

1924年：小说4篇。译文7篇，译著《苦闷的象征》1部。杂文29篇。《壁下译丛》开译。

1925年：小说7篇。译文11篇，译著《出了象牙之塔》1部。《思想山水人物》开译。

除了少量白话诗，这一时期鲁迅的文学翻译（初期相对稀少）、文学研究和杂文写作极其勤奋，总量远在小说之上（以后各个时期的情形基本相同），所以根本不存在小说创作这个"重心"，只能说这个时期的鲁迅在完成了大量学术（包括文学）研究、文学翻译和杂文创作的间隙，挤出时间集中完成了《呐喊》《彷徨》两部小说集的创作。

鲁迅在1918—1925年完成的两部小说集影响巨大，在鲁迅之后小说又确实蔚为大国，所以各种文学史著作对鲁迅在北京时期（所谓"前期"）的小说大书特书，由此形成了"小说创作的重心"说——众多《中国现代文学史》教科书也基本采取从一个"重心"（小说）到另一个"重心"（杂文）的叙述模式——这就掩盖了这一时期鲁迅有更多杂文、翻译和研究的事实，严重扭曲了"文学家鲁迅"的本相，似乎这一时期文学家鲁迅并非由文学翻译家、文学研究的学者、杂文家和诗人（少量白话诗和《野草》大部分）以及小说家这四种身份共同构成，似乎这一时期文学家鲁迅只等于小说家鲁迅。其实，完全不是这样的。

至于鲁迅后期是否以杂文为其文艺事业的"重心"，也是一个需要重新加以思考的问题。第一，鲁迅后期在翻译和美术方面用力极多，几乎和用于杂文的时间相等。第二，鲁迅后期显在的小说创作是《故事新编》最后五篇，潜在的若干小说创作计划不能因为最后没有写出，就可以忽略不计。第三，"杂文"是无所不包的笼统的文类而非文体概念。"只按作成的年月，不管文体，各种都夹在一处，于是成了'杂'"，这是笼统的文类概念。如果讲究各种不同的"文体"，则包罗万象，有瞿秋白所谓战斗的同时也是文艺的"阜利通"，又有其他众多不同的文章体式，包括《野草》式的《夜颂》和"小说模样"的《阿金》等。囫囵地说鲁迅后期以杂文为创作"重心",无法落实到具体哪一种文章体式。但这个问题溢出本论范围,在此不赘。

七 被迫写小说

鲁迅为何想到要做白话短篇小说?鲁迅本人的回答也许令绝大多数人感到意外,他起初是被迫写小说——

> 但我的来做小说,也并非自以为有做小说的才能,只因为那时是住在北京的会馆里的,要做论文罢,没有参考书,要翻译罢,没有底本,就只好做一点小说模样的东西塞责。[1]

这是真话。鲁迅在留日后期提倡"文艺运动",主要就是"翻译"和"做论文",也就是后来被周作人称为"新生甲编"和"新生乙编"两大部分。1918年,当他被老同学钱玄同一再动员,答应参加《新青年》集团担任部分文字工作的时候,他首先想到的就还是重操旧业,按照东京时代的样子再来一次,即"做论文"和"翻译",首先并没想到要写小说。

但最初三年(1918—1920),鲁迅虽有志于"做论文",却因为"没有参考书",三年只做了两篇,即《我之节烈观》(1918)和《我们现在怎样做父亲》(1919)。经过北冈正子、工藤正贵、宋声泉等人的研究,现在大家都知道鲁迅留日后期那些长篇论文都有"材源",也就是"参考书"。鲁迅所谓"论文",都是处理一些宏大主题,涉及古今中外重要思潮、流派、代表性人物与学说,这就需要征引、消化大量"参考书",辨章学术,考镜源流,以阐明一种思潮的历史脉络及其成败得失,最后提

---

[1] 《南腔北调集·我怎么做起小说来》,《鲁迅全集》第四卷,第526页。

出一家之言。《人之历史》《科学史教篇》《文化偏至论》《摩罗诗力说》《破恶声论》就是这个意义上的"论文"。其实鲁迅早期每篇这样的论文都是一本独立的系统完整的小册子。

对照这个标准,鲁迅1918—1920年完成的两篇论文《我之节烈观》《我们现在怎样做父亲》在思想展开方面仍有早年那股气势,但学术视野明显缩小,所征引、消化的"参考书"更不可同日而语,许多地方仅凭记忆概乎言之,可以更多地看出杂文的趋向了。

在"论文"严重低产的同时,鲁迅在《新青年》"随感录"专栏倒发表了大量"忽然想到"式的短论,弥补了"论文"之不足。

同样,参加新文化运动最初三年,鲁迅虽有志于"翻译",却明显受到"底本"匮乏的限制。1918年只有一篇未完成也未发表的文言译作,即尼采《察罗堵斯德罗绪言》。这是他留日时期就已经购置而一直带在身边的读品。开手翻译尼采这部难译之书,正如他在随后的1919年翻译武者小路实笃的剧本《一个青年的梦》,都说明他缺乏可供翻译的"底本",只好就地取材,把自己压在箱底多年的"底本"先译出来应急。

1920年的三篇译作更能说明"底本"的匮乏。首先还是难译的尼采。这次是放弃1918年未完成的文言文译作(头3节),改用白话文译完全部的10节。译后记虽说"译文不妥当的处所很多,待将来译下去之后,再回上来改定",实际上后来再也没有翻译《查拉图斯特拉如是说》。1920年另外两篇译作是俄国作家阿尔志跋绥夫的《工人绥惠略夫》(中篇)和《幸福》(短篇)。鲁迅获得这两篇小说的"底本",完全事出意外。第一次世界大战结束(1918年11月)时,中国作为参战国(派了许多华工去欧洲帮忙)也分得一些战利品,其中就有在上海的一家德国俱乐部的德文书,都运来放在故宫午门楼上,由教育部派员,花了一年多时间重新整理。鲁迅就是这批德文书的整理者之一,在整理过程中偶尔发现俄国作家阿尔志跋绥夫作品的德文译本,选译了这两篇。其得来不易,用鲁迅自己的话来说就是,"'对德宣战'的结果,在中国有一座中央公园里的'公理战胜'的牌坊，在我就只有一篇这《工人绥惠略夫》的译本，因为那底本，就是从那时整理着的德文书里挑出来的"[1]。

1921年之后，有周作人、周建人的参与，翻译的条件大为改观，但合适的"底本"仍然缺乏。这从1926年夏鲁迅离京南下前完成初稿的《小约翰》的翻译可以看出来。荷兰作家望·霭覃（F. Van Eeden）《小约翰》德文"底本"是鲁迅1906年在东京时托丸善书店向德国购置的[2]，和1918—1919年翻译的尼采《查拉图斯特拉如是说》一样，随身携带整整二十年了。

竹内好注意到，鲁迅在作品中说到自己时，会增加一些文学性修辞，以传达比简单的事实叙述更多的意义。周作人则说鲁迅对个人和家庭生活的回忆都有歌德所谓"诗与真"两部分。但《我怎么做起小说来》说他参加"文学革命"之初，"要做论文罢，没有参考书，要翻译罢，没有底本，就只好做一点小说模样的东西来塞责"，还是"真"的成分居多，文学修辞与"诗"的虚构较少。

当然并非谁都可以因为不能畅快地做论文、弄翻译，就"只好做一点小说模样的东西"。写小说，鲁迅也是有充分的准备。除了丰富的人生阅历、杰出的文学素养和敏于思索的习惯，主要的准备还是在东京自觉"提倡文艺运动"前后的阅读、思考与写作。比如，因为"纂译"《域外小说集》而读过"百来篇外国作品"（还有1903年就开始的《月界旅行》《地底旅行》等翻译小说的练笔），因为写《摩罗诗力说》《文化偏至论》等"论文"而广泛涉猎西方自古希腊、希伯来文明到近代文化思潮，同时也正如《〈古小说钩沉〉序》所说，"余少喜披览古说——"，1909年回国之后更开始大肆辑录古小说，研究中国小说发展史，再加上"一点

---

[1] 《华盖集续编·记谈话》，《鲁迅全集》第三卷，第375页。
[2] 《译文序跋集·〈小约翰〉引言》，《鲁迅全集》第十卷，第280—281页。

医学上的知识",包括弗洛伊德精神分析学和意大利现代犯罪学之父伦勃罗梭（Cesare Lombroso）的理论，以及1911年文言小说《怀旧》的创作——所有这些自觉或不自觉的准备，为鲁迅在1918年之后"一发而不可收"的小说创作打下了坚实基础。

然而即便如此，一旦条件允许，他还是会放下小说，更多地做论文、弄翻译。北京生活后期（1925—1926）即"中断"了小说，完全转向翻译和论文（后皆归为杂文）。上海时期更倾心翻译、杂文和研究与推广木刻，回归并扩大了留日后期"文艺运动"的格局。

文学家鲁迅是多方面的，翻译、论文（杂文）、学术研究、艺术研究与推广都是他所致力的跟文学有关的"文艺运动"。小说创作只是鲁迅多方面"文艺运动"的一个组成部分。鲁迅当然深知小说的可贵，早期文学活动的两方面，其一是介绍"挣天拒俗"的"摩罗诗人"，其二就是介绍代表着"异域文术新宗"之一的现代外国小说。但鲁迅也并不因此而格外重视小说，更不会把小说的重要性抬高和夸大为文学或"文艺运动"的全部。

这就是鲁迅给小说的清楚定位。在"文学革命"初期，他的小说创作比较集中，但即使这个阶段，小说也并非鲁迅文学活动的"重心"。而在某些阶段，他甚至认为翻译和论文（杂文）比小说更加切迫。

八　警惕小说过热、过滥的现象

早在20世纪20年代中期，陈西滢式的推崇小说贬低杂文的意见尚未发表之前，鲁迅就已经开始观察和思考小说与杂文这两种文体的不同功能、各自在新文学史上扮演的不同角色。这种思考一直持续到他生命的终点。其中重要一点，就是他察觉到新文学界抬高小说的地位有点矫枉过正，小说创作和阅读出现了过热、过滥的现象。

《新青年》其实是一个论议的刊物，所以创作并不怎样著重，比较旺盛的只有白话诗；至于戏曲和小说，也依然大抵是翻译。在这里发表了创作的短篇小说的，是鲁迅。从一九一八年五月起，《狂人日记》，《孔乙己》，《药》等，陆续的出现了，算是显示了"文学革命"的实绩。1

　　中国现代文学史论著引用率极高的这段话容易给人一种错觉，似乎鲁迅跟早期的陈西滢一样，也轻视"议论"而独尊小说。但鲁迅只是说，倘没有他的小说，"文学革命"将一直停留在单纯理论论争阶段，显示不出"创作"的"实绩"。这里的"议论"特指陈独秀、胡适、钱玄同、刘半农等人关于"文学革命"的理论建设，不是所有的"议论"。鲁迅也没有说，唯有他的小说才"显示了'文学革命'的实绩"，"议论"性文章毫无功劳。他只是说光有"文学革命"的"议论"还不够，必须有"创作"跟上来，才能证明"议论"的正确性，才能显示这些"议论"是可以收到"实绩"的。

　　对一般的"议论"，鲁迅从来就非常重视。且不说在东京"提倡文艺运动"时"议论"性文章占据了半壁江山，就是小说"一发而不可收"之后，小说的实际产量也低于"论文"和"随感录"。如果鲁迅独尊小说而轻视"议论"，他就应该在1918年以后专心创作小说，怎么会同时又写了那么多"议论"性"论文"与"随感录"，那才真正"一发而不可收"了呢。

　　鲁迅不仅自己喜欢"议论"，也鼓励青年朋友发议论。"《新潮》每本里面有一二篇纯粹科学文，也是好的。但我的意见，以为不要太多；而且最好是无论如何总要对于中国的老病刺他几针——现在偏要发议论，而且讲科学，讲科学而仍发议论，庶几乎他们依然不得安稳，我们也可

---

1 《且介亭杂文二集·〈中国新文学大系〉小说二集序》，《鲁迅全集》第六卷，第246页。

告无罪于天下了。"1

无论与"创作的短篇小说"还是"纯粹科学文"相对的"议论",鲁迅都极为看重。一旦他发现年轻的作家轻视"议论",不愿或不敢"议论",他就会表示极大的忧虑,哪怕青年作家的缺少"议论"是因为过于看重包括小说在内的"创作":

> 中国现今文坛(？)的状态,实在不佳,但究竟做诗及小说者尚有人。最缺少的是"文明批评"和"社会批评",我之以《莽原》起哄,大半也就为得想引出些新的这样的批评者来……可惜现在所收的稿子,也还是小说多。2

> 我早就很希望中国的青年站出来,对于中国的社会,文明,都毫无忌惮地加以批评,因此曾编印《莽原周刊》,作为发言之地,可惜来说话的竟很少。3

1932年,鲁迅回到北京,在一次公开演讲中仍然念念不忘这个问题:"从五四运动后,新文学家很提倡小说;其故由当时提倡新文学的人看见西洋文学中小说地位甚高,和诗歌相仿佛;所以弄得像不看小说就不是人似的。"4

从20年代中期"中断"了现实题材的小说创作,直到30年代,鲁迅自己虽然没有重新创作现实题材的小说,只是陆续完成了《故事新编》,但他仍然关心着小说。他发现年轻的作家们沉溺于小说和诗歌的"创作",不愿发议论。与此同时,一般读者喜欢看小说,甚至到了"弄得不看小说就不是人似的"地步。第三,他还发现"五四"以后,小说

---

1 《集外集拾遗·对于〈新潮〉一部分的意见》,《鲁迅全集》第七卷,第235页。
2 1925年4月28日致许广平信,《鲁迅全集》第十一卷,第486页。
3 《〈华盖集〉题记》,《鲁迅全集》第三卷,第4页。
4 《集外集拾遗·帮忙文学与帮闲文学》,《鲁迅全集》第七卷,第404页。

虽然发达了，但质量堪忧。他应赵家璧之请为《〈中国新文学大系〉小说二集》撰写的"编选感言"一直不太受人重视，其中包含了鲁迅对"五四"以后小说发展的严厉批评——

  这（按指编入《大系》的第一个十年的小说）是新的小说的开始时候。技术是不能和现在的好作家相比较的，但把时代记在心里，就知道那时倒很少有随随便便的作品。内容当然更和现在不同了，但奇怪的是二十年后的现在的有些作品，却仍然赶不上那时候的。后来，小说的地位提高了，作品也大进步，只是同时也孪生了一个兄弟，叫做"滥造"。

在一封致友人的信中，鲁迅对当时的读者不爱看介绍外国文学的"论文"而只爱看本国作家创作的小说很不以为然——

  你说《奔流》绍介外国文学不错，我也是这意思，所以每期总要放一两篇论文。但读者却最讨厌这些东西，要看小说，看下去很畅快的小说，不费心思的。所以这里有些书店，已不收翻译的稿子，创作倒很多。不过不知怎地，我总看不下去……[1]

原来许多读者爱看小说，只是因为它们"很畅快"，可以"不费心思"。1934年11月12日致二萧的信也表达过同样的意思："中国作家的作品，我不大看，因为我不弄批评；我常看的是外国人的小说或论文。"

尽管鲁迅竭力提倡"社会批评"和"文明批评"，希望青年参与《语丝》《莽原》的"议论"，自己则身体力行，创作了大量杂文，但他本人

---

[1] 1929年3月22日致韦素园信，《鲁迅全集》第十二卷，第156页。

在发议论的同时也仍然在《语丝》和《莽原》这两本刊物上发表了小说、《朝花夕拾》和《野草》等"创作"。直到1933年他还告诉关心他的小说创作、希望他创作长篇连载小说的朋友,"小说我也还想写,但目下恐怕不行,而且最好是有全稿后才开始登载"[1]。鲁迅这里所谓可以"连载"的小说并非《故事新编》。《故事新编》完成之后,他只出版了单行本,并未"连载"(有几篇编集出版之前甚至并未公开发表)。所谓"连载",很可能就是他计划和构思着的描写四代知识分子的那部长篇小说。

九 小说的一超独霸

在鲁迅警惕小说过热、过滥的20年代和30年代,小说仍然还只是现代四大文体之一(胡适《建设的文学革命论》最早正式提出小说、诗歌、散文、戏剧是新文学四大门类)。但在最近几十年形成的正统文学评价体系中,其他文学门类的发展都明显逊色于小说,有时简直不足齿数。

现在讲文学,基本就是小说;讲作家,基本就是小说家。文学=小说,作家=小说家,差不多成了中国文坛不争的事实。

创作如此,批评亦然。说谁谁是文学评论家或批评家,基本就是说他或她是围着小说与小说家打转的人,个别批评家或许有大量时间花在小说以外的其他文体上,个别场合人们或许会说谁谁除了批评家(小说批评家)的身份之外,还是一个诗评家,言下之意,他或她研究和评论小说,已完成作为文学批评家的分内任务,至于研究和评论诗歌,则是搂草打兔子,捎带干了点正宗文学批评之外的"余事",至于散文、戏剧、报告文学、网络类型文学,甚至连这点附带的认可也谈不上,很少听说有谁专门评论戏剧、散文、报告文学、网络文学而成了著名批评家。

---

[1] 1933年8月3日致黎烈文信,《鲁迅全集》第十二卷,第430页。

批评家＝小说批评家，差不多也成了既定事实。

小说和小说批评牢牢占据文学和文学批评中心位置，这恐怕是仅属中国当代文坛某一阶段的特异现象，中外古今文学史和批评史皆无先例。

就拿世界批评史上和中国现当代文坛缘分最深、最为中国文学爱好者歆羡的俄罗斯三大批评家别、车、杜来说，就都并非仅以小说批评见长。别林斯基始终以整个俄罗斯文学为其生命所寄，文学之外的社会历史和文化哲学也无时不在他思考范围之内；车尔尼雪夫斯基作为一个批评家主要致力于文艺美学的理论建设；杜勃罗留波夫，请翻开他文集吧，小说、诗歌、戏剧及批评的批评四部分平分秋色。另外在中国现代文坛介绍较多的法国的狄德罗、丹纳、圣伯夫，英国的佩特、阿诺德，丹麦的勃兰兑斯，也都不限于小说批评。这种情形即便结构主义、叙事学、"新批评"勃兴之后，也并无根本改变。

中国文学史上，小说直到明清才蔚为大国，其地位仍不足以抗衡传统诗文，"小说评点"更不足以问鼎传统诗文评论的霸主地位。"五四"以后小说更见发达，但也只是和诗歌、散文、戏剧四分天下有其一。中国现代文学批评家们的眼界就从来不曾局限于小说。"创造社"首席批评家成仿吾不止评论过鲁迅小说，也评论过新诗和翻译，更挥其如椽大笔从事文学观念和批评理论的建设。相比之下，小说批评并非他的长项和主要着力点。"创造社"中作家兼批评家的郭沫若、郁达夫以及后期"创造社"批评家冯乃超、朱镜我、李初梨，包括"太阳社"的钱杏邨，也是如此。"文学研究会"方面，周作人在1949年前只写过《阿Q正传》《沉沦》和废名小说评论，其余则是关于文学观念、批评理论、中外文学史（尤其日本和希腊文学）、思想史、风俗史、学术史以及新旧散文（尤其"国语文"）的研究与批评。跟后一领域的"杂学"相比，他对同时代小说的批评简直不算什么，但谁敢说周作人不是中国现代第一流批评家？新老"京派"批评家中，陈西滢、郑振铎、朱自清、朱光潜各有专攻，对新起的小说都很少关注，《新月》的闻一多以诗歌评论见长，梁实秋主要探讨文学理论、文学批评和文学翻译，苏雪林、叶公超是小说、诗歌、散文并重，梁宗岱主要关心诗歌，李长之研究鲁迅，思想、小说、杂文平均用力，此外感兴趣的主要是曹禺的戏剧和一般批评理论及文学理论的建设，年轻的钱钟书的随笔书评更逞其才辨，无所不谈。《现代》杂志主要批评家施蛰存是翻译、理论、诗歌、小说并重而无所偏倚，聚集在《现代》周围的胡秋原、杜衡、韩侍桁大抵如此。再看左翼批评界，作为批评家的鲁迅的身影始终活跃于社会批评和文明批评的宽广天地，竭力反对用西方的"文学概论"画地为牢；瞿秋白倾心于文学语言的批评与建设，鼓吹"第二次文学革命"，此外便是鲁迅杂文的研究；胡风主要从事文艺理论、思潮流派及诗歌散文的研究与批评，较少顾及小说；冯雪峰、周扬、40年代开始文学批评事业的何其芳和邵荃麟偶尔也有小说评论，但主要工作还是文艺政策和文艺理论的建构。现代文学批评史上对小说用力最勤影响最大的要数茅盾、沈从文和刘西渭（李健吾），但即使这三位的批评实践也并不局限于小说。

再看创作。远的不说，现代文学史上，"鲁郭茅巴老曹"，只有茅盾似乎偏重小说，但他在散文、文学理论、文学批评上的贡献也有目共睹。郭沫若的创作以诗歌和话剧为主，但他在甲骨文、古代社会和历史研究方面的天才型造诣几乎无有匹敌者。巴金小说之外也有不少散文以及大量的翻译，晚年主要贡献则是《随想录》(孙犁情况相似)。曹禺只有戏剧，老舍现代时期小说、散文并重，40年代以后偏向民间文学和戏剧。其他以小说名家的郁达夫、沈从文、张爱玲、钱钟书、汪曾祺等皆不局限于小说。现代作家总体上都是兼擅众体。

"五四"新文学运动之初，攻坚战是"白话诗"。相比之下，白话小说攻城略地，则比较顺利。诚如毛泽东后来所言，"用白话写诗，几十年来，迄无成功"，而鲁迅的白话小说一出手就"显示了'文学革命'的实绩"。再加上晚清小说界革命的余波未平，"五四"一代人对西洋文学特别看重小说这一点又视为当然，故小说的实际影响力在"五四"以后悄悄跃升到诗歌、散文和戏剧之上，也是事实，但并没有完全压倒诗歌、散文和戏剧而一超独霸。

小说地位的根本提升还是要到 1949 年以后直至当下。这六十多年，诗歌、散文、戏剧成绩一直不俗，但超稳定的现实主义文学信念和文学体制赋予小说形象地总结革命历史、及时反映社会主义斗争与建设、积极翼赞国民教育（犹如传统"诗教"）的崇高使命，其读者面和社会政治功能远远超过诗歌、散文和戏剧。梁启超 1902 年写《论小说与群治之关系》时所期待的小说盛况，至此才算真正实现，而批评给予小说压倒性的关注，也就顺理成章。

由于历史的惯性，即使今天高度普及的电影、电视、互联网早就将文学（包括小说）边缘化，尽管"小说已死"的呼声听过也已经不下十年，但至少在主流文学界，小说和小说批评一超独霸的态势还是不会轻易改变。

小说和小说批评压倒一切，给中国文学造成了哪些影响？

简单地说：1. 叙述方式发生了前所未有的变化，叙事技巧较之往昔有长足进步，但叙事能力和叙事伦理并非必然地随之进化，今日短篇小说并不必然优于"三言""二拍"和现代优秀作家鲁迅、老舍、沈从文、丁玲、吴组缃、张爱玲的短篇，今日长篇小说（尤其"小长篇"）也并非必然优于明清两代及现代优秀作家的长篇。小说的叙事方式和技巧固然重要，但并非决定小说优劣高下的唯一因素。2. 小说家专注于讲故事，诗歌、散文、戏剧的丰富表现手法在小说中难有用武之地，小说家们独沽一味，久而久之便缺乏变化，像茅盾所谓鲁迅短篇小说"几乎一篇一个样式"的创造力勃发现象难得再见。过去有人说唐代传奇小说是"文备众体，可以见史才，诗笔，议论"，现代作家犹能继承这个传统，50、60 年代，特别是 80 年代以后，除了少数作家（比如王蒙）之外，多数作家的小说越写越像小说，越写越成为一种封闭的"小说体"。3. 因为迷信文学的全部奥义乃是讲一个或一串曲折生动的故事，作家应有的开阔视野、精深思想、澎湃激情、人道情怀便容易萎缩，结果在小说家的小说中就只见讲故事的技巧，很难看到他全人格的呈现。小说家诞生，作家消失，这是结构主义口号"作者已死"极具特色的中国版。4. 也因为专注于讲故事，由中国文学多种文体合力拱卫的汉语言文字的长河越来越狭窄干枯，曾经是无尽藏的中国文学语言被压缩为只有一种旋律一个音调的僵硬贫弱的小说语言，语言的神奇色泽在小说中逐渐归于黯淡。

小说一超独霸的时代或者终将过去，后人翻开文学史，看到我们这个民族曾写出先秦散文、《诗经》、《楚辞》、汉赋和《史记》、《汉书》以下大量历史著作，曾经创造了六朝骈文、民歌和唐诗、宋词、八大家散文、元杂剧，"五四"以后奉献过大量精彩的小说、诗歌、散文、戏剧与报告文学，接着他们又看到20世纪50年代以降，大多数作家突然仅以小说家现身，其中不少佼佼者确实能够遥接明清两代白话小说余绪，继承鲁迅"五四"时期为"小说模样的文章"争取的荣光，但更多的一开始就钻进小说不肯出来，在小说的惯性轨道上发足狂奔，在小说的狭的笼里自傲自恋，强迫症似地一年写出没多少人要看的多部中短篇，隔两三年就捧出更没多少人要看的一部长篇乃至超长篇——面对这一文学史现象，后人会怎么说？

他们或许要说：

> 哎，真可惜，就像诗词的末路会成为陈词滥调的哼哼唧唧，骈散的高峰会跌到八股时文的低谷，小说给中国文学带来勃勃生机，却也会令中国文学陷入迷途，曾经为中国文学带来无上荣光的小说，也会令中国文学羞愧难当。

果如此，到那时人们回头再看文学家鲁迅与小说的因缘，当会恍然大悟。鲁迅虽然也曾以小说名家,但他始终只把小说看作文学的一个门类,始终未曾把小说抬高到一超独霸的位置,始终警惕着小说过热、过滥的现象。鲁迅的文学世界大于他的小说世界。伟大的鲁迅在小说之中,更在小说之外。

2013 年 1 月 12 日写
2013 年 12 月 10 日改
2014 年 4 月 23 日再改
2019 年 3 月 17 日改定

"创作"与"议论"
——反思新文化运动的一个角度

一

中国新文化运动由"新文学"发端,但新文化运动按自身逻辑是不能局限于文学的,必要从最初的文学运动扩张到整体文化改造。可事实上新文化运动几乎一直由"新文学"唱主角,因此说到新文化运动,总是以"新文学"为主,这就显得名实不符,看不到"新文化"其他部门的成就及其与"新文学"的内在关系。

20世纪90年代以来,文学日益边缘化,在整体文化中扮演的角色越来越模糊,因此最近二三十年反思新文化运动,如何处理"新文学"的地位,又成了一大难题。

"新文学"的位置如果像以往那样抬得太高,势必只见文学而不见整体文化。反之,"新文学"的位置倘若估量得太低,比如2015年各地举办"新文化"百年学术纪念活动,只谈政治体制、经济、军事、外交、法律、人文学术、美术等"新文化"的诸多领域,过去一直占据中心的"新文学"几乎不在场,那显然也与历史事实相去甚远。

用"新文学"覆盖甚至取代"新文化",或者把"新文学"从"新文化"中剔除出去,这两种极端做法其实拥有一个共同想象,仿佛"新文学"和"新文化"从来就是两张皮,粘不到一块。对"新文学"和"新文化"的这种模糊想象始终困扰着研究者。有鉴于此,30年代中期鲁迅提出"创作"与"议论"("纯文学"与"非文学"乃至整体文化)的关系问题，对今天反思"新文化"和"新文学"运动，仍不失为一个重要启示。

1935年3月，鲁迅在《〈中国新文学大系〉小说二集序》中这样回忆他和《新青年》的关系：

> 《新青年》其实是一个论议的刊物，所以创作并不怎样著重，比较旺盛的只有白话诗；至于戏曲和小说，也依然大抵是翻译。在这里发表了创作的短篇小说的，是鲁迅。从一九一八年五月起，《狂人日记》，《孔乙己》，《药》等，陆续的出现了，算是显示了"文学革命"的实绩。

这段话很有名，但过去大家更多关注鲁迅对《狂人日记》等小说的文学史地位未遑多让的自评，忽略了史家鲁迅触及的另一个问题，即"新文化"期刊两种不同的编辑方式，以及这两种编辑方式所喻示的"文学"与"非文学"、"新文学"与"新文化"的复杂关系。

"五四"前后，与"新文学"相关的刊物大抵有两种，一是《新青年》那样的综合性刊物，包括在《新青年》直接影响下创刊的《新潮》，一度与《新青年》对垒后来逐渐靠拢过来的《东方杂志》，始终对抗《新青年》的《甲寅》周刊和《学衡》杂志，以及从《新青年》分化出去的《语丝》周刊等。这些综合性刊物都以"议论"为主，"创作"为辅，又因编者不同，"创作"或较多，或只是点缀。但无论如何，"议论"的重要性从来不曾被"创作"取代。一些重视"创作"的编辑同仁也频频参与"议论"，如鲁迅加盟《新青年》"随感录"专栏，还鼓励《新潮》社诸君子"偏要发议论"。所谓"议论"，有关于新文学理论和创作实践的，但又不限于此，举凡学术、社会、政治、经济、军事、外交等皆在其议论范围。另一类像《小说月报》(1921年1月12卷1期新任主编沈雁冰大肆革新之后)、《创造季刊》、《创造》周报、《洪水》周刊等则属于以"创作"为主的文学性刊物,"议论"尽管不少,但主要围绕文学研究、文学翻译和文学批评展开,"创作"的重要性从来不曾被"议论"所取代。上述两类刊物的编辑同仁倘若想就某个话题较多发表"议论",还会在已有的文学刊物或综合性刊物之外另办一份专门发议论的刊物,如《新青年》同仁的《每周评论》、"创造社"后来的《文化批判》、也是从《新青年》分化出去的《努力》周报和《现代评论》周刊等。"创作"在这些专门"议论"的刊物上更稀少,可视为"新文学"运动展开之后凡刊物一般都会有的应景式点缀。

上述与"新文学"有关的两类刊物的主事者都是晚清期刊的热心读者,陈独秀、胡适、章士钊、周氏兄弟等在晚清时期还办过刊物,甚至是这方面的行家里手,所以上述两种刊物类型既延续了晚清以来与文学有关的期刊编辑方式,又有所创新,中国现代与"新文学"有关的"新文化"期刊基本格局由此奠定下来。"新文化"期刊对晚清维新运动之后涌现的大量刊物的延续主要表现在综合性刊物和文学性刊物都有"创作"和"议论"并举的栏目设置,而创新之处主要表现在"新文学"的"创作"跃上了报刊的醒目位置,不仅与新文化运动的许多"议论"在精神上彼此呼应,而且用文学的方式提升、丰富了这些"议论",使"新文化"的"议论"区别于晚清报刊常见的那种没有"新文学"的创作呼应的"社说"类的文字。鲁迅起初轻视《新青年》,大概《新青年》著重的"议论"令他条件反射地想起《摩罗诗力说》《破恶声论》抨击过的晚清报刊"凡所然否,谬解为多"的一片"扰攘"吧。但他终于还是加入了《新青年》的作者队伍,而且不仅发表"创作",也发表"议论",他的"随感录"几乎无所不谈,这主要因为"新文化"的整体氛围确实令他感觉到新的"议论"和新的"创作"都已经不同于晚清,不仅"议论"和"创作"的内容变了,而且"议论"和"创作"的相互关系也变了。

在这个背景下,鲁迅注意到刊物的"议论"与"创作"、学术性议论性文章和虚构类"纯文学"的不同比重的变化,就不仅是对中国现代与

"新文学"相关的期刊编辑方式的独特观察,也将问题上升到考察"新文学"和"新文化"交互关系的层面。

二

现代意义上"纯文学"概念最早成熟于何时,由谁首先加以阐明?过去大家比较重视王国维《红楼梦评论》《文学小言》《人间词话》等,这里不加赘述。考虑到王国维的文学思想即使在他本人也少有赓续,新文化运动之后王氏关于文学绝少发声,故新文学主将之一鲁迅在差不多同一时期有关"纯文学"的思考或许更重要,因为这种思考不仅当时达到了罕有其匹的高度,而且一直延续下来,成为鲁迅本人后来的基本立场:

> 由纯文学上言之,则以一切美术之本质,皆在使观听之人,为之兴感怡悦。文章为美术之一,质当亦然,与个人暨邦国之存,无所系属,实利离尽,究理弗存。故其为效,益智不如史乘,诚人不如格言,致富不如工商,弋功名不如卒业之券。特世有文章,而人乃以几于具足。

《摩罗诗力说》第三节第一段,从"一切美术之本质"出发,将"文学""诗""文章"视为"美术之一",认为"涵养吾人之神思,即文章之职与用也"。第二段将"文章"与"科学"相对,阐明"文章"的"特殊之用"在于超越抽象学理而"直语其事实法则","虽缕判条分,理密不如学术,而人生诚理,直笼其辞句中,使闻其声者,灵府朗然,与人生即会"。第三段将"群学"(社会学)的道德论与"诗"相对,追问"诗有反道德而竟存者奈何",认为孔子的"思无邪"是主张"诗与道德合","而欧洲评骘之士,亦多抱是说以律文章",中西方都有如此强大的文学道德论传统,所以他预言"苟中国文事复兴之有日,虑操此说以力削其萌蘖者,当有徒也"(1926年《诗歌之敌》仍重申此说)。

综合上述三段,不能不说《摩罗诗力说》乃是现代中国对"纯文学"最早最系统的阐述。或谓"由纯文学上言之"相当于"仅仅从文学上来说",语感固亦不差,但显然只抓住字面意思,而无视一、二、三段层层递进的推演,以及鲁迅早期其他几篇文言论文对"文学""文章""诗歌"彼此呼应而具有整体构架的周密论述。

即或不承认上述"纯文学"的论述,而早期鲁迅特别注重文学的思想终究不容否认。《摩罗诗力说》开宗明义所谓"盖人文之留遗后世者,最有力莫如心声",关于文学的重要性已经一言道尽(他那时候相信最能表达"心声""内曜"的首推文学)。这种对文学的注重,以及上述关于"纯文学"性质、功能的认识,与鲁迅30年代中期断言自己的"创作"超乎《新青年》同仁先前所"著重"的"议论"之上而"显示了'文学革命'的实绩",一脉相承。

鲁迅看重文学("创作"),一生不变,比如直到1936年7月21日所作的一篇序言仍然坚信"人类最好是彼此不隔膜,相关心。然而最平正的道路,却只有用文艺来沟通"[1]。40年代中期竹内好在其小册子《鲁迅》中说,鲁迅是一个"彻底到骨髓的文学者","文学者鲁迅无限地生成出启蒙者鲁迅的终极之场"(李冬木译文),鲁迅有一种"除了文学家之外即无可称呼的文学主义的基本立场"(李先锋译文),殆非虚语。在现代中国文学史上,像鲁迅这样死抱着文学不放的"文学家"并不多。许多人顶着"文学家"称号干了许多文学之外的事,但鲁迅一切皆以"文学主义的基本立场"为出发点,他首先是"伟大的文学家",其次才是"伟大的思想家""伟大的革命家"(毛泽东)。

---

[1]《且介亭杂文末编·〈呐喊〉捷克译本序言》,《鲁迅全集》第六卷,第544页。

但似乎也有"矛盾",即如此注重文学、注重"创作"的鲁迅,在新文化运动一开始就是小说和随感录(亦即"创作"和"议论")并重。到了《新青年》团体解散,以他为主先后创刊的《语丝》《莽原》,前者反对"现代评论派"独爱欧美"纯文学"和"创造社"所谓坚守"艺术之宫"的立场,推崇"任意而谈,无所顾忌"的短小精悍的小文[1],后者鼓励青年,"究竟做诗及小说者尚有人",不妨更多参与"文明批评"和"社会批评"[2],因此当青年作者"寄来的多是小说与诗,评论很少"时,他感到"很窘",担心《莽原》也会像《妇女周报》那样"很容易变成文艺杂志"[3]。换言之,鲁迅在"新文学"起步阶段就不满足仅仅在"纯文学"("小说与诗")领域耕耘,而开始在与自己有关的杂志上注重"议论""评论",尽管他个人在这些杂志上仍然不停地发表"创作"(《野草》全部刊登于《语丝》,《朝花夕拾》全部和《故事新编》中的《奔月》《铸剑》两篇皆刊登于《莽原》)。他甚至担心由年轻的新文学家们主持笔政的杂志会蜕变为单纯的"文艺杂志"。

看重"创作"的鲁迅其实也很重视"议论"。他从来没有想过要把"创作"和"议论"截然分开,也从来没有刻意追求与"议论"无关的纯而又纯的"创作"。

考察他个人的文笔生涯,从北京时代后期就逐渐放弃"纯文学",转而大力经营并非"纯文学"的杂文。尽管如此,他并不同意说杂文因为不符合当时普遍接受的"纯文学"标准,就不是文学了。他也并不佩服"美国的'文学概论'或中国什么大学的讲义",不承认"小说是文学的正宗"之类的定论,甚至嘲弄新文化运动之后"弄得像不看小说就不是人似的"[4]那种矫枉过正的群众心理,相信杂文也会继"杂文之一体的随

---

1 《三闲集·我和〈语丝〉的始终》,《鲁迅全集》第四卷,第171页。
2 《两地书·十七》,《鲁迅全集》第十一卷,第64页。
3 《两地书·十九》,《鲁迅全集》第十一卷,第70页。
4 《集外集拾遗·帮忙文学与帮闲文学》,《鲁迅全集》第七卷,第404页。

笔"之后"扰乱文苑","侵入高尚的文学楼台"[1]。但有趣的是另一方面，他自己也承认"可以勉强称为创作的，在我至今只有这五种"（按指《呐喊》《彷徨》《野草》《朝花夕拾》和当时尚未完成的《故事新编》），并不将杂文包括在内。[2] 鲁迅看重杂文，这毫无疑问，但他是否认为非要将杂文抬到和诗歌、小说、戏剧、"随笔"同等地位不可？恐怕也未必。他只是肯定杂文的价值罢了，而杂文的价值并不一定非要用当时流行的"纯文学"标准来衡量，才能显示出来。

反过来，他之所以说《呐喊》《彷徨》《故事新编》《野草》《朝花夕拾》这五本书"可以勉强称为创作"，也暗示着在鲁迅自己看来，即使这五本书也并不一定完全符合流行的"纯文学"的标准。他说《呐喊》《彷徨》是"小说模样的东西"[3]，既肯定它们是小说，但也不想单单以小说来限制它们的文体特质。他说《故事新编》"也还是速写居多，不足称为'文学概论'之所谓小说"[4]，显然也不想仅仅以当时流行的"小说"概念来范围《故事新编》。《朝花夕拾》十篇，包括"后记"，跟《呐喊》《彷徨》一样，几乎也是"一篇一个样式"，回忆、叙事、描写、抒情、议论、考据、争辩、讽刺、论战，无所不包，根本不同于现代文学中成熟起来的单纯抒情或叙事的散文，所以他特别强调《朝花夕拾》的特点是"文体大概很杂乱"[5]。至于《野草》，不是也有《我的失恋》那样的"打油诗"，也有《一觉》那样的对真实事件和经历的叙述，也有独幕剧《过客》，以及近乎杂文的《立论》《死后》《狗的驳诘》，而不能用"散文诗"的名称一言以蔽之吗？

鲁迅以自身实践，在重"创作"而轻"议论"的"正题"之外竖起

---

1 《且介亭杂文二集·徐懋庸作〈打杂集〉序》，《鲁迅全集》第六卷，第300—301页。
2 《南腔北调集·〈自选集〉自序》，《鲁迅全集》第四卷，第469页。
3 《南腔北调集·我怎么做起小说来》，《鲁迅全集》第四卷，第526页。
4 《〈故事新编〉序言》，《鲁迅全集》第二卷，第354页。
5 《〈朝花夕拾〉小引》，《鲁迅全集》第二卷，第236页。

一个"反题"："议论"也很重要。这不仅说明他鼓励《新潮》诸君子"偏要发议论"[1]并非虚谈，也延续了《文化偏至论》《摩罗诗力说》《破恶声论》的思路，即在整体文化"维新"的角度讨论文学的特殊重要性。即使在为"弃医从文"寻找理论根据的早期文言论文中，鲁迅也并没有将"纯文学"孤立起来。"创作"和"议论"，从来就是鲁迅思想中一正一反两个相互依存的目标。正反相合，才是他完整的意见。

鲁迅毕生注重文学，坚守"文学主义的基本立场"，但他在狭义的"纯文学"领域之外竟然投入了更多的精力。曾经以"创作"傲视着重"议论"的《新青年》同仁的鲁迅后来更加看重偏于"议论"而非"创作"的杂文，甚至他的"可以勉强称为创作"的五本"纯文学"作品也充满各种形式的"议论"，而他的"议论"也并不刻意排斥"创作"因素，杂文完全有资格进入文学史。唯其如此，他的"创作"和"议论"皆不拘一格，处处显示着文章的"实力"[2]，呈现出"文艺复兴"的大气象。

中国现代文学史教科书有个奇怪现象，一谈到杂文的文学性，似乎就只有鲁迅一人，其他作家杂文要么归入"鲁迅风"一笔带过，要么根本不谈。这似乎推崇鲁迅杂文，其实乃是巧妙地孤立鲁迅杂文，使其及身而没。如果我们不承认这种巧妙的文学史骗局，那么鲁迅之外的杂文也可以谈谈。即使鲁迅之外不再有杂文（绝非事实），这个现象（或者对这个现象的歪曲）也值得探讨。鲁迅杂文是文学，别的作家杂文能不能也写入文学史，由此构成一条流传有序的杂文史线索？鲁迅生前强烈抗议文坛对杂文的排挤，但他对杂文的命运并不悲观，也并不希望杂文非要获得文坛承认不可。杂文若能被接纳为"创作"，他固然乐观其成。倘不，他也毫不气馁，因为他坚信杂文（典型的"议论"）自有其价值。他

---

[1] 《集外集拾遗·对于〈新潮〉一部分的意见》，《鲁迅全集》第七卷，第235页。
[2] 木山英雄：《实力与文章的关系——周氏兄弟与散文的发展》，赵京华编译：《文学复古与文学革命——木山英雄中国现代文学思想论集》，北京大学出版社2004年版，第70—83页。

固然曾经以"创作"傲视过"议论",但一个没有"议论"而只有"创作"的文坛绝不是他所盼望的。著重"议论"而无"创作"的"实绩",鲁迅认为这是1918年以前《新青年》的一个缺陷,但如果仅仅以"创作"傲人,完全丢弃"议论"这块阵地,甚至以杂文为"伟大的文学"的敌人而竭尽攻击排斥之能事,则也为他所鄙夷。[1]

鲁迅现身说法,将"创作"和"议论"同时摆在新文化运动的核心位置,令后人观察新文化运动时不敢有所偏废,必须同时考虑"创作"和"议论"两面,领会先贤们如何处理这二者的关系,这样才算是完整地认识"新文化",也才算是完整地认识"新文学"。

有学者认为,鲁迅将"创作"和"议论"并置,并非将"文学"和"非文学""纯文学"和"不纯的文学"结合起来,而是沿着章太炎"文学复古"的思路,故意"不分文体",试图以此复兴中国文学史上"大文章"的传统。[2] 这种观点的深刻自不待言,它不仅触及现代作家容易淡忘的"大文章"传统,也触及现代作家不易察觉的"文学"和"非文学"、"纯文学"和"不纯的文学"之间本来存在的有机联系。但赞同这个观点的同时也须充分意识到,章太炎执守的"文学"和"大文章"概念在"新文学运动"中已经发生深刻裂变,周氏兄弟目睹并亲历了这种裂变,因此他们将"创作"和"议论"、"纯文学"和"不纯的文学"结合起来,就不是简单重复章太炎"文学复古"的思路,而是在现代文学的具体环境中探索"新文学"更多的可能性及其与整体文化的联系。

三

鲁迅成为"创作"上成绩斐然的"文学家",必然中也有偶然。

---

[1]《集外集拾遗补编·做"杂文"也不易》,《鲁迅全集》第八卷,第417—419页。
[2] 木山英雄:《"文学复古"与"文学革命"》,赵京华编译:《文学复古与文学革命——木山英雄中国现代文学思想论集》,第209—238页。

必然在于，自幼喜爱文学的鲁迅从 1906 年前后就从理论上有力地证明了"纯文学"的可贵而立志"弃医从文"，献身文学，并立即开始了"文学运动"，为日后加盟《新青年》而再度"开口"[1]打下了坚实基础。

偶然在于，他应钱玄同的坚邀，决定给《新青年》撰稿，首先并未想到"创作"，而是打算像东京时代"提倡文学运动"那样重操旧业，写论文，搞翻译。正如他自己所说，"但我的来做小说，也并非自以为有做小说的才能，只因为那时是住在北京的会馆里的，要做论文罢，没有参考书，要翻译罢，没有底本，就只好做一点小说模样的东西塞责"[2]。换言之，凭着《狂人日记》《孔乙己》《药》等"显示了'文学革命'的实绩"，这在鲁迅确有偶然性因素。

如果没有这种必然中的偶然，鲁迅是否继续做文学家？做怎样的文学家？是我们实际看到的"议论""创作"并重，还是像东京时代那样继续搞翻译，写论文，发"议论"，或者像"新文学"第二、第三代以至今天大多数作家们那样偏重"创作"，甚或只有"纯文学"的"创作"而很少乃至基本不发"议论"？这都不得而知了。

可得而知的是周作人。东京时代"提倡文艺运动"时与鲁迅毫无二致，两人分途演进，乃在鲁迅以小说暴得大名之际，而并非许多学者重视的 1923 年"兄弟失和"。周作人确实在 1923 年开始怀疑文学是否"自己的园地"，然而当鲁迅突然显出"创作"的天才并"从此一发而不可收"之时，事实上也就注定了始终拿不出"创作"的"实绩"的周作人迟早要脱离先前与鲁迅几乎相同的那种文学家的形象。

当然 1918 年《狂人日记》发表之后，周作人并未马上放弃文学。相反，正如 1963 年他在香港《新晚报》发表的《郁达夫的书简》中所说，"一九二二年春天起，我开始我的所谓文学店，在《晨报副刊》上开辟

---

[1] 《野草·题辞》，《鲁迅全集》第二卷，第 163 页。
[2] 《南腔北调集·我怎么做起小说来》，《鲁迅全集》第四卷，第 526 页。

'自己的园地'一栏"。他的"文学店"（或曰"文学小铺"）其实早就开张了，至少可以追溯到 1908 年在《河南》杂志第 4—5 期连载的长篇论文《论文章之意义暨其使命因及中国近时论文之失》[1]，但 1922 年在《晨报副刊》开辟"自己的园地"专栏，确实是新文化运动开始之后周作人从事文学活动最专注的一段时间。从 1922 年前后开始直到 1932 年在辅仁大学讲《中国新文学的源流》，他的散文随笔、文学研究自编文集和教材专著，如《欧洲文学史》《雨天的书》《自己的园地》《艺术与生活》《谈龙集》等，还有大量外国文学翻译和介绍，都证明他的"文学店"或"文学小铺"一度非常红火。当然主要不是"创作"，而是文学批评（如关于郁达夫《沉沦》、鲁迅与废名小说的评论），文学理论建设（如《人的文学》《思想革命》《美文》《文学研究会宣言》），文学史研究（如《欧洲文学史》《中国新文学的源流》等），以及大量地翻译介绍外国文学。也有"创作"，即写作"美文"，尤其轰动一时的"小品文"，但周作人散文随笔中真正"闲适"的抒情描写和叙事的"美文"其实很少。

尽管如此，1927 年当听说丁文江等人要推荐梁启超做诺贝尔文学奖候选人时，周作人还是亮出了他的"纯文学"立场，特地在《语丝》上撰文质疑梁启超作为文学家的资格，"我所不能决定者即梁君到底是否一个文学家？夫梁君著作之富，与其'笔锋常带情感'，海内无不承认，但吾人翻开《饮冰室全集》，虽处处可以碰到带感情的笔锋，却似乎总难发见一篇文学作品，约略可以与竺震旦之歌诗戏曲相比拟"[2]，他当时所用标准显然是"纯文学"的。

但这个时期不长，很快他就宣布"文学店"要关门，正如后来所说，"自己以为是懂得文艺的，这在《自己的园地》的时代正是顶热闹，一直

---

[1] 陈子善、张铁荣编：《周作人集外文》上集（1904—1925），海南国际新闻出版中心 1995 年版，第 33—58 页。
[2] 周作人：《闲话拾遗四十二·诺贝尔奖金》，原载 1927 年 6 月 18 日《语丝》第 136 期，收入陈子善、张铁荣编：《周作人集外文》下集（1926—1948），第 219 页。

等到自己觉悟对于文学的无知，宣告文学店关门，这才告一结束"[1]。最早将这个想法公诸于世大概是 1924 年 1 月的《元旦试笔》："以前我还以为我有着'自己的园地'，去年便觉得有点可疑，现在则明明白白的知道并没有这一片园地了"，"目下还是老实自认是一个素人，把'文学家'的招牌收藏起来"。照这个说法，1923 年周作人就开始怀疑文学是否"自己的园地"了。

从那以后，他虽然对文学"不忍恝置"，但几乎每年都要站出来宣布关闭"文学店""文学小铺"："我独怕近时出现的两个称号，这便是'文士'与'艺人'……我自己呢，还愿意称作文童"[2]，"我不是文坛上的人"[3]，"洗手学为善士，不谈文学，摘下招牌，已二年于兹矣"[4]，"我不会批评，不必说早已不挂牌了"[5]，"列位切莫误会以为我自己自认是在弄文学，这个我早已不敢弄了"[6]，"自己觉得文士早已歇业了，现在如要分类，找一个冠冕的名称，仿佛可以称作爱智者"[7]，"我的文学小铺早已关门，对于文学不知道怎么说好"[8]，"我自己有过一个时候想弄文学……差不多开了一间稻香村的文学小铺，一混几年……忽然觉得不懂文学，赶快下匾歇业"[9]，"好几年前我感到教训之无用，早把小铺关了门，已是和文学无缘了"[10]，"三十年前不佞好谈文学，仿佛是很懂得文学似的……后乃悔悟……实行孔子不知为不知的教训，文学铺之类遂关门了"[11]。

为何会有这种祥林嫂式的反复宣告呢？1934 年一篇文章一语道破天

---

1 周作人：《文学宗教》，《知堂回想录》，河北教育出版社 2002 年版，第 452 页。
2 周作人：《文士与艺人》，《谈虎集》，河北教育出版社 2002 年版，第 86 页。
3 周作人：《关于夜神》，《谈龙集》，河北教育出版社 2002 年版，第 126 页。
4 周作人：《国语文学谈》，《艺术与生活》，河北教育出版社 2002 年版，第 66 页。
5 周作人：《忆的装订》，《谈龙集》，第 120 页。
6 周作人：《大黑狼的故事序》，《永日集》，河北教育出版社 2002 年版，第 86 页。
7 周作人："后记"，《夜读抄》，河北教育出版社 2002 年版，第 202 页。
8 周作人：《长之文学论文集跋》，《苦茶随笔》，河北教育出版社 2002 年版，第 67 页。
9 周作人：《弃文就武》，《苦茶随笔》，第 119 页。
10 周作人：《希腊的神与英雄与人》，《苦茶随笔》，第 85 页。
11 周作人：《自己所能做的》，《秉烛后谈》，河北教育出版社 2002 年版，第 3 页。

机：“我不是文学家，没有创作。"[1] 次年所谓"我与正统文学早是没关系的了"[2]，也无非是说"创作"属于"正统文学"，他"没有创作"，自然和梁启超一样都"不是文学家"了。周作人甚至拒不承认"小品文"是他的发明，坚持认为自己所走的只是一条"国文粗通，常识略具"的"杂文的路"。至于新诗，则自认《过去的生命》所收写于 1919 年至 1923 年的 36 首就是"我所写的诗的一切"，"这些'诗'的文句都是散文的……与我所写的普通散文没有什么不同"，"我无论如何总不是个诗人"[3]。《看云集》所收写于 1930 年 6 月的《村里的戏班子》大概是他仅有的一篇小说模样的试作罢。

周作人与现代文坛公认的"纯文学"的"创作"及研究的关系仅止于此。他自己对此有清醒认识，已如上述。[4]1944 年 7 月 20 日，周作人更郑重宣布："鄙人本非文士，与文坛中人全属隔教，平常所欲窥知者，乃在于国家治乱之原，生民根本之计。"又说，"我一直不相信自己能写好文章，如或偶有可取，那么所可取者也当在于思想而不是文章。总之我是不会做所谓纯文学的……我很怕被人家称为文人，近来更甚，所以很想说明自己不是写文章而是讲道理的人……假如可以被免许文人歇业，有如吾乡堕贫之得解放，虽执鞭吾亦为之……求脱离之心则极坚固，如是译者可不以文人论，则固愿立刻盖下手印，即日转业者也"[5]。这番话比二三十年代不断宣布"文学店关门"更有深意。周作人此时思想已超出文学，开始反省被称为"中国的文艺复兴"的新文化运动。这种反省令他特别对自己单纯作为"文人""文士"的过去深感不满，并由此对新文

---

[1] 周作人：《重刊袁中郎集序》，《苦茶随笔》，第 61 页。
[2] 《〈中国新文学大系散文一集〉编选感想》1935 年 2 月，《周作人散文全集》第 6 卷，广西师范大学出版社 2009 年版，第 540 页。
[3] 周作人："序"，《过去的生命》，河北教育出版社 2002 年版，第 1 页。
[4] 关于周作人"文学店关门"的问题，黄江苏博士论文《周作人的文学道路：围绕"文学店关门"的考察》(中国社会科学出版社 2013 年版) 论之颇详。
[5] 周作人："自序"，《苦口甘口》，河北教育出版社 2002 年版，第 1—3 页。

化运动由"纯文学"唱主角发表了独特的看法。1944年2月29日完稿的《文艺复兴之梦》说：

> 文艺复兴应是整个而不是局部的。照这样看去，日本的明治时代可以够得上这样说……中国近年的新文化运动可以说是有了做起讲之意，却是不曾做得完篇，其原因便是这运动偏于局部，只有若干文人出来嚷嚷，别的各方面没有什么动静，完全是孤立偏枯的状态，即使不转入政治或社会运动方面去，也是难得希望充分发达成功的。

他的结论是新文化运动并非"中国的文艺复兴"，只不过是"若干文人"唱主角的一个"文艺复兴之梦"罢了。

周作人分析了中国新文化运动为何没有像西方那样迎来文化的"整个"的"新生"或"复兴"。其一，因为西方文艺复兴接受的是作为"国际公产"的古典文明，大家尽可自由采撷，而中国新文化运动的外来影响主要来自"强邻列国"，"虽然文化侵略未必尽真，总之此种文化带有国旗的影子，乃是事实。接受这些影响，要能消化吸收，又不留有反应与副作用，这比接受古典文化其事更难"。他这里主要批评从《北大的支路》就开始反复申说的新文化运动的一个大毛病，即狭隘地仅仅看重工业革命之后发达的欧美少数几个国家的文化，忽略其他民族国家如俄国、日本、希腊、印度、阿拉伯世界以及欧洲其他小国的文化。这个思想，在新文化运动初期领导人中可谓相当独特。周作人的眼界之所以比大多数新文化领导人都要开阔，主要在于他的这一自觉意识。其二，"希腊思想以人间本位为主，虽学术艺文方面杂多，而根本则无殊异，以此与中古为君为神的思想相对，予以调剂，可以得到好结果，现代则在外国也是混乱时期，思想复杂，各走极端，欲加采择，苦于无所适从"。这也是周作人见识卓特之处，其他人都在努力追赶现代西方的学术艺文，唯恐力有不逮，周作人却已经清醒地意识到现代西方各国如果从文艺复兴算起，也已经走过了黄金时期。这是被学习者的不幸，更是像中国这样的学习者的不幸。其三，"中国科举制度与欧洲文艺复兴同时开始，于今已有五百余年，以八股式的文章为手段，以做官为目的，奕世相承，由来久矣。用了这种熟练的技巧，应付新来的事物，亦复绰有余裕，于是所谓洋八股者立即发生，即有极好的新思想，也遂由甜俗而终于腐化，此又一厄也"。这是着眼于中国因自身传统束缚而在学习现代世界先进文化时所必须注意的问题。

但他说来说去，仍旧归结到文学：

> 我们希望中国文艺复兴是整个的，就是在学术文艺各方面都有发展，成为一个分工合作，殊途同归的大运动。弄文笔的自然只能在文艺方面尽力，但假如别的方面全然沉寂，则势孤力薄，也难以存立。文人固然不能去奔走呼号，求各方的兴起援助，亦不可以孤独自馁，但须得有此觉悟，我辈之力尽于此，成固可喜，败亦无悔，唯总不可以为文艺复兴只是几篇诗文的事，旦夕可成名耳。

这当然不是简单地责怪"文学""文人""文士"，乃是提醒国人注意，当我们将新文化运动比作"中国的文艺复兴"时，不能仅仅满足于文学这一方面的成绩，而必须知道在西方各国究竟何谓真正的"文艺复兴"，否则就难以避免不适当的比附。

四

维新运动期间及以后的康有为、梁启超、谭嗣同、吴汝纶、严复、章太炎、王国维、蒋廷黻等人或多或少也有意在中国发动类似欧洲的文艺复兴，而期待中国新文化运动名副其实地成为欧洲的文艺复兴，也正是"文学革命"初期胡适、陈独秀等人的想法。白话文运动主要理论根据就是文艺复兴之后欧洲各国确立民族语言时摒弃拉丁文而采用白话和方言土语。胡适1923年4月即作英文的《中国的文艺复兴时代》,但中文世界较早公开的论述还要推1935年蔡元培为《中国新文学大系》所作的"总序",这篇序言系统介绍了欧洲文艺复兴的来龙去脉,最后说:

> 我国的复兴,自五四运动以来不过十五年,新文学的成绩,当然不敢自诩为成熟。其影响于科学精神、民治思想及表现个性的艺术,均尚在进行中。但是吾国历史、现代环境,督促吾人,不得不有奔逸绝尘的猛进。吾人自期,至少应以十年的工作抵欧洲各国的百年。所以对于第一个十年先作一总审查,使吾人有以鉴既往而策将来,希望第二个十年第三个十年时,有中国的拉飞尔与中国的莎士比亚等应运而生呵!

蔡元培在这个运动开展将近二十年之后主要也还只是表达一种期待而已,似乎回避对"新文学运动"成败得失做正面总结,但看得出来他对"既往"的评价并不甚高。周作人《文艺复兴之梦》可说是在蔡元培"总序"之后"接着说",方法相同,都是以欧洲文艺复兴为参照来判断中国新文化运动的成败得失,但周作人态度更清楚,评价也更不客气。比如他清楚地指出国人将新文化运动比喻为"中国的文艺复兴",一个最大的错误就是忽略了"中国文艺复兴是整个的,就是在学术文艺各方面都有发展,成为一个分工合作,殊途同归的大运动"这个应该达到的目标,过分抬高文学的地位,结果不仅在文学以外的"学术文艺"上建树不多,被过分抬高的文学也因为孤立无援而大受限制,所谓"势孤力薄,也难以存立"。

早在周作人写《文艺复兴之梦》之前,李长之就于1940年发表了《释美育并论及中国美育之今昔及其未来——为纪念蔡子民先生逝世作》[1]，在 1942 年又发表了《五四运动之文化的意义及其评价》[2]，他只承认"五四"是"清浅的启蒙运动"而非"文艺复兴"，因而呼吁今后真正的"文艺复兴"起来。这与郑振铎、李健吾战后在上海创刊《文艺复兴》杂志，旨趣上都与周作人不谋而合。但是与李长之、郑振铎、李健吾等否定"五四"是"文艺复兴"同时又对"文学"保持浓厚的兴趣不同，周作人的这种思考常常要走到对于文学的极端的否定。早在 1925 年 3 月的一篇《文法之趣味》中他就说过，"我总觉得有些文法书要比本国的任何新刊小说更为有趣；我想还可以和人家赌十块钱的输赢，给我在西山租一间屋，我去住在那里，只带一本（让我们假定）英译西威耳（Siever）博士的《古英文法》去，我可以很愉快地消遣一个长夏"，"文法的三方面中讲字义的一部分比讲声与形的更多趣味，在'素人'看去也是更好的闲书，我愿意介绍给青年们，请他们留下第十遍看《红楼梦》的功夫翻阅这类的小书，我想可以有五成五的把握不至于使他们失望"。"民国癸未"（1944）的《论小说教育》一文认为，中国无论普通百姓还是读书人匮乏历史知识的原因就在于太重小说，习惯从小说了解历史，结果往往混淆小说和历史的界线。周作人甚至断言"减去小说教育之势力，民智庶几可以上进"。这已经是在讨伐小说了。晚年撰写《知堂回想录》和关于鲁迅的系列著作，反复强调"诗与真"的不同，暗示鲁迅所写偏于"诗"的虚构和狂热，他所提供的则是货真价实的真相。

以周作人的文学修养，不会无来由地轻视和否定文学，但他在欧洲文艺复兴对照下反思新文化运动太倚重"新文学"而忽略其他思想文化的努力时，确实不免过分归罪于唱主角的"新文学"，好像中国新文化运动之所以未能达到欧洲文艺复兴的境界，完全是文学喧宾夺主的结果。作为一种矫正，周作人不仅时常宣布"文学店关门"，还特地撰写长

---

1 李长之：《苦雾集》，商务印书馆 1943 年版，第 45—59 页。
2 李长之：《迎中国的文艺复兴》，商务印书馆 1946 年版，第 14—22 页。

文《我的杂学》，现身说法，检讨自己如何突破"文学"界限，将兴趣尽量拓展到众多学术文化领域。其实"杂学""杂览"也是陈独秀、胡适、钱玄同、刘半农、鲁迅等共同的追求，无非这些新文化主将们没有像周作人那样认真检讨和罗列各自的学术领域（可能也确实没周作人那样广博）。应该说新文化主将们都没有为文学所限，都在各自或多或少的"创作"之外发表了许多"议论"，贡献了许多学术成果。鲁迅还在广义的"美术"领域颇有建树，如收集整理汉石画像、推动现代木刻运动等。新文化主将们各有各的"杂学"，但周作人代表一种类型，他的走到文学对立面的"杂学"固然不失为对唱主角的"文学"的一种提醒和补充，但其本身并未转化为文学。鲁迅的杂文是文学，周作人那些从"杂学"流溢而出的随笔虽同样冠以"杂文"之名，却很难说是文学。与鲁迅相比，周作人只竖起一个"反题"，没有提供"正题"，即没有阐明"文学"在他心目中"整个"的"文艺复兴"里头究竟居于怎样的地位，这恐怕跟他毕竟缺乏成功的创作体验有关，正如胡适所观察到的，"周氏兄弟最可爱，他们的天才都很高。豫才兼有鉴赏力与创作力，而启明的鉴赏力虽佳，创作力较少"[1]。

从理论上正面解答这个问题，是蔡元培 1935 年 5 月 18 日一天之内为郑振铎、傅东华编辑的《文学百题》所撰写的《文学在一般文化上居于怎样的地位？》《文学和一般艺术的关系怎样？》[2] 两篇文章。蔡元培认为，各门艺术皆以文学为其灵魂，"文学有统制其他艺术的能力"，"文艺虽有种种，而得以文学为总代表"。人类进入"科学时代"以后，宗教迷信乃至玄学时代的哲学都不能不因科学的严格审查而失却信用："惟有文学，自幼稚时代以至于复杂时代，永永自由，永永与科学并行不悖，永永与科学互相调剂。每人每日有八时以上做科学的工作，就有若干时受

---

[1] 胡适 1922 年 8 月 11 日日记，《胡适的日记》下册，中华书局 1985 年版，第 424 页。
[2] 两文分别见《蔡元培全集》第六卷，中华书局 1984 年版，第 531、532 页。

文学的陶冶，所以饱食暖衣的，不至于无聊而沉沦于腐败；就是节衣缩食的，也还有悠然自得的余裕。"他的结论是，"文学在一般文化上的地位，可以说是宗教的替身而与科学平行的"。

照蔡元培的说法，周作人对"新文化"由"新文学"来唱主角深致不满，就并无充分的理由了。问题不在于"新文学"在新文化运动中唱主角是否合适，而在于它是怎样一种"新文学"，它果真有资格充当"宗教的替身而与科学平行"吗？果真有"统制其他艺术的能力"从而足以充当各门艺术的"总代表"吗？如果"新文学"达到了蔡元培所期许的这个高度，那它在整体"文艺复兴"中唱主角又有何不可？只有像当下这样发展一种没有文学为其灵魂的"文化"或曰"文化产业"，倒是令人担忧的事情。

五

新文化运动第一代主将们由"创作"转向"议论"大多很成功，但转入"议论"之前或之后的"创作"的成绩，则往往乏善可陈，只有鲁迅是个例外。到第二代、第三代文化界领袖或明星们那里，"创作"和"议论"越来越难以兼顾。

"创作"和"议论"的关系虽也有彼此妨碍之时，但基本是离则两伤，合则兼美。笔者过去研究鲁迅对文学直观地把握世界的特殊方式和特殊价值的认识，有意强化了鲁迅对现代"学术"和"学者"的贬低，进而认为中国现代存在着以鲁迅为界线的"文学"和"学术"的"二马分途"[1]。这固然揭示了问题的一面，但也遮蔽了另一面，即鲁迅的"文学"尽管站在现代"学术"的对立面，却并未因此和现代"学术"绝缘。相反，鲁迅的"文学"之所以迥异于其他作家，恰恰因为始终有来自深

---

1 参见郜元宝：《鲁迅六讲》（增订本），北京大学出版社2007年版，第40—43页。

厚"学术"的滋养。鲁迅的"学术"不像周作人的"杂学"那样始终摆在外面,与"文学"处于对立的位置,而是消化在"文学"之中,成为"文学"的看不见的血肉,孙郁称之为"鲁迅的暗功夫"[1],确实是十分恰当的一种说法。趁此机会我愿意修改旧说。我还想进一步指出,在鲁迅的场合,"文学"不仅离不开"学术",也离不开"议论"。鲁迅把深厚的"学术"积累和辛辣的"议论"熔铸于"文学",又不改变"文学"把握世界的独特方式,这才造就了他几乎无人可以企及的独特的"文学"境界。

要之,鲁迅作品既是"显示灵魂的深者"[2]精致深邃的"纯文学",又始终向着同时代社会文化充分敞开,并没有为追求文学的纯粹性而自我封闭起来。之所以能做到这点,是因为鲁迅将"创作"和"议论"结合起来,没有"偏至"和偏废。这一点就使他迥然不同于那些"现当代"大小作家,他们面对社会文化现象不发一声,以此换来所谓文学的纯粹性。

鲁迅在杂文《算账》中说:"我每遇到学者谈起清代的学术时,总不免同时想:'扬州十日','嘉定三屠'这些小事情,不提也好罢,但失去全国的土地,大家十足做了二百五十年奴隶,却换得这几页光荣的学术史,这买卖,究竟是赚了利,还是折了本呢?"这种毫不客气的"算账"真也叫人只能哑口无言。其实鲁迅活着的时候也有人为他算过一笔账,惋惜他写了太多的杂文,因此没能创作《战争与和平》那样伟大的小说。这样"算账"的结论自然是鲁迅"折了本"。但鲁迅的回答很巧妙,"也有人劝我不要做这样的短评。那好意,我是很感激的,而且也并非不知道创作之可贵。然而要做这样的东西的时候,恐怕也还要做这样的东西,我以为如果艺术之宫里有这么麻烦的禁令,倒不如不进去;还

---

[1] 孙郁:《鲁迅的暗功夫》,《文艺争鸣》2015年第5期。
[2] 《集外集·〈穷人〉小引》,《鲁迅全集》第七卷,第105页。

是站在沙漠上，看看飞沙走石，乐则大笑，悲则大叫，愤则大骂，即使被沙砾打得遍身粗糙，头破血流，而时时抚摩自己的凝血，觉得若有花纹，也未必不及跟着中国的文士们去陪莎士比亚吃黄油面包之有趣"[1]。他还说，"托尔斯泰将要动笔时，是否查了美国的'文学概论'或中国什么大学的讲义之后，明白了小说是文学的正宗，这才决心来做《战争与和平》似的伟大的创作的呢？我不知道。但我知道中国的这几年的杂文作者——却没有一个想到'文学概论'的规定——他以为非这样写不可，他就这样写，因为他只知道这样的写起来，于大家有益"[2]。鲁迅没有像替他"算账"的人那样把杂文与文学对立起来，但也没有反过来说杂文就是"算账"的人们所说的文学，他要在别人的"文学概论"之外为杂文（"议论"）寻找一个适当定位，这样定位的杂文既不会是反文学的，但它和一般社会文化的联系肯定也会比大多数人心目中的"纯文学"更紧密。

看来，周作人对"新文学"的不满并不适用于鲁迅，倒或许可以由此缓解他本人一直只有"议论"并无"创作"的遗憾罢，而周作人本人和胡适、蔡元培、李长之、郑振铎、李健吾等对"新文学"和"新文化"的未来的期待，倒可以在鲁迅这里获得满意的答案。

鲁迅"创作"和"议论"并重，周作人、李长之等对"中国文艺复兴"的偏失提出批评，胡适、蔡元培殷切期待中国"新文学"的未来，具体立论或有差异，但从各自角度都看到了问题的症结，对我们反思"新文化"和"新文学"的历程，认识当下文化和文学的状况，不无参考价值。

2015年9月18日初稿
2015年11月25日修改

---

1 《〈华盖集〉题记》，《鲁迅全集》第三卷，第4页。
2 《且介亭杂文二集·徐懋庸作〈打杂集〉序》，《鲁迅全集》第六卷，第300页。

鲁迅怎样描写暴力

当代中国文学无论好坏,种类毕竟十分齐全,莺歌燕舞,愤世嫉俗,贴近当下,遥想往古,宇宙之大,苍蝇之微,远若"三体",近如脐下,温柔富贵,凄凉绝望,平淡写实,"穿越"搞怪,凡此种种,无不有人拼命挥写,产量之高,冠绝全球,而读者苦矣,只能分流,各取所需,其中除床笫风光、宫帷秘辛,暴力描写或许最具看点,笔不涉暴力者,琼瑶之外,尚存几希?

与此同时,文学中暴力描写之研究也已颇为可观,理论话语更是五花八门,这里都暂且不表,只讲鲁迅如何描写暴力,尤其是身体暴力,看看能否作为一种参照或借鉴。

鲁迅作品(小说、散文诗、杂文)充斥暴力描写,这当然并非因为他喜欢暴力,或者立志将暴力描写当作吸引眼球的策略,只是因为他深知、痛感活在一个连抓可怜虫阿Q也要架起机关枪、"再给添上一混成旅和八尊过山炮,也不至于'言过其实'"[1]的时代,每天发生的暴力谁都无法回避。他甚至怀疑"所住的并非人间"[2]。

对一切暴力场景,都采取"将自己也烧在里面"而绝不"隔岸观

---

[1] 《华盖集·忽然想到(九)》,《鲁迅全集》第三卷,第67页。
[2] 《华盖集续编·"死地"》,《鲁迅全集》第三卷,第282页。《"死地"》写于1926年3月25日,写于4月1日的《记念刘和珍君》把"觉得所住的并非人间"又重说了一遍,并径直称这世界为"非人间"。1934年12月17日完成的《病后杂谈之余》也说,"自有历史以来,中国人是一向被同族和异族屠戮,奴隶,敲掠,刑辱,压迫下来的,非人类所能忍受的楚毒,也都身受过,每一考查,真教人觉得不像活在人间"。"所住的并非人间""非人间""不像活在人间",是鲁迅对中国式暴力切实而沉重的感受,弥漫在他的写作中。

火"[1]的介入态度,是鲁迅描写暴力的特点。他很少将暴力场景与暴力施受双方、暴力观看者和作者本人的主观感受剥离开来进行纯客观描写。无论是点到为止,还是淋漓尽致加以透彻乃至夸张的刻画,都不仅为了展览暴力行为以刺激读者感官,更要让心知其意或仿佛身临其境的读者比直面暴力还要真切地体认暴力施受双方、观看者和作者对暴力的感受、思考与回应,由此逼迫读者也一起陷入感情旋涡,所以鲁迅的暴力描写不是为了展览暴力、欣赏暴力、炫耀敢于和善于描写暴力的才干,而是要写出暴力情境中人的精神状态。尽管鲁迅的笔墨一贯以冷峻著称,自认有些地方"分明的留着安特莱夫(L. Andreev)式的阴冷"[2],但他的暴力描写并不刻意追求"情感零度"的叙事效果,而始终洋溢着人物和作者的心理感受:麻木、兴奋、沉静、悲悯、绝望、"出离愤怒"。

"Leonardo da Vinci 非常敏感,但为要研究人的临死时的恐怖苦闷的表情,却去看杀头"[3],这大概是鲁迅对暴力描写的基本定位吧。描写暴力并非因为有暴力倾向或精神特别镇定,而是像达·芬奇那样,即使"非常敏感",但为了研究人类在极端暴力之下的"表情",也不得不去"看杀头"。这就是所谓"真的猛士,敢于直面惨淡的人生,敢于正视淋漓的鲜血"[4]。

但《呐喊》《彷徨》具体的描写暴力相当含蓄。《孔乙己》让一个在咸亨酒店喝酒的闲汉揭发孔乙己偷书被打的丑事,"我前天亲眼见你偷何家的书,吊着打"。咸亨酒店的闲汉都是唯恐天下不乱的好事之徒,标准中国式"戏剧的看客"[5],何况所议论的又是那种刺激性场面,怎能不加以绘声绘色的描写?但作者只让这闲汉概乎言之。第二个揭发孔乙己这

---

1 《集外集·文艺与政治的歧途》,《鲁迅全集》第七卷,第120页。
2 《且介亭杂文二集·〈中国新文学大系〉小说二集序》,《鲁迅全集》第六卷,第247页。
3 《华盖集·忽然想到(十一)》,《鲁迅全集》第三卷,第100页。
4 《华盖集续编·记念刘和珍君》,《鲁迅全集》第三卷,第290页。
5 《坟·娜拉走后怎样》,《鲁迅全集》第一卷,第170页。

件丑闻的人（不知是否同一个闲汉）采用的方式如出一辙：

> "他怎么会来？……他打折了腿了。"掌柜说，"哦！""他总仍旧是偷，这一回，是自己发昏，竟偷到丁举人家里去了。他家的东西，偷得的么？""后来怎么样？""怎么样？先写服辩，后来是打，打了大半夜，再打折了腿。""后来呢？""后来打折了腿了。""打折了怎样呢？""怎样？……谁晓得？许是死了。"

在酒店老板一再追问下，横竖也不过一句"打了大半夜，再打折了腿"。不是这位闲汉缺乏语言能力，而是鲁迅不让他在"打了大半夜，再打折了腿"这类残暴之事上发挥下去。鲁迅借人物之口描写暴力，却不让人物各逞其语言才能而给读者提供强烈的感官刺激，乃是点到为止，让读者对孔乙己经受的暴力心知其意即可，目的不是添油加醋写出那两家人如何施暴以及孔乙己如何遭遇和承受暴力的细节，而是告诉读者暴力发生之后，闲汉们如何谈论暴力，孔乙己又是如何做出回应。

鲁迅成功地让读者看到，原来闲汉们是那么欣赏和敬佩"何家"和"丁举人家"对孔乙己实施的暴力。他们首先是无条件地肯定"何家"和"丁举人家"权势与财富的合法性："他家的东西，偷得的么？"其次才是赞同两家对无视这种合法性的孔乙己的惩戒。被施暴者孔乙己的主观感受不是闲汉们关心的；咸亨酒店老板知道"打折了腿"之后也心满意足，不再追问。与此同时，孔乙己本人的回应方式也客观地呈现在读者眼前：他面对别人的奚落和幸灾乐祸无可奈何，只"涨红了脸，额上的青筋条条绽出，争辩道"。除了竭力保护可怜的面子，他一点没有反抗奚落者的意思，对施暴（擅用私刑）的两户权豪势要之家更不敢存丝毫怨恨或愤怒。

鲁迅要读者看的不是暴力发生时细节的放大，而是暴力发生后不同人物（闲汉、酒店老板、学徒、孔乙己本人）的思想和情感反应，此外并无特别渲染。他的暴力描写因此显得平淡，但平淡之下是"衷悲所以哀其不幸，疾视所以怒其不争"[1]。

别的作家会怎样？他们（比如张炜、莫言、苏童、余华、陈忠实、贾平凹、阎连科等当代作家）会放过"打了大半夜，再打折了腿"这样极端暴力的场面而不进行穷形尽相的描写吗？

类似情况很多。《狂人日记》写狂人听到的好几件吃人的故事；《祝福》写祥林嫂婆家船上打劫，后来几乎闹出人命的逼婚，阿毛被狼叼进山墺；《弟兄》写哥哥梦中虐待弟弟的孩子；《药》写夏瑜饱受红眼睛阿义一顿"好拳脚"，被杀头，刽子手康大叔在刑场制造人血馒头；《阿Q正传》写阿Q小D"龙虎斗"，阿Q被枪毙；《风波》写七斤嫂毒打女儿六斤，"用筷子在伊的双丫角中间，直扎下去"，七斤还趁势补上一巴掌；《离婚》写爱姑五个哥哥跑到她婆家"拆灶"。这些激烈程度不等的暴力事件、暴力场面和孔乙己被吊打一样，都是点到为止。

阿Q被一班闲人"揪住黄辫子，在壁上碰了四五个响头"，"闲人也并不放，仍旧在就近什么地方给他碰了五六个响头"，这对阿Q固然是家常便饭，简直不算什么，但其实不仅是莫大的羞辱，也是极残酷也极具危险性的暴行。人脑是身体的神经中枢，岂能随便撞击？阿Q没当场毙命或弄出脑震荡之类的后遗症，乃是作者有意安排，实际上一个人不可能那样经常被随便碰四五个或五六个"响头"而若无其事。我们无法想象，但学医出身的鲁迅肯定清楚，七斤嫂果真将筷子从六斤"双丫角中间，直扎下去"，结果会怎样。

用筷子或其他硬物扎进人脑，读者在余华《兄弟》等作品中领教过，至于阿Q的头颅被强烈撞击，类似的施暴方式，《水浒传》第三回"鲁提辖拳打镇关西"早就有经典的描写。那是中国读者熟悉的分四步加以详细描写的场面，先是"扑的只一拳，正打在鼻子上，打得鲜血迸流，

---

[1] 《坟·摩罗诗力说》，《鲁迅全集》第一卷，第82页。

鼻子歪在半边,却便似开了个油铺:咸的,酸的,辣的,一发都滚出来"。其次是"提起拳头来就眼眶际眉梢只一拳,打得眼棱缝裂,乌珠迸出,也似开了个彩帛铺的:红的,黑的,紫的,都绽将出来"。然后"又只一拳,太阳上正着,却似做了一全堂水陆的道场:磬儿,钹儿,铙儿,一齐响"。最后"只见郑屠挺在地上,口里只有出的气,没了入的气"。想想《铸剑》写三头在大鼎沸水中互相撕咬的场面,我们应该相信鲁迅完全有能力像《水浒传》作者写镇关西被打那样详细描写阿Q被人连碰五六个响头的效果。但他不那样写,只告诉读者,闲人们"心满意足的得胜的走了",而"精神胜利法"每次都让阿Q神奇地"反败为胜"。这是沉溺于专门刺激读者神经的暴力描写不可能收到的功效。

鲁迅也有极端酷烈的暴力描写,如《野草·复仇(其二)》写耶稣被钉十字架:

> 丁丁地响,钉尖从掌心穿透,他们要钉杀他们的神之子了,可悯的人们呵,使他痛得柔和。丁丁地响,钉尖从脚背穿透,钉碎了一块骨,痛楚也透到心髓中,然而他们自己钉杀着他们的神之子了,可咒诅的人们呵,这使他痛得舒服。
>
> …………
>
> 他在手足的痛楚中,玩味着可悯的人们的钉杀神之子的悲哀和可咒诅的人们要钉杀神之子,而神之子就要被钉杀了的欢喜。突然间,碎骨的大痛楚透到心髓了,他即沉酣于大欢喜和大悲悯中。

再看《铸剑》写眉间尺、黑色人与王的三头混战:

> 黑色人也仿佛有些惊慌,但是面不改色。他从从容容地伸开那捏着看不见的青剑的臂膊,如一段枯枝;伸长颈子,如在细看鼎底。臂膊忽然一弯,青剑便蓦地从他后面劈下,剑到头落,坠入鼎中,

怦的一声，雪白的水花向着空中同时四射。

　　他的头一入水，即刻直奔王头，一口咬住了王的鼻子，几乎要咬下来。王忍不住叫一声"阿唷"，将嘴一张，眉间尺的头就乘机挣脱了，一转脸倒将王的下巴下死劲咬住。他们不但都不放，还用全力上下一撕，撕得王头再也合不上嘴。于是他们就如饿鸡啄米一般，一顿乱咬，咬得王头眼歪鼻塌，满脸鳞伤。先前还会在鼎里面四处乱滚，后来只能躺着呻吟，到底是一声不响，只有出气，没有进气了。

"只有出气，没有进气"或许是套用《水浒传》语言，但《铸剑》和《野草》的这两段描写不仅仅以直观图画来揭露施暴者的残酷，更在讴歌复仇者的决绝与快意，揣摩"神之子"受难的心态："不肯喝那用没药调和的酒，要分明地玩味以色列人怎样对付他们的神之子，而且较永久地悲悯他们的前途，然而仇恨他们的现在。"

　　杂文不像小说或散文诗，既不能尽量含蓄地写出暴力场面，也不能尽情渲染，因此杂文提到暴力，多半采取直白的讲述，相当于报道事实，作为控诉的凭据。比如读者熟悉的《记念刘和珍君》描写刘和珍、杨德群、张静淑的被杀：

　　从背部入，斜穿心肺，已是致命的创伤，只是没有便死。同去的张静淑君想扶起她，中了四弹，其一是手枪，立仆；同去的杨德群君又想去扶起她，也被击，弹从左肩入，穿胸偏右出，也立仆。但她还能坐起来，一个兵在她头部及胸部猛击两棍，于是死掉了。

　　始终微笑的和蔼的刘和珍君确是死掉了，这是真的，有她自己的尸骸为证；沉勇而友爱的杨德群君也死掉了，有她自己的尸骸为证；只有一样沉勇而友爱的张静淑君还在医院里呻吟。

　　上述描写之前，鲁迅特意声明"我没有亲见"，乃是在"出离愤怒"

的心情下根据事后听闻一挥而就的悼念文章不得不有的对暴力场面的勾勒，其中混合着对被害者的痛苦、亲友的悲恸的同情，和对施暴者的愤怒。

也有高度凝练而抽象的概括：

> 革命，反革命，不革命。
> 革命的被杀于反革命的。反革命的被杀于革命的。不革命的或当作革命的而被杀于反革命的，或当作反革命的而被杀于革命的，或并不当作什么而被杀于革命的或反革命的。
> 革命，革革命，革革革命，革革……[1]

或者像《铲共大观》那样在无法直写的情况下抄存报刊文字，最后"熬不住"要"发一点议论"：

> 你看这不过一百五六十字的文章，就多么有力。我一读，便仿佛看见司门口挂着一颗头，教育会前列着三具不连头的女尸。而且至少是赤膊的，——但这也许我猜得不对，是我自己太黑暗之故。而许多"民众"，一批是由北往南，一批是由南往北，挤着，嚷着……。再添一点蛇足，是脸上都表现着或者正在神往，或者已经满足的神情。在我所见的"革命文学"或"写实文学"中，还没有遇到过这么强有力的文学。

实在无法如此抗击，也不妨在标题上大书"中国无产阶级革命文学和前驱的血"，或尽量交代被杀者的惨状，如《柔石小传》强调"被秘密枪决，身中十弹"。或者如《写于深夜里》引用受难者来信，指出"刑场

---

[1] 《而已集·小杂感》，《鲁迅全集》第三卷，第556页。

就是狱里的五亩大的菜园，囚犯的尸体，就靠泥埋在菜园里，上面栽起菜来，当作肥料用"，以及历数各种具体的刑罚：

> 一，抽藤条，二，老虎凳，都还是轻的；三，踏杠，是叫犯人跪下，把铁杠放在他的腿弯上，两头站上彪形大汉去，起先两个，逐渐加到八人；四，跪火链，是把烧红的铁链盘在地上，使犯人跪上去；五，还有一种叫"吃"的，是从鼻孔里灌辣椒水，火油，醋，烧酒……；六，还有反绑着犯人的手，另用细麻绳缚住他的两个大拇指，高悬起来，吊着打，我叫不出这刑罚的名目。……最惨的还是在拘留所里和我同柷的一个年青的农民。老爷硬说他是红军军长，但他死不承认。呵，来了，他们用缝衣针插在他的指甲缝里，用榔头敲进去。敲进去了一只，不承认，敲第二只，仍不承认，又敲第三只……第四只……终于十只指头都敲满了。

这样引用受难者的来信，除了抗议，还想说明时代的倒退和施暴者的怯懦，以及死者悲哀的加深，"暗暗的死，在一个人是极其惨苦的事"——

> 我所由此悟到的，乃是给死囚在临刑前可以当众说话，倒是"成功的帝王"的恩惠，也是他自信还有力量的证据，所以他有胆放死囚开口，给他在临死之前，得到一个自夸的陶醉，大家也明白他的收场……我每当朋友或学生的死，倘不知时日，不知地点，不知死法，总比知道的更悲哀和不安；由此推想那一边，在暗室中毕命于几个屠夫的手里，也一定比当众而死的更寂寞。

实在文网太密，就只好从历史记载中抄录各种酷刑，曲折地表达对历史和现实中残暴者的愤怒，如《病后杂谈》《病后杂谈之余》。

总之，鲁迅的笔法都并非渲染暴力场面的血腥恐怖，而在于激活国人"'知道死尸的沉重'的心"，并照出"别有不觉得死尸的沉重的人们"的嘴脸，因为"会觉得死尸的沉重，不愿抱持的民族里，先烈的'死'是后人的'生'的唯一的灵药，但倘在不再觉得沉重的民族里，却不过是压得一同沦灭的东西"[1]。

直接讲述、报道和控诉暴力，是鲁迅杂文自觉承担的一项重要使命。围绕1926年"三一八惨案"、1927年4月15日广州事变和1931年2月7日"左联"五烈士被杀所展开的书写，可算是鲁迅暴力控诉的三次高潮。

对待暴力，鲁迅在宜于直剖明示的杂文中就直剖明示，在宜于含蓄暗示的小说和散文诗中就用含蓄暗示的方法从容写出，不像许多作家，在杂文或别的文章中吞吐曲折甚至完全不见暴力的踪影，在本该以含蓄暗示之法收到触及灵魂深处的更大效果的小说中反倒竞赛似地大加渲染，而有些学者竟以为这就是勇敢，就是艺术，其实大谬不然也。

2016年3月29日
2016年8月9日

---

[1] 《华盖集续编·"死地"》，《鲁迅全集》第三卷，第283页。

"二周"杂文异同论

一　概念之同

"二周"思想发展、政治主张、文学观念、文体风格和人生道路的异同，作为中国现代文学核心问题之一，长期以来吸引着许多人的注意。此核心问题的特点是带着谜一样的外表，既拒绝任何一言以蔽之的阐述的冲动，又小叩而大鸣，常给认真的探索以超乎意想的馈赠。

本文讨论的范围限于"二周"杂文，聚焦语言形式，但也兼及思想和思想方法。

先从两人对杂文的认识谈起。

周作人关于"中国新散文"，不同时期论述有别，但他后来不再试图对一生所写各类题材和体裁的文字（文艺批评、随感录、驳论、记事怀人之作、抒情小品、纯粹议论和述学之作以及序跋、笔记、札记、书信乃至旧诗）作"美文"与非"美文"、"大品"与"小品"、"随笔"与"论文"之分，而是自命"杂家"，视所有文章为一个整体，统称之曰"杂文"。

《立春以前·杂文的路》（1945）发挥此意甚详：

> 杂文者非正式之古文，其特色在于文章不必正宗，意思不必正统，总以合于情理为准……文体思想很夹杂的是杂文。

说的是"古文"中的"杂文";至于现代杂文,他认为也可用一个"杂"字来概括:

> 假如我们现今的思想里有一点杨墨分子,加上老庄申韩的分子,贯串起来就是儒家人生观的基本,再加些佛教的大乘精神,这也是很好的,此外又有现代科学的知识,因了新教育而注入,本是当然的事,而且借他来搅拌一下,使全盘滋味停匀,更有很好的影响……思想杂可以对治执一的病,杂里边却自有其统一,与思想的乱全是两回事。

相应地,现代杂文的语言形式则表现为"一种夹杂的语文":

> 杂文的文章的要点,正如在思想方面一样,也宜于杂……并无一定形式,结果变成一种夹杂的语文,亦文亦白,不文不白,算是贬词固可,说是褒词亦无不可,他的真相本来就是如此。现今写文章的人好歹只能利用这种文体,至少不可嫌他杂,最好还希望能够发挥他的杂……

周作人有时称自编文集中相互联系并占据主要篇幅的系列文章为"本文",此外编入的为"杂文"。这种与"本文"相对的狭义的"杂文"[1]和《杂文的路》所谓"并无一定形式"的广义"杂文",是两回事。

也有人单称周作人早期论战性文字为"杂文"(对事的《谈虎集》和一度准备出版但并未实行的更多对人的《真谈虎集》),周作人自己偶尔也这么说,比如《〈苦茶随笔〉后记》称该书"太积极",读书笔记只占三分之一,"讽刺牢骚的杂文却有三十篇以上"。但《杂文的路》显然超

---

[1] 参见周作人:"后记",《夜读抄》,河北教育出版社2002年版,第201页。

越了这种狭义的"杂文"概念。

"杂文"有时略当于《秉烛后谈·自己所能做的》所谓"笔记"。但"笔记"容易使人想到古人的"笔记",且多是"关于一种书的"书评,没有"杂文"的广泛适应性。

《杂文的路》所谓"杂文",指"以能用汉字写成为度"而思想文章都很杂的一切"白话文"。周作人晚年还说,"阅《看云集》,觉所为杂文虽尚有做作,却亦颇佳,垂老自夸,亦可笑也"[1]。周作人60年代初称1928年至1931年所作《看云集》为"杂文",可见广义的"杂文"实在涵盖了他的全部著述。

"杂文"既然"并无一定形式",写法也就无所不包,可以是当代文艺批评(后来很少再写)、简单回忆经历记录遭遇或一时感想的"随感录"("五四"以后偶一为之)、短兵相接的驳论(后来越写越委婉)、怀人之作(晚年干脆联络一气而成为《知堂回想录》)以及叙事抒情的散文随笔、议论和述学之作,所采取的体裁形式有序跋、书信、随笔小文、"近于前人所作的笔记"、记录读书心得的"文抄公"式摘录与略事评点的学术札记、少量的长篇论文。这些都包含在"杂文"中。

"美文"(1921)和"杂文"(1945)是周作人自创的一头一尾的散文概念,论文、杂感、随笔、小品、笔记则是先经"他人为之"再由他加以改造并最终超越而过的概念。总概念"杂文"一出,美文、论文、杂感、随笔、小品、笔记诸名称都成为分支性、过渡性和借鉴性的次要概念。

若将周氏散文定于一体,唯"杂文"足以当之。

"杂文者,杂文也",它在概念上自足,可以包含、兼容其他概念;解散开来,又可化为那些分支性、过渡性、借鉴性概念,所以显得"并无一定形式"。"并无一定形式"是消极立言,积极地说,是包括

---

1 周作人1964年1月28日日记,转引自止庵:《关于〈看云集〉》,周作人:《看云集》,河北教育出版社2002年版,第1页。

一切形式。

这样一来，就像"美文"一样，"杂文"也要被超越。周作人并不一直称其全部文章为"杂文"。"杂文"与其说是一种"命名"，不如说也是"废名"，是取消一切命名企图的那种悖论式命名，目的是要把中国文章从具体体裁形式中解放出来，回归本来面貌，有点接近章太炎的"文"的概念，即不成句读的账目表簿之外凡笔之于书的一切文章的总和。

周作人借尤西堂《艮斋续说》一则故事说明"杂文"灵感的获得：

> "西京一僧院后有竹园甚盛，士大夫多游集其间，文潞公亦访焉，大爱之。僧因具榜乞命名，公欣然许之，数月无耗，僧屡往请，则曰，吾为尔思一佳名未得，姑少待。逾半载，方送榜还，题曰竹轩。妙哉题名，只合如此，使他人为之，则绿筠潇碧为此君上尊号者多矣。"我们现在也正是这样，上下古今的谈了一回之后，还是回过来说，杂文者，杂文也，虽然有点可笑，道理却是不错的。

对周作人来说，美文（原义是"好的论文"）、杂感（时事批评）、随笔（叙事抒情夹杂的散文或读书随笔）、小品（起初借自佛经翻译概念、晚明文人自觉运用、清代大受攻击、现代被人复活、周作人偶尔随俗一用但始终并不赞成）、笔记（"关于一种书的"读书随笔）和杂文，都是不同阶段对散文创作的权宜的说明，并非终极定义。它们既先后相续（如部分的"随笔"就是"美文"的继续），又彼此夹杂，越到后来，读书随笔（笔记）比重越大，但仍然夹杂多种文体元素。贯穿其中的是"名称不成问题""信口信手，皆成律度"的自由精神，以及消泯差别、打通间隔、文备众体而不主一名的"文就是文"这种素朴理解。

再看鲁迅对杂文的认识。鲁迅的"杂文"概念公布于1935年底《〈且介亭杂文〉序言》：

> 近几年来,所谓"杂文"的产生,比先前多……读者也多起来……其实"杂文"也不是现在的新货色,是"古已有之"的,凡有文章,倘若分类,都有类可归,如果编年,那就只按作成的年月,不管文体,各种都夹在一处,于是成了"杂"。分类有益于揣摩文章,编年有利于明白时势,倘要知人论世,是非看编年的文集不可的……

虽然鲁迅说早就有"杂文",但自称其文集为"杂文",还是1935年这篇《〈且介亭杂文〉序言》。1933年,瞿秋白编《鲁迅杂感选集》,还只称"杂感"。这是经过鲁迅同意的。1935年李长之著《鲁迅批判》,也称"杂感"或"杂感文"。

鲁迅确立"杂文"之名在周作人之前,但他的"不管文体",和周作人作为"名称不成问题""文就是文",立意相同。另外,和周作人一样,鲁迅在现代白话文意义上使用"杂文"这一概念,最先也是借自中国文学传统固有的杂文概念而加以变通和发挥,强调"古已有之",显示了其文章取径向着传统的某种回归。

二 内容之同

鲁迅的"国民性批判"(1926)和周作人的"思想革命"(1919),是他们杂文的问题意识(也可以说是思想)的最大共同点。

至于在社会政治思想上偏向消极或积极、取材偏向书本或现实,并非"二周"绝对的区别。鲁迅固然说过"作者的任务,是在于对有害的事情,立刻给以反响或抗争,是感应的神经,是攻守的手足"[1],但谁也无法否认其杂文的强烈书卷气。后期的周作人固然甘做"文抄公",但目

---

[1] 《〈且介亭杂文〉序言》,《鲁迅全集》第六卷,第3页。

光始终不离现实,总是"遗憾"自己不能"闲适",过于"积极""客气",甚至说他的书都是"讲道集","对于人事,不忍搁置",而他的许多的"苦"即由此而来。只不过早期《谈虎集》等讽刺得露骨,后来则较含蓄、和淡。但含蓄、和淡并非不激烈,或许正因为含蓄、和淡,而更加沉郁、辛辣,具有他所喜爱的英国狂生斯威夫特的"掐臂见血的痛感"。

三 诗与真的分野

以往"二周不同论"主要立足于政治立场与人生道路。鲁迅晚年被推为"左联"盟主,死后追谥"民族魂""民族英雄"乃至"中华民族前进的方向",周作人则始终坚持"个人主义的人间本位主义"(自由主义、个人主义和人道主义的综合),一直不肯靠近任何政治势力,最终却稀奇古怪地沦为"民族罪人"。一阴一阳,一耻一荣,有直接的思想原因,也有不能或不必完全归于思想的个性、环境乃至不可尽言的命运的因素。

这都说得不少。但,二人文章艺术上的不同,也值得注意。

文章艺术或曰风格之差异,前人论述颇多,如胡适之所谓"用平淡的谈话,包藏着深刻的意味,有时很像笨拙,其实却是滑稽"(1922),郁达夫所谓鲁迅辛辣,干脆,寸铁杀人,周作人舒徐,自在,苍老遒劲(1935)。周作人《地方与文艺》(1923)论清代浙江文人"飘逸与深刻"的"两种潮流"("第一种如名士清谈,庄谐杂出,或清丽,或幽玄,或奔放,不必定含妙理而自觉可喜。第二种如老吏断狱,下笔辛辣,其特色不在词华,在其着眼的洞彻与措语的犀利"),也常被用来形容"二周"文章风格之差异。

这种杂糅思想语言之特点而升腾为整体的精神图像的几乎无所不包的风格论固多精彩,却容易抽象含混,缺乏分析。比如,说鲁迅的也适合周作人,说周作人的也适合鲁迅。我觉得不妨换一种方式,先从"二周"文学观念出发,分析他们风格差异的成因,再证之以语言形式和修辞手段的具体表现。

在文学观念上，周作人很强调"真"。1918年《平民文学》主张用"真挚的文体，记真挚的思想感情"，"只须以真为主，美即在其中"。后来又多次借歌德自传《诗与真》的书名，阐明他写文章，意在求真，而不是为了作诗。

鲁迅的小说和散文，允许虚构、夸张和漫画式描写，周作人则反之（如说《朝花夕拾·父亲的病》不可能有那种对着临终的父亲大叫的场面、断言《伤逝》是用男女恋爱悲剧悼惜手足之情的丧失）。晚年写《鲁迅小说里的人物》《鲁迅的青年时代》《鲁迅的故家》，几乎逐一"反诗归真"，沿着一条相反的道路，对已经广为流传乃至成为国家文学经典的《鲁迅全集》进行全面的重写，撇开鲁迅在事实基础上扩展的文学的境界而重新回到事实层面）。鲁迅杂文的特殊"理趣"在于将一切思想问题都情景化、故事（叙述）化、描写化甚至漫画化（他本人对此颇为得意，如《五论"文人相轻"——明术》强调论争中给对手起一个合适的"诨名"），周作人则追求说理的缜密明晰，追求一般的教训，较少诉诸故事、情景和比喻性描写，更特别地避免抒情因素。周氏兄弟两本自传《朝花夕拾》（1927）和《知堂回想录》（20世纪60年代初），对比十分明显。

周作人曾批评新文学太依赖小说和诗歌[1]，转而强调"常识"，他的散文就是专门向国人供给"常识"，并非一般所谓"学者散文"，乃是有思想重常识的"文"。他在整个中国思想（也是文学）史上找出来的三盏明灯——王充、李贽、俞正燮——共同之点，就是思想上求真（注重"常识"）而反对过度的文饰。

鲁迅是诗人气质的爱真实的作家，周作人是严谨的学者气质的同样爱真实的作家。一是诗人之真，一是学者之真。从这里出发，或许可以看出二人文章风格的一系列差异。

1　周作人：《文艺复兴之梦》，《苦口甘口》，河北教育出版社2002年版，第22页。

四　智与情的偏重

周作人《〈夜读抄〉后记》(1934)说他基本属于"爱智者"。鲁迅《华盖集·忽然想到（五）》(1925)则提出六个"敢"（"敢说，敢笑，敢哭，敢怒，敢骂，敢打"）。一偏于智，一偏于情。或者说，鲁迅是"主情的文学"，周作人是"主智的文学"。

重感情，近于少年和青年的心态，这是虽然"老于世故"的"鲁迅翁"始终为青年所喜爱的原因。爱智慧，则近于中年和老年心态，故周作人的读者大多为中老年知识分子，而难讨青少年的欢心。《药味集·老老恒言》(1940)盛赞清人曹庭栋《老老恒言》"是一本很好的老年的书"，他感叹"中国缺少给中年以及老年人看的好书，所谓好书并不要关于宗教道德虽然给予安心与信仰而令人益硬化的东西，却是通达人情物理，能增益智慧，涵养性情的一类著作"。他说中国老人往往老不歇心，偏爱热衷，有意向世味上浓一浓，硬往年轻人堆里乱钻，结果弄得很丑。[1] 这是批评鲁迅，也是自我标榜。老年不像老年，故"中国教训多过高，易言之亦可云偏激，若能平常，便是稀有可贵矣"。怎样才算"平常"呢？他解释说："总之养生之道惟贵自然，不可纤毫着意，知此思过半矣。""凡人"岂能涵养到"不可纤毫着意"？这只表明理想而已，但也由此可见他临笔时的刻意追求。

鲁迅不喜欢中老年知识分子的"死样怪气"，他寄希望于青年（尽管对有些青年也很失望），朋友以青年居多，也多以青年为读者，与侪辈交往，则容易"闹翻"。接近青年的写作自然允许感情的发泄，不可能是偏于"爱智"。1907 年《摩罗诗力说》说中国古代政治"要在不撄"，即不敢挑动人心，使人"形同槁木，心如死灰"，刚过中年就以老人自居（如

1　周作人：《老人的胡闹》，《瓜豆集》，河北教育出版社 2002 年版，第 194—195 页。

"知堂老人")。鲁迅看不惯所谓"自然""静穆"(两人在陶诗"刑天舞干戚,猛志固常在"的解释上大相径庭),不相信凡人能得"天眼通"[1]。他赞赏魏晋名士"师心使气"[2],虽然同样强调文学旨在"涵养性情",却不得不和周作人的"不可纤毫着意",恰成对垒。

周作人关心"同类"的智愚与否[3],鲁迅则关心社会现实的正义与否(比如《坟·杂忆》的所谓"没有上帝,自己复仇,自己裁判",《七论"文人相轻"》的提倡爱憎分明)。关心智愚与否,故节制感情。周作人的《玄同纪念》《半农纪念》《关于三月十八日的死者》《关于鲁迅》诸篇怀人悼亡之作,都写得克制到似乎无情的地步。他甚至不敢相信散文真能传达感情。[4] 而关心正义与否,则"放纵"感情,所以鲁迅写《忆刘半农君》《无花的蔷薇》《记念刘和珍君》《为了忘却的记念》,皆一任感情的自由流泻,真正做到了所谓在人生的沙漠上悲则大哭、乐则大笑、痛则大叫的真诚与直率。

《毛诗大序》说:"情动于中而形于言,言之不足,故嗟叹之,嗟叹之不足,故永歌之,永歌之不足,不知手之舞之,足之蹈之也!"——照这看来,鲁迅的"师心使气"更符合中国文学的传统,而周作人式的节制,有人怀疑并非真性情的流露,而是有意为之的修养的结果,所以他的文章可传达理智却难以让人窥见真心。这样的文章路数,不知道中国文学传统上有无先例?

周作人一直主张"言志",大概其所言之"志"偏于老人之"智"罢,所以和鲁迅的六个"敢"有很大的区别。大概在鲁迅看来,中国人其实并不缺乏"智",只因为太不敢正视"情",以至于聪明反被聪明误,丢失了本来具有的"智",所以为了拯救中国智慧,就不能直接从智慧层

---

1 《〈华盖集〉题记》,《鲁迅全集》第六卷,第 3 页。
2 《而已集·魏晋风度及文章与药及酒之关系》,《鲁迅全集》第六卷,第 537 页。
3 周作人:《伟大的捕风》,《看云集》,第 49 页。
4 周作人:《草木虫鱼小引》,《看云集》,第 13 页。

面入手，相反应该在情感层面予以矫正，"涵养深思"的文学的任务，就是"直面惨淡的人生，正视淋漓的鲜血"，使国人暂时忘记文明烂熟之国的智慧的盘算，听任感情的指挥，明白最简单最不可回避的爱憎好恶，"立意在反抗，指归在动作"，这样才能作为"真的人"而"动"起来，活起来。"动"起来、活起来的有真情实感的人才配讲"智慧"。但在周作人看来，中国人自古就富于感情而弱于理智，好走偏激而难守中庸，滥情是中国文化的实际，理智只是一层无用的伪装而已。在貌似谨严持重的外表下面其实包含着亿万颗糊涂疯狂的内心。中国文学若言感情则实在无一事一景非情语，若言理智，却极其稀薄。因此，"涵养性情"的新文学的任务，首先不是让容易"乱动"的国人"动"起来，而是叫他们"静"下去。动起来的文学表面上热闹，实际是苍白下贱的；静下去的文学，表面上苍白枯瘦，实际上却健康、平衡而高贵，具有长久的生命力。

鲁迅和周作人，同是现代中国与学术相对的竹内好所谓"（纯）文学主义"的领袖人物，但鲁迅的"文学主义"是诉诸情感的，周作人的"文学主义"则回避情感，诉诸理智。诉诸情感，是对文学的主情传统（"缘情"）的直接继承；诉诸理智，却是对文学的主智传统（"言志"）的重新解释和曲折的继承。对现代读者来说，周作人的"言志"的文学，因为洗涤了"缘情"的因素，而显得陌生起来，所以周作人的主智的文学，看来是以解构文学的方式而坚执着只有少数爱智者才肯认同的那种文学，或者可说是对于鲁迅为代表的主情的"文学主义"的一个补充吧？

五　"口语本位"与文言因素

诗与真的分野，智与情的偏重，在语言形式上也有相应的投射。

首先，同是"口语本位"的白话文，"知堂体"文言因素甚多，又喜欢直接引用，口语和文言未能融汇，呈分离状态，读者不易了解。但其对象既是中老年读书人，却也无妨。

"鲁迅风"文言因素也很多,瞿秋白甚至暗示鲁迅的翻译是"用文言做本位"[1]。但鲁迅的文言多反讽式化用,口语、文言在紧张对抗的关系中彼此融合,于读者倒有一种文白既彼此争战又互相阐发的意外的便利。其对象是初等以上读书人(以青年人居多),稍微咀嚼一番,还是能懂。

鲁迅华丽丰富的文章似乎很"文",但他的"文"充分吸收了口语精神,文言因素融化在作为本位的口语中,文采飞扬,却并不费解,也能朗读。反之,周作人文章固然质木无文,却令人望而生畏,有时竟至于深不见底,不知所云。表面上,周作人"絮语式""谈话风"的文章应该更加口语化,但他的口语有不加消化的文言的硬块,倘以为他只是絮语、谈话,就要上当。试读周作人文,朗朗上口,绝非易事。

周作人年轻时佩服希腊古人"整块的连写,不分句读段落,也不分字",又说"中国文章的写法正是这样,可谓不谋而合",因此他一度实行"废圈""连写"(甚至不要标题)。做白话文以后,这种"复古"的痕迹犹在。[2]著名的《美文》(1922)整篇就只有一段。这样行文布局,自己明白,也密致周慎,但读者容易昏昏欲睡。

鲁迅从不"连写",不仅长文用心分段,即使预备成文的短小笔记或《忽然想到》《半夏小集》等随感录,也仔细分段,精心造势。李长之《鲁迅批判》认为鲁迅杂感,妙就妙在一收一放一纵一提之间,叫人不觉疲倦。而要有收放纵提的变化之妙,分段就很必要。

六 "腔调"与"反腔调"

和文言因素有关,还有白话文的骈散问题。

周作人爱骈文,主张白话散文不妨吸收骈文技巧:"至于骈偶倒不妨

---

[1] 《二心集·关于翻译的通信》,《鲁迅全集》第四卷,第384页。
[2] 周作人:《我的复古的经验》,《雨天的书》,河北教育出版社2002年版,第122页。

设法利用，因为白话文的语汇少欠丰富，句法也易陷于单调，从汉字的特质上去找出一点妆饰性来，如能用得适合，或者能使营养不良的文章增点血色。"[1] 又说："我常觉得用八大家的古文写景抒情，多苦不足，即不浮滑，亦缺细致，或有杂用骈文句法者，不必对偶，而情趣自佳，近人日记游记中常有之。其实这也是古已有之，六朝的散文多如此写法，那时译佛经的人用的亦是这种文体，其佳处为有目所共见，唯自韩退之起衰之后，文章重声调而轻色泽，乃渐变为枯燥，如桐城派之游山记其写法几乎如春秋之简略了。"[2] 奇怪的是他自己基本不用骈语，主要采用散体，欧化浓重，说是"谈话风"，却既缺乏声调之变化，也没有色泽之美，接近他所赞赏的古代那些"悃愊无华"的"笔记"。

"五四"时期，鲁迅也曾反对"选学妖孽，桐城谬种"，作文却始终不改甚至陶醉于"对对子"的"积习"。鲁迅杂文"文白夹杂"，骈散结合。往往感情愈激烈，骈偶愈多，如《华盖集续编·记念刘和珍君》："真的猛士，敢于直面惨淡的人生，敢于正视淋漓的鲜血"，"惨象，已使我目不忍视了；流言，尤使我耳不忍闻——沉默呵，沉默呵！不在沉默中爆发，就在沉默中灭亡"，"时间永是流驶，街市依旧太平"。《野草》篇篇用骈偶。《三闲集·鲁迅译著书目》批评青年文学家："言太夸则实难副，志极高而心不专。"《南腔北调集·为了忘却的记念》："前年的今日，我避在客栈里，他们却是走向刑场了；去年的今日，我在炮声中逃在英租界，他们则早已埋在不知那里的地下了；今年的今日，我才又坐在旧寓里，人们都睡觉了，连我的女人和孩子。"举不胜举！当然也不是处处用骈偶（《野草》例外），而是骈散结合，这就没有严格骈文的呆板，更富于变化而有气势。

鲁迅作文不仅骈散结合，单独散句也讲究抑扬顿挫的节奏感。如文

---

[1] 周作人：《汉文学的传统》，《药堂杂文》，河北教育出版社2002年版，第11页。
[2] 周作人：《画钟进士像题记》，《药堂杂文》，第142页。

章标题《魏晋风度及文章与药及酒之关系》，其实并不拗口，分上下两段就好读好记，因为暗含着七律、七绝那样典型的两个七字句。再如《集外集拾遗补编·看了魏建功君的〈不敢盲从〉以后的几句声明》结尾："我单为了魏君的这篇文章，现在又特地负责的声明：我敢将唾沫吐在生长在旧的道德和新的不道德里，借了新艺术的名而发挥其本来的旧的不道德的少年的脸上！"好像用"的"字跳舞，表面上极端"欧化"，实则依靠汉字的弹性而制造变化与气势。

相传桐城派古文家姚鼐每诵韩愈《送董邵南游河北序》首句"燕赵古称多感慨悲歌之士"，"必数易其气而始成声，足见古人经营之苦矣"[1]，这一再被周作人所嘲笑，认为是韩愈和桐城派古文"偏重音调气势，则其音乐的趋向必然与八股接近"的显例。

鲁迅文章声调气势之富足一点不输韩愈，大概应该也不为周作人所喜。周作人认为注重文章声调很危险，容易造成妨碍思想的恶劣的"腔调"。他反对八大家和桐城派古文的"腔调"，但骈文和骈散夹杂之文也重声调，是否也在反对之列？

这是知堂文论一个至今并未解决的大麻烦。古文只有声调，缺乏色泽，骈文既有声调也有色泽，但在声调这一点上，二者并无不同。鲁迅的"腔调"得自骈文者多，得自古文者亦不少，这都很难见赏于周作人。周作人的麻烦或矛盾在于，他不否认声调是文章的一种美，却又认为文章一旦有声调就会跟着有"腔调"，一旦有"腔调"，思想就完蛋。他之所以不顾众多朋友的反对而始终坚决地贬低"文起八代之衰"的韩愈，就因为在他看来，韩愈是八股腔的老祖宗，韩愈"化骈为散"，启发后世骈散结合，逐渐实行"散文的骈文化"，"结果造成一种比六朝的骈文还要圆熟的散文诗，真令人有观止之叹"——这就是八股文，它"不但是

---

[1] 吴阊生：《古文范》，转引自周作人：《厂甸之二》，《苦茶随笔》，河北教育出版社2002年版，第29页。

集合古今骈散的菁华,凡是从汉字的特别性质演出的一切微妙的游艺也都包括在内"。其核心就是"重量的音乐分子",无论写者读者都重视这音乐的分子而过于实际的文意。他认为这种音乐性(也即"腔调")最能让作者"现出丑态来"[1],又说文章的"腔调"好比演说者哗众取宠的做戏,专为讨好别人设计。

周作人说鲁迅有"文字上的一种洁癖"[2],喜欢过分修饰文字。周作人自己则始终坚持一次成文,据说从不修改文章——大概这就是他所谓"偶成与赋得之异也"。周作人当然并非没有"经营之苦",但他认为这种"经营"不在声调气势,而在内容的推敲与安排。晚年致曹聚仁信谈到"鲁迅写文章有时严肃,紧张,所说不免有小说化处,即是失实",又说鲁迅"好立异唱高,故意地与别的拗一调"。"唱高""严肃,紧张",都会造成失真和"腔调",而这在周作人看来,正是中国文章最坏的地方,却又披着华丽的外衣,容易眩惑读者。他借用林语堂的话说鲁迅文章容易被青年崇拜,青年人就喜欢有"腔调"的文章,读起来朗朗上口,铿锵有力,热血沸腾,爽快无比,摇头晃脑,不觉其晕。周作人不愿制造"腔调"给读者这种爽快,他认为由"腔调"而来的爽快相当于听梅兰芳京剧,或抽大烟,有害无益:"耳朵里只听得自己的琅琅的音调,便有如置身戏馆,完全忘记了这些狗屁不通的文句,只是在抑扬顿挫的歌声中间三魂渺渺七魄茫茫地陶醉着了。(说到陶醉,我很怀疑这与抽大烟的快乐有点相近,只可惜现在还没有充分的材料可以证明。)"从写作方法上说,八股腔的文章做法主要是"按谱填词","秘诀是熟记好些名家旧谱,临时照填,且填且歌,跟了上句的气势,下句的调子自然出来,把适宜的平仄字填上去,便可成为上好的时文",所以这是"文义轻而声调重"[3]。

周作人常自称"不佞"。"不佞"是古人谦称,用在白话文里很刺眼。

---

1 周作人:《谈文章》,《知堂乙酉文编》,河北教育出版社2002年版,第114页。
2 周作人:《关于鲁迅之二》,《瓜豆集》,第168页。
3 以上均见周作人:《论八股文》,《看云集》,第79页。

《左传·成公十三年》说："寡人不佞。"这里的"不佞"相当于"不才"。但"佞"还有"便佞"义。《论语·季氏》："孔子曰，益者三友，损者三友。友直、友谅、友多闻，益矣；友便辟、友善柔、友便佞，损矣。"这个"便佞"即夸夸其谈（英文可译作 glibtongued）。《论语》又说，"雍也仁而不佞"，雍（公冶长）这个人好行仁义，不用花言巧语取媚于人。周作人自称"不佞"，既是谦虚地自认"不才"，也是骄傲地宣布他不愿以文辞媚俗。

如果说鲁迅的华丽对偶不胜枚举，周作人似乎毫无文采的笨拙文句则通篇皆是，不用举例。在中国，周作人的散文几乎是"反文章的文章"，他简直存心将文章写得不像中国文章，仿佛趴在地上，或躺在阁楼里，轻声细语，自言自语。这在中国古代文学中不知能否找到先例。如果说，鲁迅是为了充分表达感情而刻意追求文章的声调之美，周作人则为了思想的明晰而刻意放弃乃至回避文章的声调之美。

这可否算是"不佞"对以鲁迅为中心的主情的"（纯）文学主义"的又一种补充呢？

七　赎罪之文"离美渐远"

说周作人为了思想明晰而放弃乃至回避文章的声调之美，意思是说他并非不能写那有声调之美的文章，而是故意中断和放弃对他来说绝不陌生的中国文章的这一传统。

在周作人的集子里，固然很难找到铿锵有力、对仗工整的文字，但并非全无。《重刊袁中郎集序》批驳正统派文士认为明朝灭亡祸在公安竟陵派好作亡国之音的谬论，就有一段骈散夹杂、有声有调的文章：

> 《乐记》云，"情动于中故形于声，声成文谓之音"，其情之所以动，则或由世乱政乖，或由国亡民困，故其声亦或怨怒或哀思，并

不是无缘无故的会忽发或怨怒或哀思之音，更不是有人忽发怨怒之音而不乱之世就乱，或忽发哀思之音而不亡之国会亡也。中郎的文章如其是怨以怒的，那便是乱世之音，因为他那时的明朝正是乱世，如其是哀以思的，那就可以算是亡国之音，因为明末正是亡国之际……使后世无复乱世，则自无复乱世之音，使后世无复亡国，则自无复亡国之音，正如有饭吃饱便不面黄肌瘦，而不生杨梅疮就不会鼻子烂落也。然而正统派多以为亡国由于亡国之音，一个人之没有饭吃也正由于他的先面黄肌瘦，或生杨梅疮乃由于他先没有鼻子。呜呼，熟读经典乃不通《礼记》之文，一奇也。中郎死将三百年，事隔两朝，民国的文人乃尚欲声讨其亡国之罪，二奇也。关于此等问题不佞殆只得今天天气哈哈哈矣。[1]

一开始是散体，渐渐就不由自主变成骈散结合了，乃至显出他素来极不佩服的孟、韩"腔调"来。把这段文章置于《鲁迅全集》，大概也看不出风格上有什么大异罢？这或许因为遇到"此等问题"，"不佞"也难以做到"不可纤毫着意"，肝火大动，自然就有腔有调，其感人之深，正不必多言。

但此类文字在周作人文集中可谓凤毛麟角。总体上，他是"刻意"避免"腔调"的。非不能也，实不为也。但同时也可见出，"腔调"未必一定妨碍思想明晰与感情真挚。

对周作人来说，大概先有感于数千年来中国文人因为独重"腔调"而迷失了思想感情，前车之鉴，这才刻意避免；又或许在他看来，"腔调"之文确实难以驾驭，倘无缜密深沉的思想感情在先，徒然追求"腔调"之美，还不如不要"腔调"，而先把思想感情弄清楚再说！

果如此，一度提倡"美文"而自己作文却满足于"悃愊无华"、几

---

[1] 周作人：《重刊袁中郎集序》，《苦茶随笔》，第60—61页。

乎全无"腔调"之美与色泽之丽的周作人，就算是生在现代而要为千百年来过剩的"腔调"之文苦苦赎罪的一个独特的中国文人了罢？论到"新诗"和"新散文"时，他几乎没有例外地高度警惕年轻的新文学家在语言文字上过于流丽、豪华，而说自己宁愿追求"吝啬""简单"和"涩味"。

这种选择的成败得失，周作人洞若观火：

> 以上很啰苏的说明了我写文章的态度，第一，完全不算是文学家，第二，写文章是有所为的。这样，便与当初写《自己的园地》时的意见很有不同了，因为那时说我们自己的园地是文艺，又说，弄文艺如种蔷薇地丁，花固然美，亦未尝于人无益。现在的希望却是在有益于人，而花未尝不美。这恐怕是文人习气之遗留亦未可知，不过只顾实益而离美渐远，结果也将使人厌倦，与无聊的道学书相去不过五十步，无论什么苦心都等于白费了。[1]

当初以文艺为本，而冀望于人有益；现在以"实益"为念，而冀望仍不失文辞之美。这是周作人对他的散文写作前后变化的自省。所谓"当初"，指写《自己的园地》的20年代早期；所谓"现在"，则是从1925年宣布并无"自己的园地"开始，直到写《文坛之外》的1944年，可算是周氏散文的主干和本体。我们论周作人散文，若以这个"现在"为主，不妨说，他是希望以实益为念而努力不失花叶之美，其理想的境界就是"为鄙人所心折"的《颜氏家训》的"理性通达，感情温厚，气象冲和，文词渊雅"[2]。

但他自省这个目标很难达到，所以故作超然地预言其文章在读者那里的遭遇定然不妙，"只顾实益而离美渐远"，这样"无论什么苦心都等

---

1 2　周作人:《文坛之外》,《立春以前》, 河北教育出版社2002年版, 第164页。

于白费了"。

说"离美渐远",是无可奈何;而且如果这种"美"只在腔调声调,还是愈远愈好。

说"只顾实益",显然又相当自得。

最终归于"苦心"的"白费",则几乎可以看作是对并不理解他的广大读者颇多怨尤了。预感到其特殊的文学追求终将失败,周作人是很不甘心的。

2009 年 5 月 22 日草
2009 年 10 月 6 日改

"与其防破绽,不如忘破绽"

——围绕《狂人日记》的一段学术史回顾

一

鲁迅后来谈到《狂人日记》,赞同茅盾的说法,即认为这篇小说的成功主要在于"表现的深切和格式的特别"[1]。"表现的深切",指小说前所未有地揭发控诉了全部中国历史的"吃人"本质,相当于鲁迅自己所谓果戈理同名小说并不具备的"忧愤深广"。这属于思想内容方面,历来研究可谓多矣。至于"格式的特别",则包括日记体形式、文言小序与白话正文对峙之类,似乎也不难解释,但更重要的一点,就是作者借"狂人"之口表达自己思想的特殊写法,在《狂人日记》接受史上差不多一直存有疑惑。

大多数读者认为《狂人日记》的震撼力在于它对"礼教吃人"的抗议,而狂人是这个主题思想的主要承载者,故小说的震撼力也可以说主要来自狂人形象的塑造,来自狂人所发出的"反抗挑战之声"。在这意义上,狂人就是鲁迅在《摩罗诗力说》中呼唤的"精神界之战士"。在小说的实际描写中,狂人也确实有不少狂言狂态,这就出现一个问题:该怎样解释狂人之"狂"?在作者意图中或在作者希望读者做出的理解中,狂人是真狂,还是佯狂,还是半狂半醒?不同的回答自然会影响到对狂人形象以及《狂人日记》小说本身的理解。

---

[1] 《且介亭杂文二集·〈中国新文学大系〉小说二集序》,《鲁迅全集》第六卷,第246页。

这又牵出对小说写法的另一番思考：狂人的话哪些属于狂人自己，哪些属于背后的作者？应该怎样理解狂人和作者的关系？狂人只是作者思想的寄寓者、传声筒，还是作者已经与狂人融为一体？若是前者，作者和狂人就始终分离，重要的并非狂人，而是背后操纵狂人的作者，阅读时尽可以跳过狂人，直接揣摩背后的作者的用心。若是后者，则读者凝视狂人也就是凝视作者，作者已化为狂人，二者之间已无裂隙。又或者，若作者意图中的狂人是半狂半醒状态，那么作者认同这个狂人醒的一面还是狂的一面？

上述各种理解都是可能的，但肯定并非同样可取。你只能选择其中一个，否则就会歧路亡羊，无法走进作品。或者即使勉强看进去了，也会觉得别扭，因为关于狂人的各种难以调和的想象势必相持不下，妨碍你的阅读。

从 20 世纪 50 年代中期到 21 世纪初，"鲁研界"对这个问题一直有歧见。现在争论的文章很少见到了，但并非疑惑已经澄清，而是随着对鲁迅小说的各种"大说"愈演愈烈，这类"小"问题似乎变得不重要了。然而，我觉得若想深入研读《狂人日记》，还是有必要正视这个问题的发生以及"鲁研界"努力求解的过程，考镜源流，以获正解。

感谢张梦阳先生，他收在《1913—1983 鲁迅研究学术论著资料汇编》第 5 卷的《鲁迅小说研究史概述·〈狂人日记〉研究史》[1]网罗 1919—1986 年有关《狂人日记》的大量论著，详细介绍了针对狂人形象的一些代表性观点。这部分内容后来写进他的《中国鲁迅学通史》[2]，又增加了 90 年代若干研究成果，主体部分还是《资料汇编》第 5 卷的相关叙述。根据张先生提供的线索，今天可以比较从容地回顾围绕《狂人日记》所展

---

[1] 《1913—1983 鲁迅研究学术论著资料汇编》第 5 卷，中国文联出版公司 1989 年版，第 627—651 页。
[2] 广东教育出版社 2002 年版。

开的一段学术史。[1] 我不知道这样会不会像"莎学"中讨论哈姆雷特有没有发狂那样造成一门世界性的显学,或者建构一部张梦阳先生所谓的"狂人学史",但兴许有助于加深对《狂人日记》的理解,并可略见鲁迅研究在不同历史阶段的学术风尚,尤其 50—90 年代中国学者在鲁迅研究上表现出来的读书之细、态度之诚、用功之深,对迷信或轻信进化论学术史观的人们,也未始不是一个有益的提醒。

二

狂人是谁?狂人是否真狂?回答不外四种,一是并未发狂或只是佯狂的战士,二是真的发了狂的战士,三是寄寓了作者思想的普通的精神病患者,四是同样寄寓着作者思想的具有初步民主主义思想的半狂半醒者。[2]

先说"不狂的战士"。许多论者认为狂人并不真狂,他是清醒的敢于说出真话的"精神界之战士",只是周围人的认识达不到狂人的境界,或不愿接受狂人的有关"吃人"的发现以及叫大家不要再"吃人"的劝诫,硬说他是"疯子",就像《药》里面那些群众都认为那个竟然说狱卒红眼睛阿义可怜的革命者夏瑜是"发了疯了",而夏瑜当然并未发疯,说他发疯,是出于群众的隔膜和敌人的污蔑。

这个说法内含的逻辑是:肯定《狂人日记》的思想价值,必须以肯定狂人不狂为前提。狂人若真的狂了,就不可能发出清醒的战士的呐喊。徐中玉(1954)说:"这样一个英勇战士,怎么会是狂人,怎么能算是狂人呢?事实上,他是因为不相信'从来如此'的道理,才被目为狂人,

---

[1] 以下凡不注明出处而只标出发表时间的论文均转引自张先生上述两书。
[2] 邓逸群先生《〈狂人日记〉塑造"狂人"形象的艺术特点》(北京鲁迅博物馆编:《鲁迅研究资料》(6),天津人民出版社 1980 年版)最早做出这样的归纳,但不认为第四种"折衷的意见"可以独立归为一类。

诬为狂人，迫使他有了一些狂的外表的。事实上，他比谁都明白，比谁都清醒，岂止并非狂人，倒真是一个革命的先知先觉。"冯雪峰（1954）说："这个狂人，不是真的狂人——是伟大现实主义者鲁迅所首次创造的一个反封建主义者的成功的艺术形象。"许钦文（1956）说："这个狂人实际上是鲁迅先生所创造的反封建战士——只是他周围的人都被统治阶级压迫愚弄得麻木了，反而说他发了疯。"

从傅斯年1919年2月在《新潮》杂志第1卷第2号的一则"书报介绍"、1919年4月《新潮》第1卷第4号的《一段疯话》以及1919年5月《新潮》第1卷第5号与鲁迅的通信、吴虞在《新青年》第6卷第6号发表的《吃人与礼教》开始，直到50年代中期，基本上是"不狂说"的天下，人们主要从小说的反封建礼教的主题思想出发来认识狂人形象，认为狂人是这一主题思想的代表，是清醒的战士，所以不会想到狂人是否真的发了狂的问题。吴虞的文章甚至一个字也没有提到狂人，他显然是跳过狂人，直接抓住礼教"吃人"这个主题思想而大加发挥，而他的言下之意，是把狂人、《狂人日记》主题思想的承载者和作者等同起来了。

这一时期，个别论者如杨邨人（1924）、欧阳凡海（1942）、何干之（1946）等也注意到鲁迅确实绘声绘色地描写了狂人的许多精神病患者的症状，但他们认为这一则显示了鲁迅高度的现实主义的写实艺术，一则恰恰显示了这个表面上的狂人实际上作为杰出的清醒者的深刻思想："我现在才发现我们都是发昏瞎活的人，只有狂人才是醒悟者！"（杨邨人）"《狂人日记》中的主人公，正是豫才的独特方式上中国化了的尼采的Zarathustra（察拉图斯特拉）。"（欧阳凡海）其他主张"不狂说"的人多半也并非完全无视狂人的狂态狂语，但都认为这只是狂人的表面现象，是狂人的"一些狂的外表"（徐中玉）。50年代初周作人以周遐寿之名在《亦报》上陆续发表《呐喊衍义》《彷徨衍义》（1954年4月上海出版公司以《鲁迅小说里的人物》为题出版，1957年8月人民文学出版社再版），其中关于狂人一节也说："这篇文章虽然说是狂人的日记，其实思路清彻，有一贯的条理，不是精神病患者所能写得出来的，这里迫害狂的名字原不过是作为一个楔子罢了。"周作人其实是告诫读者，不要把狂人的"迫害狂"当真，鲁迅只是借了这个幌子来传递他自己的思想而已。

确切地说，"不狂说"也即"佯狂说"，就是认为鲁迅故意将一个清醒的战士"化妆"成"疯子""狂人"，让他说出平庸愚昧的"清醒者"说不出的那些战斗的激言，比如朱彤（1954）就认为："尽管鲁迅运用丰富的医学知识和朴素的艺术手腕，在若干场面把他化妆成为一个疯子，骨子里，他是并不疯的。"

在"不狂说"或"佯狂说"论者那里，狂人和作者鲁迅，不言而喻是一而二、二而一的关系。狂人的主体思想也就是鲁迅自己想说的话，狂人实际上就是鲁迅的自画像。

这个意义上的狂人，首先综合了西方近代文化史上那些被一般庸众目为狂人的先知先觉者的形象，包括《摩罗诗力说》介绍的"争天拒俗"、作品中充满着"反抗挑战"的那些思想艺术上的异端，例如同样"负狂人之名"的雪莱，以及许多论者提到的尼采。

其次，狂人形象一定程度上也继承了中国历代具有异端思想的那些"佯狂"的"狂放""狂狷""狂诞""狂傲"的"狂人""狂士""狂才""狂夫""狂生""狂者"形象，比如鲁迅熟悉并反复提到的魏晋时代因为反抗"名教"而备受迫害的那些异端分子。

在中国文学和语言传统中，"狂人"本来就有三义。一是狂妄无知之人，如《宋史·礼志七》："九鼎新名乃狂人妄改，皆无依据，宜复旧名。"二是放诞不羁者，如《史记·滑稽列传》："人主左右诸郎半呼之'狂人'。"李白《庐山谣寄卢侍御虚舟》："我本楚狂人，凤歌笑孔丘。"鲁迅《摩罗诗力说》："修黎——负狂人之名而去。"三是精神失常者，如《后汉书·郅恽传》："（王莽）使黄门近臣胁恽，令自告狂病恍忽，不觉所言。恽乃瞋目詈曰：'所陈皆天文圣意，非狂人所能造。'"[1] 主张狂人不狂或只是佯狂的学者们显然认为，鲁迅的"狂人"在字面上是取上述第二种含义，即鄙弃世俗、放诞不羁的那些精神上的高人。《红楼梦》里那个唱《好了歌》的"疯癫落脱，麻屣鹑衣"的"跛足道人"，不也就是曹雪芹笔下的"狂人"吗？这是站在中国文学和中国语言传统中很容易理解的一种狂人类型。

此外，许多论者强调，鲁迅的狂人形象还真实地反映了晚清以来涌现的那些受新思潮影响而大胆否定传统文化和传统社会的新派知识分子。经常被引来作为旁证的，是章太炎《东京留学生欢迎会演说录》和傅斯年的《一段疯话》。

《一段疯话》记录了傅斯年自己看到坐在汽车上的富人欺负路上的穷人而愤怒地喊出"凡坐汽车的人都该枪毙的！"那一句"疯话"，以及他自己事后对这句疯话的解释。傅斯年在这则模仿《新青年》"随感录"的短文中举《狂人日记》为例，说只有疯子才敢于和能够说出这种有道理的话，"疯子的思想，总比我们超过一层；疯子的感情，总比我们来得真挚；疯子的行事，更是可望而不可即"。这样的疯子当然只是一种"佯狂"，并不真疯。傅斯年只是提倡一种敢于挑战世俗的超人精神，并没有说自己真的发疯了，也没有说自己所向往的乃是真的疯子。所谓"疯子"，只是"顺着社会的潮流，滚来滚去"的大多数"非疯子"对少数先知先觉的污蔑和误解，"我们精神健全——其实是精神停顿——的人，……看见精神异常——其实是精神发扬——的人，便以为疯癫"，"鲁迅先生所作《狂人日记》的狂人，对于人世的见解，真个透彻极了，但是世人总不能不说他是狂人"。傅斯年这个说法，也就是《狂人日记》里的"狂人"的见解："这时候，我又懂得一件他们的巧妙了。他们岂但不肯改，而且早已布置，预备下一个疯子的名目罩上我。"

---

[1] 《汉语大词典》第 5 册，汉语大词典出版社 1990 年版，第 13—14 页。

1903年，章太炎因"苏报案"被监禁三年，1906年出狱，东渡日本，在东京中国留学生为他举行的欢迎会上大发他的关于"神经病"的议论："大凡非常可怪之论，不是神经病人，断不能想，就能想也不能说。说了以后，遇着艰难困苦的时候，不是神经病人，断不能百折不回，孤行己意。所以古来有大学问大事业的，必得有神经病才能做到。"显然章太炎提倡的"疯癫""神经病"本来也是别人的蔑称，比如章太炎讲他自己"当时对着朋友，说这逐满独立的话，总是摇头，也有说是疯癫的，也有说是叛逆的，也有说是自取杀身之祸的。但兄弟是凭他说个疯癫，我还守我疯癫的念头"[1]。所以"疯子"云云，是章太炎赌气地把别人的蔑称拿过来形容自己。章太炎又说："但兄弟所说的神经病，并不是粗豪卤莽，乱打乱跳，要把那细针密缕的思想，装载在神经病里。譬如思想是个货物，神经病是个汽船，没有思想，空空洞洞的神经病，必无实济；没有神经病，这思想可能自动么？"显然他所谓"神经病"也好，"疯癫"也好，强调的是胆量之大、思想之真、情绪之热烈、行动之勇猛果敢，不是"真狂"，而是"佯狂"。这篇讲演稿后来登在《民报》上，鲁迅应该看过。另据鲁迅回忆，"民国元年章太炎先生在北京，好发议论，而且毫无顾忌地褒贬，常常被贬的一群人于是给他起了一个绰号，曰'章疯子'"[2]。这自然是自己不疯却被别人诬蔑为发了疯的又一例证。至于"要把那细针密缕的思想，装载在神经病里，"不就是以"狂人"为"佯狂"的《狂人日记》独特的思想状态和表现手法吗？

　　张惠仁（1979）说："作品主人公'我'是一个'拟狂化'的、诗化的、象征化的形象——概括着中外古今许许多多与反动统治者不合作的、敢于对'从来如此'的传统观念加以否定、并提出新颖见解的革命家、思想家、文学家的破旧立新的性格特征，而主要是辛亥革命前后到

---

[1] 章太炎：《东京留学生欢迎会演说录》，姜玢编选：《革故鼎新的哲学——章太炎文选》，上海远东出版社1996年版，第140—149页。
[2] 《华盖集·补白》，《鲁迅全集》第三卷，第110—111页。

'五四'前夕反封建战士和时代先觉的写照。"这是对"不狂说"或"佯狂说"所理解的狂人形象的高度概括。许杰先生（1979）一直坚持狂人不狂的观点："所谓狂人，其实，正是没有失去本性的人，是纯真的人，是高洁而有远见的人。我们一向总是把'狂人'看成狂人，这就否定了鲁迅先生原著的意义了。"80年代初，姜树在《狂人形象浅谈》中还有类似的追问："如果把狂人视为真狂的话，那么，五四时期的时代精神如何体现？作者的写作目的又如何理解？狂人这一独特形象，还有什么存在的意义和价值了呢？"公兰谷（1980）也认为，"疯子是假象，战士是实质"。——这些论说都依然回荡着"五四"时期对《狂人日记》的普遍认识。

诚如张梦阳先生所说，80年代以后："虽然学术界已经相当普遍地否定了'战士说'（按指'不狂的战士说'），但是仍有不少同志坚持这一观点，并进一步地作出论证。"从吴虞发表《吃人与礼教》开始至今，那些并不在乎狂人是否真狂，而径直研究《狂人日记》有关"吃人"的思想的论者，许多基本上也都认为狂人乃是不狂的战士。[1] 海外学者也不例外，比如英文原著出版于1987年、中文译本出版于1999年的李欧梵的《铁屋中的呐喊》就认为，"狂人并不像现实中的偏执狂病人，他被描写成因不断尖锐的对现实的观察而痛苦的人——狂人并不狂，他的看法象征着真理"[2]。

三

"真狂的战士说。"就现在所能发现的材料看，陆耀东《关于〈狂人日记〉中的狂人形象》（1957）一文最早从正面提出这个观点，他认为

---

[1] 如伊藤虎丸认为："发狂，实际上意味着清醒。""'狂人'其实是正常的，倒是那些'正常'的人们在什么地方出了毛病。"《鲁迅与日本人——亚洲的近代与"个"的思想》，李冬木译，河北教育出版社2000年版，第106—107页；陈思和：《现代知识分子觉醒期的呐喊：〈狂人日记〉》，此文为课堂讲演记录稿，经作者修改后收入《中国现当代文学名篇十五讲》，北京大学出版社2003年版。
[2] 李欧梵：《铁屋中的呐喊》，岳麓书社1999年版，第60—61页。

"狂人，是一个活生生的狂人，不是假装的，也不是统治者故意给他戴上狂人的帽子，更不是作者心目中的概念的化身"。1962年卜林扉（林非）文章《论〈狂人日记〉》以及同年王献永、严恩图合写的《试论〈狂人日记〉中的狂人形象》，都有类似论述。这以后，支持"真狂说"的文章逐渐多了起来。大家好像在"不狂说"或"佯狂说"之后，突然大彻大悟，纷纷开始去寻找小说实际描写中可以证明"真狂"的证据。

比如，《狂人日记》文言小序说这个人"大病"，是一个"病者"，病的名字也交代得很清楚，叫"迫害狂"，只不过后来病"愈"了，但日记还"可见当日病状"，而小说实际上也惟妙惟肖地描写了许多"迫害狂"的症状，如过度猜疑、警惕、敏感、恐惧、妄想、狂躁、胡言乱语，而又"颇多语误"，例如把徐锡麟写成徐锡林，把唐朝陈藏器的《本草拾遗》写成明朝李时珍的《本草纲目》，将不同时代的人凑在一块，说"易牙蒸了他儿子，给桀纣吃"——这些"语误"和狂人对周围人的错误判断一样，都是不真实的精神错乱和幻觉——直到小说结尾，周围人也并没有真的要吃掉这个狂人——而狂人病愈之后，也称患病时的他自己为"狂人"，这才将病中日记题名为《狂人日记》。周作人的《呐喊衍义》提供了"狂人"的原型乃是真的患了"迫害狂"、鲁迅曾亲自照顾并留意观察过的周氏兄弟一位在山西做官的表兄阮久荪，鲁迅日记也有这方面的记录，这也可以从另一侧面支持"真狂说"。[1]

但"真狂说"并不和"不狂说"或"佯狂说"完全对立。"真狂说"一方面不同意"不狂说"或"佯狂说"否认狂人发狂的事实，另一方面

---

[1] 周作人写于1948年7月的《〈呐喊〉索隐》（发表于1948年8月31日《子曰》丛刊第3辑，署名王遐寿）较详细地谈到这位患有"迫害狂"的"某君"乃鲁迅姨表兄弟，"在西北谋事，忽然精神错乱，疑心有许多人要谋害他……他跑去找作者诀别，作者大吃一惊……他遂留他在会馆里住，找了一个干练的听差，送他回到故乡。说也奇怪，到家以后就好了起来，直至寿终不曾复发。《日记》以迫害狂为材料原因便是这样来的，假如不遇到这件事，则作者虽想象丰富，有些地方也未必想得到。"《鲁迅研究月刊》2011年第2期。重刊此文时，误以为孙伏园所作，其实该文此前已收入陈子善、张铁荣编：《周作人集外文》下集（1926—1948），海南国际新闻出版中心1995年版，第666页。

仍然支持"真狂说"或"佯狂说"认为狂人乃是"精神界之战士"的观点。换言之,"真狂说"既主张必须正视狂人疯狂的事实,又不否认狂人具有战士身份和战士思想的另一面,结果只好将真狂人和真战士叠合起来,认为这是一个被折磨得发了狂、发了狂之后仍坚持战斗的特殊的狂人和特殊的战士。

这个说法遇到的困难在于:狂人固然"颇多语误",也确实显出了一连串精神幻觉,但如何理解与此同时他又说出了许多事实和许多非常深刻的话呢?换言之,一个人真的发狂了,为何还能坚持战斗,还能发出"精神界之战士"振聋发聩的声音,还能向"大哥"等周围人表达他的"细针密缕的思想"?战士怎么会轻易被压迫得发狂?战士而至于发狂还算是战士吗?还能作为战士继续战斗吗?

最先提出"真狂的战士说"的陆耀东说:"从这个人物的言论、行动、心理活动来看,是具有狂人的病态的。他的感受,是一个有着明智观点的人物被折磨得精神失常后的感受。这感受本身,渗透着他的遭遇,渗透着血泪,渗透着痛苦。他的理想,是时代曙光的反射,也是人民觉醒的象征。"这解释比较含糊,似乎只是不忍心与"不狂的战士说"脱钩,而勉强肯定真狂的狂人仍然具有战士的功能与品格。

这以后,"真狂的战士说"论者不断修正和完善陆耀东最初的提法,努力弥合因为承认狂人真的发狂所导致的真狂人与真战士之间的裂隙,出现了种种有趣的说法。

林非(1962)认为,狂人之狂仅在于其生理特征,精神上仍然清醒,仍不失为一个战士,仍可充当作者鲁迅的代言人。王献永、严恩图(1962)则认为这个真狂人的形象"不仅有着充分的现实性,同时也蕴含着寓意深刻的象征性。后者以前者为基础,二者有机地结合在一起"。其实,这种弥合的工作在傅斯年那里已见端倪:"就文章而论,唐俟君的《狂人日记》用写实笔法,达寄托的(Symbolisim)旨趣",傅斯年所谓"寄托"("象征")类似王献永、严恩图所谓"寓意",傅斯年所谓"写实"

笔法"写出的是"不狂"或"佯狂"之"实",严、王所谓"现实性"则指鲁迅写出了"迫害狂"的精神状态。

这就自然牵涉到对鲁迅本人用以弥合真狂人与真战士之裂隙的艺术手法的认识。吴中杰、高云（1978）认为鲁迅的手法"奥妙"在于"以癫狂的外貌来表现一个清醒战士的性格。既然用的是狂人的外貌,那么,人物的思想、言谈就不能不带有某种狂态的特点——但作者目的却在于塑造一个清醒战士的形象,于是,这个狂人也就不能一味疯狂下去,而必须于狂言疯语中包含着清醒的战斗力量"。魏泽黎（1979）认为"狂人形象是神经病患者和反封建战士这样两种不同形象的统一","一个神经病患者不会同时又是一个反封建的战士,但做为一个文学典型,却是非常真实的,因为它通过一个神经病患者的病态心理反映了当时我国人民的新觉醒"。

为什么能够"以癫狂的外貌来表现一个清醒战士的性格"？"神经病患者和反封建战士这样两种不同形象"如何能够统一起来？这只要看吴中杰、高云和魏泽黎文章中反复使用的"性格""形象""典型"这些术语,就不难知道个中消息。开始于50年代而曲折延续到80年代的波及全国的关于典型、性格和人物形象塑造的理论探讨,一直为"真狂的战士说"提供理论资源,正如这套理论同时也是大家在讨论阿Q的性格和形象时所利用的资源。从这一理论背景出发,"疯狂"更多只是人物原型的精神状态,作者塑造狂人形象时把自己的思想注入到人物原型中去,将人物原型改造成具有疯狂外表的清醒的战士形象。各种各样的"性格""形象"和"典型"理论共同论证了鲁迅这种化腐朽为神奇的将狂人和战士"弥合"起来、"统一"起来的艺术,而"象征手法""比兴手法""暗示手法""寄托手法""寄寓手法",包括后来范伯群、曾华鹏（1986）提出的"双轨逻辑",薛毅、钱理群提出的"常人世界/狂人世界二元对立"[1],刘俊提出的"（狂人与常人）两种人物系列的精心设

---

[1] 薛毅、钱理群:《〈狂人日记〉细读》,原载《鲁迅研究月刊》1994年第11期,收入薛毅:《无词的言语》,学林出版社1996年版,第42—60页。

置""（象征与写实）两种写作手法的精思妙用"[1]，都是具体论证鲁迅采取怎样的艺术手法来弥合真狂人与真战士的裂隙。

也有人赞同这种弥合的解说，对弥合是否成功则表示怀疑。高松年（1981）就说："鲁迅透过狂人的某些幻觉，直接寄寓了自己的一些思想见解，固然对作品形象的突现和加强作品的思想性不无好处，可以说是这一作品的一个特点，但对于一篇小说来说，毕竟嫌其太露太直，不能不说是这篇小说的一个美中不足。"他甚至认为鲁迅在和傅斯年通信中提到"《狂人日记》很幼稚，而且太逼促，照艺术上说，是不应该的"，就是指这个"美中不足"。

高松年的论述很大胆，但也有不能自圆其说之处，因为"直接寄寓"的方法既然"对作品形象的突现和加强作品的思想性不无好处，可以说是作品的一个特点"，也就未必非导致"太直太露"的毛病不可。林非（1959）早就指出《狂人日记》比起鲁迅后来的小说更具有概括的色彩，另外一些论者称之为"小说与杂文的混合体"（李文兵，1983），同一时期普实克（1962）在他那篇有名的批驳夏志清《中国现代小说史》的长文中异调独弹，认为鲁迅小说直接表达作者思想的高度概括的手法正是鲁迅之为鲁迅的可贵之处[2]。不过，在80年代达到高峰的性格理论和典型理论的强烈影响下，高松年的观点仍是一种不可小觑的杂音。

另一些论者对于从艺术手法的角度竭力弥合的方式不感兴趣，他们

---

1 刘俊：《表现的深切和格式的特别——〈狂人日记〉新论》，原载《南京大学学报》2001年第4期，收入刘俊：《世界华文文学整体观》，人民文学出版社2007年版，第43—48页。
2 夏志清认为鲁迅未能"为这个狂人的幻想提供一个真实的故事情节"，"他没有能够以戏剧性的词句来叙述他的故事"，对这个问题，普实克的理解恰恰相反，他认为鲁迅写小说的时候，总是喜欢"以生动有力的几笔勾勒出令人难忘的画面和以艺术性的速记概括出中国社会之基本特点的技艺"，这种"使鲁迅成为鲁迅的独特风格"在《狂人日记》中就有很好的体现，"假如《狂人日记》这篇小说是一篇对中国社会的控诉，而不是对单独的一例精神病的描写，那么以上这种对内容的压缩也同样是一种必要……他抓住狂人猜疑周围的人们要吞食他这一点，并将这种猜疑逐渐发展为中国社会普遍的吃人性这一思想。鲁迅以他真正天才的艺术手法，成功地使一个具体现象的种种特点带上了普遍性，从而创造了一幅表达普遍真理的概括性图画"。《普实克中国现代文学论文集》，湖南文艺出版社1987年版，第232—235页。

转而寻找别的理论资源，试图从狂人自身来挖掘狂人发狂之后尚能战斗的潜在可能性。陈鸣树（1980）认为，"《狂人日记》中塑造了一个反封建的斗士，一个狂人的典型。他是受着吃人的封建礼教摧残折磨的'被迫害狂'。但他即使在精神受到摧残打击下，也要向封建礼教和封建家族制度进行抗争，发出血泪斑斑的控诉。正因为狂人是被封建礼教逼疯的，他的症状也就是旧社会的吃人的意识形态的罪恶见证，因此，通过狂人的潜意识发出的怒吼，也就更加显得深切"。"狂人，是一位与封建势力孤身搏斗身心遭到严重蹂躏而其志不可夺、其勇不稍减的活生生的英雄典型。"这个说法比较含糊，一方提到"潜意识"，似乎承认狂人的反抗是发狂之后潜意识的作用，但另一方面还是在意识的层面肯定狂人的反抗，并把狂人发狂的事实本身也算作一种反抗——其实这只能说是作者的一种"控诉"方式，不能算在人物头上。

与陈鸣树相比，管希雄《弗洛伊德与鲁迅小说中精神病患者形象》（1985）在考察狂人的潜意识方面就更加旗帜鲜明："能够把疯狂性同典型性二者统一起来的是弗洛伊德的精神分析理论。按照弗洛伊德的压抑说，人患精神病的时候，被压抑的观念和情感具有强大的力量，因而能冲破'监禁'的控制而进入意识境界……其表露形式虽是疯言狂语，而其基本内容则是对于封建社会的本质的深刻认识和人间善恶的强烈爱憎。"钱碧湘《来自疯狂世界的启示》（1986）则认为，"《狂人日记》杰出之处……在于作者居然能把一个疯子对现实世界的幻觉，成功地转化成对于现实世界的控告"，鲁迅的成功证明了世界文学史上许多类似的成功经验，"疯子的疯狂言行对正常人的思维具有一种神奇的激发作用"。但该文又暗示这种"转化"并非处处是成功的，因为实际上引起读者更多共鸣的并非主人公在疯狂世界感受到的虚幻的痛苦，而是作者在理性世界感受到的实在的痛苦。看来人物的疯狂和作者的理性毕竟是两回事，二者达到绝对的融合并不是那么容易做到。

钱碧湘文章令人想起1942年欧阳凡海的论述："《狂人日记》里对人

类的抗议声虽然充满狂热的感性,却不失为现实主义的作品。而他的现实主义的手腕,最足以令人惊叹的,是他将内心的全部热量贯注在狂人口里,把自身也转化为疯子,可是一触到疯子身外的世界,却始终没有忘记外在世界的本来面目。以疯子的变态神经而影响到他日记中的外在世界也变了质这种错误,《狂人日记》里能够免掉,是现实主义的决定的胜利。"欧阳凡海的意思是说,鲁迅"把自身也转化为疯子",以清醒的人而能够想疯子之所想,但并没有真的被他所体贴的疯子所裹挟,作者的理性把握了狂人的疯狂,而这个能够理解疯狂的理性具有控制一切的力量。

管、钱二位的"真狂说"既认为作者的理性可以体贴狂人的疯狂并把理性所体贴到的疯狂绘声绘色地描写出来,也认为狂人本身就有表达真理的特殊能力,所以鲁迅才选择狂人做小说的主人公。真理性的话被狂人说出来,表面上好像超出了狂人的能力之外,但正如"酒后吐真言","狂"了也会出人意料地说出一些真理性的看法,因为狂人失去了正常人的理性约束,平时压抑在潜意识里的许多正确想法不敢说出来,这时候就可以毫无顾忌,冲口而出。

在这一思考方向上,薛毅进一步回答了如何看待狂人的幻觉的问题:"确实,要使幻觉世界与常人世界一一对应是困难的。但如果正视这一个前提,有迫害狂是因为常人世界中有迫害,那么,这个幻觉决不是无意义的。排斥狂人的幻觉世界如同排斥狂人一样,是对常人世界的维护,这种维护无法解释常人世界何以产生疯狂。而排斥狂人的常人力量正是狂人产生幻觉世界的原动力。"薛毅不同意将狂人视为清醒的精神界战士,因为那样一来,"其疯狂的幻觉世界的意义则荡然无存"。他也不同意"只能将其关于历史事实的吃人认识归为战士的发现,而将其关于常人世界的幻觉认识归为疯狂"。薛毅认为,狂人指出历史上"吃人"的事实固然重要,但更重要的是狂人的幻觉世界所指示的并未或尚未真的"吃人"的常人世界深处所隐藏的普遍的集体无意识的"吃人"欲望,

"这种吃人的集体无意识欲望,正是狂人的幻觉世界,狂人所言说的'疯话'的核心","狂人言说的'疯话',在常人读者看来说错了的部分,实际上是狂人言说中最尖锐的部分","狂人对常人世界的幻觉化便是对常人世界中存在的但未曾转化为事实的集体无意识的具象化……一旦被狂人幻觉化,被理解为吃人世界,它意指的正是事实之外的存在,是存在于常人世界中的无法确定、无形而又捉摸不定的无意识世界……而狂人,只有付出了疯狂的代价,越过常人的意识控制范围,才恐怖地发现了常人所无法发现的无意识世界,一种黑暗的底层所汹涌着的吃人欲望的潜流"。总之,狂人是付出了疯狂的代价而抵达了人类潜意识深处从而看到普遍的"吃人"欲望并且说出这个真相的人。

"真狂说"发展到这一步,就正面回答了狂人能否战斗的问题,即肯定狂人恰恰在失去理性约束的癫狂状态下才有能力说出真理,鲁迅或许正是利用这一现代医学和现代哲学的成果,用现代医学和现代哲学所揭示的"真狂"替换了中国文学传统一直保持在模糊状态的"佯狂",并将这样的"真狂人"成功地"转化"为"精神界之战士"的文学形象。[1]

"真狂说"有一点没有清楚地提出来:鲁迅自己也有几分"被迫害狂"的综合征。《狂人日记》署名"唐俟",据说就是"空等""等死"的意思,即等着跟前来迫害他的人决一死战!这是鲁迅在教育部任内一段真实的思想体验。他跟许广平通信中也说自己的末路一是死,二是发狂,他甚至对李小峰说,他一旦进入写作状态,也是要"发狂变死"[2]的;他安慰许广平,说自己"倘能力所及,决不肯使自己发狂,实未发狂而有

---

[1] 许多学者都引用鲁迅在《我怎么做起小说来》中所说的"大约所仰仗的全在先前所看过的百来篇外国作品和一点医学上的知识",来证明鲁迅写《狂人日记》时在医学上已经对"迫害狂"有所了解,但都不能指明鲁迅了解这种病症的具体渠道。前揭周作人文说,鲁迅见到发病的那位表兄弟时"大吃一惊,虽然他涉猎义大利伦敦罗左的书知道一点狂人的事情,可是亲自碰见这还是第一次"。这是对鲁迅自己所谓"一点医学上的知识"比较清楚的说明。
[2] 《华盖集续编的续编·厦门通信(二)》,《鲁迅全集》第三卷,第391页。

人硬说我有神经病,那自然无法可想"[1]。这似乎也并非空穴来风,鲁迅小说就有两处暗示自己曾经被人污蔑为神经病,一是《端午节》主人公方玄绰,"总长冤他有神经病";二是《祝福》的第一人称叙述者"我"在答复了祥林嫂"灵魂的有无"的问题之后,马上觉得不妥,怕对祥林嫂不利,回到寄宿的鲁四老爷家里反复思考,"随后又自笑,觉得偶尔的事,本没有什么深意义,而我偏要细细推敲,正无怪教育家要说是生着神经病了"。被"总长""教育家"之流诬为"神经病",不正是鲁迅在教育部供职期间的实际经历吗?紧张、多疑、敏感而近乎"被迫害狂"的精神状态,使鲁迅不仅能够深刻地理解19世纪以来世界文学中那些狂人群像,也有能力写出自己身边的狂人的真实心理和外在表现。

这也就是为什么1925年底,当他疑心一个自称"杨树达"的青年学生受人指使,打上门来,假装疯狂而一顿骚扰,就以一篇《记"杨树达"君的袭来》予以揭发,不久却从学生那里得知该青年是真的发疯之后,虽然连续登了两则"辩正"来消除影响,却仍然认为那篇文章本身"还可以存在"。因为他意外地发现了"人对人——至少是他对我和我对他——互相猜疑的真面目了"[2]。这种互相猜疑导致的神经过敏,不正是许多真的疯狂的前奏吗?

有趣的是,鲁迅认为他之所以没能看出那个自称"杨树达"的青年乃是真的狂人,原因在于"我对神经患者的初发状态没有实见和注意研究过",当他说这句话时,难道忘了七年前发表的《狂人日记》以及他自己对狂人的原型——他的姨表兄弟的悉心观察和照料吗?合理的解释也许只能是:在他看来,虽然曾经写过《狂人日记》,但身边和身内的普遍的疯狂的严重性还是出乎他的意料,令他防不胜防,他自己招认"太易于猜疑,太易于愤怒",不也是一种精神的病态吗?

---

1 《两地书·二九》,《鲁迅全集》第十一卷,第90页。
2 《集外集·关于杨君袭来事件的辩正》,《鲁迅全集》第七卷,第51页。

我想正是因为鲁迅自己有一种害怕发疯的体验，正因为鲁迅自己熟悉身边的各种疯狂，他才可以直接从现实出发，塑造出狂人的形象，而不单单凭借某种对于历史的认识。狂人从常人世界脱离出来，大声疾呼，不仅针对有几千年"吃人"履历的历史传统，更针对正在"吃人"的现实与还要"吃人"的将来。所以狂人代表了鲁迅的基本的反抗姿态，而《狂人日记》虽然短促，却足可以当作一篇宣言，居于鲁迅全部白话文创作之首。

似乎还可以从另一个角度获得对"真狂说"的支持。除《狂人日记》之外，鲁迅在《呐喊》《彷徨》中还写了许多狂人或接近疯狂边缘的精神上极度紧张和苦痛以至于病态的人物形象。《长明灯》中那个被大家关押起来、号称要放火烧掉供着长明灯的寺庙的青年人，《白光》中那个第十六次落榜的老童生陈士成，都是真正的狂人。其他如孔乙己的忍着羞辱的装点门面，祥林嫂的精神崩溃，魏连殳的脾气越来越古怪，阿Q的痴呆，华大妈的极度悲伤，单四嫂子在失去幼子之后出现的幻觉，也都是可以和疯狂相通或随时可能陷入疯狂的精神上的病态。《狂人日记》里的狂人是否就属于鲁迅自己塑造的上述"狂人系列"呢？恐怕也难说。《长明灯》里那个被关押起来的号称要放火的狂人比较接近《狂人日记》里的狂人，但《长明灯》里的狂人很难说真的发狂了，正如上述其他人物，包括每次落榜都照例要发"怔忪"的陈士成，都不能肯定是完全的发狂。鲁迅曾经这样评论陀思妥耶夫斯基创造人物的方法，"用了精神的苦刑，送他们到那犯罪，痴呆，酗酒，发狂，自杀的路上去"，"在骇人的卑污的状态上，表示出人们的心来"，"因为显示着灵魂的深，所以一读那作品，便令人发生精神的变化"[1]。这自然可以看作是鲁迅在刻画中国的那些精神苦痛者和精神变态者时所追求的文学境界。但鲁迅熟悉的陀思妥耶夫斯基以及19世纪西方思想界和文学界"负狂人之名"的异端

---

[1]《集外集·〈穷人〉小引》，《鲁迅全集》第七卷，第105页。

分子及其笔下的狂人们,也不一定都是真狂,有的只是鲁迅所说的"卢梭他们似的疯子"[1],有的是后来真的疯狂了的尼采和迦尔洵(Vesvolod Garshin),有的则是接近疯狂边缘或一度精神失常后来仍恢复正常的陀思妥耶夫斯基和果戈理。

19世纪西方思想界和文学界包括文学作品里的狂人非常复杂,类似中国文学和语言传统中狂与不狂颇难分清的"狂人",一定要以鲁迅作品中半狂半醒的"狂人系列"以及鲁迅熟悉的西方现代文化中的"狂人系列"为背景来断定《狂人日记》里的狂人真的发了狂,仍然比较困难。狂人在心理和精神上肯定不在常态,但不在常态的狂人并不一定完全发狂,所以"真狂说"虽然有道理,却无法推到极端,贯穿到底,给"真狂"下一个终极性的界定。这不是《狂人日记》研究中的"真狂说"的局限,而是米歇尔·福柯试图冲击的被现代文明所支撑的现代精神病理学及其相应的治疗体制在面对疯狂时固有的暧昧所致。

四

"作者寄寓其思想的普通狂人说。"张恩和(1963)几乎孤独地坚持了这个说法:"《狂人日记》中的狂人并不是什么清醒的反封建的战士,也不是什么发了狂的时代的先觉,他完全是一个普通的狂人。"《狂人日记》既然写了这么一个"普通的狂人",为什么作品整体上还具有如此卓越的战斗性呢?这是因为"日记中所显现的深刻思想不是狂人的思想,而是作者通过独特的艺术方法寄寓于作品之中,并由读者通过联想,理解和发掘出来的作者自己的思想"。他还比较了《狂人日记》与鲁迅翻译的尼采《查拉图斯特拉如是说》的《绪言》:"《狂人日记》和《绪言》思想意义虽然相差甚远,表现手法这样近似,狂人形象和察拉图斯忒拉这

---

[1] 《坟·再论雷峰塔的倒掉》,《鲁迅全集》第一卷,第203页。

个人物在作品中的作用也就有些相同:尼采利用人物作传声筒,鲁迅也通过狂人发表出了自己的思想见解。"

但鲁迅为什么选择这样一个普通的狂人来"寄寓"自己的思想呢?张恩和先生语焉未详。也许可以说,写这样一个疯子,让他胡言乱语,就更容易把作者鲁迅自己想说的话畅通无阻地说出来吧?

显然,张恩和放弃了对狂人和战士之间巨大缝隙进行弥合的努力,他认为压根儿就不必进行这种弥合,因为作为普通的精神病患者的狂人和作为"精神界之战士"的作者,本来就是完全不同的两个人;《狂人日记》所有关于"吃人"的思想都不是这个真的发狂了的普通人所能具有,而是鲁迅借这个普通的狂人之口,宣传自己的思想。

但这样一来,所谓"狂人形象"也就十分简单和苍白了,他不过是一个普通的疯子,做了作者的传声筒和傀儡而已。这当然不是大家所能接受的,因为这样讲,不仅彻底否定了几十年来"狂人=战士"的阅读习惯,也有可能把鲁迅的艺术手法贬低到更加"直露"的水平,而且就连"迫害狂"的寓意也被忽略了,因为"迫害狂"(persecution complex)和"普通的狂人"毕竟不一样,它出现于现代欧洲,本来指宗教界对异端分子的精神压迫所导致的心理失常,这种心理疾病与普通迫害所导致的精神失常有所不同,鲁迅选择这个病名,或许也考虑到主人公彻底反传统的思想特征,而这对于"普通狂人说"显然不利。

陈涌(1979)认为:"过去有些人把《狂人日记》的狂人当作一个现实主义小说的人物来分析,在那里谈什么鲁迅创造的'英雄人物',这是因为不去区分象征的方法和现实主义的方法。其实,狂人不过是一个象征,一个鲁迅所假定的抗击旧世界的力量的象征,鲁迅并不是把他作为一个现实主义的正面人物或英雄人物来创造的。否则,这个狂人为什么的确具有病理学上的狂人的特点,便成为不可解释的了。一个现实的正面人物或英雄人物,怎么会是在精神上的确时时表现出失常的征象的呢?"陈涌的"象征说"不同于主张"真狂的战士"的论者们所采取的

"象征说",后者虽然也提到"象征",但并不否认"狂"的事实和作者写出这一事实的现实主义方法,只是说,在现实主义地写出"狂"的事实的基础上有所象征、有所寄寓而已。但陈涌的"象征说"取消了"狂"的现实性,认为这不是在现实主义的基础上有所象征,而是狂人形象整个的就是一个象征,所以陈涌的观点,实质上更接近张恩和的"普通狂人说"。顾农(1981)也有类似看法:"狂人本人,也是一种象征……狂人基本上是鲁迅虚构出来的人物,鲁迅塑造这个人物,为的是通过他的口,说出自己要说的话。"

支持张恩和的人并不多,但张的说法也从另一个角度让我们知道,当时围绕《狂人日记》的讨论显示了怎样自由活泼的学术思想。其次,也是更重要的,"普通狂人说"清楚地提醒人们应该把狂人形象与作者适当分离,作者永远是操纵人物的主宰,人物在作品中存在的独立性只能是相对的,人物的意义完全要靠作者赋予,这种赋予甚至不必挂上"象征"或"象征主义"的名号,直接就是作者的"假定"(陈涌)和"虚构"(顾农),因此不必拘泥于狂人在现实生活中对应的身份,甚至狂人是否真的发狂,也不是第一位的问题。

五

"作者寄寓自己思想的半狂半醒者说。"这是我给严家炎先生(1978)观点所起的一个名字。严先生反对"不狂说",他认为狂人是真的发了狂。但他认为狂人也有不狂的时候,那是在他尚未发狂的"二十年以前",而发狂之后也会有几分理性的残留,因为"迫害狂"可以不是完全的疯狂。所以我说严先生实际上是主张"半狂说"。对第二种意见,严先生赞同"发狂说",但否认狂人发狂之后还具有战士身份和战士品格。他认为第一、第二两种意见,一个认为不狂,一个认为发了狂,共通点在于无论发狂与否都还是一个战士。这主要因为两种主张都不懂得将作者和狂人分开来，都把作者彻底的反封建的思想完全赋予狂人，将狂人彻底战士化了：一则认为既然是战士就不可能是狂人，一则认为即使发狂了也还是战士。

对第三种观点，严先生赞同的更多一些，但也有修正。首先他认为狂人虽然不是战士，但也并不"普通"，因为他发病前就曾经"将古久先生的陈年流水簿踹了一脚"，可能"有点民主主义思想"。狂人说出来的那些唯"精神界之战士"才能说出的话，有一小部分是他发狂之前进步思想的继续，更多则是鲁迅所"寄寓"的思想。关于"寄寓"，严先生对第三种观点也有所修正。他认为鲁迅不是随便将自己的思想寄寓在一个"普通的狂人"身上，而是有所选择。这个"狂人"发了狂，但并非完全疯狂，还有一定程度的清醒意识，因他患的"迫害狂"可能还没有严重到完全失去理性，至少还能记日记（虽然"语颇错杂无伦次，又多荒唐之言"），一般情况下还能上街行走，还能基本识别他人的身份（虽然对他们满怀变态的猜疑和妄想），还能基本正常说话（虽然夹杂着许多疯言疯语）。加上"狂人"发狂之前的一些反抗之举，这个并非"战士"也并不"普通"的"狂人"才具备了被鲁迅选择来"寄寓"思想的条件。

关于狂人反抗的"前史"，王瑶1964年《〈狂人日记〉略说》就关注到了[1]，唐弢（1982）也说，"《狂人日记》里的狂人，如果和别的狂人有什么不同的话，那就是，他在没有发疯之前，可能思想倾向比较进步"。另外林非在1980年《怎样认识"狂人"的形象》一文中也局部修改了自己的观点，认为"狂人并不是完全丧失了理性，而是在万分惊惧中控制不住自己的理性"，这就接近严家炎的"半狂说"了。"半狂"（"迫害狂"患者可能并不完全丧失理性）比较可信，说"二十年以前"踹了古久先生陈年流水簿子的思想（那时候可能还在幼年）在发狂之后还在起作用，就比较勉强了。严家炎先生举出这两点，目的主要是为了给他的"寄寓说"——

---

[1] 王瑶：《〈狂人日记〉略说》，《语文学习》1978年第8期。

后来（1982）发展为现实主义和象征主义"双管齐下"说——寻找更多的"寄寓"的前提，从而更加优胜于张恩和先生几乎完全等同于让一个普通的"狂人"来做作者的"传声筒"的比较粗糙的"寄寓说"。

彭定安先生发表在《社会科学战线》1982年第1期上的《论鲁迅的〈狂人日记〉与果戈理的同名小说》属于另一种"半狂说"，他主张在小说实际描写中，狂人和战士并不矛盾，"把二者对立起来是缺乏发展观点的，没有看到狂人的'清醒的战士—遭迫害—发狂'这样一个发展变化的过程"。狂人一开始是战士，后来遭到迫害，才逐渐发狂。也就是说，前半段不疯，后半段发疯了，是时间上的半醒半狂。这个说法显然站不住脚，因为在小说的叙述时间之内，狂人一上来就已经是狂人了，并没有逐渐疯狂的过程，王瑶、唐弢、严家炎三位提到的狂人在"二十年前"的那次壮举，只是一种事后的追忆，作者并无意以此展示狂人从不狂到发狂的过程，所以也有一些作者不同意过多关注狂人的这一反抗"前史"，倒是有不少学者像日本的伊藤虎丸那样注意到相反的事实："和果戈理的《狂人日记》不同，鲁迅完全没去写一个正常人被挤出社会，直至被逼疯的过程，而是开笔就写主人公的'发狂'。"[1]

六

几十年来围绕狂人形象的讨论，当然主要关心的是作为艺术形象而存在的"狂人"，这也是作为是艺术创造的效果、目标和产品而存在的那个艺术的"真实"。但讨论中也经常谈到作家在创造这个艺术真实时触及的若干"事实"。有些讨论者实际上拘泥于"事实"，结果总是难以抵达那原本设为目标的应该与"事实"有所不同的艺术的"真实"。

---

[1] 伊藤虎丸：《鲁迅与日本人——亚洲的近代与"个"的思想》，第106页；另见伊藤虎丸：《〈狂人日记〉——"狂人"康复的记录》，乐黛云编：《国外鲁迅研究论集》，北京大学出版社1981年版。

关于"事实"与"真实"的含义及相互关系，鲁迅早就有精彩的说明。鲁迅原本是针对郁达夫而发，郁达夫认为既然一切文学都是作者的自叙传，因此那种虚构的第一人称或第三人称的小说总是不彻底，也不顺手，不如干脆用日记体或书简体来得便当，否则迟早要让读者觉得被欺骗，而对文学生出幻灭之感。对此鲁迅的看法是：

> 但我想，体裁似乎不关重要……只要知道作品大抵是作者借别人以叙自己，或以自己推测别人的东西，便不至于感到幻灭，即使有时不合事实，然而还是真实……倘有读者只执滞于体裁，只求没有破绽，那就以看新闻记事为宜，对于文艺，活该幻灭。

"作者借别人以叙自己，或以自己推测别人"，这不正是对《狂人日记》的作者与狂人之间的关系的高度概括吗？所谓"体裁"，恐怕不仅指《狂人日记》虚拟的日记体，也包括鲁迅在塑造狂人形象时所运用的一切艺术假定和艺术创造的手段。

"活该幻灭"的一个例子，鲁迅举的是《阅微草堂笔记》作者纪晓岚，他认为纪晓岚太看重事实，害怕虚构，所以处处拘束——

> 他的支绌的原因，是在要使读者信一切所写为事实，靠事实来取得真实性，所以一与事实相左，那真实性也随即灭亡。如果他先意识到这一切是创作，即是他个人的造作，便自然没有一切挂碍了。

鲁迅认为作者要这么写，读者也要这么看，就像他小时候看变戏法，"明明意识着这是戏法，而全心沉浸在这戏法中"。做戏法的和看戏法的这种境界，鲁迅一言以蔽之，曰"与其防破绽，不如忘破绽"。[1]

---

[1] 《三闲集·怎么写（夜记之一）》，《鲁迅全集》第四卷，第25页。

当艺术品完成之后，若是成功的，就不必再从艺术家辛苦创作所达到的"真实"返回到他创造之前所依赖的某些"事实"，否则就是"防破绽"，在文艺鉴赏和批评上是并不高明的。

这也就是鲁迅在批评金圣叹时所说的：

> 他抬起小说传奇来，和《左传》《杜诗》并列，实不过拾了袁宏道的唾余；而且经他一批，原作的诚实之处，往往化为笑谈，布局行文，也都被硬拖到八股的作法上。这余荫，就使有一批人，堕入了对于《红楼梦》之类，总在寻求伏线，挑剔破绽的泥塘。[1]

这样看来，以上四种说法，第一种认定"狂人"事实上并未发狂，或并不在意"狂人"是否发狂，而径直将"狂人"、战士和作者等同起来的看法，最接近"忘破绽"的境界。其实四种说法都是不同意义上的"寄寓说"，区别在于第一种说法如同把狂人当作《红楼梦》里那个疯疯癫癫的跛足道人，曹雪芹借他之口唱出《好了歌》，乃是中国文学固有的一种手法，明乎此，又何必关心该道人真狂还是假狂，以及曹雪芹如何将自己的思想寄寓在这道人身上！其他三种说法，则从不同角度论证怎样的"寄寓"方式最成功、最接近鲁迅本意，似乎要把鲁迅希望大家忘掉的"破绽"一一找出来加以细密研究，取的是"防破绽"的态度。

"防破绽"自然比不上"忘破绽"，但"防破绽"式的研究也并非毫无用处，至少让我们晓得鲁迅创作《狂人日记》时"忘"了多少在别人看来必须竭力去"防"的"破绽"，并促使我们根据自己的阅读经验追问：鲁迅"忘破绽"的功夫和实际达到的效果究竟如何？

具体对《狂人日记》来说，中国学者数十年来"防破绽"的努力，其意义还在于帮助读者切实地领略鲁迅（也是新文学史上）第一部短篇

---

[1] 《南腔北调集·谈金圣叹》，《鲁迅全集》第四卷，第542页。

小说设想之奇崛与挥写之浑然。若不是《狂人日记》在精神体验和艺术表现两方面都成功地模糊（拆除）了"狂"与"醒"的界线，又怎会刺激中国学者（以及少数海外学者）这数十年孜孜不倦的探索与争论的兴趣？从这个角度看，关于狂与不狂的争论并非庸人自扰，而且事实上也并未让广大读者对文学感到"幻灭"。相反，重审学者们有时认真到迂阔的探索，像《狂人日记》那样模糊（拆除）"狂"与"醒"的界线的大胆之举，倒会让读者对流俗的有关人类精神健康的文明准则多少发生一点"幻灭"之感。这恐怕才是《狂人日记》最持久的震撼力吧。

2012 年 6 月 4 日
2012 年 11 月 17 日改

破《野草》之"特异"

一 "凡论文艺,虚悬了一个'极境',是要陷入'绝境'的"

《野草》对许多读者,就像章太炎文章对青年鲁迅,虽不至于"读不断",但"索解为难"[1]是谁都承认的。但这并不妨碍人们喜爱《野草》,喜爱谈论《野草》,喜爱谈论对《野草》的喜爱——或许因此更加喜爱,也未可知。

鲁迅本人也说,"我自爱我的野草"[2],"我的那一本《野草》,技术并不算坏"[3]。一向自谦的鲁迅似乎并不曾如此看重他别的作品,而如此"自爱"也好像有悖于他的"自害脾气"[4]。这都益发增强了后人认定"须仰视才见"《野草》的理由。

涉及艺术欣赏的趣味与偏好,无可争辩。但如果因为喜爱或偏爱,或不敢说不懂而假装喜爱、酷爱,便确定《野草》为鲁迅创作特别的巅峰和鲁迅研究特别的难关,立志攀登巅峰,攻克难关,甚至不惜"求甚解",那就不足为法了。

鲁迅作品,若论精彩,岂独《野草》? 若论难懂,又岂独《野草》?

鲁迅所谓"自爱",是和"但憎恶这以野草装饰的地面"相对为言;

---

1 《且介亭杂文末编·关于太炎先生二三事》,《鲁迅全集》第六卷,第565、566页。
2 《〈野草〉题辞》,《鲁迅全集》第二卷,第163页。
3 1934年10月9日致萧军信,《鲁迅全集》第十三卷,第224页。
4 《华盖集续编·〈阿Q正传〉的成因》,《鲁迅全集》第三卷,第394页。

所谓"技术并不算坏",是和"但心情太颓唐了"相对为言。这种鲁迅式的矛盾表述还有不少。关于《彷徨》他也说过,"技术虽然比先前好一些,思路也似乎较无拘束,而战斗的意气却冷得不少"。可见鲁迅对《野草》并非格外看重,正如他也并非格外强调《野草》的"颓唐"而真想加以彻底否定。

说到鲁迅在艺术上这种几乎一贯的掺和着自谦的自信,也不止《野草》和《彷徨》。他说《呐喊》诸篇"算是显示了'文学革命'的实绩",但又说因为是"听将令的",因此"我的小说和艺术的距离之远,也就可想而知了"。他说《故事新编》"对于古人,不及对于今人的诚敬,所以仍不免时有油滑之处。过了十三年,依然并无长进,看起来真也是'无非《不周山》之流';不过并没有将古人写得更死,却也许暂时还有存在的余地的罢"。他说《朝花夕拾》不仅未能"带露摘花",也不能将"现在心目中的离奇和芜杂"转换成"离奇和芜杂的文章",但"他日仰看流云时,会在我的眼前一闪烁罢"。至于对"杂文"的种种矛盾说辞更为读者耳熟能详。鲁迅很诚实地说,"我向来就没有格外用力或格外偷懒的作品"[1]。20世纪30年代李长之著《鲁迅批判》,煞有介事地将鲁迅作品分成"最成功的文艺创作""最完整的艺术"和"写得特别坏,坏到不可原谅的地步"两大类,真可谓或捧之入云,或按之入地。如此评骘,后来也屡见不鲜。

鲁迅自己说过,"凡论文艺,虚悬了一个'极境',是要陷入'绝境'的"[2]。对鲁迅作品,没有必要厚此薄彼,才是应有的平常心。

《野草》第一篇《秋夜》发表于1924年12月1日《语丝》周刊第3期,最后一篇《一觉》收笔于1926年4月10日,1927年4月26日添了一则《题辞》,全书由北新书局作为"乌合丛书之一"于1927年7月

---

1 《南腔北调集·〈自选集〉自序》,《鲁迅全集》第四卷,第470页。
2 《且介亭杂文二集·题未定草(六至九)》,《鲁迅全集》第六卷,第442页。

印行。九十多年来,《野草》研究不断开展,不断深化,但不可否认,也一直伴随着诸多困惑与误解。对这些困惑与误解稍微做一点清理,于将来的《野草》研究和鲁迅研究,未始无益。

二 "一部风格最特异的作品"?

研究《野草》最常见的方式(也是阅读《野草》的普遍心态)是将《野草》孤立起来,当作鲁迅创作的"特异"文本,特别慎重地加以对待,竭力强调《野草》的特殊性、独立性、孤峰突起睥睨群山的超拔性。被张梦阳先生誉为"第一篇从整体上评价《野草》的文字",即1927年9月16日上海《北新》周刊第47、48期合刊的广告词就有这样的话:

> 《野草》可以说是鲁迅的一部散文诗集,用优美的文字写出深奥的哲理,在鲁迅的许多作品中是一部风格最特异的作品。

这段广告词为谁人所写?张梦阳先生说,"看来是出于对鲁迅作品谙熟的出版家或评论家之手"。陈子善先生推断有可能正是鲁迅本人手笔。[1] 究竟如何,目前尚不能确知。张梦阳先生认为"这篇书刊介绍虽然算不上是什么评论文章,然而却言简意赅、十分准确地给《野草》定了性:文体上是散文诗集;手法上是'用优美的文字写出深奥的哲理';风格上是'最特异的'","为《野草》研究确定了一个大致的框架"[2]。其中"特异"二字,正是迄今为止鲁迅研究界和普通读者对《野草》的基本共识。

尽管绝大多数专业研究者都早已看到、也非常重视《野草》与鲁迅其他作品的内在联系,但那些和《野草》具有紧密联系的其他作品多半

---

[1] 陈子善:《〈野草〉出版广告小考》,《文艺争鸣》2018年第5期。
[2] 张梦阳:《〈野草〉学九十年概观》,复旦大学中文系、复旦大学左翼文艺研究中心编:《纪念〈野草〉出版90周年国际学术研讨会论文集》,2017年11月上海,第172—176页。

仅仅被用来做解释《野草》的旁证材料，断不能与《野草》平起平坐。在原本正确的"以鲁解鲁"的操作中，《野草》的特殊性、独立性和超拔性并不因此有所改变，蒙在《野草》上面的"特异"色彩并不因此有所冲淡。相反，《野草》的"特异"还被不断推向极端。爱鲁迅，尤爱《野草》；尊鲁迅，尤尊《野草》，这也是一些研究者常见的心态。仿佛非此就不足以谈《野草》，就无法阐明《野草》思想艺术上的价值。

但这样一来，偏颇和误会也就难免。

《野草》在"技术"上确有独特之处。"技术"（文学手段和语言形式）的独特就是《野草》主要的"特异"。但也要看到，许多艺术特点，包括许多具体的修辞手法，并非《野草》所独有，只不过《野草》更集中更频繁地加以运用罢了。比如"梦境"、"冤亲词"、"对偶"（"做对子"）、"色彩语"，鲁迅其他杂文和散文并非没有。鲁迅其他杂文和散文习见的手段也并非不见于《野草》。

避实击虚、"假中见真"的"象征"，虽更多用于《野草》，但《野草》并非篇篇皆用"象征"（比如《复仇》《颓败线的颤动》《腊月》《一觉》等有"本事"可考的几篇），而鲁迅其他散文也并非不用"象征"。周作人反复指出，即使鲁迅那些名为回忆的文章也主要偏于"诗"而非偏于"真"。以是否运用"象征"将《野草》与鲁迅其他作品截然分开，并不合适。

其实鲁迅许多"天马行空式"的"强烈的独创的创作"[1]都很"特异"，难道都要作类似对待？不能仅仅因为不知出于何人之手的《野草》的一份出版广告标明《野草》为"特异"，就刻意夸大其"特异"，而要看究竟何为《野草》的"特异"，更要看即使"特异"如《野草》也仍然是鲁迅全部创作的有机组成部分，和鲁迅其他作品息息相通——往往是同一个主题、同一种心境、同一类经验换一种表达形式以谋求不同的艺术效果而已。

---

[1] 《准风月谈·由聋而哑》，《鲁迅全集》第五卷，第294页。

《野草》的"特异"只是相对而言。上述"技术"的"特异"之外,内容上《野草》也确实较多涉及作者一己内心的隐秘、精神的苦闷、思想的动摇与彷徨困惑。但谁又能说,鲁迅其他作品都是立场坚定的纯客观描写或议论,丝毫不涉及内心的隐秘、精神的苦闷、思想的动摇与彷徨困惑?《呐喊》《彷徨》那些充满"曲笔"和苦涩心境的小说无论矣,即使"执滞于小事情"、与论敌作白刃战、似乎容不得反身自顾的杂文,不也处处浸透着鲁迅所特有的沉郁苍凉与矛盾困惑吗?否则鲁迅杂文又如何从中国现代那么多杂文中脱颖而出,一枝独秀呢?李长之说"广泛的讲,鲁迅的作品可说都是抒情的"[1]。如果他指的不仅仅是小说,也包括其他的所有作品,那倒是不错的——40年代叶公超也说过,"鲁迅根本上是一个浪漫气质的人",不同于英国讽刺小说家斯威夫特,"我们的鲁迅是抒情的、狂放的,整个自己放在稿纸上的,斯威夫特是理智的、冷静的","我们一面可以看出他的心境的苦闷与空虚,一面却不能不感觉他的正面的热情。他的思想里时而闪烁着伟大的希望,时而凝固着韧性的反抗狂,在梦与怒之间是他文字最美满的境界"[2]。果真如此,《野草》的"特异"就要减弱许多了。

应该进一步研究《野草》在内容和"技术"上相对的"特异"——"技术"的"特异",亦即文辞的优美整饬、意象的诡异新奇、音调的铿锵昂奋——或许更重要。但《野草》的"特异"也仅止于此,倘若不适当地夸大《野草》的"特异",甚至将"特异"的《野草》与鲁迅其他作品截然分开,其结果不仅会误解《野草》,也会误解鲁迅的其他作品。

三 同一性或同质性问题

在强调"特异"的同时,"鲁研界"也喜欢强调《野草》24篇(包

---

1 郜元宝、李书编:《李长之批评文集》,珠海出版社1998年版,第62页。
2 叶公超:《鲁迅》,《晨报》(北京)1937年1月25日。

括《题辞》）文体上的同一性乃至封闭性。这似乎也有鲁迅自己的话为依据："后来，我不再作这样的东西了。日在变化的时代，已不许这样的文章，甚而至于这样的感想存在。"许多研究者因此努力证明，既然《野草》是"这样的东西""这样的文章""这样的感想"，而非"那样的东西""那样的文章""那样的感想"，那么像《野草》这样的"特异"之作，鲁迅以前肯定没写过，以后也没再写，因此《野草》就不仅是"特异"之作，在文体上也具有自身高度同一性和封闭性，不能轻易混同于鲁迅的其他作品。[1]

长期以来，之所以很难冲淡蒙在《野草》之上那层浓厚的"特异"和神秘色彩，之所以将《野草》孤立起来，这也是原因之一。

其实正如鲁迅说《朝花夕拾》"文体大概很杂乱"[2]，《野草》24篇的"杂乱"也一望可知。因为"杂乱"，各种文体都有。鲁迅说《野草》"夸大点说，就是散文诗"。所谓"夸大"，除了习惯性的自谦，大概也包含将《野草》中的几篇"散文诗"加以"夸大"而隐括全书的意思罢，因为另外有不少篇章如《我的失恋》《立论》《狗的驳诘》《死后》《聪明人和傻子和奴才》实在不能说是"散文诗"，充其量只是"打油诗""寓言故事"而已。孙玉石先生说《过客》是"一篇短小话剧形式的散文诗"[3]，也是太拘泥于鲁迅的话而勉为其难的归类。对此李长之看得很分明，他认为不仅"本书的形式是很不纯粹的"，而且在内容上也不纯粹，"讽刺的气息胜于抒情的气息，理智的色彩几等于情绪的色彩"。但认为"广泛的讲，鲁迅的作品可说都是抒情的"，也是李长之。在基本保持"抒情"基调的鲁迅作品中，《野草》竟然"讽刺的气息胜于抒情的气息，理智的色

---

[1] 高长虹就说过："当我在《语丝》第三期看见《野草》第一篇《秋夜》的时候，我既惊异而又幻想。惊异者，以鲁迅向来没有过这样文字也。"《走到出版界·1925，北京出版界形势指掌图》，《狂飙》周刊1926年11月7日第5期。所谓"鲁迅向来没有过这样文字"，不仅强调《野草》的"特异"，更清楚地将《野草》与鲁迅此前的创作区别开来。

[2] 《〈朝花夕拾〉小引》，《鲁迅全集》第二卷，第236页。

[3] 孙玉石：《〈野草〉研究》，中国社会科学出版社1982年版，第23页。

彩几等于情绪的色彩",难怪他甚至不承认《野草》是散文诗,而只是"散文的杂感"[1]。

《野草》在"文体"上的"杂乱"首先意味着《野草》文本的开放性,即它必然和《野草》之外鲁迅其他"文体"的写作彼此呼应,这就不能将《野草》孤立和封闭起来,而要更多顾及《野草》与鲁迅其他作品的"秘响旁通",更多留心《野草》与《野草》之前和之后鲁迅其他作品承上启下的关系。就是说,要看到"杂乱"、多元、开放的《野草》的来踪去迹,必要时甚至可以将《野草》的具体篇章从《野草》中提取出来,与鲁迅其他作品等量齐观,而无须担心因此会损害《野草》那子虚乌有的不可冒犯的完整性、同一性、纯粹性。

过去《野草》研究是比较注意《野草》各篇的同等重要性以及相互之间的区别的,比如冯雪峰1955年完成的《论〈野草〉》,一开始就根据各篇在文体和思想上的差异,将《野草》23篇分为三大类,然后才进行逐篇解释。冯雪峰的分类主要基于鲁迅思想战斗的乐观与悲观两种基调,个别考虑到文体和表达。[2] 其他如李何林、许杰、王瑶、李国涛和孙玉石等学者的《野草》研究,也大致采取这个分类研究法。这些采取分类法研究《野草》的学者们尽管表面上维护《野草》的纯粹性、同一性、完整性,实际上多少还是承认《野草》各篇的差异。

但偏爱、酷爱《野草》的人们不愿承认这一点,总是另辟蹊径,从另一个角度对《野草》各篇加以区分和甄别。即使不能维护《野草》全体的纯粹性、同一性和完整性,至少也要从《野草》中找出"更《野草》"或"最《野草》"的篇章,名之为"《野草》中的《野草》"。

这种以退为进的方法,就是剔除《野草》中似乎不那么《野草》的篇章,保留那些似乎更具《野草》意味的篇章,以此确保《野草》在文体和内容上更高的"完整性"。木山英雄先生就曾在这个意义上称《墓

---

1 郜元宝、李书编:《李长之批评文集》,第89页。
2 参见冯雪峰:《论〈野草〉》,《鲁迅的文学道路》,湖南人民出版社1980年版,第206—207页。

碣文》为《野草》中的《野草》"[1]。这固然不无道理，但做出这种区分，实际上也就等于暗中承认《野草》的"杂乱"、多元与开放，只不过与此同时，对《野草》各篇又进一步采取畸轻畸重的分别对待，强化一部分而弱化另一部分，结果虽然看到了《野草》的多元性，却总是在多元的外貌下刻意追求一元的品质，形散而神不散。

这似乎成了《野草》研究再也不能让步的底线，否则那晶莹剔透、文本上具有高度同一性、不含任何杂质的《野草》的艺术宫殿，仿佛就会轰然坍塌。

不承认和不愿正视《野草》的"杂乱"与多元，就很容易人为地制造出片面的《野草》形象。冯雪峰解释《野草》中那些明显采用杂文笔法的篇章时，并不觉得它们如何缺少《野草》所特有的意味，而是一视同仁加以对待。这是恰当的，因为顾及了杂文笔法明显的各篇与所谓"《野草》中的《野草》"诸篇的本质联系。相反，如果将杂文笔法明显的几篇从《野草》中剔除，或一再弱化，视若无睹，那就是为求自己心目中《野草》的同一性、同质性而伤害了《野草》实际上包含着"杂乱"的完整性。又比如许多研究者一直疑惑鲁迅怎么可以将《我的失恋》编入《野草》，这可真是太不《野草》了啊！还有《聪明人和傻子和奴才》中奴才的那段类似"莲花落"的告白，和《野草》中的《野草》"沉郁苍凉的调子也太不匹配。

其实这种疑惑和遗憾完全不必。鲁迅压根儿就没打算让《野草》纯而又纯，达到完全符合后人所希望的那个程度。那样反而就不是鲁迅的《野草》了。

四 所谓"《野草》时期"

与上述刻意追求《野草》内容和文体的同一性、同质性相关，研究

---

[1] 木山英雄：《读〈野草〉》，赵京华编译：《文学复古与文学革命——木山英雄中国现代文学思想论集》，北京大学出版社2004年版，第338页。

界还认为鲁迅创作《野草》时偏离了"五四"以来（具体说就是《热风》《呐喊》）的思想道路，进入一个颓唐灰暗的时期。这也有鲁迅自己的话为证："心情太颓唐了。"鲁迅甚至劝爱好《野草》的萧军要"脱离这种颓唐心情的影响"[1]。在《野草》内部，也有诗为证：

> 我独自远行，不但没有你，并且再没有别的影在黑暗里。只有我被黑暗沉没，那世界全属于我自己。

20世纪30年代至70年代的批评家们不愿看到这一点。冯雪峰完成于1955年的《论〈野草〉》就认为，这里所反映的鲁迅思想战斗的悲观一面，是当时社会环境和鲁迅思想中的弱点共同作用的结果。比如《秋夜》的"悲观思想"就是"作者观察了现实生活的发展所得的结论之一"，《秋夜》显示了作者"悲观和乐观的矛盾；这个矛盾，从根本上说，在作品中并没有解决。不过，这篇作品主要的思想基础是对现实环境的反抗和斗争。我们从这篇作品的主要精神来看，作者对于现实是很明显地采取了积极的、偏向于乐观的战斗态度的"[2]。唯其如此，像《秋夜》这样的作品（其实也是冯雪峰眼里整部《野草》）即使流露了悲观，也仍然是战斗者的对现实的悲观认识。战斗者并未因此放弃战斗，恰恰相反，努力摆脱自身的悲观正是战斗者特有的品质，所以鲁迅终于还是克服了这悲观的因素。

这种阐释承认《野草》在鲁迅思想和创作历程中的特殊性，但又害怕过于强调其特殊性，总是竭力掩饰，进行淡化处理，并始终强调这只是鲁迅"前期"住在北京的作品，他那时为北洋政府的政治黑暗所笼罩，一面奋力战斗，一面向往着南方的革命。然而毕竟没有参与南方的革命，毕竟与广大革命群众隔绝，所以当战斗时就不免感到寂寞和空虚，而这

---

[1] 1934年10月9日致萧军信，《鲁迅全集》第十三卷，第224页。
[2] 冯雪峰：《论〈野草〉》，《鲁迅的文学道路》，第209页。

就"掩不住地让自己的失望的伤痛、寂寞的情绪以及思想上希望和绝望的矛盾,都吐露出来了"[1]。

80年代以后的批评家们继承了冯雪峰这种对文学史和鲁迅个人创作历程的阶段性划分,所不同者,他们特别欣赏当初被冯雪峰刻意掩饰和淡化的悲观消沉的心境,唯恐强调得不够,总是竭力渲染。比如说,"以23篇散文诗结集而成的《野草》,与小说《孤独者》等一起,在时期上和倾向上均为他文学创作历程中最具阴暗色调的部分,这一点人们已经注意到了。在这种阴暗色调中潜藏着作者孤独、怀疑、颓唐的思想情绪,是确实无疑的"[2]。

这就是中国现代文学史研究和鲁迅研究一致承认的"'五四'落潮期"具体表现在鲁迅个人创作历程上的"《野草》时期"。至于其原因,除了冯雪峰等论述过的那些因素之外,80年代以后的学者们还特别强调1923年"兄弟失和"事件的决定性作用。

然而即便在《野草》中,鲁迅也并未真的"独自远行",更未真的"被黑暗沉没"。《野草》的"色调"也并非完全"阴暗",思想情绪也并非完全是"孤独、怀疑、颓唐"。《影的告别》中"影"所说的那些话确实很"黑暗",但那毕竟只是"影"自说自话。"影"所隶属的"形"未发一言。如果如王瑶所说,《影的告别》模仿了陶渊明的《形影神》[3],那就要特别注意最后应该出来做总结的"神"(犹如《墓碣文》中"游魂")的态度,而不能偏听"影"的一面之词,并把这一面之词归诸鲁迅本人。在《影的告别》中,不仅"形"始终不发一言,应该站出来做总结的

---

1 冯雪峰:《论〈野草〉》,《鲁迅的文学道路》,第220页。
2 《〈野草〉主体建构的逻辑及其方法——鲁迅的诗与哲学的时代》,赵京华编译:《文学复古与文学革命——木山英雄中国现代文学思想论集》,第1页。
3 《影的告别》写于1924年9月24日。鲁迅1926年6月28日写的《马上日记》,说那天"运气殊属欠佳",也想学习军阀吴佩孚,给自己"卜一课",用的则是《陶渊明集》。据此或可推测他经常翻阅陶集。王瑶《论〈野草〉》(1961)最先指出《影的告别》与陶渊明《形影神》的关系,参见氏著《鲁迅作品论集》,人民文学出版社1984年版,第135页。

"神"也始终缺席。"形"的沉默和"神"的缺席,就使"影"的独角戏变得只是一面之词,不能说这样的一面之词便是全篇的主旨吧?

如果不受将《影的告别》和陶渊明《形影神》联系起来的那种先入之见的影响,读者更容易想起的恐怕倒是《在酒楼上》类似的画面。面对吕纬甫滔滔不绝的自怨自艾,本来也陷在寂寥落寞中的"我"反而不以为然。"我"只关心吕纬甫"以后豫备怎么办呢",此外一句附和的话也不曾说,就告别了影子一样的吕纬甫,"独自向着自己的旅馆走,寒风和雪片扑在脸上,倒觉得很爽快"。

对《野草》的"特异"的强调,吸引人们建构一个创作《野草》的特殊的鲁迅及其特殊的思想阶段,并进而研究鲁迅如何幸或不幸"进入"这个时期,又如何幸或不幸"挣脱"了这个时期。这是《野草》研究史和接受史上最流行的观点,至今犹然。但持这种观点的人忘了,在1924年9月15日—1926年4月10日之间(姑且这么"严格"限定吧),鲁迅还创作了《彷徨》中的八篇小说,《朝花夕拾》最初的两篇散文,收在《坟》《华盖集》《华盖集续编》《集外集》《集外集拾遗》《集外集拾遗补编》的七十多篇杂文。这还不包括同一时期写给许广平、后来收入《两地书》的1925年3—7月的信,以及写给其他人的信(现存26封,包括未收入《两地书》的4封致许广平信),另外还有大量翻译和为翻译作品所写的序跋。这是一场多么雄浑华彩的交响乐演奏,难道都能毫无问题地被纳入"《野草》时期"吗?"《野草》时期"鲁迅著译的基调是否都与所谓的"《野草》时期"合拍?若合拍,那就不存在《野草》的"特异"。若不合拍,那就很难说有什么"《野草》时期"。

此外,在"《野草》时期"之前和之后,鲁迅的著译是否有明显关联着《野草》的内容?若毫无关联,那倒确乎可以证明"《野草》时期"的存在;若有明显关联,则"《野草》时期"的说法也就很难成立了。

稍微检视一下鲁迅在所谓"《野草》时期"及其前后的著译活动,就不难发现,不仅同一时期大量著译的基调跟《野草》有许多合拍之处

（这说明《野草》并不"特异"），也有并不合拍之处（这说明并无同质化的"《野草》时期"），而且所谓"《野草》时期"之前和之后的著译也有许多明显关联着《野草》的内容——这说明鲁迅在创作《野草》之前和之后的"心情"跟所谓"《野草》时期"的"心情"并不能泾渭分明地区别开来，相反倒是有诸多连续和一致之处，因此孤峰突起的所谓"《野草》时期"并不存在。

鲁迅在《〈自选集〉自序》中说，《新青年》集团散掉之后，他的主要创作成果包括"在散漫的刊物上做文字，叫作随便谈谈。有了小感触，就写些短文，夸大点说，就是散文诗，以后印成一本，谓之《野草》。得到较整齐的材料，则还是做短篇小说"。可见《野草》和同时期杂文、小说集《彷徨》、《朝花夕拾》开头两篇属于同一个思想创作的序列。无视这个事实，不仅无法对《野草》展开真正意义上的学术研究，连《野草》的一些"特异"表达也很难看懂。

比如1925年6月17日完成的《墓碣文》，写"我"在梦中看完残存的碑文，正准备离开，那具"胸腹俱破，中无心肝"的"死尸"竟坐起来：

口唇不动，然而说——
"待我成尘时，你将见我的微笑！"
我疾走，不敢反顾，生怕看见他的追随。

孤立地看这段文字，确实"索解为难"，但如果与鲁迅1925年10月17日（《墓碣文》完成四个月之后）创作的《孤独者》有关段落对看，就容易明白了。小说写"我"跑去看魏连殳的"大殓"，只见死者"合了眼，闭着嘴，口角间仿佛含着冰冷的微笑，冷笑着这可笑的死尸"。等棺材钉盖，哭声四起时，"我"已经无法忍受，逃离现场——

我快步走着，仿佛要从一种沉重的东西中冲出，但是不能够。耳朵中有什么挣扎着，久之，久之，终于挣扎出来了，隐约像是长嗥，像一匹受伤的狼，当深夜在旷野中嗥叫，惨伤里夹杂着愤怒和悲哀。

看到这里"死尸"的"冰冷的微笑"和"冷笑"，以及"我"的"快步走着"（相当于《墓碣文》的"疾走"），《墓碣文》最后的"特异"表达就不难理解了。可以用《孤独者》解释《墓碣文》，也可以用《墓碣文》解释《孤独者》，二者表达的是同一种心绪，差别只在于散文诗《墓碣文》是"小感触"，小说《孤独者》则是对"较整齐的材料"的铺排，艺术形式和效果有所不同而已。

《孤独者》另外还有不少关联着《野草》的细节。魏连殳起先爱孩子，听不得"我"对孩子天性的怀疑，但不久竟也附和起"我"的怀疑，因为他在街上看到一个还不太会走路的孩子"拿了一片芦叶指着我道：杀！"这个细节不是早就出现于四个月前创作的《颓败线的颤动》吗？

魏连殳写给"我"的信中提到，"这半年来，我几乎求乞了，实际，也可以算得已经求乞"。"求乞"云云，也早就写入一年前的《求乞者》，而魏连殳求乞的理由是"有一个愿意我活几天的，那力量就这么大"，其立意也颇近于《腊叶》"为爱我者的想要保存我而作"。至于魏连殳后来因爱他的人死去，可以不再求乞（放弃原则做"杜师长的顾问"），则又关联着《求乞者》的另一层命意，并呼应着《两地书》《写在〈坟〉后面》的相关表述。

再比如在山阳县教书的"我"饱受"挑剔学潮"之类的攻击，有一天百无聊赖，"在小小的灯火光中，闭目枯坐"，半梦半醒中由眼前雪景联想（梦见）"故乡也准备过年了，人们忙得很；我自己还是一个儿童，在后园的平坦处和一伙小朋友塑雪罗汉。雪罗汉的眼睛是用两块小炭嵌出来的，颜色很黑"，这不是跟《在酒楼上》的"我"从"一石居"二楼眺望楼下废园时想到的"这里积雪的滋润，著物不去，晶莹有光，不比朔雪的粉一般干，大风一吹，便飞得满空如烟雾"一样，都是用小说叙述的方式对《雪》的部分立意的重现吗?

类似的例子还可以举出更多。总之,鲁迅在所谓"《野草》时期"创作了大量杂文和小说,其内容、手法和风格都与《野草》息息相通,基调也都是沉郁苦闷中夹杂着昂扬刚健。说这样的内容、手法和风格属于"《野草》时期",跟说这样的内容、手法和风格属于"《彷徨》时期""《华盖集》时期""《朝花夕拾》时期",有什么实质性分别呢?为何一定要以《野草》而不是别的作品来涵盖这一阶段鲁迅创作的精神走向,从而凸显《野草》的"特异"呢?

天才的心是博大的,不可能完全被一种"思想情绪"所占据。果真存在鲁迅思想发展和创作历程的特殊的"《野草》时期",上述作品和译品也应该包括在内。事实上这些作品和译品跟《野草》的关系极其紧密,不仅创作时间彼此交错(有的就在同一天),而且思想、措辞、艺术表现手法都有大量重叠与复现。[1] 如果《野草》时期"只有《野草》还好说,但《野草》时期"也能涵盖上述大量的其他著译活动吗?如果将同时期所有这些著译都纳入"《野草》时期","《野草》时期"就和《野草》一样过于"杂乱",谈不上什么"特异"了。

此外,倘若考虑到 1924 年之前和 1926 年之后鲁迅作品大量与《野草》相关、相似、相近乃至相同的表述,"《野草》时期"的说法就更加站不住脚了。

比如《野草》有两个关键意象,一是"自啮己身""抉心自食"的"毒牙",一是投向"无物之阵"的"投枪"。一个用于自我解剖、自我忏

---

[1] 姑举数例。1925 年 1 月 1 日《诗歌之敌》同日作《希望》。1925 年 4 月 23 日致高歌、吕蕴儒、向培良信,同日作《死火》《狗的驳诘》。前一日作《春末闲谈》,主题类似 1926 年 4 月 8 日所作《淡淡的血痕中》对"造物主"的讥讽,而相同思想更早见于 1922 年 10 月所作小说《兔和猫》的"假使造物也可以责备,那么,我以为他实在将生命造得太滥了,毁得太滥了",以及 1926 年 4 月 1 日所作《记念刘和珍君》。1925 年 6 月 16 日作《杂忆》(主题近似 1924 年 12 月 20 日所作《复仇》《复仇(其二)》),同日作《失掉的好地狱》,次日作《墓碣文》。1925 年 12 月 14 日作《这样的战士》,26 日作《聪明人和傻子和奴才》及《腊叶》,29 日作《论"费厄泼赖"应该缓行》。

悔，一个用于朝向外界但同时"连自己也烧在这里面"的"'文明批评'和'社会批评'"。《野草》这两个关键意象恰恰是文学家鲁迅一贯的战斗方式，并非《野草》所专有。比如谁都不会否认，鲁迅在1907年《摩罗诗力说》结尾呼唤的"精神界之战士"就是《野草》赞扬的"这样的战士"的前身。不管"精神界之战士"还是"这样的战士"，都无不在"主观内面生活"和客观社会现实两个领域同时战斗着。《野草》围绕"毒牙"和"投枪"展开的主客两面的意象群遍布鲁迅前后期所有的著作，不劳枚举而后知。倘若偏说《野草》描写的"这样的战士"不同于《摩罗诗力说》所呼唤的"精神界之战士"，因为前者还有"自啮己心"的"毒牙"，而后者似乎还并不如此，那倒也似乎不无道理，但这个道理也是有限的，因为《摩罗诗力说》明确提出，"吾人所特"之"介绍新文化之士人""精神界之战士"必须具备一种真正"维新"的精神，即"自白其历来罪恶"的"改悔"的精神，这样才能发出"第二维新之声"，而《破恶声论》已经在赞美奥古斯丁、卢梭、托尔斯泰的"自忏之书"了。"精神界之战士"发展到1918年的《狂人日记》，不就真的开始在不停地掷出"投枪"的同时也不断地"自啮己心"了吗？"狂人"忍受了疯狂的痛苦而不肯放弃战斗，这和冯雪峰等人已经意识到的《野草》中的战士忍受一己的精神苦痛却不肯放弃战斗的那种描述，不是也高度一致吗？

不能因为要凸显《野草》的"特异"，就可以无视《野草》和《野草》之前的《呐喊》的精神相通。鲁迅1918—1922年的"呐喊"尽管是"听将令"，却绝非完全没有自己的精神苦痛；"救救孩子"的"呐喊"也并非完全不同于《颓败线的颤动》中那位老妇人"几乎无词的言语"。说鲁迅只有在《彷徨》中"彷徨"，在《呐喊》中则全是高歌猛进的"呐喊"，恐怕也说不通。至少鲁迅本人就并无多少顾忌地展示了他创作《呐喊》时的矛盾心境：

> 在我自己，本以为现在是已经并非一个切迫而不能已于言的人

了，但或者也还未能忘怀于当日自己的寂寞的悲哀罢，所以有时候仍不免呐喊几声，聊以慰藉那在寂寞里奔驰的猛士，使他不惮于前驱。至于我的喊声是勇猛或是悲哀，是可憎或是可笑，那倒是不暇顾及的；但既然是呐喊，则当然须听将令的了，所以我往往不恤用了曲笔，在《药》的瑜儿的坟上平空添上一个花环，在《明天》里也不叙单四嫂子竟没有做到看见儿子的梦，因为那时的主将是不主张消极的。至于自己，却也并不愿将自以为苦的寂寞，再来传染给也如我那年青时候似的正做着好梦的青年。[1]

　　指出《野草》之前的著译在内容上与《野草》的关联，并非说像《死火》《风筝》这两篇扩充和改写1919年发表的《自言自语》中《火的冰》《我的兄弟》的现象比比皆是，也并非说鲁迅创作《野草》时的心绪毫无特殊性可言。我只是强调，无论如何凸显《野草》的"特异"，也不能将这个时期孤立起来。相反果真要研究《野草》和"《野草》时期"的"特异"，倒恰恰要将《野草》放在鲁迅的整个创作历程中来考察。

　　正如《〈野草〉英文译本序》所交代的，《野草》许多篇章都和鲁迅当时思想遭际直接有关。不明白这点，对《野草》创作与历史环境的关系就不能有切实了解。但如果醉心于"诗史互证"，非要一一找出《〈野草〉英文译本序》提到和没有提到的《野草》各篇的"创作背景"，从而坐实《野草》只能创作于特殊的"《野草》时期"，那就等于把作家对外界的心理反应机械化地等同于《摩罗诗力说》所批评的"心应虫鸟，情感林泉"的那种方式，仿佛一切文学表达都是与当时社会环境和个人遭际有关（比如围绕女师大风波的笔战、"兄弟失和"、婚姻危机、恋爱经历、"三一八"惨案和直奉战争等），甚至一切文学表达都仅仅局限于作者对上述事件与遭际的直接回应。果如此，势必会大大缩小作者心灵世

---

[1]《〈呐喊〉自序》，《鲁迅全集》第一卷，第441—442页。

界的广度、宽度和深度。

比如，究竟何谓"好的故事"？它包含了哪些内容？如果我们离开对"特异"的《野草》和《野草》时期"的凝视，稍稍把目光移向别处，那么《摩罗诗力说》最后所引凯罗连珂《末光》中那个少年的"沉思"，《破恶声论》所谓"吾未绝大冀于方来"，《〈呐喊〉自序》所谓"我在年轻时候也曾经做过许多梦"，《兔和猫》《鸭的喜剧》描述的"幸福的家庭"的吉光片羽，《头发的故事》《孤独者》对"民元时期"短暂光明的追怀，《伤逝》中涓生的突如其来的白日梦，《野草》创作接近尾声时便已执笔的《朝花夕拾》里"思乡的蛊惑"……恐怕都是"好的故事"吧？难道不正是这些"精神的丝缕"共同编织了"羚羊挂角、无迹可求"的《好的故事》？

这样的"精神的丝缕"是鲁迅全部创作的根基，它连接着过去、现在和将来，绝非《野草》时期"所独有。

在谈论《野草》和《野草》时期"的"特异"时，鲁迅在所谓《野草》时期"之前和之后完成的两部重要译著《工人绥惠略夫》和《小约翰》，值得给予特别的重视。

鲁迅在1918年作为教育部官员，奉命整理故宫午门楼上堆放的上海一家德商俱乐部书籍时，意外获得俄国作家阿尔志跋绥夫中短篇小说集《革命的故事》德译本，《工人绥惠略夫》是其中一部中篇小说。鲁迅在教育部同事齐寿山的协助下，于1920年10月22日完成译稿，1921年7—9月、11—12月连载于《小说月报》，1922年5月商务印书馆推出单行本。从1918年开始到鲁迅创作《野草》的全过程，以及《野草》完成之后，鲁迅对《工人绥惠略夫》的阅读、欣赏、谈论和引用都跟包括《野草》在内的鲁迅许多作品有十分重要的联系。这一事实对所谓《野草》时期"以及《野草》的"特异"的说法当然非常不利。

比如，写于1924年9月24日的《影的告别》说，"有我所不乐意的在你们将来的黄金世界里，我不愿去"。"黄金世界"（又作"黄金时代"）

就是《工人绥惠略夫》的专门用语,早在 1920 年 9 月 29 日完成的小说《头发的故事》里,鲁迅就借 N 先生之口加以直接引用了:"我要借了阿尔志跋绥夫的话问你们:你们将黄金时代的出现豫约给这些人们的子孙了,但有什么给这些人们自己呢?"1923 年 12 月 26 日在北京女子高等师范学校所作《娜拉走后怎样》的讲演中又提到:"阿尔志跋绥夫曾经借了他所做的小说,质问过梦想将来的黄金世界的理想家,因为要造那世界,先唤起许多人们来受苦。他说,'你们将黄金世界预约给他们的子孙了,可是有什么给他们自己呢?'"所以《影的告别》乃是继 1920 年和 1923 年之后第三次引用"黄金世界"的说法——并非直接引用,而是间接地化在散文诗里,但含义没有任何变化。

比如,《影的告别》写"人睡到不知道时候的时候,就会有影来告别",我们固然可以像王瑶那样参照陶渊明《形影神》来做阐释,但鲁迅在 1921 年 4 月 15 日所作《译了〈工人绥惠略夫〉之后》中特别指出,该小说第十章绥惠略夫"和梦幻的黑铁匠的辩论"乃属于"自心的交争"。绥惠略夫起初以为那深夜到访的"幽灵"是"黑铁匠",但"幽灵"告诉他其实就是"你自己!"总之,比起陶渊明的《形影神》,阿尔志跋绥夫笔下"自心的交争"更接近鲁迅笔下的影子对他所"不愿住"的肉体的告别。

比如,鲁迅竭力反对"绥惠略夫对于社会的复仇",即因为绝望的爱人一变而为疯狂地憎恶一切人,以至于用勃朗宁手枪向群众漫无目的地扫射。鲁迅说,"然而绥惠略夫临末的思想却太可怕。他先是为社会做事,社会倒迫害他,甚至于要杀害他,他于是一变而为向社会复仇了,一切是仇仇,一切都破坏。中国这样破坏一切的人还不见有,大约也不会有的,我也并不希望其有"[1],但鲁迅并不一概反对复仇本身,在写于 1925 年 6 月 16 日的《杂忆》中他说,"我总觉得复仇是不足为奇的"。主张复仇而又不愿重蹈工人绥惠略夫的覆辙,鲁迅于是就在《野草》中

---

[1] 《华盖集续编·记谈话》,《鲁迅全集》第三卷,第 376 页。

设想出和绥惠略夫不同的两篇《复仇》（均写于 1924 年 12 月 20 日）。这可以说是持续多年和《工人绥惠略夫》进行了一种围绕"复仇"的精神对话。

《娜拉走后怎样》还引《工人绥惠略夫》的话说追求"黄金世界"的代价太大，"为了这希望，要使人练敏了感觉来更深切地感到自己的苦痛，叫起灵魂来目睹他自己的腐烂的尸骸"，这句极富画面感的愤激之辞，与《墓碣文》中的"我"在梦中察看孤坟中"胸腹俱破，中无心肝"的尸首、《〈野草〉题辞》中"过去的生命已经朽腐"，不都可以相通吗？当然最匹配的还是 1927 年《答有恒先生》所发明的"醉虾"一说。从 1923 年到 1927 年，这一层设想就不曾中断。顺便说一下，《秋夜》结尾的"小青虫"究属何指，曾经令冯雪峰、李何林、许杰等大费笔墨而难以取得共识。其实 1925 年 4 月 22 日所作的《春末闲谈》反复讨论的被凶恶的"细腰蜂"做成"醉虾"式美食的原料，不恰好也是"小青虫"吗？

不读鲁迅译的《工人绥惠略夫》，《野草》的一些特殊意象和说法也很难理解。《失掉的好地狱》所谓"魔鬼战胜天神"，过去一般与《杂语》所谓"称为神的和称为魔的战斗了，并非争夺天国，而在要得地狱的统治权"对读，这当然不错，然而其源头却是《工人绥惠略夫》中亚拉借夫的议论："在人类里面存着两样原素——用了我们的神秘论者的话来说，那便是神的和魔的，进步便只是这两样原素的战争。"

再比如，《颓败线的颤动》开头描写老妇年轻时为了家人而卖淫的场景："在初不相识的披毛的强悍的肉块底下，有瘦弱渺小的身躯，为饥饿，苦痛，惊异，羞辱，欢欣而颤动。"这很像绥惠略夫指斥大学生作家亚拉借夫不能保护深爱着他的房东女儿，眼睁睁看着她为了生计而嫁给强悍粗鲁的商人："你竟不怕，伊在婚姻的喜悦的床上，在这凶暴淫纵的肉块下面，会当诅咒那向伊絮说些幸福生活的黄金似的好梦的你们哪。"便是《颓败线的颤动》的古怪的标题也可以从绥惠略夫的梦境中找到答案:"一个是寂寞的立着,两手叉在胸前","在他那精妙的颓败的筋肉线上,现出逾量的狂喜来,而那细瘦的埋在胸中的指头发着抖"。原来"颓败线"就是悲哀的老妇的"颓败的筋肉线",但鲁迅在正文中只说"她那伟大如石像,然而已经荒废的,颓败的身躯的全面都颤动了",并未点出"颓败线"或"颓败的筋肉线",这实在需要参看《工人绥惠略夫》,才能得其正解。

指出《工人绥惠略夫》和《野草》的这些关联,绝非暗示《野草》的相关文字完全抄袭《工人绥惠略夫》,因为这也仅仅是一些重要关联而已,其中包含了鲁迅诸多的创造性转换。但有一点可以肯定,自从1918年鲁迅读到《工人绥惠略夫》,《野草》和上述鲁迅其他小说、杂文与演讲的灵感也就开始结胎了,所以从1918年到1924年这段时间显然就不能说是"《野草》时期"。

鲁迅1925年夏就计划翻译他喜爱、阅读、揣摩20年之久的荷兰作家望·蔼覃的《小约翰》,正式翻译也是在齐寿山的协助下,从1926年7月6日开始,8月13日完成初稿。其中,人与兽("妖精")对话、人不如兽的思想,很接近《狗的驳诘》《失掉的好地狱》。"小约翰"每每醒来都不敢相信梦中那些神奇经历是真的,也仿佛《好的故事》。甚至一些修辞上的细节,比如"大欢喜""奇怪而高的天空"这样特殊用语也为《野草》和《小约翰》的鲁迅译本所共有。《小约翰》从头至尾记录一个接一个的梦。许多学者研究《野草》写梦与夏目漱石等作家的关系,却遗漏了鲁迅倾注二十多年心血研究和翻译的《小约翰》这一整本的"梦书"。该书可能还直接启发鲁迅创作《呐喊》中的《兔和猫》以及《朝花夕拾》(尤其《狗·猫·鼠》和《从百草园到三味书屋》)。《小约翰》和《野草》有大量重要的关联之处,但鲁迅翻译《小约翰》时,《野草》的创作基本已经结束。那么为什么在"《野草》时期"已经结束之后鲁迅还要翻译跟《野草》大有关联的《小约翰》呢?

唯一合理的解释应该是:并不存在所谓的"《野草》时期"。

五 《野草》的"哲学"?

《野草》研究还有一个现象,就是特别强调《野草》在思想上的独特性。这主要是引章衣萍和许寿裳的话来确认鲁迅的"哲学"主要就在《野草》中。上举北新书局广告词所谓"用优美的文字写出深奥的哲理"也强调《野草》在思想上的"特异"之处。

众所周知,鲁迅一向没有从"哲学"角度谈论或肯定过自己任何一部作品。倘若鲁迅果真对《野草》说过那种关乎"哲学"的话,先被章衣萍记在《古庙杂谈》,后来又被许寿裳加以引申[1],那么《野草》的独特性便确乎铁板钉钉,无可否认了。可惜鲁迅没说过——至少在《鲁迅全集》中找不到那样的话。

恰恰相反,鲁迅始终一贯地强调,他不可能"洞见三世","得天眼通","为天人师"[2],"凡有所说所写,只是就平日见闻的事理里面,取了一点心以为然的道理;至于终极究竟的事,却不能知"[3]。即使在鲁迅自以为好似"振臂一呼而应者云集的英雄"的最狂妄最哲学的青年时代,断言当时国中充斥"伪士","凡所然否,谬解为多",几乎站在了"呵斥八极"独步一时的制高点——即使在那个时期鲁迅也明确认为,"由纯文学上言之,则以一切美术之本质,皆在使观听之人,为之兴感怡悦。文章为美术之一,质当亦然,与个人暨邦国之存,无所系属,实利离尽,究理弗存"[4]。对于一般所谓"文章",包括自己的"创作",鲁迅这个观点始

---

[1] 前揭张梦阳《〈野草〉学九十年概观》说:"鲁迅的终生挚友许寿裳在鲁迅逝世纪念中写的文章《怀旧》(1937年1月16日北平《新苗》月刊第13期)中对《野草》也作过一句带有经典性的评论:'鲁迅是诗人,(不但)他的散文诗《野草》,内含哲理,用意深邃,幽默和讽刺随处可寻。……'后来这句评论时常被人引用,的确精辟地概括了《野草》的特点。"
[2] 《〈华盖集〉题记》,《鲁迅全集》第三卷,第3页。
[3] 《坟·我们现在怎样做父亲》,《鲁迅全集》第一卷,第135页。
[4] 《坟·摩罗诗力说》,《鲁迅全集》第一卷,第73页。

终一贯，从未改变，难道对《野草》出现了"例外"？难道鲁迅果真要以他全部创作中的一部"特异"之作来破例地表达其"哲学"，而不是一如既往，仅仅满足于经营一部"涵养神思"的文学作品？

不错，《野草》有浓厚的"哲学"气氛，但这也正如40年代胡风所言，鲁迅并不是"思想家"，他没有尝试过独创什么"哲学"[1]，充其量只是以文学的方式对某些哲学乃至宗教命题表达自己的独特感悟，包括困惑和质疑。生/死、希望/绝望、造物主/造物主的良民、人之子/神之子、布施/求乞、天/地、人/神/野兽/恶鬼/魔鬼、天堂/地狱、伤害/宽恕、各种名词/无物之阵、开口/沉默、虚空/实有……这些哲学和宗教神学的话题确实常见于《野草》，但鲁迅并没有以哲学和宗教神学方式对这些展开讨论，所有这些哲学和宗教神学话题也并不限于《野草》，前后期杂文、散文甚至书信也时常出现"上帝""魔鬼""地狱""天堂""鬼魂""地火""野兽""空虚""实有"之说。《野草》并没有单独完成鲁迅的"哲学"，《野草》只是较多将这些哲学和宗教神学话题引入鲁迅一如既往的文学性思索，尤其是以更加精致的散文诗形式加以表达，因此容易被识别，而在杂文和通信中联系更加具体的散文化语境道出，就不那么醒目罢了。《野草》相对"特异"之处主要还是"文学"而非"哲学"。

比如，跟《失掉的好地狱》写于同年的《杂语》开头就说："称为神的和称为魔的战斗了，并非争夺天国，而是要得地狱的统治权。所以无论谁胜，地狱至今也还是照样的地狱。"这就是以散文笔法对《失掉的好地狱》的宗旨极好的概括。《杂语》具体写作时间不详，但我们不必认定究竟《杂语》在演绎《失掉的好地狱》的"哲学"，还是《失掉的好地狱》的"哲学"在《杂语》中初露端倪。两篇都出自同一个创作主体之手，宗旨相同，只是表达方式和艺术效果不同。重要的是承认二者的联系，知道《野草》中的"哲学"无非就是鲁迅在其他文体和其他作品中

---

[1] 《关于鲁迅精神的二三基点》，《胡风评论集》（中），人民文学出版社1984年版，第9—10页。

经常谈论的那些始终萦回脑际的想法。如此而已。

关于《野草》的"地狱"意象，不少学者倾向于从鲁迅与佛教的关系入手来研究。其实，如果将《野草》放在鲁迅整个创作历程中来看，就知道鲁迅作品中的"地狱"意象来源复杂，除了佛教因素之外，还有但丁《神曲》的影响，有中国民间信仰比如祥林嫂所畏惧的地狱观念（这固然是信佛的"善女人"柳妈灌输的，但柳妈还是让祥林嫂去土地庙捐门槛）。"地狱"中"鬼魂"的来源，亦异常复杂。关键是所有这些都只是鲁迅思想中的外在（并非全是"外来"）影响因素，鲁迅本人并不信佛教、基督教和祥林嫂式的地狱鬼魂之说，他把这一切都通过文学方式折射为现实世界的弯曲倒影。鲁迅之所以醉心于地狱和鬼魂形象，不是从宗教哲学的角度，而是为了文学，为了文学所特有的炙热情感的表达。《记念刘和珍君》所谓"我已经出离愤怒了。我将深味这非人间的浓黑的悲凉；以我的最大哀痛显示于非人间，使它们快意于我的苦痛，就将这作为后死者的菲薄的祭品，奉献于逝者的灵前"。这些掺杂着或不断趋近宗教哲学概念的痛心疾首的文学话语，与哲学和宗教神学的固有观念始终相距颇远。

《记念刘和珍君》这段话，也可用来解释《复仇（其二）》所谓"他不肯喝那用没药调和的酒，要分明地玩味以色列人怎样对付他们的神之子，而且较永久地悲悯他们的前途，然而仇恨他们的现在"，"他在手足的痛楚中，玩味着可悯的人们的钉杀神之子的悲哀和可咒诅的人们要钉杀神之子，而神之子就要被钉杀了的欢喜。突然间，碎骨的大痛楚透到心髓了，他即沉酣于大欢喜和大悲悯中"。不必纠缠于《复仇（其二）》与基督教神学的相遇或对《圣经》叙事的引用或偏离。鲁迅只是借用耶稣被钉十字架的故事来传达和《记念刘和珍君》相同的心绪。无论"大痛楚""大欢喜"还"大悲悯"，都是"我将深味这非人间的浓黑的悲凉"的另一种表达。正如《铸剑》和《颓败线的颤动》所表达的眉间尺、"黑色人"和老妇的复仇的快慰、身心的苦痛与不能尽绝的悲悯，都与哲学和宗教无关。

这种情感宣泄到一定程度，不仅"出离愤怒"，还会"出离"语言，只好诉诸"神与兽的，非人间所有，所以无词的言语"，甚至"并无词的言语也沉默尽绝，惟有颤动"。

鲁迅熟悉中外文学中宣泄激越情感的修辞术，当他自己需要这么宣泄时，自然会拿过来为我所用，并有所创造。《影的告别》偶一使用的"呜乎呜乎"，到了《铸剑》，就索性将《吴越春秋·勾践伐吴外传》所引"离别相去之词"大胆改造为"奇怪的人和头颅唱出来的"因而"确是伟丽雄壮"[1]的呜呼阿呼歌。这些文学形式之所以重要，是因为它们很好地表达了鲁迅的情感，而非显示了鲁迅的"哲学"。

关于"死"和"死后"的描写。《野草·死后》固然有名，但似乎并不比1921年10月23日所作《智识即罪恶》(收入《热风》)类似的表达更多一些"哲学"意味。无论感情的深沉和思想的深刻，《死后》更远不及1936年9月5日所作那篇类似遗嘱的《死》。但《死》也只是闲闲着墨，并不刻意追求什么"死亡哲学"。它毋宁是一个像鲁迅这样的现代中国人对"死"的极通透的谈论。唯其如此，才更见得真切。当然《死》的通透与决绝可能接近鲁迅所谓"何尝不中些庄周韩非的毒，时而很随便，时而很峻急"，但这也算"死亡哲学"吗？

"死亡"也好，《〈野草〉题辞》所谓"朽腐""生存"也好，包括"沉默/充实""开口/空虚"的对称表达，都是鲁迅实有的体验的文学性倾诉，大可不必落实为鲁迅的"死亡哲学""生存哲学""语言哲学"。

说《野草》并无"哲学"，只是用"文学"的方式思考言说了哲学/宗教的若干命题，这不仅不会降低《野草》的成就，反而成就了《野草》的文学。

抓住章衣萍或许寿裳一句话，就从《野草》探索鲁迅的"哲学"，这

---

[1] 1936年3月28日致增田涉信，《鲁迅全集》第十四卷，第386页。

大概也属于鲁迅所谓谈论他的作品的那种"极伶俐而省事"[1]的方式吧?

六 结 语

《野草》之"特异"一向被强调得太过。我本人以往或多或少也这么看《野草》。现在想想,真是大可不必。这里尝试做一点"解构",看能否将《野草》重新置回鲁迅前后期有序展开的创作历程,凸显《野草》与同时及前后不同时期思想创作的有机联系,从而稍稍淡化一下《野草》的"特异"色彩。

还须补上一笔:不少针对《野草》之"特异"的研究其实已经将这"特异"研究成了"怪异",而对于"怪异",当然也就只能诉诸各种猜谜术。鲁迅不喜欢中外的"未来派"立志叫人看不懂,至于他自己的写作,"希望总有人会懂,只有自己懂得或连自己也不懂的生造出来的字句,是不大用的"[2]。这一条原则,大概也并非仅仅适用于他的小说吧?

应该除下《野草》的神秘面纱,修筑一条通向《野草》的更平坦的路,把《野草》看得更切实、更分明、更平易一些,毕竟"伟大也要有人懂"[3]。

2017 年 11 月 12 日草就
2019 年 3 月 28 日改定

---

1 《三闲集·我和〈语丝〉的始终》,《鲁迅全集》第四卷,第 172 页。
2 《南腔北调集·我怎么做起小说来》,《鲁迅全集》第四卷,第 526—527 页。
3 《且介亭杂文二集·叶紫作〈丰收〉序》,《鲁迅全集》第六卷,第 228 页。

二十年来话《风筝》

一

《风筝》值得探讨的地方很多，但我以为问题主要集中在结尾，而最不容易理解的也正是《风筝》的结尾。

要讲清楚《风筝》这个奇怪的结尾，必须对这篇作品所描述的两兄弟童年时代那件伤心的往事有一个通盘了解。事情很简单，第一人称讲述者"我"从小就不爱玩风筝。不爱玩风筝也没什么。虽然大多数孩子可能都爱玩，但人各有志，总有例外。然而这个"我"有些特别，不仅自己不爱玩风筝，还反对别的孩子放风筝，理由是玩风筝是最没出息的孩子才干的事。

这理由当然站不住脚。普通的一种游戏和爱好，被"我"这么一说，几乎成了无法原谅的罪过。"我"还真是霸道得不行。

但"我"的小弟弟酷爱玩风筝。买不起风筝，哥哥又不让玩，所以他就特别羡慕那些可以随便放风筝的孩子们，经常"张着小嘴，呆看着空中出神，有时至于小半日。远处的蟹风筝突然落下来了，他惊呼；两个瓦片风筝的缠绕解开了，他高兴得跳跃"。弟弟爱风筝爱到痴迷的地步，这一切在做哥哥的看来，自然"都是笑柄，可鄙的"。

碰到这样的哥哥，弟弟真是倒霉透了。没办法，他只好偷偷找来一些材料，躲在一间不太有人去的堆杂物的小屋，自己动手，制作风筝。就要大功告成时，被"我"发现了。"我"想弟弟真没出息，干嘛不好，为啥背着人做风筝？当时的"我"气愤至极，二话不说，抢上前去，手脚并用，彻底砸烂了弟弟"苦心孤诣"快要糊好的那只风筝。

"我"凶巴巴地做了这件事之后，毫不在乎弟弟的感受，扬长而去了。

此后兄弟二人再也没有提起这件事。

不料 20 年后，"我"偶尔看到一本外国人研究儿童的书，知道游戏是儿童最正当的行为，玩具是儿童的天使，这才恍然大悟，也幡然悔悟，意识到 20 年前那一幕乃是对弟弟进行了一场"精神的虐杀"。一种迟到的惩罚终于降临到我头上："我的心也仿佛同时变了铅块，很重很重地堕下去了。"

于是"我"就想弥补 20 年前的错误，但又不知怎么办才好。"送他风筝，赞成他放，劝他放，我和他一同放。我们嚷着，跑着，笑着。——然而他其时已经和我一样，早已有了胡子了。"既然这些都不行，那就只剩下一个办法：当面向弟弟认错，求他原谅。

也是没有想到，听了哥哥"我"的致歉和忏悔，人到中年的弟弟居然说：

"有过这样的事吗？"他惊异地笑着说，就像旁听着别人的故事一样。他什么也不记得了。

弟弟的反应大大出乎"我"的意料。"我"本来以为弟弟应该说："'我可是毫不怪你呵。'我想，他要说了，我即刻便受了宽恕，我的心从此也宽松了罢。"不料弟弟竟然把这件事给彻底遗忘了。

如果说弟弟的反应让"我"感到意外，接下来"我"对弟弟的反应的反应，就轮到作为读者的我们感到意外了。"我"是这么说的——

全然忘却，毫无怨恨，又有什么宽恕之可言呢？无怨的恕，说谎罢了。

　　我还能希求什么呢？我的心只得沉重着。

　　不知别人怎么看这个问题，我自己自从二十多年前（恰巧又是"二十多年"）读到《风筝》之后，就一直觉得鲁迅这篇散文诗太怪了。怪就怪在哥哥最后的情绪反应。他小时候禁止家人放风筝的霸道和一点小变态倒也罢了，毕竟年幼无知，而且后来也意识到错了。真正奇怪的是二十年后，当弟弟明确告诉他已经不记得小时候那一幕所谓的"精神的虐杀"，依照常情常理，做哥哥的应该高兴才是，因为至少此时此刻，弟弟已经把那件不愉快的往事忘得干干净净，不会有什么心理创伤，也不会记恨哥哥了。既然如此，哥哥应该为弟弟高兴，也应该为自己高兴才是，怎么反倒更加闷闷不乐呢？

　　哥哥不仅说"我的心只得沉重着"，接着还用一大段更加阴郁而奇怪的文字，做了这篇散文诗的结尾——

　　　　现在，故乡的春天又在这异地的空中了（按文章说的是在北京看人放风筝，想起儿时故乡的风筝，想起自己对弟弟那一场"精神的虐杀"），既给我久经逝去的儿时的回忆，而一并也带着无可把握的悲哀。我倒不如躲到肃杀的严冬去吧，——但是，四面又明明是严冬，正给我非常的寒威和冷气。

　　看《风筝》这个结尾，好像心理受伤的不是小时候被哥哥砸烂心爱的风筝的弟弟，反倒是砸烂弟弟风筝的哥哥。而且这位哥哥发生似乎越来越严重的心理创伤，还是在人到中年，意识到小时候伤害过弟弟，但弟弟又告诉他根本不记得此事之后。

　　这究竟是怎么回事？

二

我想不外乎这几种可能。

第一，这个"我"心理有点不正常。他硬是要证实弟弟当时确乎受了伤害，而且硬是希望听到曾经受到过他的伤害的弟弟对他说，"我可是毫不怪你呵"，只有这样，他才能感到满意，心里一块石头才终于可以落地。果真如此，这个"我"很可能就有点强迫症，非要别人的思想感情甚至对往事的记忆都必须走在自己设计的轨道上，他才心安理得，否则就横竖不舒坦。这自然可说是一种心理强迫症的表现。

第二种可能是，弟弟说他完全忘记了20年前那件事，做哥哥的不相信这是真的。他可能认为弟弟是在骗他，是不想跟他多啰唆，是在用打哈哈的方法拒绝他的致歉与忏悔。他可能认为弟弟这样做，说明弟弟当时确实受了伤害，而且打那以后一直记着这个伤害，随着时间的推移，心理医学上所谓"创伤记忆"越来越严重，以至于深入骨髓，根本不想接受来自哥哥的廉价致歉与忏悔。也就是说，弟弟至今痛并恨着，只给哥哥一个等于"说谎"的"无怨的恕"，做哥哥的这才感到痛苦不堪，毫无办法，所以"我的心只得沉重着"。

这种可能性还可以分成两个方面。其一，哥哥的怀疑是对的，弟弟确实至今仍然痛苦并且痛恨着。其二，哥哥的怀疑错了，这只不过暴露了哥哥的心理变态：他疑心病太重，不该怀疑的偏要怀疑，偏要无事生非，偏要凡事都朝最坏的方向去设想。

无论哥哥的怀疑对不对，这都是一件不折不扣的心理和感情的悲剧。

第三种可能是，这位做哥哥的是一个弗洛伊德精神分析与心理治疗学说的拥护者。这派学说认为，一个人早期的心理创伤，随时间推移，容易压抑在潜意识里。表面风平浪静，连患者本人都以为根本没受到伤害，就像《风筝》里的弟弟说他不记得小时候那一幕，但被压抑在潜意识里的早年创伤会不断从精神深处伤害着患者，在患者意识不到的情况下不断流露出各种精神变态。医治的办法，就是在催眠状态下，诱导患者慢慢回忆起早年的某一段经历，把这段经历从潜意识深处唤醒，让它浮现到意识层面，就好像把身体里的毒性逼出来，从而达到治愈效果。但这种心理和精神上的治疗过程相当麻烦，对患者来说也非常痛苦，而且不一定总能奏效。

做哥哥的"我"也许正是想到这一点，才为他的弟弟感到深深的悲哀，同时也对他自己少年时代的糊涂和粗暴追悔莫及。被害者经过施害者特别的提醒，也无法回忆起曾经遭受的伤害，他的灵魂深处的伤口因此也就永远无法愈合，而曾经的加害者的道歉与忏悔，无论如何真诚，也永远无法完成了。

鲁迅1922年创作历史小说《不周山》时，就"取了弗罗特说来解释创造——人和文学——的缘起"。对弗洛伊德学说，鲁迅是熟悉的，他在《风筝》里从另一个角度借鉴弗洛伊德学说写下这个结尾，也并非不可能。

第四种可能，是"我"从弟弟这一精神个案出发，进一步想到类似弗洛伊德学生卡尔·荣格的"集体无意识"，想起他本人在三年前创作的《阿Q正传》里，想起他通过阿Q形象的塑造所揭示的民族集体的精神健忘症。

鲁迅感到痛心疾首的中国文化痼疾之一，就是健忘症。阿Q对许多事情似乎只有动物式的短暂记忆，很快就会忘记几分钟前的屈辱和不幸，立刻"飘飘然"起来。鲁迅经常提到"中国人是健忘的"[1]，"中国人虽然自夸'四千余年古国古'，可是十分健忘的"[2]。

《风筝》里的"我"想起站在面前的（应该也是读书识字的）弟弟竟然像阿Q一样，对曾经的伤害与屈辱如此健忘，想起要以自己微弱的

---

[1] 《华盖集·十四年的"读经"》，《鲁迅全集》第三卷，第138页。
[2] 《南腔北调集·祝〈涛声〉》，《鲁迅全集》第四卷，第576页。

呐喊叫醒患了深度健忘症的民族是如何困难，想起他试图唤醒弟弟过去所遭受的"精神的虐杀"恰恰是由自己一手制造，就像《狂人日记》中的"狂人"最后发现，他到处控诉整个文化历史的"吃人"本质，偏偏自己也吃过"妹子的几片肉"。20年前被自己砸烂的那只"风筝"，不就像"妹子的几片肉"，都是家庭内部"吃人"行为的牺牲品吗？区别只在于一个是肉体的吃与被吃，另一个是"精神的虐杀"。更令人沮丧的是，既然"我"作为家庭内部"吃人的人"和家庭内部"精神的虐杀"的制造者做出如此真诚的道歉和深刻的忏悔都会落空，那又怎能期望在全社会、全民族范围内更加残酷的吃人者与被吃者、"精神的虐杀"的施与受双方，有朝一日会恍然大悟，幡然悔悟，并且互相原谅呢？

三

我现在所能想到的，也只有这四种可能的解释。

但我不能肯定，究竟哪一种解释更接近事情的真相。鲁迅的高明就在于他给《风筝》安排了这样一个看似突兀而古怪的结尾，奇峰突起，又戛然而止，让人迷惑，又让人似乎可以展开无限的遐想。

但不管我们怎么迷惑，怎么猜测，怎么遐想，有一点可以肯定：人类之间相互所加的伤害，不管是轻是重，是作用于肉体还是作用于精神上的，是此刻当下，还是在遥远的过去，甚或懵懂的儿时，对受害者和施害者来说，其后果都非常严重。尤其精神的伤口，不是你想治愈，就能治愈得了。因此，关爱兄弟和邻舍，呵护幼小稚嫩而脆弱的心灵，是人类最值得去做、最需要去做、最应该去做的事。爱人如己，没有比这个更重要的了。

或许有人要说，上述推测和遐想纯属多余，都是"过度阐释"，鲁迅很可能根本就没想那么多。他只是大笔一挥，随便写写。

能这么说吗？这就要讲到《风筝》的漫长创作过程了。

《风筝》写于 1925 年，但早在 1919 年，鲁迅就发表过总题为《自言自语》的一组简短的寓言故事，其中一篇《我的兄弟》，故事情节（包括结尾）跟《风筝》一模一样，只是内容和文字描写要简单得多，显然是《风筝》的雏形或初稿。因此，至少在公开发表的文本层面，《风筝》的创作，前后就持续了六年之久。如果算上初稿《我的兄弟》的构思，这个创作过程就更加漫长了。一篇短短的散文诗，大才如鲁迅，竟然也要花去六年多的时间才定稿，能说这只是他大笔一挥，随便写写，而并无什么微言大义吗？

　　说起《风筝》的"微言大义"，就不得不补述一下"周氏三兄弟"（周作人、周建人和鲁迅）的微妙关系。

　　《风筝》中被大哥踩坏风筝的是三弟周建人，但据周作人说，"折毁风筝等事乃属于诗的部分，是创造出来的"，因为尽管鲁迅本人年少时确实不爱放风筝，而三弟周建人确实爱放风筝，尤其制作风筝的水平，"几乎超过专家"，但周建人玩风筝时，鲁迅已到南京求学，所以不可能有兄对弟的"精神的虐杀的这一幕"，鲁迅这样写，"原意重在自己谴责"[1]。但这对象却并非三弟，而是二弟周作人他自己，因为在同一篇文章中，周作人又说鲁迅小说《弟兄》写哥哥沛君针对弟弟靖甫所做的噩梦"也带有自己谴责的意义"。他还说鲁迅小说《伤逝》乃是"假借了男女的死亡来哀悼兄弟恩情的断绝的"[2]。总之，周作人在 20 世纪 50 年代末至 60 年代初将《风筝》和《弟兄》《伤逝》一起都解释为鲁迅为了和他"兄弟恩情的断绝"，并进行"自我谴责"。区别在于，《弟兄》以沛君之梦出之，《伤逝》则"假借了男女的死亡"，而《风筝》是张冠李戴，用鲁迅和三弟之间"创造出来的"属于"诗"的内容曲折地暗示鲁迅与二弟在 1923 年的"失和"。

　　1923 年 7 月 19 日鲁迅日记说"上午启孟（周作人）自持信来，后

1　周作人：《鲁迅的青年时代》，河北教育出版社 2002 年版，第 86—87 页。
2　周作人：《知堂回想录（下）》，河北教育出版社 2002 年版，第 485 页。

邀欲问之，不至"。这就是周作人给鲁迅的那封著名的绝交信，其中有言："过去的事不必说了。我不是基督徒，却幸而尚能担受得起，也不想责难说，——大家都是可怜的人间。"这种口吻，是否与《风筝》所谓"全然忘却，毫无怨恨，又有什么宽恕之可言呢？无怨的恕，说谎罢了"有关？这一内容，是1919年《自言自语·我的兄弟》所没有的，是否鲁迅有感于1923年"兄弟失和"之后无法化解的来自周作人的强装的"无怨的恕"而将《我的兄弟》在1925年1月加以扩充，向周作人表达"自己谴责"呢？但鲁迅一贯主张文学创作"不要专化，却使大家可以活用"，因此行文中，"为豫防谣言家的毒舌"，"消灭各种无聊的副作用"[1]，总是力避给人以对号入座的机会。他会写一篇散文诗《风筝》而仅仅是向周作人表达"自己谴责"吗？

2018年11月29日初稿
2019年2月27日改定

---

[1] 《且介亭杂文·答〈戏〉周刊编者信》，《鲁迅全集》第六卷，第149、151页。

彼裘绂于何有，嗟大恋之所存

——《坟》的编集出版及其他 [1]

一 鲁迅何时编定《坟》？

据李霁野回忆，"《坟》的稿子是先生离京前交给未名社的"[2]。鲁迅1926年8月26日离京，李霁野当时在安徽老家[3]，鲁迅具体何时向哪位未名社成员交稿，现存鲁迅1926年8月26日之前通信和日记对此均无明确记载[4]。

通常认为鲁迅1926年11月在厦门编定《坟》[5]，是指《题记》(1926年10月30日)和《写在〈坟〉后面》(1926年11月11日)而言，但这一序一跋撰成较晚，此前《坟》的编集已酝酿多时，也早就确定了选目与编排，并很可能于鲁迅1926年8月离京之前交稿。

如果说李霁野1976年的回忆因年代久远可能发生模糊，还有一条证

---

[1] 本文写作过程中，有关鲁迅留日时期两份剪报，先后得到姜异新、夏晓静女士及王锡荣、陈子善、黄乔生、陈漱渝、高远东、朱林华诸位先生直接与间接的帮助与指教，在此一并鸣谢。

[2] 李霁野：《未名社出版的书籍和期刊》，《鲁迅先生与未名社》，湖南人民出版社1980年版，第69页。

[3] 李霁野：《鲁迅先生两次回北京》，鲁迅博物馆、鲁迅研究室、《鲁迅研究月刊》选编：《鲁迅回忆录·散篇》上册，北京出版社1999年版，第277页。

[4] 鲁迅日记1926年6月11日有"寄素园信并稿"六字，1981年版《鲁迅全集》未注明书信内容，但认定"稿"是"《通信（复未名）》"。后收入《集外集》。2005年版同此。不知何据，存疑待考。

[5] 孙用先生认为《坟》是"一九二六年作者在厦门编定"，见《〈鲁迅全集〉校读记》，湖南人民出版社1982年版，第1页。张文江《论〈坟〉和鲁迅作品的格局》也说《坟》是"1926年10—11月编成"，见张文江：《渔人之路和问津者之路》，复旦大学出版社2006年版，第178页。

据说明，鲁迅最迟 1926 年 6 月 10 日之前就初步编定了《坟》。

1926 年 6 月 10 日，景宋（许广平）"写讫"《鲁迅先生撰译书录》（以下简称《书录》），在"撰著"（创作）部分介绍已出版的《呐喊》《彷徨》《热风》和一周前刚收到的《华盖集》[1]，又介绍了三本尚未出版的"撰著"，即《野草》《华盖集续编》《坟》。许广平介绍这三本书，说法各异——

《野草》。小品。自一九二四年起，断续地在《语丝》上登载，现至第二十一篇，未完（？）。

其实《野草》最后亦即第 23 篇《一觉》两个月前（1926 年 4 月 10 日）脱稿，已刊 4 月 19 日《语丝》第 75 期。说"未完（？）"，盖因鲁迅那时还不确定是否继续写下去。《书录》反映了鲁迅的思路，应是在鲁迅指导下撰成。

《华盖集续编》是这样介绍的：

杂感集第三。一九二六年一月以来的感想记录。未完。

《华盖集续编》（鲁迅有时简称《华续》）确实"未完"，只写到第 20 篇《为半农题记〈何典〉后，作》，此后还有 6 篇，以及《华续》初步编定后，又以"华盖集续编的续编"为名附录 7 篇通信与杂文。注明"未完"，也只有作者本人了然于胸，故《书录》在鲁迅指导下撰成，殆无疑义。

所谓"杂感集第三"，是将《华续》排在《热风》《华盖集》之后，而将《坟》单列：《书录》认为《坟》并不是"杂感"。

《坟》的介绍全文如下——

论文及随笔集。自一九〇七年留学日本时代的文言文《人之历

---

[1]《鲁迅日记》1926 年 6 月 3 日记"午后"收到李小峰刚刚寄到的"《华盖集》廿本"。

史》起，按年代排列，从登在《新青年》的白话文而至一九二五年登在《莽原》上的《论"费厄泼赖"应该缓行》止，并演说二篇，共二十四篇，作者较成片段的文章，大概收录在内。未名社印行。

《书录》"附记"还申明："以上所录，是单就自己所闻见和确凿知道的。"由此更可推知该《书录》是在鲁迅指导下撰成，至少得到鲁迅首肯。三年后鲁迅自撰《鲁迅译著书目》时有言，"我所译著的书，景宋曾经给我开过一个目录"，就是指这份《书录》，而鲁迅本人介绍《坟》的核心文字也是"论文及随笔"，与许广平完全一致。

《坟》实际仅23篇，"共二十四篇"云云，或系笔误，或后来抽去一篇，皆未可知。但既云"自一九〇七年留学日本时代的文言文《人之历史》起，按年代排列，从登在《新青年》的白话文而至一九二五年登在《莽原》上的《论"费厄泼赖"应该缓行》止，并演说二篇，共二十四篇，作者较成片段的文章，大概收录在内"，可知此时《坟》的选目和编排已经确定（包括将第一篇文章的标题《人间之历史》改为《人之历史》），该书性质也有明确界定。后来实际出版的《坟》和许广平《书录》的介绍高度吻合。

因此《坟》的主体部分（篇目和编排）最迟1926年6月10日已确定。《书录》介绍《坟》，最后一句不说"未完"，而说"未名社印行"，很可能当时或稍后即已交稿（6月10日左右），而非两个多月之后的离京前夕。李霁野所谓"离京前交未名社"应作如是解。在厦门作《题记》和《写在〈坟〉后面》，不过是完成拖延甚久的出版之前最后一道工序罢了。

二 《坟》的"体式"

许广平鲁迅皆称《坟》为"论文及随笔集"，又说"作者较成片段的文章，大概收录在内"，这都是交代《坟》的文体特点。

但《题记》和《写在〈坟〉后面》还有"体式上截然不同的东西""长长短短的杂文""古文和白话合成的杂集"等说法,这和"论文及随笔集""较成片段"云云,有何关联?

鲁迅当时称《热风》《华盖集》为"杂感""短论",称《坟》为"杂文"或"论文及随笔"。《书录》称《华续》为"杂感集第三",不将《坟》算在"杂感"之列。1932年初鲁迅称《而已集》为《热风》《华盖集》《华续》之后"我的第四本杂感"[1],也将《坟》列于"杂感"之外。《写在〈坟〉后面》所谓"除小说杂感之外,逐渐又有了长长短短的杂文十多篇","小说杂感"当指《呐喊》《彷徨》和《热风》《华盖集》《华续》,"长长短短的杂文"则专指《坟》。

《坟》所收文章,无论"白话"或"古文",显著特点是篇幅都较长,故称"较成片段"。其次是多冠以"论""说""谈"等字眼,带有"论文"性质。这在一定程度上接续了《人之历史》等文言论文的格式,但又有不同,即越来越不像留日时期那样俯瞰古今中外、讲究系统性了。虽也旁征博引,但往往仅凭记忆,涉笔成趣,不复再见《人之历史》《科学史教篇》《文化偏至论》《摩罗诗力说》那种力求完整谨严地把握古今中外文化某一主题的论述方式。这自然跟后来所谓"住在北京的会馆里的,要做论文罢,没有参考书"[2]的窘境有关,但毕竟"较成片段",非短小的"杂感""短论"可比,故称为"杂文"或"论文及随笔集",甚至仍旧称为"论文集"[3]。

《坟》虽然是"体式上截然不同的东西",但鲁迅强调其中所收作品具有共同性,即都可归入"论文"或"杂文"的范畴,而非"杂感"之类。

不独鲁迅本人这么看,"五四"时期的一些友人对鲁迅"文章"也有

---

1 《〈三闲集〉序言》,《鲁迅全集》第四卷,第3页。
2 《南腔北调集·我怎么做起小说来》,《鲁迅全集》第四卷,第526页。
3 《〈二心集〉序言》就说:"此后也不想再编《坟》那样的论文集。"

类似的分类法。1936年钱玄同追忆说，《狂人日记》之后，"豫才便常有文章送来，有论文、随感录、诗、译稿等"[1]。在钱玄同看来，鲁迅给《新青年》的"文章"，"诗"和"译稿"之外，就是"论文"和"随感录"两大类。许寿裳1936年所作《鲁迅的生活》[2]也称《坟》为"论文"。

《坟》的"论文"，1907—1908年和1918—1925年所作又有差异，但相同或相通处更多，大体都是介乎中国古人之"论"、近代报刊之"社说"、西方现代学术论文（胡适所谓"长篇述学之文"）、周作人用"论"来冠名的"美文"之间的匠心独运的创造。

至于"体式上截然不同"，则特指文言白话之别，换一种说法就是"古文和白话合成的杂集"。《坟》中4篇文言文内部或19篇白话文本身虽有差异[3]，却不能说是"体式上截然不同"。

上述关于《坟》的文体的种种考虑最终证明皆是多余。鲁迅后来抱定的"杂文"概念涵盖"体式上截然不同"的文言和白话，更囊括"杂感""短论""随笔""论文""生存的小品文"等一切用白话作成的文章。

尽管如此，指出鲁迅在其"杂文"概念尚未最终确立之前一再强调《坟》的"论文"性质[4]，还是有助于我们理解《坟》的编辑理念："将这些体式上截然不同的东西，集合了做成一本书样子的缘由"，其中之一就是它们都具有"论文"特征。"论文"是《坟》"体式上截然不同"的文白两部分的共同点。有此共同点，才将它们"做成一本书"。

---

[1] 钱玄同：《我对周豫才（即鲁迅）君之追忆与略评》，原载1936年10月26、27日《世界日报》（北平），收入鲁迅博物馆、鲁迅研究室、《鲁迅研究月刊》选编：《鲁迅回忆录：散篇》上册，第94—95页。

[2] 该文收入许寿裳《鲁迅的思想与生活》，1947年6月台湾文化协进会刊行，后收入《许寿裳回忆鲁迅全编》，上海文化出版社2006年版，第145页。

[3] 《人之历史》（原题《人间之历史》）和《科学史教篇》《文化偏至论》《摩罗诗力说》在《河南》杂志发表时，分属"译述"和"论著"栏目。《坟》的19篇白话文格式也有差异。但这些并非《题记》所谓"体式上截然不同"。

[4] 鲁迅写"杂文"的意识，编《华盖集》时已相当自觉，但正式确立无所不包的"杂文"概念则晚至1935年12月30日《《且介亭杂文》序言》对"杂文"概念的正面阐述。

这是和《坟》的编集有关的文章"体式"上的问题，作者当时显然是颇费了一番考虑的。

三　几个时间差

许广平《书录》原本是台静农所编《关于鲁迅及其著作》（"未名社丛书"之一）的头条附录。《关于鲁迅及其著作》1926 年 7 月由未名社初版，上海开明书店印行。最迟从 1926 年 7 月开始，读者就知道鲁迅已编好"论文及随笔集"《坟》，囊括了他从 1907 年《人之历史》到 1925 年《论"费厄泼赖"应该缓行》"较成片段的文章"。鲁迅很关心台静农这本书，亲为校阅，并修改了台静农的序文[1]，因此台编所附许广平《书录》，鲁迅当然也看过。这又是许广平《书录》得到鲁迅指导与首肯的一条证据。

《书录》介绍《坟》，并非"未完"，而"未名社印行"五字也和李霁野所说鲁迅离京前已交稿若合符节，甚至还让读者感到《坟》已经出版了。但事实上《坟》的广告 1926 年 6 月 10 日拟好，未名社 7 月通过台静农所编的《关于鲁迅及其著作》的出版而打出这份广告，出版却要到 1927 年 3 月，已经是广告拟好之后 9 个月，广告打出之后 8 个月，距《坟》最后一篇《论"费厄泼赖"应该缓行》完成之日则是一年零三个月了。

如何解释这几个并不算短的时间差呢？

四　不同的出版节奏

对照鲁迅北京时期的创作，《呐喊》《热风》《彷徨》《华盖集》《华续》皆随写随编，创作完成与编集出版的时间十分接近。只有《坟》和《野

---

[1] 鲁迅 1926 年 6 月 21 日致韦素园、韦丛芜信说，"《关于鲁迅》已校了一点"，"序文我当修改一点"。《鲁迅全集》第十一卷，第 530 页。

草》完成创作之后很长时间才出版。

《呐喊》《彷徨》是小说，容易收集归类。《热风》半是《新青年》上的"随感录"，半是《晨报副刊》上类似的短论，也不难衷辑。这三本随写随编，和《坟》无可比性。《野草》情况不同，鲁迅离京前后、在厦门之时都不能确定是否会继续写下去[1]，因此《野草》迟迟不能出版，和《坟》也无可比性。此外值得参照的只有跟《坟》一样文体驳杂、篇目甚夥、发表阵地多变的《华盖集》《华续》。

1925年12月31日夜，鲁迅在"绿林书屋"编就《华盖集》，并作《〈华盖集〉题记》。《华盖集》最后一篇《这回是"多数"的把戏》写于1925年12月28日，发表于1925年12月31日的《国民新报副刊》。换言之，最后一篇写完第三天和发表的当日，鲁迅就编好了《华盖集》！隔了两个月即1926年2月15日，鲁迅"校毕"《华盖集》并作《〈华盖集〉后记》，至此《华盖集》所有作者方面的出版准备工作均告完成。

再看《华续》。该书先收1926年1—8月所作杂文26篇，最后一篇《上海通信》写于1926年8月30日鲁迅从北京赴厦门途经上海之时。1926年10月14日，已在厦门的鲁迅为1926年8月20日离京之前一篇谈话的记录稿《记谈话》追加一段《附记》，作为《华续》最后一篇文章，并撰"小引"和"校讫记"（后移作《而已集》"题辞"），1926年10月15日日记说："下午编定《华盖集续编》。"这是《华续》编集的第一阶段。

鲁迅本打算在厦门专心编讲义和教书，以为"大概今年不见得再有什么废话了罢"，但1926年10月15日初步编完《华续》不久，发现漏落了1926年9月23日一则《厦门通信》。接下来逗留厦门两个月作文确

---

[1] 1926年11月21日鲁迅致韦素园的信就谈到《野草》的编集出版："《野草》向登《语丝》，北新又印《乌合丛书》，不能忽然另出。《野草丛刊》亦不妥。"但1927年1月16日致李小峰信又说："至于《野草》，此后做不做很难说，大约是不见得再做了，省得人来谬托知己，舐皮论骨，什么是'入于心'的。但要付印，也还须细看一遍，改正错字，颇费一点工夫。因此一时也不能寄上。"可见直到离开厦门，鲁迅都没有完全确认是否还会继续创作《野草》。

实不多，但还是有五篇通信与杂文。1927年1月8日，鲁迅索性以《华盖集续编的续编》为名，将这六篇附在《华续》之后："总算一年中所作的杂感全有了。"这是《华续》编集的第二阶段。

和《华盖集》一样，包含《续编的续编》在内的《华续》也是随写随编——实际上在《华续》编完之后与出版之前的间隙，鲁迅又追加了1927年1月16日从厦门至广州船上写给李小峰的《海上通信》，这样《华续》创作完成和编辑出版的时间就更加靠近了。

鲁迅北京时期几本书的编集出版堪称神速，唯独《坟》写完、编定甚至交稿之后，迁延日久，方得印行。

《坟》最后一篇《论"费厄泼赖"应该缓行》作于1925年12月29日（也即《华盖集》最后一篇《这回是"多数"的把戏》作成第二天），发表于1926年1月10日（亦即编就《华盖集》之后第十天）。按《华盖集》编集速度，倘若鲁迅此时腾出手来编《坟》，则距他1926年8月26日与许广平双双离京还有七个半月，完全可以从容将事。据许广平《书录》，《坟》最迟1926年6月10日编就，此时鲁迅仍在北京，两个半月后才赴厦门，也有足够的余裕完成撰写序跋之类的后续工作。

但事实上就在这段时间，鲁迅搁下了已经编定的《坟》，先是1925年12月31日夜迅速编就《华盖集》并作《〈华盖集〉题记》（在《华盖集》最后一篇《这回是"多数"的把戏》写完后三天亦即发表当日），接着1926年2月15日"校毕"《华盖集》并作《〈华盖集〉后记》，完成《华盖集》全部编辑工作。

此后《坟》的印行仍无动静，却又于1926年10月15日初步"编定"《华续》。此前还于1926年6月初，连夜校阅《彷徨》的"印刷稿子""排印稿子"，保证了该书于1926年8月出版。[1]

如此这般，一直忙到1926年10月30日，才在到了厦门之后的一个

---

[1] 见1926年6月1日、3日的鲁迅日记，《鲁迅全集》第15卷，第622—623页。

大风之夜写《坟》的《题记》，11天之后再作《写在〈坟〉后面》，完成《坟》的所有出版准备。

此时距《坟》最后一篇创作时间已过去11个月。正式出版是1927年3月，距所有出版准备工作完成又过去4个月。

鲁迅1926年8月26日离京南下，生活道路剧变，临行又异常忙碌，这是值得考虑的重要事实，但这不能仅仅令《坟》的出版一再迁延，却丝毫不影响《彷徨》《华盖集》《华续》的编集、校阅与出版。恰恰在《坟》的最后一道编辑工序一再拖延的同时，鲁迅加紧完成了《华盖集》的编集，又在抵达厦门一个月后编定《华续》。是否中间插入《华盖集》《华续》的编集，因而未能及时推进《坟》的出版呢？也不能这么说。《华盖集》《华续》编集出版的快节奏倒是鲜明地反衬了《坟》的出版何其迟缓。

究竟什么原因导致已编好并交稿的《坟》的出版一拖再拖？

五　"收集，抄写，校印"及其他

这里首先应考虑《坟》中所收文章的"收集，抄写，校印"。

1926年12月29日鲁迅致韦素园信说，"景宋在京时，确是常来我寓，并替我校对，抄写过不少稿子（《坟》的一部分，即她抄的）"。李霁野1976年回忆也说，鲁迅交稿时，"对我们提到景宋，说稿子是她代抄的，她能一天抄八千到一万字，毫不吃力，是工作的好助手"[1]。1925年8月上旬，许广平为躲避女师大当局迫害，借寓鲁迅家中将近一周，闲来无事，就帮鲁迅抄写收入《坟》的那几篇文言文，速度飞快。[2] 这事李霁野回忆说鲁迅交稿时告诉了"我们"（未名社几个成员），但据鲁迅

1　李霁野：《未名社出版的书籍和期刊》，《鲁迅先生与未名社》，第69页。
2　参见倪墨炎、陈九英：《鲁迅与许广平》，上海书店出版社2001年版，第37页。

1926年12月29日致韦素园信,至少韦素园当时并不知情。《题记》说"我的几个朋友"分头"替我搜集,抄写,校印",许广平之外还有谁?现在看1925—1926年和鲁迅交往密切的青年朋友的回忆,难以找到线索。但不管怎样,所谓"费去许多追不回来的光阴"应是客气话,不会费时太多,因为除许广平抄写的文言论文,19篇白话文都是发表过的文章,可直接利用剪报。李霁野只保存了《题记》和《写在〈坟〉后面》两份手稿,而有些白话文,鲁迅在刊物剪报上有不少修改,是否修改后又请许广平或别人誊抄,很难推测。但无论如何,1926年6月10日许广平撰成《书录》或离京(1926年8月26日)之前,书稿已交未名社,誊抄工作应全部结束。

校订费时不少。《妇女杂志》编者附记说,鲁迅曾对北京女子高等师范学校《文艺会刊》发表之《娜拉走后怎样》记录稿"重加订正"。这需要一点时间,但此次"订正"既完成于1924年8月1日《妇女杂志》发表《娜拉走后怎样》之前,自然不影响《坟》的编集出版。

《题记》说:"又喜欢做怪句子和写古字,这是受了当时的《民报》的影响;现在为排印的方便起见,改了一点,其余的便都由他。"实际上四篇文言文不只"改了一点",《人之历史》题目都换了(原题《人间之历史》)。19篇白话文也有程度不同的校改。[1]1927年3月第1版修改原刊处颇多,1929年7月第2次印刷改动不大,主要针对《题记》和《写在〈坟〉后面》。孙用先生《〈鲁迅全集〉校读记》据以校对原刊的是《鲁迅全集》1981年版,其实就是1929年7月第2次印刷本。《坟》此后还印行两次,并无改动。孙用先生给出的校勘内容,主要是1927年3月第1版时鲁迅针对原刊的校改。

鲁迅1928年7月17日致李霁野信说,《坟》的校正稿……于前几天寄出了",这说明第2次印刷前的校改完成于1928年7月中旬。1927

---

[1] 参见孙用:《〈鲁迅全集〉校读记》,湖南人民出版社1982年版,第1—36页。

年 3 月第 1 版问世前的校对工作何时结束呢？可能是在鲁迅离京之前。《题记》说"现在为排印的方便起见，改了一点"，应是为行文方便，将离京前完成的校改之事与正在撰写的《题记》拉到一块。倘若"现在"指 1926 年 10 月 30 日撰写《题记》之时，则鲁迅手边须有未名社寄来的校样，或从北京随身携带的文稿抄件与剪报副本。还有一种可能，就是李霁野所谓"交稿"之后，鲁迅又取回原稿，带到厦门，随时校阅。但现存鲁迅和未名社成员通信并无这方面的证据。鲁迅去厦门后，许羡苏再次借住西三条胡同二十一号，鲁迅"仍然有许多刊物和书籍要转寄，几乎三天两头有信往还"，可惜这些信件后来都遗失了，"否则可以多一些手稿，而且也可以了解当时许多事情"[1]。不知道"当时许多事情"中有没有跟《坟》的校阅有关的细节。

倒是《写在〈坟〉后面》完成之后的 1926 年 11 月 23 日鲁迅致李霁野信再次提到《坟》的校对："关于《创世记》的作者，随他错去罢，因为是旧稿。人猿间确没有深知道连锁，这位 Haeckel 博士一向是常不免'以意为之'的。"[2] 这话前半段涉及《人之历史》"西国创造之谭，摩西最古，其《创世记》开篇"一句。《创世记》为"摩西五经"之首，但并不一定或不全是摩西所作，当时正拟翻译房龙《〈圣经〉的故事》的李霁野可能意识到这个问题，请示鲁迅是否修改，回答是"随他错去罢，因为是旧稿"。后半段涉及《人之历史》对德国生物学家海克尔（鲁迅先后译作黑格尔、赫克尔）《人类发生学》的介绍，"递近古代第三纪，乃见半猿，次生真猿，猿有狭鼻族，由其族生犬猿，次生人猿，人猿生猿人，不能言语，降而能语，是谓之人"，可能李霁野对此有疑惑，又可能李霁野看到《坟》的另一篇《论睁了眼看》有所谓"赫克尔（E. Haeckel）

1　许羡苏：《回忆鲁迅先生》，鲁迅博物馆、鲁迅研究室、《鲁迅研究月刊》选编：《鲁迅回忆录：散篇》上册，第 323—324 页。
2　此句《鲁迅全集》1981 年和 2005 年版皆作"人猿间确没有深知道连锁"，有些费解。若云学术界并未"深知道"人猿之间的连锁关系，语义尚通，惟语法奇崛。鲁迅或李霁野当时会有这种反进化论的思想吗？颇疑"深知道"为"生这道"之误。

说过：人和人之差，有时比类人猿和原人之差还远"，觉得不妨与《人之历史》统一，因而请示鲁迅，鲁迅的答复虽不甚明确，但调侃轻松的口气差不多也等于让李霁野"随他错去罢"。

1926年12月5日鲁迅致韦素园信又说，"《坟》能多校一回，自然较好"。这是现存鲁迅与未名社成员通信涉及《坟》的校阅仅有的两处。北京的李霁野、韦素园在《坟》的校样上发现一些问题，请示鲁迅，但鲁迅此时已写好《题记》和《写在〈坟〉后面》，对校对之事不甚热心，更未主动提出什么特别的校改要求。鲁迅本人的校阅很可能在许广平1926年6月10日撰成《书录》或8月26日离京之前完成，李霁野回忆也并没提及鲁迅到厦门之后对《坟》的校阅，只说《坟》的稿子是先生离京前交给未名社的"，"《题记》和《写在〈坟〉后面》是以后寄到未名社的"。

换言之，文字校阅，工作量不小，但基本完成于鲁迅离京之前，到厦门后的零星校阅或关于校阅的讨论，并非导致《坟》的出版一再延宕的原因。

是否未名社编校排印动作过于缓慢呢？《写在〈坟〉后面》劈头就说："在听到我的杂文已经印成一半的消息的时候，我曾经写了几行题记，寄往北京去。"直到1926年10月30日写《题记》之前，鲁迅才知道未名社刚刚将《坟》"印成一半"，赶紧写出拖延11个月之久的《题记》和《写在〈坟〉后面》，仿佛《坟》的迟迟不能印行，责任在未名社这边。

其实不然。未名社是"一九二五年夏一天晚上"，李霁野与韦素园、台静农三人拜访鲁迅时，由鲁迅提议创办的[1]，就是将北新书局已出版几种的《未名丛刊》"别立门户"，以"未名社"名义单独出版当时不受欢迎的青年人的译作。未名社正式开始工作要到1925年9月[2]，正是许广

---

[1] 包子衍先生《〈鲁迅日记〉中的未名社》考订未名社成立为1925年8月30日，该文收入包子衍：《〈鲁迅日记〉札记》，湖南人民出版社1980年版，第140页。
[2] 李霁野：《鲁迅先生对文艺嫩苗的爱护与培育——〈鲁迅先生与未名社〉之一》，原载《河北文学》1976年9月号，收入李霁野：《鲁迅先生与未名社》，第6页。

平 8 月份抄好四篇文言文之后不久。据许广平《书录》，最迟在 1926 年 6 月 10 日之前，鲁迅已决定将《坟》交未名社。据李霁野回忆，1926 年 8 月 26 日离京之前实际已交稿。以未名社成员做事风格和对鲁迅一贯的敬爱，不可能单方面将《坟》的出版一再拖延。四个多月之后的 1926 年 10 月底才"印成一半"，当别有缘故。

六　序跋的难产延缓了《坟》的出版

所谓"印成一半"，是否就是文稿全部印成而独缺序跋的一种委婉说法呢？鲁迅 1926 年 10 月 15 日致韦素园信说：

> 《坟》的上面，我还想做一篇序并加目录，但序一时做不出来，想来一时未必印成，将来再说罢。

可见《坟》的迟迟不能付印，主要是序言"一时做不出来"，而"目录"也在继续推敲——这后一点颇为费解。许广平写《书录》时，鲁迅已编定《坟》，感觉需推敲"目录"应在这以后。《书录》提到"共二十四篇"，实际仅二十三篇，是否属于鲁迅后来对目录的调整？《书录》未提供《坟》的原初目录，但"按年代排列"的方式后来确实采用了。既"按年代排列"，篇目也仅有二十三与二十四的细微差别，而且《华盖集》《华续》早已编就，鲁迅到那时为止所有"较成片段的文章"已囊括无遗，"目录"还会有什么调整？所谓"加目录"，或许只是做事一贯认真的鲁迅要对目录的排印格式（如字体、行距之类细节）有所吩咐罢？这点也只能存疑待考。

无论如何，《坟》的出版一再迁延，原因不在未名社，而在鲁迅本人。具体地说，就是因为鲁迅一直写不出《坟》的序和跋。

鲁迅知道《坟》已"印成一半"，是 1926 年 10 月 30 日写《题记》

之前。根据当时北京—厦门之间信件往返速度（动辄半个月），不可能是韦素园接到鲁迅1926年10月15日信，见鲁迅说"序一时做不出来，想来一时未必印成，将来再说吧"，赶紧回信说已经"印成一半"了。更大的可能是鲁迅前信发出不久即接到未名社信，得知《坟》已"印成一半"，于是感到"目录"和"序"已不能再等。

果然1926年10月底，鲁迅开始行动起来。先是请陶元庆为《坟》设计封面。1926年10月29日致陶元庆信说：

> 这是我的杂文集，从最初的文言到今年的，现已付印。可否给我作一个书面？我的意思是只要和"坟"的意义绝无关系的装饰就好。字是这样写：鲁迅/坟/1907—1925（因为里面的都是这几年中所作）请你组织进去或另用铅字排印均可。

当晚致李霁野信又说：

> 《坟》的封面画，自己想不出，今天写信托陶元庆君去了……《坟》也不要称《莽原丛刊》之一了……《坟》的序言，将来当做一点寄上。

1926年10月29日夜给李霁野写信，"《坟》的序言"还没有把握写成，不得不俟诸"将来"。可见给韦素园写信说"序一时做不出来"确是由衷之言。但第二天"大风之夜"，《题记》居然写成了。真是一个大逆转。一件迁延日久、甚至不得不等待"将来"的事，一夜之间就完成了。1926年11月4日致韦素园信又说：

> 寄上《坟》的序和目录，又第一页上的一点小画，请做锌板，至于那封面，就只好专等陶元庆寄来。序已另抄拟送登《语丝》，请

不必在《莽原》发表。这种广告性的东西，登《莽原》不大好。附上寄小峰的一函……

这与当天夜里的日记吻合：

四日晴，风。上午寄漱园信并《坟》之序目，附致小峰信。

11月4日附在韦素园信中给当时负责《语丝》编务的李小峰的便笺没有保留下来，估计是指示李小峰配合未名社排印《坟》的节奏，在《语丝》上及时刊载《题记》（《语丝》周刊1926年11月20日第106期刊出《题记》）。

《题记》寄出后，鲁迅意犹未尽，1926年11月11日夜又完成《写在〈坟〉后面》。至此，《坟》的编辑工作由鲁迅负责的这一面才算最后结束。

还有一点尾声。鲁迅1926年11月23日致信李霁野，盼咐"《莽原丛刊》，我想改作《未名新集》；《坟》不在内，独立，如《中国小说史略》一般"。这是《坟》出版过程中一段插曲。原来1926年10月29日鲁迅已写信告诉李霁野："据长虹说，似乎《莽原》便是《狂飙》的化身，这事我却到他说后才知道。我并不希罕'莽原'这两个字，此后就废弃它。《坟》也不要称《莽原丛刊》之一了。"11月23日的信重提此事，加以确认，正式宣布在出版上与高长虹脱离关系，将原拟以《莽原丛刊》名义出版的《坟》改做以《未名新集》之一出版。

1926年11月28日致韦素园说："《坟》的封面画，陶元庆君已寄来，嘱我看后转寄钦文，托他印时校对颜色，我已寄出，并附一名片，绍介他见你，接洽。这画是三色的，他于印颜色版较有经验，我想此画即可托他与京华接洽，并校对。"1926年12月5日致韦素园又说："封面画我已寄给许钦文了，想必已经接洽过。"鉴于《彷徨》第2版将陶元庆封面画改了颜色，鲁迅觉得对不起陶，非常不快，这回要反复叮咛未名社。

修改丛书名称，制作陶元庆的封面画，够未名社成员奔忙一阵了，但也不会费时太多，顶多是 1926 年 12 月 5 日致韦素园信发出之后到实际出书的三个月。

排除种种可能，《坟》的出版一再迁延，主要原因只剩下 1926 年 10 月 30 日才完成的《题记》，与 11 月 11 日追加的《写在〈坟〉后面》。是难产的一序一跋拖了后腿，这才导致《坟》在 1926 年 6 月编定交稿之后九个多月方得问世。

七　反复筹划的几个时间节点

《坟》的问世之难，还要算上 1926 年 6 月编定之前长时间的酝酿筹划。

《题记》说："将这些体式上截然不同的东西，集合了做成一本书样子的缘由，说起来是很没有什么冠冕堂皇的。首先就因为偶尔看见了几篇将近二十年前所做的所谓文章。"这肯定不会是许广平 1925 年 8 月躲在西三条胡同抄写四篇文言论文之时，那应该在"偶尔看见"之后。合乎逻辑的推导是先"偶尔看见"，决定编集《坟》，这才让许广平誊抄。但"偶尔看见"究竟在何时？

第一种可能性是 1922 年 12 月 3 日撰写《〈呐喊〉自序》前后。这篇《自序》深情回忆了十多年前所做的"好梦"，即在东京"提倡文艺运动"，以及"好梦"破灭后的悲哀与寂寞。所有这些经历都清楚记录在"周氏兄弟"长期随身携带的两份归国前在日本制成并共享的剪报，其一是日本报刊上日本译者以日文翻译的 10 篇包括果戈理《狂人日记》在内的俄国小说[1]，其二有《民报》《天义报》《浙江潮》上章太炎、周作人、汤增璧、刘师培、陶成章、黄侃等诗文译作 51 篇，以及"周氏兄弟"和许

---

[1] 参见陈漱渝：《寻求反抗和呐喊的呼声——鲁迅最早接触过哪些域外小说？》，《百年潮》2006 年第 10 期；《他山之石——破解鲁迅剪报本〈小说译丛〉》，《中华读书报》2011 年 9 月 7 日第 17 版。

寿裳发表在《河南》杂志上的论文与译作9篇。周作人所谓流产的《新生》杂志之"甲编"（"乙编"为《域外小说集》）悉数收录在第二份剪报内，其中鲁迅6篇，周作人2篇，许寿裳1篇。鲁迅在《〈呐喊〉自序》中既大肆回忆东京时期"提倡文艺运动"的前后经过，安能不开箧一顾这两份剪报？

因此"偶尔看见"云云当属委婉之辞。1909年鲁迅从日本回国，或许随身携带上述剪报（也可能为周作人携归）。[1]鲁迅从绍兴到南京教育部任职，后转北京，这些剪报可能一度放在绍兴老家，1919年举家北迁（或周作人1917年应聘北大）才带到北京。此后两人是否时时摩挲，常常反顾，不能确说，但至少1922年12月3日撰写《〈呐喊〉自序》前后，鲁迅肯定又想到了这些早年的作品。

> 我在年青时候也曾经做过许多梦，后来大半忘却了，但自己也并不以为可惜。所谓回忆者，虽说可以使人欢欣，有时也不免使人寂寞，使精神的丝缕还牵着已逝的寂寞的时光，又有什么意味呢，而我偏苦于不能全忘却，这不能全忘的一部分，到现在便成了《呐喊》的来由。

《〈呐喊〉自序》将《呐喊》的"来由"追溯到"不能全忘却"的年

---

[1] 1932年所作《鲁迅译著书目》说，"这回因为开手编集杂感，打开了装着和我有关的书籍的书箱"，看来随身携带自己的著作、登载自己文章的书刊或剪报是鲁迅的习惯。在东京编排的两份剪报，虽由鲁迅手写"目次"，但也不排除为"周氏兄弟"共同制作，最后由其中一人携回国内。朱林华《〈鲁迅留日时期手订报刊文辑〉与其文言论文的相关性研究》（2010年北京大学中文系硕士学位论文）指出，第二份《河南》杂志剪报之内周作人所译《庄中》和《寂寞》收入《域外小说集》（感谢朱林华学师高远东教授惠寄该论文第一章概论部分），据此推测，该简报当在1908年12月《河南》杂志发表周作人译《哀弦（弦）篇》《庄中》《寂寞》和鲁迅《破恶声论》（未完）之后与1909年《域外小说集》成书之前那段时间装订成册。收集感兴趣或自己发表的文章做成剪报，这个习惯鲁迅后来一直坚持下来。上海鲁迅纪念馆藏有1928—1936年鲁迅在上海的剪报。这一时期鲁迅杂文都编辑出版，故剪报主要是鲁迅阅读后剪贴感兴趣的他人文章，以1933年为最多，参看李浩《关于"鲁迅剪报"》和郭翠兰、刘月仙整理的《上海鲁迅纪念馆藏鲁迅剪报》（俱见《上海鲁迅研究》2001年总第12期）。

轻时候的"好梦",则《呐喊》既然编就,《呐喊》的先导《新生》甲、乙编也该一并再版问世了吧?

这就要说到"偶尔看见"更早的一种可能性。执笔写作《〈呐喊〉自序》整整两年前,亦即 1920 年 3 月 20 日,鲁迅以周作人名义撰《〈域外小说集〉序》,并于 1921 年由上海群益书社推出《新生》乙编《域外小说集》。《〈域外小说集〉序》这样描述该书再版的因由:

> 到近年,有几位著作家,忽然又提起《域外小说集》,因而也常有问到《域外小说集》的人。但《域外小说集》却早烧了,没有法子呈教。几个友人,因此很有劝告重印,以及想法张罗的。为了这机会,我也就从久不开封的纸裹里,寻出自己留下的两本书来。

"几位著作家""常有问到《域外小说集》的人""几个友人",首先可能有一直看重"周氏兄弟"的陈独秀,以及同样推崇"周氏兄弟"、本人也热心提倡和翻译短篇小说的胡适。另外就是钱玄同、钱稻孙、许寿裳、陈师曾等留日老同学。钱玄同最初热心催促鲁迅为《新青年》写稿,又熟悉"周氏兄弟"在东京的"文艺运动",很可能在绍兴会馆就多次与鲁迅谈起这桩往事。许寿裳既是《新生》同仁,又是最看重鲁迅文学才华的"友人"之一。以上这些人看到鲁迅的新文学创作既如此成功,当然会"提起""问到"并"劝告重印"《域外小说集》了。

1920 年春至 1921 年初,已经到沪的陈独秀为《新青年》事正与群益书社老板陈子沛、陈子寿兄弟闹得不可开交,很快多年交情破裂,《新青年》不得不另起炉灶。这事陈独秀频频写信向包括"周氏兄弟"在内的《新青年》北京诸同仁报告商量。在这种情况下,《域外小说集》仍由群益书社推出增订版,可见"周氏兄弟"出版旧时译作的决心之坚定。

作为《新生》乙编的《域外小说集》既受周围朋友重视，译者本人决心又如此坚定，很快就出了增订本，那么《新生》甲编之中鲁迅个人的六篇文言文作品不也就呼之欲出了吗？

这里还应提到"三味书屋"塾师寿镜吾之子寿洙邻，他始终关心鲁迅的新旧文学创作。辛亥革命后，他一度任热河屯垦督办公使秘书，熟悉当地地名沿革，曾写信告诉鲁迅，《中国小说史略》以滦阳属奉天为不妥，应是热河承德之西滦河上游的滦平县。[1]鲁迅欣然接受这个意见，《〈中国小说史略〉再版附识》特别鸣谢。1914—1928年寿洙邻任平政院记录科主任兼文牍科办事书记，与鲁迅过从甚密，他不仅推崇鲁迅为"我的钦佩之中国小说大家"，且发人所未发，更加看重鲁迅的"古典文字"与"翻译外国文学小说"——

> 他的语体文，是真正的语体，不像别人，半路出家，扭扭捏捏，如半放的天足。但在他人，都爱其白话文，我却尤赏识其古典文字，渊深典雅，直追汉魏六朝而上，又简练肃括，一语抵人千百，下视唐宋八家，觉得虚伪浮滑，一文不值了。我知其有古典文学的著作，尝谓鲁迅，何不将古典著作出版，可以传世。鲁迅笑谓，我的文字，是急于要换饭吃的，白话文容易写，容易得版税换饭吃，古典文字，有几人能读能解，这话调侃世人不少。其后鲁迅又多翻译外国文学小说等书，见闻愈广，思想愈新，成为世界的文学家，不能以中国文学限之矣。[2]

看来寿洙邻也是"提起""问到"并"劝告重印"《域外小说集》之一

---

[1] 参见周海婴编、北京鲁迅博物馆注释：《鲁迅、许广平所藏书信选》，湖南文艺出版社1987年版，第5页。
[2] 寿洙邻：《我也谈谈鲁迅的故事》，鲁迅研究室编：《鲁迅研究资料》第3辑，文物出版社1979年2月内部发行，第227—228页。

人。寿氏此文写于1956年，他回忆自己曾劝鲁迅"何不将古典著作出版"，当在《坟》编集之前，这以后就无此必要了。

总之继《域外小说集》再版（或与此同时），收集出版早年文言文，不仅是鲁迅本人意愿，也有身边众多友朋的鼓励与敦促。

说起寿洙邻所谓鲁迅的"古典文字""古典著作"，还得再来讨论一下现存北京鲁迅博物馆的第二份精心装裱的无标题《河南》杂志剪报。据有幸接触过的专家的研究[1]，这是一本"鲁迅留日时期编排的文集"[2]，或"鲁迅留日时期手订文辑"[3]。该剪报"目次一"的内容就是《新生》甲编，其中鲁迅个人六篇或译或作可视为《坟》的前身。《坟》所收四篇文言论文写于1907年，1907年和1908年刊于《河南》杂志，1908年底至1909年《域外小说集》成书期间，这四篇文言文和鲁迅另外两篇译、作（《裴彖飞诗论》《破恶声论》），跟居留日本的其他中国学者的诗文一道，以杂志剪报形式装订成册，鲁迅手写两份"目次"，当时或许是想以多人合集的形式予以出版。1920年鲁迅撰《〈域外小说集〉序》，很可能"也就从久不开封的纸裹里，寻出"这份剪报，"偶尔看见"自作的六篇文言论文和译作，或许此时就考虑将这六篇从多人合集的剪报中拿出来，独立出版。这该是鲁迅最初动念编集《坟》的情形吧？

但那时除了几篇文言文，"较成片段"的白话文只有两篇（《我之节烈观》《我们现在怎样做父亲》），还不够"做成一本书样子"。尽管如此，鲁迅起来响应"文学革命"，最初并不打算创作白话小说，而是仍想"翻译"和"做论文"[4]。"翻译"是继续《域外小说集》未竟之业，"做论文"则是像东京时代向《河南》杂志投稿那样，给《新青年》和别的报刊撰

---

1 笔者完成此文之后，有幸于2018年8月1日拜观北京鲁博所藏这里所讲的两份"中文剪报"，详见下文。
2 叶淑穗、杨燕丽：《从鲁迅遗物认识鲁迅》，中国人民大学出版社1999年版，第280—284页。
3 见前揭朱林华硕士学位论文。
4 《南腔北调集·我怎么做起小说来》，《鲁迅全集》第四卷，第525—526页。

写《我之节烈观》《我们现在怎样做父亲》之类长篇大论。

这样说来,鲁迅起意编《坟》,要提前到最初决定参与"文学革命"的1918年。鲁迅1918年写《我之节烈观》,由《河南》跨到《新青年》,继续写长篇论文,而这些论文积累到1925年8月,终于可以和它们的前身即留日时期的文言文一道结集出版了。

少数几位熟友除外,1922年底的读者不可能完全看懂《〈呐喊〉自序》。鲁迅自述年轻时有过关于文学的"好梦",但苦于无法以实物显示,因为见证当时"文艺运动"的剪报静静躺在"八道湾"行箧中,尚未到发表之时。1922年的鲁迅只能以薄薄的《呐喊》追悼青春残梦"不能全忘的一部分",任凭寂寞的"大毒蛇"继续纠缠自己。

八 "剪报"为何落入钱玄同之手?

1925年8月鲁迅令许广平抄写"少作",应是感到发表条件已经成熟,但为何只抄出《人之历史》《科学史教篇》《文化偏至论》《摩罗诗力说》四篇,遗漏了同在那份剪报中的《裴彖飞诗论》《破恶声论》?《人之历史》《裴彖飞诗论》刊于《河南》杂志时都归入"译述",1929年鲁迅写《〈奔流〉编校后记》,因为找不到《裴彖飞诗论》而流露惋惜之情,可见他并不认为《裴彖飞诗论》不重要。[1] 至于《破恶声论》,更是六篇论文中最具创意、最无"生凑"痕迹的一篇。《裴彖飞诗论》《破恶声论》未编入《坟》,可能是因为当时剪报已不在鲁迅手边,他只好找出自己或许寿裳等人保存的《河南》杂志,或从某处(比如他参与筹建的"通俗图书馆"和"京师图书馆"及其分馆)借阅[2],让许广平誊抄。这样得到的《河南》旧刊不完全,故许广平只能抄出四篇文言文,遗漏了《裴彖

---

[1] 《〈奔流〉编校后记》说:"绍介彼得斐最早的,有半篇译文叫《裴彖飞诗论》,登在二十多年前在日本东京出版的杂志《河南》上,现在大概是消失了。"
[2] 参见孙瑛:《鲁迅在教育部》,天津人民出版社1979年版,第37—64页。

飞诗论》《破恶声论》。至于或未找（借）到、或因未曾编入剪报而淡忘了的《浙江潮》上的《斯巴达之魂》与《说鈤》，当时就更加无从说起了。

现藏鲁迅博物馆的两份剪报是 1966 年 9 月 14 日钱玄同之子钱秉雄风闻红卫兵即将来抄家，危急之时夹在钱玄同部分遗物中捐献给鲁迅博物馆的。[1] 这两份剪报何以落到钱玄同之手？

首先一种可能，是 1924 年 6 月 11 日鲁迅回八道湾"取书及什器"，遭周作人夫妻"骂詈殴打"，在这过程中被周作人"没收"[2]。另一种可能是这两份剪报虽系鲁迅手写"目次"，然而当初周作人或许也参与收集编排，其中周作人所作更多，因此所有权并不分明，向为兄弟二人共享，1924 年 6 月 11 日鲁迅不取剪报，也不难理解。

其次就是 1936 年 10 月 19 日鲁迅逝世，周作人很快于 10 月 24 日写出《关于鲁迅》。同一天，钱玄同也写出《我对周豫才（即鲁迅）君之追忆与略评》。当时钱玄同周作人交往最密切，钱氏常到八道湾周宅谈天说地。1936 年 10 月 19 日鲁迅逝世至 10 月 24 日钱、周二人同时写出冷静的"追忆"文章，两人有没有交换过意见和感想？可惜 1936 年周作人日记尚未公开，1936 年 10 月 18—31 日钱玄同日记又碰巧失记，这个问题暂时无法解答。[3] 无论如何，周作人熟悉情况，提笔能写，钱玄同却需

---

1 杨燕丽：《鲁迅编排的文集》，《鲁迅藏书研究》，中国文联出版公司 1991 年版，第 329—332 页；该文又以《鲁迅留日时期编排的文集》为题，收入叶淑穗、杨燕丽：《从鲁迅遗物认识鲁迅》，第 281—283 页。另参见前揭陈漱渝《寻求反抗和呐喊的呼声——鲁迅最早接触过哪些域外小说？》《他山之石——破解鲁迅剪报本〈小说译丛〉》二文。

2 许寿裳《西三条胡同住屋》回忆"兄弟失和"，自己和鲁迅之间有过这样的对话："我问他：'你的书全部都取出了吗？'他答道：'未必。'我问他我所赠的《越缦堂日记》拿出了吗？他答道：'不，被没收了。'"该文收入《亡友鲁迅印象记》，上海峨眉出版社 1947 年版，此处引自《亡友鲁迅印象记·许寿裳回忆鲁迅全编》，上海文化出版社 2006 年版，第 60 页。

3 《周作人日记》影印本，大象出版社 1996 年 12 月出版上中下三册，自 1898 年至 1934 年，此后仅 1939 年日记揭载于《中国现代文学研究丛刊》2016 年第 11 期，其余暂未公开。北京大学出版社 2014 年 8 月推出《钱玄同日记》（整理本），1936 年 10 月 18—31 日恰巧失记，仅在"10 月 17 日星期六—10 月 31 日星期六"下写道："未记，此两周中又未记，可记者为十九日周豫才死；一八八一—一九三六（五十六岁）。我因为青年们吹得他简直是世界救主，而又因有《世
（转下页）

要材料，于是就有一种可能：周作人将两份剪报交（或赠）给钱玄同做参考。

有趣的是周作人《关于鲁迅》及后来《关于鲁迅之二》(11月7日)、《关于鲁迅书后》(11月17日)说了许多包括《域外小说集》成书细节在内的所谓"海内孤本"，偏偏只字未提《河南》杂志上鲁迅发表的六篇论文（直到20世纪60年代初写《知堂回想录》才作交待），而似乎事先有分工，钱玄同文章倒反复提到这些文言文，还郑重其事地说，"我读豫才的文章，从《河南》上的《破恶声论》等起"，又说鲁迅"在《河南》杂志中做过几篇文章，我现在记得的有《文化偏至论》、《破恶声论》、《摩罗诗力说》等篇，斥那时浅薄新党之俗论，极多胜义"。钱玄同手头或许有《坟》，提到《文化偏至论》《摩罗诗力说》不足为奇，但《破恶声论》当时无人知晓，钱氏仅凭记忆就准确无误地写出篇名和内容，能无蹊跷乎？

我怀疑钱玄同写《我对周豫才（按即鲁迅）君之追忆与略评》，手边就放着刚从八道湾取来的那两份剪报，事后因故一直未曾归还，这才有其哲嗣于1966年危急关口的捐献之举。

"周氏兄弟"这两份神秘的剪报作为国家一级文物，至今有幸寓目者寥寥，学术界还无法展开大规模研究。该剪报包含《坟》的部分内容跟鲁迅最初编集《坟》的动因有关，并涉及《坟》的文稿的收集与抄写，这里仅凭有限线索试作一点推测，实也不得已而为之。

九　序跋的任务、难度和未完成性

如果上述种种推测不误，则《坟》的创作与编集经历了漫长曲

（接上页）

界日报》访员宋某电询吾家，未见我，而杜撰我的谈话，我极不愿，因作《我对于周豫才君之追忆与略评》一文，登入该报及转载于师大之《教育与文化》第八期中。"据叶淑穗《关于钱玄同对鲁迅的"表示"》(沈永宝编：《钱玄同印象》，学林出版社1997年版)，钱玄同《我对于周豫才君之追忆与略评》载于《文化与教育》1936年10月31日第106期。

折的过程：

> 1907 年，六篇文言论文完稿；
>
> 1907、1908 年，这些文言论文先后发表于《河南》杂志；
>
> 1909 或 1911 年，"周氏兄弟"编成剪报，携归绍兴，或许是想继《域外小说集》之后予以出版（至少是"目次一"的部分）；
>
> 1920 年，为重印《域外小说集》，鲁迅开箧"偶尔看见"这些文言论文，再生出版之念；
>
> 1922 年，鲁迅写《〈呐喊〉自序》，想起（或再次翻阅）剪报，又准备予以出版；
>
> 1925 年 8 月前后，鲁迅终于决定将 1907 年所作文言文连同新写的白话论文一起编集出版。此时剪报已归周作人，鲁迅只好翻找或借阅《河南》旧刊，仅得其中 4 篇，令许广平誊抄，最迟至 1926 年 6 月 10 日之前，和 19 篇白话文一起编定成册，题名曰《坟》，至迟于 8 月 26 日离京前交未名社出版。

这样漫长曲折的过程是此前鲁迅任何一本书的创作与编集都未曾有过的。《坟》的特殊性由此而来。正是这种特殊性使鲁迅感到非写不可的《坟》的序跋遭遇前所未有的难度，迟迟不能下笔，最终延缓了《坟》的出版。

不同于 1918 年以后随写随编的作品集，《坟》的第一个特别之处是正当新文化运动方兴未艾之际，主将之一鲁迅竟在文集中收录 4 篇写于新文化运动发起之前十年的文言文，不仅将这它们置于全书之冠，还宣布之所以编集该书，"首先就因为偶尔看见了"它们。换言之，如没有看到这几篇文章，如不是为了保存它们，就根本不会有《坟》的编集与出版，至于那 19 篇白话文，很可能会编入《华盖集》或别的杂文集了，而以后类似格式的《集外集》《集外集拾遗》《集外集拾遗补编》也无从谈起。

鲁迅首先从内容上高度肯定这些通常被称为思想创作"早年"或"早期"用"文言文"撰写的"少作"：

> 这样生涩的东西，倘是别人的，我恐怕不免要劝他"割爱"，但自己却总还想将这存留下来，而且也并不"行年五十而知四十九年非"，愈老就愈进步。其中所说的几个诗人，至今没有人再提起，也是使我不忍抛弃旧稿的一个小原因。他们的名，先前是怎样地使我激昂呵，民国告成以后，我便将他们忘却了，而不料现在他们竟又时时在我的眼前出现。

这样说来，"不忍抛弃旧稿"，"总还想将这存留下来"，并非单纯的敝帚自珍。《坟》打头 4 篇文言论文在鲁迅心目中的地位非同一般，绝不像他自谦的那样属于"生凑""生涩"和不够"进步"，乃是别有价值。《摩罗诗力说》介绍的几个诗人，不仅当初令他"激昂"，民国告成以后直至 1926 年，"还时时在我的眼前出现"。《摩罗诗力说》如此，《人之历史》《科学史教篇》《文化偏至论》又如何？鲁迅没有明说，但读者可想而知。

将 4 篇当时能找到的文言文和 1918—1925 年 19 篇"体式"相近的长篇白话文哀为一集，既是托庇"新文学"来兜售"少作"，也是完成《〈呐喊〉自序》没有完成的工作，即显示和"新文学"未必完全吻合的青年时代的"艺术"理想。再次发表"旧稿"和"少作"，既是为了卸下心头重担，驱除早年"提倡文艺运动"的失败遗留在内心的寂寞与哀伤，而将它们和 1918—1925 年新作的白话文一道交给公众和历史检阅，则又需要进一步理清二十年来的思绪，并对读者做出必要的说明。

《坟》的序跋需要完成这一特殊任务，是《热风》《彷徨》《华盖集》《华续》的序或跋未曾面对的，唯《〈呐喊〉自序》差堪比拟，但后者写于 1922 年，那时《热风》尚未编集，《彷徨》《华盖集》《华续》全部文章尚未开笔，鲁迅所拥有的新文学经验远远没有写《坟》的序跋时那么丰富，因此《坟》的序跋要说的话应该比《〈呐喊〉自序》更多，所要解决的问题应该比《〈呐喊〉自序》更复杂。

既然不是编集全部写于当下的作品，作者本人必须对其中属于历史文献的"少作"的当代意义加以适当解读，不歪曲当时的真相，又能确保它们的重新发表有益于当下文化建设。发表这些"少作"与"旧稿"，既要站在历史的立场审视今天，也要站在今天的立场审视历史，让历史和当下构成对话关系。在这个意义上，鲁迅编《坟》，不啻要求读者既读他 1918 年以后的白话文，也（或更）要读他 1907 年的文言文，否则就无法把握完整动态的鲁迅形象。

鲁迅要用《坟》来改写自己在新文化运动中确立的形象。写《坟》的序跋时，他就应该以这样的新形象站出来说话。这可是个大举措。

《坟》的序跋大致写了以下几点。

1. 在新文学和新文化内部树立"敌人"，宣布自己"大大半乃是为了我的敌人"而活着，进一步亮出"精神界之战士"的品格。

2. 从文白夹杂的语言运用的角度提出"历史中间物"的说法。

3. 明确提出"过去的生命"和"坟"的意象，以此对 1907 年以来二十年文学生涯做出全面总结。《华盖集》《华续》让他认识到，《坟》的"泛论一般"的论文和《热风》同样"泛论一般"的短论力量终究有限，倒是"偏偏执滞于几件小事情"的杂文更合他胃口："倘使我没有这笔，也就是被欺侮到赴诉无门的一个；我觉悟了，所以要常用。"那么，是毅然奔赴《华盖集》《华续》开辟的新的言论战场，还是继续为年轻时的"好梦"所"纠缠"？必须在这二者之间做出选择，至少是要取得一种平衡。鲁迅显然选择了前者，这样他要告别的就不仅是《河南》的记忆和 1918—1925 年的长篇论文，也包括"泛论一般"的长文、短论以及和《坟》一样早已完成却迟迟不知如何结束的"抉心自食"的《野草》。

换言之，如何给《坟》写出合适的序跋，还必须跟如何结束《野草》并写一篇合适的《〈野草〉题辞》放在一起考虑。《坟》的序跋是对未写序跋的《彷徨》和写过序跋却未能尽言的北京时期所有著作的序跋的补充，更是《〈野草〉题辞》的预演。果然，《坟》的序跋围绕"坟"和"过去的生命"的许多内容，五个月后在《〈野草〉题辞》中以诗的形式再次唱响。

4. 但也有未作交代或未完成之处。首先《摩罗诗力说》有关"几个诗人"的部分内容除外，四篇文言文以及东京时代"文艺运动"的正面问题几乎未置一词，这和鲁迅对"少作"的珍视极不相称。[1] 其次，19篇白话文也只提到《论"费厄泼赖"应该缓行》。鲁迅在序跋中虽然将自己的文学活动向前延伸了二十年，却并未完整梳理这二十年来的文学理念和文学实践内在发展的脉络，并未真正使过去与当下建立对话关系。

相对于神完气足的《〈呐喊〉自序》，《坟》的序跋有成功之处，也有明显不足。文字的缠绕模糊姑置勿论，关键在于《〈呐喊〉自序》面对的是小说，不妨那么空灵地去写，《坟》的序跋面对的是"论文"，至少也要显出论文的特点，不能完全交给未必胜任的抒情性散文随笔。《〈呐喊〉自序》苦于无法以实物显示年轻时的"好梦"，却仍能营造来自过去的浓

---

[1]《坟》出版后，鲁迅经常追怀年轻时的文学活动。1929年6月25日致白莽信说："关于P（按指裴多菲）的事，我在《坟》中讲过。"1929年8月11日《〈奔流〉编校后记》有言："A. Mickiewicz（按即密支凯维奇）是波兰在异族压迫之下的时代的诗人，所鼓吹的是复仇，所希求的是解放，在二三十年前，是很可以招致中国青年的共鸣的。我曾在《摩罗诗力说》里，讲过他的生涯和著作，后来收在论文集《坟》中。"1929年11月20日《〈奔流〉编校后记》又说："绍介彼得斐最早的，有半篇译文叫《裴彖飞诗论》，登在二十多年前在日本东京出版的杂志《河南》上，现在大概是消失了。其次，是我的《摩罗诗力说》里也曾说及，后来收在《坟》里面。"1935年6月鲁迅又自豪地说："'绍介波兰诗人'，还在三十年前，始于我的《摩罗诗力说》……这种风气，现在是衰歇了，即偶有存者，也不过一脉的余波。"这年"残秋"所作自传性七律第一联"曾惊秋肃临天下，敢遣春温上笔端"即化用《摩罗诗力说》首句"人有读古国文化史者，循而下之，至于卷末，必凄以有所觉，如脱春温而入于秋肃"。对早年"文艺运动"的追怀，对文言文"少作"的偏爱，贯穿了鲁迅的整个新文学生涯。

郁气氛。《坟》出示了 4 篇文言文，序跋却只轻轻带过《摩罗诗力说》一小部分，对 4 篇文言文及其指向的"过去的生命"未做任何正面阐述。质言之，从完成度上讲，《坟》的序跋远不及《〈呐喊〉自序》，这大概也是当时和以后绝大多数读者未能认真对待这 4 篇文言文乃至鲁迅早年整个文学活动的原因之一吧？

  1927 年 3 月《坟》出版之后，相对于 19 篇白话论文，那 4 篇文言论文所引起的反应，实在不能说有什么热烈。一直到六年后的 1933 年 4 月，瞿秋白的《〈鲁迅杂感选集〉序言》才明确提到《文化偏至论》《摩罗诗力说》。瞿氏据此认为，鲁迅是"真正介绍欧洲文艺思想的第一个人"，他受尼采影响的"个性主义"和"解放个性"的思想"跳过"时代的限制，几乎"预言"到辛亥革命后国民党奉行的"革命的愚民政策"。瞿秋白高度肯定《坟》在显示鲁迅早期思想方面的意义："在那时候——一九〇七年——他的这些呼声差不多完全沉没在浮光掠影的粗浅的排满论调之中，没有得到任何的回响。如果不是《坟》里保存了这几篇历史文献，也许同中国的许多'革命档案'一样，就这么失散了。"[1]

  30 年代瞿秋白这一论述犹如空谷足音，也几乎"没有得到任何的回响"。瞿秋白之后，鲁迅 1926 年隆重推出的早期作品直到 40 年代初才由周扬、胡风等少数几个人给予重视[2]，引起学术界普遍关切则更晚。长期以来，《坟》所收立意高远、文辞优美、掷地作金石声的 19 篇白话文的光彩一直掩盖了 4 篇早期文言论文。

---

1 瞿秋白：《〈鲁迅杂感选集〉序言》，《1913—1983 鲁迅研究学术论著资料汇编》第 1 卷，中国文联出版公司 1985 年版，第 820—821 页。
2 参见周扬：《精神界之战士——论鲁迅初期的思想和文学观，为纪念他诞生六十周年而作》，原载 1941 年 8 月 12—14 日《解放日报》，收入《周扬文集》（一），人民文学出版社 1984 年版，第 338 页；胡风：《从有一分热发一分光长长起来的——纪念鲁迅先生逝世七周年及文学活动四十周年》，原载《群众》1943 年 11 月 1 日第 8 卷第 18 期，收入《1913—1983 鲁迅研究学术论著资料汇编》第 3 卷，中国文联出版公司 1987 年版，第 1357—1364 页。

50年代,"鲁迅早期思想研究"颇为兴盛。八九十年代至今,在伊藤虎丸、木山英雄、北冈正子等日本学者影响下,国内外"鲁研界"逐渐将鲁迅早期文学活动从《坟》扩大开去,遍及《集外集》《集外集拾遗》《集外集拾遗补编》和所有早期翻译,甚至将早期著译列为鲁迅研究的重中之重,但一般读书界还是更看重《坟》里那些光辉夺目的白话文,始终不敢轻易跳进鲁迅早期的文言文世界。

继1921年《域外小说集》再版,《坟》更加明确地将1907年日本留学生周树人的"文艺运动"与1918年之后鲁迅的白话文创作连成一体。鲁迅晚年手订两份《三十年集》目录,《坟》皆居首位。这都不啻昭告天下其文学活动并非始于1918年,而要从1907年算起。后人编纂《鲁迅全集》,从1938年版到此后各种版本,《坟》居全集之冠的格局始终不变,一定程度上遵从了鲁迅的本意。

然而直至当下,尽管对鲁迅早期著译已有不少研究成果,尽管大批中外学者煞有介事为中国现代文学到处寻找"起点",却始终不敢理直气壮将"周氏兄弟"东京时代的"文艺运动"确立为各种"起点"的最高峰。或许因为他们大多还惑于《坟》的序跋过于谦抑的文字,或者对日本学者"材源考"之类研究理解不足,误以为青年鲁迅只有模仿而少独创,又或者出于逆反心理,生怕被"鲁研界"牵着鼻子跑,故"厥目石硬",罔顾如墓表一般置于《坟》前的四篇文言论文完整的"文学论"构造,无视"精神界之战士"在《摩罗诗力说》结尾发出的"第二维新之声亦将再举"的宣言,偏偏自作聪明,刮垢磨光,别求"起点"于无数早已被文学史自动淘汰了的垃圾堆。

除了读者和研究者方面的原因,《坟》的序跋语焉不详,含糊吞吐,恐怕多少也有以致之。这也透露了《坟》的序跋为何一再踟蹰,早就编好的《坟》为何迟迟不能出版的深层原因。尽管当时和以后,鲁迅一再力推其文言论文,毫不掩饰对于"遗籍"的偏爱,但他恐怕也仍然怀疑这些"少作"多大程度上能为新时代读者所接受,自己对这些"少作"

的眷恋多大程度上能为新时代读者所理解，所以《写在〈坟〉后面》不惜拟于不伦，竟然引陆机吊曹孟德文，对自己的"大恋之所存"发出无可奈何的嗟叹与冷嘲——

> 既睎古以遗累，信简礼而薄葬。
> 彼裘绂于何有，贻尘谤于后王。
> 嗟大恋之所存，故虽哲而不忘。
> 览遗籍以慷慨，献兹文而凄伤！

2018 年 1 月 15 日

鲁博藏"周氏兄弟"中文剪报校改考释

一 中日文剪报制作、流传、收藏及研究简况

1. 中日文剪报收藏和初步研究简况

北京鲁迅博物馆藏有两份剪报,为馆中人员1966年9月14日在"破四旧"狂潮中从钱玄同长子钱秉雄处抢救得来。[1] 其一日文,为日本作家昇曙梦、二叶亭四迷、西本翠阴、栗林枯村和嵯峨之山人翻译的俄国短篇小说10篇,包括普希金《彼得大帝的黑人教子》,果戈理《狂人日记》、《昔人》(即《旧式地主》)、《外套》,莱蒙托夫《宿命论者》、《东方物语》(即《歌手阿希克·凯里布》),屠格涅夫《妖妇传》(即《叶尔古诺夫中尉的故事》)、《水车小屋》(即《叶尔莫莱和磨坊主妇》)、《草场》(即《白净草原》)、《森林》(即《波列西耶之行》),分别从《新小说》《趣味》《早稻田文学》《文艺俱乐部》《新古文林》这五种日文刊物拆出、汇集。[2]

其二中文,分"目次一""目次二"。"目次一"汇集了鲁迅《人间之历史》《科学史教篇》《文化偏至论》《摩罗诗力说》《破恶声论》五篇文言论文及译作《裴彖飞诗论》,另有周作人《俄国革命与无政府主义之区

---

[1] 参见杨燕丽:《鲁迅编排的文章》,《鲁迅藏书研究》,中国文联出版公司1991年版,第329页;该文后来改题《鲁迅留日时期编排的文集》,收入叶淑穗、杨燕丽:《从鲁迅遗物认识鲁迅》,中国人民大学出版社1999年版。
[2] 参见陈漱渝:《寻求反抗和呐喊的呼声——鲁迅最早接触过哪些域外小说?》,《百年潮》2006年第10期;《他山之石——破解鲁迅剪报本〈小说译丛〉》,《中华读书报》2011年9月7日第17版。

别》《论文章之意义暨其使命因及近时论文之失》《哀弦篇》和汤增璧文2篇，许寿裳、陶成章文各1篇。

"目次二"有刘师培、黄侃等诗文若干。章太炎最多，25篇，包括"主客语"《革命军约法问答》，"书八通"（第八通《再答梦庵》仅鲁迅手写篇目），"时评十八则"的前十三则，"诗八首"的前三首（《狱中赠邹容》《狱中闻沈禹希见杀》《狱中闻湘人某被捕有感》）。另有周作人"时评"和"读书杂拾"各2则，"绝诗三首"，翻译短篇小说爱伦坡《寂寞》和契诃夫《庄中》。加上"目次一"的3篇，周作人诗文共12篇，仅次于章太炎。

全本剪报60篇诗文，写于1903—1908年，载《民报》《天义报》《浙江潮》《河南》诸杂志。

关于日文剪报，继姚锡佩先生简介之后[1]，陈漱渝先生两度撰文，分析了剪报所收俄国小说及日文翻译的情况，推测鲁迅早期接触俄国小说的若干细节[2]。

关于中文剪报，杨燕丽《鲁迅编排的文集》最早介绍了基本情况。[3] 北大中文系2010届硕士研究生朱林华学位论文《"鲁迅留日时期手订报刊文辑"与其文言论文的相关性研究》（仅见未刊的第一章《文辑概况》）在杨文基础上进一步梳理剪报所收作品的作者、内容、在《河南》《浙江潮》《民报》《天义报》杂志发表情况及彼此呼应的关系。[4] 拙文《彼裘绂于何有，嗟大恋之所存》也初步论及《坟》的编集过程与中文剪报的若

---

[1] 姚锡佩：《鲁迅初读〈狂人日记〉的信物——介绍鲁迅编定的"小说译丛"》，《鲁迅藏书研究》，第299—300页。

[2] 参见陈漱渝：《寻求反抗和呐喊的呼声——鲁迅最早接触过哪些域外小说？》，《百年潮》2006年第10期；《他山之石——破解鲁迅剪报本〈小说译丛〉》，《中华读书报》2011年9月7日第17版。

[3] 参见杨燕丽：《鲁迅编排的文章》，《鲁迅藏书研究》，第329页。

[4] 感谢高远东教授惠赠朱林华未刊论文第一章。朱君考虑问题相当细密，其重点是研究剪报所收各篇诗文内容，强调这些诗文都是以《民报》为核心的同盟会成员所作，彼此有呼应关系。甚望朱君能早日整理出版其论文。

干问题。[1]

这两份剪报 1994 年定为国家一级革命文物，据云近期将有可能影印出版。目前查阅委实不便，从容研究更难（陈漱渝先生对日文小说剪报成熟的研究例外）。

2. 认定中日文剪报为鲁迅所制之五种理由及有关疑点

两份剪报自始即被指为鲁迅所制。未知 1994 年定为国家一级革命文物时，有无正式鉴定报告。杨燕丽先生说中文剪报"系经鲁迅之手收集、编排、装订的文集。翻开文集的封皮，一眼便可见到鲁迅手书的两页目录"，这个断语稍嫌简单。认定两份剪报均为鲁迅所制，理由不外以下五种——

第一，两份剪报的中日文"目次"均为鲁迅所写。这是从笔迹角度直接判断剪报的制作者为何人，若证据充足，自可一锤定音。设若剪报制作于东京留学后期，则仔细比对"目次一""目次二"与现存同一时期鲁迅《〈劲草〉译本序（残稿）》、周作人所译《神盖记》译稿以及鲁迅对此译稿的校改、周作人日记，当有所发现。但周作人留日时期并无日记，而拜观《劲草》《神盖记》译稿，"周氏兄弟"早年字体相当接近，只是后来才各自形成特色，比如鲁迅的字更内敛，笔锋日趋圆润，周作人更放松，且笔无藏锋。我不通日语，更非笔迹和书法鉴定专家，无从置喙，只是认为仅凭字体判断剪报的制作人，难度颇大。

尽管如此，还是可以认定中日文两份剪报的目录为一人所写，因为中文剪报"目次一""目次二"与日文剪报目录共有的字眼如"東""荮（前）人""論""命""之"，除"之"的写法有所不同，其他五字，间架笔势完全相同，显出一人之手。中日文剪报既同时同地发现，装帧完全

---

[1] 《彼裘绤于何有，嗟大恋于所存——〈坟〉的编集出版及其他》，《中国现代文学研究丛刊》2018 年第 7 期。

相同,"目次"字体又有此连带关系,其制作当由一人完成。

第二,在先后留学日本的师友中,对日文剪报中的俄国小说,再没有比"周氏兄弟"更感兴趣的人了。若据此认为日文剪报系"周氏兄弟"所制,则装订款式与"目次"笔迹相同的中文剪报的制作者也该是他们兄弟二人。

日文剪报的由来,可从周作人回忆得到一点线索:"那时日本翻译俄国文学尚不甚发达,比较的绍介得早且亦稍多的要算屠介涅夫,我们也用心搜求他的作品,但只是珍重,别无翻译的意思。每月初各种杂志出板,我们便忙着寻找,如有一篇关于俄国文学的绍介或翻译,一定要去买来,把这篇拆出保存。"[1] 日文剪报10篇俄国小说,屠格涅夫一人4篇,跟周作人的回忆若合符节。

"搜求""拆出保存"的工作既由"我们"完成,至少就日译俄国小说剪报而言,所有权应是"周氏兄弟"。但留日时期从生活到学艺,大哥皆负照顾督促之责。"提倡文艺运动"和翻译域外小说之发想、规划、进行全过程统由鲁迅主导,这在周作人的回忆里可以看得很清楚,故鲁迅即便不是剪报的唯一制作人,也是剪报制作的主持者,配享第一所有权。

第三,中文剪报"目次一"内容相当于周作人所谓流产的《新生》杂志"甲编",与《新生》"乙编"即《域外小说集》相对。[2] 将《新生》甲编独立,裒为一辑,这也很像是对《新生》出力最多、感情最深的实际主编鲁迅和主要参与者周作人所为,而一生嗜书如命、凡事必亲力亲为的鲁迅的可能性更大。

第四,最有力的实物证据,是鲁博同时藏有"失而复得"的六本鲁迅在仙台医学专门学校的"医学笔记"(多处有藤野先生亲笔订正),其装帧款式与两份剪报完全相同,封面封底为橙色或褐色硬皮,书脊和边

---

1 周作人:《关于鲁迅之二》,《瓜豆集》,河北教育出版社2002年版,第165页。
2 周作人:《河南新生甲编》,《知堂回想录(上)》,河北教育出版社2002年版,第254页;但甲、乙编也有部分的重复:剪报所收周作人译作《寂寞》《庄中》又编入了《域外小说集》。

角皆豆绿色。据日本学者泉彪之助调查，20世纪初日本大、中学生托文具店装订笔记极为普遍，"医学笔记"就在这种气氛中制成。[1]

《藤野先生》提到"医学笔记"（按照鲁迅的说法应是藤野先生"改正的讲义"），"我曾经订成三厚本，收藏着的，将作为永久的纪念"。对已经放弃了的医学的讲义尚且如此珍惜，在"弃医从文"关键转折期以及此后辛苦搜求得来的日译俄文小说、本人最初的试笔和重要师友的文章，鲁迅岂有不什袭以藏之理？

周作人只提到日文剪报中俄国小说之"搜求"与"拆出保存"，鲁迅对"医学笔记"的回忆则出现"我曾经订成"的字眼，所说非一事，但也有联系：一则可知鲁迅熟悉当时日本青年学生装订讲义或其他文件的风尚，且早已尝试过，二则大略可以想见周作人"不善应酬，比较沉默"，状如"都路（Tsuru）"（鲁迅给当时二弟所起日文绰号"鹤"）[2]，诸如联系印刷出版和装订书册这类"鄙事"，很可能由大哥负责，二弟不肯做、大哥也不会让他去做（周作人日语口语的提高也在大哥归国之后）。

第五，从鲁迅后来的创作与文集编选可知，他非常重视剪报所收自己和旧日师友的诗文。且不说日文剪报中果戈理《狂人日记》直接启发了他创作更加"忧愤深广"的同名小说，单看中文剪报六篇旧作，便有四篇编进了《坟》。倘若1926年编《坟》时剪报仍在手边，或能够借到全份《河南》（鲁迅藏书中并无这份刊物[3]），则后来收入《集外集》《集外集拾遗》《集外集拾遗补编》的那些留日时期的论文，或者不至于像《〈集外集〉序言》所说，"因为没有留存底子"而"漏落"了。

另外，在临终前不久急就的《关于太炎先生二三事》《因太炎先生而想起的二三事》两文中，鲁迅专门提到编入剪报的章太炎答吴稚晖、批

1　杨燕丽：《鲁迅的"医学笔记"》，叶淑穗、杨燕丽：《从鲁迅遗物认识鲁迅》，第51页；泉彪之助的检查报告现存鲁迅博物馆。
2　周作人：《知堂回想录（上）》，第268—269页。
3　此据北京鲁迅博物馆1959年7月编《鲁迅手迹和藏书目录》（内部资料）第二集期刊部分。

驳"以《红楼梦》为成佛之要道"的"战斗的文章",甚至一字不落地引用了同样收在剪报中的太炎"狱中所作诗"《狱中赠邹容》和《狱中闻沈禹希见杀》。[1] 拙文《彼裘绂于何有,嗟大恋之所存》推测这两份剪报可能因"兄弟失和"而与搬出八道湾的鲁迅分离,但剪报内容深印鲁迅脑海,那里面收藏着他青年时代的"许多梦",不排除鲁迅晚年写上述两篇追悼章太炎的文章时手边可能有现成的章氏著作可供参阅,但他所提及、所引用的章氏诗文全部出自中文剪报这一事实,也值得关注。

3. 中日文剪报流传始末之再推测

鲁迅有个习惯,每次编杂文集,都会"打开了装着和我有关的书籍的书箱"[2]。"医学笔记"和中日文两份剪报皆为"和我有关的书籍",自然都保存于这样的"书箱"。然而"不幸七年前迁居的时候,中途毁坏了一口书箱,失去半箱书,恰巧这讲义也遗失在内了"。这里说的是 1919 年 12 月从绍兴搬家到北京的事。当时因书箱太重,没有随身携带,而是交"运送局"托运了。查鲁迅日记,1920 年 1 月 19 日、1924 年 3 月 15 日,先后两次收到从绍兴乡友张梓生家发送至北京的书箱。第一次当是 1919 年底搬家时托运的,第二次是"兄弟失和"之后,鲁迅单方面写信,向张梓生索取 1919 年年底未能全部运出而尚存张家的书箱。

鲁迅此时为何突然想到还有书箱留在张家?是否在检查从八道湾冒着周作人夫妇骂詈乃至殴击而取出的书物时,发现少了某些重要内容,这才想起还有书箱寄存于张家?鲁迅希望从张家还能得到哪些重要书籍?

但 1924 年 3 月 15 日拆开张家运送的"书箱",鲁迅大失所望:"旧

---

[1] 鲁迅 1936 年 9 月 25 日致许寿裳信,说看到北平大学女子文理学院《新苗》月刊登载的许氏《纪念先师章太炎先生》一文,"从中更得读太炎先生狱中诗,卅年前事,如在眼前"。许寿裳后来回忆说,"我知道鲁迅的那篇《关于太炎先生二三事》,是看了我的这篇纪念文才作的。因为我文中引用了先生的狱中诗,鲁迅跟着也引用"(氏著《亡友鲁迅印象记》,此处引自《亡友鲁迅印象记·许寿裳回忆鲁迅全编》,上海文化出版社 2006 年版,第 47 页),许氏此言,可备一说。
[2] 《三闲集·鲁迅译著书目》,《鲁迅全集》第四卷,第 187 页。

存张梓生家之书籍运来,计一箱,检之无一佳本。"《藤野先生》所谓"毁坏了一口书箱,失去半箱书",若非 1920 年 1 月 19 日收到的那一批,就必定是 1924 年 3 月 15 日这一次。

其实装"医学笔记"的书箱并未遗失,而是仍然和装有其他书物的三只大箱子继续留存于张梓生家,1950 年初为筹建绍兴鲁迅纪念馆而征集文物时被发现,随即送交许广平,由许广平捐赠北京鲁迅故居,当时为文化部文物局接收,1956 年再转藏新成立的鲁迅博物馆[1]。

既然留在绍兴的箱子里只有"医学笔记",则中日文两份剪报并未留在绍兴,而是托"运送局"运往北京,且不在那口毁坏的书箱中,乃是安全抵达八道湾新家,唯因"兄弟失和"之后,鲁迅未能检出,或因所属关系不明而留存于八道湾。至于 1966 年 9 月为何奇迹般地出现在钱玄同家人捐出的钱玄同书物之中,当另有缘故,拙文《彼袭绂于何有,嗟大恋之所存》有所推测,在此不赘。

4. 中日文剪报制作时间之推测及本文写作之缘起

不同于"医学笔记",中日文剪报的制作,须先拿到所选诗文原来刊发的杂志,将所要汇集的作品"拆出保存",积累至一定程度,才能装订成册。因此,可以根据剪报所收作品的原刊时间,推断剪报最早的制作时间。日文剪报中最晚发表的《外套》载 1909 年 6 月发行的《文艺俱乐部》第 15 卷第 8 号[2],故其制作不会早于此时,但也不能晚于 1909 年 8 月鲁迅回国之日。

中文剪报内发表时间最晚的是 1908 年 12 月 20 日《河南》杂志第 9 期周作人《哀弦篇》。此外收入周作人所译《庄中》《寂寞》的《域外

---

1 杨燕丽:《鲁迅的"医学笔记"》,叶淑穗、杨燕丽:《从鲁迅遗物认识鲁迅》,第 49 页;另参考鲁迅博物馆馆内查询系统提供的数据库,感谢夏晓静女士见告,该数据乃转录自原来的特藏库和鲁迅文物库的旧账。

2 参见陈漱渝:《寻求反抗和呐喊的呼声——鲁迅最早接触过哪些域外小说?》,《百年潮》2006 年第 10 期;《他山之石——破解鲁迅剪报本〈小说译丛〉》,《中华读书报》2011 年 9 月 7 日第 17 版。

小说集》1909年3月出版，而鲁迅序言落款为"己酉正月十五日"，即1909年2月5日，此时《域外小说集》已编定，将《庄中》《寂寞》编入剪报，应该在此之前，否则就是不必要的重复。总之，中文剪报的制作大致应该在1908年12月20日—1909年2月5日之间。

以上参考姚锡佩、陈漱渝、杨燕丽、朱林华诸位文章，参以己意，撮述中日文两份剪报为"周氏兄弟"所制而经鲁迅手订的有关线索及流传收藏的经过。有些事实可以肯定，更多环节仍有疑点。

2018年8月1日上午，我有幸拜访鲁博特藏部，亲睹听闻已久的中日文简报。我不通日文，对日文剪报只能望洋兴叹，主要摩挲观赏中文剪报，发现其上竟有不少朱墨两色校改文字和记号，过去对此重视得很不够[1]，匆忙中即以鲁迅文章为重点拍下一些照片。因系查阅一级革命文物，按规定全程由分管文物的夏晓静女士及其实习助手陪同监管，且须戴手套，翻页不便，按相机快门也只能由实习生代劳，操作速度大受影响。我更不忍占用他们太多时间，故不敢说悉数拍摄了全部校改文字。幸好中文剪报内其他作品虽然也有零星校改，但绝大多数集中于鲁迅文章。以下先分析剪报中鲁迅文章的校改情况，再介绍其他作者作品的校改（这方面完全仰赖夏晓静女士后来提供的宝贵图片）。

二 中文剪报鲁迅文章校改与初版本《坟》《集外集拾遗补编·破恶声论》相同之例

《科学史教篇》

1. "所谓世界不直进，常曲折如螺旋，大波小波，起伏万状，进退久之，而达水裔，盖诚言哉。""诚"字墨笔径改为"诚"。1927年

---

[1] 目前只有杨燕丽文两次提及中文剪报上的校改文字及记号，一是说明"目次二"的"书八通"之八，正文缺失，只在第七通《答梦庵》之后空白处用毛笔写了两行，一行是"公等足与治乎章炳麟白"（按这当是第七通《答梦庵》剪报漏掉的最后一句），一行是"再答梦庵太炎"，应当是暂时找不到第八通书信原文，先记下标题。杨燕丽还提到，署名"亚公"的《咏史五之一》《咏史五之四》两首，"用钢笔框住，不知何意"。

未名社《坟》的初版本同此校改（下文《坟》皆此初版本）。

2."则准史实所重，当反本心而获恶果"，"重"字墨笔径改为"垂"。《坟》同此校改。

3."而最难得者为火药，政不使者，皆知不能成"，"不"字墨笔径改为"府"。《坟》同此校改。

4."威勒之于卝物学"，"然防火灯作矣，汽机始矣，卝术兴矣"，"而工业如故，交通未良，卝事不有所进，惟以机械学之结果，始见极确之时辰表而已"。以上三"卝"字（guàn，儿童束发成两角），皆墨笔径改为"矿"的古体字"卝"。《坟》同此校改，但字体改为"礦"。

5."谓惟科学足以生实业者实业无利于科学"，"者"字墨笔径改为"而"。《坟》同此校改。

《文化偏至论》

6."否亦善垄断之市会"，"会"之左侧朱笔添一单人旁，成"侩"字。《坟》同此校改。

7."五十年非澳二州，莫不兴铁路矿事"，"年"后朱笔旁加"来"。《坟》同此校改。

8."角逐列国事务，其首在立人"，"其"右朱笔加三角形记号，但未作改动。《坟》同此校改。

《摩罗诗力说》

9."吾侪爱获耶"，"爱"上墨笔一划，旁改为"奚"。《坟》同此校改。

10."如上述书中众士，特未歇欷断望，颠自逖于人间"，"颠"上墨笔一划，旁改为"愿"。《坟》同此校改。

11."衷悲所以衷其不幸，疾视所以怒其不争"，第二个"衷"字墨笔一划，旁改为"哀"。《坟》同此校改。

12. "谓世之毁誉褒贬是非善恶，皆绿习俗而非诚"，"绿"字墨笔一划，旁改为"缘"。《坟》同此校改。

13. "若夫纯洁之亡，道德之云，吾人何问焉"，"亡"字墨笔二划，旁改为"云"。《坟》同此校改。

14. "顾其不容于英伦，终于放浪颠沛而死异域者，时面具为之害耳。""时"字墨笔二划，旁改为"特"。《坟》同此校改。

15. "一曰詀希 Jhe Cenci"，J，墨笔径改为 T。《坟》同此校改。

16. "一曰解放之普洛美迢斯 Brometheus Nnbound"，N，墨笔径改为 U。《坟》同此校改。

17. "而仓皇之中，即函人用之改进"，"用"字墨笔二划，旁改为"生"。《坟》同此校改。

18. "中纪俄之绝望青年，囚于异域，有少女为绎缚，从之行"，"绎"字墨笔一划，旁改为"释"。《坟》同此校改。

19. "慕是中绝色，因人其族"，"人"字墨笔径改为"入"。《坟》同此校改。

20. "一曰神摩 Gamrn，一曰谟唶黎 Mtsyri"，Gamrn 上墨笔一划，旁改为 Demon。《坟》同此校改。

21. "密克威支 A. Mickiewies"，墨笔划去 es，旁改为 cz。《坟》同此校改。

22. "克剌旬斯奇 S. Kraginski"，g 上墨笔一划，旁改为 s。《坟》同此校改。

23. "普式庚少时欲畔旁力"，"旁"上墨笔二划，旁改为"帝"。《坟》同此校改。

24. "凡诗词中，靡不可见身受楚毒之印象或其见闻。最者或根史实"，"最者"二字中间，墨笔旁添"著"字。《坟》同此校改。

25. "第三卷中，几书绘己身所历"，繁体"書"字之上墨笔二划，旁改为繁体"盡"。《坟》同此校改。

26. "或娑波卢夫斯奇 Sofolewski 之什", f 上墨笔一划, 旁改为 p。《坟》同此校改。

27. "欲我为信徒, 必见耶稣马理先惩行吾国之俄帝而后可", "行"上墨笔二划, 旁改为"汙"("污"的异体字)。《坟》同此校改。

28. "有如血蝠 Nampire, 欲人血也", N 上墨笔二划, 旁改为 V。《坟》同此校改。

29. "然生有残性, 挚爱自由", "残"上墨笔二划, 旁改为"殊"。《坟》同此校改。

30. "此至舍勒美支", "此"上墨笔二划, 旁改为"比"。《坟》同此校改。

31. "而阿兰尼杰作约尔提 Joedi 适竣", e 上墨笔二划, 旁改为 l。《坟》同此校改。

32. "裴彖飞诗渐侵政界", "象"上无墨笔之划, 但旁改为"彖"。《坟》同此校改。

33. "裴彖飞感之, 作兴矣摩迦人 Toepra Magyas 一诗", e 上墨笔一划, 旁改为 l；s 上墨笔二划, 旁改为 r。《坟》同此校改。

34. "居吾心者, 爱有天神", "爱"上墨笔二划, 旁改为"爱"。《坟》同此校改。

35. "使当脱兰希勤伐尼亚", "勤"字墨笔一划, 旁改为"勒"。《坟》同此校改。

36. "尝治裴彖暨修黎之诗", "彖"上墨笔二划, 旁改为"伦"。《坟》同此校改。

37. "述其人悲叹畸迹", "叹"上墨笔二划, 旁改为"欢"。《坟》同此校改。

《破恶声论》

38. "人类顾由坊, 乃在微生", "坊"之"土"旁, 朱笔径改为

"日"。《集外集拾遗补编·破恶声论》同此校改。

39. "平和之民始大骇，日夕岌岌若不能存"，"日"字稍肥，朱笔旁添一"日"字，盖恐误作"曰"。《集外集拾遗补编·破恶声论》同此校改。

中文剪报内鲁迅文章的校改，每处不过一字，少数在原字之上径改，余皆行间旁改。这些校改集中于鲁迅文章，仅《科学史教篇》《文化偏至论》《摩罗诗力说》三篇与1926年鲁迅手订《坟》之对应文字相同者37例，《破恶声论》一篇与《集外集拾遗补编》相同者2例。计39例，其中9处涉及外国人名书名原文之校改，完全正确，可谓"精校"。

校改文字极细小而工整，不易辨认书写风格，但即使无法展开细致的笔迹比对，单看上述具体校改内容，大致也能判断剪报校改乃鲁迅本人所为。

三 剪报校改与《集外集拾遗补编·破恶声论》不同、未当及未善之例

《破恶声论》

1. "然平议以为非是。载使全俄朝如是，敌军则可以夕至"，"议"下朱笔旁添"者"字。《鲁迅全集·集外集拾遗补编》1981、2005两版均未做添改。文法上不必亦不可添"者"，此校改未当之例。

2. "怀疑于中国古然之神龙者"，"然"上朱笔一划，旁改为"代"。《鲁迅全集·集外集拾遗补编》1981、2005两版均未改，仍作"然"。"然"义更丰，"代"自然不错，但含义偏狭而浅白。"然"优于"代"。此校改未善之例。

3. "至于近世，则知天识在人，虎狼之行，非其首事"，繁

体"識"字"言"旁，朱笔径改作"耳"，成一"职"字。《鲁迅全集·集外集拾遗补编》1981、2005两版均未改，仍作"言"旁之"识"。"天识"为佛教语，"真如""本性"之意。"天职"谓天赋之职责，引申为人类应尽之使命。比较而言，"天识"优于"天职"。似未可视"古代"为通行本"古然"之异文，"天职"为通行本"天识"之异文。此校改未善之例。

上述校改明显未当1例，校改未善因而不能取代原刊者2例。但是这都并不意味着校改者非鲁迅本人。鲁迅其他手稿的校改中也有这种情况。

四　校而不完之例

《人间之历史》

1.《人间之历史》原刊副题为《德国黑格尔氏人类起原及系统即种族发生之一元研究诠解》，"元研"之间朱笔打对号，未做任何改动。《坟》改为"德国黑格尔氏种族发生学之一元研究诠解"。此校而不完之例。

2."递十九世纪初，始如诚有知生物之进化之事实，立理论以诠释之者，其人曰兰麻克，而冠伟实先之。""如"旁朱笔打对号，并无改动。此句《坟》改为"乃始诚有知生物进化之事实"。另，"冠"乃"寇"之误，剪报未能校出。后文"寇"误为"冠"，则被校出。此校而不完之例。

3."男性尽丝，亦复无异"，"尽"旁朱笔加对号，未做改动。《坟》改为"精"。此校而不完之例。

4."举其要者，首为人择。役有人立一定之仪的"，"役"旁朱笔加对号，未做改动。《坟》改为"设"。此校而不完之例。

《文化偏至论》

5."非去霸勒而纵人心,不有此也","霸"旁朱笔打对号,未做改动。《坟》改为"羁"。此校而不完之例。

6."亦将木居而茅食欤","茅"旁朱笔加一"U"字号,未做其他改动。《坟》改为"芧"字。此校而不完之例。

《破恶声论》

7."黑云如盤,奔电时作","盤"上朱笔一点,无改动。《鲁迅全集·集外集拾遗补编》1981、2005两版"盤"均改为"盘"。此校而不完之例。

中文剪报内鲁迅文章的校改,有39例完全与《坟》的初版本(1927)或《全集》通行本相同,可谓"精校"。也有明显校改未当者1例,校改未善因而不能取代原刊者2例,更有7例校而不完,即校阅者发现需要校改,做了记号,却终于未作改动。

无论哪种情况,除"古然"和"古代"、"天识"和"天职"优劣不易抉择,其他8例并无太大疑难,有些甚至是一望可知、极易校改的成语,如"黑云如盘","木居而芧食","去羁勒而纵人心"。这只能解释为校阅者在某个时间较为从容,即使面对外文字母那样不易把握的难点也能作出大量"精校",而在另外某个时间则较为仓促,即使无甚疑难,也委决不下,或茫然漏校,或校而不完,甚至出现校而未当和校而未善的情况。

五 校改者、校改时间、校改目的及其他疑点之推测

关于中文简报内鲁迅文章的校改之人,上文已从各个角度推断(抛开字迹因素)为鲁迅本人。

剪报装订后,理论上随时都会取出披览,故很难推断中文剪报上的

校改具体完成于何时。或许是一次性的，或许是断断续续，积少成多。

但也并非毫无可以帮助我们推测具体校改时间的线索。

先看墨色。中文剪报全部校改文字与记号不外乎朱墨两色。这有两种可能。其一，朱墨两色代表两个不同的校改时间。其二，同时交叉使用朱墨两色进行校改。

本次调查所得鲁迅文章之49例"精校"，墨笔34例（《科学史教篇》7例，《摩罗诗力说》27例），朱笔15例（《人间之历史》4例，《文化偏至论》5例，《破恶声论》6例）。另有多处朱笔直线，表示删除与剪报内容无关而被夹带进来的原刊其他文章之跨页段落，故朱笔总数几与墨笔相等，其规律为：单篇校改，墨色一律，或朱或墨，不相掺杂。

依"目次一"顺序，《摩罗诗力说》校以墨笔，《文化偏至论》朱笔，《破恶声论》朱笔，《人间之历史》朱笔，《科学史教篇》墨笔。不管校改者是否遵循"目次一"顺序来校改，若断断续续，很难想象会如此严格地一篇之内始终使用一种墨色。

根据朱墨两色有规律的使用，大致可以推断这些校改乃由一人（可能正是鲁迅自己）集中完成于某两个特定时段。

《破恶声论》"古然"改为"古代"，值得注意。现代汉语中"古代"一词受日语影响，包含"上古"和"中古"（对中国历史来说，大致涵盖远古至隋），此后则是"近代"，包含"近古""近世"。这样的"古代"概念在中国流行较晚。《汉语大词典》所举最早用例是刘师培1919年《搜集文章志材料方法》"其足考古代文集卷目者，实以《隋·经籍志》为大宗"一语。青年学者宋声泉指出，1917年北京大学中国文学门课表中，第一、二年级有"中国古代文学史"课，朱希祖、刘师培担任，第三年级有"中国近代文学史"（唐宋迄今）。在北大授课六年并被聘为研究所国学门委员会委员的鲁迅应该熟悉这种基于历史分期的分段文学史讲授方法。1927年在中山大学期间，鲁迅本人就将在厦门大学时编印的文学史讲义从"中国文学史略""汉文学史纲要"第三次改名为"古代汉文学史纲要",而中大《本校文史科概况报告》中鲁迅所授"中国文学史"即备注为"上古至隋"。宋声泉据此认为"古代汉文学史纲要"才是鲁迅最后认可的讲义标题。[1] "古代"一词流行于中国,大致应在新文学运动发起前后,尤其是在"章门弟子"执掌北大中国文学门之后。

"古代"两见于鲁迅早期论文。一是《人之历史》"凡此有生,皆自古代联绵继续而来",此处乃总括地质学"太古代""中古代""近古代"之集合概念。另见于《摩罗诗力说》"其诗取材古代"。两处的"古代"皆接近"五四"以后用法。但相同的意思,鲁迅更喜欢用古汉语中的"古"字,如《人之历史》"盖古之哲士宗徒""如中国古说""古之牧者园丁",《科学史教篇》"若自设为古之一人""盖神思一端,虽古之胜今",《文化偏至论》"古之临民者,一独夫也""青年之思维,大都归罪恶于古之文物",《摩罗诗力说》"灿烂于古,萧瑟于今""又将见古之思士,决不以华土为可乐""此亦古哲人所不及料也",《破恶声论》"古则有印度希腊"。同样的"古"字,还出现在一些固定搭配中,如"怀古""古今""前古""往古""古人""古民""古国""古史""古希腊"等。

总之,现代汉语中的"古代"一词流行于新文化运动发起之后,鲁迅前期论文虽用过两次,但更多使用的还是单独一个"古"字。留日时期,鲁迅虽受日语影响,偶尔使用现代意义上的"古代"一词,但用"古"字代表现代意义上的"古代",更符合他那个时期的用语习惯。因此改"古然之神龙"为"古代之神龙",就比较触目,很可能是鲁迅已然成熟的现代汉语语感起了作用。果如此,则这一校改当在新文化运动之后。

或谓若在"五四"以后,何不像1926年编集《坟》那样,将《人间之历史》改为《人之历史》?答曰:"周氏兄弟"受日语影响,"五四"

---

[1] 宋声泉:《鲁迅〈汉文学史纲要〉命名新解》,《首都师范大学学报(社会科学版)》2018年第3期。

前后很长时间都是"人""人类"和"人间"混用，如"便觉不像人间应有的事情"（1918《我之节烈观》）、"你看得人间太坏"（1925《孤独者》）、"口唇间漏出神与兽的，非人间所有，所以无词的言语"[1]（1925《颓败线的颤动》）。再如周作人提倡"个人主义的人间本位主义"（1918《人的文学》）。"周氏兄弟"在"五四"之后如此使用的"人间"就都是"人"和"人类"的意思，故剪报不改"人间"为"人"，并不说明其校改必在"五四"以前。

不属剪报内容但夹带进来的原刊其他文章之头尾两行，皆以标尺之类工具，顶天立地划出一左一右两条红线，可能提示该部分不相干的文字应删去。这种记号也属校改内容，目的很可能是替正式出版做准备。

绝大多数外国人名书名的原文之前，均以朱笔在右边空行处打对号（"√"），似为某种提醒，如应该加括号之类。此类提醒，也可理解为替正式出版作准备。

《摩罗诗力说》原刊"盖亦犹是焉耳"恰好抵住一行之末尾，校改者在此处加朱笔"L"，复于下行顶格首句"上述诸人"之"上述"二字右侧，加朱笔的倒"L"，似为提示当另起一段，因该处上下皆无空格，左右亦无空行，非以此种形式予以提示不可也。此种提示，目的也可理解为替正式出版作准备。这样的排版格式，也属于新文化运动之后。

拙文《彼裘绫于何有，嗟大恋之所存》推测，鲁迅至少在1920年着手再版《域外小说集》或1922年底撰写《〈呐喊〉自序》之际，曾经两度"打开了装着和我有关的书籍的书箱"，一顾早年的两份剪报，特别是中文剪报，以此重温他"提倡文艺运动"时期的"少作"。现在看到中文

---

1 此处1981、2005年版《鲁迅全集》均误为"人与兽的"。《语丝》原刊为"神与兽的"，参见龚明德：《鲁迅〈野草〉文本勘订四例》，《中华读书报》2015年11月11日第14版。

剪报内鲁迅本人文章的校改文字和相关记号,似可进一步推测,鲁迅在上述两个时间段,不仅有可能开箱摩挲、披览"少作",还可能打算将它们以某种形式重新公之于世,为此他对这些"少作"进行了大量精心校改和某些明显以出版为目标的技术性处理。

所谓以某种形式重新公之于世,逻辑上包含三种可能的选项,一是"目次二"的内容当时已无必要重新出版(虽然上面也有零星校改),而"目次一"作为流产的《新生》甲编,至少在1923年"兄弟失和"之前,尤其在兄弟二人于1920年底着手再版《域外小说集》或鲁迅本人1922年底撰写《〈呐喊〉自序》之际,很有出版之必要。对鲁迅来说,出版"目次一"的内容,不仅是追怀往昔的"许多梦",更是告诉读者,《呐喊》只是"已逝的寂寞的时光"之"不能忘却的一部分",此外还有《呐喊》无法具体展示的"不能忘却"的另一部分。

但"兄弟失和"后,推出"目次一"全部内容就变得不可能,于是第二选项就是单独出版其中属于鲁迅个人的论文。当然我们知道,实际上鲁迅并没有这么做,而是选择了一种调和的形式,即出版一部文白夹杂的论文集《坟》,将早年一部分文言论文揽入其中。

"五四"之初,新文学家著作中夹杂早期文言作品的现象并不鲜见。1922年和《呐喊》同时出版的《独秀文存》,开头便收了1915—1917年文言文多篇。1920年出版的《尝试集》附有作者留美时期的旧体诗《去国集》。胡适陈独秀将文言旧作拿来"示众",目的是显示"文学革命"的坚定立场。鲁迅早期文言论文所记录的卓越的思想与文学探索是胡适陈独秀的文言作品无法望其项背的,因此重新出版这些"少作",并无意于将它们拿来"示众",借此标明"文学革命"的坚定立场。但毕竟是十多年前"少作",毕竟是自己竭力反对的文言文,倘无成熟的思考和恰当的解释,这种文白夹杂的论文集岂可贸然出手?

《坟》的主体部分1926年6月编就,最晚8月底作者出京前交稿,序跋一再迁延,直到1926年11月才完成出版前最后一道工序,即交出

《题记》和《写在〈坟〉后面》，至此鲁迅才算了却一桩积年的心事：在20世纪20年代，他作为最成功的白话文作家，竟戏剧性地双脚跨在已然分开的文白两个语言世界的缝隙，冒着碎裂的危险，为读者启示这两个语言世界的内在联系。他的策略是"现身说法"，将20年前亲自发起的"文艺运动"，与后来"听将令"而投身其中的"文学革命"，以论文集的形式融为一体。

我们知道有许多条线索，从流产的《新生》一直贯穿到《坟》，比如《〈呐喊〉自序》，比如从《坟》的编集开始的时时反顾旧作。但如果仅止于此，总令人感到若有不足，因为鲁迅毕竟对这些旧作的具体内容很少发言（比如像胡适写《逼上梁山》那样详细回忆他在美国如何酝酿"文学革命"），因此表面上我们所能看到的只是一个深沉的文学家在曲折地抒发自己对于往昔时光的追怀。

从20世纪50年代开始，鲁迅早期思想研究在中外学术界一直不曾中断，近年来更是如火如荼，但反映鲁迅早期思想的重要材料，即那几篇文言论文，在鲁迅的意识中究竟占有怎样的地位，一直缺乏来自他本人的更加明晰的表述。现在我们看到中文剪报，尤其看到鲁迅在不同时间对中文剪报内自己文章的大量精心校改，东京时期"提倡文艺运动"及其后续工作，便以更鲜活的姿态呈现在我们面前，足以消除"鲁研界"的上述焦虑。原来《坟》的编集绝非一个偶然的举措，好像《〈坟〉题记》所说的那样，只是因为"偶尔看见了几篇将近二十年前所做的所谓文章"，实际情形是鲁迅在此之前一刻也不曾忘怀通常不算在新文化运动范围之内的年轻时的"许多梦"。

至少对鲁迅个人来说（周作人后来并未集中再版早年的文言文旧作），东京时代"提倡文艺运动"和北京时期投身新文化运动，绝非两个相距遥远彼此陌生的时代。他屡屡摩挲披览旧作，留下精心校改的文字和相关的技术处理以期出版，这绝不只是敝帚自珍，更是独自潜行于新旧两个时代某些不为人知的接口处，以竟其匡救弥缝之业。剪报及其校改,活生生地显现了中国现代文学内部一种深刻的历史连续性。

六　中文剪报内其他作者诗文校改情况

此处插入中文剪报内其他作者诗文校改情况,与鲁迅文章之校改作一对照。

先看"目次一"的校改。

1. 毓其(许寿裳)《兴国精神之史曜》多处校改:

"著罗马衰盛原因论 Considerations surles Caures de la Grandeur et de la Decadence des Romains." surles 之 rl 之间,朱笔加一竖立之曲线,以示当区隔为二字,如 sur les。

"赏鉴性评骘 kitik der Uiteilskraft",ki 之间,朱笔加 r。复于 Ui 之 i 旁,朱笔加一删除号。

"陈师于耶乃 Gina",朱笔径改 G 为 J。

"以道德炉,纳宗教哲学而融化之","德炉"之间,朱笔旁添一"为"字。

"慨然演说,题曰告德乙国民 Reden an die deukche Nation",deukche 之 k,朱笔径改为 t。

"其采中古思想而极罗曼派之壮丽者","壮丽"之上,朱笔一划,旁改为"特采"。

"我祖国之民,其奋起,得为皇祖之光荣","得"上朱笔一划,旁改为"其"。

"Frideich von Hardenberg Novalis",id 之间,墨笔加一 e。

"珊氏则战殁于千八百二十五年","物"字,墨笔径改为"殇"。

2. 独应(周作人)《哀弦篇》多处校改:

"倾听人间,仅有战斗呼号之声,来破此寂",墨笔径改"号"

为"号";

"盖苦痛为物,异于欢娱,不著捆面者也","捆"字墨笔径改为"梱"。

"希腊亚克朗 Anacreon","亚克"之间,墨笔旁添一"那"字。

"事迹参改本报第三期摩罗诗力说之八","改"字,墨笔径改为"攷"。

"著伊烈迭翁 Isydion",s 墨笔径改为 r。

"复次有显克威支 H. Sienkiewiez",ez 墨笔径改为 cz。

"天使 Yamgol",g 墨笔径改为 y。

"顾世徒赏其何往 Quo vadis",v 墨笔涂去,旁改为 V。

"有伏尔伽之崖 UtesnaVolgye 一诗流于人口",墨笔径改 na 为 Na。

"妻子咢于空房",墨笔径改"咢"为"號"。

"又一诗曰二鱼 DveRgbki",g 字墨笔径改为 y。

"所作小说有太拉思蒲波","蒲波"之间,墨笔旁添一"尔"字。

"有诗集曰南方一年 RokvJihu",v 处原文可能模糊,再以墨笔描出。

"迦理尔诗述耶利米摩赫贝拉穴上而叹","米摩"之间,墨笔旁添一"立"字。

"乃至埃及以达大麻色","麻"字墨笔涂去,旁改为"马"。

3. 独应(周作人)《论俄国革命与虚无主义之别》1 处校改:

"黑格尔 Ngel",墨笔改 N 为 H,后又旁改为 He。

4. 独应(周作人)《论文章之意义暨其使命因及中国近时论文之失》9 处校改:

"凡有国者所同其也","其"上朱笔两划,旁改为"具"。

"亚民美尼亚二十年前","民"上朱笔两划,旁改为"勒"。

"将于此粗举大故","故"上朱笔两划,旁改为"致"。

"穆约之名学"，墨笔径改"约"为"勒"。

"今之所急，又有二者，曰民情之记 Tolk-novel"，T 字墨笔径改为 F。

"试一披图籍，为按种文化之留遗"，"种"下朱笔旁添一"人"字。

"钱力之藻饰"，"力"字墨笔径改为"刀"。

"有右列比兑斯 Enripides"，n 字朱笔径改为 u。

"则如吾例者又一也"，"如"上朱笔一划，旁改为"为"，"吾"下旁添一"言"字。

此文标题，剪报"目次一"作《论文章之意谊及其使命》，省去原题十字。"意义"之"义"由繁体之"義"改为同义之"谊"，"暨其"改为"及其"。三处改动，皆以简洁为尚，但也并不一律。"暨其"改为"及其"乃求简，"意义"改为"意谊"则非是。原刊第 101 页标题《论文章之懦义暨其使命因及近时论文之失》，"意"误为"懦"，剪报未改。原刊第 55 页标题《论文章之意义暨其使命因及近来论之失》，"时"误为"来"，"论"后阙"文"，剪报也未改。

目次二

1. 太炎《再答梦庵》最后一句"公等足与治乎章炳麟白"，原刊（《民报》）属下页（或当页最后一行模糊），剪报在空页顶格处，以墨笔抄补"再答梦庵公等足与治乎章炳麟白"，又于本页右下页码之左侧，书"太炎"二字。按，剪报正文校改，极少数为原字径改，单个改动不超过一字，余皆一对一行间旁改。行间逼仄，为使准确清晰，校改一律书以极细小之正楷，不易据此作笔迹比对。此处抄补十六字，数量仅次于"目次一"和"目次二"，且空间余裕，虽为楷体，而书写自然，或可资为字体比对之助。若结合"目次一""目次二"，与 1909 年《〈劲草〉译本序（残稿）》之

"人""論""世""國""谊""書""近""摩""使""教"十字相比对，可以发现绝大多数笔画相近。

2. 太炎《印度中兴之望》2 处校改：

"去今三百年顷"，"百"字原文不审何字，墨笔径改。

"国人称之为'无冕旅之逻者'"，"旅"字墨笔径改为"毓"。

3. 太炎《汉字统一会之荒陋》3 处校改：

"里堂以为'驼'即说文'訑'字"，"訑"之原文，不审何字，墨笔径改。

"正由素为识字，故譎埴冥行如此也"，"譎"字"言"旁，墨笔径改为"扌"旁。

"汉土自中唐以降，小学日微"，"日"字原文不审何字，墨笔径改。

4. 独应（周作人）《见店头监狱书所感》2 处校改：

"特狱之为物不详"，"详"之左偏旁，原文不审何字，墨笔径改。

"则又何耶"，"则"字左偏旁，原文不审何字，墨笔径改。

5. 独应（周作人）《读书杂拾（一）》1 处校改：

"乔治珊德 George Sand"，Sand 原文模糊，墨笔径改。

6. 独应（周作人）《绝诗三首——刺女界也》1 处校改：

"为欲求新生，辛苦此奔走"，"求"字原文不审何字，墨笔径改（此三首《绝诗》，《周作人集外文》阙收）。

7. 申叔（刘师培）《鲍生学术发微》1 处校改：

"是鲍生，名敬言，为西晋人"，"是"字原文不审何字，墨笔径改。

鲁迅之外其他作者 11 篇诗文的校改，可注意者第一，这些作者（章太炎、周作人、许寿裳）皆与鲁迅关系密切。其次，朱墨二色错杂交施，与鲁迅文章校改一篇之内只用一色，迥乎不同，因此很难判断究出何人之手。第三，多处校改草率，如上述对周作人《论文章之意义》一文标题的处理。某些字的繁简选择也颇随意，如"号""號"并用。这都与鲁迅文章之校改形成对照。第四，周作人6篇有校改，超过半数（许寿裳、刘师培各1篇、章太炎3篇）。

综上所述，或可推测这些校改之目的，乃"兄弟失和"之前打算出版"会稽周氏兄弟"之"少作"，或为二人合集，或各自出版。但对章太炎、许寿裳、刘师培少量诗文的校改，也可能只是习惯性地关心故人的作品而已。另外也不排斥这些零星校改乃出于鲁迅之外其他某人之手的可能性。

七 《庄中》《寂寞》缘何、何时编入剪报及其校改情况

周作人所译契诃夫短篇《庄中》和爱伦·坡短篇《寂寞》，跟鲁迅《破恶声论》一起发表于1908年12月5日出版的《河南》第8期，也编入中文剪报。如前所述，同样收入这两篇小说的《域外小说集》（以下简称《域外》）最迟在鲁迅1909年2月5日撰成序言之前编妥，中文剪报很可能在此之前已装订成册，这才不得不承认如此重复编集的既成事实——除非将它们剔出重新装订，那样未免太费周折，也会毁损已经制成的剪报。

《庄中》《寂寞》编入《域外》之前已经在报刊上发表过，有可作剪报的现成材料。但这并非将《庄中》《寂寞》编入剪报的充足理由，周作人所译斯谛普虐克《一文钱》1908年6月10就揭载于《民报》第21号，比《庄中》《寂寞》早半年问世，还"请太炎先生看过，改定好些地方"，按说更有理由编入剪报，缘何"漏落"？无独有偶，"周氏兄弟"非常看重的显克微支中篇小说《炭画》，据周作人说早在1909年春天即已译出，却并未"登入"《域外》。[1] 这说明《域外》和中文剪报总体上虽精

---

1 周作人：《炭画与黄蔷薇》，《知堂回想录（上）》，第277页。

心规划，但也不排除局部细节可能带有某种随意性。

中文剪报和"医学笔记"都是要"作为永久的纪念"，区别在于剪报所收诗文本身价值颇高，可随时披览，而不只是寄托一种怀旧的感情。剪报制作之时大概还想不到要出版。除非办杂志，当时并无将多位作者诗文合成一集而问世出版的风气。只是到了后来某个时期，才想到出版其中部分作品，因此大加校改。这是上文反复考释的核心问题。

但为何收入剪报的《庄中》《寂寞》也有大量校改？何人、何时完成这些校改？

这两篇小说先在《河南》杂志发表，先后被编入中文剪报和《域外》初版（1909）及增订版（1920年3月编讫、1921年上海群益书社出版）。中文剪报对这两篇小说有大量校改，因此它们实际拥有三种版本、四种不同文本。下面就根据这种复杂的版本和文本形态，对照《域外》的初版和增订版，来研究中文剪报对《庄中》《寂寞》的校改。

先看《庄中》的情况。

1. 原刊标题《庄中》，剪报因之，初版、增订版改为《戚施》。
2. 原刊署名"俄国安敦·契诃夫著"，剪报因之，初版、增订版改作"俄国契诃夫著"。
3. 原刊"步小露西亚制镂地板之上"，剪报因之，初版、增订版改作"步乌克剌因制镂地板之上"。
4. 原刊"虽氏素不好客，客见之皆走避"，剪报朱笔圈去第二"客"字，又圈去"之"，旁改为"者"。初版、增订版因之。
5. 原刊"又以双手自理其鬟"，剪报繁体"鬟"字朱笔径改为"髯"。初版、增订版因之。
6. 原刊"复忆及银行中之利子"，"又忆己病且老"，剪报二"忆"字，皆墨笔旁改为"虑"。初版、增订版因之。
7. 原刊"高如鹿豹"，剪报"如"下墨笔旁添一"斑"字，圈去

"豹"。初版、增订版因之。

8. 原刊主人公为"罗舍毘支",剪报因之,初版、增订版皆改为"罗舍微支"。

9. 原刊"白骨"(意谓贵族血统),剪报因之,初版、增订版皆改为"皙骨"。

10. 原刊"鄂戈理"(即果戈理),剪报因之,初版、增订版皆改为"果戈尔"。

11. 原刊"露西亚",剪报因之,初版、增订版皆改为"俄罗斯"。

12. 原刊"二女皆弗来共饭",剪报因之,初版、增订版皆改为"共食"。

13. 原刊"两手皆震",剪报因之,初版、增订版皆改为"两手皆振"。

14. 原刊"今老矣,无人见须",剪报因之,初版、增订版皆改为"无人见需"。

15. 原刊"久之罗舍比支入寐",剪报删"罗舍比支",初版、增订版因之。

16. 原刊最后"译者曰"之"契诃夫 A. P. chekhov",剪报 c 字朱笔径改为 C。"俄人斯忒阑涅克 I. strannik",剪报 s 字朱笔径改为 S。初版、增订版书后"襍识"皆因之。

再看剪报对《寂寞》的校改。

1. 小说标题,原刊作《寂寞》,剪报因之,初版和增订版改作《默(寓言)》。

2. 原作者署名,原刊作"美国安介·爱稜·坡著",剪报因之,初版和增订版改作"美国亚伦·坡著"。

3. 正文之前，原刊有"群峰微暝岩谷窟穴皆默而无言　亚尔克曼"，剪报因之，初版和增订版更引 Alkman 的德文原文，中文翻译也改作"群峰微暝　岩谷窟穴　皆默而不言　亚尔克曼句"。

4. 原刊"'汝听我'，为此言者药叉"（结尾部也有两处提及"药叉"），剪报因之，初版、增订版皆改作"厉鬼"。

5. 原刊"而永住之首，乃屡俯仰"，剪报"仰"下朱笔旁添"也"字，初版、增订版因之。

6. 原刊"若可办，若不可办"，剪报两繁体"辦"字皆朱笔径改为"辨"。初版、增订版因之。

7. 原刊"柯叶相缘"，剪报因之，初版、增订版改作"柯叶相结"。

8. 原刊"日莫，瞀，雨忽集"，剪报删"瞀"字，初版、增订版因之，又改"莫"为"暮"。

9. 原刊"忽焉，苦月度瘦雾出"，剪报"苦"上朱笔一划，未作改动，初版、增订版改"苦"为"有"。

10. 原刊"而文曰萧瑟"，剪报因之，初版、增订版改"萧瑟"为"寂寞"。

11. 原刊"顾其颡，如方覃思，故目作警色"，剪报"顾其"朱笔一划，墨笔旁改为"广"；"如方"朱笔一划，墨笔旁改为"多"；"故"字朱笔一划，墨笔旁改为"其"。全句乃作"广颡多覃思，其目作警色"。初版、增订版因之，但又改"广"为"博"。

12. 原刊"及寂寞以还之希望"，剪报因之，初版、增订版改作"及孤寂以还之希望"。

13. 原刊四处重复"而是人乃战栗于萧瑟之中"，剪报因之，初版、增订版改"萧瑟"为"寂寞"。

14. 原刊两处"河马"，剪报因之，初版、增订版皆改为"海马"。

15. 原刊"予愤益烈，乃以寂寞诅咒群品"，"则既转化而曰寂寞","而石腹之文,则曰寂寞",剪报于第一处"寂寞"上朱笔一划,未改,余二亦未作任何改动。初版、增订版皆改作"幽默"。

16. 原刊"按波斯之美牙",剪报因之,初版、增订版改"波斯"为"摩琪"。

17. 原刊"中多危言,无不入妙",剪报"危"上朱笔径改为"卮",初版、增订版因之。

18. 原刊紧接小说正文之后,是"译者曰",初版、增订版全部移至全书之尾,总题"裸识"。相应文字,原刊"坡 E. A. Toe 名安介",T 字剪报朱笔径改为 P。初版、增订版因之。原刊"二岁而孤,受盲于爱稜氏",剪报"盲"字朱笔径改为"育",初版、增订版因之。

《庄中》《寂寞》三种版本、四种文本共计 34 处(种)异文,19 处(种)剪报未改而初版、增订版改过,10 处(种)剪报校改而初版、增订版因之,5 处(种)剪报校改,初版、增订版因之而又有新的校改(或剪报只做了记号,初版、增订版最后完成校改)。此外一篇之内朱墨两色交错并施,与剪报内鲁迅文章的校改不同。

剪报对周作人翻译的这两篇小说的校改,和剪报中鲁迅及其他作者诗文的校改时间不同,后者(至少鲁迅本人文章)的校改,应在 1918 年鲁迅参与新文化运动(可以设想具体时间就是 1919 年 1 月 19 日接到绍兴张梓生家寄至北京的第一批书箱)之后,至鲁迅于 1923 年 8 月 2 日搬出八道湾之前,而《寂寞》《庄中》的校改却在《域外》印行之前,目的是为《域外》提供排印前的定稿。《域外》第一版印行之后,就不必再作这些校改了。

但《域外》初版仅部分地接受剪报校改,更多则是在剪报校改之后又有新的校改。《域外》第一版实际上吸收了"周氏兄弟"两次校改,第一次校改就保留在剪报中。此次校改的具体情况,大概有两种可能。第一,校改这两篇小说时,剪报已装订成册,因此只能在剪报上校改,校改之后再誊抄一稿，才能跟另外 14 篇翻译小说的手稿或剪报散页一起送交出版社。

另一种可能，校改这两篇小说时，中文剪报尚未装订成册，校改者是在刊登这两篇小说的原刊剪报散页上做初步校改，再跟另外 14 篇翻译小说的手稿或剪报散页一起送交出版社。等出版社排好《域外》校样之后，再将这两篇小说的原刊剪报散页返还"周氏兄弟"，使他们得以最终完成中文剪报的装订工作。

揆诸常理，第一种可能性更大。若是第二种，则中文剪报很可能就不会再那么费劲地坚持编入已然收进《域外》的《庄中》和《寂寞》了。即使要编入，至少也应该将同样先行刊发、同样有原刊剪报散页、并且"请太炎先生看过，改定好些地方"的《一文钱》顺便也一同编入。

还有个问题，也值得一提。

熟悉"周氏兄弟"早年著述的读者知道，他们那时爱用"寂寞"一词，这差不多是这两位青年学者观察世象、谈文论艺的核心概念之一。但爱伦·坡小说的题目原刊作《寂寞》，剪报因之，而在小说正文却有一处将"寂寞"用朱笔一划的记号，虽未做改动，但这种"校而不完"的痕迹说明，校改者已经意识到需要另换他词。

果然到了《域外小说集》初版，不仅题目《寂寞》改为"默"，正文多处"寂寞"也改为"默"或"幽默"。可能"周氏兄弟"发现，在他们已经观察到并反复讨论的"寂寞"之外，还有一种值得注意的精神现象，须用"默""幽默"表出。他们甚至因此而不惜让爱伦·坡这部短篇与同一本书中安特莱夫（L. Andreev）的另一部短篇同名。

在同名的安特莱夫《默》中，许多单独使用的"默"竟成了人格化的可以做主语或宾语的名词，其加强版"幽默"——黑暗而渊深的沉默——接连出现 8 次。也正是这篇小说本身对"寂"和"默"做了严格区分："威罗既葬，阖宅默然，而其状复非寂，盖寂者止于无声，此则居者能言，顾不声而口闭，默也。"将周作人翻译的爱伦·坡小说中的"寂寞"改为"默"和"幽默",大概是受了鲁迅翻译的安特莱夫小说的启发吧?

由此或可推测,《庄中》《寂寞》虽为周作人所译,但校改很可能出于鲁迅之手。

周作人早期译稿经鲁迅校改,之后再经鲁迅誊清,"周氏兄弟"合作翻译的这种具体流程,周作人曾经提到过一次:"《神盖记》的第一分的文言译稿,近时找了出来,已经经过鲁迅的修改,只是还未誊录,本来大约拟用在第三集的吧。"[1]可见"会稽周氏兄弟纂译"《域外》时,周作人的译稿通常要"经过鲁迅修改"再予"誊录"。译稿如此,其他作品发表后的剪报散页在编集时的校改,大概也由老哥代庖吧?

关于《神盖记》的翻译手稿,王锡荣、冯铁、刘云等做了精彩研究[2],但在未见到鲁博藏中文剪报《庄中》《寂寞》刊本散页上的鲁迅校改之前,他们一致认为周作人1963年捐献给上海鲁迅纪念馆的《神盖记》手稿是可以推测"周氏兄弟"合作翻译《域外》之具体流程的唯一证物。这个判断现在可以推翻。[3]

再回到"幽默"的问题。

1926年,在驳斥徐志摩、陈西滢的极其辛辣的杂文《不是信》中,鲁迅申明他从来不曾提倡这些gentlemen所标榜的英国式的humour,"也许将这两字连写,今天还算第一回"。鲁迅说这话时,头脑中可曾闪现早年他们兄弟分别翻译爱伦·坡和安特莱夫同名小说时大量使用(或经过

---

[1] 周作人:《炭画与黄蔷薇》,《知堂回想录(上)》,第277页。
[2] 参见华融(王锡荣):《关于〈神盖记〉译稿》,《上海鲁迅研究》1991年6月第4辑;王锡荣:《鲁迅周作人合译〈神盖记〉手稿研究》,《东岳论丛》2014年1月第35卷第1期;刘云:《灯下再读〈神盖记〉》,《鲁迅研究月刊》2016年第11期;冯铁:《未被倾听的声音——论周作人译、鲁迅校〈神盖记〉手稿》,《现代中文学刊》2018年第1期,该文2015年9月21日宣读于"第2届现代中国作家手稿研究国际学术研讨会",后经修改,提交第9届捷克和斯洛伐克汉学家年会(布拉格查理大学,2015年11月27—28日),此为定稿。
[3] 据说山东徐国卫君收藏了《域外》东京第1版出版之前的毛边本校样,上有校改。未睹原物,不知真假。

校改而反复使用）的"幽默"一词？

不管怎样，此"幽默"非彼"幽默"。在鲁迅看来，用"幽默"译humour，尽管译者自以为得计，而用他们兄弟的语感衡量，则根本是驴唇不对马嘴。

尽管如此，"周氏兄弟"的"自铸伟词"并未流行，他们本人后来也不再以当年自己设定的方式使用"幽默"一语，而是不得不接受他们所并不认可的误译。正如鲁迅所说，"将 humor 这字，音译为'幽默'，是语堂开首的。因为那两字似乎含有意义，容易被误解为'静默''幽静'等，所以我不大赞成，一向没有沿用。但想了几回，终于也想不出别的什么适当的字来，便还是用现成的完事"[1]。这是翻译史上"误译"压倒正确翻译的一个佳例。

八　再谈钱玄同与剪报

鲁迅编《坟》时，随身携带多年的中文剪报不在身边，朱墨两色大量"精校"和旨在出版的技术性处理皆未能被利用，令他只能重复劳动，借来旧刊请许广平誊抄，复于誊抄稿上再次校改。又因无剪报可用，且未能借到全份《河南》杂志，故"漏落"了《破恶声论》，致使这份重要文献直至 1952 年才因上海出版公司印行《鲁迅全集补遗续编》而广为人知。

但在此之前，还是有一个人提到过《破恶声论》。

1936 年 10 月 19 日鲁迅病逝上海，老友钱玄同很快于 10 月 24 日撰就《我对周豫才（即鲁迅）君之追忆与略评》，文章说"他（按指鲁迅）在《河南》杂志中做过几篇文章，我现在记得的有《文化偏至论》、《破恶声论》、《摩罗诗力说》等篇，斥那时浅薄新党之俗论，极多胜义"。当时跟钱玄同过从极密的周作人同一天撰写的《关于鲁迅》以及后续的

---

[1]《译文序跋集·〈说幽默〉译者附记》，《鲁迅全集》第十卷，第 303 页。

《关于鲁迅之二》(11月7日)和《〈关于鲁迅〉书后》(11月17日)提供了许多"海内孤本",却只字未提《破恶声论》。

我怀疑鲁迅一死,周作人、钱玄同即密议如何作文纪念。周作人自然倚马可待,而长期为高血压和神经衰弱所苦的钱玄同之记忆力并不像他文章所讲的那么好,于是周作人便将本来就由他参与制作而当时已归他所有的中日文两份剪报借(或赠)给钱玄同做参考。

比起"鲁迅寄放在钱玄同处"的说法[1],剪报流传的这种可能性或许更大。

此后两年一个多月,先是北平沦陷,更名北京,留平文化界人士栗栗自危。再是至交周作人徘徊于落水边缘,钱氏本人病情日笃,爱莫能助。周作人1939年元旦"遇刺",加速了他的附逆进程,钱氏则于1月17日突发脑溢血逝世。人事无常,这期间钱氏当然有机会将两份剪报物归原主,而事实上竟不能,这才有1966年9月14日钱氏后人于紧急关口的捐献之举。[2]

以上除了结果为真,其他皆是我的猜想。当我说出这猜想时,一位精于考证的"鲁研界"前辈很兴奋,但也颇为不安地说:多像是一篇小说啊。

2018年9月3日初稿
2018年11月12日定稿

---

1 陈漱渝:《寻求反抗和呐喊的呼声——鲁迅最早接触过哪些域外小说?》,《百年潮》2006年第10期。
2 此节推测钱玄同与中日文剪报之关系,乃重申拙文《彼裹绂于何有,嗟大恋之所存——〈坟〉的编集出版过程及其他》意见(《中国现当代文学研究丛刊》2018年第7期)。

附录：

鲁博藏"周氏兄弟"中文剪报最新研究
——访复旦大学中文系郜元宝教授[1]

《文汇报》记者：通常以为，鲁迅作为"白话文运动"旗手，对文言文一直不太重视，甚至很排斥。听说您最近有一些新发现，能否简单介绍一下？

郜元宝：这次主要研究鲁迅博物馆收藏的"周氏兄弟"在日本留学时期所制中文剪报的旁改文字，我发现鲁迅在"文学革命"之后，对自己的文言文"少作"念念不忘，在不同时期进行了多次阅读、精校，并一直打算正式出版。鲁迅说他只是"偶尔看见了几篇将近二十年前所做的所谓文章"，才决定将这些文章编入《坟》。从这次的研究看，他绝非"偶尔看见"，而是念兹在兹，经常摩挲披览。我们不能被鲁迅的自谦之辞迷惑了。鲁迅作为新文化运动旗手，非常看重他早年的文言论文，这个问题值得我们予以充分的重视。

记者：为什么会想到做这个研究？

郜元宝：鲁迅将早期论文的主要部分陆续编入《坟》和《集外集》，论到这些"少作"，他的文字却过于幽婉，不易忖度其真实意图，对早期论文的具体内容更是三缄其口，令人感到《坟》《集外集》的编集不过是敝帚自珍，别无深意。

从20世纪50年代开始，鲁迅早期思想研究在中外学术界一直不曾中断，近年来更是如火如荼，但反映鲁迅早期思想的那几篇文

---

[1] 此采访原刊《文汇报》2018年11月16日，采访者为钱好。

言论文在鲁迅自我意识中究竟占据怎样的地位,一直缺乏来自他本人更明晰的表述。对中文剪报旁改文字的研究,可望消除这种焦虑。

记者:关于这份剪报,能否介绍一下相关情况?

郜元宝:20世纪60年代中期,北京鲁迅博物馆从钱玄同家人处获赠一批书物,其中有装订成册的中日文剪报各一份,当时即被认定为鲁迅所制,一直收藏于鲁迅博物馆,1994年被定为国家一级革命文物。

日文剪报,为日译普希金、果戈理、莱蒙托夫、屠格涅夫短篇小说10篇,有关内容陈漱渝先生已有专文论述。

中文剪报,有毛笔手书的"目次一""目次二",鲁迅《人间之历史》(鲁迅后来改为《人之历史》)、《科学史教篇》、《文化偏至论》、《摩罗诗力说》、《破恶声论》和译作《裴彖飞诗论》赫然列于"目次一"。另有章太炎、周作人、汤增璧、许寿裳、陶成章、刘师培、黄侃等诗文若干。全本剪报共60篇诗文,分别载于1903—1908年《民报》《天义报》《浙江潮》《河南》诸杂志,作者基本为光复会成员。对中文剪报,目前公开发表的研究不多,只有北京鲁博文物专家杨燕丽等撰写的简要介绍。

中日文剪报属国家一级革命文物,庋藏严谨,借阅不便,大规模学术研究一直难以展开,就连命名方式也五花八门,或称"周氏兄弟"留日时期编排的"文辑",或称"周氏兄弟"早年论文集,或称"周氏兄弟"所编资料集。在今年9月北大中文系举办的"周氏兄弟与文学革命国际学术研讨会"上,我建议不妨定名为"鲁博所藏周氏兄弟留日时期所制中日文剪报",或分别简称"日文剪报""中文剪报",因为内容都是当时发表于东京中日文报刊上的诗文作品,"周氏兄弟"将它们从原载报刊"拆出",再装订成册。

这次感谢鲁博特藏部文物保管专家的大力协助,使我得以从容拜观中文剪报，发现其上竟有大量校改，随即拍下近两百幅照片。我这次的研究绕开中文剪报内容以及"目次"的笔迹问题，主要从以往几乎无人注意的旁改文字入手，进一步探讨剪报的制作者、制作时间、制作目的和旁改文字的完成时间，希望在此基础上对鲁迅思想与创作历程的一些关键问题做出新的推测与判断。

记者：认定中文剪报为鲁迅所制、旁改文字也出于鲁迅之手，根据何在？

郜元宝：我发现针对中文剪报中《人间之历史》《科学史教篇》《文化偏至论》《摩罗诗力说》《破恶声论》的校改，有39例与这几篇文章在鲁迅手订的《坟》初版本以及后人编辑的《集外集拾遗补编》所收《破恶声论》完全一致，其中9例涉及外国人名书名校改，难度更高。如此"精校"应出于鲁迅本人之手。

"鲁研界"此前判断中日文剪报为"周氏兄弟"所制，最有力的旁证是鲁迅在《藤野先生》中提到的他在仙台医学专门学校的听课笔记，因为有藤野先生的"改正"，当时就"订成三厚本，收藏着的，将作为永久的纪念"。20世纪50年代初找到了这些"医学笔记"，90年代初，经中日两国专家调查鉴定，确认这些"医学笔记"出自鲁迅之手。"医学笔记"的装帧样式跟中日文剪报一模一样，这就有力地佐证了中日文剪报均出于"周氏兄弟"（主要是鲁迅）之手。

其次，《知堂回想录》提到"周氏兄弟"在日本大力收集日文报刊上俄国小说的情景，当时他们遇见喜欢的就"拆出保存"。周作人没说后来又装订成册，但他至少提供了一条与日文剪报有关的宝贵线索。

但关于中文剪报，遍查"周氏兄弟"著作、书信与日记，均无直接记录。研究者们总希望这方面的证据越多越好。在"医学笔记"鉴定完成之前，一些文物专家推定中文剪报为鲁迅所制，主要证据是剪报内容和"目次"笔迹。剪报内容囊括鲁迅留日后期几乎全部重要论文，当时即据此判断剪报为鲁迅所制，其实周作人或其他人（比如同为章太炎弟子的钱玄同等）也有可能制作这份剪报。至于"目次"笔迹，有专家认为"一望可知"为鲁迅手书，但鲁迅同一时期手稿存世极少（仅两页《〈劲草〉译本序（残稿）》以及现存上海鲁迅纪念馆的周作人译《神盖记》上鲁迅校改文字），缺乏进行比对的足够材料，而此前的"医学笔记"全部以硬笔书写，也不宜与毛笔手书的中文剪报"目次"直接比对。总之仅从剪报内容和"目次"笔迹来判断中文剪报制作者为鲁迅，把握不大。

经过这次对校改文字的初步研究，可进一步认定这是由鲁迅主导、周作人参与、兄弟二人在留日后期所制剪报。中日文剪报的编排与装订款式高度一致，判定中文剪报出于"周氏兄弟"之手，等于同时判定日文剪报的制作者也是"周氏兄弟"。

记者：您刚才说中文剪报制作于"周氏兄弟"留日后期，是否还可以进一步限定这个时间范围？

郜元宝：关于这个问题，"鲁研界"并无定论，我认为可以缩小到一个更具体的时间范围。剪报中周作人《哀弦篇》发表于1908年12月20日，系刊出最晚的一篇，据此可知剪报制作不会早于这个时间。剪报所收周作人翻译的两篇小说也被编入《域外小说集》，《域外》1909年2月5日编讫（鲁迅序言作于该日），剪报制作应在此之前，《域外》编讫之后再将这两篇翻译小说收入剪报，就多此一举。因此，中文剪报制成时间很可能就在1908年12月20日到1909年2月5日之间。

记者：所有校改是否完成于同一个时间？校改时间是否可以大致推定？

郜元宝：校改工作并非完成于同一个时间。有些校改非常精细、从容，对不易把握的文字做出了精心而正确的校改，有些则显得仓促，甚至无须犹豫的内容都漏校、错校了，可见校改并非一次性完成。校改采用朱墨两种笔色，一篇之内，或朱或墨，绝不混用，据此可判断校改完成于不同时期。换言之，鲁迅对这些"少作"在不同时间进行了多次校改。

至于具体的校改时间，只能根据一些细节大致做出几点推测。比如《破恶声论》原文有"古然之神龙"，旁改作"古代之神龙"。"古代"一词"五四"以后才广泛使用，或可据此推测校改乃发生于1919年以后。

另外几个重要的时间节点值得重视。首先是1920年，"周氏兄弟"着手重印《域外小说集》，为此他们"从久不开封的纸裹里，寻出自己留下的两本书来（指1909年第一版《域外》上下两册）"。《域外》所收翻译小说，和中文剪报所收"周氏兄弟"文言论文，本来都准备发表于鲁迅主持创办的文学杂志《新生》，因为《新生》流产，翻译小说不得不另行出版，文言论文则投稿于《河南》杂志，刊出之后再制成剪报。周作人在《知堂回想录》中称《域外》为"《新生》乙编"，文言论文为"《新生》甲编"，当时是统一规划、同步进行的。1920年既着手重印《新生》乙编"，"甲编"即中文剪报所收"周氏兄弟"文言论文也有可能再谋出版，为此对这些当年的文章做出校改，也就顺理成章了。

其次是1922年鲁迅作《〈呐喊〉自序》，反复提及早年如何"提倡文艺运动"，包括拟办《新生》杂志，他这时候很可能再次摩挲披览兄弟二人携至八道湾寓所的中文剪报，并随手做出一些校改。

第三个时间节点是1923年"兄弟失和"，鲁迅搬出八道湾，中日文两份剪报可能因此留在八道湾旧寓（钱玄同很可能从周作人处获赠这两份剪报）。鲁迅1926年编《坟》，不得不到处借阅他自己收藏不全的《河南》杂志，令许广平抄写，鲁迅再于誊抄稿上校改。

鲁迅最终并未利用到辛苦制作、保存和反复校阅的中文剪报，也未能将中文剪报中的《破恶声论》一并收入《坟》。

记者：根据您的研究，鲁迅制作和校改中文剪报，目的是什么？

郜元宝：前面已谈到中文剪报制作和校改的理由，这里再补充几点。中文剪报保存"周氏兄弟"原本为《新生》所作长篇文言论文，和这些论文同步进行的翻译小说，1909年以《域外小说集》的形式出版，这些文言论文起初很可能也是准备公开出版的，但因为鲁迅提前回国，或者考虑到论文不像翻译小说那样有销路，所以未能进一步编排整理。

这次发现的旁改文字，可视为鲁迅回国之后对中文剪报的后续整理，大量属于"精校"，尤其多种外文人名书名一字不差地校出，难度不小。如果仅仅是当初拿到杂志后，一边重读，一边顺手校改，不太可能做到如此系统而精确。

剪报中许多原刊散页，夹带了与简报内容无关、跨行的其他作者文章的开头或结尾，鲁迅用直尺之类的工具在左右两行认真画下一根直线，以示删除。这应该也是出于出版的考虑。《摩罗诗力说》有一处，上行最后一字正好是一句话的结尾，下行首字也顶格排印，不留空间。鲁迅将这两句话以正反两个"L"形记号隔开，这种提醒分行或另起一行的标记，应该是为了正式出版而插入的，而这种新式排版格式也只有在"文学革命"之后才流行开来。

中文剪报全部60篇文章的"精校"，集中于鲁迅的五篇论文（译作《裴彖飞诗论》并无校改），以及周作人《论文章之意义暨其使命因及近时论文之失》《哀弦篇》《论俄国革命与虚无主义之别》等文，其他作者的诗文作品很少校改，可见在1923年"兄弟失和"之前，鲁迅周作人可能打算将这些"少作"以二人合集的方式出版。尤其在1920年，兄弟二人着手重印《域外小说集》，该书增订本

1921年由群益书店出版，按照这种出版节奏来看，早期文言文合集的出版也势在必行。只是"兄弟失和"中断了这一计划，鲁迅因此只得独立编辑自己的文言论文，这主要就是1926年编定、1927年出版的《坟》。值得注意的是，周作人生前并未编辑出版留日期间数量上超过鲁迅的文言论文，这些作品后来才收入陈子善、张铁荣先生合编的《周作人集外文》（上下册）（1995年由海南国际新闻出版中心出版）。因此，如果说"周氏兄弟"在1920年前后准备出版早年文言论文的合集，动议与实施者恐怕主要也是鲁迅。

记者：除了发现鲁迅对自己早年文言文的看重之外，您这次的研究还涉及哪些相关问题？

郜元宝：这个一言难尽，我将专门撰文详细报告。这里简单谈几点。近年来学术界一直在讨论"五四"文学革命的发端问题，试图为中国新文学确立一个更早的起点。有些学者（如王德威、范伯群、严家炎等）主张这个起点应该在"晚清"，因此陈季同1890年在巴黎出版的法文本《黄衫客》和韩邦庆1894年出版的《海上花列传》等作品大受推崇。这无疑拓宽了以往的文学史视野，但这些学者们所推崇的作品或文学现象都不是重要的新文学家们所创作、所参与的，和真正的新文学还是隔膜甚深。

这次研究使我再次想到，完全可以从"五四"核心作家鲁迅这里为中国新文学确立一个更早的开端，那就是1907—1909年"周氏兄弟"在日本提倡文艺运动时，对"域外小说"的收集和翻译，以及对当时中国文艺、文化、时代思想进行深入思考而完成的那些文言论文。强调这些翻译和论文的重要，理由不仅在于这些译品和文章本身的质量，更包括"周氏兄弟"——特别是鲁迅——成为新文学主将之后仍然在私下与公开场合充分肯定他们早年这一"译"一"作"。最近"鲁研界"不少学者努力重建《域外小说集》增订本出版过程，这是"周氏兄弟"公开场合对早年译作的追认。我这次研究鲁迅不同时期对中文剪报所收他个人论文的旁改，可算是他私下场合对"少作"的持续追认。这种追认和《坟》《集外集》的编辑高度一致，但时间上比《坟》《集外集》更早。

另外，在中国新文学的语言形式方面，一直有论者认为，"文学革命"导致了文言文和白话文不可逆转的历史性断裂，其实至少鲁迅本人的创作并非如此。在鲁迅这里，表面的断裂也包含内在的延续。现在我们看到鲁迅对他本人早期文言论文进行的多次校改又说明，他在语言上的立场不是简单的革命，亦非简单的复古，而是努力在新旧语言之间保持一种历史的延续性。

关于《‖ DEC·》的若干史实考辩

——从《三闲集》一条注释谈起[1]

一

1929年5月22日，北归探视母亲的鲁迅应邀在燕京大学国文学会发表讲演《现今的新文学的概观》。5月22日的鲁迅日记记道，"晚往燕京大学讲演"。当天"夜一时"（其实已是23日凌晨）给许广平写信说，"傍晚往燕京大学讲演了一点钟，照例说些成仿吾徐志摩之类，听的人颇不少"。这篇讲演由吴世昌记录整理，很快揭载于5月25日《未名》半月刊，后经鲁迅修改，收入1932年9月上海北新书局出版的《三闲集》。最近有学者还在1929年5月26、27日的《北平日报》副刊上发现了连载的"鲁迅在燕大讲、郭亦华记"的《评所谓革命文学》。这是鲁迅此次讲演长期被忽略的另一种记录稿。[2]

在这次讲演中，鲁迅首先针对"新月社"，号召文坛敞开胸怀，广泛译介外国文学，以"冲破"由少数几个作家学者构成的"圈子"。接着鲁迅又以"南社"诗人和俄国诗人叶遂宁、小说家爱伦堡为例，阐明他对以"创造社"为主要代表的"革命文学"的一贯看法：当革命进行时，革命者无暇创作"革命文学"。革命前因不满旧制度而呼唤革命的文学家们并非真正的"革命文学者"。革命到来后，他们会失望，甚至"还须灭

---

[1] 本文写作，承蒙徐国卫、张广海两位先生在资料方面的大力帮助，特此致谢。
[2] 刘涛：《鲁迅1929年燕京大学讲演的另一版本》，《中国现代文学研究丛刊》2019年第3期。

亡"。只有"待到革命略有结果,略有喘息的余裕,这才产生新的革命文学者"。鲁迅断言"创造社所提倡的,更彻底的革命文学——无产阶级文学,自然更不过是一个题目"。他因此具体谈到"创造社"的"无产阶级文学"的代表作——王独清"遥望广州暴动的诗"和郭沫若小说《一只手》。先看鲁迅怎样批评王独清的诗歌:

> 这边也禁,那边也禁的王独清的从上海租界里遥望广州暴动的诗,"pong pong pong",铅字逐渐大了起来,只在说明他曾为电影的字幕和上海的酱园招牌所感动,有模仿勃洛克的《十二个》之志而无其力和才。

1957年版《鲁迅全集》给鲁迅这段话的注释很简单:"指王独清的《II Dec.》。"20世纪70年代末,新版《全集》(即后来通行二十多年的1981年版)的注释工作全面展开,负责《三闲集》注释的金涛等人认为1957年版对王独清的《II Dec.》注释过简,想在此基础上有所补充。不料一旦着手,便困难重重——

> 旧注没有说这首诗是短诗还是长诗,开始我们估计大概是发表在创造社的某个刊物上。于是我们翻遍了《创造月刊》、《洪月》(按当为《洪水》之误)、《文化批判》、《流沙》等有关刊物,都没有找到这首诗。那可能是单行本吧!我们又先后到北京、上海、广州等各大图书馆访寻,也没有发现王独清的这本书。

1978年秋,《三闲集》注释稿征求意见本已印出,注释组外出征求意见,竟然在汕头一家新华书店刚恢复的古旧书门市部看到《II DEC.》,赶紧买下。回京之后,金涛根据该书扉页出版信息以及他本人对这首诗的体裁的理解,将1957年版的注释改为:"指王独清的长诗

《Ⅱ Dec.》(《十二月十一日》),一九二八年十一月出版(未标明出版处)。"这就是读者后来看到的 1981 年版《鲁迅全集》的相关注释(2005 年版《全集》未做任何改动)。金涛先生为此还赶在 1981 年版《全集》正式出版前特地撰文《从长诗〈Ⅱ Dec.〉说起》,十分欣慰地说,"尽管增加的文字并不多,却已把这个问题落在实处了"[1]。

1981 年版《鲁迅全集》编辑和注释工程浩大,举国之力方告成功。从注释王独清《ⅡDEC·》这个细节,也可窥一斑而知全豹。

二

1981 年版《鲁迅全集》注释组广泛征求专家学者和当事人的意见,被征求意见者绝大多数皆竭力予以配合。有些老人面对大量问题,甚感困难。茅盾便抱怨说:"有些人就是不能体谅老年人生理机能老化,各种疾病缠身,精力有限,而要我学习鲁迅,战胜病魔,真使我啼笑皆非。他们忘了鲁迅是不满六十死的,而我现在却已经是八十岁的人了!"[2] 关键是征求意见要找准对象。如果被征求意见者不熟悉情况,熟悉情况的又不去征求意见,就会留下遗憾,使注释工作遭遇本来很容易就能克服的困难。

对《ⅡDEC·》的注释就存在这个问题。既然 1957 年版《全集》已有"旧注",不管它多么简单,至少说明当时的注释者了解王独清这首诗,何不顺藤摸瓜,征求他们的意见?比如至少应该咨询早就参与过 1938 年版《鲁迅全集》编校、此后又一直致力于为《全集》钩沉补遗的唐弢。

据中国现代文学馆所编"内部交流资料"《唐弢藏书目录》,唐弢藏有王独清著作 16 种之多,诗集《圣母像前》《死前》甚至还有四五种不同的版本,《ⅡDEC·》也赫然在列,《目录》标明正是 1928 年 11 月出

---

[1] 丁锡根等:《鲁迅研究百题》,湖南人民出版社 1981 年版,第 346—348 页。
[2] 金韵琴:《茅盾晚年谈话录》,上海书店 2014 年版,第 30 页。

版,出版处"不明"——跟 1981 年版的注释完全相同。

无法断定唐弢具体何时购置了王独清这些著作。三四十年代唐弢在上海邮局和银行工作,50 年代任上海作协和文化局领导,50 年代末调社科院,60 年代初开始主持编写《中国现代文学史》,直至 70 年代末由严家炎接手主编之责,在这些不同历史时期,唐弢都有可能搜罗王独清著作。但《ⅡDEC·》不太会购于 70 年代末,那时(直至如今)诚如金涛所说,北、上、广各大图书馆均无此书。既然海内罕睹,唐弢又岂能轻易得之?总之唐弢在 70 年代之前购得此书的可能性更大。由此也可推测,正当金涛等人 70 年代末上下求索之际,《ⅡDEC·》就在唐弢手边。可惜他们没有征求唐弢意见,否则关于《ⅡDEC·》的问题应该可以迎刃而解,不必出差至汕头,才"踏破铁鞋无觅处,得来全不费工夫"。试想若非金涛等人侥幸买到原书,1981 年版(包括现在的 2005 年版)《鲁迅全集》关于《ⅡDEC·》岂不仍然只能维持 1957 年版的"旧注"?

限于当时的文学史叙述框架,唐弢主编《中国现代文学史》,有关"创造社",郭沫若当然大书特书,其次是郁达夫,另外还介绍了郑伯奇、成仿吾、张资平以及在创造社刊物上发过作品的淦女士(冯沅君)。创造社后起之秀倪贻德、冯乃超、柯仲平也有不少篇幅,却只字不提创造社第二、第三期主将之一王独清。这当然并非因为编者或主编唐弢没有王独清著作,不了解这位作家的创作。如前所述,唐弢很早就收藏了王独清几乎全部的作品。不仅如此,早在 1949 年 8 月 5 日出版的《文艺复兴》"中国文学研究号"(下),唐弢就写过一则《"长安城中的少年"》的"书话",专论王独清。

据 1973 年 8 月 8 日唐弢致孙用信,他当时是应《文艺复兴》主编郑振铎之邀写了将近两万字的一篇《新文艺的脚印——关于几位先行者的书话》。[1] 这篇书话"专写已经逝世的几个作家",依次是鲁迅、瞿秋白、

---

[1] 《唐弢文集》第十卷,社会科学文献出版社 1995 年版,第 504 页。

柔石、胡也频、梁遇春、朱湘、罗黑芷、许地山、朱自清、闻一多、郁达夫、王以仁、刘大白、刘半农、徐志摩、庐隐、夏丏尊、谢六逸、鲁彦、彭家煌、蒋光慈、王独清。因为是"书话"的形式，重点当然围绕这 22 位现代作家某一或某几部代表作，比如谈鲁迅自选集的由来，谈朱湘书信集，谈郁达夫《沉沦》《茑萝行》，谈刘半农杂文，谈徐志摩剧作，谈王以仁《幻灭》，谈蒋光慈《哀中国》，角度都很独特。谈王独清，题目取自他的自传之一《长安城中的少年》，实际却是介绍王氏整个创作，一口气列举了《零乱草》（按应为《零乱章》）、《死前》、《锻炼》、《威尼市》、《圣母像前》、《埃及人》、《独清诗选》、《暗云》、《前后》、《杨贵妃之死》、《貂蝉》、《我在欧洲的生活》、《长安城中的少年》和《ⅡDEC·》这 14 本书。除《零乱章》《锻炼》，都见于《唐弢藏书目录》。

《新文艺的脚印》1949 年 10 月后在《读书》《人民日报》续有新作，1962 年结集为《书话》，由北京出版社出版，但独缺《"长安城中的少年"》（后收入社会科学文献出版社 1995 年版《唐弢文集》第五卷《序跋·书话卷》）。除上述列举书名的部分，其余三百多字属正面论述，不妨照录如下：

> 创造社前期诗人中，郭沫若、穆木天外，尚有一个王独清。独清生长陕西，出身于破落了的官僚家庭，祖母父亲都长于诗词，从小就和书本接近，九岁学诗，十六岁开始投稿，早年入新闻界，因此所写的也多政治论文。到欧洲后，才改弄文学……（按以下列举书名及出版处，将"《ⅡDEC·》"误排为"Dcc.11"，并于括号内注明系"自印"）……不过独清的作品，热情有余，而深度不足；读起来固然奔放流利，内容却是空洞得很，这是从旧营垒里转过来的知识分子的通病，因不仅独清为然，不过他的例子却是特别明显而已。我于独清生疏得很，记得有一位朋友曾告诉我，这个人的政治倾向十分古怪，但人却是好人。我于此语，深信不疑，因为在我们这个

社会中,是确有这样的所谓"好人"的。从独清的作品里,你可以读到无数的死、血、眼泪、呼喊、歌唱、爱情和革命的。这个人,《长安城中的少年》(按书名号应为双引号),他拥抱了知识分子的热情和才具,更重要的是:又充满了知识分子的缺点。[1]

既然知道王独清"十分古怪"的"政治倾向"(当然指他的托派立场),却对"人却是好人"的说法"深信不疑",该文因此被1962年《书话》剔出,也就毫不奇怪。从这篇写于1949年夏的"书话"可以推知,唐弢之于王独清,虽说"生疏得很",却自信颇了解其为人和为文。1981年版《鲁迅全集》关于《Ⅱ DEC·》的注释若征求唐弢的意见,不仅可以毫不费力地解决该书出版的时间地点问题,兴许还会有一些别的收获。

三

1957年版、1981年版《鲁迅全集》注释《Ⅱ DEC·》,皆力求简洁而客观。但注释鲁迅同一篇文章涉及的郭沫若《一只手》,就有所不同。1957年版的注释是——

《一只手》是一篇童话,发表在1928年《创造月刊》第1卷第9至11期,但内容和这里所说的有出入。

1981年版《鲁迅全集》的注释略有修改——

短篇小说,载一九二八年《创造月刊》第一卷第九至十一期,内容和这里所说的有出入。

---

[1] 《唐弢文集》第五卷,第729—730页。

2005年版《鲁迅全集》沿用1981年版的注释，但后面又增添了一句话——

短篇小说，载1928年《创造月刊》第一卷第九至十一期，内容和这里所说的有出入。该小说写一位童工在劳作时被机器切断一只手，激起工人的暴动。

1957年、1981年和2005年三版《鲁迅全集》都很重视对郭沫若作品《一只手》的注释，反复修改，文字虽互有"出入"，但主旨高度一致：鲁迅批郭沫若，可能批错了。

只要看过《创造月刊》刊载的郭沫若《一只手》，就知道1981年版、2005年版注释改1957年版"一篇童话"为"短篇小说"，既无必要，也无道理。《创造月刊》第一卷第九期目录在《一只手》之后明明加括号说是"童话"，正文还有副标题"献给新时代的小朋友们"。这篇作品确实是写工厂暴动，中间夹杂了大段大段关于无产阶级革命和无产阶级政权非常理论化的解释和议论，但整个写法仍属"童话"，比如故事发生地是虚构的"在尼尔更达海里面有一个小小的岛子，也名叫尼尔更达，那岛子上已经有像上海这样的繁华的都市了"，主要人物取名也很"童话"——瞎眼的老工人叫"老普罗"，被机器卷掉一只手的童工叫"小普罗"。一定要说它是"小说"，也是"童话小说"，而非一般的"短篇小说"。

对照小说实际内容和鲁迅的评论，可以肯定鲁迅并没有读过这篇"童话"。即使读过，隔了半年多也已淡忘，加上又是在北京探亲时临时被请去讲演，手边无书，只能概乎言之，结果与实际内容就大有"出入"——

一个革命者革命之后失了一只手，所余的一只还能和爱人握手的事,却未免"失"得太巧。五体、四肢之中,倘要失去其一,实在还不如一只手;一条腿就不便,头自然更不行了。只准备失去一只手,是能减少战斗的勇往之气的;我想,革命者所不惜牺牲的,一定不只这一点。《一只手》也还是穷秀才落难,后来终于中状元,谐花烛的老调。

鲁迅说的这一大段在《一只手》里连影子都没有!"小普罗"工作时被机器卷去右手前半截小臂,昏死过去,"制铁工厂的管理人"(工头)却仍然像平日一样,用铁鞭暴打。这种残暴行为并未激起全体工人立即"暴动",大家当场无可奈何地隐忍了。后来在老练沉稳的工人领袖"克培"等周密布置下,才一举"暴动"成功。"暴动"之前苏醒过来的"小普罗"用左手抓着被卷掉的右手臂,打落了工头企图射杀"克培"的手枪。"暴动"胜利后,"小普罗"又用这只已经变得僵硬如铁的被卷掉的右手将工头"一阵乱打",令其"断了气倒在他的脚下",但"小普罗"自己也因流血过多而死去。最后由工人自己建立的新政府为"小普罗"举行"国葬",并决定造一座"纪念塔",塔上耸立"小普罗"的一尊"左手拿着断了的右手在指挥作战"的"大理石的遗像"。这些确实具有"童话"式的夸张,但并无鲁迅所谓"和爱人握手"乃至"穷秀才落难,后来终于中状元,谐花烛的老调"。

鲁迅既然提到"郭沫若的《一只手》是很有人推为佳作的",他是否曾经在某处看到某人将《一只手》"推为佳作"的评论,就根据这篇评论来转述《一只手》的内容,并做出自己的评论?这种可能性不是没有。如果鲁迅读过《一只手》,哪怕后来淡忘了,也不至于写出和事实完全不符的评论。再说《一只手》总体虽颇夸张,但至少第二节写一瞎一瘫的"老普罗"夫妇悲愤绝望,写他们等候"小普罗"下班回家的那份舐犊情深,还是十分真切感人的。仅此一点,就不应该招来鲁迅毫不留情的讥诮。

不管怎样，鲁迅在这篇讲演中批郭沫若的《一只手》，显然是批错了。那么鲁迅批王独清的《II DEC·》，是否就没有问题呢？

四

陆耀东先生发表在《鲁迅研究月刊》2006年第2期上的短文《对鲁迅〈现今的新文学的概观〉的一点更正和一个质疑》，如题所示，就明白地不赞同鲁迅对王独清的批评。

陆文主要谈了两点。首先他指出鲁迅"不够准确"，"那就是象声的外文字'pong pong pong'每个词多了个'g'，本来只有'嘭'字，鲁迅的引文就变成了'嘭其'"。鉴于"王独清的诗集《II DEC》几乎只有孤本"，陆先生特地复印了原诗集中地出现"Pon Pon Pon"的一页，和他的文章一起揭载于《鲁迅研究月刊》。陆先生没说复印件来自何处收藏的"孤本"，但言下之意，至少到2006年他写作此文为止，《II DEC》就"几乎只有孤本"了。

陆文只提出鲁迅讲演稿这一处"不够准确"，对致误之由未作申论。我想这里的情况，跟鲁迅误会郭沫若的《一只手》，应基本相同，都是因为人在北京，临时被请去讲演，只能依靠记忆或别人的转述与介绍，这才做出了与事实不符的评论。

其次陆耀东指出，鲁迅说《II DEC》是王独清"从上海租界里遥望广州暴动的诗"，也不公平。鲁迅本人在《叶紫作〈丰收〉序》中就说过，"作者写出创作来，对于其中的事情，虽然不必亲历过，最好是经历过。……我所谓经历，是所遇，所见，所闻，并不一定是所作，但所作自然也可以包含在里面"。何况王独清1926年3月—1927年6月在广州期间（按王独清离穗是1927年4月底），确实"经历"了"一系列政治、军事事件"，比如1926年3月18—20日"蒋介石制造了中山舰事件"（按王独清和郭沫若、郁达夫1926年3月23日抵达广州），1926年

5月北伐军先遣团出发，7月广东国民政府发布《北伐宣言》。最重要的是1927年4月15日的"广州事变"，陆先生从胡华主编的《中国革命史讲义》引出"反动派在广州逮捕、屠杀共产党员和工人中的积极分子两千一百余人"一句，认为和《Ⅱ DEC》原诗"只在今天半天内，同志们已经死了两千多了"，完全一致。陆先生由此得出结论："仅从这些史实可以看出，王独清'经历'了广州大革命及其失败，但未必'亲历'。如果鲁迅说的'广州暴动'，是指1927年12月11日的'广州起义'，则鲁迅说王独清是'从上海租界里遥望广州暴动'是准确的。"

陆耀东先生提出的第二点"商榷"或"质疑"，就"史实"本身而言，也有一些讹误，已如上述。他本人最后也几乎等于承认了鲁迅的批评"是准确的"，因为《Ⅱ DEC·》当然是写王独清未曾"亲历"的1927年12月11日由张太雷等人指挥的"广州起义"或"广州暴动"。但鲁迅既然说"我所谓经历，是所遇，所见，所闻，并不一定是所作"，则王独清对"广州暴动"的"所闻"也可以作为他诗歌创作的基础。何况王独清诗中大量出现的标语、口号、红旗、群众集会，在1926年3月23日—1927年4月底他本人逗留广州期间，确实是"所遇，所见，所闻"的现象。鲁迅自己1927年1—9月在广州时不也经常看到这些吗？因此王独清根据他对"广州暴动"的"所闻"，再结合前一年在"革命策源地"的"亲历"，完全可以创作"从上海租界里遥望广州暴动的诗"。

但问题不在于王独清有无资格写这首诗，而在于他最终写得怎样。这才是鲁迅那段评论的重点。但要解决这个问题，首先要回答：鲁迅究竟有没有看过《Ⅱ DEC·》？

五

陆耀东先生指出鲁迅将王独清原诗中常见的"Pon"误作"Pong"，确实不是可以随便略过的小事。鲁迅讲演时，始终没有提及王独清这首长诗的篇名。鲁迅有没有买过《ⅡDEC·》？北京鲁迅博物馆1959年7月所编"内部资料"《鲁迅手迹和藏书目录》不见《ⅡDEC·》。王独清许多诗集印得单薄（所收作品太少），插架困难，兼之用纸质量差，不利长期收藏，因此单凭《鲁迅手迹和藏书目录》不见《ⅡDEC·》，不足以证明鲁迅没有买过该书。

1932年4月鲁迅编《三闲集》时，对1929年《未名》半月刊上"吴世昌笔记"的"改定稿"做了多达83处修改，都是个别字句的推敲，足见其认真细致。比较重要的修改，是将《未名》半月刊中"吴世昌笔记"和"改定稿"八字删去，说明鲁迅完全认可这篇讲演出于自己之手，至少是经过了他亲手订正。然而有关《一只手》和《ⅡDEC·》的不实之词依旧只字未改（也没把"Pong"改为"Pon"）。

这就令人怀疑，不仅鲁迅1929年5月在北京演说时没有看过《一只手》和《ⅡDEC·》，直到1932年4月编《三闲集》时，他仍然没看过。或者虽然看过，但早已淡忘，而且后来也不想再去找来重读了。看来鲁迅在意的是他对"创造社"的"革命文学"的一贯看法，而非"创造社"主将们的具体作品。1931年另一篇许多地方同样针对"创造社"的讲演《上海文艺之一瞥》，不也是这个写法吗？因此鲁迅有没有读过《ⅡDEC·》是一回事，他在根本上是否重视王独清等"创造社"成员的"革命文学"的创作，则是另一回事。即使读过，他也有可能概乎言之，以至于客观上令人感到他好像根本就未曾寓目。

鲁迅对《ⅡDEC·》评价不高，还有一个具体原因，就是他拿《ⅡDEC·》跟勃洛克同样描写革命的长诗《十二个》进行了一番对照，由此得出结论，认为王独清"有模仿勃洛克的《十二个》之志而无其力和才"。这也算是实践了他在这篇讲演结束时所说的，"多看些别国的理论和作品之后，再来估量中国的新文艺，便可以清楚得多了"。

《ⅡDEC·》虽说是单行本长诗，事实上篇幅并不长，总计四千字，正文35页，排版极疏朗，少数几页十几行，大多十行不到，用鲁迅自己的话说，是"可以顷刻读了的"¹。因此如果鲁迅曾经以某种方式读过《Ⅱ DEC·》，拿它跟《十二个》对比，是很轻松的事（《十二个》正文也仅42页，排版同样很疏朗）。值得注意的是鲁迅对《Ⅱ DEC·》，毕竟没有像对《一只手》那样，有明显不符合事实的关于作品内容的描述，所以不能断言鲁迅没有看过《Ⅱ DEC·》。至于勃洛克的《十二个》，鲁迅就很熟悉了。1926年7月离开北京南下之前，就曾为胡敩所译《十二个》写过一篇"后记"，还特地从日文转译了托洛斯基《文学与革命》中有关勃洛克的部分，并请韦素园根据俄文加以校阅，放在胡敩译本之前。因此，说鲁迅曾经拿《Ⅱ DEC·》跟《十二个》进行过比较，并非毫无根据。

而且这两部作品也确实存在许多相似之点。比如，"Pon Pon Pon…"是王独清对枪声的模拟，在诗歌中反复出现。《十二个》对枪声也采取拟声法加以表现，虽然不像王独清那样反复运用，但也颇为可观。区别在于王独清模拟枪声是根据汉语发声和当时汉语注音字母的书写习惯，写作"Pon Pon Pon"或"ponponpon"，勃洛克则根据俄语发声和俄文字母的书写习惯，写作"Trakh-tararakh-takh-takh-takh"²。

再比如，《Ⅱ DEC·》反复写到"风"："风又是这样的大，这样的大，这样的大！""好大的风！好大的风！""哎呀，轻快的风，狂欢的风！""哎呀，可爱的X江边的冬天底风！""哦，风！这使人不能安然地在街上站立十分钟的风！""哦，太阳被这可怕的风卷走了！""哦，这变了节的风熄灭了我们底火，并且，把白色又给我们带回来了！"王独清把风充分地拟人化了，他写了在"革命"爆发和失败的全过程中不同形态的"风"。勃洛克写"风"则比较简单，只在全诗开头写道："黑的夜./白的雪./风呵，风呵！/人不能立./风呵，风呵——/在上帝的世界上都

---

1 《南腔北调集·〈自选集〉自序》，《鲁迅全集》第四卷，第469页。
2 勃洛克：《十二个》，胡敩译，V.玛修丁作图，北新书局1926年版。本文所引勃洛克《十二个》均据此。

起来了!"

又比如,勃洛克通过一个老妈妈的视角,写街上悬挂的让人感到陌生和不解的大幅"佈告":

> 从这屋到那屋
> 一条长绳牵着.
> 绳上挂佈告:
> "全权付与制宪国会…"
> 一个老妈妈悲伤了,哭泣了,
> 她总不明白,这是什么意思,
> 为什么这样的佈告,
> 为什么这样大块的布?
> 做得几多青年人的护腿布呵,
> 可怜他们身上脚上都是赤裸裸的…

相比之下,王独清描写"佈告",似乎竭力想后来居上——

> ——静些,静些!
> 佈告"…开XXX群众大会…"
> ——我们都去!我们都去!
> ——不过,这佈告挂在街底中央,倒是从来没有见过的呢…
> ——并且这样大…
> ——不要管这些,…我们都去!我们都去!
> 真的,这个佈告真大!一条又宽又长的白布,上面写着浓黑的粗字,写着人站在一千丈以外还可以看得见的粗字…
> 真的,这个佈告真大!

再比如，勃洛克描写了巡逻的十二个战士对于不满革命的"教士"的指斥：

> 你还记得先前的时候，
> 你怎样挺着肚子往前行走，
> 肚子上挂着十字架，
> 对着人民光芒四射？

而在《ⅡDEC·》中，两个革命工人（"大学里的校役"）在街上遭遇一个教授，王独清是用韵散结合的方式，大肆描写了工人对教授粗野的殴打、斥骂、羞辱和嘲笑——

> 天大亮了．
> 　一个教授走在街上，东张西望地像是在探听什么消息，他底两眼充着血，明明表示他的睡眠不足。他已经没有他平日夹着书包往大学去上课时的威严样子了！他脸上满罩着恐慌，他底帽子也没有戴．
> 　两个工人走过来了．
> 　教授想要避开…
> 　——捉住！捉住！
> 　——唉，你们两个不是大学里的校役吗？
> 　——打！打！打！
> 　——……
> 　教授倒下去了，唵，可怜！"Proud honisme, Durkheimisme, 三…三…"
> 　——踢开！踢开！我还记得有一次他叫我给他底太太买一匹绸子，我买错了，他骂我，还把口水唾在我底脸上…可是现在，先

生！…不过他底太太很年青呢，我还有点爱她…

——算了，兄弟！…走罢！

——唉，走罢！一个教授，一条死狗…教授，教授，死狗，死狗…丢他妈的！丢他妈的！…

另外，《十二个》将"用子弹射击"这个动作写进了诗歌："同志，拿着枪，勿胆怯！／我们用子弹来射击神圣的俄罗斯！"《ⅡDEC·》也有这样的诗句，但场面更大宏大——

同志们在用子弹射击那座监狱呢．

射击！射击！射击！

那些守监狱的士兵都睡在地上了．他们惨白的脸更加惨白起来了．

射击！射击！射击！

……………

通过上述简单的比较可知，鲁迅认为王独清模仿了勃洛克，并非没有理由。至于是否"有模仿……之志而无其力和才"，则另当别论。

六

1928年"革命文学"论争期间，自称"组织者"的王独清本人始终对鲁迅未发一矢。论争结束、"左联"成立后，他却跳将出来，站在创造社和鲁迅的对立面，成了左右开弓的孤独的战士，真有点"荷戟独彷徨"的架势了。

王独清对鲁迅的批评，要算写于1930年9月、载于1930年12月20日他自己主办的《展开》半月刊第1卷第3期《创造社——我和它的始终与它底总账》,火力最猛。然而当他回应鲁迅《现今的新文学的概观》对于《11 DEC·》的批评时,却显得不够有力——

> 新的作品比较的稀少,但是谁也不能否认当时努力的情形,像我底《11 Dec.》(这是鲁迅在《未名》半月刊上惊骇地认为"为电影字幕和上海的酱园招牌所感动"的作品)底出版便是一个明证。

似乎是避重就轻,不想恋战,又似乎稳操胜券,根本不屑于跟鲁迅纠缠,只虚晃一枪,草草收兵。

王独清的《11 DEC·》究竟写得如何?是否如有些学者所断言,"做为诗,《11 DEC》可以说是失败之作"[1],这超出本文关心的范围,暂且按下不表。只可惜当时除了鲁迅的正面评骘,目前还没有看到别的论者有什么评说。值得一提的是郑超麟在1990年的回忆中,讲述了他当时对王独清诗歌艺术的好评:"我自然看到了王独清在中国报刊上发表的诗和文章,知道他接近于颓废派。他写的是新诗,但从中可以看出他的旧诗是很有根底的。他的诗句精炼,讲究对偶、色彩、声音。"这比较符合王独清的自评,跟郑伯奇、穆木天早期对王独清的推重也不谋而合。但郑超麟更进一步,谈到了上述诸位(包括在《〈中国新文学大系〉诗集》中以极不公平的方式编选王独清诗歌的朱自清)都不曾论及的这首《11 DEC·》——

> 有一次,我们谈话时,我说起了法国十九世纪末的诗人波得莱、栾坡、魏尔冷,他睁大眼睛对我看。他大概以为我不过写写政论文章而已,怎么会知道法国的世纪末诗派。后来,他也常常同我谈他的诗和他的创作计划。有时,我同他谈了苏联马耶可夫斯基,特别

---

[1] 宋玉玲:《王独清的文学道路》,《中国现代文学研究丛刊》1994年第3期,第269—270页。

是这位诗人的诗的排列形式。

  一天，我去找他，他拿出一首新作的长诗给我看。首先引起我注意的是诗句的排列方式：不仅各行排列不整齐，而且每行字数多少也不同。诗的内容是关于广州暴动的，没有题目。他问我用什么诗题好，我建议用《11 dec》(按原文误排成《Lldec》)，他接受了。这一首长诗后来印成了一本薄书出版。[1]

  郑超麟1928年5月受中共中央之命去联系"创造社"诸君子，"向他们说明党的理论和政策"，他的任务只是"从政治上影响他们，并不要操纵他们的组织"。在这期间他跟有相同留法经历的王独清成了莫逆之交。但他们之间的交往更多还是和文学有关，政治上的问题则主要依靠李一氓、欧阳继修（阳翰笙）和潘汉年这三个"小伙计"。因为这个缘故，郑超麟的回忆就解开了王独清这首长诗古怪的"诗题"的来历（原来是王独清接受了郑超麟的建议才用了这个题目），并且在鲁迅所说的勃洛克之外，又提出可能影响王独清后期诗歌风格的另一个俄苏作家马雅可夫斯基。

  《ⅡDEC·》确实采取了马雅可夫斯基源自未来主义和立方主义的诗句排列法（也即著名的"台阶体"），这是勃洛克《十二个》所没有的。比如写暴动期间到处插满红旗——

   太阳出来了.
   太阳照着X旗！
     X旗！
      X旗！
       X旗！

---

[1] 郑晓方记录：《郑超麟谈萧三、王独清》，《新文学史料》1991年第1期，第113页。

还有暴动者们满城抛撒传单——

哦，雨一样的传单，花片一样的传单，火花一样的传单…

哦，满空中都是传单，满地上都是传单…

哦，小的传单，大的传单…

传单，传单，传单

传单

传单

传单

传单

传单

传单

在"台阶体"中，铅字不仅逐渐扩大，还会扩大之后再逐渐缩小。再比如《十二个》固然也写到了暴动中的大火，"枪上的黑皮带，/四周围都是火，火，火…"，但《ⅡDEC·》写"火"就大不一样了——

但是，看呀！看呀！一片红的东西冲到半天上了…啊，那一方也是一片…啊，还有，那一方也是一片红呢！啊，还有！还有！那儿！还有！那儿！…满天都红了，红了，红了…

是火！是火！

是的，是的，满天都是火，火，火，火…

火，**火**…

鲁迅不曾注意到王独清与马雅可夫斯基这一层关联，所以当他论及

"铅字逐渐大起来"时，知其然而不知其所以然，只是语带讥讽地举出"电影的字幕和上海的酱园招牌"来做不恰当的类比。这当然不能令王独清心悦诚服。

从郑超麟回忆的口气看，好像他首先谈起马雅可夫斯基，王独清当场并无反应，而不久之后王独清向他出示新作，竟然就已经采取了马雅可夫斯基"诗句的排列方式"。无法确定王独清究竟何时接触到勃洛克和马雅可夫斯基。王独清受勃洛克《十二个》的影响写出《‖DEC·》，鲁迅指出这一点，王独清并不否认。王独清受马雅可夫斯基的影响写出《‖DEC·》，则是由郑超麟事后回忆所暗示。至于王独清究竟如何理解马雅可夫斯基，现在只能举出他本人发表在1930年10月出版的《展开》第1卷第3期上的《从马雅可夫斯基底自杀到高尔基与巴比塞》(收入光华书局1932年12月出版的《独清文艺论集》)，大概可以看出他对马雅可夫斯基了解的程度。这篇"通信"分析了马雅可夫斯基自杀乃是政治和创作双重没有出路的结局。具体到马雅可夫斯基的诗歌创作，王独清结合《向左》这首诗加以详细解说——

> 马雅可夫斯基底作品，我虽然读的不多，但是他底诗有一个一贯的内容，便是大胆的狂喊和吓人的喧哗，对于旧社会的嘲笑和对于革命底敌人的辱骂。——不消说这种文学底内容是非常必要并且通过了马雅可夫斯基底才能的处理是形成了好的文学。不过我们只能感受到他给我们的这一点：狂喊，喧哗，嘲笑，辱骂，——除此之外，没有什么了。我们不能在他底诗里寻出更进一步的深刻的政治意识，读他底诗仿佛是听到暴动时的群众鼓噪，给我们的是强烈的感情的振动，但是却不能使我们明白那鼓噪是怎样来的和有怎样的结果。

这篇"通信"写于1930年，距离《‖DEC·》出版已经两年，看得出王独清对马雅可夫斯基既有同情的理解，又多所不满。他显然已经开始用更高的思想艺术标准来衡量马雅可夫斯基了。但他所谓马雅可夫斯基诗歌"一贯的内容",所谓"大胆的狂喊和吓人的喧哗,对于旧社会的嘲笑和对于革命底敌人的辱骂",所谓"读他底诗仿佛是听到暴动时的群众鼓噪,给我们的是强烈的感情的振动",这些不正是《十二个》没有而为《‖ DEC·》所独具的特点吗?王独清指出的马雅可夫斯基在思想艺术上没有出路的苦闷,所谓"我们只能感受到他给我们的这一点:狂喊,喧哗,嘲笑,辱骂,——除此之外,没有什么了。我们不能在他底诗里寻出更进一步的深刻的政治意识",不也正可以原封不动地用来批评《‖ DEC·》吗?《从马雅可夫斯基底自杀到高尔基与巴比塞》是王独清对外国作家展开的一种客观的批评,却也好像是站在客观立场对他两年前的"革命文学"进行一种深刻的自我剖析。这种剖析与鲁迅对"创造社"革命文学创作的一贯认识,有异曲同工之妙。

鲁迅《现今的新文学的概观》提及当局查禁进步书刊,"这也怕,那也怕",这个句式倒可以帮助我们厘清一向备受误解的"这边也禁,那边也禁的王独清"的说法。许多论者认为鲁迅这里说的是王独清倾向托派后,遭到国共两方夹击。但 1929 年 5 月鲁迅发表这个讲演时,中国尚无统一的托派,王独清即使当时已经显露托派立场,也不会立刻就被国共双方夹击。再说对国民党当局可以说"禁",至于"左联"成立前的左翼文学界某些人士或许就已经开始的对王独清的排斥,又怎能说是"禁"呢?"这边也禁,那边也禁"的"这边"和"那边",只能理解为"这里""那里",意思是说当局在到处查禁王独清的著作。

如果这样理解,则鲁迅虽然不满《‖ DEC·》所代表的"创造社"的"革命文学",但他对王独清本人还是带着善意与同情的吧。

七

最后说一个也许不算小的问题。笔者最近在网上收罗王独清著作，比较存真的影印本极少，绝大多数广告明明显示为原书封面照片，及至收到快递，却都是极粗劣的复印本，聊胜于无而已。唯独不见《II DEC·》。难道真如金涛和陆耀东两先生所言，虽非海内孤本，也极难一睹真容了？

目前所知拥有该书原版的可能不超过四五家。头三位是金涛先生（1978年购自汕头古旧书门市部）、唐弢先生（《唐弢藏书目录》第10587项）、陆耀东先生（有复印件）。90年代以来研究王独清最有成就的李建中先生或曾亲睹或有复印件，但他的《王独清传论》(收入《文学大家王独清》,《蒲城文史资料》第15辑）并未展示《II DEC·》书影，不敢肯定他是否拥有原书。宋玉玲《王独清的文学道路》引过部分诗句，是否拥有原书，也未可知。可能因排版关系，宋文一律将《II DEC·》写作《II DEC》了。

今年5月我作客山大文学院和山东师大文学院期间，有幸结识闻名已久的收藏家徐国卫先生，承蒙徐先生热情接待，得见他个人收藏的《II DEC·》，终于一偿夙愿。徐先生还慷慨应允我将全书仔细拍照，归来不时观览，远胜"过屠门而大嚼"矣！

上文提到王独清这首长诗的篇名，为尊重有关论著和文集的原貌（包括不同时期排版条件），故意保留了参差不齐的写法。比如1957年版《鲁迅全集》注释作《II Dec.》，英文"II"（数字11）成了罗马字"II"（数字2）。金涛先生交代他1978年秋在汕头看到原书封面是红色的英文字母"II DEC·"，但他本人行文仍是英文小写的《II Dec.》。陆耀东先生写作《II DEC》，宋玉玲先生写作《II DEC》。1981年版和2005年版《鲁迅全集》注释则沿袭1957年版《全集》，统一写作《II Dec.》。我所亲睹的徐国卫先生藏品与金涛先生所见完全相同，"II"乃粗体上下贯通的双直线，并非罗马数字。DEC三个字母均大写，表示英文缩写的符号"."本应在"DEC"右下角，但也许限于排版技术，或出于王独清特别授意，封面和扉页一律为"DEC·"，即表示英文缩写的黑点居中。另外全诗的句号"。"也都排成实心的"."(胡敩译《十二个》也是如此)。

  以我浅见,今后一般行文固然可以按英文习惯和中文书名格式写成《Ⅱ Dec.》,但若表示王独清当年出版的原书,最好还是写作《Ⅱ DEC·》为宜。1981 年版和 2005 年版写作《Ⅱ Dec.》,即使不管是否符合原书实际,就事论事,则"Dec."犹可,"Ⅱ"肯定还是不合适。

2019 年 6 月 12 日初稿
2019 年 6 月 21 日改定

在文字游戏停止的地方

一

现在的文化环境与鲁迅的距离太远,我们是在远离鲁迅的地方谈论着鲁迅,这样可能吗?

所谓"远",首先表现在语言上。今天的汉语,是鲁迅及其同时代人顶着各种压力,在没路的地方开辟出来的一条路。鲁迅死后,这条路蜿蜒曲折向前延伸,舍弃了许多,又吸纳了许多。我们今天正在行走的语言之路,和鲁迅时代相比,已经面目全非。我们和鲁迅的说话方式根本两样。

显著的区别在于,那据说"醉眼朦胧""文白夹杂""过于欧化和日化""不符合现代汉语规范""过渡时期"的鲁迅语言,其实非常透明,就像一个大胆率真的画家在绢布上"放笔直干"。鲁迅的语言,就是他在《我还不能"带住"》那篇杂文最后提倡的,是"不再串戏,不再摆臭架子,忘却了你们的教授的头衔,且不做指导青年的前辈,将你们的'公理'的旗插到'粪车'上去,将你们的绅士衣装抛到'臭毛厕'里去,除下假面具,赤条条站出来"之后所说的"真话"。今天的语言则过于"规范"了。欧化、日化的痕迹似乎日渐稀少(其实也未必),文言因素也洗刷得很干净(同样未必如此),但取代这些"不规范"的语言因素的又是什么呢?且不说"串戏""臭架子""头衔""前辈""公理""绅士衣装""假面具",就说那些层出不穷、旋生旋灭、足以装进无数弥天大谎的各种"名词概念",各种"新说法",难道不是今日汉语最主要的内容吗?胡风曾经天才地发现,在鲁迅著作中,"思想本身的那些概念词句几乎无影无踪",但今天中国人一旦思想起来,或并不思想,只是平常开口说话,那些在鲁迅著作中消失得"无影无踪"的"概念词句",不又充天塞地、卷土重来了吗?其情形也正如鲁迅所批评的,"一切总爱玩些实际以上花样,把字和词的界说,闹得一团糟","于是比较自爱的人,一听到这些冠冕堂皇的名目就骇怕了,竭力逃避"。但这样的逃避何其艰难。被迫享用着别人所造的各种"概念词句",自己也不知不觉参与制造,最后大家都被围困在这个虽说是"文字国"其实乃是"最不看重文字的'文字游戏国'",一下笔,一开口,就难免有意无意玩弄起"文字游戏"。

甚至对鲁迅的"研究""纪念"和"谈论",也无法逃避这样的"文字游戏"。"民族魂""时代的良心""社会的良知""伟大的导师""文学大师""战士和诗人"——这些"先前曾经干净过"的"冠冕堂皇的名目",固然已经让人听得耳朵长出老茧,即使鲁迅自己的话,在麻木不仁、有口无心的念经式的引用中,也有被化为"文字游戏"的危险!——当然不是鲁迅的话本身有"文字游戏"的成分,而是我们后人本事太大,懂得如何绑架鲁迅,强迫他和我们一起来玩这"文字游戏"。

在这样的"文字游戏"停止的地方,我们和鲁迅的距离或许可以缩短,那样大概也就可以真心实意来纪念他了。

二

有学者说,"中国文学史"给"现代文学"篇幅太多。在他看来,修一部中国文学通史,"现代文学"只配单列一章或一节。这位学者忘记了,如果没有现代文学以及和现代文学一同生长的现代中国的文学史学、文学理论与文学批评,没有鲁迅的创作、批评与开拓性的文学史研究,就根本不会有这位学者所托身的"中国文学史"学科，也不会有这位学者在撰写他自己的"中国文学史"时使用的语言。仅仅着眼于时间的长短，"现代文学"在整个中国文学史上确实不算什么，但如果着眼于文学的质量，着眼于文学对整个民族精神的触动，着眼于文学在民族文化历史转型中扮演的角色，着眼于文学所包含的新思想、新感受、新形式、新技巧、新语言，那么"现代文学"放在几千年中国文学史任何一个阶段都不会有愧色，鲁迅和中国文学史上任何一个大家相比，也都不会有愧色。不仅如此，中国再出现类似鲁迅这样的大作家、再出现类似现代文学那样特别繁盛的文学时期的机会，至少在可预见的将来，恐怕微乎其微。如此重要的一个时代及其主要的代表人物，岂能轻易绕过？

毋庸讳言，一度热闹非凡的现代文学研究，如今可真是"门前冷落车马稀"了！过去许多佼佼者和领军人物，现在要么转向古代和近代，粹然而为学者；要么一头扎进当下，做沉瀣一气的"有机知识分子"（葛兰西这个术语一度被误读为鲁迅那样的关心社会而凡事不肯含糊的批判型知识分子）。即使"跛者不忘其履"，充其量也只能做一点小骂大帮忙或自娱自乐的"文化研究"，等这样的"文化研究"也被冷落，就只好弄起"文化产业"来了。

吊诡的是，与此同时，"现代"这两个汉字的使用频率又空前之高，由此衍生的"后现代""现代性"两个概念，更是几乎占据了中国人文与社会科学的所有领域，成为大小学者们思考一切问题的关键词。但只要略考其代表人物的宏论崇议便不难发现，其实他们最缺乏研究的，恰恰正是中国的"现代"，包括这个"现代"的延伸物——相当长一段时间被称作"当代"的历史时期。

前一阵子，以研究"现代性"为学术包装的某些"新左"人士提倡要总结"十七年"和"文革""反现代的现代性"的"成功经验"，以此为他们对当下的政治筹划张目。可惜这段历史早就有过定论，而且毕竟"去古未远"，历史的创伤仍在滴血，历史的冤魂仍在哭喊，他们也明知很难轻易地翻案，于是就选择权威定论和大众共识里缺失的"基本建设"这一环做突破口，说那一时期集中力量办大事的许多"基本建设"为此后三十年改革开放奠定了宝贵的（简直是唯一的）物质基础，某种程度上今天的经济腾飞正受惠于那个时期的"基本建设"。由此推论，那个时期的"成功经验"不能丢！尽管这种论述方式的"物质决定论"和"经济决定论"的偏颇一望而知，但"物质决定论"和"经济决定论"不正是那个时期遗传下来、至今仍享用不尽的思想遗产吗？不管怎样，只要把经济搞上去，只要多抓几个崇高宏伟的大项目，就能万喙尽息而高歌盛世了。"新左"人士这一招确实出奇制胜。但最近又有人说，不对，即使从纯粹经济学角度看，那段时期的"基本建设"也属于愚笨、浪费的粗放型生产，它所造成的环境破坏和资源浪费，它所奠定的至今难以摆脱的过于粗放的生产模式，尾大不掉，难于转型。两种意见，孰是孰非，不妨拭目以待。正常学术环境下，这种争论无疑相当有益，问题是不仅"新左"人士的高论没有坚实的历史研究基础，反面意见也并没有拿出翔实的数据，大家都着眼于服务当下的对策性研究，不过顺便"研究"了一下过去而已。

不仅类似这样的问题没有多少信得过的研究，对"现代"其他许多重大问题的研究，不也都是很薄弱吗？比如，那似乎无需多少专门数据来支撑的现代思想史研究，在李泽厚先生80年代的成果基础上如今究竟推进了多少？对现代中国的学术发展，有类似梁启超、钱穆对近代中国学术提纲挈领、雅俗共赏的经典表述？一部似乎被写滥了的现代文学史，不是还有许多暗角需要照亮，许多基本史实需要澄清，不是至今还没有一部中文系本科毕业生能够不需要咬紧牙关、硬着头皮啃下去的现代文学史专著或教科书吗？关于现代文学名家名著的评价，一度奉若神明后来又似乎备受诟病的夏志清的《中国现代小说史》不是仍然难以超越吗？关于"左联"，夏济安、王宏志的著作不仍然是主要的参考书吗？至于"二周"，不是主要还得向竹内好、丸山昇、丸尾常喜和木山英雄等日本同行请教吗？现代汉语的发展史，至今还缺乏系统的研究，而许多专家承认，中国现代社会政治史、军事史和经济史的研究，许多方面才刚刚开始。

倘若对中国的"现代"的上述各领域缺乏严肃的学术研究和必要的常识普及，光在理论话语层面大讲特讲"后现代"和"现代性"，不是滑天下之大稽吗？一个对自己最近的传统缺乏研究乃至缺乏大体清晰的集体记忆、对自己刚刚走过的道路和正在走着的道路缺乏认识的民族，动不动就说要复兴伟大的传统，动不动就说要开创美好的未来，是否也有点太性急了呢？

三

现在有人不仅要绕过鲁迅，绕过现代文学，更想绕过整个的鲁迅的时代，就是被称作"现代"的那个短暂而复杂的30年。某种意义上"鲁迅=中国现代"，他是现代中国文化公认的一座高峰。绕过鲁迅，就非得绕过现代，反之亦然。

绕过的方法不外两种，第一是从当代起跳，跳过现代，直接回到古代，将整个中国文化等同于古代文化，好像根本就不曾发生过"五四"，根本就没有现代30年对传统的反省，根本就没有因为这种反省而造成的现代中国文化。这么一跳，活在当下的中国人似乎顿时就都成了古人，于是乎心安理得地大谈国学，大讲国粹，天天爬起来看古装戏，热闹非凡地辩论新出土的文物是真是假，为一些古人故里的归属争得面红耳赤。上网冲浪、发送微博的现代人，仿佛很容易就又体验到汉唐威仪、明清盛世乃至先秦、三国、宋、辽、金、元、明各朝代的金戈铁马与机变权谋，当然也少不了想象中的那些声色狗马；不仅祖宗的许多荣光被反复展览，就连过去的耻辱也一遍遍搬出来作为新的荣光的烘托。这种谈论古代社会和古代文化的方式当然不同于蔡元培先生20世纪30年代中期所说的"五四"新文化运动那种混合着批判、怀疑、继承、"拿来"并且创造的"文艺复兴"的方式,而是简单地回到古代,在当今世界多元和多极化格局中,傲然扛出祖宗来,其潜台词正是鲁迅当年借一乡间无赖说出来的"精神上的胜利法":"我们先前——比你们阔的多啦!你算是什么东西!"

第二种办法是既不要现代,也不要古代,只要当代,只鼓励研究当代,好像当代中国从无到有,突然发生,不仅与漫长的古代无关,也与距离最近的现代无关。

这办法,和前一种凡事靠祖宗,似乎冰炭难容,实际倒是想到一块儿去了。前者看似要回到古代,其实是虚伪的复古,目的也是迷恋当下,差别在于不是直接地抓住当下,而是间接地要古人来帮助他们更好地享受当下。其实任何复古都是虚伪的,因为复古者自己也知道不可能真的回归往昔。但今天的复古者更虚伪,因为他们对古代中国不仅没多少感情,比起现代那些筚路蓝缕"整理国故"的大师们,也并没有多少货真价实的研究,不过用各种"科研项目"的名义从纳税人那里巧取豪夺,弄来大笔"科研经费",印了许多"科研成果",制作了许多莫名其妙的古装戏而已。不断地提到古人,不断地请古人出来跑龙套,无非是觉得老祖宗还有一点剩余价值。等到发现这办法其实也不怎么灵,老祖宗并无多少可以反复利用的剩余价值,那就会毫不客气,一脚踢开。鲁迅不也曾有过同样的遭遇吗?所以表面上复古,骨子里还是"古为今用",也就是起古人于地下,请他们来给自己脸上贴金。这样的假复古,不是和只要当代而不要现代与古代的自我作古的做法殊途同归吗?第二种看似迷恋当下,其实并非迷恋当下的一切,而是当下一部分幸福的人们的自我迷恋和自我膨胀,浑然不管这样的当下实际情况如何。

无论虚伪的复古,还是狂妄的当下迷恋,都必然要绕过现代、绕过鲁迅,因为只要稍微读过一点鲁迅的书,稍微了解一点现代的历史,就既不会主张复古,更不会对眼下一切盲目叫好。各种复古主义者和当下迷恋者都不会喜欢鲁迅，也不会喜欢鲁迅生活的那个时代的文化气息，因为他们不可能在鲁迅和"现代"那里看到他们希望看到的。如果他们愿意读一点鲁迅，愿意切实地研究中国的现代，倒是很容易看到他们不愿意看到的另一副尊容。

奥斯卡·王尔德在《道连·格雷的画像》序言里说：

> 十九世纪不喜欢现实主义，正如卡利班因为在镜中看到自己的面孔而生气；十九世纪不喜欢浪漫主义，正如卡利班因为在镜中没有看见自己的面孔而生气。

王尔德认为19世纪一些要人们跟莎士比亚戏剧《暴风雨》中那个半人半兽的怪物卡利班一样，既不喜欢现实主义，也不喜欢浪漫主义，因为他们在现实主义和浪漫主义这两面镜子里只能看到自己不想看到的属于自己的那副真实的丑陋的面容，看不到自己希望看到的并不属于自己的那副理想的漂亮的面孔。中国的一切不喜欢研究现代、总希望绕过鲁迅的复古主义者和当下迷恋者的情形，大抵如此。

在纪念鲁迅130周年诞辰的时候，回归古代或迷恋当下的两种倾向很值得关注，否则所谓纪念，就真的容易变成"为了忘却的记念"。

四

在20世纪20年代中期，鲁迅说过，中国人"一要生存，二要温饱，三要发展"，又说无论政治结构如何变，最重要的还是"改革国民性"。这两个基本命题，今天仍然需要大讲特讲。

"发展是硬道理"，据说已经成为浩浩荡荡的世界大势，但生存和温饱在许多地区、许多特定时期仍不可偏废，三者有时并非简单的递进关系。在高度发展的社会，也有人不得温饱，也有人的生存受到严重威胁，总是有人要借发展为借口，公然妨害大多数人的生存和温饱，最后弄得大家连究竟要怎样的发展，究竟要发展什么，究竟为什么要不停地、可持续地发展，也一片模糊。对此，人们又很自然地想起鲁迅的进一步提醒：

> 我之所谓生存，并不是苟活；所谓温饱，并不是奢侈；所谓发展，也不是放纵。

至于"改革国民性"，更是任重而道远。大家已经看到，经济社会背后潜藏着更加本质的文化素质问题。一方面，经济的真正健康持久的发展不可能没有文化素质作为核心的支撑。另一方面，经济可以短时间实现腾飞，文化素质的提高却并不那么容易，相反破坏与堕落倒是可以在一夜之间完成。

当然也有人不同意鲁迅的说法，他们认为首要的还是发展经济和改善体制。体制完善，经济繁荣，国民素质自然而然就会提高。但不管怎样见仁见智，恐怕谁也不敢说我们可以绕过"改革国民性"这个命题而只要发展经济和改善体制，因为就算将来经济足够繁荣了，体制足够完善了，"国民性"或国民素质还是需要进一步提高。

也有学者说，"改革国民性"是西方学者的提法，带有浓厚的"东方学"色彩，如果老讲"改革国民性"，就会被西方学者牵着鼻子跑，上了他们的当！其实这是误会。20年代中期鲁迅在《两地书》中正面提出这个说法，固然吸取了某些域外学者的理论，但主要还是依靠他自己对中国历史和现实的研究，并没有被这些理论所限制。而且他的思想也并不局限于中国。早在1907年前后，鲁迅就批判了西方现代重物质而轻精神、重群体而轻个人的"文化偏至"，提出"剖物质而张灵明，任个人而排众数"的"立人"的主张。"改革国民性"，或20年代初在《〈呐喊〉自序》提出的"第一要著，是在改变他们的精神"，都是对1907年前后的"旧事"的"重提",是"立人"说的继续,固然针对着中国,却也具有全球视野。鲁迅的这一基本思想,并没有停留在理论和学说层面的偶一提倡,而是落实为文学活动,清醒坚韧地奋斗了一生。比起实际的奋斗,他的理论的提倡,实在显得过于谦逊,也过于温和了。这不是今天见到的旋生旋灭的某个时髦理论,而是一颗活在现代中国的我们民族难得一见的伟大心灵的终生的呐喊,说它是对某个西方理论的简单附和,不仅是学术上的无知,也是超过当年陈西滢的剽窃说的对于鲁迅的更大的污蔑。

五

现在越来越喜欢讲大国、强国之类的话,不少一度有其不满的所谓"公共知识分子"也被这种大而强的梦话所感动(当然也包括被许多实际的好处所抚慰),积极参与编织这种梦话,却不太容易看到本来的缺点和新发的毛病。与此同时,却又总是喜欢看着外国人的脸色,不管干什么事,首先总希望得到他们的夸奖,才真的有成就感。这其中,就有颇值得警惕的"阿Q精神"。

"阿Q精神"有多方面,自大和自卑的交织是其核心。比如对外国人,不是过分自大,就是过分自卑,难得不卑不亢。

《且介亭杂文末编》"附集"《立此存照(三)》对这个问题谈得很深刻,可惜一直不太受重视。该文发表于1936年10月5日,距鲁迅逝世仅14天。促使鲁迅写这篇文章的因由,是当时上海报纸在报道美国电影导演Josef Von Sternberg和演员D. Fairbanks时,批评他们导、演的《上海快车》(*Shanghai Express*)是"辱华影片",算是对他们保持一种"舆论的谴责",但又希望他们在中国实地考察之后,对自己过去电影中有关中国的不合实际的污蔑有所忏悔,从而在以后涉及中国的影片中说中国好话。鲁迅看了这些新闻报道,忍不住写了这一篇杂文。他没有过多

纠缠于美国人的电影是否"辱华",他关心的主要还是国人的"阿Q精神"。他说:

> 我们应该有"自知"之明,也该有知人之明:我们要知道他们并不把中国的"舆论的谴责"放在心里,我们要知道中国的舆论究竟有多大的权威。

这话说得多么尖刻、辛辣,又多么沉痛!在外国人那里吃了亏,无计可施,就在自己家里拼命开动宣传机器进行"舆论的谴责",好像外国人很在乎,其实这样的"舆论"只有对自己人还自以为有点"权威"罢了。为什么会有这种怪事?鲁迅说这是"自欺欺人"。但普通的成语"自欺欺人"容易一笔带过,鲁迅详细加以解释,给我们的启发更深刻。他说:

> 其实,中国人是并非"没有自知"之明的,缺点只在有些人安于"自欺",由此并想"欺人"。

安于"自欺"久了,以为别人也可以被"欺",这就好像长期进行愚民政策,以为也可以照样去"愚"外国的"民",结果只能证明自己愚不可及,所以这样的自欺欺人的"舆论的谴责",目的可能真是想反抗别人的侮辱,结果却招来更大的屈辱。

对外人的"辱华",正确态度应该怎样呢?鲁迅的话,至今仍然不无帮助:

> 不看"辱华影片",于自己是并无益处的……但看了而不反省,却也并无益处……看了这些,而自省,分析,明白那几点说的对,变革,挣扎,自做功夫,却不求别人的原谅和称赞,来证明究竟怎

样的是中国人。

就是说，了解别人对我们的评价，"并非无益处"，但自家事，自家应该最明白，不必非要从外国人那里"打听印象"，这才知道自己是谁；更不必非要从外国人那里讨个说法，这才心安理得，取得了什么合法性。外国人的话，无论好坏，只有一个用处，就是促使我们反省。如果自己不做功夫，自己没有清醒的认识，自己心里没一本账，只把外国人的话当终极裁判，那不管表面上如何强悍，骨子里已经自欺欺人到了极点，自卑到了极点，也就是阿Q到了极点。

六

目前中国要在国际上宣传自己的文化，首先遇到一个问题，就是如何选出一位象征性标志性的大师做代表，像英国用莎士比亚，德国用歌德，西班牙用塞万提斯，意大利用但丁，俄罗斯用托尔斯泰。中国用谁？最先想到的可能是孔子。但孔子能代表中国文化吗？恐怕很难，首先在古代就通不过。孔子可以代表儒家文化，但儒家文化本身就很复杂。孔子以前的儒不同于孔子以后的儒，宋以后的儒不同于宋以前的儒。我们还有道家文化、佛教文化以及其他众多民间信仰，先秦就还有墨家、法家、名家、阴阳家的学说，这些孔子都无法代表。当然，如果所谓"代表"仅仅是形式上的一个象征、一个标志、一个符号，那么姑且让孔子代表一下中国传统文化，也未尝不可，但从"五四"到今天，中国人批判继承了传统文化，并提出了发展现代中国文化的初步方案，一百多年来由此造成的现代中国文化及其未来走向，孔子无论如何是没法代表的。毛泽东说孔子是古代中国的圣人，鲁迅是现代中国的圣人，我们有两个圣人。向世界宣传中国文化，是否可以既打孔子牌，也打鲁迅牌？这个问题值得研究。但有一点可以肯定，如果只有孔子，没有鲁迅，那样的中国文化,充其量只能是近代以前的中国文化,而不是已经加入世界格局,已经走过一个多世纪的现代化道路,至今仍在发展变化的新生的中国文化。

七

不仅大家聚在一起思考全民族共同问题时绕不过鲁迅,当我们离开这些公共话题,回到家里关起门来一个人独处时,也是如此。

为什么?因为鲁迅作品处理"个人与自我"的关系最深切。鲁迅前期非常强调个性。后期融入集体,但在集体中仍坚持自我,尊重个性。他主张"睁了眼看",不仅要"直面惨淡的人生,正视淋漓的鲜血",还要"慢慢地摸出解剖刀来,反而刺进解剖者的心脏","从别国里窃得火来,本意却在煮自己的肉","抉心自食,欲知本味"。也就是说,他不但要"睁了眼"看清客观的现实,也希望大家一起"睁了眼"看清主观的自我。

现在互联网将越来越多的人聚在一起,但恰恰在互联网大家庭,个人的孤独感更加显明。孤独感有消极面也有积极面。积极面是,孤独感让我们意识到个人存在的与众不同,意识到个人存在所应享有的自由和所应承担的责任。消极面是,孤独感让我们意识到个人存在的软弱无助,因为个人的许多事情,爱与恨,生与死,福与祸,平安与惧怕,充实与空虚,别人都无法代替。不管积极或消极,当我们感到孤独时,鲁迅就离我们更近了。许多外国朋友喜欢鲁迅,首先不是佩服鲁迅对中国问题的思考,而是佩服他对现代人孤独命运的体认。鲁迅或许并没有为孤独的现代个人提供理想的出路,但他是现代中国以孤独的个人的身份对人类存在的孤独感做出积极思考的最深切的一位。鲁迅是具有自我意识与孤独感的读者的好朋友。

鲁迅的不能绕过可以谈很多,姑举这些为例。熟悉鲁迅的人自然还可以说出更多。这固然说明鲁迅的伟大，但也印证了鲁迅在讲到他自己时经常要说的那句话，就是他著作的价值主要在于抨击时弊，他希望这样的著作速朽，否则就意味着它所抨击的时弊仍然存在。鲁迅逝世至今七十多年，不管谁，只要对现实问题谈得稍微尖锐一些，就容易获得"当代鲁迅"的称号。虽然这称号不免给得太随意，但至少说明在我们的集体无意识里，直面人生，大胆地说出真话的良心、勇气和智慧，仍首推鲁迅，而且我们也仍然期待着鲁迅这样的文化大师会出现在我们的时代，尽管知道这很难，但依然像等待戈多一样期待着，因为鲁迅精神已成为我们心理上的一种需要，而鲁迅精神的不够发扬，也正指示着民族精神的某种根本缺陷，令无数的人们忧思难忘。

2011 年 10 月 24 日

鲁迅与当代中国语言问题

关于鲁迅的语言问题,我算是谈得比较多的一个[1],但远没有谈透。如果说鲁迅研究还有值得深入探索的空间,语言问题应是其中荦荦大者。这里仅就近年思考所得,再补充谈三点。

一

首先,从语言细节入手把握鲁迅,是鲁迅研究一个需要加以认真清理的学术传统。

鲁迅的读者和"鲁研界"一开始就注意到鲁迅的语言魅力,并在不同的学术背景下进行不同方式的研究。1919年5月1日出版的《新潮》杂志第1卷第5号傅斯年的《随感录》提出"内涵的文章"(impressive)和"外发的文章"(expressive)这对概念,我在20世纪90年代写的那篇《"胡适之体"与"鲁迅风"》中介绍过,认为傅斯年这对概念"至今仍不失为理解胡鲁文体风格的一个参考"。傅斯年所谓"外发的文章",首先指中国传统的八股与策论,其方法是"代圣人立言",也就是从一个现成的题目推演开去,貌似清楚利落,实际并无独立思想。周作人后来对八股、策论研之颇详,和傅斯年一样,周作人也认为这种文章格式乃是

---

[1] 参见郜元宝:《"心生而言立"》《反抗"被描写"》,《鲁迅六讲》(增订本),北京大学出版社2007年版;《汉语别史——现代中国的语言体验》,山东教育出版社2010年版。

中国文学的正统，轻易撼动不得。唯其如此，才需好好研究，以促成国人的自觉。傅斯年没有清楚地指出在新文学运动中谁的文章以"外发"为主，我认为新文学发动之后，继续写"外发的文章"而取得巨大成功的当首推胡适。胡适"外发的文章"在思想内容上与八股、策论不同，但写作手法一脉相承。关于"内涵的文章"，傅斯年说《新青年》里有一位鲁迅先生和一位唐俟先生是能做内涵的文章的"，在他看来，鲁迅和唐俟（鲁迅当时的一个笔名）是新文学以来极少数会写"内涵的文章"的作者，这话貌似绝对，却点出了鲁迅在文章修辞上的特殊性。这些问题我在《"胡适之体"与"鲁迅风"》中讨论得比较详细，至今也并无新见。

1925年，胡适给顾颉刚编辑的《吴歌甲集》写序，次年作《海上花列传》考证，这两篇文章都热情肯定"方言文学"，也附带谈到《阿Q正传》如果用绍兴方言来写一定更精彩。胡适从"五四"时期语言争论所包含的一个侧面——方言土语的角度提出了对鲁迅小说语言的批评，未必符合鲁迅自己的语言策略，却可以引起我们对鲁迅心目中的"方言文学"的兴趣，并据此可以继续研究鲁迅在自己的著作中如何处理方言的问题。比如我们可以思考一个触目的问题：鲁迅在《阿Q正传》中究竟让阿Q及其周围人说什么话？鲁迅为什么会有这样的语言策略？

1935年4月，郁达夫在《〈中国新文学大系〉散文二集导言》中有一大段对周氏兄弟"文体"的评论，引用率一直颇高，其中谈到"鲁迅作文的秘诀"，主要引用鲁迅自己在《两地书》中对许广平说过的话，就是竭力抓住论敌要害，攻其一点，不及其余。郁达夫将这方法概括为"寸铁杀人，一刀见血"，"辛辣干脆，全近讽刺"。这是对鲁迅的论辩方式的描述，兼及语言风格。郁达夫在风格学层面描绘鲁迅文章给他的印象，初看似乎和语言文字无关，但风格学范畴往往正是语言文字细节最终抵达的境界，一定的风格学描绘有助于我们反过来研究作家字句层面的经营。

1935年9月，李长之在《鲁迅之杂感文》一文中说："谁都知道鲁迅的杂感文有一种特殊的风格,他的文字,有他的一种特殊的方式。倘若说出来,就是他的笔常是扩张又收缩的,仿佛放风筝,线松开了,却又猛然一提,仿佛开水流,却又预先在下流来一个闸,一张一弛,使人的精神有一种快感。读者的思想,先是随着驰骋,却终于兜回原地,也即是鲁迅所指定之所。这是鲁迅的文章之引人的地方,却也是他占了胜利的地方。"鲁迅用什么方法取得这种效果?李长之认为,秘诀之一就是鲁迅对"转折字"的妙用:"他用什么扩张人的精神呢?就是那些:'虽然','自然','然而','但是','倘若','如果','却','究竟','竟','不过','譬如',……他惯于用这些转折字。这些转折字用一个,就引人到一个处所,多用几个,就不啻多绕了许多弯儿,这便是风筝的松线,这便是流水的放闸。可是在一度扩张之后,他收缩了,那时他所用的,就是:'总之'……"此外,鲁迅还会用一种"紧缩用的补充。他这种补充,所凭藉的是他的精神的贯注,思想的迅捷,文章不论跑多远,风筝放开去吧,线总可以牵回来"[1]。李长之是有意识地提倡从语言文字角度研究中国文学,同时也有意识地反省"五四"白话文理论之偏失的敏锐的批评家和理论家,他关于鲁迅杂文"转折字"的说法很有启发性,尽管未能深入展开。

  鲁迅逝世那年,周作人很快发表的《关于鲁迅之二》也论及鲁迅语言,特别提到鲁迅因为感染章太炎的"文章复古"思想,并因亲炙章太炎而获得的"小学"训练,使鲁迅产生了"一种文字上的洁癖"。周作人还具体分析鲁迅在文章上如何消除最初受到的严复的影响,转而倾向于章太炎,后来又认识到"复古的无谓",终于走向白话文创作的过程。[2]这都为鲁迅语言的研究开辟了一条有迹可循的道路。

---

[1] 该文后来收入 1936 年上海北新书局出版的《鲁迅批判》,此处引自郜元宝、李书编:《李长之批评文集》,珠海出版社 1998 年版,第 104—106 页。
[2] 周作人:《关于鲁迅之二》,原载 1936 年 12 月 1 日《宇宙风》半月刊第 30 期,收入《瓜豆集》,河北教育出版社 2002 年版,第 168 页。

蔡元培1938年为《鲁迅全集》作序，谈到鲁迅的天才，特别拈出"用字之正确"，言简意赅，高屋建瓴，诚为不刊之论。鲁迅在世时，邢桐华、黎锦明、陈子展等都曾说过鲁迅是"文体家"，虽然并不为鲁迅所完全首肯，但他们在鲁迅研究中不约而同凸显语言的重要性，这一研究和批评的导向是值得重视的。

郭沫若在他不多的认真谈鲁迅的文章中也曾具体分析过鲁迅与庄子在用语上的关系。[1] 郭沫若的文章启发了许多学者如许寿裳、钟敬文、台静农、唐弢以及后来张向天、周振甫、王瑶等具体研究鲁迅小说、杂文和旧体诗的用语同中国古代作家的关系[2]，并旁及鲁迅的许多"今典"与外国文学的联系（如关于《自题小像》中"神矢"的争论）。这种研究一直不见系统的成果，但也不绝如缕。

1939年8月，叶公超在重庆《中央日报·平明》上发表了一篇题为《谈白话散文》的文章，认为"中国文字的特殊力量，无论文言或白话，多半是寄托于语词上的，西洋文字的特殊力量则多半从一句或一段的结构中得之，有时语词的力量也可以运用到相当的程度，但终不及句段的力量来得可观"。叶公超认为："文言几乎全部得力于语词，白话文却不尽然，但仍以语词的力量为显著，鲁迅的文章就是一例。他的力量往往就在语词里……他的好句子也多半是一个或几个语词构成的，短悍、锋锐、辛辣、刻毒——所有他文字的特色都埋伏在他的语词里。"[3]

周作人在"五四"退潮之后不久即开始认真反省胡适之白话文理论

---

1 郭沫若《庄子与鲁迅》指出"鲁迅爱用庄子所独有的词汇"，主要根据鲁迅早期几篇文言论文，郭文写于1940年底，原载1941年4月20日《中苏文化》半月刊，收入《1913—1983鲁迅研究学术论著资料汇编》第3卷，中国文联出版公司1987年版，第594页。

2 许寿裳仿照郭沫若文章专门写过一篇《屈原和鲁迅》，从鲁迅的几首旧诗中统计鲁迅使用屈原的词汇的情况，见《亡友鲁迅印象记》，收入《亡友鲁迅印象记·许寿裳回忆鲁迅全编》，上海文化出版社2006年版，第12—13页；台静农、钟敬文、张向天、周振甫等人主要也把语词的考察集中于鲁迅的旧诗。

3 陈子善编：《叶公超批评文集》，珠海出版社1998年版，第73—74页。

的偏颇，其中主要一条就是讨论旧的"国语文"的传统如何继续为新的白话文所用，尤其新文学家应该如何妥当地继承中国文学数千年来因为使用汉字而造成的种种修辞技巧的问题，周作人更是念兹在兹。郭绍虞20年代末紧接着周作人的思路开始具体研究"赋"对于中国文学语言的影响，30年代中期以后，郭绍虞的中国文学语言研究自成一格，他的《中国诗歌中之双声叠韵》（1934）、《中国语词之弹性作用》（1938）、《中国语言所受到文字的牵制》（1946），深入阐述了中国文学如何受中国文字的限制以及中国作家如何利用这个限制而在文字上造成种种修辞方式，和1942年出版的朱光潜的《诗论》彼此呼应，可说是当时对中国文学语言所展开的最有系统和最见深度的研究。周作人、郭绍虞、朱光潜都对胡适之白话文理论有所补正，叶公超的文章比较简略，但他和朱光潜一样，明确以中西方文学的语言文字的比较为参照来讨论中国文学的语言问题，并明确将他的中西文学语言差异论运用于鲁迅身上，这后一点显示了他作为一个批评家而超越学者的地方，周作人、郭绍虞和朱光潜谈了许多中国文学的语言问题，却一再忽略了最不应该绕过的杰出的新文学的语言实践者鲁迅。

　　叶公超强调鲁迅善于炼字，忽略了鲁迅在句法上杂糅欧化与古文传统的苦心经营，类似李长之所分析的"转折字"的问题，叶公超就未曾顾及。从先秦两汉古文到六朝骈文，再到唐宋八大家的古文运动以及桐城派古文，包括明清两代登峰造极的八股策论，历来作者在"句法"上无不殚精竭虑，以求超胜，而历代"文论"对此也有精深钻研。鲁迅的语言，无论小说、诗歌、杂文，都并没有离开中国文学这个力求在句法上争奇斗艳的传统，而且这个传统在受到西洋和日本文学的影响之后，在鲁迅身上更有所发扬，比如"我因为常见些但愿不如所料，以为未必竟如所料的事，却每每恰如所料的起来，所以很恐怕这事也一律"[1]，这样

---

[1]《彷徨·祝福》，《鲁迅全集》第一卷，第8页。

一句完整的由"因为……所以……"统领而内部极富转折变化的长句,不正是叶公超所谓西方文学之所长和中国文学之所短的语言现象吗?但叶公超的偏颇或许也不为无因,他单独强调鲁迅炼字之讲究,这在"五四"以后受欧化影响而日益依赖日趋僵硬和单一化的语法构造的白话文世界,还是具有纠偏作用,尤其是可以弥补片面追求句法效果而不知炼字的不足,而此不足之处愈到后来便愈加成为中国文学语言积重难返的一大弊端。

1949 年以后,从文学语言角度研究鲁迅的文章不计其数,但都比较零散,且囿于风格学描述,很少落实到具体字句和篇章结构的分析。1982 年出版的孙玉石先生《〈野草〉研究》有专章谈《野草》的语言美",还在附录中考察鲁迅修改《野草》的细节,以此"蠡测"鲁迅的语言艺术,稍见系统性。陕西人民出版社 1986 年出版的李国涛先生《STYLIST——鲁迅研究的新课题》一书,更加全面地研究鲁迅语言的前后期联系,该书将许多学者和作家对鲁迅语言的零星研究做了一个初步总结。

1960 年 9 月,文物出版社影印出版了鲁迅博物馆编辑的《鲁迅手稿选集》第一册,1963 年 8 月、1972 年 9 月、1974 年 8 月又先后推出第二、三、四册。从一、二册出版之始就引起广大读者和众多学者的强烈兴趣,陆续产生了从"手稿学"角度探讨鲁迅文章(语言)艺术的论著,1981 年湖南人民出版社朱正《鲁迅手稿管窥》可谓集大成者。此后新的研究一直不绝如缕。

以上简单回顾了"五四"以来各个时代有关鲁迅语言的代表性论著,略窥前人在这方面的耕耘。今后如要更深入地研究鲁迅语言,应该首先梳理和反省"五四"以来相关的研究成果。鲁迅并非孤独的语言探索者,他的语言实践总是针对当下语言环境而发,因此梳理和反省"五四"以来有关鲁迅语言的研究传统,有助于我们更深切地理解鲁迅是在怎样的语言环境中进行他的语言探索。

二

从语言角度研究鲁迅,这个思路并非什么人的独创,而是在新文学运动内在肌理中自然而然产生的。鲁迅这一代作家进入文坛,首先面临着如何在语言上杀开一条生路的问题,他们不像古代作家那样在相对稳固和封闭的语言环境中写作,而是亲手发动了一场史无前例的语言革命,并在这场革命所开启的变动不居的汉语现代化浪潮中创作,因此他们每前进一步,都跟语言文字上的筹算有关。

所以研究鲁迅的语言,固然离不开对语言细节的把握,但又不能始终停留在语言细节上。语言问题在鲁迅那里是由无数语言细节组成的基本方法论。

对此鲁迅有很清醒的意识,他在文章中谈论语言的地方真可谓俯拾即是,但他所有针对语言的谈论都并不局限于语言。鲁迅谈论语言文字问题,总是习惯性地牵涉到对自己的文学理想直至整个中国现代文化建设的理解,而当他谈论自己的文学创作和现代中国整体文化问题(包括某些具体艺术门类)时,也会很自然地谈到语言问题。

比如陶元庆的绘画就令他想到白话文的"欧化语体",虽然他并不打算用"欧化语体"来"比拟"陶元庆"内外两面,都和世界的时代思潮合流,而又并未梏亡中国的民族性"的画风,但还是敏锐地指出了这二者之间毕竟有相通之处:

> 并非"之乎者也",因为用的是新的形和新的色;而又不是"Yes""No",因为他究竟是中国人。所以,用密达尺来量,是不对的,但也不能用什么汉朝的虑傂尺或清朝的营造尺,因为他又已经是现今的人。我想,必须用存在于现今想要参与世界上的事业的中国人的心里的尺来量,这才懂得他的艺术。[1]

---

[1] 《而已集·当陶元庆君的绘画展览时》,《鲁迅全集》第三卷,第574页。

这就不只是谈陶元庆的绘画，也不只是谈"欧化语体"，而是讨论包括陶元庆的绘画和"欧化语体"在内的整个中国现代文化建设的材料、方法和评判标准的问题了。

又比如，谈到上海市民爱看西方电影和文学对非西方文化中"奇特的（grotesque），色情的（erotic）东西"的描写时，鲁迅认为中国马上也要或已经被西方文艺家们如此这般地描写了，因此他提醒国人"要觉悟着被描写，还要觉悟着被描写的光荣还要多起来，还要觉悟着将来会有人以有这样的事为有趣"[1]。"被描写"是现代中国文学、电影乃至一切文化领域的基本格局，在文学和学术上，"被描写"首先就意味着缺乏语言的自主性与独创性，一切都是借用他人的名词术语来描写和谈论自家的事，结果就造成了一种不是自己来描写也无法描写自己的遮蔽性的"被描写"的语言。鲁迅的文学，某种意义上就是在反抗"被描写"的现代命运中创造出来的一套切合中国社会文化的自己描写和描写自己的语言。胡绳认为，要学习鲁迅，重要的一条就是学习鲁迅的文体，而学习鲁迅的文体就无可避免要学习鲁迅杂文的文体，而鲁迅杂文的文体的意义不限于杂文，也启示着我们从杂文中所包含的"许多极好的论文"来学习一种"中国化的文体"，以"争取学术的中国化"：

> 那些论文是写得如何地细致，生动，近人情。是迫着读者不能不读下去，而且不能不心服的。这些论文中没有空洞抽象的话，没有学者的衔弄，没有陈腐的八股，这是真正中国化的文体。为了消灭八股，争取学术的中国化，鲁迅的文体是必须学习的！[2]

胡绳的这篇文章将有关鲁迅语言的讨论从文学领域明确带到理论和

---

1 《花边文学·未来的光荣》，《鲁迅全集》第五卷，第444页。
2 胡绳：《学习鲁迅的文体》，原载1939年11月1日《读书月报》（重庆）第1卷第9期，收入《1913—1983鲁迅研究学术论著资料汇编》第2卷，中国文联出版公司1986年版，第1227页。

学术的领域，这样一来，鲁迅语言、鲁迅文体一下子就获得了普遍的方法论的意义，学习鲁迅的文体，不仅有助于现代文学的道路的确立，也有助于我们建立中国化的学术语言。对此胡风也有类似的表述，他认为善于学习外国进步文学和进步的学术文化的鲁迅并不直接搬用和依赖外国的概念，鲁迅和晚清以来中国的许多思想运动的领导人物全不相同，"那些思想运动者只是概念地抓着了一些'思想'，容易记住也容易丢掉，而鲁迅却把思想变成了自己的东西。思想本身的那些概念词句几乎无影无踪，表现出来的是旧势力望风崩溃的战斗方法和绝对不被旧势力软化的战斗气魄"，这后一点，胡风概括为鲁迅所特有的"现实主义的战斗精神"，而"现实主义的战斗精神"在语言上的表现，就是把外国进步思想化为自己的血肉，而不只是仅仅"抓住"那些思想的体系或字句，甚至"思想本身的那些概念词句几乎无影无踪"[1]。竹内好甚至说，鲁迅一生都反对"抽象思维"，也就是反对借助现成的概念和思想体系来论述一切现实问题的机械的做法和同样机械的文风。

这是一个大问题，尤其看看今天中国文学和中国学术无不深深陷入"被描写"乃至"看不懂"的深渊，回头再读鲁迅的文章，包括重读境界不比鲁迅而在反抗"被描写"的精神上常有相通之处的别的现代作家和现代学者的著作，他们的思想学术的自觉和语言自觉的连带关系，就昭然若揭了。

再比如"历史中间物"这个说法，现在差不多已经被很多学者当作鲁迅研究的一个基点，但他们有意无意忽略了"在进化的链子上，一切都是中间物"[2]这句话，鲁迅本来是讲他自己的语言的。把鲁迅讲他自己

---

[1] 胡风：《关于鲁迅精神的二三基点》，写于1937年10月17日，原载1946年10月18日《希望》，收入《1913—1983鲁迅研究学术论著资料汇编》第4卷，中国文联出版公司1987年版，第336页。胡风从"现实主义的战斗精神"和与之相适应的语言文体的双重性来把握鲁迅的这一思路，在40年代末更成熟的《论现实主义的路》那篇长文中有更加详细的发挥。

[2] 《写在〈坟〉后面》，《鲁迅全集》第一卷，第302页。

的语言的一句话拈出来作为他的思想基点，之所以显得比较自然，就因为鲁迅整个的思想和文学都可以回转到语言层面而获得确定的了解。学者们做完第一步工作之后，就"得意忘言"，这种现象，或许正说明了今之学者已经处于言意分离的境地，他们只知道追求"意"，追求各种应时应景的学说、真理、话语，却丧失了称心如意的"言"。他们和鲁迅最大的不同，就是他们的每一步举措往往都并不关乎他们的语言，他们如胡风所说，是"坐着概念的飞机去抢夺思想锦标的头奖"[1]。这样的乘客没有自己的语言，他们的皇皇大著，在生活的土地上行走的人都"看不懂"。

又比如在讨论知识分子何以自处时，鲁迅也常常回到语言，把知识分子的问题转化为语言问题。反之亦然，在讨论现代中国合宜的语言策略时，又将语言问题转化为知识分子的道路问题，具体来说就是转过来讨论知识分子应该如何在语言中自处，如何在众多的语言选择的可能性中踏上一条适宜的道路。比如，他看到有些貌似激进的知识分子"希图大众语文在大众中推行得快，主张什么都要配合大众的胃口，甚至于说要'迎合大众'，故意多骂几句，以博大众的欢心。这当然自有他的苦心孤诣，但这样下去，可要成为大众的新帮闲的"。他认为知识分子应该"不看轻自己，以为是大家的戏子，也不看轻别人，当作自己的喽啰。他只是大众中的一个人，我想，这才可以做大众的事业"[2]。这就从大众语问题很自然地延伸到知识分子与大众的关系这个现代中国的根本问题上来了。

鲁迅许多杂文对国民性的批判，对现实政治的讽刺，往往也是对表现国民性和现实政治的某些关键的语言现象的讽刺与批判。比如他对大家熟视无睹的一句通常的"国骂"煞有介事的研究[3]，对中国式的"宣传与做戏"的针砭[4]，对文坛、政界和民间各种"豪语"的大打折扣[5]。有些杂文，

---

1 《胡风评论集》（中），人民文学出版社1984年版，第165页。
2 《且介亭杂文·门外文谈》，《鲁迅全集》第六卷，第104页。
3 《坟·论"他妈的！"》，《鲁迅全集》第一卷，第245—248页。
4 《二心集·宣传与做戏》，《鲁迅全集》第四卷，第345—346页。
5 《准风月谈·豪语的折扣》，《鲁迅全集》第五卷，第256—257页。

看似仅仅简单分析了几个常见字眼，就令人豁然开朗，仿佛一下子看到这些字眼背后长期隐蔽着的事实真相。比如他对"来了"一词巧妙的透视[1]，从别人所谓"杀错了人"过渡到他自己所谓"看错了人"[2]，从成语"三思而行"转到实际上的"一思而行"[3]，以及对报纸和口头上常见的一些动词"爬""踢""撞""冲""揩油""推""吃白相饭"的分析[4]，往往由表及里，披文入情，对这些词语包裹着的习以为常的糊涂、愚昧、悖谬予以无情揭示。有人说中国是"文字国"，鲁迅认为倒不如说是"文字游戏国"，"一切总爱玩些实际以上花样，把字和词的界说，闹得一团糟"[5]，所以他的习惯于"咬文嚼字"并非学究式的斤斤于字句的表面，而是希望透过字句这一层来"鉴别灵魂"，暴露国人玩弄"文字游戏"时的用心所在，但因为中国国民性和国民的灵魂就寄寓在这些看似极普通的字句之中，鲁迅的精神批判和现实批判，实际上就不得不经常从字句入手，不得不表现为一种漫无边际的日常性的语言的搏斗。鲁迅的语言，往往表现为一种不屈不挠的语言的搏斗。超越中国的语言文字来研究中国，或者另外生造一套学术语言来讨论中国问题，这是鲁迅从来未曾设想的方法。也因为如此，离开鲁迅的语言来研究鲁迅的思想方法，就必然成为空中楼阁。

在国内"鲁研界"，确实有不少人注意到鲁迅的语言，而把鲁迅的语言问题上升到方法论高度，还要等日本学者木山英雄《从文学复古到文学革命》翻译成中文之后。木山以章太炎和鲁迅两代作家为例来追溯"白话取代文言"的历史过程，是到目前为止把鲁迅的语言问题提到方法论高度并分析得最透彻的一篇大著。但这篇文章着重点是章太炎而非鲁迅。鲁迅的语言问题毕竟要在新文化语境中考察才更加充分。我在 20 世

---

1 《热风·"来了"》，《鲁迅全集》第一卷，第 363—364 页。
2 《伪自由书·〈杀错了人〉异议》，《鲁迅全集》第五卷，第 100—101 页。
3 《花边文学·一思而行》，《鲁迅全集》第五卷，第 499—500 页。
4 参见鲁迅《准风月谈》各篇以上述词语为标题的杂文。
5 《且介亭杂文二集·逃名》，《鲁迅全集》第六卷，第 409—411 页。

纪90年代对"胡适之体"和"鲁迅风"进行过比较研究，认为这是对现代汉语发展的两种不同的筹划，可惜在研究界并没有引起什么认真的呼应。所以木山之后，如何把对鲁迅语言的细节考察上升为考察鲁迅的基本的方法论，应该还有继续讨论的学术空间。与此同时，又必须防止一种偏向，就是把从鲁迅语言那里得来的某种认识无限拔高，上升为脱离鲁迅语言的哲学和政治的方法论高度。

三

第三个问题，是如何将我们对鲁迅语言的研究提升为对鲁迅及其同时代作家的语言成就的整体估量，并从这个整体估量出发，介入我们对当下汉语写作的思考。

由于对鲁迅的语言问题认识得不够充分，一些关心鲁迅的中学语文教师、鲁迅研究者、现代文学研究者和一般文学爱好者似乎都抱定一个共识，认为鲁迅的语言处在过渡期，是"中间物"，所以不能算成熟的现代汉语，很多地方不规范，比如文白夹杂，多用外文词，还带有南腔北调的痕迹（没有很好地处理书面语与方言口语的关系），总之不符合今天成熟、规范的现代汉语标准。这种说法比较流行，"鲁研界"却一直拿不出满意的答案，不能不算是一个遗憾。

其实优秀作家的语言对后代的意义，不完全是建立一种典范，它也可能主要是在探索多样的可能性——这当然也可以在建立典范的意义上来理解，但这个意义上的典范就截然不同于静止的标准和规范了。要从现代作家典范的白话文作品中总结现代汉语书面语的语法规范——关于普通话书面语的这个定义，很容易误导人们将现代作家（比如鲁迅）作品在语言上的价值狭隘地理解为单单为后世建立静止的语法规范，而忽略了他们的作品留给后人的启示或许主要是探索语言发展的多样可能性。换言之，把"典范"理解得太死，等同于"规范"，就会很容易"发现"：

有典范意义的鲁迅的作品在语言上反而往往显得不够规范。而一旦有这个"发现",就又会单向地以后来的"规范"核准先驱者的"典范",结果只看到"典范"不合"规范",看不到"规范"对"典范"的狭隘化认识,其必然的结论,就是认为鲁迅语言还不够成熟。

优秀作家的写作总是创造性的,其主要的努力方向是探索新的语言的可能性,初衷并不是要设立一套僵化的规范。比如鲁迅翻译的时候,希望不改变外文原著的句法结构,用"直译"的方法来创造汉语本来没有的表达,而非迁就汉语固有的习惯。他说自己的翻译"大抵连语句的前后次序也不甚颠倒"[1],"文句大概是直译的,也极愿意一并保存原文的口吻。但我于国语文法是外行,想必很有不合轨范的句子在里面"[2],鲁迅好像预感到后来会有人从"不合轨范"的角度来狭隘地理解他的语言探索!比如他翻译的《小约翰》里有这样一句:"上了走向那大而黑暗的都市即人性和他们的悲痛之所在的艰难的路。"他承认这很"冗长而且费解",但申明此外别无更好的办法,"因为倘一解散,精神和力量就很不同。然而原译是极清楚的:上了艰难的路,这路是走向大而黑暗的都市去的,而这都市是人性和他们的悲痛之所在"。显然,鲁迅不是不会像梁实秋等人那样"打散",令译文通俗易懂,符合汉语固有的习惯,只是他不愿放弃直接模仿原文文法可能带来的效果。这样处理可能"不合轨范",但在探索汉语新的可能性上却具有典范意义。所以今天看来,鲁迅的语言也许并不规范,却比所谓规范的现代汉语或许更有生命力。

这一点很多人没有认识到。今天的汉语越来越狭窄,跟鲁迅那个时代的汉语的丰富性相比,"进化"之中有了许多"退化"的迹象。

一般研究鲁迅的语言,往往强调它的继承性和借鉴性,即强调鲁迅如何从文言文、古代白话文或翻译中汲取语言养料。特别在翻译语言的

---

[1]《译文序跋集·〈出了象牙之塔〉后记》,《鲁迅全集》第十卷,第271页。
[2]《译文序跋集·〈苦闷的象征〉引言》,《鲁迅全集》第十卷,第257页。

研究上，王宏志《重释"信达雅"》以及其他一些学者的论著已经取得了相当的成绩，但这都还是就鲁迅谈鲁迅，至于把鲁迅放在整个中国现代文学语言的历史中考察，这个题目还远没有做完。

比如今天汉语写作的现状，一方面好像越来越趋同，在书面语表达当中越来越缺乏个性，所有的用语好像都是古人或现代人用滥了的。但另一方面，特别在网络上，我们的语言又越来越芜杂，缺乏确定性。很多网络语言要去问使用的人才知道确切含义。这是很奇特的语言景观。网络对口头语和书面语的影响都很大，许多人已经不能离开网络语言说话了。现代汉语显然又在经历一场暴力冲击。鲁迅的语言经验还能介入对当前一些语言现象的分析吗？

鲁迅那时候没有网络，但鲁迅及其同时代作家的语言实践和今天的网络语言也有一比，就是巨大的互文性和群众参与性。许多新的表现法都是在彼此激发、互相模仿的情况下生成的，在新文学高涨时代也有过类似网络时代的那种语言狂欢。区别在于鲁迅及其同时代作家据以"狂欢"或"游戏"的语言资源很丰富。他们从小就读古书，后来又读外文，之后又很自觉地背负起创造新国语的使命。他们还有一个贡献，就是把口语和方言的因素谨慎地吸引进来。总之，诚如朱自清在给《〈中国新文学大系〉诗集》所写的选编感言所说的，新文学初期作家们是在运用各种语言资源来进行大胆创造，从中可以看出他们是"怎样从旧镣铐里解放出来，怎样学习新语言，怎样寻找新世界"。

朱自清把现代文学的语言定位成一种学习型语言，非常高明。大家都在学，没有人依靠一种现成的规范语言，每个人都是法自我出，法由我立。这固然很芜杂，不"规范"，但背后是丰富，是勃勃的生气。而且我们看现代文学那些中等水平以上的作家异常芜杂的语言也并没有太多的失误，太多的不合文法之处，或有意无意拿母语开玩笑的地方。今天的网络语言似乎也很丰富，日夜"孳乳"，但背后其实是匮乏，是创造力的匮乏，也是真正的"规范"的缺失。

有些网络语言虽然流通面广,但缺乏有根据的创造,起初尽管大家兴奋不已,但时过境迁,留下只是空虚,比如"给力""神马都是浮云"。十四亿人口的大国为这几个小小的词语游戏兴奋不已,不是很大的羞辱吗?这些词一旦流行,就把别的词冲掉了,而实际上这些"新词"又并没有多少东西,就因为新鲜,来自网络,才如此受欢迎。"给力"跟过去也一度流行的"带劲""来劲"有什么本质区别(王蒙不是还有一篇题为《来劲》的小说吗)?把"什么"变成"神马",语音上是有一点可以琢磨出来的滋味,好像更加满不在乎,好像比北方方言里头的第四声"嘛"更进了一步,但和平常的"什么"相比,究竟有什么不同呢?充其量,都是因为精神上空虚和语言上荒疏,才让这些小花样、小捣乱乘虚而入。

关键是这些小花样、小捣乱的语言资源很有限,是在吃老本,在日益枯竭的语言资源中姑且翻几个小筋斗。现在许多网络写手不仅喜欢"自铸伟辞",也喜欢给自己起一个"艺名",往往都是从某一本古书上抄来,但与他们主要依赖的当下语言格格不入,其功能无非在于吸引眼球,榨取一点与自己渐行渐远的文言文传统的剩余价值,所以这些"伟辞"和"艺名"就好比网络作家的语言实体上的零星小补丁、小点缀而已。某些网络"热词",因为来源不明,益发显得神秘,如"逆袭"。其实茅盾1927年底创作的长篇《动摇》就用这个词来描写美女孙舞阳的"艳影"对方罗兰的"灵魂"的侵扰。《动摇》中县长告示里甚至还出现过"本县长守土有责"的训辞。如果一一追溯当下网络"热词"的源头,其神秘性和传播力当会锐减。

相比之下,现代作家的语言资源不仅是他们积极争取而来,他们还努力将积极争取得来的语言资源融入新语言,也就是融入他们正在创造的白话文之中。他们向域外伸手去争取(不一定是英文,还有别的语言,德文、俄语、日语……),向古代"拿来",目的都不是为了点缀,不是为了吸引眼球,而是试图洋为中用,古为今用,丰富汉语的固有表达法和表现力，比如鲁迅所仰慕的所推重的日语的"优婉"，德语（西文）的"严密"，以及他所谓"没有相宜的白话，宁可引古语"[1]等等。

向域外"拿来"的同时，现代作家也向古代"拿来"，并且琢磨如何让文言文和古代白话文适当地进入新的"文学的国语–国语的文学"，也就是复活一度被胡适之宣布为"死文字"的东西。这方面鲁迅的成就最为突出。鲁迅如何化用文言文？许多人注意到他作品中文言因素很多，但进一步要问鲁迅是如何运用这些文言因素，就不很清楚了。我觉得，郁达夫所谓"全近讽刺"，或许可以用在鲁迅和文言文的关系上。瞿秋白看到鲁迅多用文言，就说鲁迅有一种"用文言做本位"的倾向[2]，其实他没有意识到鲁迅很可能是以"全近讽刺"的态度和方法将文言请进白话文，用看不见的加引号的方式来使用文言。这样鲁迅就不会让自己完全站在他所使用的文言的立场，更不会将自己完全消融于文言所代表的那个世界。不管他的文言运用得如何纯熟，和白话文结合得如何巧妙，鲁迅与笔下的文言总是保持一段距离。

鲁迅使用文言，和周作人使用文言，就有明显的不同。周作人至少是一部分身体完全站到了他所使用的文言所牵连着的那个世界里去了。周作人文章里头的文言因素可能并不比鲁迅多，但周作人并非在"全近讽刺"的意义上使用文言，而是不加改变地将文言（尤其是文言里最不容易融入白话的虚词）硬生生地加入他的"絮语"式的白话文，因此尽管周作人主观上希望他的文章更质朴、更浅白，但由于这些文言虚词难以消化，结果就令其"絮语"式的白话文比鲁迅的文白夹杂的白话文更加难懂。往往一些原本浅显的道理，被周作人组织进一长篇充满文言虚词的"絮语"，反而显得文意暧昧，令人难以把捉，甚至因为无法轻松地追随他的文理思路而昏昏欲睡，而鲁迅的"宁可引古语"，目的反倒是为

---

1 《南腔北调集·我怎么做起小说来》，《鲁迅全集》第四卷，第526页。
2 《二心集·关于翻译的通信》，《鲁迅全集》第四卷，第384页。

了文意显豁,"希望总有人会懂"[1],这和他在翻译中"时常加些新的字眼,新的语法"一样,并不回避一定的难度,但是"以偶尔遇见,而想一想,或问一问就能懂得为度"。鲁迅的结论是:"必须这样,群众的语言才能够丰富起来。"[2]

我过去也同意瞿秋白的有关"用文言做本位"的说法,甚至进一步认为鲁迅在对待文言的态度上有巨大矛盾,亦即在写作实践上继续使用文言,而在意识形态的宣告中不停地诅咒文言(比如《二十四孝图》开头那段文字),现在看来,我的看法需要修改了。这其实只要一读《狂人日记》主体故事的白话文和小序的文言文,就可以更清楚地获得理解。小序所用的文言文不就是"全近讽刺"的借用吗?其中所暗含的讽刺精神,不是完全可以和主体故事使用的白话文所显示的狂热的呐喊和批判精神相得益彰吗?

陈子展在分析鲁迅晚年的系列杂文《"立此存照"》(共有七篇,均收入《且介亭杂文末编》的"附集")时认为,"立此存照"本来是汉魏以来民间契约书的惯用语,鲁迅只是"借用","故意用在不甚切合的地方,又好像很切合,出人意料,令人会意,所以有趣,好笑。这个凡是善于讥讽诙谐的作家,每每欢喜用这类修辞的手法。又,这种借用,似乎也是引用辞格的一法,我以为不妨称为借引"[3]。陈子展建议用"借引"这一特殊的名称来命名鲁迅这一修辞手法,似乎尚未意识到这种手法在鲁迅著作中的普遍性和更加根本的意义。

鲁迅对于夹杂在白话文里的文言采取"全近讽刺"的态度,这一点,许钦文较之陈子展,似乎看得更加分明。许钦文举《肥皂》中和四铭同属"移风文社"的卜薇园的那句"那倒不然,而孰知不然!"为例,认

---

1 《南腔北调集·我怎么做起小说来》,《鲁迅全集》第四卷,第526页。
2 《二心集·关于翻译的通信》,《鲁迅全集》第四卷,第392页。
3 陈子展:《"立此存照"解》,原载1936年10月5日《星洲日报》(新加坡),收入《1913—1983鲁迅研究学术论著资料汇编》第1卷,中国文联出版公司1985年版,第1495页。

为这正如孔乙己的"多乎哉不多也!""只要识得文句,读了以后总免不了捧腹大笑。"为何"捧腹大笑"？不就是因为感到了这其中的讽刺效果吗？许钦文进一步解释说,"或者以为采用这种半文言的句子,对于普及大众语是不对的,但应该明白,鲁迅先生在写《肥皂》的时候,文言还很通行。而且同这题材关系密切的读者,本是大半识得文言的。如今论文学,文字浅固然是个重要条件,但在碰到什么敌人就用什么手段应付的战士,原没有固执几点的必要"[1]。

鲁迅对文言有感情,这是毫无疑问的,但他清醒地意识到这感情好比伤酒之人对酒的依赖,未曾伤酒的青年人自然不必效法。[2] 酒(文言)是他依恋但又是他憎恶的,他对文言的讽刺是自嘲,也是对他所憎恶的文言世界的攻击,是"碰到什么敌人就用什么手段应付"的那种"即以其人之道还治其人之身"的策略。

另外就是口语和方言土语的问题。以鲁迅为代表的现代作家把方言文学和国语文学的张力推到了极致。到底在多大程度上吸收方言,要口语化到什么地步？他们花了很多功夫去摸索。

在触及当代作家的语言问题时,我经常连带谈到现代作家的语言经验,这也许过于迂腐,因为今天的青年作家还有几个真正熟悉现代作家的语言经验？今天的汉语写作并不完全是在现代作家造成的现代汉语书面语的成就上往前走,而是在70后、80后、90后作家的应试教育和相应的语言环境出发,在这里面翻一点筋斗,做一点花样。这种"创造"所凭借的资源如何,可想而知,所以当下文学的创造性缺乏不值得奇怪,也不必去责备——我们自己就身处其中。但是,如果把自己所处的语言现实加以美化,不懂得先驱者们筚路蓝缕的勋业,就很无聊了。有人甚

---

[1] 许钦文：《鲁迅先生的〈肥皂〉》,《1913—1983鲁迅研究学术论著资料汇编》第2卷,第589页。
[2] 《集外集拾遗·就是这么一个意思》,《鲁迅全集》第七卷,第274页。

至说汉语写作到今天才是最成熟的。回头看看历史，说这话的人是应该要倒吸一口凉气的。

从"五四"那一代作家开始的语言方面的学习还远远没有、也不能结束。我们还在学习，还应该继续学习。只有保持一种积极的学习姿态的语言才是有生命力的语言，在语言上自我封闭自我美化的态度最要不得。研究鲁迅的语言，可以帮助我们获得一种语言的自觉，如果这样，鲁迅研究便可以有效地介入今天的语言现实了。

谈到"拿来"，自然就想起翻译。现在翻译的人单纯做翻译，而且是利用现成的语言来翻译，不像鲁迅他们那样通过翻译来丰富汉语的表达。不仅如此，他们还嫌弃别人翻译得不好，要"重译经典"，结果在翻译语言上不进反退。时下盛行的各种"经典重译"，不一定完全出于商业考虑，还有一种立足当代的语言狂妄。他们认为现代作家的翻译不够好（不够规范？），必须由他们来重译。

有趣的是鲁迅也主张"重译"，写了许多杂文为"重译"辩护。鲁迅对那时候的"重译"很宽容，不同意许多人苛求"重译"，因为在他看来，"重译"会获得不同的语言体验。在这一意义上，他不仅赞成多多地"重译"，还支持"转译"，即在条件不具备时可以不从原文出发，而由第二、第三种语言的译本进行中文翻译。从不同的语言的译本出发翻译同一部作品，也会有意想不到的语言体验。今天"转译"几乎没有了，更多的是"重译"，但这种"重译"目的并非丰富汉语的表达，而是性急地抹杀他人的译本，取而代之，所以很少有新的译本真正后来居上，或别具特色。

还有一种情况，某些"独家翻译"也未能获得语言上的崭新体验和创造。比如林少华译村上春树，不少学者和读者早就指出林译太汉化了，要么添油加醋，要么使日本语来就范汉语，这就失去了作为外语翻译的特有精神。我们现在的翻译所使用的汉语过于固化和狭窄化了，已经很难容纳另一种语言精神。所谓"规范"的汉语，既不能容纳我们的先辈像鲁迅的现代汉语，也无力容纳西方或日本的语言。

这说起来还是一种不学之累。不学习就不懂谦虚，就认识不到我们的语言有待完善的地方，我们的语言也就因此失去弹性，容易变得固化和僵化。

就文学语言来说，一个富有朝气的创造性的文学时代，必须是敞开来学习的时代。东西方的大作家们都不仅仅活在当代，在语言上他们可能还活在几千年传统之中。杜甫、韩愈、苏东坡这些人就是。杜甫很绝，"无一字无来历"，他的诗歌经常追念先辈，从诗骚到汉魏，"读书破万卷，下笔如有神"。当代中国文学家，或者是和文学家一起工作的批评家、研究家们，有没有这种学习的姿态和学习的广度与深度？如果没有，就谈不上语言的反省，因为你没有参照系。随便说当代语言不好，还只是一个假设。假设不建立在对比的基础上就容易空洞。不掌握一种外语，没有对方言的敏感，没有对古汉语、对现代作家语言的熟悉，冷不丁地说今天的语言不好，"汉语危机"，要改变，要走出危机，试问怎么改变？怎么走出危机？

但这也并非说，前辈作家们已经把语言资源吸收到极限，我们已经没有多少新的资源可以开掘了。我的意思只是说，我们今天还没有清醒地意识到我们的语言环境，从而有所作为。我们不仅要像鲁迅那样去开掘，去到处"拿来"，不能坐享其成，满足于利用现代作家为我们争取的资源，此外我们还要清醒地认识到我们的语言环境，而思考有所应对。有时候即使最糟糕的语言环境也有可能变废为宝，开掘出意想不到的语言空间来。

所以在向域外、向古代学习和拿来的同时，还要在当下的语言环境中开辟生路。备受诟病的今天的语言也并非一无是处。我这里说的不是一个伦理的、政治的或美学的批评，而是说我们首先要承认这是我们的语言现实，不承认是不诚实的，其结果也不会很好地加以利用。

有人因为鄙夷当下语言环境，干脆转过身来学习写古文，比如模仿

《金瓶梅》《红楼梦》的语言，模仿外文，或拼命鼓吹"方言写作"。这种离开和回避当下语言环境的凌空蹈虚之举，不会有什么好结果。

相反，我倒看到一些比较聪明的作家，善于"利用"备受争议的当下语言环境，加以反省或对象化，很有一种变废为宝、化腐朽为神奇的样子，像王蒙对过去意识形态语言的戏仿，像阎连科对同一种意识形态语言的跟王蒙有所不同的处理，都有点别开生面的意思。

在这意义上，我觉得台湾作家因为没有经过革命语言的洗礼，跟大陆语言相比，就缺乏一种置身历史之中的自我挣扎的痕迹，缺乏一种血色。他们更多是书斋里出来的古代汉语或现代国语的混杂品，比如余光中的散文和诗歌，还有朱天文、朱天心姐妹的创作。在大陆一度受到推崇的胡兰成，包括叶落归根、更多承袭现代国语文学传统的木心的作品，也可作如是观。

向域外、向古代、向现代寻找资源固然重要，但不可脱离当下语言现实。所谓正视当下语言现实，包括正视我们语言的不足，并进一步考虑到：是否有可能从自己并不满意的当下语言现实中汲取一份源于生活的活力？

比如卡夫卡，他是犹太人，曾为奥匈帝国臣民，之后又变成捷克国民，但他写作时不得不用简单的德语来写作，这本身就是一种反抗与挣扎，所以他的简单的德语反而道出了一种现代人的体验。同样，我们很多作家到国外去用简单的英语写作，比如哈金等"美华作家"，或者外国人用简单的汉语写作，都面临这种反败为胜的可能性，关键看你是否有意识地去争取。这有一个前提，就是他们必须对自己的语言处境有充分自觉。你到了国外，你不得不用简单的"外语"写作，拿出你的浑身解数。同样的情况是否也可能发生在扎西达娃、次仁罗布、阿来、阿拉提·阿斯木等非汉族而使用汉语言文字的少数民族作家的写作？

我觉得在这一点上，不仅鲁迅对文言文的疏离化的使用，可以作为一笔共同的遗产，为今天各路作家所继承，而且鲁迅与他的时代的语言现实的整体联系，也足以启发我们理解当前的语言环境，从而设计我们自己的语言策略。鲁迅疏离化地运用他所熟悉而又极端警惕的文言文，所以他反对施蛰存等人鼓励青年作家从《庄子》《文选》中寻找字汇；但与此同时，我们并没有太多地听到鲁迅抱怨他那时代的语言现实，他对章士钊、林语堂、刘半农、章太炎、施蛰存、瞿秋白等人的语言主张的反驳与商榷，主要针对主观的语言领悟，而非客观的语言现实。相反，他对无论如何的语言现实和语言资源都是主张积极利用，比如他对被胡适之宣布为"死文字"的文言文的利用，又如他对被守旧者污蔑为"引车卖浆者流"的群众语言的"博采"——他利用文言文却不是简单地站在"文言本位"，他"博采"群众语言但主张必须有所提炼和改造——甚至和他对待文言文一样，也是有所疏离、有所批判的（比如国骂"他妈的"）。

今天经常听到有关"汉语危机"的哀叹。其实"危机"并不单方面来自客观的语言现实，好像只是外面的语言败坏了，与我无关。"危机"首先来自主观上对客观语言现实的领悟和对待方式，来自主体内在的语言能力。

伟大作家的语言艺术建立在自觉的语言疏离和语言投入相互交织的语言意识上。他们对包括母语在内的一切语言的热爱都不只是单纯的沉湎和敬谨接受，而是有所疏离的沉湎，有所沉湎的疏离，是灵魂的安逸和不安的纠缠在语言上的呈现。对于他们，诚如海德格尔所说，"语言是存在的既敞开着又遮蔽着的到来"，他们终身热衷于真切的语言体验必然包含的这种持续不断的矛盾与挣扎。什么时候回避了这种矛盾与挣扎，委身于某种现成的语言规范，语言的探索和创造也就停止了。

2012年6月18日

打通鲁迅研究的内外篇（代后记）

已经有一百多年历史的鲁迅研究大致可分为内外两篇。内篇关注鲁迅生平、思想和创作，兼及鲁迅的中外文化因缘，鲁迅与所处时代环境的关系。这些研究之所以是内篇，因为研究对象都与鲁迅生前主动作为有关。外篇侧重考察鲁迅与某些现当代文学现象的关系，都是鲁迅生前和死后在被动状态下形成的文学史关联领域。有学者将他的鲁迅研究论文集取名为《鲁迅内外》[1]，就很好地照顾了这两个方面。

实际上绝大多数研究鲁迅的学者都有各自的内外两篇，只是侧重不同，或更关心内篇，或于外篇用力较勤。相当长一段历史时期，鲁迅研究内外篇紧密结合在一起，水乳不分。这是鲁迅在"现当代文学史"上客观地位使然。从20世纪20年代鲁迅广受文坛关注开始直到80年代最后一批亲炙于鲁迅的文坛老人们纷纷离世，中国"新文学"以及后来所谓"现当代文学"的研究者大多奉鲁迅为权威[2]，无论研究何种文学现象

---

[1] 王彬彬：《鲁迅内外》，南京大学出版社2013年版。
[2] 林毓生《中国传统的创造性转化》（生活·读书·新知三联书店1994年版）开篇《中国人文的重建》强调，任何一个作家都要服从文学史上有杰出贡献的权威，"服从了某些权威，根据这些权威才易开始你的写作"。他又说："当你真正要写小说的时候，当你真正欣赏别人写的经典之作的时候，当你发现那种经典之作是了不起，那些著作就很自然地变成了你的权威，那么，你就能根据你所信服的权威一步一步地演变，为自己的工作开出一条路来——当然你不一定要一直完全信服那些权威，更不必也不可重复别人写的东西。然而，我们只能在学习中找寻转化与创造的契机；而在学习的过程中，我们必须根据权威才能进行。"林先生心目中的权威，具体到中国文学史上，主要还是古代的经典作家，"五四"以后作家，包括鲁迅，因为有"激烈反传统"的问题，他都不太认同其权威性，这是我不敢苟同的。但林先生将T. S.艾略特《传统与个

（转下页）

都会想到鲁迅，自觉不自觉地以鲁迅为参照。他们相信，至少80年代以前的"新文学"或"现当代文学"都和鲁迅有不解之缘，将这一阶段的文学与鲁迅联系起来，既出于对鲁迅卓越的文学成就与人格魅力的崇敬，也是尊重基本的文学史判断：从"五四"前后到80年代客观存在着一个巨大的文学史连续体，其中贯穿的主线是鲁迅。

当然也有积极消极两方面的考虑。积极方面，这代学者认为该段文学史有一条与鲁迅文学理想契合的发展脉络，简言之就是"鲁迅传统"。消极的考虑，就是认为该段文学史还有一条或多条不同于"鲁迅传统"的脉络，构成另一种文学传统。两个传统彼此疏离又彼此交集甚至彼此渗透。无论研究哪一个传统，譬如研究"鲁党"（鲁迅嫡派传人乃至"鲁迅的抬棺人"[1]）的文学实践，或研究与鲁迅处在同一阵营却并不完全相同的革命文学与左翼文学[2]，抑或研究和鲁迅疏远乃至对立的自由主义或其他取向（如流行通俗）的文学，甚或研究汇合上述不同潮流的混杂型文学（比如似乎无类可归的李劼人等的创作），鲁迅都不失为一个重要参照。

这种文学史观念保证了鲁迅研究的内外篇不会彼此脱离。但80年代

（接上页）

人才能》、博兰尼的"支援意识"、库恩的"范式"理论运用于中国文学研究，方法论上还是可取的，我这里所谓"权威"，与他的说法基本相同。

1 吴中杰：《鲁迅的抬棺人》，复旦大学出版社2011年版。该书并非已有的萧军、冯雪峰、胡风、聂绀弩、黄源、巴金等人传记的重复，而是力求写出这些当时的青年作家批评家思想和创作与鲁迅的亲缘关系，探讨这种亲缘关系为何会导致他们日后的不幸，所以是考察"鲁迅传统"在20世纪40年代至80年代如何在表面上被尊崇而实际上越来越被疏远、被压抑、被批判以至于被歪曲、被遗忘的一本重要著作。

2 洪子诚先生《中国当代文学史》（北京大学出版社1999年版）第三章"矛盾和冲突"第二节"左翼文学内部矛盾的延续"，叙述了现代文学界尤其是左翼文学界"历史矛盾、积怨"如何延续到50年代，并且在政治权威的干预下酿成文坛浩劫。洪先生这一笔交代很重要，可惜未能画龙点睛，指出这场浩劫本质上就是他所谓的"文学一体化"对"鲁迅传统"的清算。"左翼文学内部矛盾的延续"并不到胡风案发为止，80年代初茅盾、夏衍、周扬和胡风及其友人仍然不忘旧事，事实上他们之间的恩怨无论有关的史实还是深刻的本质，学术界也还有可以进一步研究的空间。不把这个问题讲透，看不清"鲁迅传统"在当代文学史上载浮载沉的轨迹，洪先生所谓当代文学总是在几个老问题上绕圈子的怪现象就不能获得真正历史的阐释。

以后，情况起了变化。虽然许多学者一开始认为"新时期文学"的旨趣是拨乱反正，回归乃至超越"五四"，但随着时间推移，即使这些学者本人也不太相信当初的提法了，因为什么是"乱"，什么是"正"，不断有新阐释。"文革"是"乱"吗？大多数人说"是"，而"新左"人士却曰不然。"十七年"是"正"吗？"新左"人士说"是"，但更多学者并不赞同。甚至何谓"五四"新文学，也言人人殊。随着现代文学学科蓬勃发展，"多元五四""多元现代""被压抑的现代性"等说法越来越占据主流地位，曾经代表中国新文化和新文学方向的鲁迅的地位则骤然下降，至多只算其中一元，而完全不同于以往那种全覆盖的绝对权威的形象。"五四"新文学、"十七年文学"和"文革文学"尚且有如此分歧的阐释，80年代以后直至"新世纪"的文学版图就更加复杂，许多作家和批评家们认为这一阶段的文学现象往往前无古人，不再是追随先行者的足迹亦步亦趋了。

因此80年代以后，不管谈论这以前还是以后的中国文学，人们都越来越少提及鲁迅。在许多中国学者著述中，尤其难以看到他们所谈论的80年代以后中国文学的什么地方仍旧和鲁迅有联系。比如某些研究王蒙的专家就提出"后革命""后鲁迅"的说法以标明两位作家不同的时代境遇、精神品格和文学追求。王蒙研究仅是一个著例，其实这种"送葬鲁迅"的模式也适合学界对80年代以后绝大多数中国作家的研究。[1]

其实不仅鲁迅，整个"新文学"或"现代文学"的历史影响也不断被低估。

首先，"新文学"或"现代文学"的诸多诉求到了"当代"皆无疾而

---

[1] 日本学者山田敬三《鲁迅世界》（山东人民出版社1983年版）认为，《摩罗诗力说》主张"今且置古事不道，别求新声于异邦"，批评《离骚》《怀沙》诸作"反抗挑战，则终其篇未能见，感动后世，为力非强"，其基本立场乃是不满中国文学史传统，尤其是"送葬屈原"。这个判断是符合事实的，虽然鲁迅后来对中国文学史的看法又有发展。此处化用山田先生的句法，说明80年代以后中国作家对鲁迅的想象颇类似于青年鲁迅对屈原的想象。

终，1949年前后的文学史"断裂"无可否认，以至于近来不少学者提出"民国文学"的概念来重新探索"新文学"或"现代文学"的特征。既如此，鲁迅和"现代文学"在"当代"的影响力之微弱不就很清楚了吗？研究"当代文学"为何还要频频提及"现代"与鲁迅呢？关于六十多年的"当代文学"，"唱衰"与"唱盛"两种声音相持不下，但无论"唱盛"还是"唱衰"，都承认在"现代"和"当代"之间有一条鸿沟，即使鲁迅也难以跨越。

其次，左右两派学者都倾向于强调"十七年"和"文革"文学的"当代性"，亦即这两个紧密联系的文学史阶段文学实践的社会主义特性。虽然可以将20年代末"革命文学"、30年代"左翼文学"、40年代延安和解放区文学追认为这种特殊文学实践的先驱，但在执政党"一体化"文学体制发挥作用之后，规模和性质毕竟不可同日而语。因此即使着眼于1949年前后从"革命文学""左翼文学""边区文学"到"社会主义文学"的有机联系和有序递进的一部分学者也不断提醒1949年前后文学的本质区别。在"新文学""现代文学"和以"十七年""文革"文学为正宗的"当代文学"之间尚且有难以跨越的鸿沟，就更不用说"新文学""现代文学"与"新时期"直至"新世纪"文学的距离之远了。参照政治历史阶段细致划分文学史阶段的做法将鲁迅推到"三代以前"，进一步冲淡了他的影响力。

再次，"鲁迅传统"即使不到1949年为止，最迟也要以80年代为界，这还有一个具体原因，即鲁迅当年的敌人和朋友在这时期都纷纷告别文坛或离开人世，附着于肉身的现代记忆与鲁迅记忆逐渐消逝，一个自成体系的文学史阶段也就宣告结束。

这就造成鲁迅研究的年龄断层。如前所述，老一辈现当代文学研究者，无论其学术研究的重点在哪一阶段和哪一方面，都比较熟悉鲁迅，也比较喜欢以鲁迅为参照来审视他们的研究对象。这辈学者中间专门研究鲁迅而不研究现当代文学其他问题的人很少，绝大多数既研究鲁迅也研究鲁迅之外的现当代文学其他问题。如果说鲁迅研究有内外篇,他们就是"内外双修"。但 80 和 90 年代以后成长起来的现当代文学研究者则不然,他们不一定非要熟悉鲁迅不可,比如他们可以绕过鲁迅,依靠另类文学史叙述策略或理论模型来谈论他们感兴趣的现当代文学任何一个问题。与此同时,和这批年轻学者同龄的鲁迅研究新生代也完全可以不关心现当代文学其他方面,而仅仅专注于鲁迅研究。

研究鲁迅可以不关心现当代文学其他方面,研究现当代文学其他方面可以不关心鲁迅,这种局面现在似乎也已经习以为常了。正是在这个背景下出现了"鲁研界"的说法。"鲁研"而有"界",暗示着鲁迅研究作为一门俨然的学术是有其必须严守的边界的,界内学术活动才算正宗的鲁迅研究,溢出界外就不正宗了。

比起老辈学者的"内外双修",80 年代以后重新调整的"鲁研界"基本格局是内篇外篇逐渐脱离,而且发展极不平衡。内篇不断充实壮大,外篇则越来越呈收缩之势,以至于渐渐不愿走出"鲁研界",不愿(或无力)利用鲁迅文学资源来打量 80 年代以后的中国文学。鲁迅的巨大存在被封闭于鲁迅研究内篇,这样的鲁迅研究势必将失去原本和内篇息息相通的外篇,甘心蹲伏于人为划定的界内。内篇集聚人才越来越多,老题目一做再做,过剩乃至无聊的学术生产遂不可避免。

当然,也会有一些老话题引发新思考,但这并非因为题目之老的好处,如陈酒之味特别香醇,而是因为这些老题目尽管过去有研究,却一直未能深入。比如,吴妈对于阿 Q 命运的逆转究竟起到怎样的作用?[1]《肥皂》究竟是写四铭假道学的性心理还是真道学的家庭生活?[2] 祥林嫂是"逃出来的",还是她婆婆串通中人卫老婆子设计的一箭双雕的圈套,让她农闲时继续替家里挣钱,又给她安上不能守寡的罪名,好顺利逼她改

---

[1] 傅修海:《细说"吴妈":〈阿 Q 正传〉再解读》,《鲁迅研究月刊》2013 年第 10 期。
[2] 袁少冲:《另类的封建家庭与别样的假道学——〈肥皂〉新解兼及对研究史的几点反思》(上、下),《鲁迅研究月刊》2013 年第 11—12 期。

嫁？鲁迅为何严格区分"纪念""记念"两词的含义和用法？[1]《明天》写单四嫂子的灵感来自某位外国作家的作品，还是《金瓶梅》写李瓶儿失去"官哥"的致命之恸？[2] 偷"碗碟"的究竟是闰土还是"豆腐西施"？鲁迅为何在这事上故为烟云模糊之法？中日两国学者分歧意见为何泾渭分明？[3] 鲁迅编辑自己的杂文，完全"不管文体"，还是也有按照文体"分类"的原则？[4] 周作人习惯于写"关于一本书"的读书笔记，读者得以知道他读书之广，鲁迅喜欢将读书体会转化为创作灵感，读者不易寻索他究竟读了哪些书，这是否属于"暗功夫"？[5] 在现代汉语构词法不断走向两字词四字词的大趋势中，《野草》和鲁迅杂文中单字成词现象是一种特殊的修辞方式还是反映了鲁迅独特的语言变迁思想？[6] 还有，在鲁迅的小说史研究和文学创作之间究竟存在着怎样的关系？[7] 以上都与文本细读有关。

关于鲁迅与时代环境的关系，由于政治意识形态的牵制，过去许多问题总苦于难以说清，不像日本学者北冈正子考证鲁迅早年读书史、长堀佑造考证鲁迅与托派以及AB团那样无所羁绊。但近来也有一些新探索："国民性批判"针对全体中国人还是更多指向汉族？[8] 给鲁迅遗体盖上"民族魂"三字究属谁的创意？[9] 如何看待鲁迅对"古物南迁"和"攘外必

---

[1] 关于《祝福》和"纪念""记念"问题，均可参看符杰祥：《文章与文事——鲁迅辨考》，上海三联书店出版社2015年版。

[2] 刘洪强：《鲁迅〈明天〉渊源考——兼论〈孔乙己〉与〈秋夜〉的含义与来源》，《上海鲁迅研究》2015年秋季号。

[3] 严家炎：《区域视角与鲁迅研究——从〈故乡〉的歧解说起》，《鲁迅研究月刊》2003年第8期。

[4] 陈方竞：《鲁迅杂文及其文体考辨》（二），《上海鲁迅研究》2010年冬季号。

[5] 孙郁：《鲁迅的暗功夫》，《文艺争鸣》2015年第5期。

[6] 王彬彬：《鲁迅内外》。

[7] 路杨：《"小说之名"与"后来之所所谓小说者"——鲁迅〈中国小说史略〉的内在裂隙与价值根基》，《鲁迅研究月刊》2014年第12期；吕周聚：《论鲁迅的小说史研究与其小说创作之互动关系》，《鲁迅研究月刊》2014年第11期。

[8] 王得后：《谁是"中国人"，谁的"国民性"》，《书城》2012年第10期。

[9] 王彬彬：《1936年的"救国会"与"民族魂"》，《并未远去的背影》，广东人民出版社2010年版。

先安内"的批评?[1] 当时小报加给鲁迅"汉奸"罪名,如今又有人追问鲁迅何以少写直接批评日本的杂文,对此"鲁研界"应作何回答?[2] 鲁迅在"三·一八"之前果真知道段政府会镇压学生,因此不让许广平上街,而在《记念刘和珍君》中却违心地假装一无所知吗?被鲁迅批评的杨荫榆及其背后的陈西滢、章士钊是否也有值得同情之点?[3] "左联"成立前后,究竟是鲁迅思想发生了"转变",还是"太阳社""创造社"同仁观点靠近了鲁迅?[4]

无论文本细读或生平活动的问题,过去都有人谈,但近来一些研究引起新的注意,固然因为"读书得间",而所以能如此,绝非单单因为长期固守鲁迅研究内篇而一朝福至心灵,多半还是从别处获得灵感,转来细读鲁迅文本,思考其生平活动,这才有了新思考。总之是内篇外篇打通的结果。这自然还不足以从根本上克服鲁迅研究的"碎片化",但切实的细部研究拨开聊行于世的空虚的"大说"的云雾,触到鲁迅文学某些纽结点,多少有助于新的整体性"鲁迅相"的生成。

至于某些大力开辟的跨界新领域(版画、汉石画像和著译手稿研究),虽然也有不少大块文章,但一则过于专门,"鲁研界"内部人士也少有问津者;二则这类研究与文学家鲁迅的结合点似乎还没有显豁地挑明,因此也就难以形成鲁迅研究真正的兴奋点。

内篇长期停滞,但毕竟还偶有突破(以上仅仅举例说明,绝不敢总结或全景扫描近年来的鲁迅研究),相比之下,外篇就显得相当荒凉。"现当代文学",尤其80年代以后至"新世纪"中国文学研究领域,只有

---

[1] 符杰祥:《鲁迅"反对"文物南迁考辨》,《鲁迅研究月刊》2012年第2期。
[2] 对此陈漱渝、王锡荣、邓牛顿、吴中杰等学者均有文章论及,恕不一一列举。
[3] 参见陆建德:《"民国以来最黑暗的一天"——鲁迅与许广平的"三一八"记忆》,《东方早报·上海书评》2013年7月28日,《"文字须与时弊同时灭亡"——并非神圣的同盟与鲁迅的觉悟》,《中华读书报》2015年4月22日第13版,以及陈漱渝:《重提治学之道——从陆建德先生的两篇文章谈起》,《中国现代文学研究丛刊》2015年第1期。
[4] 王锡荣:《关于左联成立的若干问题》,《鲁迅研究月刊》2015年第3期。

屈指可数的几个鲁迅研究者的身影间或一闪。尤其"新时期"以后依然按照惯性保留着旧名的"当代文学"界普遍拒绝鲁迅、遗忘鲁迅,由此形成新的利益共同体,几个暂时还不能忘记鲁迅的批评者和研究者贸然闯入,甚至很容易被视为异类。据说除了几家专门收留"鲁研界"论文的刊物,其他中国文学研究刊物最不欢迎的就是鲁迅研究的稿子。不仅如此,在非鲁迅研究的文章中偶尔引用鲁迅也令编辑和某些研究界同行大皱眉头。这些刊物主持者以及非鲁迅研究的专家们认为鲁迅研究只是"鲁研界"内部的事,好像李白研究只是"李白研究会"的事,跟现当代文学研究其他课题并无干系。

造成这个局面,固然因为"新时期文学""90年代文学""新世纪文学"的研究者们对鲁迅了解不够,甚至有意回避鲁迅,但鲁迅研究者为何就不能跳出"鲁研界",介入这些领域?是否一旦如此就失去了鲁迅研究的纯洁性和学术性?其实大可不必有此顾虑,更不必在鲁迅研究和"新时期"以后的中国文学研究之间划出一道不容逾越的鸿沟。就拿上面所举的王蒙来说,他固然在"新时期"初写过《论"费厄泼赖"应该实行》,固然在90年代"人文精神讨论"时说过"文坛上有一个鲁迅那是非常伟大的事,如果有五十个鲁迅呢?我的天!",但王蒙不能和鲁迅一起研究吗?当然不是。其实不研究王蒙则已,要真正深入研究,就必须回答一个根本问题:立志要"春光唱彻方无憾"的坚持在"歌德"中"反思"或在"反思"中"歌德"的王蒙究竟如何面对始终坚持"反思"而绝不"歌德"的"鲁迅传统"?有无可能通过"细读"找到文本内证来证明王蒙熟悉鲁迅作品,在创作中有意借用鲁迅的资源,但又根据自己的追求而对鲁迅作品加以系统"改写"?做到这一步,就打通了鲁迅研究的内篇和外篇,比如以鲁迅和王蒙为个案来阐明现代文学与当代文学的活的联系。

不仅王蒙,张炜、张承志、贾平凹、陈忠实、王安忆、残雪、余华、莫言、毕飞宇等作家，甚至当下的网络写作，都可以引入鲁迅作参照。[1]若认为这种研究不符合"鲁研界"学术规范，那就只好听任鲁迅研究的外篇一直荒凉下去。只有内篇无外篇，折断一翼的鲁迅研究必将难以飞腾，必将失去它以往作为现当代文学研究主发动机的功能，而成为偏安一隅的专门之学。

倘若以上描述属实，今后鲁迅研究的用力方向就应该是在继续深化鲁迅研究内篇的同时，更大力地发展鲁迅研究外篇，尤其要更大力地建立鲁迅研究与整个现当代文学研究的有机联系——哪怕指出这种联系实际上的断裂，也是题中应有之义。

重要的是打通鲁迅研究内外篇。鲁迅研究史一再证明，突破性进展固然不会来自完全不熟悉鲁迅和鲁迅研究的门外汉，但也很少来自终日孜孜于别人开垦的熟田的鲁迅研究内篇的专家，却有可能出自那些真能打通鲁迅研究内外篇的学者。在"鲁研界"，他们的名字也许并不响亮。

2016年1月13日

---

[1] 钱理群《鲁迅杂文》(《南方文坛》2015年第4期)研究鲁迅写作杂文的独特方式，从而令人信服地指出它和当下网络写作的某种相似性。另外，上海鲁迅纪念馆乔丽华女士(《朱安传》作者)也有系列文章研究"当代作家与鲁迅的相遇"。